Unicorn
独角兽书系

金斯顿城\卷三

SOULSTAR

灵魂之星

[加拿大]C. L. 波尔克/著　黎婉嫦/译

THE KINGSTON CYCLE

重庆出版集团　重庆出版社

版贸核渝字（2020）第074号

图书在版编目（CIP）数据

金斯顿城．卷三，灵魂之星 /（加）C. L. 波尔克著；黎婉嫦译．—重庆：重庆出版社，2021.12
书名原文：SOULSTAR
（The Kingston Cycle Book 3）
ISBN 978-7-229-16096-8

Ⅰ．①金…　Ⅱ．①C…　②黎…　Ⅲ．①长篇小说—加拿大—现代
Ⅳ．①I711.45

中国版本图书馆 CIP 数据核字（2021）第 203471 号

金斯顿城（卷三）：灵魂之星
JINSIDUN CHENG (JUANSAN)：LINGHUN ZHI XING
［加拿大］C.L.波尔克　著　黎婉嫦　译
责任编辑：魏雯　郭思齐
装帧设计：文子
责任校对：杨婧

重庆出版集团 重庆出版社 出版

重庆市南岸区南滨路162号1幢　邮政编码：400061　http://www.cqph.com
重庆出版社艺术设计有限公司 制版
重庆市国丰印务有限责任公司 印刷
重庆出版集团图书发行有限公司 发行
E-mail:fxchu@cqph.com　邮购电话：023-61520646
全国新华书店经销

开本：890mm×1230mm　1/32　印张：12.75　字数：256千
2021年12月第1版　2021年12月第1次印刷
ISBN：978-7-229-16096-8
定价：64.80元

如有印装问题，请向本集团图书发行有限公司调换：023-61520678

目录 / Contents

第一章 互利合作

就在我们支起风暴板，钉上压条，等着风暴过去的一个小时后，敲门声不约而至。第二会客厅里每个人都循着敲门声音方向看去，仿佛我们可以看见是谁冒着街上肆虐的寒风来到这里似的。格洛里姑妈把手中的织物放在膝盖上，手指关节上还缠绕着毛线，她向我挥挥手，“罗宾，看看是谁敲门。”

“我来！”阿莫斯大喊，随即像是要计时那样快速离开客厅，在大厅里飞奔。我放下手中的笔记和《人体骨骼学》，离开靠近后面火堆的座位，跟在小阿莫斯后面，走到门厅。乔伊也跟着，像所有灵魂那样穿过墙壁，跟着她的侄子来到了门厅。

在这场气旋带来的暴风雪来袭之际，只有麻烦才会敲索普家族宅子的门，除此之外别无可能。门把手冰冷到难以触摸，我推开门，顶着它，以免撞到我的脸。

站在前门的人果真是个麻烦。格雷丝·汉斯莱来到我家门口，她周围的空气呈圆顶式停止流动，而此时风暴碗[①]带来的“礼物”正在街上呼啸嘶吼。麻烦。不，比麻烦更糟的东西。格雷丝连一刻钟都还没停下，就把它带过来了。

阿莫斯像虫子一样挤到我前面，伸长脖子，指着格雷丝说，“啊嗬[②]。我记得你。”

“啊嗬，”格雷丝回应他，“你应该进去，外面太冷了。”

我用手按着阿莫斯的头，让他往后转，进屋子里去，“那么多地方，怎么你偏偏出现在这里？风暴不是准备登陆了吗？”

“这就是为什么我在这的原因。”格雷丝·汉斯莱说道，“我有新消息带给你。”

要不是街上的雪打旋下个不停，我就将她拒之门外了。就算我不相信格雷丝·汉斯莱，我也不能拒绝她的盛情。

“快进里面吧，”我说，“看看架子上哪里位置适合，就把滑雪橇放在那。”

阿莫斯已经欢快地跑去第二会客厅，告诉长辈们是谁在这样恶劣的天气还找上门来。格雷丝踢掉她的鞋子，在海草编织的篮子里找了双拖鞋穿上。

格雷丝站了起来，她膝盖半弯以便配合我的身高时，我抑制住自己生气的冲动。但接着她压低声音，在我耳边说：“康斯坦

---

①作者自创词。被萨敏丹水手称之为风暴之炉，是离艾兰国海岸线大概几百里的一片未知水域。在相对较冷的海洋里出现这么一片温热的水域，构成了压力系统，最终产生风暴。

②萨敏丹一族基本上都是航海好手，与大海有着千丝万缕的联系，“啊嗬”是航海时船上的人引起注意的呼喊，此处引申为萨敏丹一族寻常打招呼说的话，相当于“你好”。

丁娜退位了。塞弗林成为国王后的第一件事就是要废除《巫术保护法案》。现在我们能找个地方谈谈了吗？”

“不止是决议中止法案。”一百个回应涌现在我脑海里，争先恐后地要第一个蹦出来，“他为什么要那么做？”

格雷丝往后退了退，肩膀挺起，微笑道：“这就是我为什么出现在这里的原因。但我们可不可以——”

“啊，你有想要的东西。”

“确实。但你想想：我现在本应和风暴歌者在一起，但我没有。这点很重要。”

看来我至少可以听她把话说完。她在这里待了好一会儿了，好似那场风暴没有什么能让她回头关注。“到客厅去吧，”我说，“不过我们首先得接受挑战。”

《巫术保护法案》不再有效了。过去这二十年我为之抗争的、我以为要把接力棒交到家族下一代人手中继续进行的抗争，结束了。但还是太晚了，那些我爱的人没等到被释放的时候，但好歹我们的抗争画上了句号。

“为什么王子——不好意思，为什么塞弗林国王会撤销这个法律？”

“这是半神国人想要的。”

“我还以为半神国人不会介入我们的政治。”

格雷丝叹了口气，“是我吓唬他做出这个决定，也不知道我能否再次圆满完成这件事。挑战是什么？”

“罗宾，”长老呼叫道，“是谁在门口那？”

我为格雷丝带路，走到第二会客厅。索普家族四代人聚在壁炉火堆旁好奇地张望着。孩子们坐在椅子和凳子上，做着针线活；更小的孩子则趴在地板上拿四副扑克牌来拍打玩闹。

长老认出格雷丝，露齿而笑。

“你躲不掉的，”他说道，竖起手指，顽皮地来回摇动，“没有人能忘记我们做过的炸鱼。”

“我做梦还梦到过了呢。”格雷丝说。

长老坐在他的座位上，身体前倾，脸上还挂着笑容，“什么风把你吹来了，总理?”

“我想和索普小姐谈谈。”

“在这样的天气里?”柏妮丝姨妈转头凝视窗户外面飞舞的雪花，“那肯定是重要的事情。”

格雷丝点点头，“是的。”

“我们要走了。”我说，“跟我来。”

“别那么急。”格洛里姑妈说，“我想知道你为何而来，在这么一场终生难遇的暴风雪登陆家门的时候，按理说你应该在你们的山上，和你的皇家骑士团一起抵御风暴，可你却现身于此。”

格雷丝惊掉下巴，“我们的事从未逃过你的法眼，是吗?”

“没错，”格洛里说，“你趾高气扬地走遍镇子，头顶的光环闪耀发光，还想着没人知道你的秘密。我们都知道的。我们要想从你手中幸免于难的话，就必须知道这件事。”

“格洛里姑妈，”我说，“我不认为格雷丝有时间了解这件事的来龙去脉。”

“你给我乖乖待着。”柏妮丝姨妈指着格雷丝，“只有一个原因能让她在这样一个时间点出现在这里。那就是她知道了我们圈子的事情了，她是来这逼迫他们就范的。”

“我们必须联合起我们的力量，”格雷丝说，“这是我们唯一的机会。”

“嗯哼，”格洛里说，“接着你就把他们圈禁起来。”

“她说《巫术保护法案》已经废除了。”我说道。

客厅里的每个人都倒吸了一口气。

“那是真的吗？”长老问道，“格雷丝小姐，你说过你不可以——”

“康斯坦丁娜退位了，”格雷丝说道，“塞弗林现在成了国王。他就任的第一件事就是废除这个法律。”

“而且是你说服他这么做的。”我补上这句话，我知道除了这个，她也不会说别的了。稳重谦逊这个词，我是不指望从她身上看到了。

“这个决定是正确的，”格雷丝说道，“艾兰国每一位巫师都不会再受到迫害，她们会是自由且安全的。我及时地做了这件事情，也是因为我需要你们的人来帮助我们抵御抗击气旋风暴。”

我就知道，她肯定有想要的东西。为了得到那样东西，她还废除了《巫术保护法案》，改变了历史。而且是废除，不只是在合法决议中止法案进程中悬停它，而是从法律中抹去它的存在。我期盼梦境颠倒，人幻化为野兽、树木或是怪兽，那样法案废除似乎就说得过去了。

我不是在做梦。我知道这不是假的，但我还是感觉不真实，“你有没有令状的复印件？”

格雷丝耷拉着肩膀，“我没有时间搞这个。但雅各布·克拉克现在一定听到风声了——我想着大概这个消息已经满天飞了。”

“现在所有人都在警惕风暴，”我说，“议会今天可没召开。”

“我向你发誓，这是真的。”格雷丝答道，她从口袋里拿出一把白色刀柄的巫师刀，“在你家族面前，我以我的鲜血起誓——拜托了，请你们相信我。”

“你应该带着迈尔斯的，”我说，“没有人不相信他。”

“我不能带着他，他现在还很虚弱。崔斯坦也一样，情况不太好。”

格雷丝不是傻子。我就当看不见吧，就忽视她想谋获什么这件事吧。她太习惯被当成是受人敬仰的权威者。她知道我会说服其他人来相信她，就像她说服我一样。但我已经见过我的舵手邻居，他们面容焦虑地凝视西边，行驶着我们的帆船，将柴火和炉油带去给家族中需要这些物资的人们。

“我们知道情况不容乐观，”风暴板隆隆作响，我们像被禁锢在鼓里，我心慌起来，“可你出现于此，就说明这比我们想的还要糟糕。”

“还要糟糕？”格洛里姑妈问。远处，一道雷电打了下来，又在狂风中消弭。我们全都看向西边。

“那是风暴的边缘。”

格雷丝要准备以鲜血起誓了。但我仍保持沉默，站在族人中间一言不发。我能相信她的说辞吗？

我是否能承受得住质疑这个说辞的代价？

“我请求你，索普小姐，”格雷丝说，“这是让艾兰国存活下来的最好的机会。艾兰国上下都会对你的巫术致以最真挚的感激。我保证。”

她有权，国王似乎也关切着他的国家子民。她背后势力错综复杂，盘根错节，而她又是操纵者，掌握许多东西。我只是在拖延时间，是时候谈判一番了。

“风暴一旦平息，你第一步要做什么？”

“太多了，我现在没有时间一一列举出来，”格雷丝说道，“塞弗林登基，我们便有机会做些更好的事。但要完成那些事，我需要你的力量。”

我往后退了半步，“你说我？”

“我并不了解这个体制下任何程度的腐败，我也无法知晓。直到现在，我甚至都不知道还有个真正的问题掩埋于其中。我曾经还遣散你们这群抗议者。”

我有些愤愤不平，轻哼一口气，“为什么你不会这么做呢？从你所在的位置来看，没有什么地方是不好的。”

“我做错了。”格雷丝说道。

看，多简单，她那么轻易就承认了她的错误、无知和脆弱。她的坦白卸下了我的武装，她的诚恳碰到我的怀疑之墙，温柔地让它溶解掉。

格洛里坐得直直的，表情严肃凝重，“你现在需要我们的罗宾，是为了什么？”

“格洛里姑妈——”

“你怎么不知道她不是祸害？”格洛里喝道，“你又怎么知道她能信守承诺？”

“女士，”格雷丝说道，“你说得对。我并不值得信任，或者是现在并不值得信任。但我正在改变。你们都知道艾兰国哪里出了问题。罗宾了解民众所求，这就是为何我需要她——”

她转过头面对我，“需要你过来帮助我。”

客厅里一阵窃窃私语。我举起手，阻止了她们的发言评论。“你想要我帮助你？”

“你的视野是我所需要的。我也会让你通行无阻。你想要和国王对话吗？我能让它成真。你想要制定新法吗？我们也可以一起完美完成。你可以马上上任开始工作，薪资是一年 12000 马克。”

那就是一个月 1000 马克。作为一个外科医生，我完全可以赚取同等的工酬。她这是给我开低薪水。她想得到我的帮助——却又不知她自己给我提供了什么。

“汉斯莱总理，”我把手放在自己胯上，说道，“你知道我的视野是什么吗？你又是否知道团结联合工会想要什么？”

她眨了眨眼，思考了一下，面色开始变白，“乌扎达式民主。你们想让艾兰国变为像乌扎达联盟国那样的国家。”

“乌扎”这个词意味深远，无法用艾兰国语言翻译出来，它代表着“团结”，意味着“联合”，可却不止于此——它意味着同一社会群体的人民联合起来，对彼此有道德上的责任约束，需要服务彼此。

“我们想要的可不仅仅只是类似乌扎达理想主义民主。”我做了个手势，示意房间里的家族成员汇聚一起，但人群却越来越分散，“我们想让艾兰国变为乌扎达联盟国的中一员。”

格雷丝往后退，不敢置信我的言论，“乌扎达式国家可没有君王统治阶级。”

“是的，他们没有。”

“他们可是支持民主投票选举的。”

“对。所以你还需要我为你效劳吗？”

格雷丝思考着，脸上紧绷，皱纹浮现。一阵狂风拍打过窗户，她转过头，面向西边，试图感知那边的情况。

瞬间，格雷丝脸色变白，“没有时间了。我需要你加入我的队伍中，不管你是要颠覆所有秩序，还是要推翻所有传统什么的。我的答案是需要你为我效劳。但只有一件事，我们现在必须出发，拜托了。”

“去往海事大厅是个棘手的事，你怎么想？”我问道，“那风——”

“我的能量能保护我们俩，”格雷丝说道，“虽然我的能量会耗损掉，但也别无他法。”

格洛里姑妈叹了口气，“你不能去，罗宾。她说的都是花言巧语。可能是真的，但是不足以让我们冒着暴露巫师圈的风险——”

但她不可能撒谎，至少在法案废除和危险降临这两件事，她毫无假话。倘若我不帮助她，这场风暴来临之时，我们能否挺过去？

“我们需要她，”我说，“我们也不能承担风暴碗吞噬摧毁艾兰国的风险。我接受你的任命。”

“罗宾，”格洛里说道，“你想好了吗？”

为了做成这件事，巫师圈和我将会产生隔阂。他们会调查我、怀疑我，甚至回避我。但除了这个选择，我还有别的路可以走吗？

“想好了。”我说，“一切后果由我承担。走吧，去降服风暴吧。”

我们顶着嘶吼的狂风抵达海事大厅。我把前门拉开，风呼啸而过，门“啪”的一声又合上了。格雷丝狠狠地把门摔开，我们才得以进入前厅。门口堆满了靴子、雪橇板以及冬装，没什么空地，篮子里仅剩下几双毛毡拖鞋。

格雷丝脱下她的黄绿色半筒袜，“感谢你所做的一切。”

“毕竟我也没太多选择——卡洛塔。”

我微微一笑，巫师圈最会说人口舌的家伙看到了我，还冲着我走来了。

“罗宾，你在这里干什么？巫师圈就要——”卡洛塔·布朗的步伐停在门口处，直直地看着格雷丝，“是你。”

我捺住冲动，不让自己像个盾牌一样挡在格雷丝前面，“她是来帮忙的。”

卡洛塔像看着叛徒一样惊异地看着我，“你把巫师圈的事情告诉了一个外来者？不，更糟的是，你还把皇家骑士带到这里？”

“她说服了国王废除《巫术保护法案》，”我说，“现在这个法律已经不存在了。”

卡洛塔抬起下巴，“我知道这件事。雅各布·克拉克就在这里。但我们这个组织的存在仍是一个秘密。”

格雷丝咳了咳，“我知道这里有一群巫师，我也会保守住这个秘密。但如今艾兰国迫切需要你们的援助。我们必须一同抗击风暴。我会加入到我们魔法团队中——”

“你不能趾高气扬地走进这里，下达命令，要求我们——”

“冷静点，我的妹妹。”马龙从魔法结界中走了出来，“罗宾小姐。我相信你能给我们一个解释。我也相信你把我们暴露给别人，特别是这位女士，是有你自己的理由的。烦请告诉我——你相信她吗?”

我的呼吸变得急促强烈，“我相信格雷丝，相信她对于《巫术保护法案》废除这件事没有口出虚言。”

卡洛塔摆摆手，对我说的话嗤之以鼻，“我们已经说了，雅各布·克拉克告诉我们——”

“她说的是她并没有从克拉克那获得任何消息，我的妹妹。”马龙打断了她的话，“你说的是你只听了格雷丝的一面之词，就选择相信她。”

“没错。”我松了一口气，“我带她过来就是因为我相信格雷丝能让我们和她的皇家骑士联合起来，共同抵御制服风暴。我相信她会尽其所能保护我们。”

“我不确定我们双方人手加起来是否足够面对这场风暴，”格雷丝说道，“但总得一试。”

“说实话，”马龙说道，“风暴歌者，欢迎来到这里。你的计划是什么?”

当长老对她的到来表示欢迎时，格雷丝凝视着他，表情惊讶，“我可以加入我们的队伍中，但我不能这样做，也不能对抗风暴。”

“那你来聚合力量，我来编织魔法网，”长老说道，脸上的笑意蔓延开，“风暴在召唤。走吧，格雷丝公爵。你要站在我们巫师圈中。”

马龙带走了格雷丝。我加入到烹饪自助餐的志愿者队伍中，将盐和姜汁倒进鲜榨的苹果汁中，搅拌起来。风吼叫着，声音穿过大厅的墙壁。窗外，风卷起雪花，砸向窗户。屋顶也被风撞得啪啪作响，像是要掀起屋顶，声音十分刺耳。巫师吟唱的声音几乎被其吞没。但大厅是由造船工匠建造的，外面的气流一丝一毫都没有窜进来。

突然一声巨响让每个人跳了起来，这声音就像树在狂风中倒了下来。每一位被外面的声音吸引住的巫师都已经完全准备好了。大家吟唱着，联合作战，抵御风暴碗的狂怒。格雷丝的声音融入进了合唱。我的手指发凉。我们凝视着彼此，脑海里不约而同地浮现同一个问题：要是人手力量不够，该怎么办？

风环绕在我们四周嘶吼着，像是死神的召唤。风暴碗威力太大了。要是巫师人数不够——要是他们无法在风暴之下庇护我们——风暴将会撕裂艾兰国。死伤人数根本无法想象。巫师圈必须挺住。

马龙的弟弟莫里斯脱下他的围裙，穿梭在歌唱着的巫师之间，手放在他的羁绊伴侣的肩膀上。奥克塔维厄斯莞尔一笑，牵起莫里斯的引线，将能量注进巫师圈。特蕾西·劳伦斯也跟着莫里斯，把围裙解下，放在他的上面。所有巫术治疗师跟着他们，将其能量传入巫师圈中。这是我们阻止这场暴风雪的唯一一次机会，让我们从可能被活埋的险境中获得一线生机。

这是如此地英勇壮烈，但人手够吗？这里只有20位巫术治疗师。风暴已经和我们面对面撞上了。太迟了，我们现在不能找到更多的人加入进来。除了我之外，所有巫师都在编织魔法网，注入他们的魔力，但这意味着我们的力量就足够了吗？

不够，我心里很清楚我们的力量远不足以抵御这场风暴。

暴风没有一刻消停下来，也没有平缓下来；雷电撕裂天空，响声依旧。巫师们没有足够的力量，即使联合起来了也还是不够。现在我们已经来不及寻找更多巫师，只有这个房间里的魔力能为我们所用，但这远远不够。

我现在可以走进巫师圈中，传递能量给他们。但也仅我一人。他们需要的是一百位巫师的能量。

突然，一个答案浮现在我的脑海里，如闪电般明亮。

我倚着冰冷的、手工镶板的墙壁，闭上双眼，让自己的呼吸平缓下来，用我的歌声穿透暴风，向四周延展我的感知力。破开暴风雪，我找到了他们——他们站在一个陌生人家的遮挡物之下，在门廊处挤作一团，无助迷茫。直到我的魔力触摸到他们，才回过神来。

我紧靠着墙壁，绷紧双腿，让感知奋力向前。我吟唱着，召唤着，直至黑影爬入我的视野内。我把魔法网延伸得宽了一些，一个，两个，更多的灵魂被我感知到。这是我能做到的极限了。

亡者穿过坚实的墙壁，聚集在我的周围，看来我的召唤让他们好奇不已。许多亡者回应了我的召唤。当他们围绕着我时，我伸出手，吸引他们的注意力。

“我们曾残忍地利用你们作为我们的能量。但现如今我们需要你们。”

一个穿着细直条纹学院夹克的幽灵怒视着我，“你从不想要我们出现在你面前，现在还有胆说出这话?”

“我们大多数人不能听到你们讲话，和你们交谈。只有我可以。若你们需要我，我会作为媒介帮助你们。”

“你是指我们所有人?”幽灵问道。

“在我能力范围内，我都会帮助。”我回答道。

“成交，”他说，“你需要我们做些什么?”

“这场暴风雪来势汹汹，仅凭我们数人之力无法抵挡。你们可以加入进我们这里的巫师队伍中吗？你们可以挽救我们的生命吗?”

“既然你发出请求，”一个女幽灵说，“你能看见我们，也能听见我们。你的请求，我们接受。我们会助你们一臂之力。”

幽灵来到一个又一个风暴歌者的旁边。他们身穿逝世前比较潮的服饰：突出曲线的腰带，垫肩很厚的短夹克，还有一个小幽灵收集起下垂着的天鹅绒褶边，那是她母亲下午茶招待客人时所穿着的宽袖礼服上的。

外面，风衰减下去。对我们来说，这就像是一个惊喜。

每个幽灵将一只手放在巫师们各自的肩膀上，借出他们的力量。巫师圈的天气巫师吟唱的力量增强，比他们原本的力量更强大，足以平息直击海岸的怒号暴风。

现世的巫师和踊跃的灵魂全身心投入这场抗击中，直至暴风停止嘶吼，屋顶上方恢复平静。河畔城的风暴编织者解开他们声音的编织网，放下魔法引线，跌进椅子的怀抱，口渴难耐，头晕目眩。

治疗师们踉踉跄跄地踱回补给区域，颤颤巍巍地倒着果汁。幽灵则游荡着，随后停下来凝视着巫师们，就像他们常常看着萨敏丹族的船只的壁画，海面上风吹过，他们船只的白色船帆就鼓了起来。我们头顶上的吊灯晃个不停，所有人的影子也跟着晃来晃去，让人眼花。在这里，离风暴歌者网中心不远处，格雷丝·汉斯莱手脚无力，倒了下来，呼吸粗重。

我穿过巫师们，俯身靠近她，递上一杯加盐苹果汁，“把它喝掉，不然会你昏厥过去。”

“谢谢，没有你我们不可能成功。”格雷丝微微抬起头，朝我露出一个苍白的微笑。我把手放在她的前额上，她整个人湿漉漉的。我用手指按着她的手腕探查她的情况。她的脉搏很微弱。

我动了动嘴皮，没有控制住自己，出了声：“你做的太多了。”

好在当我感觉整个房间如同倾斜一般，十分闷热时，格雷丝已经大口咽下果汁，用手背擦了擦嘴唇。她没有昏厥过去。

“我们需要每一丝力量来阻止这场风暴，”格雷丝说，“将幽灵之力纳入其中是天才之举。你的人，这些巫师，他们……让我很震惊。”

“你没想到他们有这么厉害。”

格雷丝耸耸肩，“以前我觉得我是最厉害的。但在这个房间里，我甚至不能挤进前十。要是皇家骑士发现他们只是巫师中的中等普通之辈，你觉得他们会尖叫起来吗?”

“你这样的反动言论很危险啊，”我说，“你找到我是想联合起巫师圈和皇家骑士团的力量，我们已经做到了。你现在是时候听听你得付出什么。”

格雷丝点点头，从走过的侍从的篮子里顺走了一个凹凸不平的赤褐色苹果，“我准备好了。”

“你推动法案中止进程进行，说服国王废除《巫术保护法案》，现在我们都是自由的了，除了还有上百位巫师仍散布在艾兰国的各个角落里，被关在精神疗养院中。我要你把他们放出来，现在。”

格雷丝停止咀嚼。当她开口时，语气严谨，如同心里排练过一样。“我并不是想拒绝，我也并没有说不。”格雷丝咽下最后一口补给强化的苹果汁，“但要说可以，那就是明晃晃的空话。我本可以说，‘当然啦’，这一刻，那些巫师就能获得自由，被放出来。那根本什么用都没有，根本没有地方容纳他们。”

“他们有地方去，”我说，“家族房屋可不止一两间空房。”

格雷丝挑挑眉，“那可是接近一千位巫师。”

“我们能接纳他们，”我说，“下一个问题。”

“以太能量已经耗尽了，我没有任何办法告知精神疗养院，让他们释放所有巫师。而且我该怎么把他们送回家？”

“坐火车。”我说。

格雷丝抬了抬头，“然后呢，现在火车是什么状态你知道吗？”

“我们有了一位新王。法律上说了，一位新君需要在他的加冕礼后 90 天内召开选举大会，任命一个新的内阁。那就意味着能传递这些话。没有电话，电报和无线网络，那声明公告就必须在人群中口口相传。”

“但火车轨道被雪覆盖了。”格雷丝说道。

“所以塞弗林国王需要召集每一位服兵役的士兵，对轨道积雪进行处理，过路人也可加入其中，政府可雇佣他们与士兵一起完成这项工作。除了这个，你有什么别的解决方案吗?”

“你说得对，我们只有这一个选择，但那也意味着巫师们仍需要被关押数周。”

“如果你能想到别的方法，能更快地接他们出来，我愿闻其详。”

格雷丝咬了一口苹果，在心里权衡思考了一下，看起来似乎还有别的办法，“事实上，我还真有。”

格雷丝审视了整个房间，眼神停在巫师们身上，他们正喝着带盐苹果汁来补充能量。格雷丝拉开自己的椅子，站了起来，只剩下身体还有一点点摇晃。

当然，这最好不过了。“跟我来，”我说，“若他们恼怒了，我或许可以反问他们还有别的选择吗。”

第二章 灰星帮派

格雷丝在讲话时认真严肃，没有吊儿郎当。第二天一早，我穿上我最好的衣服，徘徊在通风良好的前门。自从与马西森医生签订劳工合同、成为博勒加德医院的护士后，这件灰白色短夹克和这条褶皱裙就再没从衣柜里拿出过了。还有这双闪亮的黑色高跟鞋，把我的脚趾挤在一起了。

我们做得很好。雪只下了一英寸，很快行人道上的积雪便被清理到了街道上，随后被压实。马龙将其称之为不可思议的胜利，称赞我是艾兰国的救世主。

事实上，我并不是，是那些逝者，是他们行动起来挽救他们所爱之人。我所做的只是向他们寻求帮助。格雷丝昨天就已回家，她要回去商量谈论重组皇家骑士的事情，以协调两方巫师圈力量。她向我允诺，明天一早——也就是今天，要带我觐见国王陛下。

步调一致的马匹拉着格雷丝显眼的橘色雪橇停在家族大屋。冬日的寒冷渗透到每一处角落，冷风吹过街道，泛起寒意。我把斗篷披在身上，冲了出去。

格雷丝舒服地依偎在椅子上，身上盖着一张编织毛毯，一面是北方长毛山羊的底毛，一面用修剪过的海狸皮毛作内衬。她和我分享了她的毯子和脚炉。此时，马匹慢跑过山丘，穿过主干道来到国王大道，跑向蒙特罗斯宫殿。格雷丝和我抽着烟。乔伊靠着我们坐在长椅上。格雷丝朝她点点头，如同对着一个有血有肉的人。

我与艾兰国皇家骑士中最富有的人之一、新王的总理、拥有最多权力的人并驾齐驱，驶于路上。但这仍阻挡不了我向广场上聚集起来抗议的人群挥舞我的拳头，表示我的支持。他们中的一些人亦以此回应我，也有些人转身忽视我。

“实在抱歉，”格雷丝说，“这该死的雪橇。”

“看来有人不认为我们应该和你们这样的人联合起来啊。靠近你就会被你同化渐而堕落。”

格雷丝微笑着，“你确定?”

“她们的担心是对的，”我说，“在经济上我可能需要你的支持，然后你知道的，下一件事就是我在宣扬卑鄙的渐进主义，我称之为妥协。”

“但是妥协就是政治运转的原理。”

“政治要妥协，而我们要改变。”

“塞弗林有个计划，”格雷丝说道，雪橇转了个弯，她向我这边倾斜，“他将会在加冕典礼上宣布。我要你前往，亲耳听听这个计划。”

“你对这个计划有什么看法吗?”

格雷丝草草地点点头，“我觉得过于谨慎保守了，我想要大刀阔斧地改革。这就是我为什么要你出席的原因——我需要展示你们真正需要的是什么，再配上我的说服技巧。”

一群鸟儿鼓动翅膀起飞，声音骚乱不停。

“那我便要作为你的顾问为你效劳，这样一年可得 1 万 8 千马克。”

格雷丝端坐起身子，很是惊讶，“我说的是 1 万 3 千马克，但看在是你的分上，我能提到 1 万 4 千。”

我的价值可不止这么少，我和自己说，心里一直打鼓。她知道的。“1 万 6 千，外加上有薪假期。”

“两次国会期间你会有几周的停工期。”

“我的家族智慧将会为你所用。1 万 6 千，外加上有薪假期。同时我们翘掉雪霜之月一号那天的工作，我得回医学院一趟。”

“说实话，你认为经过快要一年的停工，你还能做好这份工作吗？”

“要是雪霜之月一号以后我不能令你满意，那我们就是在浪费时间。”我说，“我不会在工作期间喝茶聊天，我会利用好自己的职位，尽可能在工作的这段时间做出更多的改变。”

“我的办公室可以给你当办公地点。”格雷丝说道，“好吧。1 万 6，外加带薪休假。还有我会给你提供旅游津贴，要是你有需要，你可以到境内的任一地方。”

“那我什么时候正式接收这一任命？”

“在你说服你的人和我们联合起来是明智之选之后，”格雷丝说道，“定在为解放的巫师所设的庆祝会后一天吧？这样我们就有几周时间准备我们的倡议，争取联合契约。”

倡议？噢，我的老天爷。或许表姐奥琳娜可以协商一下？我得在晚餐时候问一下她，要是她不能做到，我就得需要另寻他人了。我扯扯嘴角，假笑着，“庆祝会三天以后吧。庆祝会这段时间我们会很忙，结束之后我需要休息一会儿。”

“很好。三天就三天。”格雷丝答应道，伸出手，“我有感觉我们的合作会是非常出色。”

“成交。”我把手从奢华的雪橇毛毯下伸出来，与她握手为定。

我之前来过政府大楼。但格雷丝的车夫乔治带我们绕了过去来到空旷的广场，上面宽大的石阶站着女王警卫——好吧，他们现在应该要被称呼为国王警卫——他们穿着绯红色斗篷，内里是军礼服，挺直地站在冰天雪地中。门口的警卫仔细查看我的身份证上的细节，比较照片和我现在的样子，最后让我通行。

当我还是个学生的时候，我曾去过皇家画廊。但这里的大门可远远比皇家画廊的更宏伟。大理石瓷砖铺遍所有的墙壁。以太垂吊灯以黄金装饰，在高耸的天花板上悬挂着，朦朦胧胧；小巧的瓦斯灯努力照亮巨大冰冷的门厅。一系列大理石雕像摆放在大厅中央，成圆形状——其中有 17 座雕像被蒙上了纱，只能靠他们手持的东西来辨别出是谁。

正义者梅纳斯手持卷轴和翎笔。创造者哈里安，一手拿着雕刻凿子，一手拿着锤头。格雷丝由着雪橇径直滑行过去，对这些信仰般的雕像熟视无睹，似乎他们对她来讲，只是些普通人。

怜悯者丽莉娅一直都是我的偶像，她的教义不断引导着治愈者。我碰触她的脚趾，我像其他来访者一样，带着十足的信仰碰触着她的脚趾，抓着旅行者阿麦尔，也就是安息之国之门的女士、亡灵的牧羊人的多节棍。

她是我的家族的赞助人，自我知道她后，她变成了我的信仰。不过现在我得走快点追上格雷丝，她已经走到一半，快到出口了。

要是不想那些想要逃离饥饿，渴望有家可归的难民，蒙特罗斯宫殿会看起来更漂亮。但我无法忘记那些难民。我注视着每一个光洁雪白的小雕像，每一个制作精湛的水晶花瓶装点着香气馥郁的药草和常青枝。侍卫们驻守在大厅，无心顾及里面挂着的画。他们注视着我走过他们身旁，走向宫殿的一个大使厢房。这间厢房是一百年前的雕木装潢的房间，古色古香，让人感觉仿佛回到了过去。

这里的守卫正是半神国人，穿着短褶边宽松裤和无袖上衣，以皮革束腰。他们腰间挎剑，手持强力弯弓，头发扎成辫子，显露出脸和耳边的银制饰品。他们之中只有一部分人是白皮肤。格雷丝朝他们点头示意，他们也全部微笑回礼，不像国王卫兵那样表情坚忍，眉头半蹙。

“我们要在这做什么?”我问。

“午餐时间你要面见艾菲女大公，”格雷丝回答道，“我们来这醒醒神。”

“和守卫者的女儿?”我拍拍披风前面，试图拍走原本不在那的绒毛。

“还有塞弗林·蒙特罗斯。”格雷丝说道。我咽了口口水，这时她在一道雕刻着同心圆环的双扇门前停了下来。

这个房间仿若一个以水晶和钢铁装点的、带有格栅的樊笼，守卫就像打开明亮的珠宝盒一般开启了大门。我傻傻地看着眼前这一切，一名茶褐色皮肤的女子坐于吉他凳之上，演奏出的音乐悦耳动听，闪着光的蝴蝶随乐翩翩起舞，让人感到不可思议，此时无人歌唱伴奏。

她的视线从指板上的手指移开，停止了演奏。随着指板声音减弱，蝴蝶扑闪着逐渐消失在眼前。女大公把精美的吉他放在坐台上——她穿着单层长袍，袍子调和以最精美的蓝色调，浑身光彩夺目——轻快地迈着步履朝我们走近。

我从未虔诚信仰宗教的那些故事。我知道那些神话；我曾经参加寺庙举办的祷告活动。但我把创造者和半神国的传说当成寓言故事。

但艾菲女大公不是传说。她是如此的高挑，我不得不抬头望她，就像我伸长脖子想要平视格雷丝一样。她的脸庞就像完美雕刻的艺术品，深夜般黝黑的眼眸本应让人觉得美丽而又危险，却溢出善意和好奇。她金黄色的头发蓬松卷曲，发丝缕缕低垂，发尾触及她的臀骨处。一想到她要用什么东西梳理那头卷发至柔顺无缠结；在她睡前要用多长时间来挽起头发包在丝绸中，我的头皮就发痛。对于萨敏丹女性来说，头发是她们的荣誉和骄傲——从所有半神国人惊异深刻的神情中我得知，他们也赞成这一观点。

“我，再次为那顿隆重的宴席款待，向你致以谢意。”艾菲女大公如是说，“我听说你就是那位力挽狂澜，救艾兰国于水深火热之中的女士。”

“我并没有。”我说，“是亡灵救的。”

“但你是想出这个办法的人。”艾菲女大公说，“亡灵随后注入的力量使你们撑过了这个冬天。这也是因为你的聪明才智，才得以让这一切发生。”

“感谢，殿下。”我接受了她的谢意，因为当你回拒别人对你的第一次称赞时，第二次回拒便是将别人对你的敬意扔到对方的脸上。

“我很高兴今天能助力你达成你们一直以来所努力抗争的事情。”艾菲说道，“我们三个一道行动，我很有信心艾兰国的新王将会看到这场抗争的理……啊，他来了。”

大门开启，塞弗林·蒙特罗斯走了进来。我低下头，他却径直朝我走来，站在我面前，和我保持一定距离。塞弗林的嘴角抿着，透露出厌恶，随后严酷地看着我。

“所以你就是宫外那群抗议者的带头人吗?”他说道。

“是的，”我回答道，“我和剩下的团结联合工会成员，都是这场抗议的带头人。”

“你们的抗议扰乱参观宫殿的游客秩序，但你说的，可不是为这一行为道歉的话。”国王说道。

“陛下，确实如此，”我对他的话表示赞同，“您如今确实正忍受着这种不便。我们的抗议实是请求您建立一个更完善更好的艾兰国。”

“罗宾那天机智的举动将我们从风暴中解救出来，”格雷丝说，“我请求您面见她的时候就告知您这事了。”

“我知道。”国王直直地看着我的脸。就算他是个普通人，不穿潮流前端的衣服，在这里他就已经足够帅气了。不过他身着的这套深紫色，接近紫黛色的羊绒套装是君王专用。微蹙的眉头也尚未损耗他任何一丝帅气。“艾兰国感谢你的帮助。我的朋友，汉斯莱总理说你有一个需要我帮忙的计划。”

噢，该死的！我有准备回答问题，没想过要直言我的计划，我绞尽脑汁想说辞，“我做的这一切皆是因为汉斯莱总理允诺我，她会运用她的权力助我完成我想要完成的事情。”

“所以你希望能请求我帮助你。”

“是的，陛下。数十年以来，我的同伴为废除《巫术保护法案》不断抗争努力。如今您已废除这个法案，为此，我向您表达我衷心的感谢。”

“可你不会解散宫外的抗议者。”

“事情还未圆满结束，陛下。”我说道，“纸面上，巫师确实已经自由了，但他们仍困在精神疗养所，等待大雪融化，情况也愈发恶化。我想让她们真正被解救出来，越快越好。”

“这也是我的期许。”艾菲女大公说道，“我知道你能理解我，对于囚禁无辜者这一行为，我很愤慨和忧虑，同时我谴责这场恶行背后的动机。索普小姐是一位有着宏大理想的女性。”

“我怎么能抵御你们两位的言语轰炸呢？”塞弗林问道，面对着女大公，他的微笑愈发迷人，“但铁路干线被雪埋得太深了，在阳春之月雪融化之前，我们可能无法完成任务。”

“但你得召开选举大会，”我说，“那就意味着铁路必须开始运行，我想我知道有种方式，能比人力铲雪更快完成清理铁路积雪的任务。”

我必须相信眼前这个男子。我必须相信严冬过后，他会保护我们，“你召集你的皇家骑士中的风暴歌者，他们可以施展魔力，平息不同的天气问题。但在河畔城，我们召集拥有风力编织魔力的巫师，因为对于萨敏丹风力编织者来说，他们最常见的职业就是航海家。”

“这就解释了为什么萨敏丹水手身手敏捷，”塞弗林说，“所以你提议我们召集风力编织者来清理铁路干线。”

“是的，他们需要人手支持，当然，充足的食物和足够的休息时间必不可少，还有医护人员以及其他的便利设备。他们会努力干活，清洁铁路线。你不能因为那个技能看起来不够高级，就少发放公共服务金。”

“啊哈，很好。那应该需要支付多少？”

“20 马克一周。”

塞弗林眨眨眼，“那可是平常公共服务金的四倍。紧急情况下，我们一般给双倍而已。”

我耸耸肩，反驳道：“对啊，这次更多。”

终于，塞弗林小有惊异，稍稍带点敬意看着我，“这是为王国服务的事宜。但我大概可以提供 2.5 倍的公共服务金。对于那些表现卓越——”

“4 倍的公共服务金，塞弗林。”艾菲女大公打断他的话，“你必须解放他们。我喜欢速战速决地解决问题。对于他们运用技能快速优质地完成工作，索普小姐清楚其价值。他们应该得到和平时一样的酬劳。”

“事实上，女大公，身为航海家的他们在一次航程上必定能赚得比这多得多。”我说，“他们能获得货物销售中的一份额，但因为这是紧急情况，酬劳减少是合理的。”

“现在你都了解了，”艾菲说道，“你会支付这笔钱吗?”

塞弗林偷瞥格雷丝一眼，“你提议我们见面的时候，心里就有谋划了。”

格雷丝没有扭捏作态，装作无辜，“这是他们应得的。你很清楚他们所做的一切。没有他们，你不可能以这么快的速度完成铁路线清理工作。”

“但内阁——”

“内阁就要遣散了。你不需要与他们商议。”

塞弗林叹了口气，“好吧，我会将消息传达给工程师和工作人员。你需要多长时间能将清理工作安排上正轨。”

“后天，”我说，“我还得费些口舌去说服他们。”

“那什么时候你能停止这一切，”国王指了指我那夹克袖子上用针别住的黄色丝带，“这场激进运动。”

“工作完成时，陛下。当太阳在更好的艾兰国升起之时。望此愿景尽快来临。”

他向我眨眨眼，收起他所有惊讶的神情，面容严肃，“这会比你想得来得更快。你可以退下了。”

茶还没沏上。乔伊和我后退了三步，转身向门口走去。艾菲不满地看了塞弗林一眼，但他只是看着我们离去。我的肚子咕咕地叫了起来，但我要回家再吃饭。计划开启，我现在有工作要做了。

我们得为到来的巫师们准备衣物，但我不可能在睡梦中组织一场衣服捐助活动。我让我的同伴明天一早就去拜访我们的邻居，跟他们谈谈这件事。河畔城的五角街不是最繁华的地段，但即便是这里的居民，也可以找到一件多余的毛衣捐赠出来。我路过一架货物雪橇，上面有一半的地方堆满了衣物，这些衣物没有多少需要缝补的地方。街区每间房屋的居民排好队捐出了他们可以捐的东西，然后跟我登记他们失去的亲人，以及他们印象中那些亲人现在大概的地点位置。

我拿着带夹写字板和钢笔，站在货物雪橇后面，一束晨光洒在我身上。我面前的女人穿着一件有食物残渍的围裙，系紧绕了一圈又一圈的围巾，手插围裙兜里。

“朗尼·费希尔，”她说，后脖上的硬包块在她长长的头发中显得突兀，“朗尼是我的表弟，他被带去了诺顿精神疗养院。你们要去诺顿精神疗养院对不对？你们要把他们都接回来吗？”

“不把每个精神疗养院清空，我们不会离开。”我在分类表上标记出了诺顿疗养院，这可能是朗尼所在位置，“你可以收留他吗？”

“我只有一个房间，阿姨，但我也不会把他丢在冰天雪地中。如果他在山顶上的家不收留他，那我会接手。”

“你是金尼·费希尔是吗？”

“金尼·史密斯。我结婚了。我的丈夫在兰尼尔战争中没了，而寡妇的体恤金相当于没有。”

"抱歉，"我说，"你现在的工作是什么？"

"我在一个工厂里做面包师。"

我从口袋一堆卡片里抽出一张硬小的卡片，"你要不要去社会服务办公室，和那里的工作人员说一下你是一个面包师？火车上需要工作人员，像你这样的人可以去那里工作。"

"谢谢你的提醒，阿姨。我会去的。"她拿上我给的卡片，转身离去。

下一位和我登记的是个鼻子红红的男人，衔着烟斗，抽着烟，一股刺鼻酸臭的烟草味飘来。我不由得皱了皱鼻子。他捐掉旧的衣服，给我讲了一个故事，一个关于他失踪的侄女的故事。我把它写了下来，接着赶上雪橇，准备和下一个在精神疗养院失去家人朋友的人交谈。

我交谈过的人中间有一部分还没放弃希望。他们心中充满希望，以此存活，相信他们所爱之人最终会被释放、回家、然后生活回归正常。儿子，兄弟姐妹，丈夫妻子会归来，回到那个他们曾被带走的地方。我很努力不去打碎他们的希望。这种强烈的期望很容易就会被现实摔碎，希望陨落的瞬息间，他们就会如坠万丈深渊。

"我孤身一人太久了，"一个男人对我说，"这次我们俩有没有机会重聚？"

我微笑着，写下了他妻子的名字，"这次会的，肯定会。"

"她就是我的一切，我的玛西娅。"他说，"她唱歌很甜，歌声像铃铛一样。只要她发现了生病、受伤或者挨饿的动物，就会为他们疗伤。她以前是如此地善良，以前到现在都是如此地善良。”他换了个说法，“她一来，鸟儿都唱起了歌。”

他突然不再看我，望向了另一处，脸色变得蜡白。

“不好意思，我先走了。”他说道，“祝你好运。”

他来回挪动脚步，谨慎缓慢地回到自己的房子里。人群匆忙返回自己的屋子，还没来得及和我们这些登记人员说起他们亲属。

八位灰星站在第二东路和海扇路的十字路口，这样称呼他们是因为他们穿着烟灰色的服装，全年戴着黑色护目镜，阳光照在护目镜上，也隐隐透着灰色。灰星人看着人群作鸟兽散，加快前进步伐，向我们靠近。

志愿者呆呆地看着灰星人们，不作声响。我也动了起来，直至移动到志愿队伍前面。我稳住脚，抬起头。要是有人看到我在寒冷中呼出的雾气，就会知道我的呼吸变得过于急促。

灰星人的步伐一致，靴子在夯实的雪路上咯吱咯吱作响，随着那有节奏的步伐声，我的心脏在胸口处怦怦乱跳。他们向我走来，像三角楔子那样霸占了整条街道。一个女人站在他们中间，统领这个队伍。

我心里有些紧张，但还是抑制住，没有表现出来。杰米尔·沃尔夫踱步走了过来。她戴着防眩目镜，衣服从头到脚都是灰色调，从雾灰到深灰。一条黄色丝带在她的左臂飘扬，和我外套上的带子相互映照。

“早上好，姨妈。”杰米尔笑了笑，她的前牙掉了一颗，留下的空隙十分打眼。她往后甩了甩辫子，骨珠在两端自由摆动，碰到一起时，发出咔哒的声响。像其他人一样，她叫我姨妈是出于对我的尊重，我们血脉疏远，而且她还游离在族外。尽管沃尔夫族人无法无天、臭名昭著，可敬的索普家族也并没有展现出与他们有一丝一毫的联系。但怎么说，她还是我的亲戚。我站在原地，问候她和她的追随者。

“早上好，杰米尔小姐。”

“我看你是来五角街募捐的吧，”她把头歪向一边，“我不记得你有来征得过我的同意哦。”

说起杰米尔·沃尔夫，她可是五角街的“主人”呢。每一家想要开门经营的店铺，每一个想要守好他们的财物的租户——他们都得交保护费给杰米尔。当街道上的人家玩预测金斯顿证券交易所收盘数字的游戏时，也得把当天一半的收益交给信差，这意味着又交了一笔钱给她。他们购买了沃尔夫家族的大麻树脂后，又要付给她更多的钱，然后在烟雾缭绕中进入忘我的梦境。

杰米尔把她家的贩毒团伙和敲诈勒索者组织成了一个高效、赚钱的企业。她就像一个工业王子，善于赚钱，至少她也像他们一样无情。当杰米尔说五角街属于她的时候，很少有人敢不同意。只有傻瓜才会当着她的面否认她这番话。

“我们没问。”我回答道，“不过，我们接下来要去你那边，看看你有没有多余的衣服。我们什么都需要，但目前鞋子是我们主要收集的物品。”

“鞋子，”她说，“我一直很佩服你对社区的奉献精神，姨妈。实际上，我很佩服你那股猛劲。所以，你到底在做什么？”

“我们在收集衣物，记下那些被判处终身监禁在精神疗养院的亲人和爱人的名字。”我说，“我们要带他们回家。”

杰米尔身子僵住，她紧紧盯着我，那股压力让我整个人呆滞了一下。她不可置信地张开嘴，用一只戴着灰色手套的手捂住了嘴。

“你要去救杰克，”她呼吸急促起来，“他要回家了。”

杰米尔·沃尔夫看见了希望。仅仅一瞬间，她整个人就充满希望。

“你能告诉我他被带去哪里了?”

“净化之屋，在拜韦尔。贝斯尔。”杰米尔举起手来，招呼人过来。

一个身材魁梧，粉脸的男人走上前，他有一头浅金色头发，脸颊一边有一道细细的白疤，“怎么了，杰斯?”

“这些人需要鞋子和冬靴。”杰米尔说，“去拿给他们。”

这位灰星人身形一动，溜进了附近的一家商店。

“你不需要这样做。”我说。

“我不会给我弟弟二手鞋。也不会给二手衣服。你会拿到最好的东西，姨妈。我会看着办的。有什么需要，尽管开口。”

“你可以带你弟弟去买，”我说，“我不能接受抢来的东西。我很感激你展现出来的姿态——但别再让他们这样了。求你了。”

那位灰星人从商店里走了出来，胳膊上堆满了鞋盒。

“姨妈，它们都是捐赠品。”

我叹了口气，“杰米尔小姐，不要这样。如果你把他们的库存商品都拿走了，他们就付不起保险费了。”

杰米尔叹了口气，“好吧，我知道了。拿回去吧，男孩们。留一双十号鞋码的。剩下的还回去。”

他们转身去归还刚抢来的货物。杰米尔回过头来对我说，

“姨妈，你有什么需要，只管开口。但请你确保杰克拿到他的新鞋，可以吗？告诉他我在等他回家。”

她召集起灰星帮派的人，带着他们离开了。风拂过她的发丝，如希望轻抚着她。

第三章 净化之屋

巫师释放那天的早晨，阳光明媚，晴空万里。我和三十名身穿厚实衣物的风力编织者连队爬上菲利普国王山。迎接我们的是我几周没喝过的浓咖啡，还有新鲜温热的糕点。

马龙负责处理风力编织者的班次，派了其中两个人登上火车的动力车组。火车烟囱冒着烟，煤燃烧后留下残渣，这景象对于我们来说倒也蛮奇特的，但这样一来，如果有紧急状况，所有的火车便可以使用煤维持运转。人们聚集在站台上，有些人围起来分配着火车上的工作，有些人则出来围观，倒挡住了别人的视线。

“他们要开始清理积雪了。全部靠后站。”马龙喊道，“到里面去。进去！”

没有人动。马龙耸耸肩，自己先进去。格雷丝走了出来，和我一起站在围观的人群中。

“怎么回事？”她问道，接着抓住我的胳膊，“我们应该进去。”

“可我想看看。”

“在外面可不行。快进来。”她拉着我。风开始改变了方向，吹得更猛、更快。雪飞了起来，扑打在我的脸上。我不得不顶着大风，和其他人一起走去门口，在火车站内避难。

外面，狂风呼啸。漫天狂舞的大雪，硬生生把火车与候车站分隔开，只能隐约可见火车轮廓，仿佛一场小小的暴风雪侵袭了火车站。这是风力编织者在施法。

看到这景象，车站内的人惊呼不已，但他们还是从风力编织者旁边散开。风力编织者耳朵上戴着一排排穿孔耳环，长长的发绺梳成髻，头巾戴得很高，再加上那华丽的针织毛衣，让他们在围观者和政府工作人员中显得十分突出。

有些顽固派坐在会客室里，一度宣称他们可不怕巫师。但当面对巫术这种不可思议、难以置信的天赋时，他们就退缩动摇了。

风停了。雪花星星点点地落在原本仔细清理过的平台上，映着阳光闪闪发亮。铁轨清晰可见，积雪被风力编织者的法术清理得一干二净。马龙拍了拍手，回荡的掌声吓了众人一跳。

“做得够好了。”马龙说，“上火车吧。”

风力编织者向门外走去。我和格雷丝跟在其后。我们戴上雪镜，可仍需眯眼才能看着头上的太阳，围观的人正小声交谈着。

旅途耗时比平时长，但我们估计太阳下山时能到达目的地。我们把车开进了拜韦尔车站，午后的太阳照着堆积在小镇上的雪堆。我们在餐车里吃了饭，而工作人员则辛苦地把马从牲畜车上牵出来，拴在雪橇上，准备继续赶路，去往净化之屋。我和格雷丝共乘一辆雪橇，两个人共乘还能抵御一些寒气，积雪在阳光的照耀下熠熠发亮。

“今晚晚些时候我们就会回到金斯顿。”格雷丝猜测，然后指着雪地里的一个小丘，“我想那是我的车。”

“这就是你破坏以太网的地方？”

“就是这里。不知道弗雷德曼医生怎么样了？”

“弗雷德曼医生是谁？”

“主任医师。”格雷丝说着，深吸了一口冷气，“现在比以前好多了。以前我们在这里的时候，这里的气息令人痛苦，只能用可怕来形容。”

我们穿过大门，停了下来。建筑物被埋在雪堆里，杂乱无序，就像长臂斜着从中间延伸出来。山墙屋顶建得高而陡峭，飘飘洒洒的雪从这落下，堆在一楼窗台的下面。格雷丝没有等着被人从雪橇上扶下来，自己走下了雪橇。我慌忙地跟在她身后。我们一边研究着这栋建筑，一边等着警卫和医护人员把他们自己从雪堆中解救出来。

我瞥见上层窗户里出现一张小脸。我眨了眨眼，盯着那块空荡荡的地方，倒是乐意那张脸再次出现。

“怎么了？”

我摇了摇头，“我想我在上面看到了一个鬼魂。但只是一瞬间。”

格雷丝点了点头，“也许有很多人留在这里。”

她带头走到前门，然后往里走，走到一个空荡荡的、寂静的门厅时，我们停了下来。

“这里发生了什么事？”她问，“人去哪了？”

“啊嗬!”我冲着天花板方向喊道，“啊嗬！谁在这里?”

重重的靴子声在楼梯间咚咚作响，一位穿着白色制服的护士出现在我们面前——巫师疗养院请了护士？他看见我们很是吃惊，还用一种很冒犯的眼神盯着我们。当他看到艾兰国总理和穿着制服的国王卫兵时，眼睛里充满着恐惧。

突然，护士在楼梯上绊住脚跟，向后翻倒，谢天谢地，他是背部着地。他起身，慌忙跑到离我们几步远的地方，“你想要什么?”

制服口袋上绣了他的名字，与我以前工作时的制服如出一辙。我往前走了几步，比起格雷丝，我的身影倒没那么吓人。我个子不高，慈眉善目，没有露出虚假的笑容。他看着我，松了口气。

“你是乔丹·塞勒斯吗?”我问。

他拍了拍自己的制服上绣着的名字，“对。”

“我们是来释放巫师的，塞勒斯先生。”格雷丝递给他一份系着丝带的卷轴，“这是由官方签署并盖章的令状副本，把它拿给你们的院长，然后让工作人员向我报告，以便得到进一步的指示。”

“院长不在。”护士重新站了起来，整理了一下他那件过大的制服。

格雷丝没有接受他的借口，“那就转交给代理人吧。”

塞勒斯摇摇头，“他们换班后就离开了，绝大多数之后就再没回来过。然后风暴来袭，现在我们被雪困住了。”

这个男人有些不对劲。他看起来很疲惫，眼窝深陷，眼圈发紫。制服本该是白色的，现如今脏兮兮的，腰带没有穿过孔就直接绕在腰间，腰围小了一两英寸。

格雷丝很是惊讶，“他们抛弃了你们？”

“好几个星期没有人进出过那扇门了。”塞勒斯说，“直到你们来到这里了，打破原有的局面。一开始是院长不露面。他们说他收拾好东西离开了小镇。现在就只剩下我们三个人了，我们不能回家——我们不能丢下他们不管。”

“他们离开了。”格雷丝说，“逃跑了，那群胆小鬼。”

“我们还可以去谷仓。只要我们有干草，就会有羊奶。”塞勒斯说，“不过我们的东西都快用完了。可没有我们，监狱里的人就会死的。我们不能离开他们。”

“感谢你的仁慈。”格雷丝说，“你本可以丢下他们，逃出这里，就像你的上级那样。”

“有没有人生病，或者受伤？”我问道，“会有人需要协助才能上火车吗？”

“火车在运行？怎么会？线路都被埋了。你们打算拿那些巫师怎么办？”想起我们说的话，他又摇了摇头，“你们要放了她们？为什么——你们不能这么做。这样不安全。”

“《巫术保护法案》已经废除了。”格雷丝重复道，“我们是来带他们去金斯顿，在那里他们会和家人团聚或者被收容，直到他们能回到其他地方的家。”

“你们不能——你不能这么做。”他摇摇头，伸手去拿钩在腰带上的警棍，“你不能把他们放走——在金斯顿？那将会是一场血战。”

“请给我站到一边。”我说，“我们是来解救他们的。如果你不愿意协助我们，那就给我让开。”

“你们不能——你们不能这样做。在这里他们知道该怎么生活。没有我们，他们会发疯的。”他又后退了一步，还在摸索他的警棍。

卫兵们走了过来。我用手势示意他们停住脚步，“我知道你是被人误导认为巫师是邪恶的，但这不是真的。你每天都和巫师一起工作。你见过他们中有人陷入虚幻之中吗？你见过他们使用暴力吗？”

“这就是治疗的效果。”塞勒斯说，“治疗让他们无法使用自己的力量，是那股力量使他们变得凶残暴力。但如果我们不在这里纠正他们的话——”

我不寒而栗，这些被孤立、被授权的医生，究竟会对囚禁在这里的人做什么，巫师们又是如何被“纠正”的。我没有时间去说服塞勒斯护士，“请把钥匙给我。你保证了巫师们的安全。我们会确保你不会因为你的上级临阵脱逃而承担任何责任。”

“我们是奉国王的指示来的。”格雷丝说，“钥匙拿来。”

“你们会吓坏他们的。”他说，“你们不知道他们会做出什么样的举动。他们已经有几个星期没有治疗了。”

“我已经厌倦了和你争论。”格雷丝伸出手，掌心向上，“你在阻挠国王的意志。交出钥匙，否则即刻将你逮捕。”

很少有人违抗总理的命令，但他把钥匙放在我手里，而不是她的手里。

“一切都将以泪收场。”他说，“他们根本不知道外面的世界是什么样子。他们还没有做好准备。”

这话太荒谬了。他们都曾生活在疗养院以外的世界，怎么可能没做好准备。但如果我们要把每一个人都弄出去的话，就没有更多的时间可以浪费在这个问题上了。

我带头上楼，整理了这几十把钥匙，阅读它们的标签。格雷丝急得近乎手舞足蹈。“他是什么意思，什么叫他们不知道外面的世界是什么样的?”她问。

“我也想知道。”我说，“这毫无道理可言。啊!”

钥匙转动了。我拉开门，举手示意安静，“你们听到了吗?”

格雷丝和卫兵们都沉默了。

“孩子,”格雷丝说，“这里有孩子。”

怎么会发生这种事？要是在外面，这寻常可见。可这里是医院，医院制度怎么会允许一个孩子在监狱中出生呢?

塞勒斯的话让我一阵恶心。他说的是“他们”。也就是说让我们听到哭声的婴儿并不是这里唯一的孩子。

“等我们把他们都救出来之后,”我说，“我们必须弄清楚这里发生了什么事。”

我带着队伍经过空牢房。狭窄的牢房里几乎什么东西都没有，唯有墙上的几个钉子，上面挂着灰色的睡衣，闻起来像未清洗的衣物——陈旧、发霉。没有照片，没有纪念品，也没有任何东西可以区分这一个个狭窄的小牢房。直至我们发现有的牢房里挤满了婴儿床。一个，两个……不。十二个。甚至更多。

“这里的婴儿太多了。”我说。

“太多太多了。”格雷丝附和我的话。

“这不对。”我说，“这事不应该发生的。这是明令禁止的！”

其中一个守卫清了清嗓子，“女士，请到大厅去。”

“嗯？”

走廊的尽头被堵住了。三个灰衣赤足的巫师堵在大厅的尽头，他们握紧拳头，每一个人的手腕上都戴着铜手镯。他们太瘦了，脸颊凹陷进去，而且——

他们的头发几乎都被剃到了头皮，头上长满了绒毛，黑人和白人巫师都一样。没有辫子。没有发绺。没有卷发到肩膀——他们的骄傲已经被剥夺了。

他们守着一个更大的房间，其他的人——孩子们——肯定挤在那里，不知道是谁入侵了他们的牢房。

“你好，”我说，“我是罗宾·索普，来自河畔城。这是一次救援行动。”

他们互相对视了一眼，“你们是怎么来的？”

“我们来自金斯顿城。”格雷丝说，“囚禁巫师的法律已经废除了。我们是来释放你们的。”

巫师们互相对视了一眼，“我们自由了？”

我闭上眼睛，又眨了几下，视线变得清晰起来，“你们自由了。”

他们又互相看了看。其中一个回过头来看着我们，嘴唇颤抖着，“可是我们会去哪儿？”

我的心像裂开一般，“回家。我们要带你们去找你们的家人。如果你们不是来自金斯顿，我们会庇护你们，直至你们能回到自己的家乡。”

“但如果他们不认识我们了呢？”这个巫师再次问道。我闻言看着他的脸。食不果腹让他消瘦，使他衰老了不少，但他的年纪不可能超过十四岁。

孩子。这些出生于此的孩子，在监狱围墙内长大的孩子。我对着他微笑，努力抑制恶心感。怎么会发生这种事？

“有一个地方你可以去。”格雷丝说，“我们可不会把你推到雪地里。”

“我们会找到你们的家人。”我答应道，“你父亲是谁？”

男孩耸耸肩膀，“医生没有告诉我们。他们不会告诉我们他们选了谁来制造我们。”

他们选了谁来……哦，天呐。天呐，不。

一位年长的巫师把一只手搭在男孩瘦骨嶙峋的肩膀上。“他有四十个父亲。”他说，“我们不谈这个。”

“这到底是怎么回事？是医生强迫你——”格雷丝的话戛然而止，她捂住了嘴。

“繁殖更多的巫师。”我说。

“只要通灵者。”那位年长的巫师说，“他们需要通灵者为以太引擎提供动力，他们从外面带来的人都没有这个能力。”

我都要吐了。感觉地板都要坍塌了。“我是罗宾·索普。”我对年轻巫师说，“你叫什么名字？”

“默里。”

“我是格雷丝。”格雷丝说，“默里，他们有没有让你下楼到地下室去呢？”

他点了点头，“只去了几次。我不喜欢那个地方。”

“你在下面做了什么?”

“我和其他巫师联结起来了。”默里说，“然后我让幻象穿过我的身体。我拥有视觉和感觉，就好像我很老了，或者是个女人，或者是在陌生的地方。我感到悲伤，可我不悲伤。这就是幻象。然后接着一个又一个，一个又一个，整天都是这样过来。”

“现在你不用再到那里去了”，我说道，语气保持平和镇定，“你能看到只有其他通灵者才能看到的人吗?”

默里点了点头，“他们都死了。他们就是那些幻象。死人，还有他们的记忆。”

我真的要吐了。

“他是个亡灵歌者。”格雷丝说。

“就像我一样。”我说。

除了我住在外边、还总以为自己无能为力以外。我在外面的世界长大，总希望自己能做一些比制造一盏巫灯更有意义的事情。然而默里和像他一样的孩子则是被培养长大的，消耗他们灵魂的魔力照亮我们的家，供应无线电让我们能播放音乐，减轻我们生活的负担。

格雷丝再次捂住嘴，“对不起。”

她冲进一间牢房，呕吐的声音在大厅里回荡，而我用尽全力守住自己的尊严，不发出声。

我大步流星走上前，从口袋里掏出自己的钥匙。我捏着那把过去我在监视囚禁病人的日子里随身携带的万能钥匙，举高起来以便让他们看到。

“我可以解开你们的手链。”我说，“我们要离开这里。”

在那三位巫师的身后，许多人聚集在一起，好奇不已。

“《巫术保护法案》已经废除了。”为了让他们所有人都听到，我高声宣告，“你们都自由了。我们要带你们离开这里。你们将会被释放。”

“罗宾？”

我知道这个声音。巫师们站在一旁，他们中的一个人推开防线，停在人群的前面，惊疑不定地看着我。

我认出那又长又窄的鼻子，即使 *Ta*[①] 的脸颊因营养不良而棱角突出的。我记得 *Ta* 的眼睛：浓密纤长的睫毛，像羊角一样拱起的眉毛。

岁月流逝，那被残忍地剪短的头发，已夹杂了银丝。*Ta* 佝偻着骨瘦如柴的肩膀，身上穿着一件毛衣，看得出这件毛衣用了 *Ta* 手边能拿到的任何羊毛缝缝又补补。毛衣上边是圈状、迂回弯曲的式样，缀以小绒球，是我熟知的家族纹章。这件毛衣是我织的。二十年前，我把它送给了 *Ta*。

“泽林德，”我说，“你还活着。”

我曾幻想这一刻会是怎么样的，但现在已经忘记了。我曾为释放 *Ta* 而战。随着岁月的流逝，我一开始以 *Ta* 的名义斗争，后来是怀揣着 *Ta* 的记忆斗争。

但此刻 *Ta* 就在这里，我曾幻想再见到 *Ta* 会是怎么样的，

① 艾兰国有三类性别：男性、女性、以及中性。*Ta* 是中性第三人称。

想象那会是怎样的情景，但到了这刻，这些都统统记不得了。我要做的，我要说的，就是——就是在这一刻飞奔过去，拥抱 *Ta*。但抓住 *Ta* 的手的时机没了，我站在原地，凝视着 *Ta*，静默无语。

泽林德注视着我，仿佛 *Ta* 移开目光，我就会消失。*Ta* 一言不发。*Ta* 把 *Ta* 的重心从一只脚转移到另一只上，脚上什么都没穿，长长的手指划过 *Ta* 那件以灵力编织的毛衣上的弯曲弧线。

“我曾试着去看你，”我说，“我一遍又一遍地填写文件。他们总是拒绝我的申请。然后他们告诉我，你属于永久禁止访问的类别，然后我——”

“所以，你闯了进来，把看守人员绑起来，然后来亲眼看看我。”泽林德笑了笑，*Ta* 的微笑令我心揪，“谢谢你。”

立即。马上。现在就去 *Ta* 的身边。但我没有动，“我们必须接你们离开这里。你们所有人都在休息室里吗？”

泽林德伸出手臂，向后拨开人群，为我们开路，“你们是怎么来的？这条路已经好几个星期不能通行了。”

“风力编织者清除了铁轨上的积雪，我们才能来到这里。”我说，“他们已经筋疲力尽了，但终究成功了。”

泽林德舔了舔 *Ta* 的嘴唇，“他在这里吗？”

我把头转向了左边，以免控制不住自己，“他从未加入过巫师圈。”

泽林德眯起眼睛，眼神变得冷酷，“我不应该感到惊讶的。”

我还没来得及说什么。越来越多人蹑手蹑脚地走进了这个房间，这里满是破烂的、修补过的家具和其他一点微不足道的东西。在他们身后，孩子们哭了起来，可能是感应到了他们母亲的恐惧。越来越多瘦削的脸庞。越来越多光秃秃的脑袋。他们的眼睛都瞪得大大的，眼里除了害怕，什么都没有。所有的人都光着脚——我多希望自己当时没有拒绝杰米尔勒索的那几箱新鞋。

默里跑到其中一位年长的病人身边，这些病人让默里用瘦长的手臂把他们围起来，正此时，默里说："他们是来放我们自由的。"

"可是——"

"他们说要带我们去金斯顿城去。"他说，"泽林德认识其中的一个人。"

"这是真的吗?"

泽林德点了点头："是真的。所有人拿好你们的东西。大家准备好了再到这里集中。"

人们小心翼翼地往自己的房间走去。其他人则等待着，用小心翼翼的、茫然的表情注视着我们。

泽林德转向我："这里有一个人你应该见见。"

"谁？我问道，但 *Ta* 已经穿过房间，朝着一位年轻女子走去，看到后者，我停下了脚步。她眼睛的形状和短圆的鼻子，两颗前牙之间的缝隙——我以前在照片上见过她的脸，那时候拍摄对象必须坐着不动才能拍出好照片。

泽林德伸出手，女孩回握。她像我盯着她一样地盯着我，仔细地研究我的脸，在泽林德清嗓子之前，我就知道她是谁了。

"这是让-玛丽。她的母亲是奥弗拉，她的外祖母是——"

"马哈利亚·索普。"我说，"让-玛丽，你是我表妹。"

让-玛丽没精打采地站着。她咬了咬被咬过的指甲边角，然后把双手放在腿上，一只手紧紧地攥着另一只手。一阵动静引起了她的注意，一个鬼魂靠近了她，穿着精神疗养院那版型不怎么好的灰色衣服，在她身旁徘徊。

“她看起来像你的祖母。”鬼魂说，“就像只知更鸟一样小巧。”

让-玛丽转向我，“妈妈说的是真的。”

“我听说过她。和关于她的有趣的事情。我叫罗宾。”我说，“我是罗宾·马哈利亚·索普。”

“你也是个通灵者吗？”

“我们自称亡灵歌者。”我说，“我们也是刚刚才知道我们的力量能做什么。”

“你之前为什么不知道？”她问。

“因为没有鬼魂，没办法对话。”我说，“因为……”

她把目光转向别处。

因为通灵者已经被迫将他们灌入灵魂引擎中。再也找不到他们。如果能让他们获得自由，我愿意一辈子活在黑暗中。

“你将离开这里。永远都不会再回来。”

她缩成一团，“可我无处可去。”

“你有。”我说，“索普家住在金斯顿城。金斯顿城有我们的立足之地。我们住在家族的房子里，周围都是家人。你也可以住在那里。”

“你会让我和你们一起住？”

“让你住？”我咧开嘴微笑，“你是索普家族的人。我的家族就是你的家庭。家族的房子理所当然地属于你。你会回到属于你的家。为什么我们不去收拾你的东西呢？”

她盯着我看了很久，久得让我焦虑，然后她点了点头，逼迫自己站起来。

泽林德向让-玛丽伸出 *Ta* 的手，“我帮你。”

我本该动身跟他们走，但我没有。

第四章 金斯顿城

我们一路走到火车上，才发现这些出生在精神疗养院的人是多么的穷困潦倒。他们站在自己的座位前，每个人都有一条保暖毛毯、一份来自火车厨房的盒饭和一小部分书籍——里面没有一本适合儿童阅读。让-玛丽拿起其中一本，把书颠倒着看，无视那块带着纸和笔的写字板。

她把书给我，“我不需要这些。”

“你不喜欢读书?”

“我不知道怎么读。我们没有人懂。”

泽林德把一只手放在让-玛丽的肩膀上，安慰她，“那倒不完全是。你认识一些字。”

“面粉、鸡蛋、糖、茶。”让-玛丽耸了耸肩，“嘿，但要是其他人想多教我们，就会惹上麻烦。”

“他们也不会说萨敏丹语。”泽林德说，“这里不允许说。如果说了，就会惹上麻烦。”

我的内心怒不可遏，但我没有在脸上表现出愤怒或怜悯。

“你可以学习，”我说，“你们都可以学习。这是你们的权利。”

“那是什么意思？”让-玛丽问。

我想了一下，“权利就是你不必请求允许就能拥有的东西。从道德层面来讲，这是一种任何人都不能夺走的自由。你们应该拥有成百上千的权利——说你的民族语言，这一权利只是其中之一。接受最低标准教育的权利是另一项，你们有权利知道如何阅读和写作。”

“他们没有告诉我们这些。”让-玛丽说。

“你们都将会了解自己的权利。”我说，“你们每一个人都会。但现在，我可以读给你们听。”

他们安静地看着我，眼神里透露着不确定。

“她说的是故事。”泽林德说，“她要给你们讲故事。”

所有出生在疗养院的孩子们都在这时转头看向了我。他们聚到我周围，好奇地问道：“你会读故事吗？”

他们问的这个问题，刺痛了我的心，“任何时候都可以读给你们听。”

月光照耀下，孩子们听我读了一个小时的故事，火车也已飞快地驶过了几英里的田野和农场。当我的声音衰竭减弱时，泽林德接过了这个讲故事的任务。只要有一个人醒着，就有另一个人在给他们读书。孩子们把座位上的书当成宝贝，小心翼翼地对待它们。

当第一辆火车驶入主街车站时，夜色已深，站台上满是举着蜡烛欢呼的人们。火车窗边挤满了巫师，他们望向聚集的人群，随后看向彼此，摸索着想要握住彼此的手。

“不会有事的。”我说，“这里的人在等你们。”

“不是等我俩。”一个年轻的亡灵歌者说，她白皙的脸庞紧绷着，满是担忧。她抱紧了怀里的婴儿，从窗户边退了出来。

“是等你们的。”我说，“你看来了多少人啊。他们是来送你们回家的。”

“我只想在这里坐一会儿。”她在远离窗户的地方找了个有垫子的座位坐下，“就一分钟。”

“好吧。”我说。

那些在精神疗养院出生的人花了好一段时间才开始下车。其他人则迫不及待地下了火车，很快就被家人拥入怀中。但许多人并没有动身回家。相反，他们在等待。

因为巫师们哪里也不走，所以人群也一直没有散去。

然后一些巫师们又回到了火车上。一个女人推开她绿色针织帽的帽檐，来到不肯看窗外的那位亡灵歌者面前。

“你和你的小家伙们，跟我来吧，”她说，“我和我的家人谈过了。家族的房子里总是有房间的。我们会给你安排好的。”

这位亡灵歌者看起来惴惴不安，但还是起身，跟着那位女子下了火车。她的女儿在她的臂弯里，儿子紧紧抓住她空闲的另一只手。她下火车时，愉快的欢呼声就弱下来了。

所有的母亲和孩子穿过人群，迎接她们的是人们惊恐的议论，但巫师们一个接着一个，把她们带去她们的家庭或家族，给了她们归属感。还有一些人则被带到她们祖母或曾祖母的家族中去，直到只剩下几个人。

剩下的母亲们挤成一团，拥抱彼此，以抵御众人的目光和嘀咕。她们看着雅各布·克拉克和他的妻子渐渐走近。她们浑身发抖，微风偷走了她们身上的暖意。

雅各布在几英尺外停了下来，鞠了一躬。“我是雅各布·克拉克，”他说，“欢迎你们回家。我们很高兴你们能回到我们身边。我们有多余的毛衣和毯子。你们能来挑选一下自己喜欢的款式吗?”

温妮·克拉克向其中一个抱着婴儿的妇女伸出手，“你们叫什么名字?”

她把孩子抱得更紧了，整个人处于戒备状态，打量着克拉克夫人。她很瘦——所有的巫师都是这样，有的巫师因过于痛苦而——灰褐色的头发使她看起来像是大病初愈，“我是艾玛。我的孩子叫科拉。”

克拉克夫人眨眨眼睛，眼里满含泪水，“你是在精神疗养院出生的，你母亲叫什么名字?”

婴儿悠悠转醒，啼哭起来，声音细小。艾玛抚摸着她的背，回答道：“简·帕克。”

“我们会找到你的家人。”克拉克夫人说，“但现在我们为你安排了住的地方。”

“住的地方很大。”雅各布附应道，“啊，艾格尼丝小姐。你好啊。”

“啊嘀，克拉克议员。你打算怎么处理这些可怜的女孩?”艾格尼丝·盖博小姐身材高挑，从头到脚都穿着深蓝色的衣服，她拄着一根手杖，透过精致的银边眼镜盯着雅各布，“我们可以收留一位母亲。毕竟我们家族的孩子少。”

欢呼声此起彼伏，巫师们得到了各家族的认可和认领。无家族的囚犯与河畔城家族和山顶家族的人握手，被欢迎进入陌生的新家族中。

但在靠近后面的地方，我注意到一群全身穿着灰色衣服的人，他们由于戴着墨色镜片的雪镜，脸庞模糊不清。他们潜伏在装有微醺苹果酒的热瓮附近，手脚非常迅捷地拿了其中一坛，以供他们自己享用。

一声喊叫划破了人群，“泽林德！泽林德·贝！”

我紧抿双唇，贝丽塔·贝的声音令我耳朵刺痛。人们为这位女族长让道，他们家族掌管着帆船、贸易、建筑方面的生意，她慢条斯理地走了过来。贝丽塔·贝身穿一件用蓝色狐狸皮制成的及踝长外套，闪闪发光，头戴一顶与之相配的帽子，温柔地把手搭在杰罗姆·贝的肘弯里。

杰罗姆·贝——泽林德的表弟身穿一件时髦的黑色大衣，串珠状的长发，一绺绺整齐地垂在后背上。他身材高挑，时尚感十足，举手投足间仿佛每一寸土地都欠他租金。泽林德的表弟和母亲径直向 *Ta* 走近时，泽林德仍站在那里一动不动。

“你回来了。我们所有的祈祷，都得到了回应。”

贝氏家族的人来了。我应该意识到，他们会来的。我曾想过，要是我从精神疗养院回来，告诉他们泽林德死了，他们会说什么痛苦可怕的事情，我都已做好准备忍受他们的恶言恶语了。但泽林德还活着，他们要在这儿把 *Ta* 带走，带到山顶豪宅里，那里是只有为数不多的家族族屋能安置的地方。他们会让泽林德当族长，下一次我见 *Ta* 的时候，只能远远眺望了。

看到这一场景，我如鲠在喉。贝太太笑了，黑眸里眼泪盈眶，“噢，我的孩子——你身上穿的是什么破烂玩意儿?”

她伸手去抚摸泽林德的脸颊，但泽林德后退了一步，避开了她的触碰。

“别碰我。”

听到这话的人都倒抽了一口气，我也一样。贝夫人狠狠地瞪着我，我的脸像是灼烧一样散发热气，我不太确定是不是她的感情使然。

贝丽塔·贝夫人从来没有喜欢过我。当我还是泽林德的校园朋友时没有。当我是泽林德的学习搭档时也没有。尤其是当 *Ta* 带我去正式见一直以来对我只是淡然一笑的贝丽塔时，她就更不喜欢我了。

我当时向表姐们这儿借了点首饰，那儿借了双鞋，穿了我最好的出门装束，牵着泽林德的手，让 *Ta* 领我走进客厅。贝丽塔在那里喝茶，茶上面浮着一片薄薄的柠檬。

“母亲。”那时的泽林德说，“我知道你以前见过罗宾，但这次不同。这一次，我想让你认识罗宾·索普，这个冠以吾爱之名的女孩。”

贝丽塔拿着茶杯的手停住了。她的眉毛上挑。她审视着我，从我借来的鞋子到耳朵上挂着的水滴状珍珠耳饰，接着看着我的眼睛……然后转过脸去，脸上透露着漠不关心。

“她是无魔法者。”贝蒂·贝曾这样说过，我原本也以为我是这样的。

但事实相反，我不是无魔法者。

现在，杰罗姆动了，挡住我和贝夫人视线交集，他皱着眉头，“泽林德。这不是对待你母亲的方式。”

“就算把你的继承人关在精神疗养院里也不能用那种方式。”泽林德说，“我不是那个女人的孩子。”

泽林德绕过人群时，人们窃窃私语起来。杰罗姆转过身，脸上露出不耐烦的神情。

“泽林德。理智一点。贝蒂[1]姑姑可没做这种事——”

“饶了我吧。”泽林德转身背对着*Ta*的母亲和表弟，走开了。泽林德走到我面前，人们满怀好奇也跟着转过来看我俩。“罗宾，你……你有没有终止我们的婚姻?”

贝蒂一只手按在胸前，手指横在锁骨上，“泽林德!”

人们既是震惊，又是高兴，顿时喧闹不已。每个人都注视着我们，每个人。我感觉脚下的地面在颤抖。

那时泽林德的母亲对*Ta*所爱的、那个毫无权势的女孩没有接受之意，*Ta*并未妥协。我们当时找到了一个船长，他用风力编织了一条线，两头分别缠绕在我们的手腕上，反正就是把我们的命运联结起来。那要是*Ta*被剥夺了继承权呢？我当时想。*Ta*对我这个想法大笑，“他们能做的最糟的事情就是这样吗？反正我也不想要这生意。我连他们的姓都不想要。”

二十年后，*Ta*还是不想要。

我吞了吞口水，摇了摇头。

“没有。”

---

① 贝丽塔·贝的昵称。

“那我们还是夫妻吗？”

“二十年来一直都是。”

“我是索普家的人。”泽林德说，“我没有别的家人。我可以跟你回家吗？”

贝蒂·贝的嘴型、眼睛里的怒火无一不是警告我——如果我说错话，身穿蓝色狐狸皮大衣的她就会向我开战。如果我敢惹她，她便会不择手段摧毁我。我以前就敢跟她作对，现在我已经长大了，身为索普家族的一名女性，就更不怕了。但我不是族内领导人。我没有权利代表家族说话。

但我知道他们会说什么。

“是的。”这句话我说得很轻。我清了清嗓子，“是的，回家吧，泽林德·索普。我们一直在等你。”

泽林德追上了要和族人一起回家的巫师们，一个眼神都没有给贝蒂和杰罗姆。*Ta* 碰碰他们的肩膀，注视对方的眼睛和他们交谈，真挚诚恳，把大人和孩子拥入怀中。*Ta* 平复了他们紧张的神经，让他们挺直腰板，鼓足勇气，接着送别了他们。

我的族人都不在这里。我想，我们已经很幸运了——我们曾失去我祖母那一代的巫师，当时他们被关押在净化之屋，几年前我们就收到了她和我父亲的死亡通知。我们其余的人则隐藏踪迹，活了下来。

让-玛丽找了个角落蜷缩起来，在那里她可以看着人流涌动、收拢成群，把他们新收留的巫师带回宗族或是把他们派出的人手带回家。我还没有真正和她说过话。每次我转过身来，都有人过来找我，或是问问题、或是要求、或是抱怨。

我开始朝她走去，但雅各布叫住我："罗宾，你来告诉她她错了?"

我尽量抑制让自己不要嘟囔抱怨，走到雅各布·克拉克和格雷丝·汉斯莱站的地方，和他们进行了一场完全平静且文明的争论。格雷丝打开纸烟盒，递给我一支成品香烟；我举起一只手示意拒绝，遗憾地摇摇头。她点了点头，一支烟都没点，把盒子放回口袋里。

"这个举措是善意的，又很容易实施，毕竟我们现在已经有这么一个体系了。"格雷丝说，"你为什么要说'不'呢?"

"巫师们需要正义。"雅各布说，"他们的遭遇甚至不能得到完全补偿。但我们必须要为他们伸张正义。如果我们要从这事走出来，就必须让那些该负责的人承担责任。而王室也必须尽他们所能来弥补之前所犯下的过错。"

格雷丝用指腹摩挲着戴着手套的指节，"我明白你的意思，有些事情必须要做，但我们并没有那个资本。"

"你是说艾兰国负担不起这笔费用?"

格雷丝摇了摇头，"我们不能否认这里发生的事情。退役军人能得到退休金。把巫师加入退休金名册，是我们能为他们做的最起码的事。就从这方面做起吧。"

"退休金?"我盯着格雷丝，"就这?"

列入退休金名册很简单。如果你是残疾人，是政府的退休雇员，或者是受伤的退役军人，你就会收到一笔相当于艾兰国最低工资的收入——但政府拨款发放民众退休金，是艾兰国二十二年来不涨工资的借口。

“开始，”格雷丝说，“这只是开始。”

“我们必须要从完整的赔偿要求开始，”雅各布说，“如果我允许你们象征性地发放退休金，以此来压低我们应得的赔偿——”

“让这些没有受过教育的人沦落街头，身上连十分硬币都没有，我也很难受，”格雷丝说，“这是多么冷漠残酷。列入退休金名册绝对是他们应得的最起码的待遇。我知道他们应该得到更多。”

“但他们会收到吗？”我问道，“你知道像杰赛普这样的人会踢皮球，嚷嚷个不停。他们会说巫师贪婪狂妄，自以为是。他们会问发放退休金为什么还不够好。”

“如果你坚持一次性付清的话，任何巫师都可能要几十年后才能看到一分钱。”格雷丝说，“你为什么不给我一些时间来收集报告，对塞弗林做一下思想工作呢？他想走向正道。如果你给我些时间，让他见识到这种残酷不公的严重程度，他的良知便可能会是我们所依附的力量。”

“你有你的办法，我有我的。”雅各布说，“尽力而为吧，总理。你之后会回来这里看其余的巫师回家吗？”

“尽量吧。”格雷丝说，“但这次行动肯定会在王宫里引起轰动。我得处理好大臣的反应，才能更好地助力你。”

“我想，你可能是对的。”雅各布说，“我应该去找温妮和艾玛小姐了。我们应该把她和孩子们安顿好。”

"孩子，"格雷丝的语气疲惫得吓人，"塞弗林要是听到这件事——我也应该走了。我待会儿有约。"

"有我认识的人吗？"我问道。

格雷丝的笑容足以告诉我答案，"我从来没有向你致谢，感谢你收留了阿维娅。"

我们有一个用于隐藏巫师的、完整的网络体系，已经实行多年，隐藏一个记者不是什么大任务。"你为什么要这么做？塞弗林国王不像是那种会给她定莫须有罪名的人。"

"我担心的不是塞弗林。"格雷丝说。

"什么意思？"

格雷丝不屑地摆了摆手，"宫里有几件棘手的事，但没有什么是我搞不定的。我最好还是先走一步，我可不想迟到。"

"再见。"我说，然后转身去找让-玛丽。后者用警惕的眼神看着我走近。

"你是这里的负责人之一。"她说这话时几乎像在指责我一般。

我微笑着，可胃却紧张不安到战栗，"我不是。雅各布才是我们的领导者。"

"你很重要。人们来找你的次数比去找他的次数还多。"

"那是因为他们想问的问题比较简单，才会向我寻求答案。我是委员会的成员，但我不是负责人。"

她摇了摇头，"都一样。弗雷德曼主任医生，他是决策者。看守者是执行人员。你是做事的那个人。他虽有权力，但人们更信任你。"

我比较容易说话。而且反正他们要告诉雅各布的所有事情，雅各布都会转而委托给我。“我想这是一个公平的评价。”

她把脸转过去。“简医生应该是负责人，”她说，“也许你也应该是。”

“不，我不应该是。有些人是要站在前面的，他们拥有一些特别的东西，以此来领导众人。其他人则在行动中找到自己的位置，那里是他们大施拳脚的地方。”

让-玛丽摇了摇头，“反正我觉得你会是个优秀的领导人。”

“我很擅长我的工作，其中一点就是我知道哪里最能发挥我的作用。”

我擅长组织工作。我擅长管理项目和人员。我可以领导民众，但并不能像雅各布那样领导。

让-玛丽指着某个方向，“那些人在对泽尔[①]做什么？”

我转过头，看是什么让她诧异惊愕。一群记者围着泽林德，疯狂追问 *Ta* 关于疗养院的细节。他们拍下了 *Ta* 被剪得只见头皮的头部，拍下了 *Ta* 因长期饥饿而变得瘦削的脸庞，拍下了那件被缝补过的毛衣，向 *Ta* 抛出一个又一个问题。

“麻烦真是一个接一个。”我嘟囔着，朝那个方向走去，粗鲁地用手肘推搡他们挤进去。

“孩子是从哪里来的？”一个记者提问，泽林德都没来得及眨眼，又有人问别的问题。

“你要回家族的开发公司吗？”

“从精神疗养院中出来是什么感觉？”

“够了，”我宣告道，“不再接受提问。泽林德，走吧。”

① 泽林德的昵称。

泽林德感激地看了我一眼，扭身逃脱出纷争不休的人群。

“谢谢你。那是——他们总是这样吗？”

“不总是这样。但你是个重磅新闻。他们跑去骚扰格雷丝和雅各布了。我们走吧。”

我们走回让-玛丽蜷缩那个的地方。“你介意走路吗？”

“从这里走过去？那看来目的地不远。”

“两英里。”我放慢了脚步。

一群穿灰衣的人走近了。走在前面正中间的是杰米尔・沃尔夫，簇拥在两侧、尾随其后的是贝斯尔・布朗和一群壮汉，这时我才想起乔纳森・沃尔夫（小名杰克）并没有被列在关押于净化之屋的巫师名单上。

杰米尔向我屈膝行礼，永远都是那么彬彬有礼，“我到此是谨代表个人，感谢你们今天在这里所做的事。”

“很高兴听到你的致谢，”我说，“但是……”

她对我咧嘴笑，牙齿缺了一颗，“我是带着建议来的。我将借出我的一些精兵强将来帮助你们解放其他的精神疗养院。”

“王室护卫队已经足够了，但你的提议很好。”我说，“你有没有听说过我们需要童鞋和儿童衣物？”

“我们今晚就在社区巡逻，”她说，“为了五角街的安全祥和。”

我抑制自己不露出怀疑的表情，“谢谢。”

“罗宾？”

泽林德走近了，用警惕怀疑的眼神看着杰米尔——*Ta* 当然知道灰星帮派，可他们在二十年前不过是个街头帮派。

“欢迎回来，泽林德・贝。”杰米尔再次露出笑容。

“请叫我泽林德·索普。”*Ta* 说，“一切都还好吗?”

“沃尔夫小姐希望能在解放巫师这事上伸出援手，”我说，“他们带走了她的弟弟，她很想让他回来。但他不在净化之屋。”

泽林德抬起头，“你说的是，沃尔夫？你的弟弟是乔纳森·沃尔夫？小名是杰克吗?”

杰米尔的脸上露出喜色，“是的，你认识他。”

“我认识。”

“你认识?”杰米尔金沙色的脸瞬间变得苍白，“他为什么不在这里？他为什么没和你在一起?”

“沃尔夫小姐，”泽林德说，“我很抱歉。”

她往后退了退。一绺绺头发随着她摇头的动作，在肩膀上不停地打转。“不，不，你回去接他，听到了吗？我说，你马上去接他回来。”

“沃尔夫小姐。”泽林德慢慢地摇头，看起来是那么地，那么地悲伤，“他在去年叶落之月去世了，大约在以太网关闭前一周。”

“不，”杰米尔说，“不，你在撒谎。”

“精神疗养院毁了他。他无法忍受他们让我们在那里做的事。他——”

我从未见过杰米尔快要掉眼泪的样子。她的脸上是毫不掩饰的紧张表情，脊柱变得僵硬，急促喘息，硬生生把眼泪憋了回去，“什么？你说什么?”

泽林德看起来是那么地悲伤。*Ta* 轻抚她的肩膀，胆大地安慰灰·沃尔夫，“你不需要知道他是怎么离开的，沃尔夫小姐。但是他已经走了。我很抱歉。”

杰米尔打掉泽林德搭在她肩膀上的胳膊，“不，他不会的。他不会的！你在撒谎！把他带回来！”

杰米尔的喊叫引起了其他灰星人的注意，他们聚到他们的领袖身边。贝斯尔·布朗揽着杰米尔的肩膀，“怎么了？杰斯，怎么——”

这是她可以倒下的怀抱。“乔纳森死了。”杰米尔说，“他——精神疗养院是害死他的罪魁祸首。”

她的手下在背后担忧地交换眼神。

“哦，该死。”其中一人低声说。

“那些混蛋。”另一个骂道，“我要把他们每一个人都炸死，每一个人！那些个有钱又恶毒的混蛋。”

“他们会付出代价的。”杰米尔拍打了一下脸，让自己清醒过来，“他们会为自己的所作所为付出代价的。”

“快走吧，杰斯。”贝斯尔哄她，“是时候谈谈这些了。但首先，我们得缅怀他。”

“当然。”杰米尔说。

她拉开大衣前襟，我看到她腋下皮套里的手枪枪托，立马紧张起来。她在内侧口袋里掏出一个破旧的银色扁酒瓶，用拇指弹开瓶盖。其他灰星人也纷纷效仿，他们从酒瓶里倒出酒，敬那位逝者。空气中弥漫着杜松子酒的味道。

“敬你一杯，杰克。”杰米尔饮下酒，咽了两口，把剩下的酒倒掉，“我向你发誓。我向你保证，我会为你报仇雪恨。”

“报仇。”灰星人附和道，杜松子酒搅浑了雪地。他们倒空了酒瓶，背过身去，离开公园。因为报仇这件事，他们走的时候肩膀发僵。

第五章 族人相见

我们三人打了一辆出租雪橇，滑了很远的路才到家。我们翻过山坡，那里有一个漂亮的公共花园和一些比河畔家族住宅小的房子。泽林德转头不看贝氏家族的房屋，转而从菲利普国王山上往下看，望着白雪覆盖的屋顶；望着河畔城中心陡峭的、锯齿状边缘线；望着如暗色缎带般的蓝河，在远处熠熠生辉。

让-玛丽凝视周围的每一个景物。她扭头看着河畔城中心的商店、道路两旁光秃秃的苹果树，和每个街区矗立着的庞大的、五颜六色的家族房屋，我们越往西走家族房屋越发宏伟。

泽林德一路上都很安静，探究着二十年前 *Ta* 已熟悉的街道。可 *Ta* 下巴紧绷，因为那些商店和咖啡馆早已不是 *Ta* 所熟悉的样子——许多细节的改变已把沃特街变得不像家了。

我们整个途中几乎没有说话。从雪橇上爬下来的时候，我按捺住坐立不安的感觉。马匹小跑离开，留下我们注视着这座绿白漆的房子。为准备过冬，门廊前的家具都收起来了。

“这就是索普家族的家。”我说，“门从不上锁，随时欢迎你们的到来。”

泽林德看向前窗，那里满是好奇的脸孔。

“有多少人住在这里?”让-玛丽问道。

“长期住在这里吗? 大约六十人。”我带头走上门前小路，回头看了一下让-玛丽有没有跟上来。

她站在人行道上，双手环腰。

“怎么了?”

让-玛丽凝望房子。即便多穿了两件毛衣，她也一定冻坏了。“要是他们不喜欢我呢?”

“他们是你的家人。”我说，“你肯定会和一两个人有些口角。如果场面失控，就告诉一个长辈。如果你觉得不应该麻烦长辈，就告诉我。”

她看上去像是对我说的话并不满意，但她还是和我们一起来到门廊。

门突然打开，烤鹅的香味飘了出来。阿莫斯上蹿下跳，笑起来的样子像会把星星点燃一般。

“你把巫师带回家了!”他松开了门把手，一群孩子一窝蜂地从寒冷的前厅跑出来看着我们。

“那是我们的家族纹 章。”哈利玛指着泽林德说。

“是的。”泽林德回答，“你姨妈罗宾很久之前就给我做了。”

“是二表姐，”她仰起头，用怀疑的眼神注视泽林德，“但这是我们的家族族人才能拥有的编织图样。”她坚持道。

“确实。”泽林德噙笑道，“这是有原因的。不过要等大家都到了第二会客厅，我们才能说为什么。”

哈利玛眼睛一亮，大喊着赶开孩子们，给我们让道。

让-玛丽一双大眼注视这一切，看向宽阔的中央走廊和杂乱无章的鞋子、夹克衫、滑雪板和手套，视线绕过他们来到前面的楼梯，那通往族里所有人睡觉的卧室和套房。她往后退，与前门齐平而立。

“一下子见到每个族人是不是太快了？”

她睁大眼睛惊恐地看着我，“要是他们不喜欢我怎么办？”

“那我们就想想别的办法，”我说，“让-玛丽，我们上去给你找一个房间。然后我们再下来吃晚饭。”

我刚迈上第一级台阶，柏妮丝姨妈的声音就响了起来。

“你知道你在做什么吗？”

让-玛丽迅速转过身，大口喘气。泽林德则猛地一颤。我转身面对问话人，“让-玛丽需要一个房间。”

“这个事情之后再说，你们过来，现在。”柏妮丝姨妈招手叫我们进去。我们刚进门她的手就停了下来，我给长辈们浅浅地鞠了个躬。

“这位是泽林德，你们中有些人认识 *Ta*。”还没等别人问，我就把让-玛丽推到了前面，“这位是让-玛丽·索普，奥弗拉·索普的女儿，她的名字是由她的母亲——”

“马哈利亚。”格洛里姑妈说，“你和她简直一模一样，姑娘。我还以为我见鬼了，你长得太像她了。”

让-玛丽拍了拍头发。她把脚趾头从拖鞋里伸出来，抠进前厅地毯里，声音像是隔了很远传过来。“我从来不认识她。”她说，“很抱歉。泽林德跟我说，*Ta* 知道我和谁有血缘关系，但我不——对不起。”

“你是索普家的人，你是马哈利亚的孙女，来见见你的家人吧。”格洛里姑妈把脚从簇绒凳子上放下来，示意她坐下。

“别想转移话题，格洛里，”柏妮丝说，“二十年前你就知道这件蠢事了吗？”

我倒退一步，“你们怎么会——”

“你以为你只是向半个河畔城宣告你结婚——结婚！——然后就没人会直接跑到我们家门口来问这是真是假的吗？”

我舔了舔嘴唇，“卡洛塔·布朗？”

“她是第一个过来问的。”格洛里姑妈说。

我和泽林德交换了一个眼神。当谈到泽林德时，我没有想到——我也不曾想到这一点。我从来没有花时间去想这是怎么回事。我只是一股脑地往前走，然后——

“结婚？你到底在想什么？贝氏家族会就此放手吗？”

“确实是我们错了，柏恩[①]姨妈。”泽林德说，“但我不撤回婚约。绝不。”

“谁为你们证婚？”

“鹬鸟号的埃罗尔·布朗船长。”

“一个摆渡人？”柏恩姨妈惊呼道。

“无论是什么船，船长就是船长。”我说，“除了他，你以为还有谁敢吗？”

“木已成舟。”希拉姆说，“告诉我你本会拒绝。”

---

① 柏妮丝的昵称。

“这不是重点。”柏妮丝厉声道，“重点是，要是我们早知道，我们就可以为他们撑腰了。”

“我们本来打算告诉你们的，”我说，“我们本来打算第二天早上就告诉你们。”

“你们为什么不说？”

我喉咙一阵哽咽，生疼得厉害。

“因为那时泽林德已经被抓走了。”格洛里姑妈说。

“我误入埋伏。”泽林德说，“他们就在贝氏湾景区外面等着。当天晚上就把我带走了。”

其中一个大孩子惊恐地看着我们。

“监察官潜伏在贝家门口吗？他们在找你。”这个大孩子说，“你的家人没有赎你出来吗？”

“这可能吗？”泽林德问道。

希拉姆叔叔点了点头，他的光头锃亮得像被抛光过一样，“他们有赎过查尔斯·威廉，噢，那已经是三十五年前的事了。他从那所监狱里出来，然后上了一艘船，之后再也没有踏上过陆地，但是他们把他赎出来了。”

泽林德深褐的面色变得晦暗不明。

“他们没有帮我赎回自由。”泽林德说，“他们甚至连试都没试过。”

“也许他们做了。”格洛里姑妈说，“也许只是很难买通人员。”

“这不重要。”泽林德说，“当时我在警戒哨岗里。他们在那个家族房屋前逮捕了我。也就是说那个家族里有人给他们放行，有人想让我走。我现在不是贝氏家族的人了，他们也不再是我的族人。”

“你没有征得家族长辈的同意就结婚了，”长老说，“而且如果你在仪式结束后就离开家，那么你们就没有机会正式确立婚姻关系。也就是说这个婚姻还不完整。”

是的，他们可以阻止这场婚姻。他们可以申请解除我们的婚约，而且——

泽林德吞了吞口水，点头道，“这倒是真的。但在那家精神疗养院里，我度过的每一分钟里，我的身心都是归属于索普家族的。我已经回到了我的家族和我的妻子身边。你们不承认这一点吗?”

最年长的索普家族长辈们交换了一下眼神。柏妮丝定了定神。格洛里极其轻蔑地看了她一眼，“现在你知道为什么罗宾从来没有带爱人回家了吧。”

柏妮丝闻言道，“我觉得那医生是个英俊的小伙子——”

“你要是看到他前几次见到帅哥迈克尔的时候是怎么结巴的，你就清楚啦，”希拉姆叔叔咯咯笑道，“放弃吧，柏恩。他们彼此守住承诺二十年了。”

“在一起二十年和分开二十年是不同的。”柏妮丝反驳，“他们当时是嫁给了爱情。现在他们是两个有血有肉的人在一起，而且——你们所经历的事情是不一样的。你们两个人都是这样。”

“柏妮丝，难道你看不出这其中的美妙吗？那种浪漫吗?”希拉姆问道。

“我当然知道。”柏妮丝说，“这就是问题所在。确实是罗曼蒂克，但一点也不现实。他们不再是那时藐视一切，孤注一掷结婚的样子了。他们——”

我没有再听下去了。

“柏妮丝姨妈，”我松开拳头，微笑道，“我感谢您的告诫。但如果你不欢迎我的爱人住进家族里，我们会自己另找地方。”

“现在看看你都干了些什么，柏恩。”格洛里抱怨道，“你就是艳阳天找雨，没事找事。你就能不高兴一下吗？泽林德回到我们身边了！”

“我又没有说不欢迎。这里当然欢迎泽林德·索普。我只是指出——”

“你只是在给自己挖洞，”希拉姆抱怨道，“欢迎泽林德·索普回家。”

“欢迎泽林德·索普回家。”格洛里的笑容足以照亮整个房间，“罗萨贝尔[①]。”

罗西站了起来。她穿过房间，怀里抱着她的第一个孩子。泽林德上次在这所房子里的时候，罗西还不会走路。她把熟睡中的、安详的佐拉放在 *Ta* 的臂膀里。泽林德轻轻摇晃着，注视着这个族屋里最小的婴儿，就像 *Ta* 一直在照顾这个孩子一样。

“你现在是这个孩子的族父。”希拉姆说，“你负责保护她。你要教导她、引导她、做她的告解神父。当你有自己的孩子时，她将成为你孩子的姐姐。”

这只是家族成员承担的责任的一部分，但它在我的心间悄然

① 罗西的大名。

滑过。

泽林德点了点头，“我会的。我保证，这个孩子会有我臂膀的力量，也会有我所拥有的全部智慧。她叫什么名字?”

希拉姆回答道：“她叫佐拉。”

泽林德对着孩子笑了笑，“啊嗬，佐拉。”

伯尼斯阿姨点了点头，“欢迎来到索普家族，泽林德。这是期待已久的一天。”

泽林德抬起 *Ta* 泪流满面的脸，微笑看着索普家族的人围住 *Ta* 这个家族新来的成员。

希拉姆从椅子上借力，执起手杖，慢悠悠地走到门口，“你们还在等什么？到厨房来吧。我们需要来场宴席。”

孩子们争先恐后地排队，想被大人挑选坐在大桌上。索普家的一排人把在巨大的烤炉里烤出来的，或是在厨房的煤气灶上煨出来的菜肴放在桌子上。兄弟姐妹们为新家族成员的到来大呼小叫，表亲迪莉娅看到泽林德时，把手搭在 *Ta* 的肩膀上。

“你终于来了，”她说，“我看你已经是被我的小孙女迷住了。”

“我是完全中了她的魔咒。”泽林德扭过身来对迪莉娅笑了笑，迪莉娅眼里有泪光。

“还有一个孩子准备降生。”迪莉娅神神秘秘地道，“洛恩的妻子仲夏日临产。中午之前一口食物都不能吃，可怜的家伙，生完后她就会把视线以内能吃的东西都吃光了。”

“恭喜。”泽林德说，“我期待见到新的小家伙。”

“罗宾，”我的表亲杰德鲁斯说话的语气听起来有点生气，“请你把盐递给我好吗？”

我以此为由看向别处。

孩子们在自己的一张低矮的桌子上大喊大叫，打打闹闹。我把盘子传给右边的泽林德，替 *Ta* 拿着盘子，这样 *Ta* 就可以空出一只手为自己取菜。*Ta* 及时把盘子递给迪莉娅，接住下一个盘子，装了一些鸭胸肉。

小佐拉看着泽林德的一举一动。泽林德像对所有婴儿那样对她说着胡话，当我把一盘锅煮肉汁递给 *Ta* 时，*Ta* 对我笑了笑。

“你应该拿一些食物在盘子里。”杰德鲁斯说，“难道我还得在你对你的爱人发愣的时候给你夹菜？”

“没关系。”我说，“我不太饿。”

“反正你应该吃点东西。”

“我想吃也吃不下。”我说着，把一碗黑莓酱递给了泽林德。

泽林德整整一顿饭都没有把 *Ta* 的目光从佐拉身上移开，他都是单手吃饭。当表亲迪莉娅拿刀把 *Ta* 的肉切成一小块一小块的时候，*Ta* 开怀大笑。我嚼着涂了甜黄油的面包，吃到喉咙痉挛发出抗议，不得不放下面包皮。

“你怎么了？”杰德鲁斯问道，“你得多吃点。”

我站了起来。杰德鲁斯怒气冲冲地说着话，我支着 *Ta* 的肩膀越过长椅，“我要开始收拾整理了。”

我在一片疑惑声中离开了餐厅。

五十九个人吃饭制造了很多脏盘子，因为没有以太能量，我们不能只是用洗碗机来洗。我打开了水龙头，蒸汽翻腾涌上我的脸。我加了点醋在带柠檬清香味的斯巴尔克夫人吱吱净牌肥皂的泡沫里。

没有孩子。我擦洗着锅，柔和的蒸汽打湿了我的脸。没有孙子。我专注看着锅在我努力擦洗之下，烧焦的部分变得光滑透亮，我用手小心翼翼地将锅浸泡在滚烫的水中，然后把它放在架子上。我检查泡在肥皂水里的锅哪里还不干净，使劲擦洗它的钢制外壳。

这件事没有困扰我，我也绝不会让它困扰我。可是这些年一晃眼过去了，时间一去不复返。

“罗宾。”

“什么?”

Ta 向我走近，我却还在不停地擦拭着锅。泽林德没有再抱着佐拉，*Ta* 站在五英尺外，“大家都在担心你。”

“我很好。”

“辛苦了一天，你就只是吃了半片面包，还自愿洗碗。”泽林德倚在洗碗间的门上，“你讨厌洗碗。”

“没人喜欢洗碗。”

“你就告诉我发生了什么事嘛。”泽林德说，“不然我就得靠猜了。”

“什么事都没有。”我把锅子放进水槽里，手伸入过热的水中，“你的晚饭快凉了。”

“我吃完了。”

“那么快?”

“我学会了快速吃饭。”泽林德拿起一条油麻毛巾，擦拭着第一个洗完的铁锅，“这些还放在炉子下面?”

“嗯，放在吊杆上。”

“工具箱还在原来的地方吗?”

“嗯。”

泽林德把绿木箱拿下来，三下五除二就把抽屉锁扣拆了下来。弹簧卡扣这种简单的东西，*Ta* 想都不用想就能重新拼装一个。我们还在学院上学的时候，*Ta* 就已经造出了无线电装置，现在还放在第二会客厅里。*Ta* 把零件重新组装起来，放锅的抽屉如同崭新一样。

“我不打算缠着你把心事说出来。” *Ta* 站起来，用脚把放锅的抽屉关上，“我们还是洗碗吧。”

“好吧。”

我又刷了四口锅。泽林德穿行在厨房，把它们放回原处。我们安静地做事，就像泽林德第一次来索普家族吃饭时一样，我们自愿洗碗是为了早点弄完，然后有时间单独相处。我擦洗了一个烤盘，将它泡在干净的水里冲洗，泽林德用了些力道将烤盘从我的手中拽走。锅在空中移转到 *Ta* 手中。

我已经习惯了 *Ta* 这样，回去继续洗面前的盘子。

泽林德清了清嗓子，“是佐拉。”

烤架差点掉进水里，“什么?”

“你在想我们的孙子本应该在那张桌子上。”泽林德回答。

泽林德很能看透我的内心，察觉那些让我痛到难以言表的念头——那些自私、愤懑、不公，我为自己感到羞愧。但 *Ta* 从未让我觉得自己应该感到羞愧。泽林德包容我的小情绪，温柔地抚平它们。但今天，我除了内心受伤，什么都感觉不到。

“我们本应有机会和孩子们的未来配偶讨论他们的前途将来。”

“我们本应有的。”我用洗碗布包着一把菜刀，小心翼翼地清理边缘，“我们原本该有自己的孩子。我们应该有和我们一脉相承的孩子——”

“现在也不迟。”

我摇了摇头，揉搓胸口处传来的一阵剧痛，“像我这样年纪的女人很少会怀孕。”

“可是——”

“这样做，就等同于拿自己和宝宝的生命冒险。可能会有妊娠高血压、早产和孕期并发症。太晚了。”

“那我们就将佐拉当成我们自己的孩子。”泽林德说，“等我还不知道名字的洛恩妻子生下孩子后，我们就还有一个未知性别的小宝贝。”

我擦拭烹饪夹子时，一些可怕的想法在我的脑海里冒了出来，“泽林德。你——你已经为人父母了吗？”

泽林德摇了摇头，“他们只繁衍通灵者。他们绝不会要我的孩子。我太危险了。”

“真是太骇人了。安息之国应惩罚他们。”我把满是水渍的手从水槽收回，等手上的水干掉，“他们动让-玛丽了吗？”

泽林德的脸上掠过一道阴影，“现在知道这些事情还为时过早。”

我的牙齿咬住嘴唇，“该死的家伙。她还是个孩子。现在十五岁了吗？”

“十六岁。”

“那也还是个孩子。她不该经历这些。”

“她不该，以后也不会经历了。她现在安全了，是你保护了她的安全。”

“我只是把她带回了属于她的家。”

“是的，”泽林德说，“你做到了。”

泽林德凝视着我，每次我都会注意到。当我注意到时，我会说——

“怎么了？”

而泽林德会说：“我只是——”

餐厅的门打开了，杰德鲁斯手拿一叠脏盘子带头走了进来。

“你们可以走了，”*Ta* 说，“毕竟你们先开头洗碗。剩余的菜足够做三明治当宵夜了。走吧。”

以前很多个晚上泽林德都坐在族屋的屋顶，但 *Ta* 从未爬过从族屋公共楼层通往上面私人房间的宽大胡桃木楼梯。我们轻手轻脚地爬上去，仿佛有人要抓住我们，斥责我们。

泽林德跟在我身后，经过家人齐聚的二楼，来到三楼，我的房间就藏在族屋后面的一个角落里。

“就是这里了。”我一路挪进房间，打开窗帘，捕获那仅存的一点光亮。

我把视线投向阿德利娅·丹斯莫尔运河，现在运河已经结冰、河面变得平整，上面可以看到数百把冰刀留下的划痕。三块玻璃板将我那朴素的小起居室与室外寒冷的气流隔绝开，这个起居室又被堆到天花板的书和用破旧的被褥衣服编成的椭圆形地毯隔绝于其他房间之外。

泽林德深吸一口气，穿过房间，坐在光线最好的摇椅上。*Ta* 抓着椅子扶手，环顾整个房间。

“你还保留着萨莉亚的冒险故事。”

“全套。”

Ta 看向旁边的茶几，上面放着一沓我的手术资料，下面正好放着一篮子纱线，“我抢了你的位置。不好意思。”

“你总是很有眼力见儿，能坐到房间里最好的位置。”我挪到门的右边，把它推开，“我得在衣柜里给你腾出空间。”

泽林德摇晃起椅子，“你总坐在这吗？”

“不经常。我有时就是这里搞搞，那里弄弄。我一直很忙。”

Ta 把耳朵侧向敞开的门，门外飘来拉蒙娜演唱的《星星如缕，宛似汝发》的咏叹调。演奏以一个单一旋律开始，代表了歌手行走于黑暗的安息之国之中，寻找她所深爱的、失去的半神国爱人。

她本可以选择别的。

“很可爱。”泽林德说，“听起来悲惋凄惨。”

Ta 从来没有听过这个演奏曲。那他们有看过亚森特·乔克在舞台上的表演——精神疗养院有无线电吗？没有。如果有的话，他们会知晓外界的消息，对那些人来讲这可就难办了。

“是悲剧吗？”

“是的。”

“是关于什么的？”

“遗失的恋人。”

泽林德移开脸。

“我有自己的浴室。”我急切地想谈点别的，不管什么都好，“浴缸很小，但总比等六个少年在镜子前捯饬完要好……前几周我还做了张被子。”

“你要把这些书都看完，还有时间做被子吗？”*Ta* 用手指头摸了摸《理查德森关于腹部外科手术的百科全书》的书脊，“你要把这些学完吗？”

“我已经知道很多知识了。我看过几百台手术，甚至可能有上千台。”我关上通往大厅的门，泽林德顿时紧张起来。“你没事吧？”

Ta 看了我一眼，然后转向我的编织品，“我现在知道怎么织了。”

Ta 的手放在腿上，紧握双手，不断揉搓缠绕手指，然后松开。

“你想要编自己的衣服吗？仓库里有很多纱线。你可以做一些东西。你可以——”

“里面有什么？”泽林德朝另一边的门点点头，问道。

“那是个衣橱。我得腾出空间来——”

“你得给我腾出很多空间。”*Ta* 摇晃得越来越急促，“我不知道我能不能——”

Ta 把长满茧的、修长的手指放在摇椅扶手顶端雕刻的凹槽里，然后捏了一下。*Ta* 站起身来，站在我面前，“我想洗个澡。”

“在这里。”

我把 *Ta* 领进卧室，指了指那扇狭窄的门。“你需要一些干净的衣服。”我说，“我们有一衣柜的旧衣服。我给你找找合适的。”

那个房间太小了，太暖和了，以至于塞满了泽林德的局促不安。我逃着下了楼梯，来到一个储物衣柜，在那里我找到了帆布长裤、汗衫和纽扣衬衫。我还找到了一件衣领几乎没有任何磨损的衣服、一双机织的羊毛袜和一条过膝的绿色传统男式短褶裙。泽林德要换的衣服这些就足够了。

当我回到房间时，浴室的门紧闭着。我把衣服放在附近的椅子上，把卧室的门关上。如果重获自由，我会想要什么呢？我会想要把残留在身上的精神疗养院的痕迹洗掉。我会想把这一切都抛在脑后。我会想拥抱我爱的人。

我搂住自己，紧紧闭上双眼。

泽林德释放之后甚至都没有牵过我的手。现在 *Ta* 在我的房间里。我的领地是按照自己的舒适喜好来布置设计的，只摆放了一张床——一张 *Ta* 连看都不愿意看的床。

我不想进行这种对话。我已经知道我们会说什么了。我又去了一趟大厅，拿回了一捆帆布、绑绳和一张折叠木制露营床。当泽林德从卧室里出来时，我还在努力把它支起来。泽林德浑身散发的气味像我肥皂的味道，*Ta* 穿着苏格兰短裙和长袜，那件修补得很好的家族毛衣套在新的衬衫上。

“那是什么？”

“一张简易床。我想也许你愿意用它。”

泽林德看了看我试图把这些部件组装到一起所造成的混乱局

面，然后跪在地毯上帮我搭建。

我试着把一根木杆装进它的铜角连接处，但在最后一刻没抓稳。啪的一声，一条伤痕在我的中指上绽放，火辣辣而又疼痛难耐。我把断了指甲的指尖含进嘴里，“为什么这个这么难?”

“因为你一个人做不到。”泽林德拿起拐角连接口，把它稳住，“现在再试试。”

有了泽林德的帮忙，我们很容易就组装好了这张简易床，一个窄小的木架把系好的帆布表面绷得紧紧的。

我站了起来，发出呻吟声，膝盖咯吱作响，“我去拿些毛毯。”

“可以等一下再拿。”泽林德说，“你刚伤到自己了。”

“我之后会处理它。”我说，“这没什么。”

“不能这样，”泽林德责骂我，“让我看看。”

我伸出手，泽林德弯下腰，检查伤口，“伤到指甲下的活肉了。那会很痛。”

然后，*Ta* 轻轻地，用 *Ta* 的手握住了我的手。

Ta 的手是干燥的，皮肤紧紧贴着关节，*Ta* 指尖的棱角碰到了我的指背。*Ta* 的触摸是如此地温柔，以至于让人觉得他可能捧着的是一只蝴蝶而不是手。就像 *Ta* 在抚摸一个易碎品，不小心就会碰碎。

“这需要清洁一下。”*Ta* 没有松手，起身把我带进还在冒着热气的浴室，让我坐在浴缸边上。

“先清洗吧，嗯？用温水和盐。”

“在无镜壁橱里，里面有一个用纸包着的小盆。”

Ta 握得纸裹小盆噼里啪啦作响，“石碳酸皂在盒子里?”

Ta 没有等我回答。很快，他跪在我身边，把盆子送到我面前。当我的手指碰到咸水一刹那，我嘶了一声。

“拿着这个。”水槽里的水流淌着，空气中弥漫着碳酸皂的药草味，泽林德在洗手。“还要泡着那根手指吗？”

如果有必要的话，我会一直泡着那个指头，直至伤口愈合。“是的。”

Ta 用一条新毛巾擦干 *Ta* 的手，蹲下身子护理我的伤口：清洗、敷上药膏，小心翼翼地用纱布包住指尖。*Ta* 关注的是我的手指，而不是我，但在 *Ta* 的关心下我整个人意识蒙眬，暖洋洋又飘飘然。我教过 *Ta* 怎么处理伤口，*Ta* 也没有遗忘掉任何一个步骤。*Ta* 明天会解开伤口，护理伤口，后天——

这样一来，泽林德就可以触碰我了。

泽林德把我缠着绷带的手稳稳地放在 *Ta* 的掌心。

“明天早上我再看看伤口情况。”

第六章 加冕典礼

剩余的一周时间里，泽林德陪着我们进行救援行动。*Ta* 从不亲近触摸我，每天晚上就睡在我们搭好的简易床上，早上就把它拆卸掉。我断了的指甲在 *Ta* 的关心照料下痊愈了。我们两人分别坐在让-玛丽的两边，她把一本书放在膝盖上，阅读着我们给四岁孩子准备的读物。泽林德和我在餐桌前擦着胳膊肘经过彼此。我避开了格洛里姑妈好奇的目光。泽林德似乎也没有注意到她的眼神。

但泽林德花了两天时间去往红鹰公国，我则留在这里，坐上了格雷丝派来接我上山去蒙特罗斯王宫的低调的黑色雪橇。我披着格洛里姑妈的斗篷，穿上了拉蒙娜的音乐会套装，外头套着毛衣和羊毛裤，准备妥当以坚持到漫长的室外国王加冕典礼结束那刻。

乔伊一直飘荡在雪橇周围，雪橇行驶至宫殿后方便停了下来，那里有组装好了的便携式上升座椅，紫罗兰色的纱幔垂帘而下。乔伊跟在我身旁，直至我踏上铺设地毯的小道，她喘了口气，随即消失不见。我停了下来，盯着地毯。这块东西上面已经撒了一层薄薄的盐。显然，亡灵没有被邀请参加典礼。

我在一块高高的黑色大石板前坐下，石板表层被风化侵蚀太久了，久到这些被历史学家认为是古代语言的标识几乎只是些划痕。

没人知道石头上写的是什么，但没人不知道这是个什么地方——同样的地方还有几十个，它们散落在艾兰国境内，在这些地方我们的世界和安息之国之间的距离近到可以通过。但这里比其他所有的地方都要特别，因为这里正是艾格尼丝接过艾兰国王冠加冕成王的地方。

格雷丝领我到前排较高的长椅上坐下。她则继续走，坐到穿着五彩礼裙的人群中，与艾菲女大公握手。那些人穿的是半神国人的宫廷服饰。我瞥了一眼坐在身旁的人，他穿着手工裁剪的大衣，围着绿色的丝质长围巾。

阿尔伯特·杰赛普对我阴沉着脸，“她邀请了你。”

“她邀请了我。”我答道，“杰赛普议员，你最近怎么样？最近立法有什么好收益吗？”

“众议院的会期就因为这个缩短了。”杰赛普对着石头边上的红玫瑰花环恼怒地甩甩手，“一旦王冠戴在塞弗林国王的头上，我们又要被打乱步伐，阳春之月又得举行另一场选举。”

“法律就是如此要求。”我说，“不过我想你很快就得花很多钱选举上任了。”

杰赛普脸涨红得像只龙虾，“你在暗示什么？”

我睁大了眼睛，“选举活动不是很贵吗？你要给你的拉票员发工资，还要印制宣传单，然后招揽你辖区内的合格选民，这不是很大一笔开销吗？有大概半数人吧？”

要是他现在能扇我一巴掌，他一定会的。杰赛普掌管的选区约有六万居民，但他们中的大多数人都付不起居住证的费用。东金斯顿-伯德兰地区的领导人能上台就是靠这个商业协会或那个商业协会的代表所投出的票，这些商会集中钱财支付一张张价值250马克的居住证。

“百分之九十一。”

“有这么多选民？”我喃喃自语，“杰赛普先生，那得组织很多顿烤鹌鹑晚餐，与很多人握手交易啊。”

“这是份艰苦的工作。”杰赛普说，“你和你那些有权的抗议者应该试试。”

我讨厌这个人，厌恶他的贪婪，他的冷漠，还有他对我们的掌控。他的家族是金斯顿城最糟糕的雇主之一，我打算建议格雷丝尽一切可能扳倒这个人。

“你到底来这做什么？这里没有乌合之众可以煽动。”

我对他笑得那么甜，以至于任何人看了都知道我只是假装听不懂他说的话，“我被邀请了。是两次哦。”

“索普太太！”雅各布·克拉克大叫道，“索普太太。我为我的迟到而道歉。知道你的爱人回到了你身边，我们都很高兴。”

他坐到了我旁边的座位上，“杰赛普议员。”

“克拉克议员。”杰赛普草草地应了一句。

“汉斯莱总理告诉我国王要在加冕礼上宣布——”

孩子们冲进圆圈，撒下了玫瑰花瓣，我“嘘”了一声示意安静。音乐自石头的另一边响起，那里的卫兵和后勤人员都在等着做他们该做的事。艾菲女大公从长椅上站起时，我们全部安静下来。她从头到脚穿着五颜六色的毛织衣物，是按照千年以前流行的样式剪裁出来的。艾菲轻盈地走到一对站立的母子面前，牵起孩子的手，领着她到达玫瑰花瓣圈内的位置。

建国以来，艾兰国的每一位君王都在这块次元之石的底下加冕。但没有一场加冕仪式是由半神国人见证的。小女孩拿着约一千六百年前为艾格尼丝女王制作的简单、无宝石镶嵌的金色王冠，阁门打开，塞弗林国王在他的精锐女护卫队的簇拥下走了出来。

人群中议论声顿起。塞弗林并没有穿上艾格尼丝女王时代的紧身短上衣和长袍。相反，他以一袭华丽的男式晨礼服出场，这是处理日常事务时最正式的着装，同时身披一件紫罗兰色丝绸内里的白绒拖地斗篷。他打破了传统。这是不是预示有什么事情要到来?

塞弗林并不像艾格尼丝女王那样有一个女儿为他加冕，所以为他加冕的一定是他的某一位堂亲或表亲里隔一代或者两代的孩子。塞弗林跪在地上，那个打扮得华美漂亮的孩子小心翼翼地把王冠戴在塞弗林头上。塞弗林将她抱起，放在一侧用腰部撑着，熟练得好像他这一辈子都是这样抱小孩。

“我很荣幸能成为你们的国王。”塞弗林说，“今天站在这里面对你们，我对我们的未来充满憧憬，对这个美好国度的人民满怀期待。我看到了新的可能性，也看到了光明的前景，我们有机会能把我们王国塑造得更好。我看到一个更美好的艾兰国行进在通往未来的道路上，国家繁荣昌盛，社会公平公正，人民安居乐业。但实现这一愿景不仅需要焕发的乐观主义精神，更需要扎实苦干。我们更需要改革变化。

“我的统治将实现这一愿景，”塞弗林国王说，“我通过纠正施加在我们人民身上的、可怕的不公正行径，迈出了第一步。我已撕破了导致我们公民受到难以言喻的待遇的谎言和操纵网——这些公民被污蔑成反复无常、危险致命的怪物，使得少数人可以从多数民众身上牟取利益。虽然我们都付出了代价，但那次释放是正确之举。

“但我们需要以太能量的回归，燃烧石油产生能量在这次危机中拯救了许多人的生命，但我们不能长期使用它。所以我欣然宣告：拥有最聪明的头脑或最灵活的双手的公民，我需要你们为国家研发一种产生以太能量的方法。”

凝固的空气中，众人开始议论纷纷，塞弗林没有理会他们。

“这不是一场人气比拼，这是一场比赛。谁第一个来找我，向我展示有效生产以太能量的方法，且不需要烧木头、石油、煤炭、天然气的，将被授予国家服务勋章，入选艾兰国骑士团，并给予二十五万马克的现金奖励。”

这对某些人来说是一笔巨额财富，对另一些人来说算得上是一笔不错的收益。但这足以引起与会者的关注，包括引发记者的好奇心，他们把新国王说的每一句话都记下来。

“但要做到这一点，艾兰国人需要时间。他们需要时间休息，需要时间与家人相处，需要时间去梦想。所以我宣布：《劳动公平法案》正式实行——这个法案将把每周的全职工作时长定义为一周四十小时。”

他现在是来真的吗？塞弗林比我和格雷丝更早地发表了这一声明——多年以来，团结联合工会已经写了很多次信给我们的民选议员，对现有的劳动时长发出抗议，但格雷丝和我还没有开始行动。这是塞弗林要和我们合作的信号吗？

在我周围，议论声充斥着沮丧和失望。在场许多人都有自己的生意，在不能让员工那么辛苦工作的情况下，他们要想办法让自己的工厂、办公室和商店顺利运转。我身边的人对塞弗林的建议并不满意，但我丝毫不同情他们。

“雇主可以决定安排五天八小时，或者四天十小时的工作量。同时因为工作时长缩短，自然而然，普通艾兰国人的基本工资也要增加。工作周发生变化，但是工资报酬标准将维持不变，每位公民每周将拿到底薪五马克。”

我交叉双臂。一周五马克是随意敷衍写的吧。一周五马克就意味着三个人只赚了租金费用，还得挤在一个一室一厅的公寓里。我看了看雅各布，我们还有工作要做。

“最后，我知道大家一直在问巫师将得到什么样的补偿，他们的岁月被偷走，还忍受了艰苦折磨。某些公民想出了一个办法来计算给予被囚禁的巫师们的赔偿金额——也许在很多令人叹惋的情况下，应称其为幸存者。但依据他们所计算出来的总数来看，艾兰国无法承担这笔前期费用。”

我身边的人嘀嘀咕咕，但仍是点了点头。

“我们需要把这段悲伤的时光抛诸脑后。它已经结束了。那些真正实行旧制度的人已经死了，或者濒临死亡。我们没有制定那些囚禁我们公民的法律，我们为他们的遭遇感到惋惜。但我们对这段苦难岁月概不负责。”

我身旁的雅各布从牙缝中倒抽一口冷气，在场的半神国人发出一阵阵嘘声。我们转头看向这些亡灵守护者，他们的不悦显露脸上。

塞弗林清了清嗓子，“我有一个提议，”他的声音在恼怒的半神国人的嘘声中高亢起来，“我希望将每一位幸存的巫师都列入国家服务体系的退休金名册，给予他们一笔有保障的收入，就像我们给予在战场上受伤的士兵补贴一样。他们将在余生领取这笔相当于艾兰国最低工资的退休金。缺乏自理能力的幸存者公民将得到一笔通常支付给战时阵亡士兵遗属的一次性抚恤金。”

与他们所经历的事情相比，这不算什么，这只是象征性的补偿。但我身边的皇家骑士和民选议员却连这点微薄的金额都抱怨个不停。我和雅各布交换了一个坚定的眼神。

塞弗林对大家微笑，仿佛大家都在为他的每一句话欢呼，“这就是我的愿景，我需要一个清醒、有序的政府来实现这一愿景。从此刻起，我宣布将举行选举，以便尽快恢复政府职能。我们必须要比规定的九十天更早地选出新的政府部门。因此，选举日定为雪凝之月三十五日。”

距离选举的时间太短，不足以让任何人像样地开展反对现任议会成员的运动。实际上，这让我周围的人放松了下来——塞弗林也许会推出不受欢迎的变革举措，但选举不会改变政府内部任何事情。之前他们就并没有太多疑虑，但现在就更加确定了。格雷丝、雅各布和我需要所有我们能得到的斗争能力。

“我的新政府会努力实现我对更好的艾兰国的愿景，我期待着与他们会面。谢谢你们。我想你们一定都冻坏了。让我们进去吧，享受一下宫殿里的茶点和温暖。”

塞弗林抱紧身旁的小女孩，走开了。华丽的披风蜿蜒在身后的雪地里。

雅各布站起身来，挽着我的胳膊，带我离开众人的听觉范围，“和我担心的一样，变化太小，太平缓安逸了。不够好。”

“没错。”我同意他的看法，“我们一起来起草我们自己的愿景吧。我们完成后就可以和格雷丝见面，然后和媒体谈谈，接着——”

“我们需要召开一个会议。必须要快。”雅各布说，“但首先，温妮一直追着，让我请你吃顿饭。你可以带你的爱人来吗?”

“乐意之至。什么时候?”

“明天晚上。”雅各布说，“我要告诉温妮你们要来。”

我们握了握手。我笑了笑。但我不想在王宫里面漫步，对那些像我鄙视他们一样鄙视我的人礼貌恭谨。

泽林德今晚会很晚才回家。也许我可以偷偷藏一条面包，悄悄和他一起享用，就像我们年轻时那样。

我绕开王宫，坐着我雇来的雪橇回家。

泽林德和我穿上靴子，走向一座简陋的公寓楼，它坐落在菲利普国王山的一侧。柔和的金色烛光在窗户里闪闪发光，钢琴曲的音符透过玻璃洒落下来。

“杜克也在这里。”我说。

“他的名字叫杜克？还是楼上有个公爵[①]？”

Ta 刚试着开了个玩笑，挑挑眉，似笑非笑地看着我。

“杜克其实不是他的名字，但他的名字叫格桑，所以他更喜欢别人叫他杜克。”

“等一下。杜克·科贝特？”

“一样的。”

我们沿着音乐声走上楼梯，来到一扇敞开的门前，走了进去，脱掉外面的鞋子，换上针织拖鞋。阿尔莎从厨房里出来，忙不迭地拿过我们的外套，问道：“你们要不要来杯白兰地？”

我看了一眼泽林德，他点了点头。

“好的，谢谢。”我对那位女性说道，她负责帮克拉克夫妇做饭和打扫卫生。

“罗宾！”雅各布唤道，向我们招手，把我们引进了作为休息室和图书室的大房间。我们在一张被高大书架包围的沙发上坐了下来，泽林德坐在离艾玛最近的角落，后者是雅各布从精神疗养院收留的年轻女子。她的孩子科拉坐在她膝盖上，被房间的一个角落吸引住了。那里没有什么特别光亮的东西，她会在看什么呢？

艾玛也留心注意她的宝宝刚刚盯着的地方，神色紧张。她把目光转向我，过了一会儿，尝试露出笑容。

泽林德立刻问她，“你看到了什么？”

---

① Duke，英文中可指姓名“杜克”，也可指“公爵”。

“他们纠缠着我们，”艾玛低声说，“我们跑不了多远，到处都是他们。”

“鬼魂？”我问道，“他们到处都是，他们在艾兰国遍地都是。”

她早已苍白的脸骤然僵硬，像被谁掐住一般。“他们看着我，”她低声说，“他们知道我做了什么。”

困扰她的不仅仅是鬼魂。我试着问了一个医院里迈尔斯会问病人的问题，“他们有这样说过吗？”

她盯着我，有那么一瞬间，我竟害怕她接下来会说的话。

“你觉得你的朋友迈尔斯能和她聊聊吗？”雅各布问我，“她很害怕亡灵。但我们不知道该怎么帮她。”

“我可以问问迈尔斯，”我说，“鬼魂在哪里呢？”

“走了。他们来了又走了。”雅各布说，“我一习惯他们的存在，就几乎没有注意他们了。但是艾玛——”

我转向艾玛，“他们来找你，是因为你能和他们说话。你试过吗？”

艾玛摇了摇头，“从来没有。”

“好吧，我们来试试吧。”

“晚饭过后吧。”温妮说，并用手轻轻地拖过杜克的肩膀，吸引他的注意力。

杜克是年轻时就惊为天容的那类艾兰国人，即使经过了岁月的洗礼，相貌风采仍不减当年，面骨轮廓依旧俊朗优美。眼角的纹路与他迷人的笑容相得益彰。银丝散落在他精心打理的头发之中。当他专注投入时，无形中便会展露出自己的全部魅力，让所有人都心动不已。

他轻轻地抱住我，“听到你们重逢的消息，我是多么高兴啊，亲爱的。这就是 *Ta* 吗？”

我退后一步，抬起手介绍 *Ta*，“我的爱人，泽林德·索普。”

“我很高兴，”他握住泽林德的手，“既因你的自由，又因你的虔诚。我是杜克·科贝特。”

“我知道你是谁。”泽林德说，“我在第六十一届河畔城音乐节上见过你。”

杜克对我的爱人展露那惊艳无比的笑容，“噢，安息之国，你听说过我，我要膨胀了。”

“杜克是在谦虚。”我说，“不过我们应该上桌用餐了，不然饭菜就该凉了。”

阿尔莎炖了螃蟹蔬菜清汤，烤了猪肩胛，还在泽芹中添加了香草，让一个又一个菜肴的品尝成为一种极致体验。我吃着盘子里的蔬菜，因为这是用餐该有的礼仪，而且它们很有营养，但阿尔莎添加了一些东西，成功地使冬季蔬菜和烤榛子更加美味。她在厨房和餐厅之间穿梭，端盘子，上菜，然后候着，看有没有需要她的地方。雅各布和温妮几乎都没注意她。

温妮是我们聊天中的主角，她很喜欢聊戏剧。在她和雅各布结婚前，她曾是一名舞台演员，结婚后她成了一名政治家的妻子——在我看来，她是一个特别的幕后英雄。只要温妮想谈论舞台剧，那么我们就会一直聊戏剧，一直聊到甜点上桌——甜品是一个丰富、雅致的蛋奶沙司，顶层糖渍在烤箱里烤得噼啪作响，变为褐色，配上热威士忌托地，真是一个完美的收场。

“不知道罗宾有没有跟你说国王在他的加冕典礼上所做出的承诺，泽林德。”雅各布随口提了一句，仿佛这件事并没有令他内心焦灼。

“她说了。”泽林德说，“我对这件事的想法很复杂。你是怎么想的呢？”

“还不够，”雅各布说，“国家退休金。这是一种侮辱。”

“在精神疗养院里的时候，他们根本没给我们发工资，”泽林德说，“所以至少，那是一种改善。”

“补发工资。”雅各布说，“这是一记耳光。”

“确实如此，”泽林德说，“但我怎么能期望更多呢？”

“还有这场取代以太能量的比赛。仿佛他可以掩盖这一暴行——”

泽林德移开目光。我看着 *Ta*，但 *Ta* 没有看我。

“这个世界上没有一笔钱能弥补我们的遭遇。”泽林德说，“但这也会是除了退休金外，我们收不到其他钱的原因，哪怕只是一分钱。”

“即使有半神国人不满，胁迫悬在他们头上了，赔偿金的斗争也将是一场艰苦的角斗。塞弗林在争取时间。”

杜克拨弄他的勺子，试图从罐里刮出最后一口蛋奶沙司，“而且他会利用政府的阻力来为自己辩解，让自己尽量做更少的事。选举日定在雪凝之月三十五日！你可以用腕表看看，时间流逝触手可见。他不想改变任何事情。”

“这也许是个不错的主意，可以提高人们的认识，让人们明白，这场斗争还没有结束。”我又吃了一口蛋奶沙司，细细品尝，

“我们需要更多的行动，让人们明白巫师的权利受到了根本性侵犯。”

“我有一个不同的想法。”雅各布从阿尔莎手中接过第二杯托地，几乎没有察觉到在他喝完第一杯的那一刻阿尔莎已经倒好了下一杯，“我们当然会做这些事。但我在国王演讲时意识到，我们面前有一个不可思议的机会，我有意把握住它。”

“你打算做什么？”我问道。

雅各布笑了笑，“我们要举行一次选举，一场真正的民主选举，乌扎达式的选举。”

我张着嘴呆坐在那儿。规模宏大、遍及全国范围的选举。那真是太疯狂了。

“一个月后？”

“我相信你能办妥，”雅各布说，“你释放囚禁的巫师，速度之快以至于那些大门还没关紧，摇摇晃晃着呢。这可能是我迄今为止给你设置的最严峻的挑战，但是——”

他想让我来组织这场选举？我不应该感到惊讶。我曾统筹一切组织工作。当灯光熄灭、我无法上学时，我就把注意力转移到抗议运动和许多与此相关的项目上。我做了很多艰苦卓绝的工作，这可能是巫师重获自由的一部分原因。但这让我耳朵发烫，他想要我组织并且成功完成一个全国性项目，他想要完成一个近乎不可能的任务，同时，他认为我会答应他。他怎么会觉得我既能做好项目组织工作，又能为格雷丝效力呢？

我回想了一下。我告诉过他这件事吗？格雷丝说过吗？也许他不知道。但我接下来的话，近乎真实，不近人情：

“雅各布，你凭什么认为在不过问我意见的前提下，我会答应组织你的选举工作？”

每个人都安静不动，像树林中的鹿刚听见人声一样。艾玛连呼吸都几乎静止了。就连她腿上的婴儿，原本像其他孩子一般，试图抓住一切视线范围内的东西，也停止了动作，瞪大眼睛，不知道此刻该不该哭。

泽林德摸了摸我的手，这是一个温柔的动作。

雅各布只是疑惑地看了我一眼，“我现在就在问你。”

真的吗！雅各布是我的朋友，但这太过分了。“哦，原谅我的困惑。”

他假意听不懂我的暗示，继续说，“我们必须为每个选区分别找一个候选人。但愿是名声良好的人。我不知道你会怎么确定这些人选，但你能想出一个办法来——”

他没有听进去。我放下叉子，交叠的双手放在桌子上，“不要。”

雅各布终于察觉到了让大家战栗的危险警告。他拿起托地，歪着头，好像我在做什么奇特的事情，“有什么问题吗？”

“很多。”我说，“首先，你之前并没有让我做这个——”

“我说，我现在就在问你。”

“你的问法很有趣。”我说，“第二，就组织这个选举活动而言，你没提到会为我提供薪酬。”

“这是义务工作。”雅各布说，“我也没拿工资。”

我忽略了这一点，“可是，格雷丝·汉斯莱给我发工资。”

“格雷丝·汉斯莱！为了什么？”

“她想知道我们想要什么，这样她就可以试着扭转国王的想法，帮我们达成我们想要做的事。”我说，“她付给我薪酬，同时我的合同将在返校时到期。所以，谢谢你的邀请，但我很遗憾地通知你，我没有时间去运作你的选举项目。”

“但这很重要。”雅各布说。

“雅各布，亲爱的，”温妮说，“像罗宾说的那样，这段时间，她已经在处理满满当当的工作了。”

“但这至关重要。”雅各布坚持道，“如果我们现在不把握住，五年之内不会再有这样的机会了。想象一下吧！艾兰国的每一个人都能投下他们自己的一票。每一个人都有发言权。这会让大家看到艾兰国人民真正想要的是什么，以及有钱有势的人如何将决定权收归自己所有。你怎么能……”

“我觉得这是一个良好的象征，雅各布，我真的这么认为。”我说，“纵使我还没有工作，我仍很激动——”

“我们会想办法给你钱的。”他说。

“没有月薪一千五百马克，你不会如愿的。”

“所以我失去了你，你归附总理，为她效力。”雅各布抱怨道。

“你可以免费得到的，只有我的体力劳动。但我还是觉得这是个好主意。我只是没空组织罢了。”

“那你能做什么？”

“在明天的会议上，我可以帮你说服其他人。”我说，“我会列出一份名单，你可以请他们来组织行动。”

“他们不会像你一样优秀。”

“我知道。但他们还是很能干。”

“至少你会来参加下次会议，对吗？在你离开我去政府大楼之前，你会帮我说服其他人去做这件事吗？”

我摇了摇头，“你不必这样说，雅各布。下次会议我会来的，是在工作室吗？”

“是的。”雅各布视线从我身上移开，眉头蹙起，看着我身后的东西。

科拉尖叫起来，手指着它。艾玛喉咙发出尖锐的声音。

“他回来了。”她说，“他回来了。”

现在我看到了是谁一直在骚扰艾玛，是我认识的一个鬼魂——他身穿老旧的大学外套，曾帮我们抵御风暴。

“不好意思。”我说，“我们过后再谈这个。”

我站了起来，那个鬼魂逼近，艾玛尖叫连连。他试图抓住我的手臂时，我不寒而栗。他的手指穿过我的肉体，留下一种像冷水在皮肤上蔓延开的感觉。

“我想起来了，”他说，“我认得你。帮我找到她。”

第七章 玛丽公主酒店

泽林德和我，还有科特兰·布朗——那个在晚餐时吓坏艾玛的鬼魂，终于回到家。刚进前门，乔伊就嗖地跑过来，向鬼魂挥舞着手指。她甚至悬在离地几英寸的地方，身形笼罩着他。

“转身离开吧。这里没有你要找的人。”

“没事的，乔伊。”

让-玛丽不再擦拭曾曾祖父沃尔特肖像上的抛光膏，抬起头来，“那是谁？”

“科特兰·布朗，他是第一批帮助应对风暴的鬼魂中的一员。你怎么这么久才找我，科特兰？”

“我忘了，看到她我才想起来。你必须告诉她。你必须告诉她，一切都会好起来的。”

我叹了口气，“你现在就想去告诉她。可我至少需要睡一整晚，才能出发去做这件傻事。泽林德，你——”

“我在这里就好。”*Ta* 说，“但带着让-玛丽吧。她可以呼吸一下新鲜空气。”

“我们这一趟很可能白费力气。”我说，“能不能找到取决于这个鬼魂的记忆有多牢固，所以我可能会离开一整天。”

“让-玛丽上了一天的课，有些泄气懊恼。带她去吧。她应该看看亡灵歌者能做什么。”

“好吧。”我转向鬼魂，“我是罗宾。你的族名是什么？确信风的布朗家族？”

他耸耸肩，“是避风港的布朗家族。”

“避风港。”我说，“我不知道还有——”我闭上了嘴，说出这句话是不礼貌的。

他垂头丧气，“家族没落了。”

“罗宾，”泽林德说，*Ta* 一手拿着围巾，脸因想到那些阴谋而皱成一团，“贝氏家族与避风港的布朗家族有过来往。我倒是知道你们可以从哪里开始寻找。”

第二天早晨，让-玛丽和我从车棚里拿出冬季自行车，沿着长长的、笔直的街道骑行。我的表妹还是很怕用两个轮胎维持平衡会跌倒，但她从阿莫斯那里学了几次后，已经掌握了骑车的技巧。我的步调从容不迫，但一想到我们的目的地——更确切地说，我们第一个要找的地方所在的街区，我的心就怦怦直跳。

我们来到一条街道，那里的窗户更多的是被风暴板遮盖，而不是冒着闪亮昂贵的玻璃破碎的风险，把它们暴露在外面。我们把自行车锁在一条轨道上，然后把它们互相锁住，转身去看对面的灰色石头建筑。

“就是这里。”科特兰说。他在高大、华丽的铁栅栏前停了下来。铁栅栏挡住去向，我们无法从有拱顶的通道下过去。就在它的阴影之外，雪堆积得如此之高，使得这个地方难以分辨。那是一条车道？还是一个庭院？

“这不是进去的路。”我说。

“这就是进去的路。”科特兰反驳道。他想抓住门闩，手却直接穿了过去。

“以前是，但现在不是。”我左看右看，然后指了指，“是那条路。”

科特兰不太高兴，“那是服务生通道。”

“欢迎你从前门穿行过去，但我的身体需要用服务入口才能通过。”我沿着唯一一条清扫过积雪的人行道出发，拐进小巷，在一套镶板式双扇门前拉起半腐朽的铃绳。

科特兰跟在我身后，但他看上去闷闷不乐，“这地方发生了什么？”

“它现在关门歇业了……是八年前的事了。科特兰，我很抱歉。你活着的时候它还开着？”

“我在这里死去的，”他说，“这一切都发生在八年内？”

让-玛丽一直盯着这栋楼看，“真漂亮。”

“它现在破烂不堪，”鬼魂抱怨道，“玛丽公主酒店曾是河畔城最好的酒店，服务是全城最好的。发生了什么？”

“我什么都不知道。”我说，“但我听说，酒店太难维持运营了。”

“但诺琳应该是负责酒店运营的。”科特兰说，“她发生了什么事？到底怎么了？”

“我不知道。”我试着转动门把手。门打开一刹那，我的内心在颤抖。

“啊嗬。”我对着黑暗喊道。前面有光，灯焰暗淡，我在指尖投下一个光球，照亮我们走进去的路。

光线映照出装满垃圾的板条箱，旁边是总共二十加仑的桶装水，还有一架架的基础食材。我们向另一盏灯靠近，但让-玛丽迫不及待地向前飞驰，朝门槛跑去。

我们很快追上了她。她在研究地板，上面铺满了彩色的瓷砖，瓷砖上画着水拍打沙滩的图案，沙滩上还散落着贝壳和小螃蟹。她触摸墙壁，感受手工雕刻板的纹理，木头苍白得让我想到了骨头。

“太美了。”让-玛丽说。

“这里只能隐约可见旧日的样子。”科特兰喃喃自语，“这个地方怎么了?”

他在前面疾驰，突然停下来凝视着什么，“米妮姑妈？她还活着?”

他发现了谁?“啊嗬，”我叫道，“啊嗬。我是和平水域的罗宾·索普。”

“啊嗬什么呢，”微弱却又尖细刺耳的声音传来，一听便知是位饱经沧桑的女人，“进来这里，这样我不用对着墙壁大喊。”

“走吧。”我拽了拽让-玛丽的胳膊，她跟着我走过描有海岸图案的瓷砖地板，走进了一个房间，那一定是管理员住的地方。

这里仅有一盏灯和炉火闪烁的光芒，即使房间大部分被遮蔽了，让-玛丽在这里还是有很多东西可以观赏。女人一团雪白的头发，深褐色的皮肤如薄纸一般透亮，她笔直而端庄地坐在一张轻垫式坐椅上，腿上堆着一个泡沫状蕾丝编织物。

“进来，坐下吧，那是谁在徘徊——？科特兰。”她倒抽一口气，“噢，科特兰·朱比雷森·布朗。”

“你认识他？”我说。

“我认识。”她说，“即便他穿得像个十足的傻瓜，但他还是我的甥外孙。你四十年前从皇后区毕业了，科特兰。可你一直停留在校园时光。我觉得他根本就没长大。”

“我是罗宾·索普。”我说，“这是让-玛丽·索普，我的表妹。”

“小姑娘，靠近点，让我看看你。”密涅瓦伸出一只手，紧紧地握住了让-玛丽的手。她仰着头，端详着让-玛丽的脸，“你是埃弗拉·索普那一支的吗？”

“你认识埃弗拉曾祖母？”我问道。

密涅瓦点了点头，她的眼睛很亮，“我们是学校同学。而且你继承了她的气人天赋，如果科特兰怄气可以被当作证据的话。”

科特兰咕哝着什么。我笑了笑，“他说他没生闷气。”

“哦，他们都这么认为。”她说，“我是密涅瓦·布朗，但在我结婚之前，我是遥远天际的密涅瓦·西曼。”

“很高兴认识你，夫人。”

她笑了起来，“什么风把你吹到这里？”

“科特兰希望能和他的女儿谈谈。”

密涅瓦的嘴巴因苦涩抿紧，但她很快就掩饰住，露出了整齐、完美的牙齿，这效果必须是装了假牙才会有的，“她应该很快就到了，如果你愿意等的话。还有你，小姑娘——”

让-玛丽把她的注意力从玻璃球吊灯上拽开，“什么事？”

密涅瓦挥挥手，“这栋楼虽然关闭了，但里面东西还算健全。去探索一下吧。”

让-玛丽脸色一亮，“真的吗？”

“在我改变主意之前去吧。”密涅瓦说。

我还没来得及告诉她要小心，她就走了。密涅瓦拿起她的针织品，几乎不用看就可将左手针的线挑到右手针上，她仅凭记忆在编织着一个复杂的图案。“所以亡灵已经来到艾兰国。”她说，“我在散步的时候，时常看到他们在大厅里飘荡。有时，我想我是认得他们的面孔的。科特兰是第一个记得我们存在的，虽然他只关心诺琳。”

我猜了一下，“你的曾孙女？”

“曾甥孙女。而且没有曾曾甥孙女，这无疑是科特兰所希望的。”

科特兰愣了一下。“她没结过婚？”

我一转述问题后，密涅瓦就回答了科特兰的疑惑，“她结过婚，但不走运，没能怀上孩子。避风港的布朗家族已经不复存在了。我已经一百岁了，我看到了我的家族的归宿。”

我如鲠在喉，“我很遗憾。”

“我也是。”密涅瓦说。

“密奶奶？”一个声音传来，语气惊慌，“密奶奶，有人来过吗？密奶奶？”

“在这里。”我叫道，奔跑的脚步声嘭嘭地响。

一个女人在门口处停下，愁眉紧锁，她的头发蓬松卷翘，这种潮流正在取代萨敏丹人的传统发型，“你是谁？是谁——爸爸？”

她放下一个篮子，走过地板，盯着科特兰。他们有着同样宽阔的下巴和高耸的颧骨，她的眼睛和鼻子遗传自外表俊俏的父母，她的脸在眼睛和鼻子的修饰下更精致一些。当她走近时，我能闻到她衣服上的烟草味。

“我们是来找你的。”我说，“我是和平水域的罗宾·索普。科特兰希望告诉你，他爱你。”

她瞪大眼睛看着我，“你是一个亡灵歌者。”

“是的。”我说，“科特兰希望和你谈谈，他帮我们平复了风暴，帮了我一个大忙。”

“科特兰，告诉密奶奶她应该住在格林菲尔德。”诺琳说。

“诺琳，我们已经讨论过了。”密奶奶说，“如果你不想再给我送饭，我会雇人替我做，但我不会离开我的家。”

“可是你可能会摔倒。”她说，“你可能会摔倒，然后折断髋骨，你可能会内出血，然后你可能会——”

“死。”密涅瓦说，“孩子，我已经一百岁了。我知道我可能会死。但这是我的家，我死的时候就会离开这里。”

“别再谈死亡了。”诺琳说，“这是病态的。太可怕了。如果你能让我带你到格林菲尔德去——”

“不，”密涅瓦说，“就像我跟你说过的，我在这里很好。我不会去格林菲尔德。我要留下来。”

“可是密奶奶——”

“我意已决。”

诺琳叹了口气，“我给你做了鸡汤。但恐怕这只够我们两个人喝。”

“我可以去接让-玛丽。”我说，“我是为了科特兰的缘故来的。你还有什么想说的吗，科特兰？”

“告诉她，她应该去看助产士。现在还不算太晚——”

“我不会告诉她的。”我说。

“告诉我什么？”诺琳问道。

“你父亲想让我劝你生个孩子。”

诺琳的脸变得悲伤起来，“告诉他，我很抱歉。”

“他能听到你说话。”我说，“当我在他附近时，他能听到你的声音，理解你的意思，变得意识清醒。但我走后，他又会消失。”

“爸爸，我不能。”诺琳说，“我很抱歉。我试过了。”

科特兰看着他的女儿，他的脸因悲伤而皱成一团。

他们的家族就要走向没落尽头，诺琳则将这归咎于自己身上。这不公平。密涅瓦伸手抓住诺琳的手，而我无法打破笼罩在我们身上的沉默。科特兰垂着头，他的手穿过诺琳的肩膀。

让-玛丽出现在门口，“这是我见过的最美的东西。大厅里有一座雕像，她是那么可爱。还有楼梯——它太优雅了，我可以探索几个小时，但我想我应该回来，免得罗宾担心。”

密涅瓦捕捉到了一点让-玛丽的喜悦，“你喜欢这座建筑？”

“我喜欢。”让-玛丽说，“谢谢你让我探索。”

“你还没看完呢。”密涅瓦说，“为什么你不再来好好探索呢？”

“好啊！谢谢你。我明天能来吗？”

我从来没见过让-玛丽高兴的样子，也从没见过她满脸兴奋和好奇，便点头同意了，“你可以带蛋糕来这喝茶。”

“能有这样一位可爱的客人，我感到荣幸。”密涅瓦说，“我期待着你的光临。”

“谢谢您！我明天早上就来。我想知道这里的每一件事情，这是我见过的最美的地方。”

“是很美，不是吗？”密涅瓦的黑眸里有星光闪烁，“而且我有一百个故事，甚至更多。明天我就给你讲第一个。”

“然后你可以在公园等我们接你回家。”我说，“我们会经过公园，这样你就知道该走哪条街道了。”

诺琳紧紧地闭着嘴，她一定是在忍着不说反对的话。在我们告别时，她一声都没出。

泽林德负责在厨房里做晚餐，于是我们吃上了一大锅螃蟹杂烩浓汤，还配有裹着煎蘑菇和奶酪酱的脆皮热面包。我则负责打扫。当我终于回到我们的房间时，泽林德已经躺在小床上了。月光透过窗户照进来一点，我听着 *Ta* 的呼吸，直至进入梦乡，而后被起居室里传来的砰砰声吵醒。

泽林德是这些声音的制造者。*Ta* 穿着单衣和运动短裤，宽阔的肩膀上闪着淡淡的汗光，*Ta* 跳跃、屈伸，单手、单脚或坐在座位上保持平衡，进行增强力量的练习。

即使只是几天的进食，也已经填满了泽林德肋骨的凹陷，*Ta* 脊柱的突起日渐平缓，*Ta* 的胳膊和腿变得精瘦结实，有了一些流线感。*Ta* 锻炼每一块肌肉，做一系列流畅的动作，意在增强平衡性和灵活度。完成后他跟我说话：

“我吵醒你了吗？”

“我起得早。”

“抱歉。”

“不用。”

“确[illegible]不起。你今天很忙吗？”

“[illegible]图书馆看看。”

[illegible]林德说，“你想滑冰吗？”

匆匆[illegible]把冰刀系在靴子上，沿着丹斯莫尔运河滑行，冰面[illegible]下沙沙作响。泽林德伸出手臂，我挽着 *Ta*，两人结伴互相配合着滑行。

我们就这样滑行两英里，再往回滑行两英里，步伐和节奏配合得天衣无缝。我们经过一群结伴滑行的学生，泽林德轻推我向前滑行，以便我向后转，面对着 *Ta*。

“你还记得我们的戏法吗？”

“记得——”然后我尖叫一声，泽林德把我举在空中，全班同学看得很开心，他们看着我张开双臂，交叉双脚。

泽林德转了两圈，向后滑行，把我放下。我单脚落地时膝盖发出一声巨响，另一条腿向后平伸，这是阿拉贝斯克舞姿。

泽林德瞪大了眼睛，“这声音真吓人。”

“我的关节会发出很多吓人的声音，没事的。”

但 *Ta* 之后还是坚持并排滑行，不再冒险。*Ta* 的手臂搭在我的肩上，我们便一直保持双人滑的姿势滑着，对着阳光明媚的天气、对着运河上其他玩耍的滑冰者微笑。

“滑冰真是个好主意。”

“我们明天可以再来一次。”泽林德说，“‘妈妈家餐厅’还在那里吗？”

“‘妈妈家’还在那里，‘妈妈’还在做烟熏热猪肉。”

“我想今天去那里。”

“去了图书馆之后吗？”我在一张长椅上停了下来，解下靴子上的刀片，“路程不远。”

“我一直在想你告诉我的关于国王演讲的事。”泽林德说，“关于比赛的事。”

“你有什么想法吗？”

泽林德耸耸肩，“也许有吧。我需要抓紧时间研究。你想从图书馆找什么？”

“给让-玛丽的绘画课本。”

其他收留出生于精神疗养院的巫师的人也有同样的想法。课本被挑走了，故事多于图画的绘本也没了，我早该想到的。身边的人不会读书写字，没有一个萨敏丹人能坐得住。

“我们会尽快把学校多余的课本加进来，”一位图书管理员告诉我。我把我们的名字写在了等候名单上。泽林德找到了一些 *Ta* 想要的书，都是 *Ta* 最喜欢的机械类杂志装订本。

“你要做什么？”我问，泽林德把最后一本书塞进我带来的帆布袋里。

“还不确定，我有个想法需要研究。”*Ta* 说。

“你可以用工棚。”

“我想找个更隐秘的地方。”

我听到这，扬起眉毛。“那就神秘一点吧。我们不如今天赶巧去吃烟熏猪肉吧。”回到街上时，我对泽林德说道。

“我很遗憾，你没能为让-玛丽买到更多的书。”

“书早晚会来的嘛。”我说。

“妈妈家”的午餐还没做好，但香味闻起来像是经过了几个小时的精心慢煮。我们坐在一张四人桌前，泽林德脱下 *Ta* 的手套和围巾。“如果服务员来了，我想点个三明治，要加辣酱。”

“很快就到我们了。”我答应着，*Ta* 去了卫生间。

今天是个好日子。泽林德很快乐，眉眼弯弯，自在放松，仿佛是新鲜空气和运动让 *Ta* 的心情大好。这感觉有点像我们年轻的时候，虽然那时我们有比“飞天鹅”更大胆的滑冰技巧。*Ta* 自信满满带我完成了那个动作。如果是在舞会上，*Ta* 也会这样做吗？*Ta* 会和我在校友返校活动中一起漫步吗？我揉搓着愈合的手指。泽林德坚持要护理它，我就随 *Ta* 去了，倘若 *Ta* 有理由碰我，*Ta* 会碰的。也许我们会在彼此的怀里旋转。也许——

有人坐到我旁边的座位，空气中一股甜蜜琥珀香水味，混合着受潮羊毛味，“索普小姐。”

我的心沉了下去，今天脆弱的幸福破碎了。杰罗姆·贝坐在我们的餐桌前，一手拿着上好的鹿皮手套，衣着奢华，露出自负得意的笑容。

“是索普太太。”我纠正道。

“我需要你的帮助。”

“不行。”

"*Ta* 不会跟我说话，罗宾——"

"索普太太。"

他俯下身子靠近我的脸，咄咄逼人："*Ta* 不会跟我说话。"说这最后一句话时，他的声音突然拔高。"抱歉，本来不应该是这样的，*Ta* 本来应该——"

"回家找你。"我说，"但这不是 *Ta* 想要的。"

"我只想确认 *Ta* 是否没事。我需要看到 *Ta*。我需要 *Ta* 知道我爱 *Ta*。我们都爱 *Ta*。但我是唯一一个不介意 *Ta* 和一个——"

我仰着头，"你是想说'无魔法者'吗?"

"我知道你不是。"杰罗姆说，"我看过所有的报纸了。金斯顿城脱离掌控了，但我觉得它还没有真正地沦陷。他们真的把亡灵和——"

杰罗姆摇了摇头，嘴唇紧闭，惊恐万分，"可我们以为你是个'无魔法者'。你当时确实是，可能你自己都不记得了。而泽林德有责任继承遗产。就算这很浪漫，你们两个人也根本不可能在一起。我觉得你们当时是很浪漫。"

"你当时站在泽林德一边反对贝蒂的时候，就该说清楚这一点。"

"我当时才十五岁。"杰罗姆说，"没有人会听我的。"

"你是泽林德的知己好友。你们两个是完美的搭档。你们本来是可以在一起的。但你却成了引领公司发展的人——"

"如果 *Ta* 能回家，我马上让位下台，然后——"

"杰罗姆。"

泽林德站在桌前，嘴唇抿紧，鼻孔张开。*Ta* 身高五英尺半，直挺挺地站着。即便杰罗姆高了 *Ta* 一个头，*Ta* 仍巍然逼近，“你现在该走了。”

“泽尔。”杰罗姆说，“泽尔，给我解释的机会。”

“噢，很好。那你先说说为什么那天晚上我回家的时候，会有监察官在等我。”

杰罗姆摇了摇头，“我也不知道。”

泽林德双臂交叉，“那就查清楚吧，我想要知道真相。”

“这只是——”

泽林德直接推翻杰罗姆的抗议，“我想知道是谁放他们进入我们的街道，当时母亲私人掏钱涨了巡长一倍的工资，让她的人不至于被他们抓走。”

“她与此无关。”

“如果你相信这句话，你就是个傻瓜。”泽林德说，“而且我想知道，如果我当时真的那么倒霉的话，之后他们为什么不从监察官手里赎我出来。”

“不能这么做啊。”

“他们以前可是赎过查尔斯·威廉。”

杰罗姆怀疑地看了泽林德一眼，“谁告诉你的？”

“索普长老。”

杰罗姆张嘴想反驳——又闭上了嘴。他舔了舔嘴唇，低头看看自己的手，“这就是你想要的全部？真相？”

“就这些。”

“那就去问贝蒂，问你母亲。”

“你真的认为她是无辜的。”

“你没看见她当时的样子。”杰罗姆说，“当她知道你发生了什么事的时候，她又叫又哭，把家里的每一面镜子都打碎了，后来不得不去缝针。后来她就不开口说话了，就像有人关上了开关。我们不得不给她穿衣服，给她喂食，这持续了好几个月。要是她做了你所认为的事情，她会那么悲伤吗？”

“之后发生了什么？”

“她再也不是原来的她了。”杰罗姆说，“我的父亲接手了公司，我放弃了环游群岛的梦想，因为我必须要学会你做公司接班人时他们塞进你脑袋里的一切——”

泽林德抓着椅背，倾身靠近，“她当时悲痛欲绝？”

“持续了好几年。”

泽林德看向我，我点了点头，“我不知道全部细节，但我略有耳闻。”

“我还是个索普人。”泽林德说，“而且我仍然想知道真相。我突然不饿了，夫人。也许等我们回家后再吃吧。”

泽林德戴上帽子，穿上手套。我也把自己的穿戴上，杰罗姆站了起来。

“我就不打扰你们吃饭了。”

“我说过我不饿。”泽林德说，“该回家了。”

两英里的回程中，*Ta* 一句话都没说。

泽林德把自己关在我们的房间好几个小时，翻阅着从图书馆借来的有关蒸汽机的书籍。*Ta* 逼自己进行无休止的家务劳动，甚至冒险进入阁楼整理打扫。

Ta 不是在厨房，就是在忙着照顾孩子，或者在客厅里织毛衣，要都不是，*Ta* 就在阁楼里，抓住任何一闪而过的小灵感，用淘汰了的老式以太备用小工具来制作东西。

但 *Ta* 并没有完全消失。我们一起坐在餐桌前，*Ta* 在从图书馆借来的日记本上画模型并作笔记，而我则在敲定我们为所有巫师回归而策划的庆祝活动的细节，核对我们的支出是否和筹备委员会会议所筹到的捐款相一致。泽林德做了一个给小孩子玩的风花，注入魔力让它旋转。*Ta* 的魔法是不用触碰就可移动物体。

我从笔记中抽脱出来，看着玩具旋转，“你在做什么？”

“在想事情。”*Ta* 让玩具逐渐停下来，“这才是关键。你在做什么？”

“我在估算确定雅各布的项目需要的志愿者人数。”我吹了吹风花，它乖乖地转了起来。

Ta 把它递给我，“你可以把它放在你的自行车上。”

我们小时候经常这样做。我仰着头，“它上面承载着什么愿望吗？”

“我不能说。”泽林德说，“这是秘密。”

我从 *Ta* 手中接过风花。在我骑自行车来河畔城东岸的路上，它旋转着发出咯咯的声响。我爬上楼梯，前往位于大楼顶层的加布里埃尔·梅多斯自己保留下来的画家工作室，那里光线充足。我小心翼翼地打开门，避免发出噪音干扰。

他们已经聚集在一起了，普雷斯顿·格莱姆斯——我们组织的悲观主义者，在我关上门的时候开口说话：“我们做不到。”

什么，已经开始了吗？

普雷斯顿靠在木椅上，双臂交叉于胸前，膝盖分开，裤脚下露出骨骼突兀的脚踝，“离选举日还有不到一个月的时间。这是不可能的。”

雅各布翻了个白眼，放下茶杯，“老实说，普雷斯顿。你就不能等我介绍完这个想法后再泼冷水吗？”

普雷斯顿踩在一块溅满颜料的防尘布上，责备地瞥了雅各布一眼，“你对这个想法浮想联翩的时候，有没有想过这个行动所需要的资源？”

我缓慢而又谨慎地深吸了一口气，给自己鼓劲，亚麻籽油的气味和颜料稀释剂的瓦斯味顺着我的鼻腔上升，压迫着我的额头。我看着一幅晾在画架上的静物画——是学生作品，不是出自加布里埃尔·梅多斯那优雅、才华横溢之手。我们开会用的就是她的画室。

雅各布抬了抬下巴，“这就将运用到我们所拥有的一切。这是我们考虑过的最大、最重要的行动，甚至超过了我们对抗《巫术保护法案》所做的工作。这值得我们付出每一滴汗水和泪水去实现它。”

“雅各布说得对。”我说，“这个范围比我们做过的任何事情都要广。”

“当然，你在做组织工作。”普雷斯顿说。

我挺起肩膀，“实际上，我正在和总理推进工作——”

“是吗？”普雷斯顿看起来更拿不准主意了，“雅各布，你希望这次行动如何展开？”

“这次行动会遍及数百万人，”雅各布说，“他们会加入到我们的行列。”

“前提是我们有资金。”普雷斯顿说，“如果我们把每一分钱都花在这个行动上，最坏的情况是这个行动会变成一个浅薄的宣传噱头。”

他那部分圈子的同伴们点了点头，目光追随着这位用魔法使河畔城的公共空间变得繁茂、健康的园艺师。

我预料到普雷斯顿会如此谨慎。他总是想知道范围。他总是质疑热忱和激情，只想测试一个疯狂的想法是否真的具备可行性，最后要么受到启发者拿出一个方案，解决普雷斯顿指出的不足之处，要么明了这是个愚蠢的想法，放弃它。

雅各布有远见，但普雷斯顿手执舵柄，他不会改道新方向，除非他知道了这条路是明确可行的。如果我们说服普雷斯顿，他的圈子和雅各布的圈子就会联合起来，不管他们两个人指向哪座山，圈子的成员都会开始把那座山移走。

如果他不同意，雅各布的想法就会宣告破产。要是真的无法实现，那会是我的错吗？

“不只是这样。”我把手放在膝盖上，吸引圈子里所有人的目光，“一旦我们把所有这些选票都统计出来，一旦我们有了艾兰国人民的追求需要的实质性证据——那这就不仅仅是个符号象征了，而是向司法厅进行法律上诉的证据。”

“那可得耗费数千马克的律师费。”普雷斯顿将一根手指的指尖插进掌心。

“我们在运动中的辩护律师可以——”

普雷斯顿把目光投向天花板，“这是几千马克的律师诉讼费，这些钱能让我们——什么？你在想什么？法官们会因为我们询问的态度好就废除王室的权力吗？”

话到嘴边，我又咽了下去，那些话会让我看起来像个傻姑娘，而不是一位沉稳理智的女士。“我想，人民会看到我们为他们的自由和权利而奋斗。”

“我们一会儿再谈钱的事。”雅各布说，“我希望你们都能重视这个想法，领会它能为我们带来的价值和用处。”

附近有人燃起了炉火，淡淡的烟味过滤掉亚麻籽油和溶剂的气味。一股冷空气流转在我的脚踝处，我小啜一口淡茶，侧耳倾听他们的辩论。

普雷斯顿歪头道：“我认同这是一个美好的象征，雅各布。这是一个很有启发的想法，它会唤起数百万人的想象。但我必须考虑实际情况。”

他举起放在座位旁边小桌上的杯子，然后对着杯子皱起了眉头，“我还需要茶。告诉我，你是怎么打算把消息及时传到全国各地。”

他站起身，走到一个装满二次冲泡茶叶的银制大肚瓮前倒茶。他什么都没加，把稀少的糖块和牛奶留给别人。旁边还剩一些糖蜜饼干，他拿起一块泡进杯中。喝了第一口茶后，他嘴里发酸，然后把注意力转移到雅各布身上。

但我提高嗓门：“塞弗林国王已经清理了铁路，宣布正式选举，可他们并没有清理副站台。他们还需要人手把这些站台从雪里给挖出来。我们只需借塞弗林之力，便可成自己之事。”

普雷斯顿斟酌思量着这个问题，“派遣我们的志愿者和政府服务人员过去。”

“这是联系整个艾兰国的运动成员的最快的方式。速度虽不快，但的的确确是我们最快的途径方法了。”

“那做法很聪明。”普雷斯顿说，“他们会得到报酬，吃食住宿都会安顿好——”

“同时，他们可以把消息带到国内的网络上。我们可以让他们为每个选区指定一名候选人，扩散影子选举的消息，每个选区都自行组织投票。”

“思路清晰，条理分明。”普雷斯顿承认，“可接下来是，我们长于想法，而短于资金。这需要资金……我可以告诉你，我们需要花费的钱要比现有的多。”

“我们必须筹集资金。”雅各布说，“可是——”

“我们的民众是需要精打细算每一分钱，保证吃饱穿暖。”普雷斯顿反对道，“而我们需要的那些资金金额可不少，可不是能用硬币罐子筹集到的。我们需要一个赞助人，需要一个投资者。”

我们的民众没有那种钱。而既能从艾兰国体制中获利，又希望看到体制崩塌的人并不多——但这并不意味着就没有。

但没有目标，就无从制订计划。我清了清嗓子：“你需要多少钱?”

普雷斯顿换了换坐姿，“我不知道。”

“估算一下。”

他耸耸肩，把饼干浸在茶水里，咀嚼了一分钟思考着，“至少三万马克。如果你能筹到三万马克，其余的我们可以搞定。”

三万马克。我算了一下。两个投资人的话，一人一万五千马克。三个人每人一万，五个则是每人六千。但那也可能是一百万人——我不知道有多少人能有这种钱，而且他们所有人都会想要一些东西作为回报。权力，或者善意，可又怎么能用金钱来衡量善意的价值呢？

和谁合作我们才能支付得起费用呢？在花销不太大的前提下，我们能雇佣得起哪位律师呢？

“我们会筹到钱的。”雅各布说。

我盯着他看，“会吗？”

“我们会的。”雅各布说，“我有一万块钱可以迅速变现，这样就可以得到三分之一。”

普雷斯顿说话：“我可以给五千，算下来，就是一半了。剩下的再想办法。”

“我们还是应该接受个人捐款。”我说，“我们可以用这种方式筹集到剩余的资金。大家会愿意帮忙的。但我可以给一千马克？”

“从你的积蓄里吗？”雅各布说，“我们不能接受。”

“你们必须要。”我说，“我还认识一个人，我可以问——”

“是我认识的人吗？”雅各布问道。

“迈尔斯。”

他摇了摇头，“你的皇家骑士朋友？他可能会，但是——”

“迈尔斯相信这个事业。”

“但他的妹妹在运动开始之前不能知道这件事。”

“那我根本就不应该来这里。”

雅各布皱眉道："你别打击我们的自信心。"

"在政府内部，我仍归属于我们这一方，但我不会为你们做间谍，也不会误导她，她毕竟支付我的顾问费。如果你不想让她知道影子选举的事，我就不应该来这里。"

"或许是。"普雷斯顿朝一个窗户走去，"但你不会告诉她我们的计划，我了解你。"

普雷斯顿向上拉开窗扇。一股烟味被窗外的冷空气带了进来，在整个房间弥漫开。

"着火了！"普雷斯顿叫道。他把洒满颜料的窗帘拉得很开，透过窗格玻璃可以看到，橙色火焰在远处一幢楼房的屋顶上跳跃，楼房的尖顶在燃烧，黑烟在天空中蔓延开来。

"天呐，"雅各布说，"那栋楼没了。"

"那不是……那是，"我说，"那是金斯顿精神疗养院。"

"还好摆脱了它。"普雷斯顿抱怨道。

"那里还接收了不是巫师的病人。"我说，"博勒加德退伍军人医院没地方收治他们。那座建筑里有无辜的人。我们得走了。"

我们还没到那里，一切就已经完了。金斯顿精神疗养院没能控制住火势，火舌从窗口蹿出，舔舐着石墙，只有少数人——都是年轻人，他们穿着睡衣，披着湿漉漉的毛毯，颤抖个不停——从火灾中逃脱出来。

普雷斯顿在街上停了下来，摇摇头，"彻底没希望了。"

"有些病人逃出来了。"我举起一个从加布里埃尔的工作室里拿来的金属箱子，里面装着可以做些应急处理的急救用品，“啊嗬。我是罗宾·索普，是名护士。你现在呼吸痛吗？”

满身烟尘的年轻人点了点头，“我不得不穿过烟雾跑出来。”

天太黑了，我看不清他的喉咙，但他转过身咳嗽，吐了一口黑咕隆咚的黏液在雪地上。我对他温和一笑，举起听诊器。

“我们来听一听。”我说。他听话地一动不动。我把冰凉的听诊头贴在左边，又贴在右边。我拿起他的手，按压了一下指甲，那苍白的斑点慢慢充血了。

他明早便会死去。“过来这边。”我给了他一杯水，“这样好些吗？”

“没有。”他承认道。

“保持平静。不要用力。告诉这个人你的名字，他会登记你的名字。”我对图珀·贝尔点了点头，后者紧紧握着一块写字板和淡粉色的纸，这种纸只有加比[1]才会用。“我会再回来看看你。”

“好的，医生。”

我离开他，接着走向另一位生还者。

“我在洗手台打湿了一块手帕，然后把它捂到脸上。”

“很明智。”我称赞道，“到这边来，和这个人待在一起。”我指了指那个气管会闭塞的人，总之就是他会呼吸困难，进而窒息，“消防车很快就到。”

下一位是身穿白色搬运工制服的人，他的衣服被烟熏出一条条黑痕。他咳了一声，喘着气，抓住我的手腕。

---

① 加布里埃尔·梅多斯的昵称。

“我一闻到烟味就把所有能开的门都打开了，”他说，“四楼已经没了。没有人能够上到那里去——”

他又咳嗽，泪痕满面，“我应该努力试试的。”

“你试了。”我说，“你救了你能救的病人。你把他们救出来了。”

但我让他和前两个人坐在一起，然后移到下一个病人旁边。

“一定是烟囱起火了，”一个病人说，“里面冷得像杀人犯的心脏。我们把多余的床褥从床上拆下来当成毯子，整天坐在壁炉附近——”

说话很精神，呼吸良好，这个人会活下来的。我继续前进。

这么多的鬼魂在周围转悠，我可以看到他们身上的致命伤——被烟灰熏黑或是有可怕的烧伤。我留他们单独在一起，直到把所有的幸存者都分类完毕，再把他们分别转移到所属的组别——紧急组和致命组，但我并没有这样称呼他们——继续检查。我不断地听见清晰的呼吸声，或从烟气充斥的肺部发出“嘶嘶”的颤动声。

消防车来得太晚了，无法挽救这栋楼，但他们还是不顾一切地扑灭了大火。医疗救援人员来了之后，便来问我问题，并把病人分类，“没有地方可以安置他们。”一位医护人员擦了擦脸颊上的烟灰，对我说，“我们会接收他们，但他们只能安置在简易床。”

“简易床也很好。”我答应道。

她看着那些半透明的、烧焦的、被烟熏黑的鬼魂，“这种死法太可怕了。这里是怎么着火的呢？”

“显然不是因为以太。”我说，“有一个病人认为可能是烟囱的问题。”

“太可怕了。”这位医护人员说完，转身去扶一个病人上雪橇。

我不知道如何确定是什么引发了火灾。鬼魂飘到我身边，他们被一个能听到他们说话的人——也就是我，所吸引，他们告诉我他们身上发生了什么。

“门是锁着的，我出不去，我无法呼吸，然后我就在这里了。”

“很疼。”一个被烧得发黑的鬼魂说，“地板塌了。我掉了下去。到处都是火焰。很吵。”

“你叫什么名字?”我一直在问，“你是哪个家族的?”

他们把信息告诉我，我写下了他们的名字，“这里是怎么着火的呢?”

他们都不知道。厨房里的油火？某层楼的烟囱起火？我和亡灵聊了聊，知道了那时他们都在做什么：睡觉、看廉价小说、为了听听声音自吟自唱。

我穿过亡灵堆，忽见一个鬼魂，手中的笔掉落在雪地里。他穿着搬运工的白色制服，外面套着一件羊毛大衣，他似乎是需要到外面去，或是在特别通风的地方工作。但他并没有满身烟灰，他没有被烧焦。

他的大衣领子被血浸透，所有的血都是从他后脑勺的一个弹孔里流出来的。

我忍住恶心。不是烟囱起火。

有人纵火。

我坚持和我的病人待在一起，直到医务人员来之后我才离开，接着我穿过被踩踏过、沾满烟尘的雪地，与高级警员说话。我告诉他我从幸存的受害者和死者交谈中了解到的情况。

我本以为事情进展会比这更好。

“我知道你不能和他们说话，”我第四次对韦弗警员说，“他们告诉我的事情，我转告你，这样你可以利用这些信息来——”

韦弗叹了口气，盖上笔盖，“听着，我们没有时间去听你的幻想之词。我们没有证据证明火是有人故意放的，那可不是来自你的想象。”

翻白眼并不能让这位警员对我产生好感，但我还是翻了，“好吧，随你的便。我已经尝试过告诉你了——”

“韦弗！”喊声从烧毁的精神疗养院那敞开的前门传来，“这个人被枪杀了。”

“那里！”我指着迦勒·格莱姆斯的鬼魂，他的大衣领子上沾满了鲜血，仍旧盯着精神疗养院，“就像我说的——”

“连我都看得出来，那个鬼魂是中枪而亡的。”韦弗警员合上笔记本，“抱歉。”

我盯着这位棕衣警察的背影，要是我能嚼得动铁，我一定会吐出一颗颗铁钉钉住他。这是故意纵火！不然还能是什么？那个顽固的、短视的、没有想象力的……

“罗宾，”我转过头，雅各布表情温和，“你试过了。但人们要接受魔法还需要一段时间，更别说接受亡灵歌者的能力了。”

“你觉得，他要是发现我说得没错，会怎么做？”

“我告诉你，他什么都不会做。”雅各布伸出手臂，我挽着他，“他不会来跟你道歉。你有什么东西落在加比家吗？”

“我的围巾。”

“去看看她是不是还醒着，”雅各布说。我们绕过消防车、医疗雪橇和轮胎还结着冰刺的冬季三轮警车，沿街而上，来到那栋六层建筑楼。几年前，当里面的生意因贝氏帆船帝国的竞争而破产时，这栋楼就被艺术家们抢购一空了。

“团结联合工会”的标志悬挂在窗户和安全出口的栅栏上；邮筒甚至装饰了黄色丝带。加比在外面，清扫掉楼梯上松软的积雪，掩盖了我们开秘密委员会会议时来去的踪迹。

“晚上好，加比。”

加比吓得不轻，以至于她直接跳了起来，“我没听见你们来的声音。”

“非常抱歉。罗宾把她的围巾落在楼上——”

“等一下，你们不会想为了拿围巾艰难地爬六层楼吧。”加比从脖子上解下一条蓬松的黄色围巾，“借我的吧，下次见面时我们再换回来。”

“上六楼也不算太累。博勒加德没有电梯，我都已经习惯了。”我伸长脖子看向窗户，视线捕捉到了一个模糊的身影。

加比神色紧张，我笑了笑。老实说，她最终还是要告诉我们她的神秘情人是谁，但我不能因别人对自己的恋情保密就责怪于她们。

“想来你的围巾会很保暖，谢谢你。”我说，“到了那里好好睡一觉吧。”

第八章 比雷声更响亮

醒来后，我高兴地发现头发上的烟味洗掉了。前一天晚上，我已经准备好了庆典的装束——一条宽松的螺旋裙加上得体的内衬，搭配那件柔软的灰色家族毛衣。泽林德还没给让-玛丽织好毛衣，我便把深灰色的那件借给了她。我的靴子刚被擦得锃亮，尽管到聚会结束之时，它们会被踩得毫无亮泽。

早上我看到泽林德时，*Ta* 在为如何整理我们共用的小房间而烦恼，没有听我的话，就只穿了一件单衣和一条羊毛紧身裤。*Ta* 把我床上的亚麻布被单掀开，重新铺好。*Ta* 把书分类好，放回书架。*Ta* 按颜色摆放篮子里鲜艳着色的纱线球时，我停下脚步，说："我们要迟到了。"

"你可不能在庆典上迟到。"泽林德说，"我们要待多久？二十分钟?"

"我们必须待到鸣谢环节。"我说。

"你必须一直在场。要不我先溜走，然后——"

"这原本就是庆祝你们的回归。"我说，"你和所有其他巫师。

你们自由了，回家了。没有人再能困住你们了——”

泽林德闭口不言。

“怎么了?”

泽林德叹了口气，“没什么。”

不，有什么。有什么再次困住了 *Ta*。泽林德是不是觉得被家族绊住了？或者说，被我束缚住了?

“你担心杰罗姆会回来?”

“我知道杰罗姆会回来。看看这个。”*Ta* 伸手拿起一个信箱，递给我信封，“他每天都会写一封。每天！他怎么天天都有话要说?”

“你没看过?”

Ta 把信封翻了过来。每一个封条都完好无损。

Ta 没有打开过它们，但 *Ta* 也没有把它们扔掉。“如果看到杰罗姆，我们就直截了当跟他说清楚。穿好靴子吧。”

“我不太认为那能阻止得了他。”泽林德说，“我也不想在庆典期间把事情闹大，我就不能待在这里吗?”

“我们慢慢来，”我说，“接着华丽丽地迟到，刚好赶上演讲环节。我们会吃着蘸糖炸面团，喝着苹果酒，直到酩酊大醉。”

“大白天里?”

“那又怎样？到时我们忙着傻笑，不会注意到的。也许‘妈妈’会把她的餐车开出来——我肯定她会的。来份熏猪肉面包?”

泽林德一阵叹气声，“好吧，但这只是熏猪肉面包的缘故哈。”

让-玛丽正在看一本书，这本书对她来说难度太高了，但她浏览的是那些插图：美好时代的建筑细节的图表和草图，以及上个世纪的雕饰繁复的时尚。

“地板上作了画的瓷砖叫做马赛克。”她说，“现代建筑设计的黑白几何图形属于抽象派艺术作品。马赛克瓷砖是其中的代表性作品。”

“你看懂了？”

“嗯。”她说，“瓷砖是由石头、黏土和玻璃制成的。它们被镶嵌在砂浆里。马赛克艺术家绘制一幅8乘8英尺的壁画，就可得到半年的收入——”

“你知道这些是因为酒店的缘故吗？”泽林德问道。

“这是最美妙的地方。”让-玛丽说，“你们知道吗？密奶奶还是当年的风云人物。”

让-玛丽一旦开启话匣子，就像苍头燕雀般说个不停。她告诉我们所有关于玛丽公主酒店的建筑和设计内容，重复了密涅瓦·布朗的故事给我们听。她甚至还和那些在酒店里飘过的鬼魂聊过天，聊起他们对酒店的记忆，和他们叽叽喳喳说个不停。泽林德和我互相对视了一眼，都因让-玛丽的热情而展露笑容。即使我们在克拉伦斯·琼斯纪念公园旁找到了可以停放自行车的地方，她也没有停过嘴。

但人群很快让她冷静下来。公园里挤满了人，大家都聚集在一起玩雪，吃油炸食品，随着露天剧场舞台上铜管乐队欢快的音乐跳舞。

我排起“妈妈家”午餐车的队伍，烟熏炉里熏猪肉飘出的香辣味差点要了我的命。我让泽林德和让-玛丽去看雪雕，我则在排队等餐。如果我让泽林德一直走动，也许 *Ta* 就可以避免——

“索普夫人。”

噢，去他的。

“贝先生。”我说，“在这里见到你，实属我意料之中。”

杰罗姆身着一件新潮的条纹夹克和一件烟灰色大衣，底下穿着他的家族毛衣。他的左袖没有别上代表赞成激进变革的黄色丝带，头发却点缀着紫色的珠子，巧妙地宣示对王室和政府现状的忠诚，“泽林德在哪里？”

“在家。”我撒了个谎，“我一个人来的。”

他仰着头，嘴唇抿紧，怀疑意味跃然纸上，“你一个人？手里拿的小票上却点了三个熏猪肉面包？就算你是一个巫师，胃口也未免太好了吧。”

不久前，他可不会这么轻易地称呼我为巫师。不久前，对着一个让艾兰国巫师家庭暗地苦恼的、不会魔法的孩子，他可没什么话要讲。“我已经快一个小时没吃东西了，饿得前胸贴后背。”

这时，一个队伍的工作人员接过小票，递给我三个用铝箔纸包着的、热气腾腾的面包。我走出队伍，打开一个，当着杰罗姆的面咬了一口。

“真好吃。我应该买四个的。”

杰罗姆叹了口气，“请让我和 *Ta* 谈谈。*Ta* 看过我的信了吗？”

“烧了。”我撒谎道，“而且是未开封。”

我清楚地看见我的话让他心沉了下去；他眼里的一丝光亮瞬间消失。我又咬了一口面包，看着他的眼睛。我找不到泽林德戴的那顶明黄色的针织帽。我是一个人来的，我是自己来的。要是把这三个面包吃进肚子，我的肚皮会撑破的，但如果这能让杰罗姆离开的话，我会尽量把它们都吃掉。

“罗宾！”

我递给格雷丝一个面包，她耐心地走在迈尔斯旁边，迈尔斯已经恢复到足以行走的水平，不用太依赖拐杖。那将他从死亡边缘拉回近乎精神矍铄的惊人的魔法网，让路上的巫师们纷纷驻足凝视，但让他们张大嘴巴，敬畏地后退的是，他头上缠绕了十三颗灵魂之星的王冠，闪闪发光的灵魂光环联结着本就生机勃勃的治愈者光环。

“给你们。”我又撒了个谎，“赶紧吃吧，免得凉了。”

“久闻‘妈妈家’的熏猪肉——噢！”格雷丝一边咀嚼，一边又咬了一大口，“我可以一口气吃七个。”

迈尔斯接过另一个用铝箔包着的面包，看向杰罗姆，后者被他呈现出来的、唯巫师可见的景象吓傻了。

“我是迈尔斯·辛格。”他对杰罗姆说，“这是我妹妹，格雷丝·汉斯莱。你见过艾兰国的总理吗？”

“没有。”杰罗姆说，“很高兴认识你们，但我不能再打扰你们了。请享用你们的食物吧。”

他并没有完全慌慌张张地离开，但还是走掉了。我松了一口气，又点了两份面包，拿起小票排起队来，“你现在吃的是泽林德和让-玛丽的那份。那是泽林德的表哥——”

“我记得，”格雷丝说，“泽林德在车站拒绝了他和 *Ta* 的母亲时，引起了很大的轰动。”

“从那时起，杰罗姆就一直想见到泽林德。”我用更多的硬币买了两个面包，“泽林德一直待在家族宅子里，想避开他——真是一团乱。”

“他应该尊重泽林德的意愿。”迈尔斯说。但同时格雷丝也宣布：“无论他们因为这件事受到多大伤害，都不可能就此放弃自己的家族。”

他们凄然地看着对方。

“对我们而言，这是对的。”格雷丝说。

“前提是你认识到自己犯了极大的错误。”

“我是错了，你是对的。但我不禁为杰罗姆感到遗憾。”

“我知道。”迈尔斯说，“如果杰罗姆值得被重新接纳，他会做些什么来证明这一点。”

迈尔斯的想法是对的。杰罗姆必须向泽林德证明，他值得我们重新接纳他。泽林德不应该因为他是 *Ta* 的表哥就必须原谅他。“我应该去找泽林德和让-玛丽，面包要凉了。”

艺术家们正在用天然的、厚重的雪块雕刻雪雕作品，我朝那里走去，寻找着保护泽林德和让-玛丽的寸头免受寒冷的鲜艳的帽子。

“那里。”迈尔斯指了指，泽林德站在那里，运用意志力将雪砖抬起。在围观众人惊奇的目光前，他精确地堆砌起雪砖，帮助建造了一座塔。

总有一天，在街上看到魔法将是件稀松平常的事。总有一天，魔法不会引人注目。但现在，泽林德周围的人都在克制自己不要凑那么近，也不要往后退。我走到 *Ta* 身边，给 *Ta* 一个面包。

“杰罗姆来了，”我说，“他在‘妈妈家’的餐车旁埋伏等我。”

“你怎么摆脱他的？”

“安息之国赐予的运气。”迈尔斯说，“我们的出现正好连上了罗宾的故事。我是迈尔斯。”

泽林德伸出手，“泽林德。你——我这辈子都没见过一个人身上有那么多的灵魂之星。”

“这对我来说也很新奇。”迈尔斯说，“你介意我们一起去吗？他在我身边似乎很紧张。”

泽林德笑了笑，“一个十三星的巫师？我想知道为什么。”

“我得上台去。”格雷丝说，“演讲环节就要开始了，我应该在那的。”

“我们和你一起去。”泽林德说，“很感激你的帮助，迈尔斯。”

“我的荣幸。”迈尔斯说。我们穿过人群，聚在舞台前，杜克正敲着拍子唱完一首歌，年轻人随着这首歌抖动肩膀和臀部跳起希米舞，施展出自花样滑冰的绝技，举起彼此。音乐结束后，人群向舞台靠拢。当大家准备欢呼时，雅各布蹦蹦跳跳地走上舞台，双手高举过头鼓起掌，露出最灿烂的笑容。

在越来越复杂的节奏中，间或听见“乌扎”的呼喊声，雅各布带头拍拍手跺跺脚，人们也跟着他这样做。当我们不是简单的人群围在一起，而是众人汇聚，众口一声时，他等着欢呼声停息，而后举起了喇叭。

“朋友们——”

一阵零星的欢呼声打断了他，他笑着把手指放在嘴唇上示意安静。

“你们再这样下去，我们就没时间听音乐了。杜克·科贝特和他的流浪铜管乐队，各位！”

又是一阵欢呼声。雅各布清了清嗓子，开始发言。

“今天站在这里，我是如此地感恩。今天，所有曾被《巫术保护法案》囚禁的艾兰国人与我们站在一起，我希望大家花点时间来思考我们的胜利，我们的凯旋，我们的感激。”

“乌扎！”人群喊道，他们说得没错。我们曾为民众共同努力。我们曾付出；我们曾为那些从我们身边被拽走的人而抗争。毫无疑问，这就是乌扎。

“最后一名巫师踏上这座城市，来去自由之时，阳光照在一个更美好的艾兰国之上。而艾兰国也因为你们变得更加美好。

“你们让我看到了艾兰国能达到何种境地。你们让我看到，我们可以一起将公正伟业引向正确的方向。你们让我看到，我们可以一起梦想一个更美好的艾兰国。让我们停止想象，掀开被褥，撸起袖子，把它变成现实。

“我们所需要的仅是一个可以追逐的梦想，和实现它的意志。”

周围都是满足的议论声。有人喊道：“让梦想成为现实，叔叔！”

泽林德的手指拂过我的手指，但 *Ta* 没有躲开，而是顺着牵住了我的手。我握紧 *Ta* 的手，*Ta* 则把我握得更紧。当我们手牵手站在一起时，我感觉到困住我内心的牢笼松动了。

雅各布把喇叭举到嘴边，“此刻站在这里，我要对你们说，我有一个新的梦想。”

有人欢呼，但大多数人还是很安静，听着这个带领团结联合工会取得这场不可思议的胜利的人说话。

我的胜利，一个烦躁的小声音在我心底低声喃喃。但那不公平，雅各布为此艰辛付出。我制定“优先处理级别清单”和安排行动管理小组的同时，雅各布提出决议中止《巫术保护法案》，进行公开讨论。这就是团队合作。

“晨曦映照着塞弗林国王的王冠，他矗立于国王之石之前，向皇家骑士团、地主阶层和首都的王子们承诺，他会改变艾兰国——但不会改变太多，就在这时，梦想令我目眩神迷。”雅各布举起一根手指，摇晃着，打消了人们一个想法。

难听的抱怨声，还有女人嘬牙发出的、不赞同的啧啧声。“一贯的作风。”有人在我身后嘀咕。

“这就是塞弗林王子的承诺。变化——但不会太大。因为我们不能惹地主不快，不能惹商人不快，不能惹皇家骑士不快。至于街道上的那些人，你们工厂里的那些人，你们廉价公寓里的那些人呢？”雅各布耸了耸肩，朝人群后方打了个手势，“他们就只能耐心等待了。”

“谎言依旧，但今时不同往日！”有人喊道，喊完之后又是一阵轻笑。

“我们应该要耐心点，因为政府不为我们服务。虽然塞弗林国王举行了一场选举，但它跟我们无关。它不会选举我们的政府。这场选举不属于我们。”

来了。我身边的人群嘀咕着。他们双臂交叉，点着头。雅各布说的是真的，即便他说的是“我们”，而他住在一个有十个房间的公寓里，有一位全职管家和一名日间女佣。不过，雅各布还是用了“我们”这个词，我周围的人都跟着他点头。雅各布扫视了一下众人，在最合适的时机，通过喇叭向人群发问。

“但是朋友们，如果这个政府属于我们呢？”

他抓住了我的视线，也抓住了泽林德的视线。那一刻，他抓住观众，让他们思考，让他们想象，*如果政府真属于我们呢？*

“如果你是那个手里拿着选票的人呢？如果你有权力把他们投出去呢？如果你的候选人是你的一个邻居，而不是你的一个地主呢？”

人群死一般的寂静，连微风都静止了，仿佛空气都在倾听。雅各布让众人和他一起梦想，每个人都很安静，向他靠拢。

在那个安静，令人神往的时刻，我的手变得冰凉，我脖子后面的汗毛都竖起来了。有些不对劲——

“这是我的梦想。在国王举行他的选举骗局之时，我们也要举行一场选举。”

人群吹起了口哨，“对！”

“一场公平的选举。”

“对！”

“一场自由的选举。”

“对！”

“到最后，我们将拥有600万张选票代表我们说话。我们必须努力以实现这一目标。你们当中每一个过了十六岁的人，在选举日当天手中都会有一张选票，你们就会有发言权——”

我先听到——“嘭”的一声，就像烟花在天空中绽放的余音。在我身边，迈尔斯躲闪蹲下，把我也拉下去。

舞台上，雅各布踉踉跄跄地向后退，一只手飞快捂住胸口。他稳住脚步，扯开手。红，殷红的血，沾满了他的手掌，渗进他那家族编织毛衣的捻线丝里。

他双目瞠大，惊恐地看着我们。然后他倒下了，瘫倒在舞台上。

“雅各布！”

我周围的人都四散开。尖叫声在午后寒冷的空气中响起。我躲开一对蹲在地上哭泣、紧紧相拥的女学生。

“快跑！”有人对我喊道。他们抓住我的胳膊，试图把我一起拖走。我猛地拉出我的手臂，在脏兮兮的雪地上飞驰，没有逃离舞台，而是直冲向舞台。

小时候的我曾单手翻越围栏。今天我又再次翻越，手搭在舞台的边缘上，勉强翻了上去，半撑着手和膝盖起身跑了过去，从架子上扯下一个马口铁罐，戛然停在雅各布面前。

情况不妙。他气喘吁吁，好像呼吸十分艰难。肺部塌陷？我弹开急救药箱的扣环，差点尖叫起来。橡胶手套、绷带和胶带、碘酒、一把可爱小巧的剪刀、丝线和缝合针（好像有人会在野外做缝合一样）、以及镊子（以防有人抱怨被刺扎到）。

但这些急救药品就在那里，用纸包着——吸管和那瓶小小的、补充能量的苹果汁配备在一起，以防有人晕倒。

剪刀把雅各布的家族毛衣变成了废纱。我摸了摸他的后背，子弹在背部下方，还未穿透他的身体。

“迈尔斯！”我大声喊道。我甚至不知道他是否在那里，但如果有谁能帮助一个肺部中弹的人，那将是兰尼尔战争中这个奇迹般的男子。

我需要一些东西来缝合这个枪伤。我扯出一只厚厚的赭褐色橡胶手套。首先，剪掉手指部分。接着用缝合针刺穿它，摆动吸管穿过孔，把吸管直接插进子弹造成的伤口处。

这不是正确的处理方式。我应该有一根长针，一个无菌环境——我不应该蹲在这里。在我身后，人们还在尖叫，试图寻找掩体。而我在这里，在这个空旷的地方，试图挽救一个杀手想要杀死的人。

我忽略了肩胛骨之间毛骨悚然的感觉，按压住橡胶绷带。我什么都没有，只有一个马口铁罐和一份祈祷。但空气从吸管中流入，雅各布的痛苦得到了缓解。

胶带，我需要胶带。哪个笨蛋会把治晕厥药品放进急救药箱，却漏掉了绷带？

“罗宾。”雅各布的声音微乎其微。他抬起一只手，手掌血红，握住了我的手腕。

“别这么做。我在帮你维持呼吸，但我需要两只手。”

“罗宾。”

“闭嘴。”我看着他的眼睛。对感到害怕的病人，你就是要这样做的。看着他们的眼睛，告诉他们会没事的，告诉他们一切都在你的掌控之中。

“躺着别动，只管呼吸。”我说，然后我大喊，“这里需要帮助！”

三条街外就有一个急救站，人们可以跑去叫医护人员过来。如果有必要的话，去往医院的途中，我可以一直按压住伤口，一切都会好起来的。

“握住我的手。”雅各布拉了拉我的手腕，敷料松开了。

“我需要用到两只手。”我说，“我的手让你保持呼吸。现在有多疼？”

“不疼。”他说，“但很糟糕，不是吗？”

可能是肾上腺素。可能是惊吓——不，肯定是惊吓。“把你的手放在我的脸颊上。”

冷，好冷。可能是空气的原因，但我望进雅各布的眼睛里，我知道。

他也知道，“答应我。”

“答应你什么？”

“搞好这场运动。搞好——”他失声咳嗽，鲜血染红了嘴唇。

“别说话了！”我哭了，我知道，他也知道。

“罗宾。”

我看着他的眼睛。

他的手指触摸到我的脸。暖意从指尖扩散开——蔓延到我的头皮上和脖子下，环绕着我的肩膀。它发着光，如同暴风雨时紫白色闪电的余晖，像裹尸布一样把我包裹起来。

“不要。”我更加用力地按住了敷料，“你敢，雅各布·亚历山大·克拉克。不能是今天。你听到了吗？你今天不能死。你还有工作要做。”

“是你的。”他的最后一声是叹息。

雅各布死了。我知道，就像我在手术室里知道的那样——他的灵魂，比羽毛还轻的灵魂，已经离开了。我可以使他的心脏搏动起来，让他的肺填满氧气，但他的灵魂已经逃离了他肉体外壳。他的光在我身边挤压，渗入我的身体，让我充满了力量——

我正年轻。我和温妮跳舞，她从我的怀里转到杜克的怀里，杜克亲吻了一下她，然后温妮又回到我的怀里，我也亲吻了一下她。我坐在一艘小船的船尾，我的感知与周围的空气交织在一起，我指挥一阵风鼓起小型帆船的单帆。我站在舞台上，感谢每一位为选举我而努力工作的志愿者。我站在舞台后面，排练最后一场演讲……一场我还没有完成的演讲。

亡灵歌者的幻象消失了。但那些话却流转在我的舌头上，亟欲脱口而出。

雅各布已经死了。他把他的灵魂与我联结在一起。从伤口处抬起来的好像不是我的手，让我站起来的也好像不是我的四肢。我走回舞台的边缘，拿起喇叭。

人群已经悄悄回来了。他们看着我试图救回雅各布。他们看到了缠绕在我身上的力量，他们看着我把喇叭举到嘴边，对着人群的后方高声喊道：

“你们会有发言权。你们将拥有力量。”

我看到一个女人用一只手捂住嘴，眼睛瞪得大大的。

“这个梦想很吓人，让我心惊，也许也会让你们胆战。但我知道它吓到了工厂主和地主，还有皇家骑士团的贵族们。我向你保证，他们会设法阻止它。”

我内心有股推力，促使我在众人怀疑和敬畏的眼光中开口说话，却不是我自己的推力。

“单凭我一人无法完成这一梦想。我需要你们的援助。我需要你们的帮助。我们需要一起完成这件事——因为当你孤身一人站在这里发声时，你的声音就会被压下去。”

我把喇叭从脸旁拿开，让他们看到我手上沾满的血迹。雅各布的血浸透了我的家族毛衣的护身符咒，沾到了我的脸颊上。

现在每个人都在听我讲话。所有眼睛都在看着我。我浑身颤抖，但话已到嘴边，那些正确的话，我便让它们于众人之中响起。

“但一个更美好的艾兰国，一个人人共享的艾兰国——这个梦想永远不会动摇。”

“乌扎！”泽林德喊道。

众人也接着喊，“乌扎！”

现在我对着喇叭大喊，盖过他们的声音，吼道：“我们在一起比雷声更响亮。我们在一起比钢铁还坚固。”

雅各布对人们说话时，他有没有感觉到这一点？他有没有感受到，他和那些听他说话的人之间的这种牵引力，当这些话触动他们时那种熠熠生辉的感觉？当他们大喊，举起拳头的时候，他有没有这种感觉？我觉得自己有六英尺高。依附于我身上的雅各布的灵魂让我变得勇敢，让我成为众人的焦点。这就是领头人的感觉，成为人们眼中的领头人的感觉，成为背负着人们所有成果的领头人的感觉。

我之前一直都太害怕了，不敢站在这里。我浑身发抖。恐惧中带着狂喜，兴奋中带着得意，我再次举起了喇叭。

“当我们赢得选举的时候，当阳光照耀在一个更美好的艾兰国的时候，当我们再次在胜利、凯旋、感激中聚集的时候，我们将再次携手梦想，我们的声音将会响彻云霄。”

他们尖叫着。他们举起手。我有他们。我有他们所有人。

“比雷声更响亮！比钢铁更坚固！”我喊道，高举拳头站在他们面前，他们也这般大喊。众人大喊，千口一念。

“比雷声更响亮！比钢铁更坚固！”

第九章 审讯室

在雅各布灵魂的环绕下，我站在人群中与众人不停地喊着口号。他的力量注入我的体内，满溢出来。我感受到公园里微风拂面，感受到冷暖空气的压力。我凝视着公园对面的三栋高耸狭窄的公寓楼，摸了摸胸口受伤的地方，那里在自由地呼吸，毫无疼痛感。

然后有人飞快地穿过舞台。温妮跪在木板上，抱着雅各布。她摇晃着他的尸体，好像在送他最后一次入眠。

噢，温妮。一股疼痛在我胸口蔓延开。杜克跪在她身旁，温妮把脸埋在他的颈窝里，杜克紧紧地抱着她，对着她的头发喃喃安慰。

我希望他能照顾好她。她不应该孑然一身，他也一样。他们现在比以往任何时候都更需要对方。

雅各布·克拉克包裹着我的感觉消失了，唯余我夹在高呼的人群和这位悲痛欲绝的遗孀之间。我朝温妮和杜克走近。

“他爱你。”我对她说，“他很高兴你们拥有彼此。他很抱歉。”

温妮点点头，“他没有什么好抱歉的。但杀害他的人不管是谁，都得付出代价。”

又一位哀悼者发誓要报仇。但我能理解，“我们会把他们找出来的。”

温妮拉着我的手站了起来，医护人员涌到尸体周围，她退了出去。

“无生命迹象。”其中一个说，“弹道创伤，曾被人试图救治。”

“是我。”我说，“我叫罗宾·索普，曾是博勒加德退伍军人医院的护士。他的肺部破裂。我没能救活他。”

我救不了他，别人也救不了他，但我曾一直站在某个可以救他的人旁边——迈尔斯在哪里？我曾大喊呼唤他。他有没有听到？

“小姐？”

褐衣警察们围住我，我看着唯一一个肩上有徽章的男人，点了点头，“我是罗宾·索普。我曾试图救治他。”

“请你跟我们走一趟，可以吗？我们想问你几个问题。”

我点头同意，他们围着我前进，忽略几个偏僻的角落，我们本可以去那些角落，站在一辆挎斗三轮自行车旁交谈。我停了下来，脚底像扎了根一样。

“这是什么意思？”我问道。

“你是个重要的证人，”这位下士回答。我的眼神搜寻他的胸牌。他名叫穆尔。“我们需要知道你到底看到了什么，以及在那个舞台上发生了什么。”

“而且你在局里会更安全。”

“更安全？我为什么要——”

我闭上嘴。雅各布不仅仅是被谋杀，他是在上千人面前被枪杀。雅各布是被行刺暗杀的。而我冲上舞台，试图救他。接着，在我们的灵魂联结之后，我站了起来，完成了被他的死亡打断的演讲。

费尽心机地公开行刺，可不仅是为了铲除异己。这样做是为了摧毁符号。如果雅各布曾是一个符号，那么我也变成了一个符号。

“找一下泽林德·索普。”我说，“*Ta* 是我的配偶，我们一起来的，*Ta* 会来找我的。”

“我们会找 *Ta* 的。”一位警员说，“我们得把你送到警局。”

我爬进三轮自行车里蹬着车，给这位下士帮忙，他骑着自行车带我穿过雪地，来到街上。

发现镜面涂层的窗户时，我在门槛上停了下来，“这是一间审讯室。”

“我们用审讯室来询问证人。”穆尔下士说，“这样不易被打断。比起在繁忙的警员室里试图叙述事情，安静的环境有助于证人准确回忆。”

“我们还有茶，如果你想喝的话。”和我们待在一起的警员说，“可能还有麦饼。”

“谢谢你，我想喝茶。”我说，那名警员接着离开了。

穆尔下士为我拉出了椅子，“我没有任何和你会谈所需的表格。可以体谅一下吗？”

"当然可以。"

他们留下我一个人，我希望他们能让我去一下卫生间。鲜血已经干涸在我的手上，脸上，浸透了我的袖口和家族毛衣前幅。雅各布的灵魂的全部重量联结于我身，我现在力量充沛，焦躁不安。

我看着镜子里的我，以巫师视野来看，一个柔和的扭曲状光环漂浮在我前面。这让我成为了一个更强大的巫师，可亡灵歌者需要更深的力量储备吗?

雅各布和我联结不是没有原因的。他想要些什么。

什么都没有。在公园的时候，他的存在感已经消逝。现在我在中央……为什么我会在中央警察局?离公园几条街就有一个社区分局。只为会谈的话，为什么要大老远跑来这里?

门开了，警员端着一个托盘，上面放着三只搭配不当的陶杯。糖碗里有三个半块大小的糖块，勉强够用。我往杯子里丢了一块，糖块溶在烫茶里，这茶比原本应该有的味道要淡一些。没有牛奶，就连罐装奶也没有。

"谢谢你，茶挺好喝的。"

"区区小事，不足挂齿。"警员——布鲁斯特，他的名牌如是写——从托盘下面抽出一块写字板，"我需要把你的信息填写进表里。"

"填纸质表单是真的烦。"我说，"我在医院工作过；我知道一天的工作有多少表单要填。"

"你现在在哪里工作?"

"我没有工作。"我说，"我本来要去医学院上学的，但是——"

“这学期停课了。”他说，“运气不好。你最近忙吗?”

“我是团结联合工会的运营经理。”我说，“这是志愿工作，所以总是有很多事情要做。”

“运营经理。”他说，“所以是你搞出那些民间动乱的吗?”

得注意一点了。“这是一种说法。”我说，“我们通常称之为公民直接行动。”

“但你们让街道人满为患，阻碍交通运行，”他说，“你们在王宫前组织集会，人们整天拿着牌子站在那里。你不觉得应该把所有的精力都用在帮助人们找工作上吗?”

“这些人被解雇，都是因为他们采取行动反对不安全的工作条件、不合理的工作时长和不公平的薪资待遇。”

“但在你给他们的脑袋灌输他们有权得到更多的想法之前，他们就已经有工作了。”布鲁斯特警员说，“今天在克拉伦斯·琼斯纪念公园举行的庆祝活动是你组织的吗?”

“不是我。”我说，“但是我监督委员会这样做的。由于家庭原因，我不得不请假。”

“和你的配偶有关。”布鲁斯特警员说。我心里有点忐忑不安。

“你怎么知道的?”

门打开了。

“希望我没有让你等太久，”穆尔下士拿了另一块满是表格的写字板和一个已经厚得足以装下一个刑事案件资料的卷宗夹，“茶怎么样?”

我快速啜了一口。味道淡淡的。茶里有单宁，苦涩难耐，加了糖都没什么用，“很好喝，谢谢你。”

“那好！现在我们都在这里，我要你把关于今天下午这件事，你所记得的全部情况都告诉我，琐碎的细节也不放过。你永远不知道什么会是重要的。”

“当然。”我说，“我离舞台很近，但不是紧挨着舞台。雅各布对我们说话时，我看不到他全身。”

“那他当时在讲什么？”

“他告诉人们，既然现在《巫术保护法案》已经废除了，所有的巫师都从精神疗养院释放出来了，他希望团结联合工会有所行动。”

“什么行动？”

“雅各布想举行一场影子选举。这场选举十六岁以上的人都有投票权，且不需要购买昂贵的选票。”

“这一切都是为了一个符号？”布鲁斯特警员问道。

“符号是有力量的。”我说，“雅各布·克拉克就是一个符号。他代表着变革。以及公平。他是为人民争取更大权利和保护的代言人。有人想熄灭这个符号。”

他们两个都非常认真地看着我，他们没有碰笔。

“他们说你站了起来，完成了他的演讲。”布鲁斯特警员说，“你站在他被枪杀的地方，捡起了从他手中掉落的东西。”

他们想要我解释这个吗？“完成演讲的不是我。”我说，“是雅各布。”

他们互相对视了一眼，“这怎么可能？”

“既然告诉你们已经不违法了，那我就直说了，我是个巫师。”我说，“我有与死者对话的能力。雅各布是个风力编织者。和几周前你在报纸上看到的那些皇家骑士团一样。他能控制天气。他死后，他的灵魂与我联结。只有他知道剩余的演讲内容。我只是把它说了出来。”

“我不知道我应该怎么相信你说的话，”布鲁斯特警员说，“他附身于你?”

“是的。”

“因为他把他的灵魂和你的灵魂联结在一起。”穆尔下士说，“我不太懂魔法，但这很重要，不是吗?”

“可以这么说。”我说。

“而在今天之前，你并不重要。”布鲁斯特警员说，“你不是什么重要的人物。”

我耸了耸肩，“算不上，我并没什么名声。”

“但你对你们的抗议团体行动至关重要。”警员布鲁斯特说，“运营经理。你就是这样描述你的无薪职位。”

“对。”我说，“我是我们团体的组织领导人。雅各布负责议会方面的工作；我监督我们的民众努力抗争。”

“所以你们是合作伙伴，”穆尔下士说，“你们一起工作，共同运转你们的抗议团体。”

“对。”

“但他是领导者。你累死累活地拼命工作，他只是握手言谢，就得了所有的功劳。”警员布鲁斯特说。

“有谁知道他的伟大有多少来自于站在他身后的人?”穆尔下士问道，“有没有人意识到他的成功其实有多少是你的功劳?”

这是什么？

这种手段我听过多少次了？我曾多少次想象过自己永远不会上当，不会被哄骗？我并不比旁人精明谨慎。

“你不如告诉我你在暗示什么？”我问道。

“只是个观察，”布鲁斯特警员说，“你之前并不重要。”

“但你现在肯定很重要。”

“所以你们认为我和一个屋顶狙击手合谋杀害了我的朋友，这样我会有点名声？”

他们向后靠了靠，动作划一就像同一人，交换了一个眼神。该死，真该死。

“我们从没说过什么狙击手。”穆尔下士说。

我沉默了。我太聪明了，我真的太聪明了，我告诉他们枪杀是如何完成的，虽然这只是猜测，他们却当真了，认为我是案件参与者。

“我需要辩护律师吗？”我问道，眼前的警察撇了撇嘴。

“我们只是在谈论刚发生的事情。”

不。不，我们不是。“我被逮捕了吗？如果是的话，你们能不能好心把我的罪名告诉我？”

“这是一个面谈。如果你合作的话，会容易些。”警员穆尔说。

“我不这么认为。”我说，“我想要一个辩护律师，请派人去找个过来。在他们到场之前，我不会回答任何问题。”

“那需要时间，我们快结束了。”穆尔说，“还有几个问题。”

“辩护律师。”我说，然后不再说话。

他们看起来不再友好了。他们起身离开房间，只留下一杯温热的苦茶与我作伴。

我知道去哪里找辩护律师，我在心里罗列出几十个团结联合工会成员。那两个警察此时此刻可没在努力地找辩护律师，他们可能在相互埋怨，他们会让我在这里熬上几个钟头，我的膀胱可坚持不了这么久。

我闭上眼睛，伸出手。

“乔伊。”我说，“马哈利亚，我需要你们。”

我向西、向南延伸感知，族屋触手可及。在雅各布把他的灵魂联结到我的灵魂之前，我本须竭力才能把我的感知发散得那么远。我感触到他们两个，他们来了，比鸟儿还快。

“你怎么了？”乔伊问道，“遇到麻烦了吗？”

“我有大麻烦了。”我说，“请你们找到让-玛丽，告诉她我的位置，告诉她我需要一个辩护律师。快点，我没多少时间了。”

门再次打开的时候，我正绕着小圈踱步。

“你的辩护律师叫什么名字？”布鲁斯特警员说。

“这有什么关系呢？我叫你找一位辩护律师，不是找我的辩护律师。现在让我——”

“这里有人自称是你的辩护律师，”布鲁斯特说，“我们需要知道这是不是真的。”

“这无关紧要。”我说。时间没过去多久，如果他们得去找奥琳娜，要花上几个小时。那就意味着现场某个人自告奋勇做我的辩护律师。一个有理由和让-玛丽以及泽林德一起的人。

杰罗姆？不对，他有法学博士学位，但他不是辩护律师，况且他也不会帮我。所以到底是谁？

只剩下一个选择。

“你莫不是要告诉我，你让艾兰国的总理在警局久等了？”

“你猜的。”

“我推理出来的。”我说，“枪击事件发生之前，我一直和她待在一起。她掺进这件事，我并不奇怪。我想你最好让她见到我。”

他离开时并没有把门关严实。我继续踱步绕圈。格雷丝在这里，她要带我离开这里。

但为什么我一开始就被带到这里，我没搞明白。他们以为我雇了一个神枪手站在屋顶上杀害了我的朋友，就因为我嫉妒他的光芒？荒唐至极。这简直是电影里才会出现的桥段！

门又开了，穆尔下士挡住了出去的路。

“你可以走了。”

“谢谢你。”我说，“我想去趟洗手间，洗洗——”

“停水了。”他说，“不好意思。”

小心眼，真幼稚——“那就请你让开。”

他气势汹汹地站在一旁，我急忙走下大厅。

“你有结交强大朋友的习惯，索普太太。”

我没有理会他，向格雷丝走了过去，“谢谢你能来。”

“我们到过最近的警局找你。”格雷丝说，“你没事吧？你要不要洗——”

“显然这里停水了。我想快点离开。”

“好。”

格雷丝带我到外面，坐上她的雪橇。“不要和警察说话。”她说，“除了‘我要我的辩护律师’这句话之外，一句话都不要说，更不要给他们纠正你的时间。”

这是我们给民众的建议，但我没有遵循，我之前并不认为我必须这样做。在我们的座位下，雪橇滑行在压实的积雪上，隆隆作响。“他们跟我说，我是证人。”

“这个谎言很常见，”格雷丝说，“他们打算在那场演讲结束后诬陷你——当时舞台上发生了什么？你站在上面完成雅各布的演讲时，我的头发都竖了起来。”

“我真的不知道。我对演讲内容毫无头绪，但我还是完成了。我知道每一个字。那是一次胜利，但我觉得自己当时像个傻瓜。我看着温妮，感觉到了对她浓厚的爱意。然后它就消失了，只剩我自己的意识。”

“所以他和你联结在一起了。”

“我不知道他是不是还和我联结在一起。”我尽可能不碰到雪橇毯。干涸的血液从我的脖子上裂开剥落，“我是雅各布谋杀案的嫌疑人。这怎么说得通呢？”

“听我说，”格雷丝说，“当然，我不是搞刑法的。但我知道，在这种大型公开案件中，警察不喜欢看起来像傻瓜一样。他们要逮捕犯人，而且要快。”

雪橇在车辙上颠簸着行驶。我们向右转，月亮还未盈满，在黑夜的天空中闪着柔和的银光，“可是，我怎么可能这样做呢？”

“事情说得通，他们就无所谓了。”格雷丝说，“所以说，没有辩护律师就不要再和警察说话了。”

“他们会不会搜寻另一个嫌疑人？”

格雷丝看了看我，“你要做好准备，他们可能不会。”

他们可能会。他们可能只会打扰我，永远不会寻找真正的凶手。那么，雅各布永远不能讨回公道。

“所以我需要一个辩护律师。”我说，“奥琳娜可能不适合做这个。”

“我认识一个好律师。”格雷丝说，“我会帮你找她。还有，我本该先说这句话：对于雅各布的死，我很遗憾。”

我已经就这件事说了好几个小时，但格雷丝的同情让我感觉到，雅各布真的走了。我们的领袖走了。我的朋友——少了与雅各布的争吵，我怎么能走完剩下的日子？“谢谢你，但这也是你的损失。”

“雅各布是个好同事，他是你的朋友，在你的怀里死去。”

“我没能救活他。”我说，“我本应救活他的，迈尔斯本应救活他的。”

“迈尔斯——”格雷丝叹了口气，“他对当时发生的事反应很不好，现在很不舒服。”

“战争？”

“战争。”格雷丝说，“那场该死的战争，我恨关于它的一切。”

“我不知道我们原本是不是能救活他。”我说，“他当时胸腔满是积血。要是能成功，就该是个奇迹了。”

“迈尔斯不会原谅自己没有创造那个奇迹的。”格雷丝说，

“我们到了。”

雪橇停在家族房子前，每一扇窗户都泛着光。前门打开了，出现的不是孩子，而是格洛里姑妈，她走出来，站在严寒中等我。

“你要进来吗?”

“我应该回家了。”格雷丝说，“葬礼什么时候举行?”

“两天后。”我说，“现在可能正在进行尸检。早上他们会把他送入殡仪馆。”

“好吧。我会去的。”

我爬出雪橇，准备走去门廊，但我停了下来，转过身，大口大口地喘着气。

“是风的缘故。”

格雷丝看着我，“什么意思?”

“演讲时有一阵风。雅各布止住了它，让太阳从云层后面出来，将阳光洒在他身上。纯粹戏剧性。但这意味着凶手有理想的狙击条件。”

“他不可能知道。”格雷丝说，“而且就算有风，也不可能阻止这一切的发生。叫他别多想，别责怪自己。”

你听到了吗？我想。但毫无回应。

第十章 自由民主党

温妮悲痛欲绝，他们不得不给她下药，好让她可以坚持走过迎客队列。杜克留在她身边，替代她跟别人对话。无论是谁拿着给遗孀的砂锅菜肴在她面前停下，承诺改天再来拿回碗碟，她都仅能对他们点点头。

成百上千的人走在中央过道上。他们手持单瓣花、常青复叶和草药枝——每一样都怀揣着对雅各布的敬意。雅各布被安置在一只轻巧的独木舟上，这舟的大小刚好可以装下一个桨、一张渔网和供他在去往安息之国时使用的金子。雅各布已经被埋葬了，身上堆放着许多供品。

艾兰国的悼丧者戴着白色珐琅蝴蝶首饰。萨敏丹人身穿蓝色衣服，上面有滚滚白浪的图案——生于大海，归于大海。但半神国人——

参加雅各布·克拉克葬礼的不仅仅只有崔斯坦一人。女大公艾菲身穿锡灰色丝绸制衣物，层层叠叠的丝绸漂浮于肩膀上。在她身边的是她那身材高大、皮肤黝黑的秘书，从头到脚一身黑衣，尽显沉重。他把手伸进一个袖子里，拿出一个用蜡麻布整齐包裹的物品。

“给你的。”伊桑德说，他肩上的黑鸽子咕咕叫了起来。

“这是苹果面包。”艾菲说，“是我做的。”

她是次元之门守望者的女儿，神秘传说的真身。终有一天，她会成为安息之国的女王。如今却卷起袖子，将怜悯与肉桂共同揉进面团里，烘焙成面包，带给这位遗孀。

温妮温柔地用双手接过包裹，“谢谢您，您太善良了。”

“我非常喜欢你的丈夫。他是一名战士。我欣赏像他这样有远见的人。”

“他有很多计划。他还没有完成。”温妮说，“他还没做完。”

女大公触摸温妮的脸颊，“你不会永远失去他的。”

温妮将苹果面包递给杜克，杜克把它放在了桌上，和其他食物放在一起，“但我现在很想念他。”

“是啊。”艾菲说，“我也想念他。如果我没记错的话，晚些时候，我应该要向你取回面包裹布。到时我们可以多聊几句。”

他们紧紧地握手，然后艾菲挽住秘书的胳膊离开。他们加入来宾行列，向雅各布致以最后的敬意。整个接待室都惊呆了。

“她参加了葬礼。”有人说。

“她烘焙苹果面包。”卡洛塔回答。

“你竟敢问她食谱。”

“可是你不想知道吗？”

“卡洛塔。”

“你知道吗，他们走在金斯顿城的街道上，”卡洛塔的声音继续响起，“穿着普通的衣服，但是个子都很高。如果你对他们友善的话，他们也会很友善。他们其中一个人还给了一名女佣一枚金币，这名女佣帮助他们追回一顶掉了的帽子。”

“这怎么可能，别指望我会信。”

要是认识些半神国人，就会清楚这些故事可能是真的。我瞥了一眼泽林德，泽林德对我微笑。但是，当他越过我的肩膀，发现某人时，那笑容消失了。

我猜都不用猜，“是杰罗姆?”

“嗯。”

“逃跑计划启动?”

“好。”

我们转身躲进圣所里，里面不允许谈话，我的眼角余光瞥到有个穿着靛蓝色衣服的人向我挥手示意。

“罗宾。”加比抓住我的手臂，“你在这呢。过来，我们需要你。”

“我们刚准备要去圣所。”

“没有时间去那了。这是紧急会议。普雷斯顿可没有那么多耐心。”

“但——”

“去吧。”泽林德说，“我会自己去那里。”

我忿然叹气，任由加比把我拖到一个房间，里面放满了花卉静物画。我在门口停住了脚步，盯着那些聚集的人。

团结联合工会的成员坐在令人不舒服的木制纹圈椅上。还有一个剩余的位置，面朝集会成员。普雷斯顿示意我坐在那里。

我没动，“这是什么意思？”

“我们对雅各布遇刺事件有些疑问。”普雷斯顿说，“尤其是对于你的行动。”

“我救不了他。”我说，“他失血过多。即便医护人员在现场，他也会在去往医院的路上丧命。”

“不要管那件事。”朱迪塔·林顿将交叉的脚踝向前方伸展，随意地往椅背后靠，这种姿态可能使会众觉得舒服，“在雅各布发表演讲之前，你就知道他的演讲内容了吗？”

“不知道。”

她环顾其他人，“你们看。”

“我不知道当时发生了什么。”我说，“但我当时身体不受掌控，必须得完成演讲。不过如果你认为我是因为灵魂之星才与雅各布联系在一起，我可以告诉你，没有。仅仅几分钟过后他就离开了。”

河畔城公立学校的校长塔珀·贝尔点了点头，似乎正如他所料想的一般，“与他对话可能是介于你的能力范围，罗宾小姐。如果你专心与他联系的话——”

“雅各布与罗宾联结，不止是让她为他发言。”加比摇了摇头，发辫尾部的念珠在肩头摇曳，“她是唯一明智的选择，你们知道的。”

“什么选择？”

“人们在集会上目睹到了这一切的发生，我不知道你是否了解人们对于这件事的看法。”普雷斯顿将手杖头部向我倾斜，“雅各布的魔力包裹住你，然后凝结为一颗灵魂之星，你站了起来，告诉人们他们比钢铁更坚固——这一切产生了深远的影响。”

“人们要我，要我与他通灵吗？就像那些可以灵魂指引的江湖骗子吗？就像那些如杂耍演员般的算命师吗？我不能这么做。”我的喉咙似有长针扎过，一阵灼痛。我再也不会和雅各布说话了，“这一切只持续到他告诉温妮他爱她，然后就没了，他没有再说话了。但就算我可以通灵，就算雅各布残存在我的脑海里，点评着你们的哀悼服饰和盖住的菜肴，我也不会说出来。”

“他不是这个意思。”加比说。

普雷斯顿耸耸肩，“不过，如果你确实可以联系，就更容易做选择了。”

“什么选择？”

“团结联合工会需要一位新的领导者。”普雷斯顿说，“我们需要一位能够站在自由民主党领袖位置的人，去竞选雅各布在南金斯顿-河畔城中部的议员席位。”

“你想要雅各布同意。”我说，“不好意思，我不能帮你得到他的同意，你才是我们最好的选择——”

但是普雷斯顿举起了手，我安静下来。

“我们希望你能担此重任。”

什么。

疯了吧，疯了吧。我抓住从未坐过的椅子的背部，盯着委员会的每一位成员，观察他们的神情，探寻他们眼里是否抑制住了笑意，毕竟这并不是件好笑的事。

我不敢相信这一切，但也只是绝望中的挣扎罢了。他们是认真的。他们要我领导团结联合工会。他们要我竞选国会议员。要是雅各布仍旧在我耳畔喋喋不休，我只是他的愿望和观点的接力手的话，他们会觉得更好受。

我是感性的选择，不是理性的选择。如果他们有机会讨论，就不会出现我的名字。但是我们让他们别无选择——人民被如此戏剧性的一幕所震撼到，他们希望我，而不是委员会，来领导他们。

他们是对的，我没有拒绝的余地。身体里的另一个我，每次由于他人因我努力的结果受到赞美，都愤愤不平的我，抓住缄默的时刻，开口说话。

“不。”我说，“你们不希望我这样做。你们想让雅各布回来，你们希望他共享我大脑内的空间。”

“你就是人们想拥护的人，当你捡起喇叭完成雅各布的演讲，那一刻，你就被选定了。”普雷斯顿低头凝视着我，但他的肩膀僵硬，手杖立于我俩之间——可以看出，他对目前的情形并不是真的欣喜。“如果我们推荐其他任何人，群众会疾呼吵着要你。”

“可你本该选择一个与众不同的人。”

“真的没有其他候选人了。”加比说，“选择你不仅仅是因为你与雅各布的联系，也是因为你是这里的运营者。你知道如何组织和管理群众。你能从全局角度开展工作，却永远都不会忘记细节。你的计划牢靠——”

“但是我不是一个有远见的人。”我说，“我不是一个有热情、有梦想的人物。我不是能使人们相信一切皆有可能的咒语联结者。我是规划师。”

“我们会帮你。”普雷斯顿说，“贝尔校长会写下你的演讲——”

“不。”

我打断他们的话，委员会成员们向后靠，脸色阴郁，感觉受到冒犯。但我必须掌控局面。如果我不能在这里说服他们，接下来他们每个人都会耗费时间，试图让我成为他们的发言人。如果我一定要做的话，就得按照我的方式来做事。

我站得更挺直了。我看着普雷斯顿，因为他是最有可能借帮助之名操纵我的人。“我告诉你们我是谁。我告诉你们，你们将得到什么样的领导者。”我说，“现在听我说。”

他们没说话。我点了点头，然后继续。

“我是看到整个项目的人。我看到所有闪闪发光的梦想之下那美丽、环环相扣的混乱局面。我看到碎片，看到他们如何适配。我负责编写目标列表，将其分解为给人们的一份份工作，最终达成目标。这就是你们将要得到的领导人的样子。”

委员会保持安静。他们听进去了。普雷斯顿嘴角流露的疑虑阴沉有所松裂。加比双手交叠于膝盖上，点点头。校长贝尔，艾格尼丝·盖博小姐，朱迪塔牧师，特蕾莎·史密斯医生——他们都听进去了。

“雅各布拥有梦想。但你们不会从我身上获得愿景。你们将了解自己在构筑愿景方面的作用。你们将知道自己是一个更大整体的一部分，倘若我们要构筑雅各布的梦想，那么每个人都需要参与其中。我没有梦想，眼里只看得到工作，这就是你们将要得到的领导人的样子。”

“做事踏实。”盖博小姐说，“罗宾，是你没错了。请接受我的支持。”

“在诊所多年来，你出色地组织工作，我都看在眼里。”史密斯医生说，“请接受我的支持。”

“你当选了，我们才能开展其他工作。”加比说，“请接受我的支持。”

“我没有反对意见。”朱迪塔说，“我将信任这届委员会。”

“我相信，要是雅各布在这里，他会告诉我们，你自然是继承了他的遗志。”普雷斯顿说，“你冷静镇定，这很重要。请接受我的支持。”

“我接受。”我说，“我将成为你们的领导者。我将竞选国会议员。我将实现雅各布的梦想。”

他们现在都展露笑颜，每个人都高兴了。我的内心深处毫无动静，我仔细探听究竟雅各布有没有点头，或是耸耸肩，或是带有任何情绪地低语。

我的内心，平静而孤独。

他们抬着雅各布的葬礼船离开纪念馆，哀乐随行，鲜花和供品从舟上掉落，温妮肝肠寸断，心碎了一地。她走在后面，跟随抬船者行至珐琅灵雪橇，雪橇会把雅各布带到艾尔斯水湾未冻结的海岸。一到那里，他们便会带雅各布入海，送他远航去往安息之国。我们被挤到人行道上，所有吸烟者聚在下风口，分享火柴点燃香烟。第一口烟吸进肺里时，他们发出满足的喟叹声，如释重负。迈尔斯和我则在相反方向，有点过于渴望地盯着那些沉迷放纵的人。

“你也戒了。那就意味着我必须戒了。”迈尔斯说，“你之前可是我的补给。”

“泽林德不喜欢这个习惯，况且有更好的户外活动方式。”

虽然 *Ta* 没有提起我外套和手套上的烟味，但我清空了烟袋，将它收了起来。我依旧想碰烟，忽而想起自己已经戒掉了，然后算了算花销，感觉戒烟是笔划算的买卖。

但是如今我想抽一支。我想要将烟草卷成纸，遮住火柴以免风把它吹熄，然后吸第一口烟，让它直接冲向我的脑门。我想要那种平静的仪式，但我不会再抽烟了，取而代之的是我大口呼吸，河岸的微风裹挟着云杉树枝上的汁液，温暖的羊毛和悼丧者的香水味混杂其中，“现在我们可以尽情享受这新鲜空气。”

“这样对我们俩都更好。”迈尔斯答应，“格雷丝应该跟着我们一起戒烟。看，她在那，和那位衣冠楚楚的绅士一起呢。”

我们笑了，因为那个衣冠楚楚的绅士是穿着女性内衣、没有胡须的阿维娅·杰赛普。她们聊天时，格雷丝无法抑制自己的微笑。

“我们最好别盯着了。”迈尔斯说。我们转过身，脚步轻微得像是牛群惊跑一般。

“这样更好吗?”我问。

迈尔斯嘴角抽搐，“其实没有。”

“你在这呢。”崔斯坦说，“一个小女孩绊住我了，她的一百零九个问题里，我只能回答三个。你们怎么不抽烟?”

“罗宾戒了，我不能再向她借烟了。”

“可怜的宝贝——等等。”

崔斯坦敏锐的目光投向装满信件的邮箱。有人给邮箱轻轻地系上明亮的黄色蝴蝶结，作为标记。崔斯坦径直走到邮箱前，检查邮箱的方方面面，然后回到我们身边。

“带我去个隐秘点的地方。”崔斯坦说，“我有事情要告诉你。”

“是关于邮箱的吗？”

“嘘。”

好吧，好吧。我把他们带回了殡仪馆，进入主室，现在这里空荡荡的，只剩下一些插花。我们三个集于房间中央，每人面向一个入口，这样没人会抓到我们在说话。

“这样够了吗？”我问。

“完美。”崔斯坦说，“我觉得你们其中安插了间谍。”

“就因为邮箱？”

“没错。”崔斯坦说，“我在这里住了一年，在搜寻别人可能不想透露的信息方面，我有些经验。我已经雇佣了线人。在金斯顿城工作的人很喜欢在信箱上留下一些记号。”

“丝带。”迈尔斯说。

“此外，出现了用粉笔标记的表盘。”崔斯坦说，“线人绑丝带。联络人标记表盘。也就是说，有一场已经安排好了的会议。”

“在哪里？”

崔斯坦耸耸肩，“不知道，但是时间是五点钟。”

“有什么信息可能以参加葬礼的形式才能得到？”我问。

“什么事都有。人们聚集在这里，高谈阔论，说长道短。”

他们召集秘密会议，为运动挑选了新的领导人。如果是委员会中的某位成员呢？“我该怎么办？”

“你要格外注意。”崔斯坦说，“而且你设想下，无论是谁监视，都将得到会议室里最重要的信息。”

我抿紧嘴唇。“你的意思是说有人在监视我们。”我说，“监视团结联合工会。”

“没错。”崔斯坦说，“假设是你们其中的一员。”

“我怎样才能抓到他们？”我问。

“敏锐点。看看你是否可以发现信息泄漏所造成的结果，然后顺藤摸瓜找到从中受益最大者。工会有很多反对者，可能很难缩小范围。”

突然萌生的念头让我如坠冰窟，“如果雅各布的死是结果呢？”

“你想说什么？”迈尔斯问。

“是什么让你有这个想法？”

“除了委员会，没人知道雅各布将在演说中宣布影子选举，这是秘密，而后雅各布被枪杀了。”

“然后你接替他完成演讲。”崔斯坦说，“这意味着两件事。第一，组织情报搜集的人不喜欢影子选举这一想法——”

“第二。”迈尔斯说，“他们现如今要监视你，看你是否对他们的目标构成新的威胁。”

该死！该死！我是新威胁吗？噢，确实如此。我已经插手干预这件事，忙得不可开交了。

“你要不躲避一段时间吧？”崔斯坦说，“虽然我们半神国人对死亡的看法和你们略有不同，但我还是希望你是有肉体的。”

"我不能。"我说，"我有责任在身。"

"她即将为格雷丝工作。"迈尔斯说，"总理的政策顾问。"

我不是。我必须尽快告诉格雷丝，"实际上，计划有变。"

迈尔斯头往后仰，"他们指定你为团结联合工会的领袖。"

"恐怕就是这样。"

"那么你就需要安全培训。"崔斯坦说，"同时，你还需找出是谁在泄露你的秘密给感兴趣的派别，因为一旦他们发现了你的举动，下一次刺杀目标就会是你。"

当我走到殡仪馆前门时，我有点震撼，如芒在背。团结联合工会里有一个间谍。不难想象，负责安插间谍的和负责暗杀雅各布的是同一个人，或者说同一派别。雅各布有仇敌，很多人不希望他鼓动工人，煽动租户，与艾兰国法律和传统作斗争。

但是谁完全符合这个特点呢？不喜欢雅各布的人多了去了。谁憎恨他呢？谁——

我推开门，停下脚步，心在下沉。

泽林德站在人行道上，裹得很严实以抵御河风，手上戴着手套，插进齐膝斗篷的兜里。*Ta* 背对着街道，看着我终于从殡仪馆出来。

杰罗姆站在 *Ta* 旁边，怒视我一眼，然后将注意力转回泽林德身上，"我的意思是说你不应该被逮捕的，贝蒂当时在资助河畔城部队的骑行装备，她为整件事情付出了代价。"

泽林德什么也没说。

我记得骑警。我记得他们是如何骑着马在拐角处恐吓行人的。“河畔城部队实际上已经没有太多的骑行装备了。”

“他们抓走泽林德之后，贝蒂一分钱都没再资助他们了。他们不得不解散。她没有拘捕你。永远不会。泽林德，求你明明事理吧。”

“我已经等你很久了。”泽林德对我说。杰罗姆沮丧地叹了口气，泽林德无视他，就如同他是一股风，“你没在圣所与我会面。”

“抱歉。我和人讨论点事，被绊住了。”我看着杰罗姆，“我们能先走一步吗？”

“你们不能忽视我。”

“走吧。”泽林德说，“别打扰我了。你别在这待着了。”

杰罗姆脸垮了，看起来又震惊又受伤。

“但是我把你想要知道的东西都告诉了你。”

“走开，杰罗姆。”泽林德说，“我和我夫人有笔账要算。你去买点什么奢侈品吧，别在这转悠了。走就好啦。”

杰罗姆瞥了我一眼，冷笑了一下，看着泽林德。

“我不会放弃的。”他说，“我们需要你。你想要什么我们都可以给你。回家吧，回到我们身边。”

泽林德转过身走开了，我紧随其后，“我没有去圣所见你，很抱歉。碰巧发生了些事，我没意识到——”

泽林德凝视着我，表情冷漠，“葬礼期间你没有和我坐在一起。”

“我得和温妮说说话。”我告诉她在我的脑海里，雅各布没再讲话了，再次伤透了她的心。但她还是拉着我和她以及杜克坐在前排，她的泪水打湿了四块手帕，我担心她哭个不停，到底是镇静剂安抚了她的情绪。

“然后丧礼结束后，你就和半神国人讲话，无视了我。”泽林德说。

“崔斯坦要告诉我一些重要的事情。”

“所以是什么重要的事呢?”

我吸了口气，“现在在大街上呢。”

“你甚至忘了我在这里，就因为你所有的秘密。”

我确实忘了。但不是故意的。

“那不公平。”我说，“温妮需要我。崔斯坦有重要的事情要告诉我，我对这场运动有义务。大家都释放出来之后，我的工作还没完成。还有很多事情要做，而且——”

“而且这些事都比我重要。”

“不是的。”我说，“只是恰巧有需要跟我谈话的人都在同一个地方罢了，我又和他们说太多罢了。拜托，我们可以回家再说吗?”

“我为你准备了惊喜。”泽林德说，“我等了几个小时，一直等，就想把它告诉你，但你把我抛在脑后。”

“我只是忙。”我说，“但是现在我们可以回家了，然后你就可以告诉我了。求你了。”

“你甚至都不知道它是什么。”泽林德一直望着前方。

“你说这是一个惊喜。”

“那不是重点。你没有注意到我偷偷溜走，你没有注意到我不在我们的房间、会客厅、厨房，甚至都不知道我在不在家族宅子里。你连我在做什么都不知道。”

“我的朋友死了。”我说，“他被枪杀了，被杀手杀害，然后警察想把罪名钉在我身上。然后是葬礼，会议，崔斯坦——我一直很忙。我的生活很忙。人们依赖着我。”

泽林德耸肩，看着 *Ta* 的脚，“我想要的不过是你能注意到我已经走了。”

我们走进一个十字路口，风拂过我们的肩膀。“对不起。”我说，“对不起，我在家待的时间不够，以至于没有意识到你在做什么。就是这样，是不是？你给我做了东西，你想把它给我。可我没发现。这让你觉得我不在乎你，但你从未想过我的感受。”

“你太忙了，什么都感受不到。”泽林德厉声说。

我突然退缩，“你不会碰我！”

窗帘拉开了。伯纳德·布莱克斯通打开全帆家族的前门，在街对面喊，“一切都好吗，阿姨？”

“我们很好！我们快到家了。”我叫道。

“这样就好。”伯纳德说，“行程和平愉快啊。”

他的意思是，不要在街上冲对方尖叫。但是我还没说完话，我降低音调，“我知道你经历过一些可怕的事情，我甚至无法想象有多可怕，但你不会谈论它。你表现得什么事都没有，但其实什么事都变了，泽林德。你不会碰我，我甚至不应该感到难过。或者生气。或者受伤。”

“但是你必须好好对待它。”泽林德喃喃道，“对待你那破损的、身心受创的、玻璃制成的巫师伴侣。倘若你碰碰 *Ta*，*Ta* 便会支离粉碎。”

“你还没准备好——”

“不。”泽林德说，“我们吵架可不是因为我无法碰你。我试过和你分享喜悦了。今天我还想和你分享这件事。但是你现在也不一样了。”

“没有，我还是和以往一样。”

“不是的。你只是没发现罢了。你没发现你不怎么需要人民，但他们在所有事情上面都依赖你。你工作，工作，工作，一分钟怨言都没有。这就是你的生活，我似乎格格不入。”

“你融入得了。”

“对我诚实点吧。政府撒谎告诉你我已经死了，你伤心，你哀悼。然后，你建立了只有自己空间的生活。”

我有吗？我的鲜血涌动，冰冷而又焦躁。

“那就推翻重建吧。”我说，“确实，我知道在这场运动方面我有诸多隐瞒，我什么都没告诉你。我确实得向你开诚布公。你需要知道这些事情，我也应该早点告诉你。如果我们一起努力，那么也许就能创建我们俩共同的生活。”

“不。把你的秘密告诉我。可我不仅是想成为你的追随者。我也有重要的事，我也有工作要做。我想给你看的就是那个。”

“那么请展示给我看吧。”我说，“我真的很想知道。”

“好。”

“对不起，我让你感觉自己被忽视了。我有话要告诉你，我应该告诉你这一切。”

“没事了，但我还是希望你以后不要忽视我。我们直接去阁楼吧。”

脚底有点滑，我们没能很快到家。

“你们怎么花了这么久才到家?”长老问，“我比你们还快呢。”

“我有些事情要处理。”我说，“泽林德想给我看样东西——”

“*Ta* 在阁楼做的那个小玩意儿?”

我错过了。泽林德暗示过他的计划，而我错过了。我应该注意到的，我应该问的。我点了点头，不做声。

“把它拿下来，泽林德。”长老说，“向所有人展示你的作品。”

“这只是一个原型。”泽林德说，“还很粗糙。”

“去拿吧。”长老说。

泽林德知道最好别和长老争执。*Ta* 选择顺从，慢跑上楼。

格洛里姑妈停止编织她的祖传花边，抬起头，“那么罗宾可以告诉我们，是什么重要的事情，能让委员会在他们领导人葬礼进行过程中、叫她去参加其他会议吗?”

柏妮丝姨妈咂咂舌，“我赌一个纽扣，我已经知道是什么了。”

长辈们没有错过任何事情，“那应该等到我们正式宣布。”

“哈！就像我想的那样。”柏妮丝姨妈洋洋得意，“他们选择你领导团结联合工会，是不是?”

我身后的楼梯传来了踉跄的脚步声。家人的话使得厌恶感在我肩胛骨之间的皮肤上蠕动，“你们不能告诉任何人。我与总理会谈后，才准备举行新闻发布会，接下来——”

“接下来你将比以往更忙。”泽林德说。

“没错。”我说，“但是还有件事，我想和你谈谈为什么我希望你参与其中，还有——”

我颤颤巍巍地指着泽林德手中的木制底座，铜线圈绕着小孩子的风花，连接铜涂层圆柱体，再缠到老旧的、有缺口的灯泡安装底座上，“那是什么?”

“是以太。”泽林德说。

Ta 集中注意力，风花转动了，开始缓慢，渐渐转得很快，快到足以让明亮的纸片变得模糊不清。

三下五除二，灯泡发光了。

“风鼓动着风扇转动转子；能量积聚在线圈中；灯就亮了。”*Ta* 莞尔一笑，“我刚刚为家族赢得了二十五万马克。”

第十一章 凯奇家族

争吵没有结果，泽林德和我不欢而散，上床睡觉。第二天，我尽量不吵醒 *Ta*，但当我站在我的床和 *Ta* 的小床之间的狭窄通道里的一瞬间，泽林德突然睁开了眼睛。

“是我。”我说，“我去吃早餐。”

泽林德看着我前一天晚上挑选好的衣服，“吃完你又要走了。”

“我是要走，但不会离开一整天的，等我回来再谈好吗？”

泽林德揉了揉 *Ta* 那富有弹性、浓密的卷发，然后把手覆在眼睛上，“好，我们到时再讨论。”

我充耳不闻 *Ta* 声音中淡淡的敌意，去厨房煎一百根鹅肉火腿肠了，每次煎的时候细小的油泡都会刺痛我的手。我专心致志地做菜，忽略了鬼魂的闲谈。他们在聊泽林德的发明。

“不过，怎么不会刺痛了呢？”哈利玛问道，“以前我的耳朵很痛的。”

“我不知道，宝贝。”哈利玛的父亲博伊德说，“罗宾！泽林德有没有告诉你它为什么不会刺痛耳朵?”

“我不知道。”但我有一个猜测：这个发明用的是风，不是灵魂。以往我们听到的是灵魂的痛苦呻吟。

“你怎么了?”杰德鲁斯问道，在新鲜吐司上涂抹着黄油，“整晚没睡吗?”

“睡了。”

杰德鲁斯又从面包炉拿起一块面包，“一切都还好吗?”

“很好。”

“嗯嗯。你们吵架了。”

“杰德鲁斯，开玩笑别挑现在。”

“没事。夫妻吵架，就是会吵得天昏地暗。只要你别老想着赢，最后都会相安无事。”

我不需要建议，我们之后会再聊的。现在呢，我在厨房里做了一份早餐，在吧台前吃了起来。我溜到前面，找到一件带海狸毛领的旧外套，然后骑自行车去蒙特罗斯王宫。

我熟悉地穿行于政府大楼，推开通向总理办公室的金橡木门。一名陌生男子坐在办公室秘书席的边缘，面朝一张办公桌，桌上比我之前习以为常的要杂乱得多。

“珍妮特怎么了?”

“提前退休了。”新来的秘书把眼镜推到鼻梁上。他盯着乔伊，然后也疑惑地看着我。“我不——”他翻阅文件，找寻记事日历，“你有预约吗?”

我可以说有。要是他忘了写下来，又怎么会知道我说的是真是假?“我是罗宾·索普。”我说，“乔伊陪同我过来。我想，总理会愿意见见我。”

“你是罗宾·索普。”秘书重复道，“我是詹姆斯，詹姆斯·哈米特。这是你第一天上班吗？我以为是明天——”

噢，詹姆斯。前任秘书做事都是面面俱到，看着新人难以招架这些任务，我不是很舒服。我很想把那张桌子上的每一张纸都叠放好，告诉他如何将工作分类成三部分。他有流程记录本吗？我得停下来，我今天可不是来拯救秘书的。

“原先是。”我说，“但我今天来了。你看她能不能空点时间给我？”

倘若她没有时间呢？不得已的话，我可以明天再处理。记者招待会要到明天中午才开始。如果我速度快点，就能处理完所有事情。

詹姆斯将放在他大腿上的文件和其他全部文件堆叠在一起，我伸长脖子，看到他的脸一直没动。他和格雷丝一样高，却瘦得像根灯柱。

“我就——请坐，我就——”

可怜的詹姆斯。他敲了敲格雷丝的门，走进去，说道：“您的顾问今天来了。罗宾·索普？我知道她应该明天才来，但是——”

“请她进来。”格雷丝说，“然后来些适合早晨的音乐。”

“你可以进去了。”詹姆斯说。我走进格雷丝的书本堡垒，那些直接安装在窗户上的所有喂食器均已拆除，另一个房间里有一个客厅该有的全部家具，置放于柔软的丝绸地毯上。

格雷丝将正在处理的文件滑入桌子中间的三只篮子里，盖好笔头，但她没把笔放下，而是转起笔来，“你提前一天上班。”

“是的。”微光闪烁、柔和平缓的音乐掩盖了我们的谈话，我止住话头，“噢。他唱得不错诶。”

乔伊摇摆着，一只手在空中晃动，似乎在描绘节奏和旋律，“他很棒。”

“乔伊非常喜欢他的音乐。”我说道。

“詹姆斯·哈米特跟乔安娜·温斯利代尔学习音乐，他这方面造诣很高。”格雷丝说，“但是今天早上他倒是很紧张，硬着头皮在总办公台工作。”

“他不是你的新秘书？”

格雷丝微笑着，她握住笔，好像在写字一般，“噢，不是的。他是低配版打字员呢。只是我那新任秘书的孩子们要到九岁才能上学，在她到岗之前，我需要有人顶替一下。”

“那就好，我松了口气。”我说，“总办公台的工作让他手忙脚乱。”

“你来这不是谈论我的员工的吧。”格雷丝说，“你提前一天过来。为什么？”

我最好马上把事情都说出来。“我不能为你工作。”我说，“我是工会的新任领导人。”

“你担心利益冲突吗？”格雷丝问，“我认为你可以两者兼任之，但是我们可以咨询一下旁人的意见——”

“我要接下雅各布的位置，”我说，“成为南金斯顿–河畔城中部的候选人，以及自由民主党的领导人。”

格雷丝手中的笔停止转动。“所以你要将影子选举进行到底。”格雷丝说，“你要照常实行雅各布的全盘计划。”

“没错。”我说，“而且，如果我们要按时运转所有事宜，我必须立即开始。”

格雷丝缓缓地点了点头，但她双臂交叉往后靠，“我认为你会成为一名有影响力的民选议员，但影子选举这件事……有点不切实际。我清楚这是一种符号。但符号的构筑需要耗费大量的人力物力。”

“我知道。”我说，“但是可能不止于此，这可能是实现自由民主的真正一步——”

音乐停了。我们听到声音，但音乐又重新开始了。

“谁？是送信件的吗？”格雷丝疑惑道，但随后门开了，塞弗林国王走了进来。他停下脚步，凝视乔伊，沉默不语，脸色不悦。

“早上好，陛下。”我们说，塞弗林看着我，困惑地抬起头。

“很抱歉打扰你们的约谈。”塞弗林说，“在这里见到你，我很惊讶，索普夫人。我以为正式的哀悼会要到明天才结束。”

“还没结束，但是我今天有话必须要和总理说。”

“我明白了。那你来这是为了何事？”

“我之前希望罗宾成为公民事务处理专家，参与政府管理。”格雷丝说，“但是雅各布·克拉克去世后，她正承担起他曾经的职责，包括他竞选国会议员的资格。”

塞弗林头微仰地看着我的时候，微微蹙眉，“可真不错！索普夫人，那可太雄心壮志了。你以前有担任过办公室职务吗？”

他肯定知道我没有。“我做过最有关联的工作便是女王大学学生会主席秘书。大约在您毕业的时候。”

“我记忆犹新。”塞弗林说，“当时的学生不是发起某项抗议吗？关于图书问题？”

“没错，是关于教科书的不公平定价问题。”我对国王微笑，“我们赢了。女王大学不再以公开市场上书籍价格的六倍售卖‘学术版教科书’。”

“你还记得全部内容，是因为你负责撰写报告吧？”

我得承认，我一生中听过无数次明褒实贬的话，但从国王处听到，这可是第一次。这个早上真是难以言喻！“约莫是这样。”

“那行，祝你好运。”塞弗林说，“但是很遗憾，我接到了总理的邀请。我可不喜欢缩短你们的约谈时间。”

“我明白。”我说。不管怎么样，该说的话我都说完了。

格雷丝绕过她的办公桌。“也许我们应该下周找个时间再见面。”她帮我穿上外套，“你什么时候方便，就约什么时候。”

“我想索普太太到时应该已经埋头于竞选活动的工作之中。”塞弗林说，“据多方透露，这是一项艰苦卓绝的项目。”

他走进房间，尽量离乔伊远一些。

这么看，塞弗林以为我会继续竞选，格雷丝则认为我会取消选举。我必须记住，尽管塞弗林与剧院女演员的花边新闻满天飞，他到底是一个聪明、有远见的人。

“等我有空的时候再说吧。”我说，“祝陛下和总理有个愉快的早晨——”

我说最后一句话的同时，门就关上了。行，他是国王，每个人都得听从他的命令。我给了詹姆斯一个鼓励的微笑，然后走了出去，摸索着口袋里的手套。

指尖触及一张折好的纸张那光滑、爽利的边缘。之前没有的。我掏出一张匆匆折叠的纸条，文字在空白部分晕开了，降低了信息的可见度：

我会尽我所能帮你。

能揭示真相，就别编造谎言。

每个人的行为背后都有隐藏的原因。

当你找到可以信任的人，切记留住他们。

我沿着折痕把纸折好，放回口袋里。

我把自行车从政府大楼外面的架子上取下来，慢慢地骑，但我很快就到家了，把手套塞进盒子里，将外套挂在衣架上。我走过第二会客厅，但里面的人只是向我挥手。我没有耽误时间，爬上楼梯，轻轻地推开门。

泽林德坐在舒适的椅子上，用柔软的灰纱织着一排罗纹，*Ta*从编织工作中抬起头来，却没有停止推动织针。

“你很擅长这个。”

“我们都会织。”泽林德说，“毛衣、袜子、手套、帽子、拼花毛毯。都是平纹的，但我们偷偷学会了麻花编织法。主要是小型魔法图样。”

我关上门，向 *Ta* 走近。泽林德抬起一边屁股，伸手掏裤袋，拿出一个棱角分明、编织在方格纱线上的水手星，递给我。我摩挲着星星样式的纹章，完美无缺，没有一点瑕疵。

“以前他们想控制我的时候，就会夺走我的毛衣。我总是按照他们的要求去做，这样我就能把它拿回来。人们经常摸它，图求幸运，渴望安全。当你来解救我们所有人的时候——他们太害羞了，不敢跟你说你的营救意味着什么。”

“因为他们摸我们的族纹是想图求幸运。”

“你对他们来说意义重大。”泽林德说，“尽管他们不认识你。”

他在这里开启新生活一定是有原因的。“我很高兴我们家族帮你们活了下来。”

“昨天我觉得自己被抛弃了。”泽林德说。

“你是很失望。”我说，“你想和我分享你的发明，而我不在你身边。”

“因为团结联合工会。”泽林德说，“还因为影子选举，它要把你从我身边带走。”

“嗯嗯。”我说，“这会占用我很多时间。”

“但我理解，其他人也需要你。”泽林德说，“我不能太自私。”

所以我们不打算吵架了。我倚在门边，点点头。“你可以自私。”我说，“你可以告诉我，你需要我的陪伴。我应该挤出时间陪你。”

泽林德移回视线，重新开始织东西，“谢谢。”

“但这并不容易。如果我赢得了这个位子，就会和竞选一样麻烦。但雅各布和温妮是一起做事的。你可以帮助我——”

“不行。”

我被打断了，眨了眨眼睛，“不行？”

“我自己也忙得够呛，我发明了一种产生以太的装置。”泽林德编织着，织针不停地滑动，“你忘了吗？”

我没有，但是……“没有，我只是没有考虑到你花费在这上面的时间。”

织针并未停顿过。泽林德左手握着纱线，像艾兰国人一样，两根织针在 *Ta* 的手中晃动摇转。“奥琳娜今天在看比赛规则，她要给我建议。只是我很惊讶，你没有意识到，为整个国家提供以太可能也很重要。”

“我知道这很重要。”我莫名有股冲动，想点根香烟，“我只是……希望你能和我搭档。”

“现在是我没有时间陪你。”泽林德说，“感觉不好吧？”

我的脸颊涨红。“这不公平。”我说，“我不知道你在开动脑筋，创造一项世纪性发明。原谅我有点落伍了。”

“好吧，现在你知道了。”泽林德说，“我和你一样，也有重要的事情要做。”

Ta 以为我不知道以太有多重要吗？“好吧。”我咬牙切齿，“那你就搞你的发明，我就带领国家走向民主，这样一切都会好起来的。”

针织品落于 *Ta* 的大腿上，“你为什么不以我为荣？”

“我以你为荣！你所做的事情是伟大的！它将帮助到全国每一位公民，你会因此成为英雄！”

“也许是比你更伟大的英雄。”泽林德说，“这就是你所无法忍受的！”

“这就是你对我的看法？我需要比你更优秀？”我还没有反应过来，话就已经脱口而出了。

“你更需要成为工会的领袖，而不是需要我。”泽林德说，“你很高兴有我这个追随者，但我想要一些自己的东西。”

“那就拥有啊！”我喊道，“我不是已经说过你应该这么做了吗？”

“但那不是你想要的。那只是你认为你应该说的——然后当我这样做的时候，你就会怨恨我。因为我不在你身边崇拜你。”

“我不需要你来崇拜我！我需要你的帮助！”

“我的帮助。”泽林德嘲讽一笑，“你怎么可能需要我的帮助？”

“因为没有人真的相信我可以做好这件事！”

泽林德住口了，对我的理解使得 *Ta* 眼泪盈眶，“噢，罗宾。”

“雅各布是领袖。他有远见，现在他走了，我不行——我只是拉住他，坚持完成了他的演讲，但现在每个人都认为我是——”我的喉咙哽塞，眼泪堵住鼻子，鼻窦炎跟着爆发。“认为，除了我，谁也做不到。”我哽咽着说，“所有人都以为雅各布在这，在我脑海里，但他不在，只有我自己一个人。可我不想一个人，我——”

“没事的。”泽林德说，“没事的，你想要有人——到这里来。让我……乖。”

Ta 的双臂紧紧包围着我，轻抱着我的头，*Ta* 身体的重心从一只脚转移到另一只脚上，就像我们在温柔的春风中摇曳。

“我不想自己一个人面对。”我的声音还是带哭腔，“我不能告诉除了你以外的任何人。但你帮不了——”

“我可以。”

“但是涡轮机——”

“我需要一些时间来填写比赛表格。我可能需要和为国王工作的人见面。我们可以互相帮助。我帮你，你帮我，一切都能迎刃而解。”

当初我们就该这样做。如果我不是那么讳莫如深，那么固执己见，我们昨晚就能说通了的。

我没有从 *Ta* 的怀里抽身离开，即便我已没再哭泣，*Ta* 也没有松开怀抱。我抽抽鼻子，有点透不过气。泽林德抱着我，轻轻摇摆。*Ta* 抚摸着我的后背，我又抽了抽鼻子，向后靠，仰头看着 *Ta*。

“谢谢你。我很抱歉。”

“我知道你很内疚。”泽林德说，“我之前对你很残忍，我也很抱歉。”

“我在伤害你。”我说，“我一直被自己的胡思乱想搞得困顿不安——”

敲门声很小心翼翼，但却让我瞬间不说话了。“是谁啊?”

“让-玛丽。”声音从门外传来，“你们是不是——”

我打开门，她把我的毛衣拿在手里，毛衣布料保持得整洁干净，甚至是经过适当的洗涤和定型。她突然畏缩，后退了一步。

“你们在吵架吗?”她低声说。

“刚刚在吵。”我说，“不过现在我们吵完了。谢谢你整理好我的毛衣。”

“我可以等等再来。”她说。

“不，没事的。你有什么心事？”

她摇了摇头，“可以等等再说。”

“没事。”我说，“你想要干什么？”

“我要给你看样东西。”让-玛丽说，“还请你不要生气。”

“给我看什么？”

“在酒店里。”让-玛丽说，“请跟我来。”

我们当然跟着去了，很快到达了酒店，二十多辆自行车占着外面的空地，我们正从中寻找锁车的地方。

“谁在这里？”

“你等会儿就知道。”让-玛丽答应道。

让-玛丽低沉的说话声刚止，一个比之前干净得多的入口映入眼帘。所有的垃圾都消失了。架子上的食物都已被人整理妥当，部分食物没了。

“你在帮布朗小姐打扫卫生？”

“是的，不过先进来吧。”

她冲过管理员住的地方，把我们领到主厅，有二十个精神疗养院的巫师在这里，他们那曾被剃得了的头发，现已长成了或紧致的、或松散的卷发，抑或是直发。他们用砂纸打磨、清扫、修补着宏伟的入口处，甚至将吊灯降了下来。两个年轻人将每一颗水晶吊坠都擦拭得纤尘不染。

坐在厚重的绿色锦缎沙发上的是密涅瓦·布朗，她倒出混合茶粉，为需要休息的人送上果酱饼干。让-玛丽拉着我去见这位老夫人。老夫人见到她就笑了。

“这里好多年没这么好看过了。”她说，“你们之前的到来真令我高兴。”

“我很开心看到有志愿者来帮助你。”我说，“我想你很早就想重见这个地方的美丽吧。”

让-玛丽绞着手指，“我们需要问你们一件事——”

“我们向你提议一件事，索普夫人，我希望团结联合运动能容纳另一个计划。”

“你想重振酒店？再次向客人开放？”泽林德问道。

“不完全是。”布朗小姐说，“不是对客人开放，而是对居民。”

“我们想住在这里。”让-玛丽说，“我说的是，巫师。我在公园里的庆典上告诉他们这个地方。我们可以有一个家。”

“可你们有家了啊。”我说，“没有人会把你们之中的任何人赶出家族房屋。”

“我们想一起有一个家。”让-玛丽说，“我们已经习惯在一起生活了。即便是与其他精神疗养院的巫师一起住，也比住在族屋里，觉得自己寄人篱下要好。我们很孤独。”

“因为你没有和你的族人在一起。”泽林德说，“我懂。我有时也感到孤独。”

泽林德也感到孤独。一种恶心、沉重的感觉在我的胃里翻滚。“你不想和你的家人住在一起吗？”

我说话的时候，目光直直地对着让-玛丽。不管泽林德的脸上掠过何种阴影，我都不忍看到。

“我不像了解我的朋友那样了解他们。我们知晓我们所经历的一切。我们知道那是什么样子。我们不必因为害怕让别人难过而隐瞒这一切。”

让别人难过。迈尔斯曾告诉我，许多士兵知道他曾经历过战争、了解战争的可怖后，才向他敞开心扉。他们不能和任何人谈论他们的经历，唯有彼此才是倾诉的对象，因为对他们的伴侣和孩子来说，这一切难以承受。

但是是泽林德先开口的，“你想建立自己的家族。”

让-玛丽释然一笑，松了口气，“嗯，我不知道我们能不能成为家人，但这就是我们想要的。”

他们需要彼此。我看了一眼泽林德，但 *Ta* 望着那盏降低的吊灯。

让-玛丽不想住在家族住宅里。她在一个充满家人的房子里很孤独。她怕这件事不受支持。那正是……我正在做的事情。

迈尔斯会理解他们为什么要这样做。迈尔斯会相信他们知道什么能让他们感到安全。

“你需要一个名字。”我说，“一个家族名字。”

“凯奇。”让-玛丽说。

“凯奇家族。这名字并不精妙。”泽林德说。

“这样我们才不会忘记。”让-玛丽说，“这是我们想要的。密奶奶做我们的长老，我们会住在这里，一起吃饭，一起工作——”

他们怎么能做到呢？“但你们需要钱。”我说，“大多数家族都有一笔可观的储蓄。他们直接掌控自己的财产。但你们没有任何收入来源——你们会有养老金，但很微薄。”

“我们知道。”让-玛丽说，“但我们可以凑合着过日子。他们在精神疗养院里并不完全是砧板上的肉，只会任人宰割。我们懂很多手艺，可以让我们走得更远。”

“我有十万马克。”密涅瓦·布朗小姐说。

我们都盯着她看。

她点了点头，对我们的震惊眸光一闪，“好吧，比这少一点。我的族人一无所求，索普夫人。我讨厌任由玛丽公主酒店变得荒废寂寥，最后被遗弃的这一想法。而且你不是每天都能建立一个家族的。我们是避风港的凯奇家族，这里是我们的家。”

“如果你们是认真的话，”我说，“我们可以找一个法学博士来给你们建议。”

让-玛丽高兴地大喊，“她答应了！”

所有的巫师都欢呼雀跃，他们中的一些人上蹿下跳，其他人则互相拥抱。默里踢翻了一个洗涤桶，顿时哄堂大笑，引得大家争抢拖把拖地。

而在这场庆祝中，诺琳·布朗走了进来，她带着一篮子热食，神色茫然。

“密奶奶？这些人都是谁？这里发生了什么事？”

巫师们都愣住了。让-玛丽倒抽一口气，但密奶奶包住她的手，拍了拍。

“今天是个欢乐的日子。”密涅瓦女士说，“玛丽公主酒店将再次崛起。”

诺琳盯着巫师们，然后挤出一个耐心的笑容，“你们不觉得那会花费很多钱吗？会的。酒店需要的不仅仅是清理污垢，还需要翻新装修，以吸引一定水准的客人——”

“我不会重新向客人开放玛丽公主。”密涅瓦女士说，“我们要建立一个新的家族，这个酒店将是他们的家族住宅。他们要住在这里，和我一起。”

诺琳脸色灰白，瞠目结舌地盯着祖母，直到一个念头在她脸上闪现，“骗子。小偷。竟然利用一个老太太！”

“是她提议的。”让-玛丽说，“这是密奶奶的主意——”

“你凭什么这么叫她。”诺琳怒不可遏，“你们逃不掉的，听到没有？我要把你们都关进监狱里去，所有人都别想逃掉。想偷我的遗产——你们不会得逞的！”

她把篮子扔在地上，径直走出了大厅。密涅瓦女士看着她离开，然后拉了拉我的袖子。

“如果你能把那个篮子捡起来，亲爱的，那就帮了大忙了。还有你之前还提到一个法律博士。你正巧有认识好的辩护律师吗？”密涅瓦注视着诺琳消失的门口，“我想我们需要一位。”

第十二章 规则与条例

泽林德骑着自行车与我并列滑行，伸出手臂以示要转弯，“难道诺琳不需要作证家族的犯罪意图？”

“没错。这样才能保下他们。”我从玛丽公主酒店所在的小山坡滑行而下。

我们正沿着河畔城的希尔塞得山坡骑行，这里上达菲利普国王山坡，连通金斯顿城其他地方，道路蜿蜒曲折，周遭风景优美。泽林德坐直身子，从车把上移开双手，伸了个懒腰，“所以，合乎常理的做法就是那些巫师都上证人席作证，如果他们有胆量相信法庭的话。”

“他们中的一些人会的。其余的人可以提交书面陈述。”我说，“我担心的是，诺琳找来的辩护律师会耍下三滥的肮脏把戏。”

“比如？”

“无休止的动议，就为了这件事。”我说，“他们需要时间和金钱，如果他们要求暂停酒店里的一切活动……他们可能会将这事拖到密涅瓦女士去世为止。”

“然后就会一团乱。”

泽林德又倚着车把手，“如果凯奇家族输了，我们要做什么？”

我叹了口气，“我想我们很难找到像玛丽公主酒店那样满足他们需求的地方。但如果他们一定要在一起——”

“他们是一定要在一起的。”泽林德说，“他们就是这样长大的。共同成长。你不觉得这很有意义吗？”

“嗯，现在觉得了。”我说，“而且我想我需要让团结联合工会支持这件事。舆论可以推动事情朝我们想要的方向发展。”

“我们能赢的。”泽林德说。

“我们能赢的。”我重复道，“找到了合适的辩护律师，一切都会在我们意识到之前就结束。”

我们情绪高昂地回到了家族宅子，泽林德扶住我一只手，方便我脱鞋子。

“罗宾，是你吗？”格洛里姑妈在第二会客厅叫道，“请进来。”

“我们来了。”我叫道，“奥琳娜在这？”

“我在呢。”她叫道，“泽林德和你在一起吗？”

“为什么我们在屋子里喊着对话？”泽林德喃喃自语，然后提高声音，“我在这里！”

奥琳娜端坐，腿上放着一份打印好的合同，合同底下还有一份折叠好的《星辰报》。

奥琳娜是大表姐，精明干练，比起能与鸟儿对话的魔力，她对法律更有兴趣。她是一个身材纤细、举止优雅的人儿，穿着自己不甚在意的定制套装。整洁的头发绑成一些小辫子，其中还散落着灰丝。她选择抛光过的玛瑙珠子给辫子串尾。她虽注视着我们，但我怀疑她并没注意我们的装束或者举止上的任何一个细节。

“很抱歉我们迟到了。”泽林德说。

“没有，是我早来了。”她的声音绵软，如少女一般，本人却是这样一位潇洒成熟的女性，倒是让人吃惊。“我看了比赛规则，有一个问题。”她说，“我已经在相关部分画了线。”

泽林德拿起那份长长的文件翻阅，眯着眼睛看着那小小的印刷字体。*Ta* 的手指划过一段话，眉头蹙起。“申请人同意参赛后转让本人的发明权，”*Ta* 读完后，从文件里抬起头，“等一下。我会得到 25 万马克，但他们却拥有我的发明权？”

“比这更糟糕。”奥琳娜说，“他们要求的是所有的参赛者，不只是赢的那个人。”

“贼心昭然若揭。”格洛里姑妈说，“这些蒙特罗斯姓氏的人，都是一个样。”

“不。”泽林德说，“不行，这绝不可能发生。”

多么肮脏的手段。有多少人能请辩护律师来说明这些规则里的行话，发现他们正将自己的发明拱手让人。”

“这项条款完全是不公平的。”我说，“你不能参加比赛，泽林德。”

“我不会参加的。”泽林德说，“以我先祖之名，我绝不会上这种贼当。”

“可是我们该怎么办呢？”我问道。

“我自己创业。”

格洛里姑妈的目光不放在编织上了，她抬起头，“用你的养老金？那笔钱你可还没领到啊。”

“我所要做的就是建造一个涡轮机。”泽林德说，“等邻居们看到屋外华灯初上时，就只剩下收尾工作了。”

我叹了口气，“不是那么简单的。你需要一位投资者。你需要生产制造空间。你需要员工——”

“控权方一起分工。”泽林德说，“也许我们可以按订单来做——一开始应该有很多积压，但是——不，你说得没错，我们需要一位投资者。但是找谁呢？”

“让我想一想。”我说，“但我们必须尽快找到。你需要注册你的发明——”

“给你们，”奥琳娜拿出一沓文件，“我想你们可能会需要他们，如果我们今天填写完毕，我明天就可以开始走注册发明权的流程。”

“奥琳娜，你太棒啦。”泽林德说，“我们可以在餐厅里填写——”

“还有一件事。”奥琳娜说，“办公室离主街很近。下午的报纸送至河畔城一个小时之前，我们已经拿到手了，今天的头条是——罗宾，我很遗憾。”

“怎么了？头条是什么？”

奥琳娜展开报纸。《星辰报》的标题一贯大胆，往往一张图加一个字的配文，就能从读者口袋里拽出两分钱。这一条标题是不忠，下面写着雅各布·克拉克的秘密男人安慰寡妇。

副标题悬在两张照片之上。左边的照片里，年轻时的雅各布·克拉克站着，试图用乐队成员的小号吹出一个音符，他怀里搂着的杜克·科贝特咧嘴大笑起来。我以前见过这张照片——它挂在克拉克家的走廊里。但我从来没有注意到杜克眼眸里柔情似水般的崇拜。我怎么会错过呢？

右边的照片是在殡仪馆外拍的。杜克站在温妮·克拉克身边，他仰着头，顶着温妮的下巴，使得她的下巴也被抬高了。他的嘴形，像是在说着什么。

但杜克看温妮的时候，也是那种温柔的表情。照片下面的小标题写着*寡妇密会男子*。

“糟糕。”我说，“这在金斯顿都传开了？现在？”

“就在我们说话的时候，它就在传了。”奥琳娜说，“明天的记者招待会上，他们可就专谈这个了。你打算怎么做？”

我用手抚平我的裙袋，“处理好它。对不起，泽林德。我得去见一下温妮。”

如果我没猜错的话，杜克应该也不难找。

城里的每一名记者都涌到克拉克遗孀所住的合作社门口，我发现了杜克最喜欢的自行车，上面配置着铬合金挡泥板，镶有白色珐琅。

“对不起。”我一边说，一边推开一个记者，推得他重心不稳，我则钻进人群缝隙里，“真不好意思。我要进去。”

“是罗宾·索普。”有人说了一句，接着一窝蜂人就转了过来，记事本和相机都怼到了我的脸上，“索普小姐。听说你困住了雅各布·克拉克的灵魂，让他服从你的命令，这是真的吗?”

“雅各布·克拉克的灵魂借你之手领导团结联合工会，这是真的吗?”

“索普小姐。雅各布长期以来对妻子不忠，他自己有什么想说的吗?”

“这些问题都是胡说八道，我不予回答。”我说，“麻烦让让。”

我推搡着，踩着别人的脚趾头，强硬地穿过人群，不料被门卫阻挡，只见他大衣上那双排铜扣闪着光，脸色阴沉。

“你知道我是谁。”我说，“她会想见我的。”

“克拉克太太说她不想被打扰，我不能带你上去。”

我一只手伸进口袋里，掏出名片盒。“把我的名片送去。”我说，“如果她说不愿意，我就离开。”

“索普小姐!”

“索普小姐！你知道这件风流韵事吗？他们还有联系吗?”

我背对他们，看着门卫消失在楼梯上。过了二十分钟，门卫才回来，急忙点头示意我进去。我一路小跑着上了四楼，艾玛在门口徘徊，看上去消瘦憔悴。

“她的状态很糟糕。”艾玛低声说，“整个人昏昏沉沉的。”

镇静剂加量了。我点点头，走了进去，穿过门厅，来到铺设地毯的豪华会客厅。温妮在这，她靠在杜克的肩膀上，还在啜泣。她抬起脸，隔着星辰般的泪纱望着我。

“他说什么了吗?”

我定住，我倾听。眼前便是他的妻子和他的情人，会不会激起他的任何反应呢?

我在等待，等待任何事情的发生时，温妮一脸沮丧。

“什么都没有。对不起，温妮。多久了？”

温妮眨了眨眼睛，“什么？”

“你们三人结婚多久了？你的族人知道在这里的杜克其实应该是杜克·克拉克，而不是姓柯贝特吗？”

“他们知道。”杜克说，“我的家人不知道，他们绝不会接受这件事。现在人们认为我们背叛了温妮？我们绝不会那样做。我们已经结婚三十二年了。”

“比这更久。”温妮说，“大学。艾兰国人不理解三人婚姻。这困惑杜克好几年了。你还记得《三个人的快乐》这首歌吗？”

那是在我的时代之前的歌，但我知道，我顺着温妮昏沉的思绪，“记得。”

“它被禁了。”温妮摸寻着杜克的手，“那只会让我们更想演奏它。我们是形影不离的朋友。”

“你和雅各布还有杜克这个第三人。”

“从来都不是这样。”温妮说，“我们会坐着等杜克演出或巡演后回家，以及——你不能将我们分开。所以我们就这样做了，我们三个人是一体的，但现在……”温妮闭上了眼睛，“他还没过完这一生。还有那么多事情要做，还有那么多事情我们要一起做……”

三人婚姻是违法的。但你无法阻拦三人许下结婚誓言，你无法阻止他们订制的戒指上刻着的不是一人的名字，而是另外两人的名字，你不能禁止任何人将他们喜欢的人命名为他们财产的受益人。任何一个萨敏丹人把自己和他们所属的人——或人们——

联结在一起，是件很好的事情。

没有人会因重婚罪而入狱，温妮和杜克并没有合法或者违法结为夫妻。但假如艾兰国的白人知道真相，知道他们之间的关系，定会错愕震惊。人们可能会讨论好几个星期，所以他们才保持沉默。

“谁知道这件事？”我问，“谁见证了你们宣誓？”

“我们的家族。”温妮说，“克拉克家族。我母亲那方的一些族人也来了。我们在玛丽公主酒店举行的，在杜克生日那天。”

“这些年来，你们一直守口如瓶。”我说，“克拉克家族的人，温德姆家族……来自你母亲那方的人——”

“芬芳草原的布鲁尔家族。还有普雷斯顿，他也在仪式上。”

我浑身发冷，“还有指导委员会的人吗？”

“图珀·贝尔有一天清晨突然出现——七年前？看到我们三人在用早餐。”杜克说，“你想知道是谁把这件事告诉了报社。”

“可能是这几十个人中的其中一人。有没有人不同意你们的事情？”

杜克耸肩，“雅各布的第一次政治竞选期间，有几个人担心他的名声问题，但这种担心是没有根据的。”

“现在有了。”我说。图珀负责数百个孩子，他担心颜面受损。普雷斯顿是我们最可靠的计划破坏者，除非他满意，不然我们是一步都不允许迈的。他对我接替雅各布的位置很不高兴。

还有几十名家族成员。但我从骨子里觉得：是那两人中的其中一者。但到底是哪个呢？

“我们必须想办法应对报社。”我说，“在得到他们想要的答案之前，他们是不会离开的。”

“我无法面对他们。”温妮说，“我不行。”

“我想你必须这样做。”我说，“你和杜克两人，出现在记者招待会上，时间是明天。”

“在你的记者招待会上?”杜克问道。

“是的，我想我已经知道我们该采取何种策略了。”

“什么策略?”

“能揭示真相，就别编造谎言。”我说，“你们要给报社记者讲一个爱情故事——你、雅各布和杜克的爱情故事，以及解释被法律所不容的三人婚姻是萨敏丹文化的一部分。”

“我不行——噢，罗宾，拜托，我不能说这些。”温妮紧紧抓住杜克的手臂，“不是像这样，不是现在。”

“你去。你们两个都去。温妮，戴上你的面纱。杜克，你的配偶逝世了，所以请戴上你本应佩戴的蝴蝶饰品。你们是丧偶者。你们要说出真相，因为真相是美丽的，不喜欢听的人就滚蛋。”

“我们会的。”杜克说，“你今晚想从外面混乱的场面中闯出去吗？我们有足够的空间留你过夜。”

“我没带明天的衣服。”我说，“要是我之前想到这一点，我就会带衣服来过夜。不过明天我会早点过来，早餐时分?”

“拜托了。”温妮说，“如果你——我知道他不和你交谈，你说过的。但如果你能站在我身边，万一他能听见我……”

“我会来的。”我答应道，“我会和你们共同面对整件事。”

温妮家的早餐很美味，可我几乎没怎么吃。我必须下楼，去与一整群八卦的记者讲话，本来光是宣布我的候选资格，就已经够紧张的了。而现在，还得阻止丑闻见报，所以我就吃了一半蓝莓酱沙司。时间到了，该出发了，可温妮还没有完全准备好，我便踱步走动。

当看到他们都涌到街上，挤到我要站在那讲话的小型木制讲台上时，我几乎要把持不住平时端庄的胃，差点要吐出来。

我做不到，我的手变得冰冷，我的喉咙干涩难耐。这不是属于我的地方——不是站在那里，试图吸引人群的注意。但我必须站到那里，如果我要领导艾兰国，我就得这么做。

我爬上木制阶梯，站了起来。现在，我的头和肩膀甚至比他们中最高的人还高。

“谢谢你们的到来。我有一份声明。”我对聚集起来的记者们说，“我已经提供了复印件。每人请拿一份。之后，我将接受5分钟的提问。”

因为如果时间再长点，再在这里待下去，我就要生病了。我望着记者们的脸和刺眼的闪光灯，加上空气中弥漫着一百根火柴熄灭的味道，我的视线里出现了许多绿点。在我身边，温妮捏着我的手，靠在杜克身上寻求支撑。

这让记者们嘟囔起来。“我想说的第一件事是关于指责雅各布·克拉克不忠的，这种指责抹黑了他的好名声。真相是，三十多年前，他就已经和威妮弗雷德·克拉克以及杜克·科贝特举行了三人婚姻的私人承诺仪式。”

记者们叫喊起来，接着有了更多的闪光灯。有人在一旁手摇带式胶片摄像机录影，乐观地希望这个方法能尽快重播刚刚我说的话。

“戒指婚姻在萨敏丹族中并不罕见，萨敏丹人历来认为婚姻中应该超过两个人。几百年来，艾兰国一直都知道，却置若罔闻。”

“可那是……那是重婚。”一个记者结结巴巴地说，“一位民选议员怎么可以沉迷于这种不道德的事呢？”

这些艾兰国人！这没有什么是不道德的，但他们控制立法过程，维持了传统的浪漫结合须是两个人的事，他们的行为设定要完全符合艾兰国人的期望。而我们萨敏丹人可以让他们拥有自己的法律，不登记结婚，但采用合法的手段来绕过法律的要求。

真愚蠢。但聚在我面前的人们被这个想法吓到了，出格的真相让他们惊骇，可在电影院里，他们能为男男或女女的爱恋欣喜若狂。

我必须控制住场面。我早前已发布声明，现在不能中途退缩，所以我在众人嘈杂声中开口：“温妮、雅各布和杜克遵循的是萨敏丹族文化习俗，其背后有几千年的历史，在这方面没有争议。杜克是雅各布的丈夫，温妮是杜克的妻子。他们两人都失去了挚爱，他们在哀悼失去丈夫的同时，要求保护隐私。请尊重他们。”

人们回头看我，一脸怀疑。有些记者紧抿着嘴，有的报社打算接下来写一篇报道，内容是关于萨敏丹族的三人婚姻和历史上一对三人夫妇把彼此当作眷属的可笑故事。说出真相之后，我把事情弄得更糟糕了。但杜克站在我身边，面对着八卦好奇的记者。他们把闪光灯放回口袋里，又换上了崭新的。

杜克搂着温妮的肩膀时，其中一个记者开腔了，“杜克，你是否担心你这不寻常的爱情生活的曝光会对你的音乐事业造成不好的影响呢?”

“我只担心一件事，那就是温妮是否开心。”杜克回答，“三十二年来，我戴着的戒指就像你们中有些人戴的，我珍惜我的家庭，与你们一般无二。这些问题很恶心，我不会再回答了。我一旦回答了，就是在拔高这些问题的高度。”

他带着温妮从小型讲台下来，领她到合作社里面，留我独自面对记者。

“谢谢，杜克和温妮现不接受提问。”

“索普小姐，你自己与泽林德·贝的婚姻受法律认可吗?”

我努力不显露自己的怒火，“这与你们无关。关于雅各布与威妮弗雷德·克拉克和杜克的婚姻的提问环节已经结束，我要继续说明下一件要事。”

一半的记者匆忙离开了，急切想排版好他们的稿件，以备明天的早间版报纸。那个拿着带式胶片摄影机的人用帽子遮住了镜头，因为我的声明不值得拍成电影。但还是有足够多的记者留下来听我说，所以我清了清嗓子：

“雅各布·克拉克在光天化日之下被谋杀，凶手仍然逍遥法外，而警方不愿费力为这名为艾兰国公民的权利而不懈奋斗的人伸张正义。暗杀雅各布是为了让他沉默，是为了粉碎团结联合工会。这件事对我们造成了伤害，但纵使枪口指着我们，我们也绝不动摇。他们认为，假如砍掉我们运动的首脑，我们整个躯体就会死亡，但我们仍坚定不移，势要粉碎他们的希望。

“而现在，我们已经选出了一位新的领袖。”

我举起双手，他们提问的威力甚至压迫到了我的手掌。“我谦虚接下团结联合工会的领导人位置。我也将接替雅各布的席位，成为国王塞弗林的选举中南金斯顿-河畔城中部的候选人。我的领导纲领仍保留了和雅各布一样的价值观和承诺，我还有很多工作要做，所以我只有五分钟时间接受提问。”

“你不会回答有关你和泽林德·贝的婚姻合法性问题。”那名记者开口说道，“如果按照艾兰国的标准，你们的婚姻并不是真正的婚姻，那我们怎么能相信你做出的决定其中的道德分量是能满足艾兰国人对其领导人的道德要求？”

“艾兰国人懂得，政府的工作是管理好资源，使其平稳有序运转，以服务人民，穷苦和濒危人群也不除外。艾兰国将巫师从精神疗养院恐怖的奴役中解放出来，是正确的做法。他们反对政府中那些艾兰国人借立法之名，实为摧毁民众亲人灵魂的暴行。艾兰国人比你想象中更懂德行，先生。”

记者们纷纷发言，互相叫喊，以争取机会试图让自己的问题被听到。我指着一名戴着夹边帽和《金斯顿每日先驱报》记者证的女性，“请问？”

“你在为博勒加德退伍军人医院工作的日子里是个劳工组织者。”她说，“你联合护士提出的要求是导致金斯顿城唯一的退伍军人医院财政困境的根本原因，是否属实？”

“我认为与事实不符，不属实。”我说，“如果你研究一下康斯坦丁娜女王一世任位时期最后一届内阁，也就是现如今在宫廷监狱里等着被判决叛国罪的那些人的举措行动，我相信你会发现，包括博勒加德退伍军人医院在内的二级服务医院里，一系列资金被大幅削减。”

骚动更大了，但我没有理会他们。我在人群中发现一张友好的脸，“我看到你了，《金斯顿星辰报》的约翰·润森。你有什么问题?”

约翰提高声音，以盖住那些还在继续说话，无礼的人的声音，“还有人宣布要竞选这个席位吗?”

“在雅各布死之前没有。”我说。

“今天是报名参选的最后一天。”约翰甩了甩头发，他的发绺摇晃回到原位时，贝壳珠子碰撞发出咔哒声，“你可能会在无人反对的情况下参选。”

“今天还没有结束。”我说，一些记者大笑起来，“可能有人会来，把这变成一场比赛。”

“而事实上，人已经来了。”

这个声音是从记者群后方传来的，吸引着记者转过头盯着杰罗姆·贝，他那件闪闪发光的深蓝色大衣的肩膀部位被人用手抚平，灰白的发绺整齐地披在上面。在他身旁站着的是自鸣得意笑着的阿尔伯特·杰赛普。

“我是杰罗姆·贝。”那人说，“你们当然都认识阿尔伯特。我们是来宣布我有意竞选河畔城的民选议员。雅各布·克拉克的离世让我很难过，我想要继承他的遗志，做出稳健而清醒的决定以指导和保护那些雇佣和安置成千上万的公民的群体。”

没有记者在看着我了，但阿尔伯特在看，这让我想正对他那张傲慢自大的脸揍上一拳。这是杰赛普干的事。他讨厌雅各布，因为雅各布是一个小规模但有作用的联盟的领导人，一心想给政府注入公平。这个联盟的成员不止一次粉碎了阿尔伯特为填满个人腰包所付出的努力。

杰罗姆也是这样的人，当以以太为动力的航船甚至超过了最快的帆船时，贝氏家族就转向了房地产，买下并拆毁穷人的房屋，重建社区以获取利润。他们一起掏空了普通艾兰国人的口袋，让他们流落街头。

记者们向他们提问。杰罗姆用“传统”、“稳定”、“保护”等关键词来回答——和那些曾感动数百名选民、使他们为了选举雅各布而筹钱买居住证的理想完全不一样。他们也会这样帮我吗？我是否有能力打败杰罗姆花在选民身上的那一桶桶钱？一旦杰罗姆当选，这些选民将会看到一名贝氏家族成员进入政府大楼，然后刷新自己的三观。

我走下讲台，推开记者，直奔杰罗姆。他看着我走近，眉头皱得更深了。

“我是来祝你好运的，贝先生。”我伸出手，“有这么一位有影响力的竞争者，将是我的荣幸。”

他盯着我脱去手套伸出的手，然后看着我，“我确信我不需要你的祝福。”

我抬起头。记者们拍下了杰罗姆拒绝与我握手的照片，拍下了他拒绝我的礼貌回应时脸上冰冷的嘲笑。

“无论如何，我都祝你好运。”我说，“祝你们有个愉快的早晨。”

“索普太太！”一个记者喊道，“这是私人恩怨吗？”

“噢，我不这么认为。”我说，“不然可就太小气了，你们不觉得吗？”

我对杰罗姆和阿尔伯特笑了笑，向他们摇了摇我那没戴手套的手，然后阔步离开。

我曾想过会有一场战斗。但倘若我想阻止杰罗姆通过贿选获得议会席位，将有一场恶战要迎，一场我须得全力以赴的恶战。

第十三章 觐见国王

接下来的一个星期，我敲遍了整个河畔城的门，从沃特街舒适的家族住宅一路走到五角街的廉价公寓楼。今天泽林德抽出时间来陪我。我们现在坐在椅子上，喝着阿尔弗雷德·韦斯特先生最好的茶——很醇厚，虽然因为囤积有点变质。我们坐着的椅子有五十年的历史了，上面配着轻薄精巧的钩针编织装小垫。这是午饭休息前最后一次造访。

“你们想知道政府能为我做什么吗？”韦斯特先生用柔和却又刺耳的声音问道，随着岁月的流逝，他的身躯日渐佝偻。这么一位艾兰国白人住在克拉伦斯·琼斯纪念公园对面的一栋楼里，地板吱吱作响，墙壁渗了几十年水，大厅里弥漫着一种熬制贝类食品的香味。韦斯特先生身材矮小，衣冠楚楚，下巴从不需要刮胡子。他大声地啜饮着茶，把茶杯放回茶托上时，杯子发出了咔嗒响声。“我想让他们把灯重新开启。你的政府如何能做到这一点？”

泽林德看了我一眼，把 *Ta* 的茶杯放回茶碟里，“我们想要把光带进您的家里，而且花费的钱比以往您买以太的要少。”

“不知道你们如何能保证这一点。”韦斯特先生说，“那些巫师都逃了出来，你们怎么重新把灯都打开？机器靠他们才能运转。”

我们今天碰到的人中，有相当多的人不相信格雷丝在《星辰报》上发表的故事，每个人都有自己对于停电问题的解释——通常认为是半神国人干的。他们带着成千上万的鬼魂来纠缠我们，迫使我们按他们的所想做事，上到把他们变成行走的神，下到让他们接管政府。

他们中的一些人看了一眼泽林德和 *Ta* 那未系发辫的一头短发，就当着我们的面把门关上，他们被洗脑，认为巫师是来伤害他们的。还有些人用一种让人不舒服的眼神盯着乔伊，故在拉票日里，我遗憾地让她别跟着。但韦斯特先生面色都不带改一下，他请我们进屋喝茶，这样他就可以告诉我们一切关于巫师们如何需要再次被奴役的事。

“还有一种方法可以制造以太。”泽林德说。

“没有巫师就不行。你需要用巫术制造它，不是吗？只有这样做才能成功。现在他们散落在全国各地，做着安息之国才知道的事，想围捕他们，得靠运气。我们需要皇家骑士团拯救我们于风暴之中，所以他们干不了这事。一定得抓捕巫师。你们得将以太带回来。”

“相信我。”泽林德说，“我们正在努力寻回以太，且不需要巫师来完成。”

“哼，你当然会这么说啦，对吧？不过，告诉我——”韦斯特先生坐直了一点，眼中闪烁着探究的光芒，“去你的模拟选举投票，会有什么改变呢？”

“艾兰国有六百万人口。”我说，“其中有两百万人就住在金斯顿城这里，这中间一小部分人其实有单独投票的权力。自由民主党想通过把所有这些选票递到最高法院的法官那，要求他们把我们的选举合法化，来证明这几百万人的意志和决心。”

韦斯特先生将一只娇小的手放在膝盖上，下巴抬起，“你觉得他们会同意。”

“我觉得，不把自由民主变为现实，我们是绝不会收手的。”我说。

“你应该组织更多的投票集团。”阿尔弗雷德说，“纵使一千人凑钱投一次票——”

“在体制内去做的话，”泽林德说，“我们也能做到。不过就算我们这样成功了，精英阶层也会想办法把我们从他们的体系中拒之门外。我们不能依赖那个。”

“我们就是这样选出雅各布·克拉克的。”韦斯特先生说，“那现在我们就是要这样选举你，女士。我们将支付居住证的费用，我们将投票给你，让国家看看这是如何实现的。”

“十分感激您所做的事。”我说，“而且我想请您出来，投下您自己的一票。我们的投票站将定在公园尽头的舞厅里——”

“那是雅各布死去的地方。”韦斯特先生说，“我不怎么出去，我就在窗户边看着。夏日时分，你可以听到音乐，你知道的，我可以听到他的声音。然后那一枪——啊，吓了我一大跳！”

我身体前倾，“您听到枪声了？”

“就像一朵烟花在我头顶上炸开一样。”韦斯特先生说。

泽林德和我对视了一眼。

“警察来的时候，”泽林德说，“您把这件事告诉他们了吗?”

“警察从没来过这里。”韦斯特先生说，“透过窗户，我能看到一切。除非需要，不然走那么多楼梯太费劲了，而且也没有人来敲我家的门。”

没人来见过韦斯特先生。不过大楼里还有其他人，或者也许警察只和大楼管理员谈过。“韦斯特先生，我很高兴今天能来见您。我需要拜访您的邻居。我想知道人民的需求，以便让艾兰国政府能为人民办事，您觉得谁能给我出点好主意?”

“那你应该见见玛乔丽·波茨。”韦斯特先生说，“不过要小心——她会让你一整天都待在这里。”

“那我就把她留到最后吧。”我说，“太感谢您了。”

泽林德和我与他握了握手，离开的时候，我们急急忙忙走到楼梯间。泽林德上去了，没有下楼，“警察从来没有来过这里。我们得去看一看。这下雪了吗，自从——”

“没有。”我说，“你觉得是这吗?”

我们爬上楼梯，推开门，向前大迈步，脚印留在洁白的雪地里。

五个雪人站在屋顶放哨，他们的头顶堆积了新雪，小靴子的印记就只剩下凹痕了。

“看。”泽林德绕过雪人指着。

屋顶边缘是一堵齐腰高的围墙，上面落了雪，除了有一个地方上面的积雪被清理掉了。脚印绕着一个点踱步，那个点的位置已有雪撒在上面。泽林德四肢着地，伏在这个位置前面，选择吹走覆于其上的粉尘，用手套将雪掸掉。

在泽林德的努力下，一双政府服务靴厚重鞋底的印记显露出来，但尺寸比大多数男靴要小，鞋跟印痕略窄。

“脚小。”泽林德说，“他们曾在这上面。”

“他们怎么带着狙击步枪上来的？是把它装在一个织布袋里吗？或者扫帚箱，为了掩人耳目？”

“或者一个吉他盒。”泽林德说，“任何东西都有可能。”

我们绕过脚印，从墙上的雪堆上放眼望去。冬天树上没有叶子，可以看得见舞台。杀手一直待在这。曾观看和等待音乐结束。带着长步枪，耐心十足在这等着，等一个清晰的镜头，等雅各布站在一个地方，等风静止。

杀手是否也曾用瞄准镜瞄准过我？当我奋力挽救雅各布的生命，以及站在他的位置上挽救他的梦想时，他们是否像白鹭觅食那般耐心地等待？冷汗从我背上流淌下来。

“就是这里了。”我说，“可是警察一直没来。”

“你不能去找他们。”泽林德说，“他们会以为你在干扰他们进行调查。”

“他们当时就注视着这栋大楼。”我说，“他们不可能漏了这里的。但——”

但他们已经把我带走了。当一个完美的故事编织完成，又何必去寻找证据呢？我又扫视了一下公园。户外舞台上的一切真的可以一览无遗。那就一定是这了。

但我们要怎么说服别人来调查这里呢？

“看看这个。”泽林德说，“他们在雪里挖什么东西。烟头吗？”

“弹壳。”我说，“他们离开前把它装进了口袋。”

“带走了证据。”泽林德说，“真聪明。”

“真是思虑周全。”我说，“如果我们可以假设这个鞋印能确定性别，那我们要找的是一名女杀手。”

“我认为假设射手是个成年人更合理。”泽林德说，“靴子尺码很小，说明射手体格也很小。”

“对。我甚至不知道幕后主使怎么找到一位枪械制造专家，可以制造一支能在这种距离下精准射击的步枪——”

“军队。”泽林德说，“她或 *Ta* 可能进过军队。”

“军队极有可能会记录她是一名女性。”

泽林德神情惨然，“你说得没错。”

“而且她很擅长射击，曾上过战场。我喜欢这个故事。但我们能找到证据吗？”

“我们可以申请查看记录。”泽林德说，“能有多少女神枪手？”

“我们去调查一下。”我说，“谢谢你能想到这一点。”

我开始向门走去，推开门，发现泽林德还站在杀手停留过的地方。*Ta* 眉头紧锁，忧心忡忡，再一次蹲在鞋印旁边。

“泽尔，要走吗？”

“罗宾。”泽林德舔了一下 *Ta* 的嘴唇，看着雪地里的鞋印，“你不能去调查。”

“什么意思？”

“她通过瞄准镜看到了你的脸。”泽林德说，“我们必须假设，她看到你试图挽救雅各布的生命，却决定留你一条性命。但如果你突然出现，询问有关她的问题，你觉得她还会再对你手下留情吗?”

“你说到点上了。”我说，“先是指导委员会里的间谍，现在又是这个。”

“什么?”

疲惫感悄然笼罩着我。“我们参加雅各布的葬礼时，崔斯坦给我看了邮箱上的一个标记，他认为这是间谍和他们的上线之间的暗号，他认为雅各布的计划泄露了，导致他之后被谋杀了。”

“为了阻止影子选举?”

“或者是为了粉碎工会。”我说，“不过你说得对。雅各布在议会里的时候就树敌了。他的影响力高得吓人，有人希望他走人。”

“谁?”

“阿尔伯特·杰赛普在名单的首位。”我说，“他憎恨雅各布。不仅仅是反对雅各布在议会上提出的目标，私底下也反对他。雅各布曾经以阻挠他为乐。任何一位皇家骑士都会有钱雇一名杀手，但很多憎恨他的皇家骑士都因叛国罪被关在叹息之塔里。”

“所以是阿尔伯特·杰赛普。”

“没错。”我说，“还有——还有杰罗姆·贝。”

“为什么有他?”

“金斯顿出现住房危机。”我说，“贝氏家族买下廉价的土地，用恐吓手段挤走了租户，并重建了商业上有利可图的房产——主要是公寓，但雅各布利用他对市议会的影响力，阻止了这一切。”

“这年头，那意味着多少钱?”

“几十万马克。”我说，“雅各布曾推动议会将租金管制和维护判令强加到贝氏湾景区房地产上，从杰罗姆和贝蒂的口袋里吸金。”

“杰罗姆认为我要回家，加入企业，把穷人赶出家门?”泽林德厌恶地问，“但现在他们两个人正在谋划夺取你的位置。”

“没错。因为我将继续雅各布的工作。我会在每一回合都给他们狠狠一击。”

“你不安全。”泽林德说，“你意识到了，对吗?”

“嗯。”

“但你还是要这么做。”

“对。”

“但你不能追查这个杀手。你必须意识到如果你这么做，她会杀了你。”

“你说得对。”我说，“但我也不打算就这样放任她暗杀我，我们午饭的时候再想一想该怎么办吧，我快饿死了。”

然而，事情并没有这么简单。我们拐弯上沃特街的那一刻，我发现了格雷丝的雪橇。

“现在这是怎么回事?”我疑惑道。

泽林德加快步伐，“我想，我们到那就知道了。”

格雷丝坐在餐桌前，与长老比邻，长老龇牙笑着多塞一份煎鲑鱼片给她。在她旁边坐着的是崔斯坦和迈尔斯，他们将结球甘蓝切成四份再吃。奥琳娜的盘子里有一小部分食物，正忙着把三文鱼挑走。

我和泽林德坐在他们对面的长椅上，“你们在这里做什么？”

“我们到这来，只是想出宫走走。”迈尔斯说，“格雷丝则是说她有消息要告诉泽林德。”

“告诉我？”泽林德问道，“不好意思，汉斯莱总理，我不知道我们怎么有——”

“关于你的发明。”格雷丝说，“你申请保护你的技术创新的权利，尤其针对一种模拟以太发生装置。”

“是的。”泽林德说，“但你是怎么知道的？”

“处理你的申请表的人将它经由总理转交给了国王。我那原本工作效率低下的打字员改过自新，今天早上就高效地把申请表递到了国王那里。现在国王——好吧，他在琢磨你为什么不拿它参加比赛。”

“我觉得你刚想脱口的词是‘忐忑不安’吧。”迈尔斯说。

“他想让你提交发明参加比赛。”格雷丝说，“但我不明白你为什么一开始怎么没提交。”

泽林德拿着叉子在*Ta*的盘上徘徊，“你熟悉比赛的规则吗？”

格雷丝刚把最后一口三文鱼塞进嘴里，摇了摇头，“不是我写的。规则要点是什么？”

“就是你参赛了，你的发明权会归王室所有。”

格雷丝咳嗽起来，“那是——老天！那个贪婪、奸诈的——我应该监控得更严密。我需要复制好几个我，才能随时掌握宫里的阴谋诡计。”

“等一下，回到关于我的话题。”泽林德说，“国王要见我？”

“是的。”

"因为我没有把我的发明转赠给他。"

格雷丝点了点头,"我不知道塞弗林对于那些规则是怎么想的。"

"我知道。"我的肩膀一紧,"他想用一种方法来维持艾兰国电力照明公司的运作,发明垄断能赚数百万马克。"

格雷丝点了点头,"既然你指出来了,没错。这正是他的想法。"

"他今天就要见我?"

"就是今天下午。"

泽林德朝我这边看过来,"你会和我一起去吗?"

"我当然会。奥琳娜呢?"

奥琳娜用餐巾纸碰触了一下嘴唇,然后才开口,"雪橇会很挤的。"

"我们和乔治坐前面。"迈尔斯说,"或者我们另外叫个雪橇回去。"

"我得先跟你和崔斯坦说点事。"我说。

"哦?什么事?"

"我想让你试着帮我找个人,不过要谨慎一些。"

"哇,秘密行动!"崔斯坦说着,从座位上半起身去拿鱼类拼盘,"可以。我现在超级无聊。亲爱的,你要不要加入?"

"我还是觉得你自己可以开一家调查公司。"迈尔斯说,"但我不会让你一个人独享乐趣。"

"你要我找谁?"

我打量着桌子周围,"我眼下还不能说。"

“很好。那就迟点再说。”

我们吃完午餐，在泽林德和格雷丝帮忙洗碗的时候，我带着崔斯坦和迈尔斯去了后面的小客厅，安排乔伊在门口，有任何人试图偷听，就向我们告密。崔斯坦靠在门上，堵住它。

“你要我们找谁？”

“我们刚巧做了个小调查。”我说，“我们找到了女性杀手可能开枪的地方——”

“女性。”迈尔斯说。

“根据我们在雪里发现的鞋印猜测的。学习远距离射击的地方不多——”

“你想找军队的记录？”迈尔斯问道，“但你可以——”

“我是可以，”我说，“但如果她警惕性很高，她就注意到我在查她。”

“你说的没错，你不能靠近军队。”迈尔斯说，“我们去走一趟，女性狙击手的数量比你想象的要多——我在兰尼尔遇到过一个。这虽不常见，但总归还是有那么一部分。”

我点了点头，“谢谢。格雷丝有没有把警察想将罪名坐实在我身上这件事告诉你们。”

“有。”迈尔斯说，“我想他们不希望你打探他们的调查。”

“这就是另一件事。警察从来没有到过有问题的建筑楼。他们从未勘探过现场。”

“呃。”崔斯坦挠着下巴，“有意思。”

“确实是。”迈尔斯问道，“我会去档案馆看看，顺便打探一下女性狙击手的消息。我相信过几天就能知道些什么。”

乔伊这时从门外滑进来，鬼魂的一半还穿进崔斯坦身体里，他倒抽了一口气。

乔伊直接穿过崔斯坦的身体，尽管他听不见她说话，乔伊还是说了句“抱歉”。崔斯坦浑身战栗，乔伊给了他一个歉意的眼神，然后回过头来对我说。“他们把格雷丝赶出了厨房。那个女孩没用热水洗过什么东西，不过至少她尝试过要帮忙了。”

“那我们最好出发吧。”我说，“我们不能让国王等着。”

格雷丝不能跟我们三个人待一起，但她还是领着我们走到高大的双扇门前，门通向的房间如果没那么大的话，原本也可以把它叫做会客厅。我们三人坐在一张绿天鹅绒长沙发的边缘，沙发整齐地放置在房间中间，弯曲对称的造型高度彰显了现代感。

一名身穿黑白色衣服的女仆推着茶车，把花香四溢的茶倒在三个茶杯里，杯中有精致的雪花形糖块，冲泡出来的茶是紫红棕色的，一切都是如此地完美。新鲜的未脱脂牛奶覆在每杯茶上，亮泽立现，我们把茶杯和茶托平放在膝盖。每杯茶都搭配了一块蕾丝杯垫，还有一块酥脆又姜香浓郁的茶曲奇，这定是出自用心的糕点师之手。

警卫穿着红色制服，定点站在房间周围，守卫着这里的每一扇门窗。所有的人都带着武器，且全部都是女性。我试着对靠近窗户的一个警卫微笑，但她的眼神直穿过我。

我咬了一口曲奇饼干，丰富的黄油和糖渍姜味在嘴里扩散开。这宫殿里，最好的礼仪莫过于这个——国王召唤我们到他的办公室时，不把茶喝完是件难为情的事。我又偷偷地看了一眼伫立在那扇门两边的两位女警卫，她们身着绯红、象牙白和金色三种颜色交织的衣服，直视着前方，面无表情。

这个长长的房间既空旷又富丽堂皇。透过高高的窗户，裹挟着凉意的冬日阳光洒了进来，可以看到花园雪景。在椭圆草坪中央置放着的雪雕刻画的是第一批埃利什起义军的妻子哀悼时的模样。埃达兰帝国处决了她们的丈夫，她们蜷缩在一起，抽泣着，恸哭着，尖叫着，被阳光照耀到的脸庞沉浸在悲恸之中。只有一个女人站得笔直，凝视着埃达兰人对她们的男人和战士做出的恐怖暴行——她是艾格尼丝，紧握的拳头表明了她要拿起丈夫的剑继续战斗的决心。

塞弗林国王望向窗外时，他看到了什么？他是沉浸在妇女们的痛苦中，还是沉浸在艾兰国缔造者硬石般的决心中？我抿着茶，耽溺于茶水圆润饱满的口感之中，咬下一口饼干，思索着。

在我身旁，泽林德的膝盖紧张地抖动着。*Ta* 扯了扯衬衫领子，把短褶裙的下摆拉过膝盖，停了一会儿——但当 *Ta* 向奥琳娜靠近时，抖动又回来了。

“他会命令我交出涡轮机吗？”

“严格上讲，会。”奥琳娜说，“但他更有可能会询问你。”

“我能说不吗？我不能，是吗？”

“你能。”奥琳娜抬头看着天花板，若有所思，“你可以谈判，这就是我们在这里做的事情，我们在谈判。”

泽林德长长地呼了一口气，“好吧。所以他可以从我这里拿走它，但你认为他不会这么做？”

奥琳娜看了一眼那对警卫兵，然后侧身低声回答，“严格上讲，君主是艾兰国的绝对统治者，但自菲利普国王签署宪法生效以来，还没有一位君主越过宪法去。他会问的。我们会谈判协商。吃你的饼干吧。”

“我不吃。”

“那就给罗宾吃。她把她的都吃完了。”

好吧，我吃完了。泽林德把 *Ta* 的饼干递过来，我咬了一口，接着喝了一口只剩下半杯的茶。我没有料到我会喝这么多。

我又喝了一口茶。又咬了一口饼干。再喝一口，直到所有的茶水都喝光了，饼干只剩下茶托边上的几块碎屑。我把盘子放在面前与膝盖齐高的桌子上，等待着。

桌上放着三只空杯。阳光穿透窗户照了进来，又循着另一边窗户上三块手掌大小的窗格折射出去，在雪地上扭曲成柔和的蓝色影子。奥琳娜已经发现了泽林德坐立不安。她用拇指敲击每一个手指，做着复杂的吉他练习。我延伸感知搜寻在宫殿里游荡的任何鬼魂，一只鬼魂来了，飘过墙壁看着我。

“国王在那个房间里做什么?”

我几乎没让嘴唇动，声音近乎听不见。鬼魂是一位办事员，办事处制服的花边领子硬挺宽大，他向办公室门口飘去。

警卫们伫立不动。他们眼神追循着鬼魂的行进，当幽灵触手可及时，一个警卫从口袋里掏出一撮盐甩向鬼魂。

鬼魂退却，而后离开了，被放逐到他生前最依恋的位置。我眨巴眼睛。迈尔斯康复期间，我曾来这里看望过他，当时没有一个警卫用盐驱赶鬼魂，看来这段时间发生了一些变化。

两名警卫都没有朝我们这边看，但空气中却弥漫着不满的气息。我没有移开目光，只摆出一副无辜又惊讶的神情。奥琳娜虽然没有暴露我，但是她瞠目结舌地看着我，要不是泽林德坐在我俩中间，我早踢她的脚踝，让她收敛一点了。

终于，办公室的门打开了。国王先前有约会，那人终于要离开了——

我凝视着离开国王办公室的人。是一名高个子的男人，茂密的波浪状白发被精心梳理过。曾经完美贴合他的西装现如今挂在瘦削的肩膀上，白衬衫的领子在他下垂松弛的颈部晃动，但是那条领带——

橙色丝绸，正是格雷丝·汉斯莱的雪橇颜色。长而优雅的鼻子，弯曲的下唇线，我知道这些特点。他们组合起来是迈尔斯陷入自己永恒的沉思时的样子，是更严厉、更冷漠的版本。迈尔斯的弯曲头发也是这种样子。我认识这个人，虽然我只在报纸照片上见过他。

克里斯托弗·汉斯莱这位叛徒甚至略过我们的存在。他的脚只能勉强向前迈步，可即便身旁警卫没扶着，他还是能走动的。她是他的狱卒还是他的保镖？她可能是其中之一，或者两者兼有。

那位建造精神疗养院来吸取亡灵换以太的人又向前走了一步，然后倚着拐杖弯下腰，他发出了剧烈而可怕的咳嗽声，肋骨咯咯作响。我意识到这是由于机体迫切想要舒缓自己的肺部堵塞。克里斯托弗·汉斯莱爵士正处于癌症晚期。他将死于癌症，也许不久人世。

但他应该在叹息之塔里咳到连肺都出来才对。他应该身陷囹圄，在牢房里度过他最后的日子。他应该为自己的所作所为付出代价，而不是和国王友好交谈后还可以在王宫里自由走动。

塞弗林怎么能纵容这种事？他怎么能在所有人之中选择向这个人咨询建议——他怎么能打开这个叛徒的牢房大门，放他出去呢？

就是这个人设计了带回以太的比赛——而且还贪婪地想攫取别人的创新作品，让王室赚取利益。

我想站起身，走出去。我想拒绝与国王谈话。但我还是跟着奥琳娜和泽林德起身，走到办公室门口，接受塞弗林国王的召见。

我跟着进了一个满是书籍的房间——我歪了歪头，因为这些书的书脊和法律典籍、字典、百科全书或权威的历史典籍不同。我眯眼看了看黄色的亚麻布书脊，这是我偶然得知的一家地下出版社——这家出版社的书一出版就被禁了。这是一间禁书图书馆，大概是我见过的，收藏巫术书籍最多的地方之一。

“谢谢你们等候。”塞弗林国王说得好像我们可以离开了，“你们这么多人来，我很意外。”

“谢谢您的邀请，国王陛下。”泽林德记得我们学生时代的礼仪课内容，“奥琳娜·索普是我的辩护律师。她是合同法专家。罗宾·索普是——”

“出于对她的社区的关心而来。”塞弗林猜测道。

“我的配偶。”泽林德说，“也是我的一位商业伙伴。”

泽林德以前从未提到过这一点。“我想我们应该解释一下为什么我们觉得不将发明提交比赛是最明智的选择。”我说。

“我的委托人并不希望交出 *Ta* 的这项发明的知识产权，陛下。”奥琳娜说，“但根据申请书上列出的全部竞赛规则，泽林德要想参赛，就必须放弃这些权利。”

“奖金是一大笔钱。”塞弗林说，“足够你下半辈子生活了。”

“然而国家以太网络的营收为其股东收割了数百万马克。”我说，“我们没有兴趣恢复那个体系，因此我们在寻求其他生产和经销方式。”

“你们没有资金，没有基础设施。”国王说，“王室已经有了一个体系。仅为了个人利益去复制同样的体系，是一种浪费。”

“很抱歉，陛下。”泽林德说，“虽然我的发明可以用于全国网络体系中，但没有理由用这种方式来限制经销。”

“我给你五十万马克。”塞弗林国王说，“授予艾兰国勋章，以及国家服务勋章。”

泽林德抿嘴，看了我一眼，而不是看向可以提供良好的法律意见的奥琳娜。*Ta* 看的是我。

五十万马克？这不仅仅是一大笔钱。是一笔巨款了。但国王轻易就翻了一倍数字——一方面奖金金额如此巨大，但却从另一方面印证这个钱配不上这项发明的价值。国王求成心切。

我对上泽林德的眼睛，缓缓摇头。*Ta* 点了点头，回头看向塞弗林国王。

“这是一个慷慨的出价。”泽林德说。

“你没有途径将你的发明推广到全国各地。为了艾兰国，你必须答应。”

“我想花些时间考虑一下。”泽林德说，“我承认您的出价非常慷慨，但我还有其他事项需要考虑。作为一名发明家，仅会制造东西是不够的。我必须考虑如何用这个装置改变每个公民的日常生活，我想确保艾兰国的人民不会因为我的机器而遭受伤害。我会考虑您的提议，但我想把这些都搞明白。”

“可能会出现另一位申请者，那样你就会失去奖金。”塞弗林说，“我是认真的。这是一场比赛，不是一次人气对决。我们需要把以太带回艾兰国，且必须尽快做到这一点。”

“我明白。”泽林德说，“感谢您的会见。对于您的提议，我也感激不尽。但我必须花点时间考虑一下。”

“你将保留发明权。”塞弗林说，“王室每年向你支付使用你的设备的许可费。”

他孤注一掷了。我们必须离开这里。塞弗林不想在没有达成协议的情况下放我们离开，背后一定有什么原因，我们必须得弄清楚。

“也许可以让你们的人起草好协议，送到奥琳娜那里。”我说，“这样我们就知道我们到底能得到了什么？口头承诺，握手成交绝不是个好办法。但如果将出价白纸黑字写清楚，将有助于明确条款。”

塞弗林盯着我，表情很不安。“很好。”他说，“我会拟定的，很快就会拟好。”

“谢谢您，国王陛下。”奥琳娜鞠了一躬。我们跟着她，重复感谢的话。

塞弗林拿起一支镶银紫水晶钢笔，注意力转向桌上的一份文件，“你们可以退下了。”

我们向后退了三步，点了点头，转身离开。我们从办公室出来，驻守在门口的警卫带着我们走出会客室，穿过王宫，把我们丢在宫殿广场附近，那边还站着让塞弗林十分恼火的抗议者。

没有雪橇在此等候送我们归家。

“我得回公司了。”奥琳娜说，“你确定回绝国王是最好的办法吗？”

“不确定。”我说，“但我们现在有更多的时间来想下一步计划，至少是这样。我们可以吃晚餐时再谈？”

“我可能要在公司留到很晚。”奥琳娜说，“我没告诉过任何人我要离开一下午。但只要我们处理完工作，那就没问题。”

奥琳娜挥挥手，往市中心出发，留我和泽林德在广场边上。

“我刚刚拒绝了五十万马克。”泽林德说，“我做得对吗？”

“你可以随时改变主意。”我说。

“我知道。”泽林德说，“那个人到底是谁？你看到他的时候身体僵硬，表情愤怒。”

“那是克里斯托弗·汉斯莱爵士，就是他把你们关了起来，借此赚了几百万。”

“而且他是国王的亲信。”泽林德回头看着宫殿，看着那几百扇窗户，眼里有了决定，“不，我不会把我的发明拱手让给国王。别说五十万马克，一百万马克都不行。我们去希尔塞得山坡拉票吧。你要赢得选举。”

第十四章 法官之死

接下来的这些天我们走遍了整个河畔城，来团结联合工会中心报到的志愿者多了几百人。晚上，泽林德组建更大涡轮机的模型，完善设计和外观，以求进一步提升，打算选举过后就把这一装置公之于众。

距离选举日四天前，泽林德和我从让-玛丽那收到了一封精心印制过的请柬，邀请我们参加凯奇家族的暖屋盛宴。泽林德穿上已经磨损又缝补过的毛衣参加晚上的派对。我们骑自行车前往河畔城最新的家族住宅，一路扬起薄薄的雪尘。

玛丽公主酒店熠熠生辉。我们为凯奇家族修复酒店的艰辛付出而惊叹，现在这里装饰宏伟，设计雅致。

让-玛丽带我们参观了能够为数百人安排宴会的厨房，里面蒸汽缭绕，炖山羊和烤苹果馅饼的香气扑鼻。

“我已经很饿了。”泽林德说着，掀开一个锅盖。

“你把那个放下！”默里责备道，“你们是我们的客人，去做客人该做的事。”

被赶出来的我们在三张长桌中找到了座位，向来自各族的邻居们点头致意，他们也是被邀请过来纪念凯奇家族成员将在玛丽公主酒店里度过第一个夜晚。我们用拇指挖出一块块脆皮面包，涂抹黄油在上面，然后蘸进用山羊熬制的浓郁酱汁里。

让-玛丽和我们坐在一起，满嘴都是关于这栋坚固的老建筑有多好、他们计划修复酒店里的其他楼层、以及志愿者要开始来教凯奇家族成员那些应该在学校学到的东西。

“一切都在美好地进行着。”我说，但我还是忍不住把目光投向密涅瓦小姐，以及她身边的空位。诺琳没有接受庆贺新族屋的邀请。自从发誓要诉诸法律，裁决凯奇家族之后，她就再也没有回来过。密涅瓦获得了一个家族，却失去了最后一位亲人，那是一种痛彻心扉的失去。

“谢谢你送来的纱线。”让-玛丽说，“还有纺车。艾玛和达雷尔已经在安排使用人员和使用时间了。”

艾玛已经搬出了温妮和杜克的公寓，但他们被她邀请过来用餐。杜克把科拉抱在腿上，让艾玛有机会吃东西。他给他坐的餐桌位置附近的人讲故事，大家听得如痴如醉。我目光所及之处都是活泼快乐的人儿，在为他们的新族和新家兴奋不已。

“这是一个美好的夜晚。”我说，“你记住，如果你们缺些什么……”

“我们会说出来的。但现在已经够了。”让-玛丽说，“大家都很慷慨。”

“大家看起来都很高兴。”

“是啊。这正是我们需要的。”让-玛丽说，“我们在一起，我们掌管一切。我们可以想来就来，想走就走，我们有家，有族人——谢谢你们的慷慨相助。”

“这就是乌扎。”我说，“我们都很乐意帮你们。”

“贝尔校长带来了课本。它们很破旧，但都是好的。而且他去了学校董事会，威逼他们雇用我们的志愿教师，这样老师就会得到报酬。而且辛格医生会来，所以任何想跟他说话的人都可以——”

一股气流灌进房间里，寒意袭人。房间里渐渐安静下来，让-玛丽停下说话。我往后倾斜，看着走进来的人，认出这是诺琳·布朗的那刻，我的心在坠落。和她一起的是一名男人，带着密封文件卷，后者让我的胃翻滚起来。我认出了卷上系着的蓝色丝带，代表着这是一份民事诉讼的通知，而不是刑事指控。诺琳在起诉。

与诺琳一起的第三个人让泽林德低下头躲闪，贝蒂在她身旁大步流星地走了进来，身穿蓝色狐狸皮大衣，浑身闪着光，表情冷漠。她拍了拍诺琳的手，站到一旁。法庭书记员把卷宗递给密涅瓦时，贝蒂热切的模样像是诺琳的阿姨。

“谢谢。你现在可以离开了。”密涅瓦小姐说。

这位法庭书记员脚步没动，“我需要确定您是否了解代表您本人提出的这份诉讼的性质。”

“代表我本人？”密涅瓦女士问道，“我没有理由起诉任何人。我从来没有要求你们这么做。你现在可以离开了。”

我知道那文件卷里装的是什么，我狠狠地瞪了诺琳一眼，然后身体倾向密涅瓦。“诺琳正在起诉你的监护权。”我说，“她认为你没有能力做出审慎的决定，或者说你年老体弱，头脑不再清醒。”

密涅瓦凝视着我，我看见她眼里的光碎裂成两半。然后她站起身来，从法庭书记员手中接过纸管。

“我必然不同意，我拒绝接受这份文件。这是恶意中伤，贪得无厌，不是出自我的家人之手。”

诺琳抽吸一口气，“密奶奶。”

“你可以不再这么叫我了。”密涅瓦说，“对你来说，我是密涅瓦·凯奇女士，和你没有关系了。你的诉讼站不住脚，你在擅闯民宅，出去。”

“布朗小姐，”贝蒂说，“我看得出你很心烦。”

“还有你。”密涅瓦说，“你觊觎这个酒店十五年了。我当时告诉过你，现在也一字不差地再告诉你一次。玛丽公主酒店不卖，它现在属于凯奇家族，以合作信托的方式由全族人——”

“文件卷上的内容是阻止您成立合作信托的动议，请等待法庭对您的精神状态的调查结果。”法庭书记员说，“您已经从我手中接过通知。现在诉讼已经生效。凯奇小姐，坦率而言，我祝您好运。”

诺琳又倒吸一口气，但法庭书记员没有理会她，走出餐厅。

“密奶奶——”

“出去。”密涅瓦说，“现在就出去，永远不要再回来。没有人会这样对我。你在擅闯民宅，现在给我离开。”

“我看够了。”贝蒂挽着诺琳的胳膊，“走吧。我们得把这件事告知你的辩护律师。”

是贝蒂的辩护律师吧，如果说实话的话。我可以看到这张特别的网的丝线——贝蒂想要酒店，抑或是酒店所占的土地，她现在已经找到了一条途径来获取它。她会看到这件案子要开庭审理，但密涅瓦女士像针一般锋利。他们永远不会以这种方式赢得它。

“你们需要一位辩护律师。”我对着房间里惊讶的喃喃声说，“你们现在就需要一位。”

“我是名辩护律师。”一个男人站了起来，“我是确信风的查尔斯·布朗，如果你允许我帮你们做咨询，我可以马上看看这些动议。”

“你最好跟我来。”密涅瓦从椅背的钩子上解下手杖，“上甜点吧，这并不能阻碍到我们。我们要准备反击了。”

但好心情已不复存在了。我和泽林德以及其他人找借口离开了酒店，走上一条街，但这儿烟味十足。

“味道太重了，不是烟囱的问题。”泽林德说，我们周围的一小群人都冒险走到了十字路口，以便能更好地看清夜晚的天空。

“在那里。”有人说，我们转过头去，只见黑烟滚滚，“在山上。”

“房子起火了。”泽林德说，“如果风向转变不对，整个街区都会遭殃。”

“走。”我说，“他们可能需要一名护士。确认一下在第八街的消防所有派一辆消防车过来。谁想帮忙，就来吧。我们得阻止它蔓延。”

一家人在草坪上挤在一起，看到这场景，我想哭。一位年长些的男人穿着司法长袍；他那年轻的妻子穿着长长的、粼粼发光的礼服；一个精力十足、身材瘦小的女孩穿着一条蕾丝花边长裙，那一定是她樱之月节日着装；还有两个一模一样的男孩，长头发，穿着短裤；他们看着大火从屋顶喷涌而出。

他们每个人都死了。手臂和脸烧得通红，布满水泡，还很多黑色斑点。年轻的妻子紧紧抓住女儿的肩膀，不让她往里跑，即便火焰已经灼伤不了她了。

我走过去，想和他们说话，但泽林德却用双臂箍住了我，将我从草坪拉回街上，远离浓烟和剧热。志愿者们费力地打开水泵，消防员向邻近的房屋喷水，试图阻止大火溅到另一个屋顶。

大火继续燃烧着，凶猛且饥肠辘辘。泽林德找到了负责现场的巡佐，拉着我一起来到他身边，“我们能帮点什么？”

“抽水。”巡佐说，“如果你能抽出水来，我们大家就能扑灭大火。”

“这是谁的房子？”我问道，我必须大喊，他才能听到我说的话。

“是法官巴特尔的。”巡佐说，“他们一家都死在里面，每个房间都着火了，房子随时都会倒塌。”

在他说话的同时，屋顶晃动着，一半掉进了下面的房子里。

“那就开始吧。”他说，“放水！”

消防员们将水龙带对准燃烧的房子，浸湿他们能浸湿的一切东西。又有两辆消防车出现了，排空了的消防车移到一边，交换位置。

一家人眼睁睁地看着自己的家变成了一个冒着烟的、黑乎乎的灰烬墟。房子向后倾斜，远离了那曾经雅致漂亮的门廊。我转向巡佐，指着那家人说。

“你想要我问问他们这发生了什么事吗?”

“你能做到这点吗?”他把头盔推回头上，“我想知道，虽然不能成为证据，但上层窗户外面有消防梯。他们本可以逃出来。”

我点了点头，走近那家人，“啊嗬，你们知道发生了什么事吗?”

法官转过头来，“它们都在响。所有的窗户和门，突然都砰砰作响。是锤子的敲打声。”

这说不通。“窗户在砰砰作响?”我问道，“为什么它们在砰砰作响?”

“窗户有锤子的敲打声。”法官说，“有人用锤子把它们钉实了。我们出不去。我们冲他们大喊。他们看着窗户里的我们。然后炉栅里的火冲上天花板。房子烧起来了。我们出不去了。”

有人拿着锤子和钉子，意图谋杀，让这些可怜的人在生命的最后时刻变得恐怖骇人。“我非常抱歉。”

“他们是怪物。”法官说，“谁会谋杀我的妻子？谁会谋杀我的孩子？他们从来没有对任何人做过任何事。”

他没有把自己列入那份无罪的抗议单里。法官每次判案都会树敌。但谁会做这样可怕的事，钉上逃生通道，然后纵火烧掉一家人所处的房子。

“索普太太。”一名陌生人说。

我看到一名穿着带有黄铜纽扣的棕色紧身制服上衣的警员，“警员？”

“请跟我来。”

“如果你需要问这家人问题。”我说，转身面对警员……米勒，她闪光的名牌上如此写着，“我知道他们不能作为证据，但如果它能帮助——”

“请跟我来。”警员米勒重复道，“我们想让你回答一些问题。”

另一个身影从一群街坊邻居中转过身，我认出这是穆尔下士。

“请你安静地走过来。”穆尔说。

我往后退了一步，“我不。你们要指控我什么？”

“你是事件的利害关系人，我们有权向你提问。”

“那我不掺和进来。我可以走了吗？”

“我可以以涉嫌案件的名义扣留你的。但我现在只要求你在调查中接受询问。”

然后，他拉着我的胳膊，领我离开了泽林德和人群。他在一辆挎斗自行车旁停了下来，“请上车。”

我怒火中烧，踩着自行车回到中央警察局。我拒绝喝水，坐在审讯室那张不舒服的、椅腿怪异的椅子上。

“感谢你来时的配合。”

“没有辩护律师在场保护我的利益，我不会回答任何问题。”

“现在这样做只会让你看起来更可疑。”穆尔下士说，“这是我们发现你在场的第二起纵火案。我们有理由怀疑你与案件有关系。”

“没有关系。”我说，“如果你有证据的话，就逮捕我。”

现在下士的耐心表情消失了，“首先，在巫师受审而后送往其他疗养院之前所关押在的那家精神疗养院火势冲天时，我们发现你在现场。现在我们又在一个主持了几十次庭审、给巫师定罪的法官他的燃烧着的家附近发现你。我认为你和这些火灾有关系，我会找到关联点。”

我嗤之以鼻，双手交叉在胸前，“你觉得是什么呢，下士？你认为我放火烧了这些地方，谋杀了雅各布·克拉克，是为了——我做这些行动的目的是什么？”

“复仇。”穆尔下士说。

杜松子酒的香味勾起了我的回忆。“我向你发誓，下士。这些火不是我放的。我也没有杀害雅各布·克拉克。你也不能因为这故事说得好，就指控我犯了这些罪。但如果你坚持想归罪于我，就会让真正的罪犯逃脱掉。”

“哦，那谁是真正的罪犯？”

“我不知道。”我说，我没撒谎；我只是有个猜测，“现在要么就给我找一个辩护律师——他会告诉你放我走——要么干脆你自己放我走。我与这些罪行没有任何关系，但你现在不是在寻找真凶，而是一直在侵扰我。”

他舔舔嘴唇，转移身体重心，“我可以拘留你一整天。”

“那就把我带到拘留室去。”我说，“这将是我民事申诉中的一项，仅此而已。”

穆尔沮丧地从鼻腔哼出一口气，“你行，但我更行。”

“希望你是。”我说，“因为这样你就不会再骚扰我，而是着手找出真凶。”

他不得不放我走，但在找到诬陷我的“证据”之前，他不会真的放过我。我站在离家三英里远的街上，沿着第八街出发。

到了第八街和昆比街的拐角处时，我背对回家的路，前往东边的五角街。

鲁克酒馆这个三角建筑位于东河畔城中心地带五条街道交叉路口，是这里唯一开着的店铺。今夜它散发出来的气味，如同被苹果酒淋灭的篝火。我侧身避开躺在锯木屑中的污秽物，小心翼翼地穿过酒客谈笑的桌子。

有人噌地从高脚凳上下来，摘下帽子，看起来就像工作偷懒，刚被抓包。“阿姨。”那人引起了大家的注意，讲话声弱了下来。

我在脑海里四处搜寻他的名字，点了点头，“亨利。看来你恢复得不错。”

“是的，阿姨。”他抬起一只手，弯曲手指，又扭了扭手腕，以示断裂处愈合得很好，“天气一转变就疼，不过没啥大问题。”

“很好。”我说，“我是来找沃尔夫小姐的。她在吗?”

现在桌子旁更多人看向我。我认识这里的大多数人，诊所的病患、当地监狱做体检的狱犯、或者仅仅是声誉不好的人，但我不是鲁克酒馆的常客。我压根就不在酒馆里喝酒，更别说在罪犯和不务正业者的聚集地喝酒。

也许在直接走进杰米尔的领地之前，我应该犹豫度量一下的。可我仍旧礼貌地等候，纵使他们唧唧喳喳，窃窃私语，耸着肩膀。最后，亨利护我到酒馆内的一扇门前，门两旁站着一对滴酒未沾的绅士。

“等一下。”其中一个说，然后走进里面，如消失了一般。我站在原地，鞋跟并拢，双手抱于身前，压住想回头看看是谁要望穿我后背的冲动。

那个人回来了，“她要见你。不要碰任何东西，不要和任何人说话。”

我点了点头，他领我进了屋。煤气灯在一股气流中摇曳，在我身后的门咔嚓一声关上那一刻，它稳住了。

我进入房间，桌子上坐满女人，她们用纸包住硬币、统计着金额。篝火的味道被香烟和香水取代，背后还有掺杂一丝脏水味。

不和柜台的人说话。如果你喜欢自己的脸，不想它受伤，就不要碰柜台和他们的账单，以及那个房间里的任何东西。我从他们好奇的目光中滑过，朝记账室之外的房间走去。

贝斯尔靠着墙，抽着廉价香烟。他眨了一下眼，我闻到他的身上烟味萦绕，像是一种控告，“在这里见到你真是太意外了，阿姨。”

杰米尔·沃尔夫坐在一张办公桌后面，我不应该惊讶的——她已经把轻微犯罪变成了一门生意，所以她有收支总账、报告、以及全部其他管理者有的圈套手段。她的钢笔是银色细工的，与一盒烟丝上的装饰相呼应。烟丝盒打开后，释放出米勒黑樱桃牌香烟的甜蜜奶香味。她拿起一支肥大的烟斗，指了指宽大的橡木桌子另一边的椅子，桌子上放着一杯水，旁边卧着一只烟灰缸。“贝斯尔，给阿姨倒杯水。”

“不用了，侄女，谢谢你的好意。”我说，贝斯尔又倚在墙上。

我冒险穿过办公室，坐到杰米尔面前的椅子上。她的头顶之上，挂着弟弟乔纳森的画像，身穿女王大学学者的圆领衬衫和条纹外套，衣领环着一条白色丝带，打了一个蝴蝶结，像一只正在翩飞的蝴蝶。

“侄女？那就是家事了。平时你这个时候一定是舒舒服服地躺在床上，是什么风把你吹来了？”

“金斯顿城精神疗养院着火时，我就在这一带。”我说，“今晚，我从另一场大火中回来，这场大火烧死了一位法官和他的家人。”

“是吗？”杰米尔问道，叼着烟斗瞟了我一眼，“这是什么事嘛！”

“我和他聊过了。”我继续说，“他们说了一些可怕的事情——有些人把门窗钉上，然后把房子点燃。”

杰米尔歪头，“真可怕。”

“金斯顿城精神疗养院也有人死了，都是死于烟尘吸入和大火。有一位例外。”

“那一位很特别？”杰米尔问道。

我忽略她脸上一丝刻薄而又幸灾乐祸的笑，“我提到的最后一个人是第一个死的。头部中弹——可能是来放火的人开枪杀的。”

“这叫什么事嘛。”杰米尔重复道，“那你为什么带着这个消息来找我？”

“因为我有最基本的逻辑思维。”我说，“因为我可以把关押接受调查的巫师的精神疗养院和给巫师定罪的法官联系起来。我确定乔纳森曾被关在金斯顿城精神疗养院里，但我想知道的是，杰米尔小姐……”

杰米尔完全静滞住了，手里还拿着未点燃的烟斗。她近乎一动不动地听着每一个字。她凝视着我的眼睛，嘴巴微微张开，露出缺了牙的缝隙。她终于开口说话，声音太轻了，我差点没听清。

“你想知道什么？”

“如果我去查阅档案，会不会发现今晚死去的法官就是给你弟弟定罪的法官？”

贝斯尔变换站姿，朝我迈了一步。杰米尔抬起手，他停了下来。

“你代替警察来告诉我这些。”杰米尔说。

“是。”我说，“我没有证据。这就是一个有趣的故事。但如果这个故事是真的，杰米尔小姐——纵火不会解决任何事情。他们只会使事情变得更糟。如果有人和我做了同样的联系，那这个故事就会刊登在报纸上，指责我们暴力且危险，并配文每一个关于巫师的谎言——把他们关进精神疗养院为了挽救他们，其实是真的。”

“这是个有趣的故事，姨妈。”杰米尔说，“而且就像你说的那样，只是个故事。不是证据。你知道我是怎么想的吗？”

我知道她会矢口否认的。那不是我来这里的原因。我过来给她警告，仅此而已。但我呼吸着她烟斗飘散的甜蜜樱桃味以及谋杀时留下的焦木味，留心听她接下来要讲的话，“什么？”

“我觉得你应该远离火，姨妈。它们很危险，离得太近会灼伤你。”

她的笑容让我的胃翻山倒海，“贝斯尔。送阿姨安全回家。你知道她家在哪里，对吗？”

“我知道。”贝斯尔说，“走吧，索普太太。”

第十五章 选举日

选举日当天，我起了个大早，迎接凉爽又明亮的清晨。十九个小时后，我精疲力尽，倒在床上。

早上我的第一件事就是前往社区会堂为志愿者们煎好早餐。洗完最后一个盘子后我才离开，瘫倒在床上，睡得像根木头。

我一直在等待火车抵达，等待志愿者扛着装满选票的箱子和他们的计票结果抵达河畔城社区会堂。我们在记者包围圈中工作，他们作为我们的监票人，对我们的每一个步骤进行提问。我们把结果加到轮滑式黑板上，黑板上列出了艾兰国的每一个选区，写上了几乎位于每个种族顶尖的自由民主党候选人的名字。

数百万张选票倾泻在那些匆忙起身、为他们自己的选区自愿参加议会选举计票的人们身上。我看着选票数量统计填满黑板，我看着返回来的选票被一箱箱密封堆放起来。这些箱子里装着人民真正的意志。

“把它们锁起来。”我说，“保管好它们。我们要把这些箱子带到高等法庭。”

“索普夫人，你是一直有打算在法庭上对选举提出质疑吗？”约翰·润森问道，我擦拭掉脸上的纸灰。

“把选票带到高等法庭一直是为了进一步的行动。”

“那你有信心打败你的竞争者，赢得南金斯顿的席位吗？”

我微笑，“你永远不知道会发生什么。河畔城人民在竞选中支持我，我很高兴，也须得谦逊。”

我的政治生涯还悬而未决。艾兰国要等到所有选区的选票都回来后才会开始计票，有传言称杰罗姆在南金斯顿-河畔城拥有的选民不到一百名，但我有一百一十五个投票集体，他们会汇集资金，派代表去投票。

一百一十五。雅各布当时只用八十个投票团体就赢得席位。我焦虑不安，心里七上八下。选票会显示这个席位是我的，我将登上下议院的席位，领导团结联合工会。

这在以前可并不会吓到我，以前也不觉得这是真的。为了平复颤抖的双手，我走到会堂的卸货地点，和其他人一起搬运投票箱。

我们欢呼雀跃地迎接第 100 万张选票抵达，我们欢欣喜悦地迎接附近各县的第一张选票搭乘火车运来。我们欢呼着发现，投票自由时，人们希望自由民主党领导他们。

最后一个箱子是由雪橇从阿格尼斯城北部定居点运来的，我们欢呼雀跃，终于把它送进了温暖的社区会堂。我们仔细检查了我们的票数，又审核了随机选票箱，接着审核、检查、写下每一个选区的最终票数。只有 7 个选区投给了他们的现任执政者，其中大部分选区也都与雅各布之前的选票持平。

我们以强有力、响亮的吼声取得了艾兰国的第一次自由选举胜利。

但国王选举的结果则背道而驰。信使从遥远的选区赶来，报告选举结果。他们都说了同样的话，选举结果从红鹰公国开始公布。国内选民选择了他们的现任者，慢慢地，无可避免地到了金斯顿城的选举结果。

西金斯顿–哈尔斯顿公园：现任执政者。西金斯顿–威尔斯顿三角区：现任执政者。西金斯顿中部：现任执政者。艾兰国的精英们步调一致地投了现任者的票，这并不奇怪。我一直等到最后一名信使进来，他跑得气喘吁吁。

我甩开肩上的发绺。就是它了。

她对递过来的水摇了摇头，喘着气说："南金斯顿–河畔城：杰罗姆·贝。"

房间里的人都惊讶地站了起来。"这不可能！"有人喊道。

"我们的票数更多！这不可能！"

信使挥了挥手，"卡洛塔当时在审查选票，里面有一些票腐烂了。有三十张选票被宣布为废票，没有被计算在内。其中二十三张是给罗宾的。杰罗姆·贝以两票之差胜出。如果他们没有取消这些选票的资格，你就会赢。"

会堂顿时炸开了锅。我摇头，气得浑身发抖。任何一个投票集体的人都会知道，不要弄坏任何一张票。他们很小心，不可能犯那种错误——有二十三张不清不楚或污损的选票，简直是不可思议。

"索普太太，"一个记者问道，"你承认贝先生获胜吗？"

“你认为这是选举结果被篡改的证据吗？”

“你是否听闻过其他选区也存在选票被破坏？”

“索普夫人，付出了巨大的努力举行你方主持的模拟选举后，你是对在合法选举中的失败感到失望，还是在你的意料之中？”

他作弊了，而我没有预料到。我应该想到的。但我一直在忙于自由选举，没有花太多的时间去想那个我一直确信自己会赢的席位。但行贿因子流淌在贝氏家族的血液里，而我没有告诉我的监票人，让他提前想到有欺诈行为，最后把票弄丢了。

输给一个小偷，真让人刺痛。但它向我证明了一件事：我不能同时兼顾两份工作。

我转身远离了记者，把选票箱放在靠近人群前面的其中一张折叠桌上面，然后爬到上面站起来。

我写了一篇演讲稿，人群安静下来听我讲话，我把稿子弃之一旁。

“你们期望我与这些结果抗争，”我说，“你们期望我把事情拖到法庭上，质疑被破坏了的选票是否还具备有效性，为南金斯顿-河畔城的席位而战，为艾兰国最大的选区和它 12 万 9 千名选民的发言权而战。但这些都不重要。”

人群因疑惑陷入沉寂，我的支持者们面面相觑。他们中的一些人看着我，表情恳切，脸上写着：不要放弃，不要屈服，要与之抗争。

我挥着双臂，指向黑板上的候选人名单，“这才是最重要的，人民的意志。不是为争夺下议院席位的那一百多张选票，而是来自全国各地的六百万张选票。这才是真正的艾兰国意志，这才是我们国家想要的。而我想要将其奉上给人民。”

出现几声嘟囔，但我没有理会他们。“如果不是因为篡改，国王选举本会邀请我坐在议会下议院，传递一个小党派的抗议声。但如今人民已经命令自由民主党领导国家，践行他们的意志。所以我说：我对你们的支持表示感谢，同时保持谦卑。同时，作为自由民主党的领袖，我接受艾兰国首相的职位。”

人群中传来抽气声。我们的人惊愕万分，直愣愣地盯着我。记者靠得更近了，“这是否意味着——”

“我一点也不关心国王选举。我的位置是以服务你们为宗旨。我的心和我的手都属于艾兰国。所以我号召自由民主党，这个被人民选举出来的党派成员，加入服务人民的行列中。你们想要我们吗？”

我的志愿者们欢呼起来，“要！”

“你们召唤我们吗？”

“召唤！”

“那么，我将把这个消息传遍艾兰国，北到阿格尼斯城，南达艾尔斯群岛，通知他们的民选议员：到金斯顿来。现身政府大楼。由我们遵从其委托授权的人民见证，我们将举行的第一次会议。为了艾兰国的人民，我们要开始工作了。”

《金斯顿先驱报》发了一篇报道，标题为“将要统治的乌合之众”，配上举起拳头的人群的照片。我看着照片，但它被裁剪成只看得出人山人海，人们大衣袖子上佩有黄色丝带，大多数还穿上了军大衣，这些大衣是军队为迎接兰尼尔战争，在改变标准制服装备以适应热带地区之前所生产的。我都说不清照片究竟是在哪个角度拍的。

《金斯顿星辰报》登载了一张我站在投票箱上的全身照，我说话时的表情被拍了下来，看起来很生气。我的手指向标题——一个令人回味无穷的词：后起之秀！

我拿起一份《先驱报》，读起文章，但杰德鲁斯把它从我手中抽走，“等下再看。”

我又伸手去拿报纸，“他们说我在攫取权力，利用蛮暴的乌合之众作为威胁来支撑我——”

杰德鲁斯把报纸藏在 *Ta* 的身后，“那是胡说八道，别放在心上，吃你的早餐。”

我跟着 *Ta* 走出客厅，穿过大厅，“我不饿。”

“你不吃点鸡蛋，一股强风就会把你吹走的。”

我边抱怨，边在桌边坐下，戳着鹅肉香肠，“他们把我们写得跟人面兽心一般。这不是我建立人民政府所想要做的事。我们只是在表明我们的存在。我们要谈论对我们而言，什么事才是重要的。”

“而且你要在法庭上争取自由选举合法化。”杰德鲁斯说，“假如法庭应允呢？”

“假如天空变成亮紫色呢？”

泽林德端着最后一盘甜土司进入餐厅，坐在我身旁，“你不知道的是，他们会否认你所有的观点。”

“想得很对。”我把香肠切成小块，“我不知道他们是否想要颠覆所有的秩序和传统，现在还不明了。”

“你有一间装满了数百万张选票的储藏室呢。”泽林德说，“不过今天我们还是干点好玩的事吧。你当了首相就没多少时间玩了。”

“你当上能源大亨之后，也不会有太多时间去玩。”

“那我们再去滑冰怎么样？”泽林德问道，堆了四片吐司在*Ta*的盘子里，“肯定很好玩。”

“前提是我们不会被摄影师围堵。”

“他们怎么能把滑冰写歪呢？我们还能借着滑冰摆脱他们。”

“他们总会找到办法。”我说。

响亮的敲门声让每个人都跳了起来，但阿莫斯蓦地跳下长椅，跑出餐厅。

“罗宾，去看看是谁敲门。”柏妮丝姨妈说。我跟着走到大厅，发现一名法庭书记员拿着一道密封卷轴。诉讼案件吗？

然后我看到了丝带。不是代表刑事指控的红色。也不是代表民事案件的蓝色。是紫色的，代表王室命令。这是塞弗林国王的官方通知。这份文件一定是责令我停止自称首相。他一定很讨厌这个想法，所以这么快就送来一道王室命令。

“我猜这是给我的吧。”我说，“我是罗宾·索普。”

书记员猛地把卷轴拽到我够不着的地方，“这道命令是下达给泽林德·索普的。”

泽林德？我马上意识到这一定是什么了。那个混蛋！他不能索要泽林德的发明！

书记员挺起肩膀，“我只负责传达。”

“这不是你的错。”我急忙将表情定格成比较平静的样子，“我去叫 *Ta*。”

“我在这。”泽林德说，“是给我的吗？需要回复吗？”

“暂时不用。”店员说，“我只负责送达。祝你们早晨愉快。”

书记员把卷轴纸递给泽林德，然后行至停靠在路边的自行车旁，骑车离开了。

泽林德瞧着手中的卷轴，“你要不要赌一赌它是什么？”

它是什么，只有一种可能，“打开它吧。”

泽林德掰开封章，解开丝带，念道：“国王陛下要求我在未来三天内放弃对索普涡轮机的发明权。”泽林德随纸张自己卷合起来。“没有提到现金或奖章奖励。我猜撤回它们就是对我的惩罚。”

塞弗林有权力这么做。他是国王，议会不在会期，唯一能监督他的就只有总理的建议，如果他有特意去咨询她的话。

“对不起。”我说，“事情不应该走到这一步的，我不确定你能否在法庭上打赢这场官司。”

“我不会打的。”泽林德说。

“你得做点什么。”我说，“一定有你能做的事。”

“有的。”泽林德说，“你穿上外套，我马上回来。”

泽林德一步迈两个台阶上楼了，*Ta* 不像要认输的样子。我扣好大衣和靴子的扣子，这时，泽林德回来了，带着涡轮机模型和一叠文件。

我从衣架上取下泽林德的双襟大衣，“你确定就这样放弃你的权利？这是你的发明。”

“是我的发明没错。”泽林德咧嘴一笑，“但我们不能违抗国王的旨意，不是吗？拿着这个。”

Ta 把涡轮机递了过来，比我想象中要轻，“你在谋划什么。”

“我？”泽林德表情无辜，“我很震惊，你竟然会这样说我。”

我忍不住绽放笑容。泽林德这一瞥如同透过云层偷看的阳光，仿佛我们学生时代那个调皮、聪明的泽林德，那个曾把快乐和麻烦混为一谈的泽林德，回来了。

“你有什么打算？”

“国王要我交出发明权。”泽林德说，“那我便放弃它们，把它们交托给公共财富那边。我们拿着初始设计图纸和构造说明书的复印件去拜访城里的每一家报社，接下来任何人都可以自己造一个涡轮机，任何人都可以借此做生意，供应涡轮机给其他人。这是个大新闻，不是吗？论如何让灯重新亮起来。”

噢。这才是真正的泽林德——聪明、逆反和颠覆。我展眉欢颜。我们是在自找麻烦，但这计划太完美了。

“先去哪？”

“商人印刷厂。”泽林德说，“我们需要留下复印件给报社。”

《河畔城监察报》拿走了材料，暂停了报纸印刷，但《先驱报》和《星辰报》送上茶叶、小麦曲奇，提出一些毫不相关的问题。我提出要找《星辰报》的约翰·润森，但他不在这。

“他们不会把它印刷出来。”泽林德说，“纵使我给他们展示了灯光。”

"至少《监察报》会。他们只会报道这个独家新闻，仅此而已。"

"我可以多印几份，接着把最终版复印件寄给《机械学与器械应用》。他们可能会发表出来。"

他们不发表出来就太傻了，但泽林德在前往王宫的整个路途中，在警卫室排队等候时，仍是闷闷不乐。我不知道该如何让*Ta*开心起来，只好用手抚摸*Ta*的手臂以示安慰。

轮到我们了。"你们有预约吗？"

泽林德摇了摇头，"我只有这份命令。"

守卫戴上眼镜，眼睛放大，查看塞弗林国王遣人送过来的文件，"你们可以把资料留在这里。"

泽林德后退了一步，"我觉得我不应该这么做。"

"你是奉命行事的。"守卫说，"你是在违抗王室的命令吗？"

"我大费周章，就是确保自己没有违抗命令。"泽林德说，"我想如果我把这些资料带给总理，我会觉得更安全。"

"你和总理有约吗？"守卫问道，他那茫然的表情配上意味深长的眼神，让我心里发怵。

"我们不需要。"我说，"总理是我们的一个朋友。祝你下午愉快。"

泽林德紧紧抱着*Ta*的材料。我们匆匆离开了队伍，走得很快，风迷了眼。

"我不喜欢这样。"泽林德说，"这个设备太重要了，不能任由繁琐的内部传信系统处理。"

"你可以把它交给守卫，让它遗失在繁琐的流程之中。"

我说。

“如果报社更敏锐点的话，我可能会这样做。”泽林德说，“但这个设备可以重新点亮灯火，驱动冷芯盒，这比让别人觉得我小气更重要。”

“你说得对。”我说，“走这边。”

我们小跑着上了政府大楼的台阶，穿过一条走廊，这条走廊上有许多通往低级别办公室的分岔口，接着来到了格雷丝的办公室。一名衣着整洁的年轻白人女子从打字机上抬起头来微笑着。她的扣子扣到脖子上，以手绘围巾作点缀。

“您一定是罗宾·索普。”她说，“汉斯莱总理有个约会，或许您愿意等等？”

“谢谢。”我说，“我们只是需要送点东西。”

“如果她不能见您，您介意把它交给我吗？”秘书问。

“那太好了。不好意思，我不知道你的名字。”

秘书点了点头，“奥诺拉。我叫奥诺拉·赖特。”

泽林德歪头，“和巧手的赖特家族有关系吗？”

“你认识他们。”她说，“我是三年前嫁进去的。”

泽林德的笑容悲惋，“我认识奥德里克·赖特，他生前就关押在净化之屋。”

奥诺拉满脸诧异，“很抱歉，我不认识他。”

身后，门开了，迈尔斯走了进来，“罗宾！太好了！我是来强迫我妹妹吃饭的。你也应该加入。”

“总理和国王在一起。”奥诺拉说。

我和泽林德对视一眼。“不好意思。”泽林德说，“我不知道。”

“他可能不会留太久。他只是顺道来看看。”

迈尔斯找了一个在壁炉旁的座位，“那我们就等等吧。泽林德，你手里拿着什么？看起来像一个模型箱，那是你的发明吗？”

“是的。”泽林德说，“我要把它交给国王。”

迈尔斯看了看格雷丝办公室的门，“出事了。”

“可以这么说。”泽林德说。

迈尔斯的脸色变得很难看，“那可真是精彩。”

门把手“咔嚓”一声沉了下去，塞弗林国王走了出来。他穿着一身运动服，脖子上用橡胶绳挂着安全护目镜，花呢外套肩部缝扣了麂皮。他停下脚步，看着我们三个人。

“那是我的涡轮机吗？”塞弗林国王问道，“真不错，你这么快就把它带过来了。”

“不然我能怎么办呢，国王陛下？”

泽林德是怎么做到说这句话时不带一丝苦涩的，我永远不知道。

“拿出来吧。”国王说，“我想看看它是如何运转的。”

泽林德从盒子里举出底盖，底盖上是涡轮机模型和灯泡。*Ta*把它呈现在国王面前，开始动手设置，转盘叶片飞快地旋转起来，变得模糊不清。片刻之后，灯泡发亮了。

塞弗林看着转子转动，露出了满意的笑容，“它能运转。你还带来了详细介绍如何制造这个设备的设计图纸？”

“我什么都带来了。”泽林德说，“包括将发明权交予公共财富处的产权放弃公证书。”

塞弗林张开嘴，瞪着双眼，哑口无言。他闭上嘴，接着又张开。他指着泽林德，指着 *Ta* 手中耀眼发亮的灯泡，“你的产权放弃——你做了什么？”

“我在金斯顿城最大的报刊办公室里演示了我的模型，并留下了这些文件的复印件让他们印刷。”泽林德说，“让人们重新获得以太最快捷的方法就是自由分配生产安装涡轮机。我期望当地企业会以他们最快速度制造设备，不久之后，全国上下所有家庭就会有以太供应设备为他们的家供电。”

“你藐视我。”塞弗林说。

“您要我把我的发明交给你，陛下。我在这里交出它。您——还有每一位艾兰国人——都可以随心所欲，想造多少台索普涡轮机，就造多少台。”

“仍会有些家庭和企业需要从国家网络中获取电力。”格雷丝说，“泽林德·索普是为了公共利益才有此举动——”

“而且用最简单、最公平的方式打破了以太的垄断。”迈尔斯说，“我相信女大公一定会同意的。”

“我相信她会的。”塞弗林国王说。他的嘴角抽搐，说不出话来，盯着泽林德看了很久，“你知道吗，你放弃奖金了。”

“我毫无异议。”泽林德说，“您想让我把这些计划书交到哪里，陛下？”

“我拿着吧。”塞弗林伸出手，“把它们给我。”

“总理办公室会确认收到。”格雷丝说。塞弗林的脸涨红了。

“那真是帮了大忙了，谢谢。”塞弗林拿着计划书，从格雷丝的办公室里走了出来。

我们看着门关上了。一息之间无人吭声，两息，直到格雷丝叹了一口气。

“好了。”泽林德说，“为我欢呼吧，我激怒了国王。”

崔斯坦点点头，“格雷丝，塞弗林会记仇吗？”

“为了这么大的事情？当然会。”格雷丝眉头蹙起，看着泽林德，“你确定要与之对抗吗？”

“我确定只有我能做出抗争。”泽林德说，“我不能让他像利用我、或者利用我的任何一个朋友那样，利用我的涡轮机。”

“好吧，看在你的分上，我尽量劝劝他。”格雷丝转向她的哥哥，“我猜你是来呵责我，让我吃午饭的吧，虽然午餐时间已经过了很久了。”

“你吃过午饭了吗？”

格雷丝笑着说，“没有。”

“那我们都回套房去吧。”迈尔斯说，“另外，罗宾之前让我帮她查点东西。我这边查到了些有趣的信息。”

“什么信息？关于那个——”我没吭声，“我想知道你发现了什么。泽林德，你饿了吗？”

“我总是很饿。”泽林德说，“也很好奇。”

“我也很好奇。”格雷丝说，“奥诺拉，任何人给我打电话，都请帮我记下留言。我不确定什么时候会回来。”

第十六章 黄色丝带

午餐很简单——是我们自己做的奶油蘑菇汤和三明治。我们每人都吃了两份，吃完就到起居室休息去了。

我们分享着混了糖浆和苦汁的烈酒，这酒用短饮杯装着，温温热热的。迈尔斯被崔斯坦搂着坐下来，说，“瞧。我的妹妹肯定不会疲惫得睡着的，因为她从来不记得有用餐时间这回事儿。”

“谢谢了，迈尔斯。你有没有想过我不吃午餐就只是想花一小时陪陪你?”

“真的吗?”

格雷丝拿着杯朗姆酒，嘴巴抵着杯沿，露出笑容，“我都开始想念有你在王宫的日子了。”

迈尔斯也笑了起来，“那我肯定会提着午餐篮子过来打断你工作。但这之前我得把雅各布谋杀案的调查进展告诉罗宾。”

“嗯嗯。刚刚一小时前我就巴不得马上知道，但还是一直保持礼貌没有问。”我说，“你有没有查到类似之前我们谈到的女人?”

迈尔斯倾身离开崔斯坦的搂抱，穿过起居室走到一张办公桌前，“我找到了五位目前都居住在金斯顿城，拥有下士军衔的女性军械专家。”

“五位？这么多？”

“这还只是在金斯顿城。”迈尔斯说，“全国范围内更多。给。”

迈尔斯拿着文件回来。每份文件的前面都夹着一张模糊不清的女人照片。

“这些照片你是怎么搞到手的？”

“我拍下了她们的服役肖像照。”他递了一张照片给我，是个圆脸女人，看着镜头时嘴角微弯。杀人犯会笑的吗？

“这是米莉森特·罗巴克。她在学校里是射箭冠军，为了免除学费自愿入伍，在军队展现了她的远距离射击能力。”

“她在战争中服役？”

“向斯坦利宣战前一个月她就退伍了，之后拒绝返队。她这些天要生了，但分娩时间还很难说，上个月开始便一直在卧床休息。”

“可怜见的。那她不是我们要找的人。”

“我也觉得不是。”迈尔斯又拿出一张模糊不清的照片，上面是位一直染着金发的女人，“这是凯特琳·斯克勒。她是名家庭主妇，也怀孕了。最近她参加了一个弦乐五重奏的表演，会拉大提琴、小提琴和中提琴。”

“狙击步枪可以放在大提琴盒里。”泽林德注意到这点，把照片递给了格雷丝。

“是可以。但我还没有进一步接触她，不足以掌握到她是否有谋杀案的不在场证明。”

我点了点头，“接下来这个是谁？”

“她可能不是我们的嫌疑人其中之一。”迈尔斯说，“你看看。”

我拿起照片，立马认出她，即便她的目光停留在相机上方的某样东西，那一簇簇浓密的发辫也从脸旁撩到背后，“这不是阿米莉亚·萨默吗？博勒加德医院的战斗疲劳病科里的？”

“没错，她现在还在里面。”迈尔斯说，“我觉得她恢复得没那么快。”

“要是她使用通行证，很容易就能查出来。”

“的确。最后这两个人很有意思。这是伊芙琳·普莱蒙斯。她是新来报道的警员，在河畔城巡逻——但她是在东希尔塞得山坡巡逻，不是在中部。”

伊芙琳盯着摄像机的样子，好像想和它打架一样。她下巴长长，嘴唇薄削，头发本应是齐扎到发背，却有一缕缕灰白发从中滑落。

“我想知道你查到的关于她的一切。最后一个是谁？”

“劳拉·德本汉姆。”

“劳拉？”格雷丝坐了起来，“她怎么了？”

迈尔斯举起照片，“你认识她？我正想说她是名王室警卫。”

“她是塞弗林其中一个保镖。塞弗林一向喜欢女性来做这份工作。”

劳拉·德本汉姆在她的新警卫档案照片中表现得异常镇定。她没有微笑，也没有蹙眉。一头黑发，脸形椭圆得有一种奇特的对称美。

我轻叩照片一角，“他经常挑漂亮的吗？”

格雷丝点点头，“经常。”

“所以她有一份要求很高的工作，忙得停不下来。”我说，“也就是说，凯特琳·斯克勒和伊芙琳·普莱蒙斯其中一个，劳拉·德本汉姆不无可能。”

“我查过宫里的值勤名单。雅各布被谋杀时，轮到德本汉姆小姐值勤，和国王在一起。报告上说他们在地下射击场——塞弗林本身就是名优秀的枪手，你们知道的。”

“略有耳闻。”我摊开照片，把米莉森特和阿米莉亚推到一边，然后，过了一会儿，我把劳拉的照片也推到一边。

我见过凯特琳和伊芙琳吗？凯特琳不在河畔城住，但她的地址位于阿尔伯特·杰赛普的选区里。伊芙琳住在她负责巡逻的社区里。但她的地址离克拉伦斯·琼斯纪念公园，或者说，离贝氏夫妇居住的庄严奢华的房子并不远。

“你能把这两者其中一人和阿尔伯特·杰赛普联系起来吗？”我问道，“他最有可能是我们的敌人。他有理由置雅各布于死地——无论是私底下还是工作上——而且他肯定有钱付给杀手。”

“但他怎么找杀手？”迈尔斯问道，“杀手可不会在报纸上打广告，是吧？你觉得他有什么样的渠道可以接触到地下犯罪分子？”

我怒气冲冲地说：“我不知道阿尔伯特·杰赛普认识谁，但他铁定有联系。”

“这是我目前所掌握到的情况。”迈尔斯说，“你想把这信息用在什么地方？”

“我不知道。”我说，“在我搞清楚事实之前，我不想指控任何人。”

“终于有我的用武之地。”格雷丝说，“我可以去查查阿尔伯特·杰赛普的背景。你介意我吓唬他一下吗？”

“你要做什么？”

“审核他办公室的财务状况。”格雷丝说，“专门找异样疑点。我会找擅长查欺诈和洗钱行为的会计师去调查。而且我不会掩盖这件事。”

“格雷丝，你真是个可靠的朋友。”迈尔斯说，“这可帮了大忙。”

格雷丝的举动可能会翻出一笔无人能解释清楚的款项。但假如这调查发现的是定期缴款、发现的是更小数额的持续性付款行为呢？谁散播团结联合工会的秘密，阿尔伯特就可能打款给谁。

如果阿尔伯特真的雇了个杀手，那就不难推断出，他就是委员会里那名间谍的幕后主使了，虽然目前这个间谍人物只是理论上存在，但结果都是一样的。过两天我们有个会议，到时候我就能查明崔斯坦是否正确，或者说到时候我就能知道，选择相信我的朋友是不是一个明智的做法。

河畔城社区诊所就在社区会堂的地下室里。我偷偷地从后门溜了进去，没被人发现，不然大家肯定会以为我是过来检查病人和帮忙的。不知道是谁忘了清理小休息间里的餐具，我就顺便把杯子洗了，等着特蕾莎把我偷偷带进会议室开会。但这会儿走进小厨房的，却是图珀·贝尔。我对他笑了笑，后背却寒毛直竖。

“特蕾莎让我来接你。”图珀说，“我希望你空出一分钟时间。”

“既然是你，我可以腾出来两分钟。”我的每根神经都处于警戒状态，“我有什么能做的么?”

图珀看了一眼身后，然后关上门，倚在上面，“你有没有听闻关于雅各布谋杀案的线索？任何线索?”

他会那么大胆吗？难道阿尔伯特不知怎地发现了我在寻找嫌疑人?“我是警方现在最好的线索。”

图珀嘲讽一笑，“你?”

“他们似乎认为我嫉妒雅各布在运动中的突出地位。”

“懒惰的蠢货。”图珀嘀咕道，“那没有别的事了吗?”

“没有了。警察可没有做什么好事。”

“杀人犯逍遥法外。也许我们应该自己调查。去报社。”

我的口舌干涩。我不能告诉他不要这样做。我必须告诉他这件事。“我找了人，在谨慎地展开一些调查。”

“谨慎地?”图珀一脸茫然，“你不觉得你应该更大张旗鼓一点吗？他们怀疑你诶。”

“好吧。”我叹了口气，“我让人做了一些调查，是关于普通公民如何获取一把远程狙击步枪，但目前还没发现任何线索。”

“你最好快点找到。”图珀说，“那条线索分分钟在变冷。”

我挺直肩膀，忍住叹气的冲动。我并不擅长给间谍挖陷阱，但图珀接受了我说的话。这是一个貌似可信的谎言，要是再重复一遍，会引向何处，我们也无从知晓。

“我们最好去开会了，免得别人八卦我们在这干些什么。”

图珀领着我到达会议室，环绕着那张破旧的胡桃木桌的，是一把把伤痕累累但仍很结实的轮椅，我选了一把坐了下来。

朱迪塔·林顿将一条丝带书签塞进了一本巴掌大小的书里，应该是本流行小说，“早上好，罗宾。雅各布的葬礼过后，我就没见过你了。你最近好吗？”

真友好，但她是在打探更多信息吗？如果我相信崔斯坦的话，这些为团结联合运动指引前路的人中，有一个是间谍。

是哪一位呢？塔珀·贝尔？朱迪塔·林顿？史密斯医生？艾格尼丝·盖博？加布里埃尔·梅多斯？普雷斯顿·格莱姆斯？这些都是我的朋友，是运动的支柱，是社区的基础。怎么可能会有间谍呢？我信任这里的每一个人。我喜欢他们。但他们中的一人却要给阿尔伯特·杰赛普这样的敌人报告我们的决定？

“对不起，我迟到了。”我坐的座位靠近墙上高挂的小窗户。暖气片散发的热气温暖了我的后背，但我仍戴着一双无指手套，抵御房间的寒气。

“我很高兴你来了。”普雷斯顿把水倒进杯子里，杯子因多年擦洗而刮痕累累，变得模糊不清，“终于来了。”

“她不能从前门进来。”特蕾莎在黑板附近的座位坐下，戴上眼镜，“不过这倒提醒了我。你能不能从日程安排里抽出点时间，过来诊所值班呀？把这个登载在报纸上，可以展现你热心于社区护理工作。”

“这是个好主意。”普雷斯顿说，“你觉得能什么时候开始？”

“我不知道。”我说，“不过在自由议会举行完会议后，我大概可以组织这样的活动。而且我一直在思忖，我们不对媒体曝光时，哪里可以作为我们的开会地点。”

“你确定要在政府大楼前的广场上举行会议吗？”朱迪塔问道，“也许下一次会议我们应该预定金斯顿体育馆来举行。”

“我们需要筹集更多的资金来购定会议场地。”我找到笔，拔开笔盖，手里拿着记事本，“我觉得我们可以继续在能欢迎公众参加的地方举行会议，但天气随时都有可能变坏。我们需要一个室内地点。”

“别讨论这个了，我们在浪费时间。”艾格尼丝宣布，“你们都没看报纸吗？”她打开《河畔城监察报》的特别活页，上面详细介绍了泽林德的涡轮机，包括如何制造涡轮机的说明。“这是一项突破。一项不可思议的突破！虽然我不明白为什么你们没有告诉更大型的报社。”

“我们告诉了。”我说，“《监察报》决定印刷的一切资料，我们都一并给了他们。”

“啊！”艾格尼丝说，“他们不相信你们吗？”

“他们似乎是相信的。”我耸了耸肩，“但唯有《监察报》刊登了。”

《先驱报》和《星辰报》都对泽林德的模型抱以深刻的印象。这本该是头版新闻。但《先驱报》刊登了一篇介绍塞弗林·蒙特罗斯选举中的民选成员的报道，《太阳报》则集中报道了国王承诺尽快恢复网络运转的消息，配图是塞弗林国王摆好姿势坐在明亮的台灯旁，照片更突显了他的英俊。但文章中并未提到索普涡轮机。

“这不可轻视。”艾格尼丝说，“你们家族的泽林德发明了一种可以生产以太的手段，而同一时间，国王声称有解决办法。”

“他的解决办法就是泽林德的涡轮机。”我说。

“但为什么泽林德不参加比赛赢取胜利呢?”图珀问道，“为什么 *Ta* 把设计免费送给别人?”

我的舌头开始蠢蠢欲动，想要把事实说出。我拿起水壶，将冷水倒进杯子里。我能告诉他们什么呢？这要是在平时，我早就把一切都告诉他们。我想都不用想就会将整件事全盘托出。但如果崔斯坦是对的，这其中的某个人就不可信了。

“说来话长。”我说。

“你有时间说出来。”朱迪塔说，“我相信泽林德的设计是奏效的。但我不能理解的是，为什么 *Ta* 拒绝了二十五万马克奖金。”

我能做的就是转身离开。我对委员会说过的任何话都会直接传到阿尔伯特·杰赛普的耳朵里。但我不能不告诉他们，那样会产生怀疑。如果我们之中有间谍，我就不能泄露我所知道的信息。

但他们会汇报会议上说过的一切，包括我要“惊喜”地出现在诊所里值班。我们所有的信息都被泄露了。图珀可能是间谍，但也可能不是，普雷斯顿也是一样。我一想到这点就眉头紧锁。虽然阿尔伯特会搞破坏，但在整件事里唯一看起来居心叵测的就是国王。

“比赛的条款有一些难以接受。”我说，“他们要求发明者放弃发明权。”

“这太不公平了。”加比说。

“泽林德把发明交予公共财富公开出来，也意味着放弃产权。”朱迪塔说，“肯定不止这点。”

“其余的我猜都可以猜出来。”图珀说，“国王想夺取任何可以运转的发电机，重新给网络供电。艾兰国电力照明公司不是王室企业，而是私人公司，会马上回到以前的状态，重新大笔大笔地赚钱。我说得对吗？”

委员会成员们转向我，“他说得对吗？”

“我们也是这么想的。”我说。有了。有主意了。“国王试图通过加倍悬赏和王室加付费用增加甜头，但泽林德没有立即同意，他就即刻下达命令交出涡轮机。”

阿尔伯特如何能用这个信息来做文章呢？揭露国王绝望和贪婪的真相，对他而言，有什么帮助呢；对我们而言，又有什么损害呢？没有。

普雷斯顿把水杯放在一个五颜六色的钩织杯垫上，“而泽林德，毫不畏惧，把发明交给了人民。”

“泽林德想要设计一种房主可以安装在屋顶上的涡轮套件。”我说，“这样一来，就没有人要被迫向艾兰国电力照明公司购买以太，或者他们可以用自己的涡轮机减轻网络费用。”

“你没有做这件事的资本。”普雷斯顿说，“资助完选举，运动资金就被榨干了。你上哪里去找那么多钱？”

现在这个信息阿尔伯特就可以利用。他甚至可以说服他的家族去实现这一想法。他有资本，有关系。我接下来说的话只会对他有益处。

能揭示真相，就别编造谎言。但真相不可揭露时，撒谎便无可避免。

“我们有个计划。”我说，“打算提供一个机会给小额和大额投资者。泽林德希望制造过程能创造就业岗位，也希望每个人都能拥有商业运作的股权份额。”

“但如果这行不通，国王可就获胜了。”加比说，“没有钱创立公司，寡头决定收取多少费用，我们就得交多少。”

“这个时候我不可多言。这是泽林德的企业，不是我的，但*Ta*准备好分享股权时，我们会宣布这一切。”

也许这很大程度上并不是谎言，而是在期待真相的到来。如果我们能说服足够多的人筹款，或者提前订购涡轮机，也许泽林德的梦想就可以启动了。但如果崔斯坦没错，那么这屋里的某个人会将这件事泄露出去。

这让我很不适，委员会离开了地下室诊所，但我留了下来。我躲到休息间里洗茶杯，直到厨房的门再次打开，普雷斯顿·格莱姆斯带着一叠小盘子走进来。

“你不必这样做。”

“我不介意。”

“总之，我想和你谈谈。”普雷斯顿说，“我不确定我们对杀害雅各布的凶手有何跟踪进展。报纸上没有任何相关报道，这种漠不关心让我很是烦扰。”

一只碗从我手中滑下，落入水中，溅起水花。这是巧合吗？可能是吧。我们中间是不是不止安插了一个间谍？那么他们都在钓取同样的情报？

我的脑袋因焦躁而嗡嗡作响，“像雅各布这样高调的谋杀案，警方有什么理由不调查?”

“他们可能在隐瞒信息，因为他们不想打草惊蛇，让最有嫌疑的人员离开城镇。毕竟火车现在开行了。”

“也可能是凶手已经离开了。”

“你知道我是怎么想的吗?”普雷斯顿问道，但他没有等我回答，“凶手显然是个神枪手。舞台正对着三栋公寓。要上屋顶有多难?”

我点了点头，“可能案件就是这样发生的。但我们应该跳脱出思维束缚，阿尔伯特·杰赛普并没有站在那个屋顶上，他可能雇佣了那位杀手。可我们无法接近他，无法论证这一点。”

“住在那几栋楼里的都是证人。我们应该去问问他们有没有看到可疑人员。你怎么没有去问?”普雷斯顿对我摇了摇手指，“我有个朋友在警察局工作。我们可以查出是否存在与犯罪组织有所关联的人员曾在军队里受过狙击手训练。”

我们自己的猜测，回荡在我脑海里。“普雷斯顿。”我说，“你那想法要么就是一大进展，不然就只是想得很好。”

但我稍稍放松下来。普雷斯顿并不是在钓取信息。他是想逼我去侦查，确认他的猜测罢了。“你想让我去调查吗?”

“没错。”普雷斯顿说。“这个解释是唯一能说得通的。”

“谢谢。”我说，“你在警察局的朋友驻扎在哪里?”

“哈尔斯顿城。”普雷斯顿说。

“请随时向我汇报最新情况。”

普雷斯顿向我露出了他难得的笑容，然后把那叠盘子留给我洗，离开了。

大家都走了，我还一直在打扫，十分钟过后，我悄悄地从后门出去，绕过会堂，往沃特街方向走去。

但当我转过街角，世界就缩窄到了社区会堂信箱的把手上系着的那条黄色丝带上。我屏住呼吸走近，尽量不让自己显得过分关注，些许阳光投射在箱把手上的“背叛”，我经过时，往身后瞥了一眼。

边上的钟面用粉笔写着两点钟开会。

看来指导委员会中的某位有话要说了。

第十七章 纸张的暴政

我赴约去与泽林德和密涅瓦女士喝茶，现在快要迟到。玛丽公主酒店内，一只猫迎接我，在我腿边蹭来蹭去，呜呜地叫着。我抚摸着它的条纹背部，接着发现一只灰猫栖息在放满果酱罐头的架子上。第三只猫从一堆箱子后面偷偷摸摸地爬了出来，趾高气扬地踱步，尾巴像个问号一样翘着。

第一只猫没有理睬他们，可每当我想起身站直，它就喵喵地叫唤。

“哎，好吧。”我嘟囔着，弯下腰。这只猫跳入我的怀里，用它那毛茸茸的下巴在我身上蹭来蹭去。

猫咪发出咕噜咕噜的喉音，亲热地对你撒娇，这种情况下就很难思虑过重。我疯狂地幻想着，先是图珀，然后是朱迪塔，接着是指导委员会的每一位成员把那条丝带系在信箱上……我为什么不冒风险走到前头去呢？这样我就能看到是谁系的。然后——

知道了又有什么用？无论如何，我当时被绊住了。我必须忘掉这件事，去找出间谍。他们之中哪个人背叛了我们所有人。是哪一个人泄露了信息，将雅各布置于狙击手的包围圈中。

猫咪把头贴在我的脸颊上，喵呜喵呜地叫着。

“我知道，我应该要抚摸你，这是我在这世上唯一要干的活儿。”但猫咪的毛发很柔软，皮肤随着它满意的咕噜声而颤动，它那带着鱼腥味的呼吸把我带回了玛丽公主酒店。密涅瓦不在她的公寓里，厨房里漆黑一片，空无一人。大厅里声音响起又沉下，拱形屋顶将声音吞噬掉。

我误打误撞地，居然遇上了一场会议。从大厅里飘浮的声音中的情绪来看，这不是一个快乐的会议。有人喊道：“他们不能这样对我们！”我赶紧从另一只黄褐色条纹猫身边走过，这只正吃着一只伤残的小老鼠呢。

凯奇家族成员围着密涅瓦，她手里拿着几张粉红色的纸。粉红色的纸可能是私人信件，但上面的印刷大写字母是在通报着什么官方事宜。

“发生了什么事？”我问道，让-玛丽突然哭了起来。

泽林德抱着她，轻拍她的肩膀，说：“恐怕是诺琳的最新行动。大家注意。”*Ta* 说，“我们必须竭尽所能改善这个地方。这意味着我们必须把整栋楼从上到下打扫干净。不能有一丝灰尘。我们必须检查所有的煤气装置，测试管道系统，评估天花板、墙壁和地板的情况。他们来之前，我们只有一个星期的时间，所以我们没多少时间可以浪费了。”

“他们是谁？”我问道。

密涅瓦把通知递给我。

卫生安全检查员将要检查玛丽公主酒店是否存在隐患，确定建筑架构是否可以安全居住。我认真研读文件，在博勒加德工作这么久，我都有写过表格和记录册。

“第 8 行检查原由下面，他们全部列出第 22a 点，根据这个，原因 22a 是公民控告。你们被用来当出气筒。”

“既然你知道这些东西，”泽林德说，“那说说看，我们要怎么为自己辩护？”

“唯一的办法就是反审查，所以你们可以对城市检查员带来的决定提请上诉。”我说，“但如果城市检查员通告这栋楼不适合居住，在上诉期间，你们就得把酒店腾出。”

科拉哭了，艾玛赶忙抱着婴儿离开，眼泪快要落下。

“所以我们必须在一周内让这栋楼达到标准。”泽林德一只手掠过眉毛，揉着似是发疼的太阳穴，“我们要怎么做才能达标？”

“我们得请大家帮忙了。”我说，“你们每一个人都来自不同的家族，那肯定都有人能帮忙修缮。”

“老实说，这栋楼的状况还不错。”泽林德说，“我一直在建筑和装修工地上转悠。这里不需要修缮太多。”

泽林德周围所有的族人都放松下来。但猫咪推开我，扑通一声踩在地上，漫步走开了。它毛茸茸的身体带来的温暖在凉爽的空气中逐渐消失。

我不能隐瞒我的疑虑。我不能让他们无所准备。我清了清嗓子，五十双眼睛注视着我，“可能没那么容易。”

让-玛丽那张满是泪痕的脸转向我，“为什么？为什么我们不可以把它修好，然后通过审查？”

我把通知还给了密涅瓦，“一份公民控告应该不至于让这个程序这么快就启动，但表格上有一行住户人数，上面写着约一百人。这意味着控告是最近的。也就是意味着——”

“贝蒂。”泽林德说，“是她提出的控告——她还贿赂人递送通过了这份文件。”

我颔首道，“我也是这么想的。并且，她会贿赂他们通告宣布这栋楼不安全。你们有权上诉——但损害已经造成。”

我周围都是愤怒的脸，流淌泪水的脸。他们握紧拳头。他们手臂环抱着瘦弱的肋骨，试图保护自己的心。但我还没有告诉他们我最担心的东西，在说出更多噩耗之前，我深吸了一口气。

“我想他们可以利用这次检查在关于密涅瓦女士行为能力的听证会上对付她，作为她并不能独立管理家庭的证据。”我说，“步步是陷阱。”

“这真像贝蒂的作风。”泽林德说，“能彻底击垮对手，就绝不手下留情。”

“你怎么知道贝蒂？”密涅瓦问道，“你好像很了解她。”

泽林德叹了口气，“她是我的母亲。”

“所以你才会对建筑这么了解。”密涅瓦说，“你是贝氏家族的人。”

“曾经是。”泽林德说，“但毕竟我和外族人结了婚，改了姓了。”

“但你可以跟她谈谈。”让-玛丽说。

“我们不再说话了。”泽林德说。

“可是我在火车站看见她了。她是来认领你的。她想带你回家。你拒绝了她。”

“让-玛丽——”

“不要。”让-玛丽突然离开泽林德的怀抱，“你能解决这个问题。我知道你能的。她会听你的话的。只不过是请你让她停止这一切。让她不要夺走我们的家。”

泽林德的双臂环抱自己，“但我知道她想要什么。”

“那就给她啊！”让-玛丽哭着说，“她想要什么就给她啊！不要让她抢走我们的家！你是唯一能拯救我们的人！”

泽林德的脸垮了下来。*Ta* 紧紧地按着让-玛丽的头，逼她低下头来看着他，“请不要请求我这样做。求你了。我会解决一切问题的。我会留下来，解决一切问题，他们不会夺走玛丽公主酒店的。”

“他们会的！”让-玛丽哭着说，“你知道他们会的！我永远都不会原谅你，是永远！”

“让-玛丽！”我大喊，“你怎么能这么说？”

“因为这是事实。”让-玛丽也喊道，“泽林德可以解决这件事，可 *Ta* 不愿意！整个家族都需要这个家，可 *Ta* 就是不愿意帮忙！”

“你都不知道自己想要什么吧。”我说。

“我知道！我想要我的家！一个让我们所有人都安全的、属于我们的地方，问题是 *Ta* 的妈妈想把它夺走，*Ta* 却不阻拦她！”

“我不能。”泽林德低语，一滴眼泪从 *Ta* 的鼻子上滴落，“求你了，我不能。”

“离开这里！出去！”让-玛丽把泽林德往门外推，“如果你不愿意帮助我们，那就出去！”

我把她从泽林德身边拂开。让-玛丽踉跄了几步。我搂着泽林德的腰，带 *Ta* 离开，引着 *Ta* 绕过猫和箱子，走到街上，寒冷的空气冻住了 *Ta* 的泪水。

泽林德在回家路上安静又可怜，但 *Ta* 不让我放开手。我们靠在一起，穿过一条条街道，脸被河畔的风冻僵了一半，周遭除了靴底挤压雪地发出的吱吱声外，再没别的声音。泽林德身上散发出痛苦的气息，我也被卷入其中。

凯奇家族最大的支持者莫过于泽林德。*Ta* 帮助他们重振了酒店，使它从一个蜘蛛网帝国变成了避风港。*Ta* 把猫群带了进来，族里许诺给猫咪肉吃，给它们一个温暖的家，来让它们帮家族抓老鼠，获得它们的喜爱。这也让让-玛丽要求泽林德做得更多的时候，会不加考虑 *Ta* 的立场感受。

这不公平。尽管让-玛丽积极主动，但她还是个孩子。她经历过难以想象的可怖之事。索普家族从来没有成为她的家。我看着她畏畏缩缩地礼貌待人，像客人那般踟蹰犹豫，尽可能不烦扰别人。生活在陌生人群的殷切招待中，她从未褪去惶恐。

泽林德在我们进屋之后就松开手。*Ta* 无视柏妮丝的呼唤，走进客厅，爬上楼梯，独留我面对温柔又好奇的族人。

“*Ta* 怎么了?”

“坏消息。”我说，“玛丽公主酒店正在进行安全检查，我们很确定贝蒂和她的贿赂是幕后操手。”

柏妮丝从编织绳中抬起头来，“那个女人。她的父母把她宠坏了，现在她认为这个世界存在的目的只是给予她想要的东西。

上去吧，我们不会留你的。”

我向柏妮丝点了点头，跑上楼梯，一手拈起褶皱裙摆，蹑手蹑脚地走进我们的房间。

泽林德不在窗边的椅子上。小浴室关着的门后传来一阵水花声和水龙头流水声，我迅速挪进我的床和泽林德睡的简易床之间的狭窄过道，坐在床沿边听着，一直到水排干和水龙头安静下来。

门杆扭开了。门吱吱作响。泽林德悄然走到简易床和床之间，挨着我坐下。

“我不想说话。”*Ta* 说，“我不想讨论选择。没有选择可言。”

我已经想到了一个办法。我们两个一起讨论的话，能再想出三个。有一个办法可以解决这个问题。但我靠在 *Ta* 身上，*Ta* 弯起双臂拥我入怀，我们俩就这样滚到床上。

“就……就让我在这里吧。”*Ta* 说，“让我待在这里，让我待着。”

Ta 身上有雪松和兰花的清香，再混着 *Ta* 毛衣上的羊毛脂味，很是怡人。我沿着毛衣上一个靠近手肘的，缝补过的补丁处找到了一个凸点，手指在接缝口摸了又摸，摸了又摸。泽林德的手臂搭在我的腰上，手肘弯曲，这样 *Ta* 的手臂就按着我的后背。

我们没有动过靠枕，它那棉线编织成的蕾丝边还是硬邦邦的，挤压着我的脸颊。我的辫子散落得到处都是，泽林德把 *Ta* 的脸颊贴到我的发辫上，闻着苔藓汁液和棕榈油，玫瑰和迷迭香的味道。

我们依偎得更近了，额头贴在一起，以同样的节奏陷入呼吸。我的想法在脑海中急促地跳动着，但我没吭声。泽林德不需要我的想法。泽林德需要的是沉静的锚，*Ta* 通常是我的锚，带着平稳的呼吸，给我始终如一的抚慰。*Ta* 需要安慰。以及安全感。

我没作声。这样就挺好的。鼻子上痒痒的，我没去挠；本来还想动动腿、活动活动脚踝，我也忍住了。毕竟我就是泽林德需要的人啊。直到 *Ta* 终于把我拉近，瘦长结实而又有力的手臂紧紧缠绕着我的肋骨。

“你有办法。”泽林德说，“你想到了一个折中的办法。”

“她希望你回归她的生活。”我说，“这是你必须要给她的，用以换取玛丽公主酒店。”

泽林德叹了口气，“我知道。”

“所以她可以得到一些她想要的东西。”我说，“允诺她你会定期去看她。每周一次，吃顿晚饭。”

泽林德摇了摇头，“她不会——”

“让她觉得自己是被需要的。向她寻求帮助。让她在涡轮机业务上给你建议——”

“如果我母亲通情达理的话，这些手段早就奏效。”泽林德说，“但她想要整条胳膊的时候，绝不会满足于一根手指。”

“那就转变方法。”我说，“告诉她，如果她不放过玛丽公主酒店，你就永远不见她，即使她快死了也不见。以此威胁她。”

泽林德对我微笑，如同一根针刺进了我的心里。

“我爱这家酒店。”*Ta* 说，“它太宏伟了。墙壁有九英寸厚。它的骨骼是用钢建就的。这就是为什么到了这个年龄，它还能如此高挺——当时每一项顶尖建筑技术的碎片都融进了它的体内，每一个建造细节同它的华美一样，都是经过深思熟虑的。”

笑容消失，“而母亲会把它砸碎在地上，这样她就可以建公寓。我必须阻止她。不仅仅是为了家族，更是为了老夫人——”

“等等。”我说，“就是这个。”

“什么？”

我一只手肘撑着自己。“玛丽公主酒店，它是历史上绝无仅有的，对吗？”

“没错。”

“甚至可以说是最后一座？”

“他们建造它时，它便是独一无二的了。”

我捏了捏泽林德的手臂，“这就是你拯救它的方法。它是具有社会和历史意义的遗产。如果贝蒂意识到她要推倒的是一座纪念碑，她就得再三考量一下了。”

“她会很生气的。我都等不及要看她的脸色了。”

“你可能要更精明点。”我说，“告诉她，你每周会和她共进一顿晚餐——如果她不同意，那我们就用超多繁文缛节包裹住玛丽公主酒店，让她永远别想染指这房产。一手拿萝卜，一手拿棍棒。泽尔。这个会奏效的。”

“也许吧。”泽林德说，“和她共进晚餐，每咬一口菜，我都会噎住，但如果能保住玛丽公主酒店，我愿意。”

“我们明天就开始请愿。”我说，“你还要给你的母亲写信。”

“那就明天吧。”泽林德说，“现在，我只想待在这里。和你在一起。我们可以这样待着吗？”

我蜷缩回 *Ta* 的怀里，“你想待多久都可以。”

第十八章 会议第一天

我们缠绵在狭窄的床上，睡至天亮。

昨晚我没把衣服摆好，所以今早我在一柜子的衣服里挑选好穿着后，我们才硬着头皮下楼吃丰盛的早餐。不一会儿，我们走上主街，来到了政府大楼前等待的人群中间。黄色丝带在衣袖上飘扬，人们穿着军大衣前来观看自由政府第一次会议，统一的制服灰色调使得他们看起来像一支军队。他们戴着连指手套，用手拍掌，打闹着，嬉笑着，呈马蹄形围聚在穿着天鹅绒领大衣和锃亮的鞋子的公民身边。

他们看着我爬上宽而浅的台阶，加入他们的行列。我数了数，阶梯上有三十五位民选议员——都是来自金斯顿城的，还有一小部分是来自离城最近的选区。在他们身后，站着十几个身穿绯红色长袍和披肩的人。王室护卫队挡住了进去的路，盯着我们，警惕任何不法行为。记者被警戒线拦在一旁，你推我搡地往前挪，以便能拍下照片，更好地听到会议进程。每一个人都是来见证历史的，这种认知让我的手掌在灰色皮革手套柔软的内衬里变得汗津津。

我用手抚平借来的短款斗篷的前面，转向民选议员们，“感谢你们的到来。”

我在议员们中间穿梭着，与每个人握手。我重复念着他们的名字，与我认识的当地议员简短交谈，接着转回面对我们的观众。

“感谢——”扩大的声音吓了我自己一跳。我环顾四周寻找声源，看到了前排的风力编织者。我向他们颔首致谢，又试了一下，“感谢你们今天的到来。”

掌声如雨点般落在我身上。好奇到要来参加第一次会议的人为抵御严寒裹得严严实实。他们带来了很多热茶和苹果酒，在一片欢呼声中，空气都荡漾着苹果酒香。

“我答应过你们，要建立一个为你们，为人民服务的政府。第一天我们站在这里，准备好听取你们的意见。更多的人正坐火车进城，但他们到了这里就可以追赶上我们的进度了。”

人群里响起一阵笑声。

“我要请你们做的是写短笺。简单写下你最关心的事情，如果你在这里看到你的民选议员，就把短笺给他们。如果你没看到，那就把他们交给我。我会处理好他们。”

大家得相互传借笔纸，但第一批拿着短笺的人爬上了楼梯，把他们交给了他们的议员。我仰脸朝向浮云密布的天空，深深地呼出一口气。一切都进展顺利。我们要开一个小时的会，而我已经猜到第一项工作了。

民选议员们读了一遍他们的短笺，像握牌一样把它们分类好。他们对给他们带来短笺的人说话，感谢他们投出的选票。你看到这个了吗？我想，勘探着内心寻找雅各布的踪迹。你能看到我们所做的事吗？

我的内心，一股莫名的暖意荡漾开。

我屏住呼吸。雅各布，是你吗？

但再没其他感觉升起。也可能本来就没有任何感觉。

我转身看起了我的短笺。我们需要加薪，很多人说。我们需要快点恢复以太，更多的人说。启动涡轮机工厂，让我们工作。我整理了一下要求银行降低账户费用的请求。有十几个请求是要求杰赛普家庭食品公司改善工作条件。一些人表示担心地主故意忽视他们的建筑，过快地提高租金，可他们却没有地方可以搬走。我四周的人民，逐步适应了指引自由政府制定目标，而我们要为他们而战。

我翻看短笺时，红色的点点引起了我的注意。越来越多王宫里的卫兵冒险来到外面，用身躯包围人群。人们注视着他们，交头接耳，不安的情绪在人群中漾开。

这可能会引发纷乱。我必须安抚好他们，还有卫兵。今天不应该出现麻烦的。

“欢迎勇敢的国王护卫队参加我们的会议。”我叫道。我的扩大的声音在人群中传开，“这也是你们的政府，公民们。如果你们有时间，我想请你们写一张短笺，谈谈作为艾兰国人，你们最关心的问题。”

他们没有一个人移动脚步接受提供的纸笔。他们站在原地，观察人群中是否有麻烦，或者任何他们可以称之为麻烦的东西。

“很抱歉，你们的职责所在，使得你们不能参与其中。”我叫道，“但是当你们在家的时候，我鼓励你们私下里写给你们的民选议员，告诉他们能做些什么来帮助你们和你们的家人。”

我拍了拍手，针织皮革手套下手掌嘭嘭作响。其他成员也接过话茬，奉承着。人群也礼貌地附和我们。

友好的姿态完成。我们暂时是平和的。

“本次会议现在开始。我邀请东金斯顿-伯德兰的民选议员罗德尼·怀特-哈里斯发言。你所讲述的内容中，什么是他们生活中最重要的问题?”

罗德尼是一个身材魁梧的年轻白人，他的耳朵在与军人一般长短的红发中格外显眼，他走上前，查阅他的短笺，“他们想知道更多关于生产以太的风力涡轮机设计，夫人。他们想知道涡轮机什么时候到来，他们如何去帮助建造它们，并送到需要它们的屋顶上。”

新的一群人加入了人群中，雪地护目镜遮住了他们的眼睛——灰星人。我看着他们散布在观众中间，和邻居们聊天。

“和我的一样。”另一位民选议员说，“他们谈论到需要工作和更好的薪水，但每个人都热切期待这个风力装置。他们想尽快得到它。我们需要做些什么来推动它的投入使用呢?”

几乎每位民选议员都说了同样的话——纵使以太不是他们的人民首要关心的问题，也会与第一个相距甚微。我倾听了他们的讲话，点了点头。下面，众人听着，距离拉得更近，想听听他们的领袖会怎么决定。一位灰星人举起一只手，两根手指张开成“V”字形。这是我在博勒雷德退伍军人医院工作时就知道的信号，意思是“一切正常”。

他们为什么要互相打信号？他们分散在人群中，没有两两站在一起，他们肯定是要捣鬼。

“很明显，亮起灯光是我们任务的重中之重。”我说，“计划书解释了涡轮机如何工作，但我们没有办法量产它们，而这个量产资源应该由王室提供才对。我们是否要写一份请愿书，代表人民提交给总理？赞成还是反对。”

“赞成。”民选议员们异口同声地宣布，我们对面的听众也加入了进来。

“那现在就开始策划我们的提案吧——”

政府大楼的大门突然打开，红衣卫兵手持警棍和铜边手铐涌到外面。

“你们这是非法擅闯。”一名梳着辫子、戴着白色官员假发的卫兵大声喝道，“立即散开。我们坚持要求你们立即散开。”

但卫兵包围了我们，任何靠近的人都会被逮捕带走。既然服从是如此明显的陷阱，他们又怎能指望我们服从呢？

我清了清嗓子，指着广场的尽头，“把那个出口的卫兵撤走，我们就走。”我叫道，“我们不想惹麻烦。”

“不配合就采取更强硬的手段。”军官叫道，我气愤不已。

“我刚才说了我们会配合。把你们的人从那个出口撤走，我们会有秩序地离开。”

“我们命令你们立即散开，离开这里。”

“你这个榆木脑袋的橡胶靴，你挡住路了！”一名观众挥舞着一双紧握的拳头喊道，“让开！让开！”

其他人也叫了起来，“让开!”

人群中的灰星人举起拳头，但很快便放下，因为其他人接应起这个手势，仍对着卫兵们反复地高喊。越界了，肯定要带来麻烦的。

围堵人群的卫兵纷纷后退。在我身旁，一位民选议员长吁一口气。

“他们往后退了。”她说，“他们在让我们离开。”

但是，麻烦似有一百只小脚，爬上了我的背脊。唯独那名官员还站在人群前方。他举起一只手，卫兵们伸手进佩囊里，扯出棕色的橡胶面具。

我吓坏了。防毒面具。那些是军队发放的防毒面具。两名身穿红衣的卫兵，戴着让他们看起来像是昆虫的橡胶面具，手持金属罐冲了过来。

他们拉开拉环，将它们扔进人群中，金属罐的一端喷射出烟雾，飞得摇摇晃晃。

“催泪瓦斯!”有人喊道，“快跑!”

烟雾飞扬。人们大喊大叫，四处逃散。一个人跪倒在地，痛苦地嚎叫着，在烟雾中喘气。

我的眼睛刺痛。我用系在脖子上的丝巾捂住了脸，但这还不能挡住烟雾。我闭上眼睛，眼泪狂流，想把瓦斯冲走，可丝毫不能缓解刺痛。我被自己的口水呛到了。

我呼吸空气时如火烧一般，与气体接触的皮肤被灼伤。

咳嗽、窒息的人们在人群中摸索着前进，拖着彼此到瓦斯雾外呼吸新鲜空气。人们试图捧起雪来减轻痛苦，却在埋头那刻发出嘶喊声，警告了别人不要有这种想法。

我喉咙发紧，说不出话来。我又紧紧地眯着眼睛，但疼痛并没有消失，眼泪滑过脸颊就像沸腾了一样，火辣辣地发疼。

在我的周围，人们步履维艰，又目不能视，痛苦地抽泣着。

“我们需要水。”我又试着说，“肥皂和水，把它洗掉。我们——”

我咳嗽着，泪如雨下。他们向我们施放毒气。我们是公民！他们对我们使用战争武器，把我们当成敌人，而我除了咳嗽和哭泣，什么也做不了。

他们怎么能这样对我们？

罗德尼推着我从阶梯上下来，进入混乱之中。他躲避着通过人群，寻找出路，手紧紧地抓住我的手——但安全出口在哪？我们被头戴防毒面具的卫兵包围，他们就等着围捕我们。

我的脸依然刺痛，但泪水流得太多，糊住了双眼，看到的仅仅是模糊的形状。卫兵强行闯入近乎无助的人群，红色与灰色糅杂在一起，他们试图恢复——他们在做什么？

一件红色大衣充斥了我刺痛的视线，一个卫兵抓住一个女人，将她的双手反剪扣在身后，驱赶她离开。另一个卫兵抓住了罗德尼，罗德尼松开了我的手，留我一个人在大喊大叫的、漩涡般的人群中。

我想喊叫，但咳嗽攫住了我。我举起手来，但没有人看到——另一个公民转身推撞卫兵，又被推了回去。

在我周围，人们推搡着，互相拉扯，试图突破卫兵的包围圈。我踉踉跄跄地移动着，看到有人倒在兵荒马乱之中，恐惧骤跃于心头。在我的左手边，另一个卫兵冲进人群，粗暴地抓住一个年轻男孩的胳膊。他大喊一声，一个身穿军大衣、戴着雪地护目镜的女人从口袋里掏出一大块砖头。

“别这样！”我喊道，挥舞着双臂。她用它砸在卫兵的脸上，血喷溅而出。

那些暴力的导火索被抓住，可怒火也蹿至空中。

现在，人群成了暴徒，他们在推搡着卫兵，拖扯着那些从他们身边被卫兵逮捕走的人。

“我们必须跑。”我喊道，“快跑！”

我拽着人们的大衣，试图引导他们。我推着他们朝一个方向移动，但另一群人，身穿灰色衣服和雪地护目镜，横穿我们的路，大喊大叫，从口袋里掏出石头。

一块石头在空中划出一道弧线。

“不！”我说，眼前恐怖的景象使我的双手变得冰冷。

我需要出去，但我是潮水上的一叶浮萍，随着群众中盛怒的人流，被肘挤着，推搡着。他们涌上前，大声嘶吼，手脚并用揍着卫兵。卫兵们则用猛击来回应——警棍的一端戳在人们身间，电得他们喘不过气来，卫兵们接着抡起棍棒打到他们的头骨上。一些王室护卫队的卫兵在打斗，另一些则将人们拖拽出来，把他们捆在一起，等候处置。

一片狼藉混乱。这是错的，全是错的，化解紧张局势的契机彻底被破坏了。

一个戴着护目镜，穿着军大衣的女人踢着试图拖走她的卫兵，奋力想要挣脱出来，直到两名灰星人过来拽着她离开。

卫兵抓住了一个十几岁的男孩，人群决心要抵挡住我们的对手，涌过去把他拉了回来。男孩消失在队伍里，从口袋里拽出石块扔向本来捉住了他的卫兵。

这场集会——自由政府和平、有秩序的第一天——被践踏在暴徒的脚下。他们袭击了王室护卫队，设法抓住了一个卫兵，把他扯进了漩涡般混乱的人群中。我看到他伸出一只手，大叫着要他的同伴来帮他。

那是不能容忍的。我在人群中挣扎杀出一条路，拼命地寻找卫兵的红衣——在那里！我用手肘推挤着，来到他的身边。我扑到他身上，张开手臂护住他。他头皮处的伤口和鼻梁断裂处鲜血淋漓，我紧紧地抱住他，准备承受落到他身上的重击。

但意料中的重击没有落下。准备揍死他的人退去，我拽着卫兵一起走。我们奋力退回上了台阶，卫兵们也涌上前。一只令人痛苦、要粉碎一切的手紧紧地抓住我的手腕，接着像空气一样冰冷的东西使我遍体刺骨，然后灼伤了我的皮肤。

我的视线扭曲。恶心感像是海浪一般撞打着我。粗糙的手把我拖上了剩余的阶梯，如果他们没有揪着我的脖颈，我就会摔倒在地。我被甩给其他卫兵，他们在等候着收拢起被拘捕者。一个扎着金发辫子的女人反拧我的双臂，押着我进入圆形大厅，宣读逮捕令。

“你们因聚众惹事、毁坏财产以及暴力袭击一名王室卫兵而被逮捕，你们说的每一句话都将成为未来刑事听证会的呈堂证供，你们有权保持沉默，但沉默并不能豁免你们的罪行。”

“我救了那个卫兵。”我说，“他们打算杀了他。是我冒着生命危险——”

“你们有权与被授权为你们辩护的法学博士见面。”卫兵继续说，“根据法律规定，我需要向你们询问辩护人的姓名，以便让他们了解你们被监禁的情况。”

“总理格雷丝·汉斯莱。”我说。

卫兵如同猎犬一样，摇晃着我，“现在可没时间开玩笑。”

“我没有开玩笑。”我说，“告诉她你们逮捕了我。马上把她找来。”

两个小时以后，我才后悔自己的选择。格雷丝是个大忙人。我没考虑到她不常露面的问题。我们以一种象征性行为宣称我们是合法政府，擅闯越界了。可他们没有必要使用催泪瓦斯，在我们逃跑后，卫兵还与人群起了暴力冲突，但治安法官不会那么看。我们暴动了，破坏了财物，袭击了卫兵，而我作为他们领袖，是有责任的。

总理不能到叹息之塔来为我辩护。“我能帮则帮”并不包括将我从我自己制造的烂摊子里救出来。我应该找奥琳娜的。她本来会从公司派人过来，现在就该在这了。

叹息之塔的牢房已经有几个世纪的历史了，没有抽水马桶，所以发出一股恶臭味，我穿着麻质外衣和裙子发抖，看着其他拘留人员被叫出牢房。他们每一个人都已经见过治安法官。没有人再送返回来。我孤身一人，又冰冷刺骨，不得不咽下自尊，向警卫承认格雷丝不会来了。

又过了四十五分钟，门被打开了，一个警卫走了进来。

“看来你确实有身居高位的朋友。”她说，“你已经被担保释放了。”

担保费可是很贵的。“谁签的字？”

“克里斯托弗·汉斯莱爵士。”

“什么？他不可能签的。”

“事实是，他就在等你。”警卫打开牢房的锁，把门大开，“除非你愿意留在这里？”

我举棋不定。如果我走出这个牢房，重获自由，那就是我欠了他的，他就会拿我的人情债来对付我。我想不明白他会怎么对付我，但他肯定会找到办法的。我肯定也要为此付出代价的。我可不想欠克里斯托弗·汉斯莱的人情。

“我想也许我最好还是待在这。谢谢他伸出援手，但这不是我能接受的。”

“你真奇怪。”警卫说，她关上了牢门，“如果我有这样一个英俊的年轻男子为我着想——”

我抬起头来，“你刚说的是年轻男子吗？三十岁左右？走路时拄根拐杖——”

然后迈尔斯自己走到了门口。“我必须用我的合法名字来处理文件。”他说，“她没有说克里斯托弗·迈尔斯，是吗？”

我扫了她一眼，“没有。”

“行吧，现在你知道了。”迈尔斯说，“这里真冷。拿上你的衣服走吧。”

我的衣服需要好好洗一洗，但至少它们还是归我所有。我尽可能地抖落衣服上的灰尘。我检查了我的东西，发现我的钱包和笔都没有被碰过，但我的万能钥匙却不见了。我签了一份保证书，保证出席听证会，就可以离开金斯格雷夫监狱了。

我站在黑夜寒冷、稀薄的空气中，肺部充盈着暮冬凉爽、清新的气息。是雪的味道，沾染上宫廷广场上燃烧着的篝火烟味。

迈尔斯让他妹妹的雪橇在监狱外等候，他爬上了雪橇，“说说吧。煽动暴力事件。”

“那不是我的本意。”我说，“事情就是自己跑偏失控了——不。没有借口。就是我搞砸了这场会议。”

“你对自己太苛刻了。”迈尔斯说，“也许在政府大楼前召开你们的会议是有点过分，但他们没必要用催泪瓦斯来对付你们。那可是用于战争的武器。”

“可是后来的暴动——”

“换作是我，我也会暴动。”

“其他被逮捕的人怎么办？”我问道。

“他们都要去治安法官面前接受刑事毁坏听证会。大多数人会被罚款。”

“他们付不起罚款的。”我的肩膀沉了下去，脑袋耷拉着。是我让这一切发生的。是我的自尊心让我们陷入了这场困境。

迈尔斯拍拍我的肩膀，“现在好好休息吧。我们明天要进行侦查工作。”

“侦查工作？”

“我和在博勒加德军人退伍医院的阿米莉亚谈过了。她想到时见到你再讲，而不是让我重复给你听。”

"告诉我什么?"

"阿米莉亚认识所有的静默者。战争期间，军方就是这样称呼女神枪手的。她们中很多人会写信给在医院疗养的她。"迈尔斯说，"她说你去见她，她会告诉你所有你想知道的事情。"

黑铁栅栏上拴着几十辆自行车，即便小偷能把它们偷走，博勒加德医院仍然没有把它们锁到一个更安全的地方。窗台还没粉刷——这意味着房间可能还在漏风。我们走上宽阔的石板路（至少松动的石块已经修好了），行至医院的前门。

大厅里回荡着音乐，一群我不认识的年轻士兵围着一个弹吉他的人。从前门刮来的气流让他们瑟瑟发抖，可他们也只是略带好奇地看着我们。我搜寻任何一个我认识的人。

"罗宾!"护士哈丽雅特·贝克冲向我，双手紧紧地拥抱着我，"或者我应该称呼你为阁下?"

我抱着哈丽雅特，"对你来说永远是罗宾，哈里[1]。"

"我觉得这么说很自私，但我们太需要你了。珍妮为鸡毛蒜皮的小事一直威胁要罢工——我们不应该让她接替你。那是个错误。"

"珍妮会学会哪些战役该打，哪些战役该协商的。"我说，"我和迈尔斯来这是看望一个病人。我们是来看望阿米莉亚·萨默。"

---

① 哈利雅特·贝克的昵称。

“你们又来了，真是太好了。阿米莉亚有一阵子没见过访客了。”哈丽雅特说，“我带你们过去吧。”

哈丽雅特把护士们掌握的消息都告诉了我们——谁订婚了，谁怀孕了，谁跳槽去了别家医院，一直到我们护送阿米莉亚·萨默进了一间小访谈室，她才走开，让我们在空的八人病房里谈事。

阿米莉亚有一个装满纱线和钩针的袋子，更多时候，她看向的是手中的蕾丝方块，而不是我们。“我很高兴你来了。”她说。

“我想来看看你。”我回答，“迈尔斯说你不想讲两遍，也不愿冒迈尔斯有可能传达错误的风险。”

“你出现在这是因为克拉克暗杀案。”她从钩针周围抽出纱线时，钩针在熠熠生辉，创作的可能是一块毛毯，也可能是一条围巾，“你认为是静默者中的一员。”

“有可能。”我对着她说，她仍低垂着头，“那是我们现如今侦查的线路。迈尔斯发现了另外四个住在金斯顿的女人，她们都曾在军队受训。”

迈尔斯把手伸进口袋里，“我有她们的照片。”

“让我们看看她们的照片。”阿米莉亚放下钩针，伸出手。她马上翻过第一张。“我不认识她。”她说，“之前从未见过她。她有参加兰尼尔战争？”

“这是米莉森特·罗巴克，以及她没有参加过。”

“那我不能够告诉你任何关于她的事。”阿米莉亚把米莉森特的照片抽移到这沓照片的后面，“不过这张。这是神射手伊芙琳。”

她举起伊芙琳·普莱蒙斯的肖像照。

“神射手?”迈尔斯问道。

“我见过的最好的枪法。”阿米莉亚说，“她能射中从你嘴边掉落的香烟。她也确实做到了。她喜欢把暗杀任务当作消遣娱乐。追踪某个定点位置，只是为了吓唬那些人。”

我看了迈尔斯一眼。暗杀很危险，不是吗?“她喜欢这种刺激?”

“她渴望刺激。越是惊险，越是危险，她越是喜欢。她至少成功了五十次任务，其中大部分都是异常危险的，但她身体有一部分是猫。她可以偷袭野兔。”

阿米莉亚把伊芙琳的肖像照滑到后面，“凯特琳！她会拉小提琴。到哪都带着那玩意儿，当然，执行任务时除外。但她经常为男孩们演奏。无线曲调，众人合唱——每个人都喜欢凯特琳。但我想他们大多数人都想象不到她竟然执行过那么多谋杀任务。”

“你觉得她有可能是杀手吗?”

阿米莉亚摇了摇头，“凯特琳爱上了一个陆军上尉。她结婚了，现在可能正忙着要孩子呢。”

这与我们知道的情况吻合。“她怀孕了。”

“是吗?”阿米莉娅展露笑颜，“那真是太好了。我应该给她做点什么东西。”

她转头看向最后一张照片，“啊，是劳拉。”

我歪着头，“这反应真有趣。”

“对于我们其他人而言，劳拉太优秀了。”阿米莉亚说，“她不把时间浪费在不是军官的人身上。她嫁给布里格斯少校了吗?

她真的很喜欢他。”

“她还是姓德本汉姆。”

“哦？太可惜了。”阿米莉亚说，“不过很少见未婚的少校，你说呢？她现在在做什么？”

“她在王室护卫队任职。”我说，“为塞弗林国王提供私人保护。”

“噢，她确实飞得很高。”阿米莉亚说，“我希望在试图迷住一个国王的途中，她还没心碎。”

“这些都是受过军队远距离狙击训练，且还住在金斯顿的女性。”迈尔斯说，“你认识她们。在你看来，谁会签订合同去做杀手？假如你在报纸上读到一篇关于她被抓捕归案的文章，这些女人中哪一个会让你最不吃惊？”

阿米莉亚把照片递了回去，“你们的脑海里有了静默者的形象。我们是传奇人物。静默者射杀目标，从未失手。有些人一看到我们就害怕。”

迈尔斯转移身体重心，耸耸肩，“我听过那些故事。”

“那些故事让我们很难和任何不是我们团队或者彼此的人打交道。”阿米莉亚说，“我有点了解你们男人是如何被训练成杀手的。很难想象一个女人会经历这些，不是吗？所有那些嘶吼和进攻。但我们不是这样的。他们不是以那种方式训练我们。”

迈尔斯靠得更近了一些，“那怎么训练？”

“因为我是拿着步枪站成一排，喊着‘消灭他们’的口号的，所以我也没有从全国青年射击比赛（二十岁以下组别）的冠军，变成要爬到树半腰，希望情报无误，希望侦察员可靠，希望目标真的在射程内的那类士兵。”阿梅利亚说，“我们深入敌军腹地，在没有无线支援的情况下，冒着生命危险匍匐前进，等待数小时以射杀目标，接着我们得逃回安全地带。我必须相信我的侦察员。我们必须相信我们返回时，指挥官会在那里等我们。我们学会了要安静、高效、隐身。”

“他们训练你们的方式很不一样。”迈尔斯说，“他们用了更复杂的方式。”

“他们给我们做思想实验，灌输给我们，正确的答案、道义的答案都是牺牲一个人的性命，换取其余人的安全。我们学到了谋杀一人就可以拯救一千人的道理，明白了我们一个暗杀任务就能在任何男孩不曾看到危险的情况下打赢战役。”

迈尔斯点了点头，“你们是保护者。”

“他们就是这么跟我们讲的。”阿米莉亚说，“当我们凯旋，当我们从射杀敌人计划中的关键人物归来之时，他们会拥抱我们。他们会赞美我们。他们会告诉我们，我们在这场战斗中挽救了谁的生命；他们会告诉我们，我们在保卫艾兰国，还有自由，以及它所代表的一切。”

“他们利用了你的爱，”我说，“他们利用你的爱让你成为他们的杀人利器。”

阿米莉亚凝视着我们俩之间的空隙——不是盯着我，而是盯着只有她能看到的东西。“指挥官召集我，疯狂赞美我，让我洗个热水澡，吃顿美味的饭菜，喝上营地里最好的酒，我就会觉得没有哪一刻比当下更有价值。我的团队——他们是我的兄弟。然后他们会收拾东西，我们会前往下一个营地。下一次任务。下一场谋杀。”

“而你们都是保护者。你们都是在让男孩们免受战役之苦，或者不必为占领一个城池而拼命。你们保护了他们的安全。”迈尔斯说。

“这就是我们被教导的。我们从来没有足够的愤世嫉俗，没有足够的关怀体贴，没有足够的冷酷无情，故不会为了钱而杀人。我们被训练成为艾兰国而杀人。”阿米莉亚说，“艾兰国和它所代表的一切。”

我浑身发寒，“假定雅各布·克拉克的死意味着拯救艾兰国呢？”

阿米莉亚看着我，“那么你的处境就异常危险。”

我坐了回去，胃里一通翻江倒海，“我。”

“如果我想得没错，枪手是个爱国人士，假如我是你，我会非常小心。”阿米莉亚说，“但如果你是对的，凶手签订了合约，那么你要找的是我见过的最冷酷无情的女人。”

她举起伊芙琳·普莱蒙斯那张目中无人、挑衅好斗的照片，“查查她的行踪。你还记得我说过她喜欢把暗杀任务当作消遣娱乐吗？”

我的内心还在颤抖，“记得。”

“她会向人开枪，让他们受伤。这样他们就会尖叫。她还会当场扔下几个死人，让场面更加混乱。”

我和迈尔斯交换了一个眼神，“她喜欢这样。”

“是的，神射手喜欢冒险。她喜欢人们惧怕她。她喜欢看到恐慌。”阿米莉亚端详照片，然后看向迈尔斯，“我不知道我是否帮上忙了。”

“我觉得你已经帮上忙了。”迈尔斯说，“看来我调查普莱蒙斯小姐的时候，得谨慎行事了。”

“要非常小心。”阿米莉亚说，“你们两个都是。”

第十九章 领先一步

解放巫师：是好是坏？

我真是厌倦了头版头条。我本该去洗盘子的，但现在却站在角落里，读着《先驱报》一篇放在折页上面的文章，写的是政府大楼阶梯上的暴乱。还有一篇新闻报道将泽林德被关押在净化之屋时，他收到的惩戒报告与暴力行径联系起来。自诩是发明家，实际为危险的病人——超过300个违规记录，那个标题写道。

“写的什么垃圾。”我喃喃自语，在我身旁，泽林德在发抖。

“他们会把任何事情都归咎到你头上。”*Ta* 说，“我不是说我没有搅事的时候，但他们把我写成一个因为杯子落在脚趾上，就摔杯子，咒骂个不停的人。”

那简直不能用荒谬加以概述了，这是琐碎的小事，久而久之却会让人精神崩溃，“报纸写得你像是经常试图谋害他人。”

“早知我就该这么做做看。”泽林德喃喃自语，“他们打算做什么，再把我关起来吗？”

“你不能为你的求生本能而后悔。”我合上报纸，把它扔进垃圾桶。

“好吧，他们在污蔑我，至少说明他们没有在抹黑你。”泽林德拣起一条干毛巾，将它递给我，“我厌倦关于暴乱的报道。”

报纸猛烈抨击我们，称政府大楼前大规模的逮捕行动是为了制服野蛮暴力。他们呼吁将被捕的四百号人关进监狱。但是，格雷丝站出来声明这是一名过度焦虑的卫兵的过激行径，向我们道歉，并取消所有悬而未决的刑事毁坏听证会。报社因此陷入混乱，他们夸大的报道被一根针，砰地刺破了。

但没过多久，他们又找到了新的目标。对于污蔑事件，泽林德耸肩带过，但我已经准备好了突袭《先驱报》，强烈要求他们撤回报道。

“这不重要。你的涡轮机将拯救艾兰国。我们会把这个国家拖进公平和正义之中。”我朝桌上的信件点头，在寄给“人民总理”的众多信件中间，躺着一张打开了的邀请函，邀请我们到温妮和杜克家聚会。“工作还要继续。不过今天，我们拯救的是一家酒店。”

泽林德的表情酸溜溜，“我知道我得做出点让步。但我不会喜欢这样。”

“我也没想过你会喜欢。”我说，“你确定不给她写信，安排一下见面时间？”

“我更希望她不要发出任何警告。”泽林德说。

这次见面让 *Ta* 紧张不安得要画眼线，打腮红。泽林德换了三次衣服，最后决定穿一双锃亮的酒红色拷花皮鞋，下身着一条宽腿裤，上身是一件紫红色的丝绸上衣，脖子处还打了一个丝带蝴蝶结。*Ta* 涂上混合草药味的木质调香水，从衣柜里拿起一件多余的军大衣，头戴一顶灰色的夹边帽，宽帽檐遮住了 *Ta* 蓬松的短发。*Ta* 依旧维持着优雅的时尚理念，将其融汇到整套搭配里。我们在街上脚踩自行车时，人们钦慕的目光落在 *Ta* 的穿着打扮上。

我们骑着自行车从沃特街踩到主街，然后沿着菲利普国王山陡峭的山坡往上骑，一路行至贝氏湾景区——那座俯瞰整个河畔城的房子。

我们沉默地在贝氏新月街踩着自行车。我回忆起以前曾来过这幢红砖城堡几次，胃就在翻滚。它大到可以容纳三个家族，但实际上住在这的人屈指可数，仆人数量是家族成员的五倍。我们绕过那些仆人住的街道，泽林德偏过头，凝视那条弯弯曲曲的道路上种植的一排山毛榉树。

“就在那里。”*Ta* 说，我们踩着自行车经过 *Ta* 被捕的地方，没有回头。

我们在门口停下，门房里的守卫跑进车道拉开铁门，看到我们那刻，他们都惊呆了。泽林德骑过去，连笑都懒得笑了，但 *Ta* 朝守在通往房子的车道上的石狮子点了点头。

我还是难以置信它的规模。我还没有适应这种物欲横流的生活。我帮了女佣一把，自己找拖鞋，然后才想起贝氏家族是可以穿鞋在房子里走动的。我伸手牵住泽林德的手，*Ta* 回握住我，引我经过一间间会客厅和接待室，还有我第一次来时看到的空荡荡的舞厅。

Ta 把我带到一间早餐室，贝蒂在那里，等着一名女仆准备

好茶。一位大提琴手在演奏音乐，让我想到拉蒙娜；这里就有那么一点家的感觉。

贝蒂·贝轻轻挥手，打发了女仆。她凝视着泽林德，看到我们紧握的手，嘴巴瘪着。

我没有松开。*Ta* 也没有。但贝蒂端详着我们俩，一言不发。她拿起她的彩绘玻璃茶杯，啜饮了一口散发着麦芽味的浓茶。我们都不敢呼吸，直到她放下杯子，手指交叉，其中一根还戴着肖像戒指。

“瞧。我的孩子终于回家了。”

“我回来了，母亲。”泽林德说，“我觉得我们可以一起吃早餐。”

“省省吧。你有想要的东西。”贝蒂的嘴角下垂，“否则你这么固执的一个人，根本不会出现在这里。”

“密涅瓦·布朗女士的酒店受到了威胁。”泽林德说，“我认为是你一手操盘。”

“是你妻子的猜测吧。”贝蒂说，“我本以为你会拿起管钳，试图打发时间。”

泽林德耸耸肩，“她是这样做的。”

她的眼神穿透了我。“你向来很聪明，罗宾小姐。聪明又骄傲。”贝蒂拿起她的茶杯，“你知道吗？你是为了钱才赖着我的孩子这一想法，我是从来没有过。”

“我不是为了钱，夫人。”我说，“不过您说得没错。我不知道。”

“不是因为我不喜欢你。”她接着说，“也不是因为我希望我的孩子能找个门当户对的。我反对你们在一起，唯一的原因是你是个无魔法者。可我错了。”

“我很感激您告诉我这个，夫人。”

“但我现在不喜欢你。”贝太太说，“泽林德回来的时候，有一个正确的和一个错误的处理方式。当众羞辱我可不是正确的方式。”

“母亲。”

“这里不欢迎她。”贝蒂说，“她在这待着不妨听听我要说什么。我想让你回家。”

“这里已经不是我的家了。”泽林德说，“我来是告诉你，我每周会拜访你一次。一起吃晚饭。如果你愿意的话，可以就我们两个人。”

“啊。作为交换，我鸣金收兵不再控告，把玛丽公主酒店留给那些玩家族游戏的孩子？”

泽林德点点头，下巴紧绷，“是的。”

她仰头看着自己的孩子，表情变得尖锐起来，“不可能。”

“如果你不同意，那么我们别无选择，只能上诉艾兰国遗产和保护部，将玛丽公主酒店命名为具有社会和历史意义的遗址，然后你就再也见不到我了。我会当众与你一刀两断。”

贝蒂透过茶袅袅升腾的蒸汽丝带，凝视着泽林德，“你都仔细考虑好了。”

泽林德耸了耸一边肩膀，“如果我应对的是你，我必须要提前想好。”

“这是句赞美。我接受了。”贝蒂说，“但你想得不够长远，亲爱的。”

我的下巴掉了，嘴巴张开。我浑身发冷。她没有落败。她走在我们前面，领先了好几英里，但是——谁能做到这种事呢？

就是她，那个即便得不到自己想要的，也从未向生活妥协的女人，能做到这种事。

她眼帘颤动，看了我一眼，笑容扩大，“跑去遗产和保护部办公室做点调查吧。今天。还有明天。然后你回家，我就会向卫生安全检查员撤回我的申诉。”

我的手很疼。泽林德更用力地捏住了我的手，“你做了什么？”

“去吧。去看看。”

我知道。我能感觉到，我的骨头仿佛化为了冷水。如果我们去翻查档案，就会发现那里放着那份文件，一式三份，已经蒙上了一层细细的灰尘。那笔支付给某个书记员的钱，可能是几年前就给了，耐心地等待贝蒂·贝得到她想要的一切的那一刻，发挥出它的作用。

贝蒂·贝看到我的表情，笑了，“你妻子已经知道了。问她吧。”

泽林德转过头，看到我无法掩饰的表情时，*Ta* 脸色变得惨白，“她做了什么？罗宾。你看起来像要晕倒。”

我舔舐嘴唇，咽了口口水。“早就已经有人在处理酒店的申请了。”我说，“她阻止了它被授予建筑保护。”

“怎么阻止的？”泽林德的声音在颤抖，“她怎么会知道？”

“密涅瓦说贝蒂很早以前就想要这块地了。”我说，“可能就是这样。你贿赂了他们吗？”

“噢，索普小姐。”贝蒂说，茶杯依旧拿得稳稳当当，“法律书上有一条细则。如果五件不同的卖淫指控发生在同一地址，那个地址就会被认定为犯罪地点，不纳入建筑保护范围。”

“那是一堆垃圾。”泽林德说，“它是一家酒店。你给我找找，在金斯顿，有哪家酒店没有发生过犯罪被捕的情况——”

“你救不了酒店。”我说，“她已经抵挡住了我们唯一的进攻，泽林德。”

“不。”泽林德说，“一定有我们可以做到的事。”

“有的，我的孩子。”贝蒂说，“但我知道你是不撞南墙不回头。走吧。用今天和明天的时间去寻找一条出路。不过在这之后——我会让佣人打扫出一部分套房，等你回来住。你可以选一间。”

“你要我们和你一起住？”泽林德问道，*Ta* 的语气不可置信。

“索普小姐不在欢迎列表。”贝蒂说，“我会派名辩护律师起草好离婚协议书。”

泽林德后退了一步。*Ta* 抓紧我的手，把我拉近 *Ta*，“不行，她是我妻子。你不可以挥挥手就让她消失。”

“如果你想让你的朋友保住他们的游戏屋，我可以挥挥手让她消失。”贝蒂说，“索普小姐。我知道你比 *Ta* 更明智。*Ta* 还有别的选择吗？”

“这不会让 *Ta* 开心的。”我说，“也不会让你开心。”

“但我们在一起就会不开心。”贝蒂说，“而且我会得到我想要的。”

“我不会这么做的。”

“你会的。”贝蒂说。早晨的阳光照耀下，她的眼睛黯淡而疲惫，周围有深深的阴影。

在我身边的泽林德僵硬得像块木板，“我会恨你的。”

“你会的。”贝蒂说，“你会恨我，你会反抗我，你呼出的每一口气，都会用来反抗我——但我要回了我的孩子。去吧。第三天早上回来，那我就会放过玛丽公主酒店。我让库克送你们离开。”

贝蒂按响盘子旁边的铃，一名西装革履的男士领我们离开。

我们沿着菲利普国王山，踩着自行车回家，一路上沉默不语。泽林德没有走上通往我们房间的楼梯，而是在第二会客厅停了下来，佐拉在里面痛苦万分。

“啊嘀。”泽林德说着，走进房间，“罗萨贝尔。你介意我——”

“她在长乳牙，很痛苦。”罗萨贝尔说。

“那痛苦的我俩刚好凑成一对。”泽林德伸出双臂，抱起啼哭的婴儿，她在他一只耳朵边大叫起来。*Ta* 抚摩着她的背部，安抚着她，给一根手指让她捏着，把她扔在地上的磨牙玩具捡起来，她当时扔完玩具就嚎啕大哭起来。

“我们要出去散散步。”泽林德说，然后佐拉的哭喊声来到屋后。

“不是叫你，罗宾。”柏妮丝说，“你们有事情。”

长沙发和椅子周围的地毯磨损出了道道痕迹。是时候换块新的了，让这块旧的休息——

“罗宾。”

我抬起头来。

“是贝蒂。”我说，“我们今天早上去找贝蒂谈了。”

“难怪你会沮丧。她对你很凶吗?”

“比凶更可怕。”我说，“她在幸灾乐祸。”

柏妮丝的头抬了起来。她把目光投向屋后，佐拉的哭声就是从那里传来的，然后又转向我。

“那你打算让她赢吗?”柏妮丝问道。

“她已经赢了，伯尼姨妈。”我用手按压抽痛的眉额，“她已经领先我们三步，胜券在握了。”

“她不能把我们怎么样。”柏妮丝说，“她将杰罗姆推到你面前的时候，你都没有退缩。她做了什么?”

“凯奇家族。”我闭上眼睛，“如果泽林德不回家，她会把玛丽公主酒店拆毁。”

第二会客厅一片寂静。佐拉继续哀号着，对于她无法阻止的东西，她只能以喊叫来宣泄痛苦和愤怒。

柏妮丝没有碰她的编织品，“所以她赢了。”

我的嗓子哑了。我阻止不了她。“我们还有什么选择?她会毁掉那个家族。泽林德不能忍受那件事——我也不能。”

“但你们可以忍受没有对方的生活。”

这在我的胸口压上一块大石，“我们必须这么做。”

客厅里噤若寒蝉，只听得见佐拉的哭声。

“你从来没有跟别人出去过。”柏妮丝说，“这么多年没有 *Ta* 的生活里，哪怕一次都没有。你很坚强。我的女孩，你是那么的坚强。虚空诅咒贝丽塔·李·贝，竟然再次迫使你们分离。”

我无法正常呼吸了。我尝试了，可就是无法填满我的肺。我的胸部肋骨没有扩张。而且很痛——哪哪都痛，噢，安息之国庇护我吧。

我必须再次坚强起来。

“我需要……”我想吞咽口水，但嘴巴干涩，“我需要和泽林德谈谈。”

我转过身走着，脚步虚浮。墙上的成百上千的索普族人——照片、银盐照片和小画像上的他们——注视着我。我的家人。我的家族。几个世纪以来，我的先人们走过这个大厅，睡在这个屋檐下，结婚生子；她们的孩子长大，穿越时光的长流在这，在这个我不久后将要重归孤独的地方，与我相遇。

佐拉哀号着。也许她很快就会精疲力尽。也许她会陷入疲惫、无助的睡眠。她还太小，不知道如何与痛苦共存。

我打开通往后方客厅的门，气流和寒意支配着那里。泽林德正试图让佐拉咬住一块浸泡了冷水的法兰绒布，但她转过头，不停地喊叫。

“我可怜的小羊羔。”*Ta* 说，“哭也无妨。生气也没关系。它很痛，但你没办法阻止它。”

我悄悄地关上了门，从后面的楼梯走回我的房间。

我错过了喝茶时间。我也没吃晚餐。我蜷缩在床上，读着《萨莉亚·格林和黑石厅的秘密》，沉浸在故事里，它讲述了一个勇敢且年轻的女孩，凭借着自己的科学头脑，调查一所闹鬼的学院。我看完一册，又拿起下一册，这本讲述的是萨莉亚在暴风潮岛的黑沙滩上寻找宝藏。我刚读到她发现一个满是发光骷髅的山洞的部分，房门就吱呀一声开了。

泽林德溜了进来，关上身后的门。*Ta* 伸手去拨煤气灯的刻度盘，*Ta* 看着我征求我的同意。

我把书签塞进书页间，点了点头，*Ta* 便把小房间拢进黑暗中。*Ta* 的身影侧身走近，然后坐在我的床边，五官笼罩在万点微弱闪烁的星光中，夜色里 *Ta* 的双眸如针尖般明亮。

Ta 的手影升起，抚上我的脸——滑过我的脸颊时，温和又轻柔，触上太阳穴，滑过眉梢，轻轻地停在眉心间，我闭上眼睛，感受到 *Ta* 的抚摸。

Ta 没有说话。手指顺着我的鼻梁往下移，轻挠我的上嘴唇曲线——在那里停顿一下，勾勒出我嘴唇完整的轮廓——然后继续，轻如玫瑰花瓣，顺着我的下巴尖再往下摸。

“可以吗?” *Ta* 低声说，我吐出憋了二十年的气。

“可以。”

黑暗中，*Ta* 俯下身，我伸手将 *Ta* 拉了下来。

第二十章 过多的不在场证明

我睁开眼睛之前，就知道泽林德已经走了。*Ta*借来的衣服大部分都整齐地叠放着，准备放回柜子里，等着有人长到足够高时再拿出来用，但*Ta*带走了家族毛衣。

报纸刊登了大量寄给编辑的信件，争论巫师是不是安全的，开放的民主是个小威胁还是大灾祸，以及抱怨恢复以太的工作毫无进展。

“你不应该一边吃饭一边看新闻。”杰德鲁斯说，“会消化不良的。”

“嗯嗯。”我看完一封建议立即量产泽林德的发明的信件，认出这个名字是来自我的志愿者群。

“我们只想说，我们非常遗憾——”

我举起一只手，掌心朝外，“别说了。”

表亲杰德鲁斯大发慈悲，没再说话了。

屋内沉默下来，气氛很是尴尬。我并不在意。我一只手拿着报纸，一只手吃着果酱吐司，阿莫斯急忙跑去门口，迎接拿着早晨信件的信差时，我才略微抬起头。

“这是给罗宾姨妈的。”他说，递过来一个灰色的信封，上面写了我的名字和地址，字迹惊人般的完美和繁复。回信地址盖上了总理的印章，下面写着“政府大楼”字样。

一张硬邦邦的卡片滑了出来，上面写着：

兹邀请您于上午十点与格雷丝·汉斯莱女士会面，讨论您所关心的事宜。

上面盖着总理的印章，纸上有凹凸不平的印记。

一张刻着文字的请柬。她可能是为了让我通过安检而送来的。她说的“您关心的事宜”是什么意思？她想要什么，为什么不能等到今晚温妮的聚会上再谈呢？

一定是太紧急或太私密的事，不能再等。

“格雷丝·汉斯莱想要见我。”我说，“午餐时间我可能赶不回来了。”

我骑自行车上了主街的陡坡，乔伊飘在我身旁，试图用她全部的八卦来分散我的注意力，这些都是她在她能闯入的地方里听来的。老实说，她和卡洛塔·布朗一样知识渊博。我转过脸，视线从贝氏湾景区闪闪发光的窗户上移开，胸口一阵疼痛。泽林德在里面，与 *Ta* 的母亲面对面共进着苦涩的早餐吗？还是无视杰罗姆的和解意图？抑或者踱步在囚禁住 *Ta* 的笼子，让另一个家族获得自由？

光是想想，我都很痛苦。失去 *Ta* 很痛苦。我才刚把 *Ta* 找回来，我不能让贝蒂获胜。一定有什么我能做的，一定有办法打败她。

一到山顶，我便把贝氏湾景区抛在脑后，踩着自行车穿过市区，来到宫殿建筑群，停在政府大楼前。一个卫兵开始跑下阶梯，直奔我来，还有格雷丝的低配版打字员——詹姆斯也冲下阶梯迎接我。

“这位是总理的客人，我是来护送她去办公室的。”他对卫兵宣布道。

“她煽动了一场暴乱。”卫兵抗议道，“我们有个自己人差点被杀。”

“你是说我救的那个卫兵？”我问道，“我是应邀而来的。如果您愿意，可以向总理确认。”

我拿出盖有总理印章的卡片，当卫兵想从我手中夺过卡片时，我又把它抢了回来。

“我还是留着它吧，谢谢。”

卫兵的嘴角往下一撇，愤怒的目光炽热得足以温暖我的脸，“如果这是伪造的，你将会被逮捕。”

“合理。”我说，“带路吧。”

但是卫兵宁愿走在我后头，也不想走在我前面，也许这样更容易把我拖到监狱去。詹姆斯领着我们这支小游行队伍，打开门通报：“她来了。”

“哦，太好了。”奥诺拉说，“索普太太，请进去。总理非常需要你。”

快速而沉重的来回踱步声在门的另一边响起。我拉开了门。

格雷丝在昂贵的丝质地毯上走出了个洞，从起居室的壁炉到书桌旁，再绕着书桌踱步。

我从没见过她这样，“怎么了？”

“把门关上。”格雷丝说。她的秘书说过，总理非常需要你。门闩咔嚓一声关上的那一刻，音乐响起，“茶在那边。”

我走到小车旁，倒了些茶，欣赏着杯边微微发红的色调，“你也要一杯吗？”

“我刚把杯子摔了。”格雷丝说，“我真不敢相信！我真是太笨了。我知道他不可信。我知道的，可我却没有任何行动——”

“格雷丝。”我说，“放松，告诉我发生了什么事。”

格雷丝面朝窗户，双手甩到前面。外面，一阵狂风将粉状雪刮到空中，格雷丝瞪着它，直到她办公室外面的花园里卷起一个小旋风。她指挥着小旋风，吹走观赏小径上的雪，卷到铺路石上。

这不是扔盘子和打碎贵重物品那种胡来的愤怒。格雷丝的愤怒在那股漏斗状的风中旋转，但她将它抑制在里面，控制住了它，驱动它去完成一件有意义的事。我把它理解为我也有的某种冲动，很想洗碗或者掸掉地毯上的灰尘——做任何能使我的愤怒有用的事情。

她散去旋风。雪落回大地。格雷丝回头，仿佛她刚冲到终点线一样喘息着，“对不起，我只是太生气了。”

我和乔伊交换了一个眼神，“告诉我为什么。”

“他赢了。”格雷丝说，“是我袖手旁观，让他掌控了王宫，把塞弗林攥在手上。”

我心中有了猜测，但格雷丝需要说出来，“是谁？”

格雷丝在我右手肘旁的位置坐下，叹了口气，“我的父亲。他掌控了塞弗林，我没有及时反击他——我太在意把艾菲从他的魔爪中解救出来，反倒把塞弗林给忘了。我早该想到的。”

这是个坏消息。这可比我亲眼看到那个男人在王宫里随心所欲地走动的那天，所想象的情况还要糟糕。“没有人能够做到面面俱到，也没有人能够预见所有可能。所以到底是什么事？”

“塞弗林是权欲极强的总理的梦想。”格雷丝说，“你给他的任何意见他都会接受。我以为我在国王身边对你们最有帮助，能引导他接受改革。今天早上我和他一起吃早餐，要跟他谈谈自由政府的事。可当我走到餐桌前，我发现父亲也在那里。”

克里斯托弗爵士不会在乎我们这些人。“哦，不。”

“他恨你，以及所有的团结联合工会成员。而塞弗林——”格雷丝摇摇头，接着将头立在陡峭的指尖上，“就像那些真人版木偶。我几乎能看到父亲的手在操纵塞弗林的嘴。”

我换了一下坐姿，“令人不寒而栗。”

“‘暴徒不把王权踩在脚后跟下是不会罢休的。’”格雷丝的声音变得低沉，模仿塞弗林的腔调。“那虽是塞弗林的声音，却是父亲会说的话。”

“暴徒。”我说，“这说法可真好听。”

“我早该想到的。”格雷丝说，“塞弗林从小就被父亲当儿子一样对待，他一直都在向父亲征求建议，对他的要求也是言听计从。”

“你父亲希望镇压我们的行动。”

“完全地镇压。”格雷丝说，“我曾试图说服他和你见面，听听人们最关心的是什么，但他说，‘国王是不会向乌合之众低头的’。就像这样。”格雷丝向前倾，将手肘搁在膝盖上，“我应该把他关回牢房里。我应该推动特别法庭开审。”

格雷丝的胃一定在打结。她是想听我的建议，还是想要我的理解？我不知道该选哪个。迈尔斯会怎么说？我知道他会对病人说什么，但迈尔斯会对朋友说什么呢？“你对自己的要求太高了。首先，把你父亲推上绞刑架，可不是什么小动作。”

格雷丝低头看着自己紧握的双手，“我知道。”

“再者，如果他一直为塞弗林效力了这么久，我看不到你如何能超过他对塞弗林的影响。”

格雷丝弓着背，“曾经有个办法。但我放弃了。”

“怎么个办法?”

格雷丝看向窗外，“塞弗林向我求婚了。”

我脚下的地板像是坠落了六英寸，“你拒绝了?”

“我当然拒绝了。”

听到她说的事，一时之间，我竟找不到话来回应她，“要是你嫁给了他，你就能统治整个国家。”

“而你现在也不会坐在这里。”格雷丝说，“你也不会成为我可以倾诉的对象之一。迈尔斯也许能明白我为什么这么做，而且仍会爱着我。但他、你、阿维娅——即使我是要由上至下改革这个国家，也只会是我一个人单枪匹马完成。”

格雷丝·汉斯莱为了拥有一个真正的家庭、一个真正的爱人、一个真正交朋友的机会，拒绝了艾兰国全部权力。她叫我来不是为了谈论政策问题。她是要一个知己，来分担她的重负。

她找上了我。

我坐直身体，用手掌拍打着弯曲的膝盖，“那么，如果你不能影响国王，你打算接下来怎么办?”

“我也不知道。”格雷丝咬着唇角，“我在这里做不了任何事。我不能感化塞弗林。我不想为了保住官职，就压下自己的意见。”

我知道那种矛盾。我知道它下面隐藏着什么，而朋友会帮着挖掘出来，“你想做什么?”

“我想做自己觉得正确的事。”格雷丝说，“我以为我知道那是什么，但我错了。”

温柔地，小心翼翼地，我又拂去了一层，“做正确的事对你来说意味着什么?”

“站在你这边战斗。”格雷丝说，“艾兰国能给得起团结联合运动争取的所有东西。我们也可以。我们只是太贪心了，所以做不到。”

“所以你想辞职。”

“是的。”格雷丝说，“或者壮烈地被解雇。”

说到这，格雷丝露齿而笑，我也笑了。“两种方式都是殊途同归。”我说，“那么哪一个会更有趣呢?”

格雷丝笑起来时整个人都在闪闪发亮。“我今天下午要和他开会。”她说，“你想帮我准备一下说辞吗?”

“你是想要辞职还是被解雇?”

“哦，我想我会辞职。但会是在我明确表示舍弃他那一方之后。”

“你已经有打算做什么了?”

格雷丝仰头看着天花板，整理着自己的思绪，“我知道你的爱人想制造风力涡轮机。”

这句话在我心里扎了根针。每当不知情的人和我谈起泽林德时，都会这样。我揉搓着胸口，舒缓这股疼痛，“是的，*Ta* 是有这个想法。你有什么建议？”

“如果我给塞弗林国王一份文件，详细说明自由政府决定把以太涡轮机送给人民，他一定会气得开除我。”

“他可以直接拒绝。”我说，“这还不够。你搞点大动作。”

格雷丝靠得更近了一些，“多大？”

“那些巫师从他们的家人身边被带走，关进了表面是精神疗养院，实则为劳改营的地方，他们的遭遇是永远无法得到完全的补偿的。”我说，“但我已经做了些计算。”

“我不确定塞弗林国王会因为我请求增加巫师的养老金这件事而解雇我。”

“不是养老金，格雷丝。从道德上讲，垄断以太的计划所产生的每一分利润，都属于那些巫师，是他们承受着巨大折磨来生产以太的。”

“从道德上讲，你是对的。但没有人会同意的。”格雷丝说，“给我一个我可以争取的数字。一个人们会商辩的数字。”

我歪头，“真的吗？”

“真的。做这件事会创剧痛深，但我想让它痛。”

“行。”我深吸一口气，“按基础投资利率调整的，APL[①]运

---

① 艾兰国电力照明公司简称。

营四十年来所有收益的25%。”

格雷丝坐回去，抿嘴叹了口气，“一次性支付还是按年支付？”

“按年支付，持续二十五年，支付抬头为巫师本人或巫师的资产。”

“已经去世的巫师呢？”

“交给最亲近的在世亲属。”

“你思索过这个问题。”格雷丝说。

“你觉得这行得通吗？”

“哦，能啊。”格雷丝说，“你在这方面比我强多了。让我把这个写下来：APL总利润的25%，加上复利，平分给每一个被关进精神疗养院的巫师，支付给每个巫师，或者他们的资产，或者他们最亲近的在世亲属。”格雷丝看了一下自己的笔迹，“这很公平。这是沉痛的代价，但给得起。”

“你要不要召开另一次会议，声明你对团结联合运动的支持？”

“不是现在。”格雷丝说，“我很乐意为你工作，但正式声明可以等一等。”

这是件大好事，我迫不及待想要告诉——我又揉了揉胸口，对格雷丝微笑。“我想我们将会一起做大事。”我说。

格雷丝也笑了，“我知道我们会的，阁下。今晚座谈会上能见到你吗？”

今天晚上见到格雷丝，我们会谈企业生意。还有政治。也许我可以请她听听我所知道的团结联合工会出现的问题。也许我们可以像现在这样谈事。

“我会去的。”我说，“到时给你留杯酒。”

座谈会跟聚会是不一样的，虽然艾兰国白人把他们混为一谈。葬礼结束几个星期后举行座谈会，人们穿着精美的衣服，如果之前给了丧失亲人的家属食物，盘子会在此时归还。食物和饮料会供应，但没有音乐，除非有人唱歌。人们带礼物给遗属，但没有人玩游戏。

来之前，我拉出了一条丝巾，在上面画上长长的淡蓝色和淡绿色条纹，这些是雅各布最喜欢的颜色。我穿了一条手钩蕾丝垂袖裙，为了体现海洋和哀伤，头发上的珠子是银色和蓝色的。我将一双精致的黑色饰珠拖鞋塞进包里，把包挎在肩上，脚着和我的衣服一点也不搭配、厚实而又实用的冬靴走在路上。

杜克和温妮的家外面的街道上塞满了雪橇。马儿们站着，身上舒服地裹着拼缝毛毯，咀嚼着桶里的食物。司机们挤成一团，一边抽烟一边互相交谈。我向他们挥手，他们也向我挥手，其中一个人小跑着走出人堆，为我开门。

我到达的时间非常合适——是在聚会结束后才抵达的，却并没有无礼地迟到。嘈嘈切切的说话声在空气中糅杂成不知所云、令人宽慰的声音，引我上楼，来到敞开的门前。我自己走了进去，穿上我花哨的拖鞋；奥尔西娅接过我的外套。

钢琴和弦上摆满了礼物。我放下我那包装简陋的包裹，接着受到一些客人的围堵，他们和我握手、问关于新政府和我未来计划的问题，或者就下一步该怎么做提出建议。

“那场投票选举被人破坏了，你应该奋起作出抗争的。”杜克的一位乐队成员范妮·哈珀对我说，“那些被杰罗姆·贝偷走的选票，你本可以为它们抗争啊。”

“可以是可以。”我对那个弹节奏吉他的女人说，“但那样的话，我会在下议院获得席位，自由政府就得退居其次。”

她颔首，饮料险些洒出来，“但你本来可以在议会上占有一席之地。现在，暴动之后——”

“罗宾。”普雷斯顿·格莱姆斯说，“很抱歉打扰了，范妮。我需要和罗宾谈谈。有很重要的事。”

他没等范妮回应，就拉着我的胳膊，把我往图珀·贝尔那里赶，而图珀，像雷云一样伫立在角落里。

“我们比较了一下，”图珀盯得我不敢与他对视，“你告诉我们俩的调查内容。”

他们对我很生气。我看着他们中的一人，又看向另一个人，温暖包裹着我的手，涌上我的后背。我可以松口气哭出来了。普雷斯顿和图珀是爱说长道短，但不是间谍。我可以信任他们，笑容在我的脸上舒展开来。

“我要是你，就不会那样笑。”图珀用他最严肃的校长口吻说，“你对我们说谎了。我们应该得到解释。”

“没错。”普雷斯顿说，“我们应该能够相信你的。为什么你这么高兴?”

“我只是如释重负。”我说，“我有一个可怕的秘密，现在我可以和你们分享了。”

“什么秘密?”图珀问道,“你为什么要用两个不同的说法?”

我走近了些,“我有理由相信指导委员会里有人在监视我们。”

“所以你给我们提供了错误的信息,看是哪个说法泄露出去了。”普雷斯顿说。

“是的。对于试探你们这件事,我很抱歉。但你们都不是间谍。”

图珀越过我们头顶,看了一眼聚集的人群,“你目前知道什么?我们可以帮忙。”

“我什么也不知道。”我说,“我有一些猜测。间谍把雅各布计划举行选举知会出去,而我们的敌人——我们叫他们A吧——雇了一名杀手谋杀雅各布。我还认为间谍散播了雅各布婚姻的真相,A利用它来玷污雅各布的声誉。”

“让人们认为,这位大谈道德的运动领袖,本身就不道德。”普雷斯顿说,“讲得通。而你像任何人一样,把它领导得很好。”

“就像我告诫我的学生。”图珀说,“‘能揭示真相,就别编造谎言。’但还有谁知道雅各布的三人婚姻?我是知情者。”

“我也知道。”

“对。”我说,“而且温妮也告诉了我很多。所以当你们俩来问我雅各布被谋杀的事时,我不得不试探你们。我很抱歉。”

“我懂。”图珀说,“同时我很高兴你知道你可以相信我们——”

“她来了。”普雷斯顿说,“次元之门的女儿。”

我们转身看向门口,高挑得令人惊叹的安息之国女大公和她的常伴——黝黑而又俊美得惊为天人的伊桑德,一起走进房间。

温妮和杜克起身去迎接次元之门的女儿。人群分开，两人得以站在他们面前，伊桑德手里还拿着一套红木的文秘套盒。

“非常感谢您的苹果面包。”温妮说，“它给了我安慰。我这里放着您的面包包裹——”

温妮拿起一块方形蜡布，艾菲接过来，把它塞进一个丝绸袋里，“我很高兴你得到了它的安慰。我们有一份礼物。”

伊桑德递出文秘套盒，“里面有适合冥想的册子，如果你以那种方式冥想的话。”

温妮打开膝上桌的顶盖，抽出一本手工装订的日记本。“我应该试试这种冥想方式。”她说，“我可以写写与他有关的事。”

温妮旁边的女人们发出“哇啊”的声音，欣赏着这个套盒。艾菲并没有意识到，她刚刚开启了一种时尚。大家都会去买用于冥想的文秘套盒和书册。笔匠们要来订单了。

杜克拿出第二本书册，和温妮的对比了一下。“谢谢你。”杜克说，“这是个极大的安慰。你想早上开始写吗，温斯[1]？”

“嗯嗯。”温妮把书册抱在怀里，“我们每天早上都写吧。”

艾菲朝一个座位上看了一眼，然后一直在那休息的人就走开了。她的秘书坐在她身旁宽大的软垫扶手上。

“我很喜欢雅各布。”艾菲说，“但我对他了解不多。”

此时，人们又会聚在一起，和彼此谈天，让温妮和杜克讲关于雅各布的故事，用美好的回忆来回想他。据说讲起逝者的故事，是为了吸引灵魂回到聚会的地方，倾听所有的闲聊，以及让

---

① 温妮的昵称。

人记住他。纵使雅各布在听，我也不知道。

我回头看向普雷斯顿，“我需要知道指导委员会里是否还有别人知道雅各布的婚姻情况。我不知道，虽然我应该要调查出来的。”

“我会打探打探的。”普雷斯顿说，“你觉得这个人在为谁做间谍?”

“我也不知道。我想也许是阿尔伯特·杰赛普——”

“等等。”图珀说，“我想我知道了。”

他示意我们跟着他走进拥挤的客厅，在一张钉在墙上的照片前停了下来——以前这里挂的是一幅静物画，但现在换成了一张婚礼聚会的照片。

温妮在前排中央，一边是雅各布，另一边是杜克。他们手牵着手，对着镜头安详地微笑。杜克是照片中唯一的白人——其他的人都是来自布鲁尔家族和克拉克家族，我扫视这些人的脸，看着他们的表情。

这些人都知道。他们中的任何一个人都有理由跟报社透露这些事吗？他们中有没有人——

我停下思绪，手指着照片里一个靠近聚会前排的小女孩，她穿着过膝裙子，虽然是个孩童，但我认得那张脸。

“那里。”我说，“那就是我们中的间谍。”

她还有着孩提时期的柔软而饱满的脸庞，下巴上的酒窝还在那里。眼睛的形状是一样的，笑容也是一样的。

“那是加比·梅多斯。”我说，“是不是?”

图珀向前倾，点了点头，“就是她。”

普雷斯顿研究着照片上的每一张脸，尤其是年轻女性，“那她应该是来自布鲁尔家族。”

“梅多斯是她的职业姓氏。”我说，“芬芳草原的布鲁尔家族。”

我盯着加比孩童时的照片。是什么让她监视工会？她为什么要背叛我们所有人——成为阿尔伯特·杰赛普的走狗呢？加比领导着专门负责控制乳制品价格的委员会。她主持了反对杰赛普家庭食品公司抗议活动，抗议很成功。可她竟然是在为杰赛普工作？这段时间一直以来都是？

“我们该怎么办？”普雷斯顿问道，“她已经在委员会里待了好几个月了。”

“就是因为她推动了用补贴的主食供应学校的交易，得到了杰赛普家庭食品公司赞助的那个健康厨房教育项目。”图珀看着加比的照片，眉头紧锁，嘴唇紧闭，“我们早就被蒙在鼓里了。”

“我们和她谈谈。”我说。我的心在颤抖。她怎么能这样做呢？她已经取得了这么大的进展——或者说，至少，杰赛普让人觉得她好像扳倒了他很多回，“她要来参加聚会吗？”

“我不知道。”图珀说，“我没有看到她。”

“我们四处找找吧。”我说，一只柔软的手搭在我的肩膀上，我转身，看到了崔斯坦，松了一口气。

“罗宾。你在这。”崔斯坦说，“我们找遍了每一处地方。”

“啊嚖。”普雷斯顿伸出手，崔斯坦握了握，“你是迈尔斯的心上人，对吧？”

“你认识迈尔斯。”崔斯坦脸上露出可爱的笑容，“我只是替他寻找罗宾。你介意我把她偷走吗？”

崔斯坦把我引向一扇高高的玻璃门，是通往餐厅的。我向普雷斯顿挥了挥手，转身对着崔斯坦，声音放低。

“我找到她了。”我说，“我知道间谍是谁了。”

“等一会儿。”崔斯坦说，“我们有件事必须要告诉你。”

迈尔斯在潘趣酒碗旁边等着，但他没有找一个角落来谈，而是带头离开了公寓，在大厅的尽头停了下来，避人耳目。

“我们在外面做什么？”

“你有麻烦了。”迈尔斯说，“我调查了凯特琳·斯克勒和伊芙琳·普莱蒙斯。”

我的心跳得有点快，“哪一个是我们要找的杀手？”

“都不是。”迈尔斯说，“凯特琳出现在艾格尼丝女王初级学院的职业日上。雅各布被杀的时候，她正在对二十个学童谈论成为一名职业音乐家的感受。”

“而伊芙琳·普莱蒙斯正在法庭上，为一起抢劫案作证。”崔斯坦说，“谋杀案发生时，她就在待审。”

“这意味着他们都有不在场证明。”我说，“不是他们干的。”

“可能比这更糟。”迈尔斯说。

“怎么会？我们没有暴露行踪。”

“根据众多目击者的说辞，可以判定凯特琳和伊芙琳是无辜的。但劳拉·德本汉姆只有一个人为她作证。”

“是的。”我说，“但这是国王说的——”

一个蔑视团结联合运动，把我们比作“乌合之众”的国王。但我摇了摇头，“他废除了《巫术保护法案》，为什么他要在放走巫师后，杀死领导解放巫师的负责人？他原本就可以直接说不。”

“半神国人想要巫师获得自由。”崔斯坦说，“他这样做是一种善意的姿态。”

“但这并没有让团结联合工会满意。”我说，“他问我，既然他已经给了巫师自由的支配权，我们是否要停止抗议。但我们没有。”

“而雅各布接下来想要的东西，直接威胁到了塞弗林的统治。”迈尔斯说。

“塞弗林很享受被认为是一位宽厚仁慈的国王。”崔斯坦说，“他打算给艾兰国带来变化，这一点我毫不怀疑。但他等轮到自己坐上王位已经等了几十年了。艾菲认为他是比康斯坦丁娜更好的选择。”

“他是的。”我说，“或者，至少我曾以为他是。你真的认为是他派保镖去谋杀雅各布吗？”

“我查过值勤表。”迈尔斯说，“劳拉·德本汉姆当时正在值班。她汇报中称和他一起在射击场。谁会质疑国王的话？”

“我们会。”我说，“但如果你是对的——我该怎么办？我怎么揭发他？我怎么证明国王是一起谋杀案的幕后主使人？”

“这一点我想格雷丝也许能帮上忙。你没有看见她吗？”

崔斯坦摇头，“哪儿都没看见。”

“这说不通啊。”迈尔斯说，“她从不迟到。我才是迟到的那个。小时候的她真的会把我从床上推起来，让我早早地准备好。她应该到了才对。”

我看着一对衣着得体的夫妇走上楼梯，进入克拉克夫妇的公寓，“也许全面清理她的办公室所花的时间比她想象的要长。”

迈尔斯正了正身，“什么意思？”

“你今天吃午餐时没见到她吗？”

“她派人致歉，不能赴约，但答应今晚见我们。”迈尔斯说，“你见过她吗？”

“她想要我帮忙。”我说，“她很生气，怒气冲天的那种。她说她无法让塞弗林理解她，克里斯托弗爵士对他拥有绝对的影响力，而塞弗林想打倒‘暴徒’。他就是这么称呼‘团结联合工会’的。”

“她打算做什么？”

“她想辞职。”我说，“在她彻底表明站在团结联合工会这边的时候。她没有告诉你？”

“没有。”迈尔斯紧紧抓住崔斯坦，想获得支撑，“如果塞弗林真的是谋杀雅各布的幕后黑手，如果他听从的是父亲，而不是格雷丝——如果她进去是故意要让塞弗林生气，让他——”

“格雷丝做了什么？”崔斯坦问道，“她具体打算对塞弗林说什么？”

“她打算简要介绍团结联合工会的补偿要求。”

崔斯坦揉了揉迈尔斯的肩膀，“要多少钱？”

“APL 公司总利润的 25%，加上利息。”

迈尔斯头凑近，“25%？用马克表示的话，是多少？”

“几千万。”我说，“接近四千万马克。”

“他绝不会答应的。”迈尔斯说，“他会解雇她。起码是。”

“那你父亲会怎么做？”崔斯坦问，“如果他知道他的孩子彻底地背叛了他。”

“他会惩罚她。”迈尔斯说，“他会——我们必须找到她。我们必须去王宫。如果他把她关进监狱里怎么办？”

“我们冷静些，从这里开始，有条不紊地找。”崔斯坦说。

“或许她已经在路上了。”我说，“稍等一下。”

我闭上眼睛，延展我的感官。我想起格雷丝那辆华丽的橙色雪橇，想起那些小跑时步调完美配合彼此的马匹，想起那个载着她到处跑，头戴白色假发、身穿制服的乔治。

我问逝者有没有见过雪橇，碰触每一个我能触及的灵魂。他们耸肩，而后渐行渐远。我不停地寻找，不停地问，把我的感官延伸到比以往更远的地方。

但接着有一个灵魂被唤醒了，我可以感觉到它排山倒海般的恐惧、痛苦，以及在这一切之下的内疚——它向我冲来，带着新逝者的种种情绪，疯狂地冲过来。

“噢，不。”我说。

迈尔斯身体发僵，“怎么了？什么——哦，天呐，天呐，不要——”

我几乎不敢睁开眼睛，绝望在胃里积聚。不。不要是，请不要——

但站在我面前的不是格雷丝。而是乔治的灵魂，橙色制服大衣被他的血洇红了，布料被贯穿他身体的子弹撕破。

“我是被谋杀的。”乔治说，“他们把她带走了。求求你，帮帮她。”

第二十一章 《战争措施法》

格雷丝的雪橇翻倒在毕格拜街中央，阻碍了交通，引来了人们的围观。乔治的身体被甩飞到马路上，他眼睛瞪大，嘴巴张开，好像冲着将他射倒在地的人叫喊。马匹被盗走了。

迈尔斯一只手抓着崔斯坦的胳膊，另一只手捂住嘴。“他们遭遇了伏击。”他说，“看看街上，有一百个阴暗处可以躲藏。他们可以在这里守着，朝乔治开枪，盗走马匹，然后拖走格雷丝。”

“但，是谁呢?”崔斯坦问道，“有没有目击者？有没有人看到这一切的发生?”

他最后一句话是对围观人群说的，音量拔到最高，但他们避开了他的视线，向后挪动。

“被枪杀。乔治是被枪杀的。”迈尔斯喃喃自语，“罪犯携带手枪。是黑帮。”

“王室卫兵也携带。”崔斯坦说，“还有特别战术警察。”

迈尔斯注视着崔斯坦，脸无血色，“我们必须找到她。”

“我们不能在街上像盲头苍蝇一样找。”崔斯坦说，“我们需要追溯一下罗宾最后一次见到她，到她被抓走的那段时间里她的行踪。我们必须确认抓走她对她的哪些敌人有利。我们必须考虑赎金——”

“不管多少，我们都会给。”迈尔斯说，“我不在乎多少钱。这不重要。”

“克里斯托弗爵士?”一名褐衣警员走近迈尔斯，“克里斯托弗爵士，我知道您想尽快找回您的妹妹。如果您能跟我们来，我们将会组织进行搜查，挨家挨户地找，还有我们想问您一些问题。”

“走吧，迈尔斯。”崔斯坦说，“我们去找警察帮忙。”

我凑得更近了些，“有什么人是我需要知会一声的吗?”

“告诉艾菲。”崔斯坦说，“等我们处理完警方那边的事情，可以在你家族宅子里休息一下吗?”

“只要你们愿意，待多久都可以。”

“问问艾菲有没有带搜寻者。那是我们找到格雷丝最好的机会。”

崔斯坦领着迈尔斯走上街，跟随那个邀请他们去警察局的警员离开了。乔治的灵魂在我身边徘徊，喘息着，似乎还没有意识到自己已经没有了呼吸。

“乔治，到底发生了什么?”

“身影冲向马匹，就像驿站马车强盗一样。他们朝我开枪。格雷丝爵士尖叫起来——他们把她从雪橇后面拖出来。好像是。”

“有多少人?”我问。

“我不知道。十二个以上。二十个吧。他们戴着雪帽，我看不见他们的脸。她死了吗？她死了吗？”

“安静点。”我延伸感知，召唤格雷丝的灵魂，但时间一分一秒过去，我并没有收到回应，长吁一口气。“没死。她的鬼魂不在金斯顿。她还活着。你能跟我描述一下绑匪吗？”

“他们很沉得住气。”乔治说，“他们知道他们该是怎么样的。他们接近我们，然后下手，就像以前做过一样，也许？”

经验丰富的绑匪。谁听说过这种事？谁有经验躲在一个地方，袭击对方时迅速而又枪枪致命，接着消失在现场？

退役士兵，比如说——阿米莉亚曾跟我们提起的她的后援小组，都是经验丰富的实操者，他们潜入目标活动范围，然后隐蔽又快速地返回。我们问到了关于神射手的事，却忽略了那些支援她们的人。

我往东走，走得很快。乔治跟在后面，窜进房屋和公寓疯狂地寻找格雷丝，以防万一她被劫到附近。风穿透我薄薄的拖鞋和蕾丝裙，让我直哆嗦，雪凝之月中旬这些衣物毫无保暖作用。还有谁知道如何大庭广众之下劫走一个人呢？

罪犯，就像迈尔斯说的那样。一个恐吓人的帮派，做过很多讨债和快速报复的事。

“乔治，”我说，他的灵魂就在我身边，血在他的衣扣上闪烁着，“他们穿的是灰色的衣服吗？”

“我不知道，小姐。”乔治说，“他们戴着兜帽，仿佛每一个人都在为严寒作准备一样。军大衣——每个人都穿着。啊，他们的左臂上有丝带，就像——”

我举起左臂，上面一条黄色丝带在飘动，“我的人不会做这种事。”

“但他们系着丝带。”

“四英尺长的黄色丝带只卖五分钱。”

团结联合运动中没有人会绑架格雷丝。但有人想让它看起来是我们绑架了她。谁会是从中获利者呢?

答案重达一百磅，压在我的肩上。我爬上楼梯来到克拉克夫妇的公寓。我径直走了进去，在艾菲和伊桑德共坐的长沙发前，站定脚步；同一时刻，他们也转过头看着我。

“崔斯坦让我来的。”我说，“格雷丝被绑架了。他想知道您是否带了搜寻者。”

艾菲看了一眼伊桑德，“我们带了，但只有一位。”

我舒了口气，但他们僵硬的姿势让我的吁气戛然而止，“怎么了？哪里不对?”

“我们的搜寻者是——曾是。”伊桑德修正道，“罪犯与夺命者阿尔迪斯·亨特。”

我浑身发抖。迈尔斯曾告诉过我，艾菲对策划兰尼尔阴谋的半神国人做了什么——把他改造成骑兽，放在王室马厩里。“所以你们锁定不了格雷丝的位置。”

“我们锁定不了。”艾菲遗憾地看了我一眼，“我们半神国人会帮忙寻找她，但是你们的国王深深地喜欢着格雷丝。他会翻转整个城市找到她，而那些劫走她的人会后悔曾经对她下手的。”

他会吗？我不知道。至少，塞弗林国王恼怒于格雷丝的背叛。他会出手相助吗？还是，他与她的失踪有关?

我不能表露出我的怀疑，只能对艾菲笑了笑，颔首表示同意，“迈尔斯和崔斯坦今晚会在我的家族宅子过夜。在找到格雷丝之前，他们不想离开河畔城。”

“我也不会离开。”艾菲说，“我希望我能帮到你。”

“我可以。”伊桑德站起来，“我可以开一扇窗吗？”

“那些门的另一边有一个阳台。”温妮说，“您要做什么？”

“招募帮手。”伊桑德说着，把两扇门大开。

凛冽的空气灌入房间，与此而来的还有翅膀扑打声、柔和的唧啾声、鸦科鸟刺耳的叫声和猫头鹰的咕咕声。一只又一只的鸟儿从夜间的狩猎和舒适的栖息中听到召唤，翩飞降落在伊桑德附近，推搡着彼此，想要吸引半神国人的注意。一只夜鸦发出了如同自行车铃铛的声音。麻雀落在他伸出的手上，然后扑腾着翅膀，飞快地跳到栏杆上。一只猫头鹰在栏杆上占据了一个最重要的位置，接着第二只，第三只也加入进来。成群的鸟儿。飞翔的鸟儿。一群群、一窝窝的，它们的眼睛都亮晶晶的，以半神国人为中心聚集在一起，而他此刻一言不发。

它们等待着，头歪斜的样子仿佛在倾听；摇头晃脑，又似乎在点头同意。伊桑德注视着它们，转头看向室内的每一位公民，仍沉默不语，然后点了点头。

“去吧。”他说。鸟儿的翅膀扑棱声就像雷声一样。它们汇成一朵巨云，升上午夜的天空，身影将月亮吞噬。它们在街道上方的天空盘旋，向四面八方散去。

聚会已经彻底安静下来。伊桑德关上了阳台的门，空气中，一根羽毛轻轻的飘落声也隔绝在外面。

“它们正在寻找她。”约森德说，“如果她在室外，哪怕只有一分钟，它们也会找到她的。”

“谢谢。”我垂下头，行屈膝礼，起身时触碰了一下自己的心脏，“我希望它们能找到她。我得走了——我不知道迈尔斯什么时候会找我。”

我重新穿上靴子，走到街上。

附近的一棵树上，一只未眠的麻雀在鸣叫。

我在厨房里等他们。我烧着热水，准备把一罐草药放入煮水壶里，想泡一杯草药汁舒缓疲惫的神经。因为没有足够的糖做饼干，所以我在炉子上倒了一锅油，准备油炸面团，配上黄油和果酱来吃。迈尔斯很喜欢油炸面团，我希望他能吃点。

两个小时后，我从温暖的厨房踱步到寒冷的前厅，透过窗户费力地看着是否有迈尔斯和崔斯坦的踪迹。我的思绪一直围绕着今天晚上打转。塞弗林国王可能暗杀了雅各布——我已经猜到了，指导委员会有间谍泄露秘密，雅各布正是被她杀害的。那个间谍可能就是加布里埃尔·梅多斯，指导委员会最年轻的成员，最致力于团结联合运动的人，也是我最坚定的支持者。

我太累了，思绪在疲惫地飞转。我走到厨房，检查煮水壶，然后脚步虚空地走了回去，盯着窗口。格雷丝被绑架了。塞弗林是杀人犯。加比是间谍。

我揉了揉太阳穴，按摩着前额，减缓痛楚。我试着把我的拼图拼凑起来。但它们并不能以井然有序、令人满意的咔哒声拼凑起来。

一条自行车大队骑到屋宅前，我猛地打开前门，穿着拖鞋跑到外面。迈尔斯和崔斯坦抬身从挎斗自行车上下来，走到我面前。顾及到邻居在休息，他们小声和我交谈。

“警察想要搜查汉斯莱府，寻找线索。”迈尔斯说，“我们要跟他们一起去，跟工作人员疏通一下关系。”

“我们会回家休息，眯一觉后再来这里。”崔斯坦说，“艾菲带了搜寻者吗?”

“只有阿尔迪斯。”

“该死。”崔斯坦嘀咕道，“我早该料到事情不会太顺利。”

“伊桑德召唤了鸟儿。”我说，“它们也都在寻找她。”

“这是个办法。”崔斯坦说，“我们很快就会回河畔城。我还是觉得她在这里。”

“眯一觉吧。”我说，“你们头昏脑涨对谁都不好。”

“你也一样。”迈尔斯说。

“我们会找到她的。”崔斯坦说，“我们会找到她，把她带回来的。”

他的话让人宽心，也值得相信。我点了点头，让他们和警察小队离开了，然后进屋把炉子上的油勺掉。

即便喝了浓浓的助眠草药，我还是睡不着。我把脸贴向枕头，试着平复呼吸，想象着从我最小的脚趾到我的头发，我的身体一点一点地入眠，可现实是我睁眼看着天空变成深蓝色，然后绘上黎明橙红色和玫瑰金色的条纹。

太阳还没升起，我就起床了。我打开前门，就看到报纸上两个硕大的黑色标题。《星辰报》上面写着绑架！一贯的简洁而又耸人听闻。但《先驱报》的标题，占据了报纸折起的半版页面，让我血液冰冷。

“我不会坐以待毙”：国王实行《战争措施法》①，寻找被绑架的总理。

总理？不是前总理吗？我退回屋内，展开《先驱报》。这篇文章在我的胃里投掷了一块冰——在激情澎湃的午夜宣言中，塞弗林国王发誓要找到“我忠诚的朋友和最有原则的总理”，并将她的失踪归咎于激进的极端主义者。

他指的是我们“团结联合工会”。他调动了军队、警察和王室护卫队来寻找她。不遗余力地找。

没有提到任何一个关于解雇她的字眼，也没有提及她的请辞。“我的朋友”，国王是这样称呼她。“我最忠诚的朋友”。

谎话，都是谎话。格雷丝是去辞职的。她是去告诉他，她是站在我们这边的。现在她不见了，国王就直截了当地把她的失踪怪到我们头上。但当格雷丝获救后，她就会在一分钟内粉碎这些谎话。她会说出她舍弃了塞弗林那一方的真相。她会说出是谁劫走了她。

所以为什么要编造这个故事？为什么要对报社撒谎呢？

为什么撒谎呢？除非你知道真相永远不会重见天日。

恶心的感觉在我体内翻滚。塞弗林已经杀了雅各布，试图击垮团结联合运动。为了牢握权力，他谋杀了一个好人。格雷丝已经叛变了。一旦他发现了她被人杀害的尸体，他想怎么说就怎么

① 艾兰国法案，宣布国家进入紧急战时状态，限制人员流动。

说。他可以利用这一点将团结组织运动碾碎成尘。

我得走了。现在就得走。我必须到河畔城内，在一切尚来得及之前，找到格雷丝。

我迅速穿好衣服，唤来了乔伊，马哈利亚和乔治。我把自行车从棚子里拉出来，向东出发，呼唤格雷丝的灵魂。

我祈祷她不会回应我。

第二十二章 舒适的砖房，漂亮的灯光

我踩着自行车走出街区时，我的呼唤没有应答。卡洛塔·布朗喊住了我，指着她的左臂，同时使劲摇头。我停了下来，她穿过马路来见我。

“他们在逮捕穿着代表团结联合运动颜色衣服的人。”卡洛塔说，“你要是被关进中央警察局，对任何人都没有益处。”

我想反抗她的。我第一个冲动是拒绝摘下它。这是懦夫行径，可我不是懦夫。但团结联合运动并不仅仅是一条丝带，也不是一种颜色。而且如果我被关进牢房，我就找不到格雷丝了。

我伸出手臂，让卡洛塔扯掉丝带。她把自己的头巾从未打理的头发上滑下来，绕在我的头上，遮住了我独特的发辫。这连半点伪装都算不上，但也许会有点作用。

“走吧。把头低下。去找你的朋友。”她说完匆匆走回人行道。

我把丝带塞进口袋，踩着自行车继续前行。骑过了半个街区，我不得不在一个十字路口停下来，因为一队棕衣警察正将年轻的抗议者押往警察局。商店匆匆取下橱窗里任何黄色的东西。黄色消失了，仿佛“一个更好的艾兰国”的希望落空了，被国王调动的重底靴狠狠地践踏在脚下。

马哈利亚和乔伊穿过一个又一个商店后回来了，给我带来一个消息——安杰勒斯商人，这位复古家居用品经销商和秘密图书出版商，已经被捕了。河畔城社区中心被突击搜查，警察正在逮捕在街头售卖灵魂书籍和其他声称是魔法的玩意儿的小贩。他们又开始逮捕巫师了。“妈妈家”餐厅已经被王室护卫队接管，作为他们的行动基地，并要求“妈妈”给卫兵们提供食物，报酬只有一封承诺信。

家家户户都上了锁。窗帘也拉上了，偶尔有人快速地拉开一点间隙，但也只够偷偷地瞧上一眼外面的情形。我加入了自行车队伍，没有人说早安，更别说有平时随行时的谈话和八卦了。我目光所到之处，都能作为头条标题登报。

鸟儿从头顶飞过，用它们的物种所能理解的语言歌唱。与我交谈过的灵魂中没有一个见过长得像格雷丝的人。无论我在哪里停下来召唤她，她的灵魂也从未回应过我的呼唤。

还活着。希望在我的胸口激烈地跳动着。格雷丝还活着。我继续骑行，爬上菲利普国王山，向东前进，召唤着她的灵魂，希望随着没有回应的每一分钟，每一英里升起。

我已经去过很多个街区了，路遇士兵便停车，恭敬地移开视线，几乎忘记了他们为什么在那里，在找谁。我在另一个十字路口停下，但其中一个穿着绯红外套的卫兵脱离了他的队伍，走了过来。

我把手从车把上拿下，举起来，“早上好，先生。”

“你在这里做什么？”

“我叫珍妮丝·贝克。”我说，“我要去拜访一个朋友，她不舒服。”

“你的朋友叫什么名字？”

惊慌失措这只“鸟儿”，正用疯狂的翅膀拍打着我的肋骨。我想都没有想，就把徘徊在舌尖上的第一个名字说了出来，“加布里埃尔·梅多斯。她是个美术老师。”

“你没给她带汤吗？面包也没带吗？”

“家里的物资少。”我说，“我想我可以帮她洗漱，给她煮点午餐——”

“外面很危险。”卫兵仔细地看着我，“你出来这一趟就是为了一个朋友？”

“她对我很重要。”我说，“我想确认她没事。”

“那你是做什么的，珍妮丝·贝克？你在哪里工作？”

“博勒加德退伍军人医院。”我把咒骂的话咽了回去，“我在自助食堂里工作，一周上班一周轮休，都是晚班。”

“所以又到你轮休了。我会带你去你朋友家。她住在哪里？”

该死！该死！“就在五角街外，昆西街上。”

“走吧。”他说，“我的巡逻队就在五角街。我们现在就在巡逻。”

我尽量让自己看起来很感激，“谢谢你。”

他没有跟我说话，一直走着，我也推着自行车走路。我们就这样穿过了一条又一条街道。我闭上了嘴，现在可不是能说错话的时候。他停下来，听着一群当看不见现状的士兵，还有一些在逮捕更多人的警察给他做的汇报。我在被捕的人中认出了一些面孔。其中一个人看到我，张了张嘴，却被她的邻居用手肘撞了一下。

“你。”一个警察用警棍指着人群，“你在搞什么鬼?”

用手肘撞人的那位女士大声说话：“她踩到我的脚趾头。我让她好好看路呢。”

“我说了对不起，”另一个人闷闷不乐地说，并没有看我。

“注意维持秩序。”警员厉声道。

护送我的人走开了，我跟在他后面。

“我们是时候清理一下街道了。”卫兵说，“他们把总理抓走，真的太过分了。他们以为这样做能达到什么目的吗。国王可不是会向暴徒屈服的人。”

我保持沉默。

“你不赞同吗?”这名卫兵坚持道。

“如果我说我不想加薪，那是骗人的。”我说，“但这太过分了，他们所做的一切。我是说，那些戴丝带的人。”

“塞弗林国王知道人民需要什么。他对你们所有人都很公正。看看工作周改革。我现在只有四次轮班，每次轮班十小时。工作量没那么多了。人们也在渐渐找到工作。”

“我们只需要耐心点。”我说，“在可怕的事情发生之前找到总理就好。”

事情还没发生。格雷丝的灵魂还没有来找我。她还活着。我们到了加比住的街区，转过拐角，来到她居住和工作的那栋砖楼。就在这个转角处——

一条长长的黄色丝带从信箱里飘了出来。

“胡说八道。”卫兵嘀咕着，从臀部挂着的刀鞘中抽出一把匕首。他割开厚实的丝缎，来回锯扯，气得龇牙咧嘴。丝带解脱了。他把它扔进了停在蓝色金属信箱旁的垃圾箱里。我看到它落在垃圾桶里时，破烂的两端在飘动着。

我们就在加比的前门外。那里有一块空地，可以放我的自行车。我挪动着它，时刻警惕着周围情况。

信箱上用粉笔画的钟面是中午时分。

“就是这里。”我说，“非常感谢你护送我。”

头顶上，一只麻雀蹲在一根树枝上，树枝承受着它的重量，摇摇晃晃。麻雀在啁啾。我再次呼唤格雷丝的灵魂。

除了寂静，什么都没有。什么都没有，唯独还有希望。

卫兵点了点头，“我只是在履行我的职责。如果你碰到更多的卫兵，告诉他们你的名字，告诉他们杰里米·布卢兹下士已经问过你话了。可以为你节省一些时间。”

“我会的。”我对那人笑了笑，“希望你能找到她。”

“我也是这样希望的。”他说完，便把我留在街角。

格雷丝被绑架。塞弗林在撒谎。加比成了间谍。我的头顶因愤怒发热，热得我能想象到它在冒烟。我打开前门，径直上了楼梯，怒火中烧地走了六层楼。

加比应门，看到我时惊恐万分，“你在这里做什么？”

“我知道你干了什么。”我说，“你把雅各布的计划告诉了国王，然后国王把他杀了。我想知道所有的事情，从你为什么背叛团结联合工会开始。”

“你不能出现在这里。”加比说，“他随时会来。”

“谁？”我说，“你的情人？或者我应该说，你的上线？很好。我本来就打算把他查出来。格雷丝被绑架了，我要在她被杀害之前找到她。”

“你必须得离开。”加比说，“如果他发现你知道国王服务处的事，你就死定了。”

“国王服务处是什么？是他的间谍部门吗？”

加比封住了她的嘴。我恼火地叹了一口气，强行把门推开。她惊讶地尖叫一声，踉跄着向后退去。我把门关上，抱拢双臂，“把一切事情告诉我。”

“我不能。”她说，“他要来了。”

“你的上线是谁？”

“他以前杀过人。”加比说，“他也会杀你。回家去吧，等这件事风头过了——”

“醒醒吧，加比！我不可能活下来的。”我说，“格雷丝·汉斯莱昨晚辞职了，并且告诉国王她要加入团结联合工会。现在她被绑架了，国王宣布军事管制，等她死了，他就会追杀所有高层人员，包括你在内。除非你认为为他做间谍就能获得自由。”

加比惊恐万状地看着我，“你要去救她？”

“她还没死。”我说，“还有机会。她在谁手上？”

“我不——”

“别给我说不知道。”我说，“你知道些什么的。告诉我吧。她在谁手上？”

“如果我告诉你，你就得快点。他要来了。”

“是你的上线劫走了她。”

加比点了点头，眼泪从她的眼睛里盈出来，“现在走吧。快点。”

“他是谁？加比。告诉我他是谁。”

她愣住了。沉重的脚步声在楼梯间回荡，在空气中越来越清晰。加比摇了摇头。“躲起来。”她压低声音，“别出声。”

她把我推进她的储物柜里。里面闻起来像是油漆、亚麻籽油和潮湿腐烂的旧棉花的味道。我隐在黑暗中，储物柜有条让光线和一丝视野进入的小缝隙，我透过那条缝隙窥视着外面。门推开了，出现的是一名高大魁梧的男人，他穿着灰色的军大衣，金黄色的头发剪短了，白皙的皮肤透着恒久的红晕。

灰·沃尔夫的得力助手贝斯尔·布朗，就站在加布里埃尔的工作室里面。

“你在哭什么？”他问道。加布里埃尔摇头。

“太可怕了。”她抽泣着，“我可以看到他们在外面，逮捕了所有人。”

贝斯尔离开我的视野，脚步声缓慢。“嘘，安静点。很快就会结束的。”

“她会死吗？”加比问道，“她真的要——”

“这是上头的命令。”贝斯尔说，“你不要担心。你有我呢，好吗？我会保护你的。”

他们要杀格雷丝。哦，天呐。我是对的，这些叛徒现在就可以杀了她，然而他们现在却在拉着对方，撒着谎。

“我不想她死。”加比说。

“战争中会有人死去，亲爱的加布里埃尔。现在就是战争，但很快会结束的。我会回到服务处的工作岗位上，灰星帮派也没了，他们就不会再因为赌债给你找麻烦了。加比，擦干你的眼泪；再过几天，我们就自由了。”

“但他们正在逮捕每一个人。他们要击垮工会，不仅仅是灰星帮派。”

“我们不需要工会，加比。他们只是阻碍。塞弗林国王知道什么是正确的——他只是需要不受束缚，放开拳脚。你所要做的就是出现在审判会上，说出真相。然后，我们能住一栋舒适的砖房——”

“有着漂亮的灯光——”

“——你也不必教画画了，可以整天从事艺术创作。”

“我知道，贝斯尔，我也想那样。”她说，“但他们可以不把她关进监狱吗？”

“我知道她是你的朋友，加比。但你错了。团结联合工会在她接管后并未倒退，而是更上一层楼了。”

哦，安息之国的光啊。我。他们在谈论我——

危险，充斥着我的四肢，催我要逃跑。我向后退了一步，脚后跟与什么东西相碰，发出砰的一声空响。

“那是什么声音？”

“没什么。”

“有东西。”贝斯尔说。

我僵住了，在溶剂味浓重的空气中屏住呼吸，但为时已晚。

贝斯尔已经往这边走来。

我在黑暗中四处摸索着东西，任何可以防身的东西。我的指尖碰到一个罐子，里面的东西撒了出来。我捡起罐头。门打开了，贝斯尔的影子落在我身上。

我把罐头里的东西直接甩到他的脸上。他用手按住眼睛，尖叫起来。我只有一次机会。我猛地冲向他，瞄准他的膝盖骨底部就是一踹，伸手想把他推倒在地。

但他体格太大了。他哀号着，却并没有阻止他抓住我，把我的胳膊扣在背后。他反拧着我的双臂把我从储物柜里拽出来，停在吓坏了的加比面前。加比后退，双手举起。

“噢，加比。”他说，“我以为在这里我可以信任你。我以为你是不同的。”

“她是我的朋友。”加比说，“而且是她自己查出来的。”

“把你剩下的借口说出来，加比。”贝斯尔说，“我挺想听的。”

“我想在你来之前让她离开，但她知道我是间谍。她知道我在为谁做间谍。接着我们听到你上楼梯的声音，我惊慌失措，就把她藏在储物柜里了，然后——”

“你为了保住自己，就推我进火坑。”

“不！”加比说，“是她自己查出这一切的！”

“这就是为什么我们不能让她说话的原因。但我现在真的进退两难，加比。你知道吗？”

加比怆然泪下，“我不想让她发现，贝兹[1]，我从来不希望

---

① 贝斯尔·布朗的昵称。

这件事发生。”

“哦，我相信你。”贝兹说，“但这并不重要。我不能放她走。”

他举起手臂，左手握着一把枪，

“同样，我也不能放你走。”

“不。”我说，“加比，你发誓不会告诉任何人。现在就发誓。”

“那也没什么用。”贝斯尔说，“我的加比就是不能安分地待着。她就是再次被卷进去了。我别无选择。”

“不要。”我说。

他的左肩摆好进攻架势，砰一声开枪，枪声使得窗户格格作响。加比倒在一块防尘布上。在贝斯尔把我拖走之前，我无法判断她是否还有呼吸。

我踢了他一脚。我想拽开他的手。但他对我又踢又打，拖着我下了楼梯，从后门进入到一条小巷里。

“你不是计划中的一部分。”贝斯尔说，“我们得随机应变了。”

再试一次。我重重地踩他的脚，猛拽着，但在我蠕动挣扎时，他一个熊抱攫住了我，使我不得动弹。我张开嘴想尖叫，但他却徒手捂住了我的口鼻。

一切变得漆黑。我听不到自己慌乱的呼吸声。我尝不到我喉咙后面涌起的胆汁。我失去知觉，内心的尖叫褪去，失去了对自己身体的感知。这就是死亡吗？

不，那我应该变成鬼魂。我的意识不应该残存在这无尽的虚空，永恒的黑暗之中。不对。这比死亡更可怕。

我感觉不到恐惧在折磨我的肠胃，尽管如此，我还是尖叫起来。

我的后背抵着坚硬的地板。整个人头晕目眩，一阵翻滚的恶心感，以及头痛。我还有感觉。我还活着。泪水从我的眼睛里漫出，流进弯弯的耳廓里。腐烂潮湿的纸屑和空气中的灰尘——空气之中还夹杂着醛糖味的某种变质的味道。我的肩膀疼得厉害。

我一动不动，试着感觉自己是否有哪里受伤了。除了肩膀，其他地方没有痛感。我睁开眼睛，微弱的光线从一扇肮脏的窗户渗进来。我在一个四四方方的小房间里面，双手被绑在背后。墙上砷绿色的壁纸剥落，残破的树叶耷拉着，上面沾染了锈迹斑斑的水。

一座废弃的房子。我奋力坐起身来。我是要呼救，还是要隐藏自己已经苏醒的状态？我一动不动，竖耳听。什么也没有。没有暖气片发出的吱吱声。没有卫兵踱步的重量引起地板发出的呻吟声。但我不想放过我仅有的惊喜。

“如果你过来解救我，我们可以做个交易。”

那是格雷丝的声音，她颤抖着说话。她在这附近——甚至说，就在隔壁房间。

“有人在这吗？有人吗？”她叫道。可我还是安静得像只老鼠。他们可能无视她发出的声音。但格雷丝在这里，这意味着我们可以帮助彼此逃脱出去。

我蹲下，吃力地挪移着。我向我的关节承诺，一旦我们安全了，就给它俩好好泡一泡。我背抵着门，扭开门把手，门的铰链发出嘎吱的刺耳声。我怔忪住，竖耳听——他们可能会忽略格雷丝大喊，但他们可不会忽略这声音。

“谁在那儿?”格雷丝叫道，“我听见了，不管你是谁。啊嗬?我需要水。拜托，我好渴——”

屋子里没有其他动静。只有我们两个人。

格雷丝所在的房间门把手很紧。我扭错了方向，但最终把门打开了，随即退进房间里。

格雷丝看到我时先是倒抽一口气，接着放松下来。她的左脸颊上有一块瘀青，嘴唇被划破，流下的血干涸在下巴上。她的毛皮大衣上沾满了灰尘，里面是一件晚宴服，耳朵和脖子上戴着珍珠和钻石。她踢掉缎面鞋，丝袜也抽丝了。她挣扎着站了起来，双手被扣在身后。

“他们没有拿走你的珠宝首饰吗?”

“谁会傻到买下五分之三的汉斯莱家族高定首饰?”格雷丝说，“他们甚至还给我添了点东西。我的手指上有一枚戒指不是我的——别管那个。过来。”

我站在格雷丝身后，看着她的手，眨了眨眼睛，“这枚戒指还真不赖。”

格雷丝摸进我的口袋里，手指扭动得更深，“这是什么?”

“一颗大蓝宝石，周围镶钻。”

“是什么？哦，不。”

“怎么了?”

“我需要看看那枚戒指。报纸怎么写我的失踪的？他们说了什么吗？塞弗林有发表声明吗?”

“他发了。他称你为他亲爱的朋友——”

“他昨天可不是这么说的。”格雷丝嘀咕道，“妈的！我们有麻烦了。”

“转身蹲下，我好解开你的结。这么说来，你真的辞职了？”

“报纸上没说我辞职了，是吗？”

“一个字也没说。据他们描述，你还是总理。”我说，“再蹲下点。”

格雷丝弓背蹲下，我摸了摸结的周围。他们是用麻绳把我们绑了起来，结打得死死的。有匕首会更好，但我摸到了结，试着将它拉松。

“不过话又说回来，国王说了什么？”

“他说你是他最忠诚的朋友。他说他会找到你，说绑架你的人要付出——”

不行。“别乱动。这个结很紧。”结的两端被剪短了，但我闭上眼睛，解开了它。

“啊！”格雷丝舒了口气，“我的手都麻了。别动。”

她蹲下身子仔细看了看我被捆住的双手，她的指甲很长，挑开结的速度比我快多了。我走到窗边想看看我们在哪里，却愣住了。

窗户已经被钉实了。

乔伊穿过木板冲了进来，“罗宾！那个男人在这里！”

她指的是想要杀我俩的凶手——贝斯尔。如果这些窗户是从里面被钉上的，那么这栋楼之前就为我们准备好了，我们必须行动起来。“去找人帮忙，乔伊。通知所有的灵魂。去贝氏湾景区，找到泽林德。”

乔伊飞快地穿过墙壁，消失了。

“马哈利亚。”我说，我的姨妈来了，看起来很害怕的样子，“我需要你去找到泽林德。让 *Ta* 跟着你。带 *Ta* 过来。但来之前先查看一下家族房屋。”

“她应该去找崔斯坦。”

“她不认识崔斯坦，而且崔斯坦一直都在王宫。”我说，“泽林德能比崔斯坦更快地找到我们。”

“好吧。”格雷丝说，“但我们自己也得做点什么。你看。”

她给我看她的手。左手无名指上，双排小钻石环绕着一颗硕大的蓝宝石。

“这是‘艾兰之心’。”格雷丝说，“塞弗林求婚时想把它赠予我。他是打算要在我的尸体上发现它。”

“所以我们不单单只是谋杀总理那么简单。”我说，“我们还杀了他的新娘。我们必须离开这里。”

房子在摇晃，墙壁在震动，有人在一遍又一遍地锤打着墙壁，发出砰砰声。我的心跳到嗓子眼，我紧紧抓住了格雷丝的胳膊。

“那是什么声音？”

“锤击声。”我说，“他在钉死门窗。”

“我们被困住了？”格雷丝的声音拔高了。

“是的，等他阻断了所有的逃生通道，他就会——”

接着我闻到它的味道，就像一根用完的火柴，或是吹灭的蜡烛，又或是寒冷的日子里炉火燃烧的味道。

“火。”我说，“他把房子点着了。”

格雷丝抓住我的手肘，“我们必须离开这里。如果我们死在这里——这里有水吗？”格雷丝跑出房间，打开一扇扇门，寻找卫生间里的洗手池，“把你的手绢给我。”

我找到我的手绢，格雷丝把它浸在自来水里，“透过这个呼吸。”

我用它捂住口鼻，因而不得不耗费更多力气呼吸。“你那阻碍气流吹过来的咒语呢？你能施展它，把我们包裹在干净的空气中吗？里面尽可能多的空气。”

“可以。”格雷丝牵住我的手，“靠近点。”

“别让火焰碰到它。”我说。

木头燃烧的气味还在，但它没那么浓了。夹杂着褐色的白烟从楼梯间升起，但格雷丝的透明圆罩穿过它，它与我们肩膀的距离刚好三英尺。

“再密实一点。”我说，“不能让空气接触到火焰。这个透明圆罩夺走了火焰许多燃料，但如果它进入我们充满空气的圆罩里——”

“就会把我们烤熟。”格雷丝说，“我从来没有尝试过把它密度变小。等等。”

烟雾渐渐向我们袭来，摩擦着屏障，想要侵入我们的安全地。格雷丝把透明圆罩拉进来，我伸展的手臂也消失在烟雾中。

“完成了。我们怎么出去？”在熊熊烈火的噼里啪啦声中，格雷丝喊道，“他们把所有地方都钉上了。”

“我们必须破开一扇窗户。”我说，“快点。楼梯在——”

这里热得像个烤箱。越来越多的烟雾弥漫上楼，空气透过我的外套延伸开。我往后退，将格雷丝从楼梯处推开，空气闻着像是头发烧焦味。

我摸了摸自己的脸，又紧绷又灼热。我按着紧蹙的眉头，细小片状的灰烬落在我的眼睑上。

“楼梯着火了。”我说。

“我们该怎么办?”格雷丝问道，“如果我们不能走楼梯，我们能走哪——”

烟雾从我被囚禁的小房间里飘了出来，火焰在其中跃动着。我把格雷丝拉回来。

“它蔓延得太快了。”她说，“没地方可逃了。”

“打开的那些门。”我喊道，“是它们给火提供了空气。”

她呻吟：“是我的错。”

“没时间说这个了。走这边。”

“这是一条死路。”格雷丝说。

“这是我们唯一的机会。”我说，“如果我没猜错，应该就在这里。”

“什么?”

我敲了敲镶板，它发出中空声，就像敲击一扇门时，通过空气传播出去的声音。一定是在这里。如果不是，如果我们没有逃脱出去的话，真相会跟着我们一起烧成灰烬。国王会以一名女子之死为由，向团结联合工会发起复仇，工会便会因此烟消云散。

“你在做什么?”格雷丝问道，“火越加逼近了。”

我觉得温度升高了点。“这是一栋组装房。”我说，“他们在伯德兰建了几十个。迈尔斯曾经住过一个。”

“这和你摸墙有什么关系?”

“这里应该有仆人专用楼梯。”我说,“所以这个镶板其实是一扇门——啊!”

我的手指摸到了一个光滑的金属凸起,按了一下。我如释重负,差点哭了出来。那块镶板的触感仍是凉凉的,它自动往后推,发出了生锈的咔嚓声。我把隐形门推到一边,露出通向楼下的陡峭的木质楼梯。

我们身后,烈火在咆哮。

“我们在给它提供空气!”格雷丝大喊。我们周围的透明圆罩越来越沉重,越来越浓密。

“来吧。”我说,“这是我们最好的机会。”

格雷丝确认关上了滑动门,才冒险进入全然黑暗的空间里。我原本希望能有一扇窗户,但今天幸运女神没有眷顾我,这里没有窗户。

这里面很热。我们是在逃离,还是把自己逼到了绝境?这里有股壁炉味,热气顺着我的裙子飘了上来。我们下面有火吗?我们要不要从楼梯上落下去?

“快点。”我说,为了着地纵身一跳,却突然意识到我这一跳可能会把木板撞穿。假如我们在地下室里受伤,就死定了。

我砸到地板上时,我的胃猛地一颤,但木板还在。空气中的烟味更浓烈了,门杆却只是暖的。暖的,还不烫。是厨房烧着了吗?

“我留住了所有空气。”格雷丝说,“快点。”

我吸了一口气,镇定下来,把门扭开。厨房里冒着烟。火焰舔舐着通往餐厅的门口。格雷丝关上服务门，把手放在我的肩膀上。

“这太热了。我们该怎么办？”

“把门关上。”我说，我们飞快地靠近那难以置信的高温，把厨房门踢上。

“这能为我们争取了多少时间？”格雷丝叫道。

“一分钟都没有。”我大声回应，“水槽上有一扇窗户，门上也有扇窗户。如果我们要逃跑，必须从这里——”

“外面是不是有人？”格雷丝指了指。

一个黑影站在门外，手里拿着一根，一根——棍子，又或许是一根球棒。格雷丝退开了，烟雾涌向我的周围——现在更暗了。烟雾变成了深褐色，又有点油腻。它刺痛了我的眼睛，我停止呼吸，肺还在努力地呼吸。我封住了手和鼻子，手帕已经干了，但我还是用它捂住我的下半张脸。我不能呼吸了。暂时还不能。还没——

格雷丝触摸我的肩膀。空气再次笼住了我，推抵着厨房的门。外面的黑影逐渐变为一个手持钢头大锤的平头人影。

泽林德来了。*Ta* 就在门的另一边，就在我能看到 *Ta* 的地方。*Ta* 示意我退回去，然后举起锤子。

“不！”我挥舞双臂过头，这是警察拦车的手势。泽林德再次举起锤子，我猛摇头。

“不！”

五磅重的锤头划出弧线，直冲向窗户。*Ta* 要把它破开，外面全部的空气也会随之灌入。那致命的空气，会给大火供应燃料，把我们全部人烧死。

“门！”我大喊一声，泽林德的锤子挥向窗户那刻，我向旁边躲闪。玻璃的碎裂声淹没在我身后的熊熊大火中。我怯退畏缩着，玻璃碎片划破空气，旋转着飞进离门两英尺远的烟雾墙里。空气变得冰凉凉的。要下雪了，闻着有股甜味。

我做好了迎接爆炸的准备，但什么都没有发生。

格雷丝站在厨房门前，她双手举起保护着自己的脸。玻璃在她那皮毛烧焦的大衣上闪烁着，尖碎片扎到她的脸颊，她的下颌出血了。但她仍支撑着空气屏障，把我们与笼罩着我们的沸腾的褐色烟雾隔绝开。

泽林德挥舞着锤子，又撞向另一块镶板，砸在嵌有玻璃的木质框架上。格雷丝的保护罩还在，但烟雾变成了黑色。

“我看到火焰了。”格雷丝说，我也看到了，它们攀上了食品储藏室的门，爬上了镶板。我们快要碰到火焰了。却也快要自由了。

泽林德挥动着锤子砸向镶板，木头碎裂开，玻璃也破碎了。玻璃碎片落到格雷丝的大衣上，她退闪开了。食橱彻底沦陷。火势冲向天花板，灼热到让我觉得我的皮肤要干裂了，底下的脂肪在滴油，吱吱作响。

泽林德最后一锤砸在玻璃上，接着一层厚厚的浓烟抵达边缘。

“你得先走。”格雷丝说。

“托我一把。”

格雷丝双手交织，编造了一个摇篮，我踩在上面，升到足以使自己穿过那个洞。泽林德施展魔法抓住我，接着放开了我。格雷丝抬高自己越过窗户，我和泽林德抓住了她，把她拖了出来。

格雷丝指着街道，“快跑。”

我们奋力从后门廊跑了出来，周围一片火海——灌木丛已经着火了，燃烧时散发出甜甜的果木烟味。在我们身后，灼热的气浪绽放。格雷丝将空气抽离时，火焰就在极度渴求它了，现在格雷丝解开魔法，火焰咆哮怒吼，急不可耐地吞噬着空气，推着我的后背。滚滚热浪将我撞飞出去。

我落在深深的、冰冷的雪里，脸上瞬间刺痛起来。太冷了。我站起身，看着本该成为我们坟墓的地方火势冲天。现在，火焰混入了外面的空气，把墙壁吞噬掉了。我盯着它，奇怪自己为什么不觉得害怕，为什么不觉得冷，为什么我脑子一片空白，为什么只剩我的逃脱计划。我盯着这场大火，人性的一面像按下了暂停键了。

接着我被拉入泽林德的怀里。

我紧紧地抱住了他，脸颊擦过 *Ta* 肩膀时感到刺痛。我身上闻着有头发烧焦的味道，但我的羊毛衣服只是浅表烧煳了而已。我紧紧地抱住 *Ta*，一直感受着脸上的痛感。我可以感觉到。我能感觉到 *Ta* 的心脏在跳动，快速而有力。*Ta* 的呼吸喷洒在我的太阳穴上，空气中的寒意——

知觉涌了回来。感觉涌了回来。我在泽林德的怀里晃动着，闭上眼睛忍受着疼痛。我原本会死掉。格雷丝原本也会死掉。如果我们都死了，就没有人可以阻止塞弗林，粉碎他要镇压自己的人民的决议。

“马哈利亚找到了我。”泽林德贴着我微微烧焦的头发说，“我们都来了。”

“我们是谁？”

“我当时在家族宅子里。”

围观的人群都是邻居，人群蔓延到了街上，其中还有出生于精神疗养院的巫师，他们的寸头格外打眼。泽林德松开怀抱，看着我，“是谁对你们干出这种事？是谁把你们关进那栋房子里的？”

“贝斯尔·布朗，奉国王之命。”我说。

周围的人群倒吸一口气。一对身穿灰衣的青年推搡着走上前，“他没有。”

“他一手策划了雅各布·克拉克暗杀案。他杀了加比·梅多斯，以掩盖他的罪行。他绑架了我们，他还放火烧了那栋房子——而且是在把它的门窗钉起来之后。”

他们面色阴沉，安静下来。杰米尔分开人群，站在她的追随者旁边，“他告诉我们在这里和他会面。我们本来是要抓总理进行勒索的。他说他是这么计划的。”

“所以是他，是他放火烧了伯德兰这所房子。还有精神疗养院的大火，也是他放的。”我说，“你想为杰克报仇雪恨，贝斯尔则出了个主意，帮你达成复仇目的。他设套陷害你。”

“贝斯尔和杰克是朋友。”杰米尔说，“他几乎是家人一样的存在。他永远不会背叛我——”

“他计划嫁祸谋杀格雷丝的罪名给你。在你们都被以叛国罪围捕时，他打算抽身而去。你们的人有多少被捕了？”

“到处都是警察。”杰米尔说，“他们突击搜查了鲁克酒馆。拿走了一周的收益作为证据。”

“那我说对了吗？绑架格雷丝是贝斯尔的主意吗？”

杰米尔不以为然，眯眼睨着我们俩，“他说如果我们有她在手，国王就会倾听我们的话；他还说我们得到想要的东西之后，就可以把她交还回去。”

“那你们想要什么？”格雷丝问道。

杰米尔像看傻瓜一样看着格雷丝，“自由政府掌握实权。”

“就这个？”我问。

“还有钱。”杰米尔耸了耸肩，“够了吗？但是国王派遣了卫兵巡逻街道。他在逮捕每一个他能逮捕的人。他并没有满足我们的要求。我们以为只要放了她，就能结束这种疯狂的状态。”

“要停止现如今这种局面。”我说，“贝斯尔有其他的谋划。”

“我向你发誓，姨妈，贝斯尔·布朗死定了。”杰米尔说，“要是格雷丝公爵死了，我们都会被处以绞刑。”

“比你想的还要糟。”格雷丝说，“他设计了我的绑架案，这样他就可以实行《战争措施法》。他说了谎，以确保当消防队员在屋里发现我的尸体时，人们都很义愤填膺。还有这个。”

她举起手，展示那枚蓝宝石戒指，“这是‘艾兰之心’。他要撒谎称我是他的新娘，这样大家都会疯狂地报复绑架我的人。”

我随即拔高声音：“他要把格雷丝的死归咎于我们。他要把我们压垮在他的卫兵的靴子之下。以叛国罪审判我们。让你们都不敢改变艾兰国。”

我伸手在口袋里掏出我的黄色丝带。我握拳高举，风擒住了丝带两端，使它们飞舞起来。

“他阻止不了我。”我喊道，“他阻止不了团结联合工会。他欠人民一个道歉。他欠亡灵一个公道。我要去王宫讨回公道。”

人群怒吼着。拳头在空中扬起，丝带展开，迎风舞动。一阵阵急促的展翅声撞击着我们周遭的空气。鸟儿们腾上天空，从我们身边掠过，向王宫飞去，准备告诉伊桑德，已经找到格雷丝了。

我呐喊着，声音响彻云霄：“亡灵歌者，召唤艾兰国所有的灵魂！带他们过来！他们应该得到他的悔恨。他们应该得到他的补偿。去王宫！让红衣人靠边站。艾兰国的人民，跟我来！比雷声更响亮！比钢铁更坚固！”

第二十三章 谢罪或投降

走到第一个街区尽头时，亡灵的数量比我们多了十倍。泽林德和格雷丝走在我身侧，马哈利亚和乔伊则紧靠在我身后。一支卫兵巡逻队看到我们过来，喊我们散开，但他们只有两个人，而我们有九十个人。他们无法阻挡我们继续前行。

我们边走着，边开始唱起关于争取更好的工作条件的劳动之歌。下一首歌询问了巫师们去往了何处，并萌生了新的歌词，唱的内容是巫师归来时满面愁容、剃头削发、瘦骨嶙峋。但当游行者唱到“不朽的艾兰国，永恒的艾兰国”时，人们打开了屋子前门。他们注视着我们，然后加入到我们的游行中，举起拳头，高扬起我们之前被迫藏起来的丝带。

每唱一段，就有更多的人出来加入我们。

防暴警察抵达我们周围，用防暴警棍捶击着盾牌，反复高喊让我们回家，此时我们已经聚集了成千上万的人和一万个灵魂。他们聚拢冲向警察，尖叫着，幽灵的身体穿过警察的肉体。警员们溃散开，逃离亡灵的愤怒。当我们的力量与亡灵的力量汇聚在一起时，他们已经被震撼到了。我们唱着歌，从他们身旁经过。

身穿粗花呢，戴着鸭舌贝雷帽的年轻人加入了我们的队伍，女人们在她们的家居服和围裙外套上大衣，加入了我们。我们挤满了整个街区，开始延伸到下一个街区，然后一直沿着菲利普国王山走到主街。一名店主从她的街角商店里跑出来，拿出一大堆丝带分给我们。我们走着，朝天空扬起我们的乌扎达旗帜。

亡灵不断地赶来。他们从漫无目的的游荡中被凯奇家族的亡灵歌者——那些生来就被囚禁了的、遭受了难以想象的侵犯的巫师，召唤而来。亡灵与我们一起行进，即便是那些只存留了屈指可数的记忆在人们脑海中的亡灵，也加入了进来。他们就像飞蛾扑向月光一样，被我们吸引过来。

我们在金斯顿市中心死死地堵住了交通，亡灵和生者一同在街上游行，数千人的长河从主街转到国王大道，穿着普通西装，骑自行车的人只能在一旁等待。警察站在商店的橱窗前保护商品。但我们的目的不是抢劫。我们从他们身边行过，没有碰玻璃板，传言在人群中扩散开。

游行者告诉每一个新加入的人，塞弗林说了谎。他们讲述了我和格雷丝从东河畔城燃烧的房子里逃出来的事情，说我们刚逃出没多久房子就爆炸了。他们说，我们要去王宫，让塞弗林道歉，承认自由政府。如果塞弗林不对巫师作出补偿，他们就会诅咒他。亡灵则会得到一声道歉。复仇。正义。当这些事情牵扯到了他们个人的生活，开始脱离主线时，我们及时纠正他们，把他们拉回正轨。

其他人一旦被卷进队列，便推着自行车加入进来。有人告诉我，游行队伍有五个街区长了。另一个人说，生于精神疗养院的亡灵歌者联合起鬼魂和为他们哀悼的人们。报刊记者也加入了队伍，与游行者交谈，引出他们的故事。

我们走了两英里的路，抵达蒙特罗斯王宫，见到了在那里守夜祈祷的示威抗议者，他们等待着太阳在一个更好的艾兰国升起。广场被我们挤得水泄不通。我们推开阻止我们进入宫殿的大门——但在另一边，王室护卫队严阵以待，拔出步枪，瞄准我们，他们发出的信息很明确——推开大门刹那，他们就会开枪。

“停下。”我叫道，把手举起来，又喊了一声，“别动!”我的声音就像通过喇叭传出来一样，十分响亮，我被吓了一跳。格雷丝对我眨眨眼，“艾兰国的人民，停在原地！大门处有武装卫兵。”

“停在原地不动”这一通知在人群中低声传开，在寒冷的空气中发出隆隆低沉的声音。我转向格雷丝。“你能再施展一次吗?”

“可以，你想说什么就说吧。”格雷丝说。我扭头看向守卫。

“王室卫兵们！放下你们手中的武器！你们有一百颗子弹——我们却有几千人！我们不想和你们打。你们也不想开枪射杀我们。”

“你们散开。”扎着队长发辫的卫兵大喝，“奉国王命令，腾出广场。”

“投降吧。”我喊道，“不要有流血事件发生。请站到一边去。”

他们的队长一声令下，卫兵们低头瞄准。我们于他们而言，仅是目标。他们会向我们开枪，我们会倒下，但一旦他们的子弹用完了，我们就会重新涌过去。这一天将血染史册。

我必须阻止这一切的发生——怎么阻止？我怎么才能说服他们？

单靠我是不行的。我延伸感知，向亡灵求助。

一股寒意渗过我的身体。鬼魂穿过我们，飘过栅栏大门，填满了阶梯。他们蜂拥而至，将守卫团团围住，在他们的身上四处摸索。

其中一个人猝然一动，她举起步枪，指向天空。接着，另一个卫兵冲出队伍，步履不稳。还有一个放下步枪，好像步枪突然变得烫手起来，长长的枪管上结了霜。

格雷丝挥指，布满冰霜的步枪便摔在地上。泽林德指着，步枪被拽到了空中。现在手无寸铁的卫兵们退到了阶梯上。有两人无视队长的命令，停了下来，接着跑掉了。其他守卫看着他俩，然后又看向彼此，寻求指引——然后举起空手，从大门边退开。

这就够了。人群欢呼着冲向大门，大门不敌重力，中间凹陷了进去，人们后退，再次撞向阻碍进入的大门。再一次，支撑大门的柱子也弯折。再推了一次，大门摇摇欲坠。

“再来！”有人喊道，“一、二、三——”

中空的支撑柱啪地断裂，倒向一侧。市民们从缺口处蜂拥而上。他们冲上阶梯，撞倒守卫的同时抢过步枪，将前门拉开。

“看好守卫。”我对一众鬼魂说，“别让他们受伤了。”

公民欢呼起来，他们挤满大厅，散到走廊里。一小队武装公民制伏了红衣卫兵，分传着收缴的武器，以增加自己的武装人数。如果我们漫无目的，这将会演变成一场暴乱。

我拉住让–玛丽，“找到厨房，让他们提供食物给人们。这样可以拖延时间，让他们冷静下来。”

我派她去执行她的任务，而后看到了另一张我在团结联合工会里认识的脸。我对他说：“召集一群人，散布一则消息：我们需要聚集自由民选议员，开始撰写一份声明给媒体。”

他颔首，召集了自己的一群人。我抓了一名样貌让人望而生畏的阿姨，让她在人群中寻找有医疗经验的人，在王宫医院开设诊所。

安排妥当后，也是时候该行动了。“格雷丝。”

她一下子就出现在我身边，“在呢。”

“我们要找到国王。照你看，在哪里能找到他？”

“推翻了王宫也没找到他吗？”格雷丝问道，“那就是在神殿里面。”

“带我们去那里。”我说，“泽林德。你跟我一起去。”

泽林德轻笑了一声，“怎么说得像是我会让你在没有我的情况下去呢。”

我拉着 *Ta* 的手，向格雷丝点了点头，“我们走吧。”

格雷丝带着我们穿过金碧辉煌的接待大厅，无视那些从墙上搬下无价的艺术品的人。我仰头去看天花板上的镜面砖中我们的倒影，那刺痛了我的良知，这些砖是用金线相嵌的。纯金的，我还记得我们还是小学生的时候，跑进王宫里盯着这些华丽高雅的装饰看，现在才明白这是他们积敛的财富。向五百个家族征收的税款，都拿去连接这些镜子了。天花板上的财富可以养活整个国家一年。这种浮华和贪婪必须结束。

我跟着格雷丝走过拼花地板，来到一间高高的圆形房间，我们的脚步声被头上的穹顶传递、捕捉、回荡。穹顶上是用了最昂贵、最鲜动的颜料绘出的一幅百名骑士跪在艾格尼丝女王面前的壁画，画上女王举起手来表示仁慈的赞许。

格雷丝推开高大的殿门，空气中弥漫着甜木烟和燃烧着的蜜蜡的气味。每张写字台都放着专属的香炉和柱蜡，等待着一位虔诚的抄写员点燃神视之烛，焚烧祭品，请造物主指引他们的笔尖，然后在思忖问题或怀揣感激时，陷入一种轻恍惚状态，写下任何浮现在他们脑海的东西。

在写字台环的远端，塞弗林站在那里，他低垂着头，握着笔的手剧烈地颤抖着，在书上的一页划动。听到我们的进门声，他抬起头，嘴唇抿得紧紧的，煞白无血色。他搁下笔，拔出一把手枪，枪管摇摇晃晃地指向我。

格雷丝抽了一口气，“枪。真可爱。”

“动手。”国王说。突然有人出现在我们身后，快速地做了一连串动作。贝斯尔·布朗赤手捂住格雷丝的嘴，她瘫软在他的怀里，没有挣扎，没有声音——但她那双没看见袭击者的眼睛惊恐地睁大，虹膜周围都是白色。

我朝贝斯尔移动，国王的声音却让我停住脚步，“动一下，她就会死。”

我停了下来，“你的枪法有那么好？”

“我没有，但她有。”

我顺着塞弗林的视线看向环绕顶楼的栏杆扶手，盯着一支黑色长枪的枪管。泽林德摸了摸我的手腕，摇摇头。

Ta 可以把枪从一名对手手中拽出来，但 *Ta* 不能同时看到两名对手。无论 *Ta* 解除了哪一个的武装，另一个都有时间开枪。而国王现在还没朝我们开枪。如果我们要说服他投降让路，就需要争取一些时间。

“好吧。”我说，“我们先放轻松。我是来谈谈的。”

“你是来夺走我的王冠的。”塞弗林说，“这么多年来，我经营慈善基金会，资助罗斯王朝奖学金，领导救济项目，你就看不出我是站在你这边的吗？你看不出作为国王，我会引导我们走向改革；看不出我的统治于你而言是有利的吗？”他用受伤的眼神看着我，“我有那么多的计划。你为什么不相信我？”

“因为我们要求的太多了。”我说，“因为一个好国王本质还是一个国王。”

“你可以等着看我是什么样的人。我理解你们对我母亲的不满。我也有同感，不是吗？我准备带来你想要的改变。一条接一条的法令，我会向我的内阁展示什么对我而言是重要的，带领他们走向一个更美好的艾兰国。只是你们这帮人步步紧逼。你们不接受我的提议。你们甚至不给我证明自己的机会。”

“如果你颁布法令实行自由民主，你就能证明自己。”我说，“你从来没有召集团结联合工会开会，听取我们的意见。你从来没有试着接触了解过我们，哪怕是一点点，都没有。”

“国王是不会征求臣民的许可。”塞弗林说，“你挡道了。我有一个计划：你告诉总理你的人民想要什么，我就可以采用这些想法中的最优项。但你却公然反抗我。我一点也不懂你们这些人。我给了你的爱人一笔钱。看看你的爱人做了什么。”

作为最高权威，需要一切都在他的掌控之下——这就是雅各布死的原因。这一切都源于塞弗林对统治的需要。他的臣民得认定他是正确的，要不加质疑地爱戴他。

“现在我明白了。”我说，“我明白你想要做什么，你的意图很好，但如果雅各布还领导着团结联合工会与你作对，你的计划就行不通了。”

“没错。”国王说，“我不想看到雅各布死。正如你所说，他是个好人。他只是不知道什么时候该放弃战斗。”

“所以你不得不杀了他。”我说。

“对。”

“你后悔杀了他吗?”我问道。

塞弗林顿了一下，“我为他的死感到遗憾。”

“因为国王是不能道歉的。”我说。

“没错。”

“那就有问题了。”我说，“因为亡灵就在这里。他们要你道歉，要你补偿。不得到这两者他们是不会离开的。”

我默默地召唤着亡灵。我向他们打开感知，召唤他们到我这来。他们匆匆赶来，好似有许多翅膀振颤，俯身冲击着我的感官，在充斥着蜜蜡味的房间里，他们的灵魂如同柔和的冰点。

乔伊首先来到我的身边。接着是马哈利亚。他们飘浮在我身边，是我所知道的意志最坚强的灵魂，然后他们飘向国王，后者的脸色白如床单。

“不要。”他说，“不要，走开。”

枪管从我身上晃开，指向乔伊。

“回去！”国王喊道。

“躲开！”泽林德喊道，从我身后传来鞭炮爆鸣声，后背一阵寒颤。

狙击手。我都给忘了。

子弹撕裂我的前一秒，我愣住了。泽林德甩开手，护我到最后一刻。*Ta* 张嘴喊了一声，鼻腔流下两道细细的血流，滑到上唇。一团淡血沫从 *Ta* 的口里咳出，落在我的脸上。*Ta* 倒下了。*Ta* 倒下的那一刻我终于意识到，我还活着，我没有中枪流血。

一直在半空中盘旋的子弹屈服于重力，掉在了地上。

但泽林德倒在地上，胸口起伏，血沾满了 *Ta* 的脸颊。一颗子弹躺在劳拉的身边，在金黄色的橡木地板上闪着暗淡的光芒。泽林德的视线绕过我，*Ta* 抬起手，接着劳拉的步枪被打飞。

步枪坠落在地板上，泽林德才闭上了 *Ta* 的眼睛。

“不！”

我跪在 *Ta* 身边，捉住了 *Ta* 的灵魂，将它塞进 *Ta* 的身体里。

“你今天不能死。”我说，“你听到我说话了吗？你的灵魂哪里都不去。乔伊！”我喊道，“找到迈尔斯。你找到他，把他带过来。”

当我束缚着 *Ta* 的灵魂时，一段在波光粼粼的丹斯莫尔运河上的记忆展开。在运河驳船上，我感受到泽林德在我身旁，让我解释细菌理论和如何避免感染。*Ta* 听着，心里却惴惴不安，选着下一个能使我继续和他聊天的问题，直到驳船停在索普家族房屋后面，我不得不下船。

“坚持住。”我说，“该死的。为了我，坚持住。”

我们走在开阔的原野上，向学校走去，鞋子在结了霜的草地上嘎吱嘎吱地作响。泽林德问道：“你可以帮我做健康科学报告吗？”*Ta* 内心紧张得战栗，我屏住呼吸，直到年轻的我耸耸肩说：“当然可以。”

当时我们十四岁，泽林德对我的接受感到欣喜无比。眼泪模糊了我的视线。

“你爱我。”我说，“我们当时正值青春年华，你爱我，我却没发现。”

泽林德笑了。*Ta* 的牙齿血淋淋的。“我只爱过这个女孩。”*Ta* 说，“而且你——”

Ta 咳嗽着，血从嘴里喷出。

“别动。”我说，“迈尔斯来了。他来了。”

泽林德费力地喘着气，呼吸紊乱，“疼。”

“我知道。”我说，“疼得如同烈火焚身。那样你就知道你还能坚持住。”

塞弗林在离我远的地方，像个孩子一般啜泣着，他周围的空气浓稠，弥漫着他很难看到的亡灵的气息。他们穿过他颤抖的身体，将他们在灵魂引擎内感受到的一切都倾泻到国王身上，化为他的恐惧和折磨。

“求求你。”他号啕大哭，试图抵挡他们，但他们没有停歇。

“让他们停下来。”贝斯尔用枪指着我，“让他们停止伤害国王。”

“都结束了，贝斯尔。”

贝斯尔的回应是下移瞄准目标，“不然我可以开枪杀死 *Ta*。别闹情绪了，否则你的心上人就死定了。”

“如果我放开 *Ta* 的灵魂，*Ta* 就死了。”

贝斯尔耸了耸肩，“我想你今天不走运，阿姨。该做选择了。”

但是灵魂们逼近国王，国王像拿出护身符一样把他的手枪伸出来，脸因恐惧而紧绷着。

“我无法阻止他们。”我说。

贝斯尔一脸遗憾，“那真是可惜了。我要不要下一个杀你呢?”

乔伊冲了进来，门突然被打开。崔斯坦朝贝斯尔劈去，贝斯尔挥动手枪转身——眨眼间崔斯坦就消失了。贝斯尔倒抽气，鲜血从他的嘴里喷出，他的头猛然后仰，仿佛被强劲的一击打得措手不及。半神国人涌入神殿，捉住了贝斯尔，压他跪在地上。

格雷丝双腿发软，跪倒在地，喘着粗气滚到一边。迈尔斯跪在我身边，摸着泽林德的喉咙。

“有我在，*Ta* 会没事的。”迈尔斯的手掌摊开抵住泽林德的额头，“去捉住国王。”

“你确定不需要我——”

“相信我。去吧。”迈尔斯说。

我冲向塞弗林，他盯着鬼魂，急促不安地喘息。我扑向他，鬼魂们紧随其后。塞弗林发出一声细微的尖叫，我夺过他手中的枪。

他抓住了我那件皮表烧焦的大衣的前端，“帮帮我。”

“不可能。”

我擒住他的手腕，塞弗林呜咽着。鬼魂们低语着，用手抓挠着他的脸，他整张脸因剧痛扭曲着。他们一些受损最严重的不能说话。但他们都能尖叫，他们一边冲国王怒吼，一边用手抓着他，穿过他的身体。

“你需要向他们道歉。”我说，“但国王不能道歉，对吧?”

“住手。”塞弗林哀嚎道，“停下来。让他们停下来。”

“他们永远不会停止。”我说，“除非你不当国王。他们会日日夜夜来找你，纠缠你，直到你道歉为止。”

“我没有对他们干出这种事！告诉他们！不是我干的！”

“你背负着你祖父的罪行，还有你母亲的罪行。你戴上那顶王冠的同时也一并继承了这个罪行。这是辛西娅·马丁。”我说，“她死于两年前，却没有去到安息之国，而是进入了一个灵魂引擎。它伤害了她两年，吃掉了她的记忆，吞噬了她的灵魂。你必须要道歉，这是确信风家族的凯尔坦·格林。他死于——”

“让它停下来。”塞弗林说，“求你了。”

“只有一件事能阻止他们来找你。”我说。

“我什么都答应。”

“你必须对他们做出补偿。”

“怎么补偿?”

“放弃绝对的统治。”我说，“否则，我们将用亡灵填满你的宫殿。无论你藏在哪里，他们都会找到你。”

“你不能这么做。”

“我能。”我说，“那些你为了维持灵魂引擎运转而繁衍的亡灵歌者也能。我们永远不会停止缠扰你。”

“你要什么我都给。”塞弗林说，“我会支付格雷丝向我提出的补偿款。”

“不够。”

“我会承认自由政府。”他说，“他们会与下议院比肩。”

“他们已经是下议院了。”我说，“而且这还不够。”

“求你了。我会实行以太自由。求你了。”

“你策划并实施了雅各布·克拉克的谋杀案。你派间谍意图谋杀格雷丝·汉斯莱。你以她的失踪为借口，放任武装卫兵镇压自己的公民，你应该被剥夺王位，为你的罪行接受审判——你会被绞死。”

“不。”塞弗林倒吸一口气，“我只是想有机会证明自己。”

“你失败了。”我说，“你有一个选择。重组政府，向所有的亡灵谢罪。结束王室的统治，然后退位。或者年年岁岁，为你所继承的罪行亲自谢罪。因为他们将永不止休地纠缠你，直到你做出选择。”

“好！好！我会退位的。我会按照你的要求去做，只是请你——”

我抬起头。“他将会退位。”我对着鬼魂们说，“虽然还不够，但他会做到。后退吧。”

鬼魂们飘走了。塞弗林痛哭流涕。他大口大口地汲取空气，身体在颤抖着。

“待在他身边。”我说，“别让他忘记他的承诺。”

我从他的头上扯下纯金王冠，回头看向迈尔斯和泽林德。

迈尔斯并不是一个人。艾菲和伊桑德在他身旁屈膝，用他们的力量为他补足能量。伊桑德被如同翅膀振颤的阴影笼罩，闪烁着如闪电余晖般的光芒。艾菲则沐浴在澄澈的金光中，她的魔法仅仅是她那奇异的半神之美上的一层薄纱。

注入能量的迈尔斯耀眼。加冕在他头上的十三颗灵魂之星闪着光芒，绿光从他的手中倾泻而下，充盈了泽林德的身体。迈尔斯的魔力将 *Ta* 重新编织在一起。泽林德痛得脸色紧绷，喘着气，拳头紧握。

“你救得了 *Ta* 吗?”

“我在救。”迈尔斯说，“*Ta* 在抗争着，但我是借用肉体来修复器官损伤。”

“*Ta* 的灵魂不会脱离。”艾菲说，“*Ta* 想活下去。”

我跪在 *Ta* 身侧。“呼吸。”我说，“我知道很痛。”

“所以我才知道我还能挺过去。”泽林德边笑边呻吟着。

“别说话了。”

“泽林德需要完全卧床休息。”迈尔斯说。

“哦，这听起来很好玩。”泽林德说。

“我现在不会把 *Ta* 移出王宫。”迈尔斯说，“但 *Ta* 完全能挖苦嘲讽，说明还有希望。”

格雷丝环抱自己，崔斯坦揽着她的肩膀，他们看着我最好的朋友努力拯救泽林德。

迈尔斯移开他的双手，“好了。”

泽林德试图抬起头，但迈尔斯按住了 *Ta* 的额头。“你别动。我才刚救活你。”

我擦了擦前额，“我们做到了，我们赢了。”

格雷丝仰头，从崔斯坦安慰的怀抱里走出来，“我有件事需要做。”

“什么事？”

格雷丝整理了一下自己的晚宴服，从手指上取下了艾兰之心，“我需要让父亲为这一切付出代价。”

“格雷丝。”迈尔斯说，格雷丝却阔步向前，径直打开了门。

迈尔斯叹了口气，“这里有我在没事的。去追她。别让她做傻事。”

第二十四章 最后一击

我走出神殿时，格雷丝已经在走廊上走到一半了。我一边跑，一边倒抽着气，因为我一动，腿和脸上被热气烧灼了的皮肤就觉得又干又烫，“格雷丝！”

“我必须这么做。”格雷丝说，“我必须确保他不可以再伤害其他人。”

“好吧，那我们可以——”

“我应该在拜韦尔阻止他。每一次挫败，每一次困难，每一次背叛都可以追溯到他身上。看看他对塞弗林做了什么。”

“塞弗林可不会笑着交出他的权力——”

“我们可以想办法解决。”格雷丝的步伐跨度很大，一次迈两个台阶，“可以提供建议或意见的虚职——但父亲会不惜一切代价独揽大权的。他永远不会停止尝试控制艾兰国，只要他还在呼吸，就不会停止。”

“格雷丝，停下来。”我在她身边小跑，扯着她的手肘，但她一直在走，“我们去找人帮忙吧。我们一起去逮捕他。”

“我就是去逮捕他。”

我们来到一扇金色橡木门前，这里无人看守，也没有上锁。格雷丝猛地拉开门，走了进去，面对着克里斯托弗·汉斯莱爵士虚弱的身影，他站在一张摆满补药瓶的桌子前。

“我寻思着你会不会来。”他说，“我想我知道你会来的。”

他背对着我们，望向窗外，全神贯注地看着星空——但随后他咳嗽起来，是那种剧烈而又可怕的咳嗽，可以让一位如此年迈病弱的人肋骨断裂。他能够站起来，即便是拄着拐杖，也真是个奇迹了。

格雷丝等到他的咳嗽平息下来，开口说：“已经结束了，父亲。”

“原来如此。你已经堕落到与乌合之众为伍了。”他说，“我费尽心思为你。我谋划了这么多年，就是要给你一个父亲能给到他最心爱的孩子最好的礼物——国王之手，一顶专属于你的王冠——你却把它摔在地上，跑去和农民们嬉闹寻欢。”

“你教导我应该让艾兰国变得比以前更好。”格雷丝说，“你告诉我，我要用拥有的一切来保卫艾兰国，这就是我正在做的事情，我在保护艾兰国不受你的伤害。”

“你这个小傻瓜。”克里斯托弗爵士说，“难道你看不出，如果你让暴徒们猖狂起来，他们会干出什么事吗？我教给你的一切，是让你去指引一个国家。我给了你一个可以掌控的国王！”

他终于转过身，眼睛因愤怒而明亮，但看到我时，他眼里腾起仇恨的火焰，让他的脸都扭曲了。

“是你。”他说，“是你扭曲了我女儿的思想。”

我倏忽无法呼吸，无缘无故感到窒息，我的肺拼命地想填满空气。我摸索着去找格雷丝，但她奔向她的父亲，越过沙发，落在他面前，用手扼住他的喉咙。

“没有人知道你有多危险。”格雷丝说，“但我知道。你知道你还教了我什么吗？敢作敢当。”

她要杀了他。我试着往前跑，想逃离剥夺我空气的透明圆罩，但我的肺却因为努力想呼吸而疼痛。我拍了一下格雷丝的肩膀，但一切都在逐渐淡出我的视野。

“格雷丝。”我的声音沙哑。幸好她看到了我。空气渗入我的嘴里，顺着我的喉咙——虽然只是涓涓细流，但我还是把它咽了进去。“格雷丝，停下来。”

“我不能，我不能让他活着。”

“如果你不停下来，这就成了谋杀。”

“他不会停止的。”格雷丝说，“他不会停止，除非他死了。”

“他会被绞死的。”我说，“但我需要你帮我治愈艾兰国。你还不清楚吗？假如你杀了他，他就对团结联合工会成功地发出了最后一击，又多了一件阻碍我们的事。”

格雷丝看着我，克里斯托弗爵士的挣扎也弱了下来。“他必须付出代价。”

“他会的。放开他吧，格雷丝。别让他从我身边骗走你这个艾兰国最好的政治战略家。别让他带走我的朋友。”

格雷丝的眼睛张得更大了，她把手拿开。克里斯托弗爵士喘着大气，一口，两口，而后退到一个角落里。

“拿个枕套来。我们需要蒙住他的眼睛。”格雷丝说，“我们要押他去金斯格雷夫监狱。”

“他会出现在自由政府前。”我说，“他们会做出判决。他将看到正义。这一切很快就会结束。”

我们把克里斯托弗爵士关在一间围着镀铜栏杆的牢房里，里面除了一张草席和一条羊毛毯，什么都没有。格雷丝在警卫站停下脚步，要和监狱长说几句话，我则继续走着，经过发现酒窖正在庆祝的公民们，在上去医务室的途中，礼貌地拒绝了一份草案。

迈尔斯还在泽林德身边，目睹到泽林德变得多么枯瘦孱弱的那刻，我倒抽了一口气。这比 *Ta* 在精神疗养院时那副营养不良的样子还要糟糕，迈尔斯握着 *Ta* 的手，仍在向 *Ta* 缓缓输送着力量。

“*Ta* 正接受医学强化睡眠治疗。我每天都要给 *Ta* 疗伤，加快恢复速度，其实 *Ta* 比看上去的要好多了。”

泽林德在熟睡，我低头凝视着 *Ta* 那张瘦骨嶙峋的脸，“你需要让他待多久?”

“几周吧。”迈尔斯说，“我看看能不能得到半神国医生的协助。但你和那些烧伤患者一起进去，这样你可以陪着泽林德。”

“谢谢。”

“坐在这里。我想给你看看。”

我向后退，“你得把你的能量留给泽林德。”

“告诉你吧。”迈尔斯说，他的头顶周围的灵魂之星隐约地闪烁着，“你可以让护士清理和护理其他烧伤，但让我来医治你的脸。”

现在我悄然靠近，“我还没看过呢。”

“你脸上有水泡，眉毛都没了。但我可以把这些都护理好，不会留下疤痕。”

迈尔斯招呼我坐到一张椅子上，我等着他用红色碳酸皂从手部洗到肘部，然后用亚麻布毛巾擦干。

“会很疼。”他说，“你想怎么咒骂都可以。”

“来吧。”我倒吸一口气，前额的每一根神经都在痛苦地叫嚣着。

“大约会一直这样。”

“多久？”我问。

“十分钟。”

“你对塞弗林做了什么？”

“他待在这里，给他打了镇静剂。”迈尔斯说，“让他一直昏昏欲睡，直到你们准备好了再次应对他。”

当疼痛在我的脸颊上绽放时，我嘶嘶地吸着气，但同时也有另外一种感觉，就像雪花落在我的皮肤上，一点也不疼。我咬牙坚持着。

“谢谢。”我说，“我对他做的事很残忍。”

“是的，但在他要继承的罪行面前，他不允许退缩。”

“但我恐吓他，让他退位。”我说，“我扯走了他的王冠。可——”

“可他还活着。”迈尔斯说，他的指尖碰到了我的脖子，我退缩了一下，他便收回手，“你原本可以杀了他。然后再去和蒙特罗斯家族不知哪里冒出来的、想要赢回王位的人开战。”

“我知道那是权宜之计。”我叹了口气，抬起下巴让他为我疗伤，“我知道杀了他会更糟糕，可毕竟是关乎性命的。我还是觉得——”

“内疚。”迈尔斯说，“我懂。我也不想告诉你，其实你不应该这样做。”

“没错。”我说，“我应该心中有愧。我做了一件错事，却让我得到了想要的东西。我不想忘记这一点。”

“让我看看。”迈尔斯温柔地抚摸我的脸，手指触碰之处，比起令人痛苦的火焰，更多的是像让人觉得舒缓的雪花，“你会是一个很难追随的领袖。我希望你知道这一点。”

“我希望不管是谁跟随我，都能过得轻松些。”我说。

“我相信他们会的。给你。”

迈尔斯递给我一面镜子。我的眉毛不见了，但脸很光滑，皮肤颜色是我在镜子里看到的那种茶褐色，和这场混乱开始之前的一模一样。

“也许我应该去找找格雷丝。”

“我最后一次见到她时，她正在协调狱警。你要去治疗她的脸吗？”

“我想确认她是否没事。”迈尔斯答应道，“你想晚上陪着泽林德吗？”

“嗯嗯。”我说。

迈尔斯扶我躺到泽林德的身边。泽林德环抱着我，蜷缩成一团，发出一声喟叹。迈尔斯把毯子拉到我们的肩膀上，立起床边的护栏，然后把煤气灯调暗，好让我们入睡。

第二十五章 艾兰国最后的国王

鬼魂们挤在议事厅的座位之间，议会的民选议员们站起身，等候会议开始。在议员席的中央，格雷丝穿着黑色长袍、系着政府职员正装中挺括的花边领子，站在一个小讲台和囚犯被告席之间，朝我看过来。我则坐在一个不舒服的席位上，格雷丝曾经也在这个位置上坐过。议事厅里的人很快跟着坐下了。

“你们是被召来见证艾兰国王室的解体的。”我喊道，“塞弗林·菲利普·蒙特罗斯不再是国王，欢迎他以自由公民的身份，回到他的家族在红鹰公国的领地。”

塞弗林盯着手中的笔，抿着嘴唇，盯着羊皮纸看了很久，而后才下笔签字。他的签名成为他统治生涯的最后一幕。抄写员把令状拿去登记和复印，分发宣告：我们国家不再是一个王国了。

我摸了摸议事厅的百名鬼魂，感谢他们的帮助，“你可以走了，蒙特罗斯先生。”

塞弗林从办公桌上站起身，扣上夹克衫最上面的扣子。他抬头盯着我，紫罗兰色的双眸被层层阴影笼罩，联邦警卫把他带出议事厅。他刚走两步，第一个人鼓起了掌，其他人也跟着鼓掌，塞弗林·蒙特罗斯就在一片鼓掌声中走出了众议院，步入了他的新生活。

鬼魂们没有理由再去缠扰塞弗林了，便飘着离开了一点，但没多少是真正离开了的。格雷丝等着议员们坐下，将注意力转移到她和铜槽红木牢笼里的老人身上。大家的注意力聚集到她身上后，她开口讲话了，并用魔法放大了她的声音，响彻了整个议事厅。

“众议院的第一个任务是不同寻常的，却并不困难。”她说，“被告席里的是克里斯托弗·利兰·汉斯莱公爵，我恳请你们在决定他的命运时，考虑一下呈递的文件。”

“我代表人民，指控他背叛艾兰国。我指控他犯谋杀罪。我指控他犯图谋不轨、欺诈、妨碍司法公正的罪行——最重要的是，我指控他颁布了一项欺诈性的法律，意图奴役艾兰国公民，强迫他们做出极为可怖的行为，包括摧毁我们先祖的灵魂。”

格雷丝转过身来，向我发表了下一个声明。

“我恳请你们考虑呈上的所有证据，审裁完毕后，投票同意或反对判处绞刑。”

与会者在座位上动来动去，看了看彼此，但其中一些人拿起了文件。那一叠文件高得让人望而却步，但最上面的文件是一张目录和克里斯托弗公爵的罪行概述，还有给每位议员附上了相关的原始材料。

格雷丝为了呈递上这份文件，已经工作了很久，她再一次对着沉默的人群说：“我会尽力回答你们的任何问题。”

“格雷丝爵士。”其中的一位女议员呼叫。

“是汉斯莱小姐，”格雷丝说，“请问你有什么问题？”

那位女议员站了起来。我瞥了一眼我的座位表，是德洛拉·史密斯。她把眼镜推到鼻梁上，问道：“汉斯莱小姐，你和被告人有关系是真的吗？”

“是真的。”格雷丝说，“他是我父亲。”

“以及明确地说，你是在告发他？”

“是的。”格雷丝说，“你是在担心我心存偏见吗？”

“这是一种考虑。”史密斯议员说，“但你说他是对精神疗养院的罪行负有责任的？”

“是的。”格雷丝说，“我的祖父迈尔斯·道格拉斯·汉斯莱利用他身为尼古拉斯国王总理的职权，通过了《巫术保护法案》和《铁路基础设施法案》，我的父亲就是当时的内阁成员。这两份法案共同迫害了普通出身的魔法师，并将他们关押在当时即将成为艾兰国的国家以太网络的发电装置中。”

“我有个关于艾兰国电力照明公司的问题。”另一名议员站起来说，他是来自南海岸的无尽地平线，名叫莱登·威尔逊，“在它运营的这些年间，持股成员总共看到多少盈利？”

“确切的数字在艾兰国电力照明公司财务报表最上面的那一张，其中包括公司成立以来的季度财务报表。”格雷丝说，“我认为这个数字是一亿七千五百二十三万六千马克。”

议员们去找那张最上面的表格，他们翻查文件，发出沙沙唰唰的声音。片刻，全场肃静无声，他们盯着那个数字，试图去想象一个难以想象的金额。

"汉斯莱小姐。"伊迪丝·鲍威尔站了起来，手里拿着一份文件，"你能解释一下精神疗养院的人数出入吗？这份文件写着，经历了前五年的逮捕，逮捕人数和定罪人数下降了百分之两百，但报道今年早些时候释放的巫师人数的文章并没有反映出逮捕人数——"

"那是精神疗养院出生的人。"其中一名议员说。

艾兰国东诺顿的伊迪丝·鲍威尔脸色发白，"他们让在押人员生孩子？"

"他们强迫某些囚犯生孩子。"格雷丝说，"由于以太引擎吸取了灵魂，那些拥有与鬼魂对话和召唤他们能力的自由巫师无法知道自己的魔法天赋。也因此，他们免遭逮捕。但灵魂引擎依赖于拥有那些技能的巫师。为了解决这个问题，他们想出了一个阴谋，就是繁衍出更多拥有这种天赋的巫师。"

伊迪丝盯着格雷丝，在厚实的镜片后面，她的眼睛瞪得圆圆的。她一只手颤抖着放到嘴边，眼神锐利地怒视着牢笼里的男人，后者却在凝视艾格尼丝女王和她的百大骑士赢得埃德兰平原之战的壁画。

"绞死他。"伊迪丝说，"我已经听够了。绞死他。"

众议院闹哄着表示赞同。

最终我站了起来，格雷丝对我施展那个声音放大的把戏，"我请众议院议员决定——你们是否指控克里斯托弗·利兰·汉斯莱为叛徒？"

"是！"

"你们是否指控他为艾兰国有史以来最大的憎恶的设计师？"

“是！”

“你们是否要求明日午时对他处以绞刑？”

“是！”

“审判结束。”我说，“克里斯托弗·利兰·汉斯莱被判以明天绞刑。把他带走。”

警卫们在议员愤怒的嘟哝声中把红木牢笼推出了议事厅。

“感谢你们参加众议院本次会议。”我说，“今天我只想给你们提出一个议项。当我们组织影子选举的时候，它是作为证明艾兰国的意志被那些扼守国家权力的人忽视的一种抗议。其实我今天没有期待你们当中能有多少人出现在这，但你们都来了，我感谢你们。”

议员们低声回应着，但我还没说完，“我当时凭一时冲动跳到一个箱子上面，宣布自己是总理。现在我要你们告诉我，我们是应该从人民中选出一位新的总理，还是你们愿意在我实施我的治愈艾兰国的计划来领导这个国家时，再跟随我三年。”

青年议员助理把投票箱和纸张带了进来，而议员们则互相询问，问是否知道我要进行信任投票。大多数人都迅速地填好了自己的选票并塞进了箱子里面，还有一些人则花了一分钟的时间，凝视绘以壁画的天花板，思考着。最后所有的选票都被收集起来了，助理坐下进行分类计票。

有一堆选票的增长速度比其他堆的选票快得多，我望向仍站在议员席上的格雷丝。她能看出哪堆是哪堆吗？我已经胁迫塞弗林退位了；于我们而言，选出一位新的总理比留下我更民主。这才是明智之举，公平之举，即便对我投下信任票继续按计划前进是快捷的。

一名助理站起身来，清了清嗓子，声音充斥整个厅时吓了一跳。格雷丝笑了笑，那助理再次开口。

“八十二票对三十九票，对和平水域的罗宾·索普阁下的信任投票通过了。”助理说。

全场响起了掌声。我想说话，但他们没停下来。莱登·威尔逊站了起来，他的邻居们也跟着他站了起来。自由民主党站起来为我鼓掌时，我咽下喉咙里的哽咽，眨着眼睛不让眼泪决堤。

“谢谢。”当雨水般的掌声停歇时，我说，“我们在初日再见吧。在那之前，我有一些动议希望你们思量一番，包括我把量产风力驱动的以太涡轮机作为我们的首要任务的计划。那一天会很漫长，所以要带个软垫。”

议员们笑了笑，开始整理文件。格雷丝离开议事厅，站在我身侧，“你不讨厌那张椅子吗？”

“我想把它烧掉。”我说，“你坐过这玩意儿？”

“并且认为这是一种荣誉。”格雷丝说。

“我想我会把它换掉。”我说，“我可是要坐三年的呢。”

“我也会的。”格雷丝说，“你会成为一名伟大的总理。我希望你知道这一点。”

“我知道我将会竭尽所能的。”我说，“我需要身边有优秀的人，那些能让我了解情况、诚实的人。保留你原来在政府大楼里的办公室，你觉得如何？我需要一个政策顾问。”

格雷丝翘起头，温情地看着我，“我认为你应该入驻我在政府大楼的办公室，我应该搬到小一点的办公室去。但阁下，我接受这个职位。谢谢。”

我开始了第一次自由议会的新闻发布会，闪光灯闪个不停，整场发布会我都处于一片模糊之中，但我微笑着看向阿维娅·杰赛普，她在最激烈的时候从藏身处出来，手肘甩开，拍下了照片。我让她提出第一个问题，她直接跳过给克里斯托弗·汉斯莱定罪这个话题，问起了风力涡轮机。

“我们目前正在以政府应有的速度推进这件事，致力于以最快的速度恢复灯照。我手头上有份报告称，此刻在我们说话时，当地的工匠正在建造着涡轮机，第一批家庭将在未来几天内拥有风力驱动的以太能量。请告诉大家，强生加勒特和金斯顿风力发电公司正以最快的速度招聘员工，并对他们进行培训，工资每周五十马克起步。他们正在招聘从扫地工到会计的每一个人，所以请大家去申请。”

我回答着问题，直到堡场响起钟声。我大步流星，走回政府大楼的大厅，格雷丝以前的低配版打字员詹姆斯手拿写字夹板和笔候着我，准备做笔记。

“第二次自由选举的计划已经写好了。”詹姆斯说，他走在我身边，我正转着弯，把头探进各个办公室里。很少有人放弃自己在官僚体制内的职位，这个事实让我每每记起来都会松一口气。“四十五天后，我们将成立一个参议院。”

“时间刚刚好。等到他们上任，我们应该已经解决了大小事宜。”一切都发生得太快了，但也没办法阻止，“寻找外交官的工作进行得怎么样了?”

“我已经在名单上收集了大约一百人。”

“我想我最好还是去处理一下文件吧。有没有人因为我不接受预约而朝你大吵大闹的?”

“有。”詹姆斯说，我们拐过了最后一个转角，到达我的办公室，“他。”

杰罗姆·贝穿着他那件闪闪发光的昂贵大衣，发绺梳得整整齐齐，站在我的办公室门旁。

“我需要见一见泽林德。”他说。

“你能不能歇一歇?”我问道，“*Ta* 正在恢复中。我可不认为让 *Ta* 心烦意乱是个好主意——”

“我知道是谁将 *Ta* 出卖给监察官。”杰罗姆说，“*Ta* 跟我说让我必须查明真相。我做到了。拜托了，*Ta* 有权知道。”

“*Ta* 回到贝氏湾景区的时候，没有和你说过话吗?”

“*Ta* 从未和我们说过一句话。”杰罗姆说，“*Ta* 会跟仆人们说话，但不会跟我们说。我都忘了 *Ta* 是个多么固执的人。”

“但你认为 *Ta* 现在就会说吗? 你希望发生什么，杰罗姆?”

他拍了拍胸前的口袋，“一旦 *Ta* 知道真相后还要我离开，我就离开。*Ta* 可能会这样做。我们不值得宽恕。”

我仰起头，“那么，是谁背叛了泽林德?”

“我会当面告诉泽林德。泽林德可以决定你需不需要知道。”

我不能向泽林德隐瞒这个消息，自己做出决定。“我带你去医务室。但如果 *Ta* 不想和你说话，你就走，不请你就不要来。成不成?”

“成。还有——我很抱歉。”杰罗姆说，“你为什么在选举时不与监票人据理力争呢？”

我耸耸肩，开始朝王宫医务室走去，“就像我说的，那不是一场重要的选举。”

“你说的没错。”杰罗姆走在我身旁，脚后跟踩在松木芯地板时咔哒作响，“但我已经做好了认输的准备。阿尔伯特·杰赛普贿赂了那些审查员。”

我看着他的侧脸，“他想从你这里得到什么？”

“下议院的另一个傀儡。”杰罗姆说，“只要他有需要，我的票就投给他。”

“太可惜了，我不能根据这一点给他开听证会。如果因为一场无效的选举而迫害他，那就太小气了。”

“如果你想以贪污罪捉拿他，大概可以。”杰罗姆说，“他在伯德兰的席位上坐了好几年。我知道他身为民选议员却买卖人情。我自己也曾贿赂过他。你只需要一名聪明的会计师。”

“而且得是一个没有因为收取额外钱财，就对不法行为视而不见的会计师。”我说，“这很有用，杰罗姆。谢谢你。你在这儿等着。”

我留他在医务室门口。泽林德躺在床上，听坐在床边的迈尔斯给 *Ta* 读一本畅销小说。当我靠近时，*Ta* 莞尔一笑，迈尔斯则在书页间插了一张书签。

“萨莉亚正在护栏上徘徊，寻找红崖大厅的幽灵。”泽林德说，“你怎么样了？还是首相吗？”

“他们决定让我继续做。”我说，“杰罗姆在这里。”

泽林德的笑容消失了，“为什么？”

“他知道是谁背叛了你。他就在门外，而且他同意在你准备好之前会远离——”

“不。”泽林德说，“带他进来。”

迈尔斯把书放在床头柜上，“如果你需要我，我就在外面。”

“我也是。”我说，但泽林德摇了摇头。

“你能陪着我吗？如果他不听我的话，你就把他赶出去？”

“好。”我答应着，穿过房间，习惯性地检查供应站。保持整洁，有秩序，但这些却不再是我的工作了。我打开医务室的门。迈尔斯走去大厅，神情严肃。

“泽林德受了很严重的伤，正处于恢复阶段。”迈尔斯说，“不要让他激动。不要让他心烦意乱。如果你不能保证这两点，就不要进去。”

杰罗姆攥着手套，“我保证。”

我把医务室的门打得很开，招呼杰罗姆进来。他看上去很紧张，嘴唇抿得很薄，动作幅度很大。

“天呐。”当他看到泽林德憔悴的脸时，他低声叹道，“发生了什么事？”

“*Ta* 用自己的身体挡住了一颗本要射向我的子弹。”我说，“如果 *Ta* 中枪，造成的伤害会更小。”

“别再说我了，过来。”泽林德说，“把名字告诉我。”

杰罗姆又摸了摸胸前的口袋，“我不想相信。但我把日记和报道对照了一下，一定是真的——”

“谁？”

"我的父亲，卡尔曼·贝。"

泽林德闭上眼睛，缓缓地呼出一口气，"不是母亲。"

"不，他不是为了阻止你的婚姻。"杰罗姆说，"他因没有成为公司的负责人而迁怒你的母亲。他在日记中倾泻了他对贝蒂的嚣张跋扈、不妥协的态度的怨恨和愤怒。他想伤害她的想法，浓烈到和他想让我管理公司一样。你被关押起来，他就能一石二鸟。"

"卡尔曼叔叔。"泽林德说，"我不知道他恨我。"

杰罗姆摇了摇头，"我想你只是挡住了他的路。这是他至死都没透露的秘密。我很惊讶，他竟然没有把这些日记烧掉。"

泽林德挣扎着坐了起来，我反射性去帮 *Ta*，转动曲柄把 *Ta* 的床头调高，"你知道我不会回去的。"

"嗯嗯。"杰罗姆说，"我不怪你。如果你想的话，我就退到一边，你可以接管——"

"不，我不想接管那家公司，我想创办一家涡轮机制造厂。"

"你太晚了。"杰罗姆说，"每个人和他们的叔叔都在制造它们。"

"我从来都不是为了盈利而创办。我想给巫师们提供一个稳定的工作场所。还有退伍军人。我想成立一家合作企业。而你要给它提供资金，可以吗?"

"安静的合伙人，"杰罗姆同意了，"还有，玛丽公主酒店很安全。我不会让贝蒂把凯奇家族赶出他们的家。"

"很好。"我说，"因为我准备宣布它是一座具有社会和历史意义的建筑。贝蒂如果想浪费时间的话，可以试着来总理办公室争论。”

“你不用再回来了，泽林德。”杰罗姆说，“我答应你。但凡她尝试作出任何把你拽回她的屋檐下的举动，我都会阻止她。因为我父亲从你那里偷走了公司。”

泽林德耸耸肩，“老实说，我未曾真正想拥有它。我打算制造些有用的装置，让你想办法从这些装置上赚钱。”

杰罗姆的眼里闪过希望，“如果你决定要做，我们还是可以做的。不着急。”

泽林德舔了舔嘴唇，“迈尔斯说我很快就能起来走路了。未来三天，我们可以考量考量。”

杰罗姆闻言，头垂下，“谢谢。”

“我希望到时你能找到一个厂址。”泽林德说，“我们行动要快。我们有很多竞争对手。”

“确实如此。”杰罗姆同意了，他的肩膀也松了下来，“到时我会告诉你这三天内的成果。”

“很好。我现在很累，也很疼。我需要睡觉。”

“我们不打扰你休息了。”杰罗姆说，留我们俩单独在房间里。

我吻了一下泽林德的额头，*Ta* 握住了我的手。“你处理完首相的工作之后会回来吗？你在这里的时候我睡得更好。”

“那就尽量别让我走。”

泽林德微笑着闭上眼睛，但我一直等到 *Ta* 呼吸均匀了才离开。

克里斯托弗·利兰·汉斯莱行刑那天早晨，蓝天明朗清澈。规定要参加行刑的职员和官员们都戴着雪地护目镜抵御强光，又穿着黑色长袍，配上挺括的花边领口，组合起来有一种奇怪的现代做作感。乔伊和我从他们身边穿行而过，走到有权获得最佳视野的证人旁边，站在绞刑架前。

格雷丝穿的衣服是浅灰色粗花呢，是一种淡色格子呢，与她喉咙处发光的、酒红色的阔领带相协调。她的肩膀是手工抚平的，胸前没有艾兰国人哀悼时所佩戴的蝴蝶胸针。她和阿维娅·杰赛普手牵手，阿维娅则穿着记者的垫肩西装和夹边帽，脖子上挂着的相机收在保护盒里。

迈尔斯站在格雷丝的右边，靠着高大英俊的崔斯坦。我溜到这位半神国人旁边，他挪动着给我多空出一些空间。

“今天多美好啊，对吧?”他问道。鼓手们开始演奏了，免得我们在绞刑架下进一步闲聊。

他们把克里斯托弗装扮得很好。雪飘落在他那双锃亮的黑鞋鞋尖。西装看起来很新，一条手表链垂挂在他的背心前扣上。他没有戴帽子，白发在阳光下闪着光。他静静地走到阶梯的顶端，带着冰冷的尊严站在活板门上，当绳子套在他的脖子上时，他往下凝视着他的孩子们。迈尔斯和格雷丝站在更高一点的地方，抬起下巴回望。我虽不愿看这个，但也必须做好心理准备去看。

脚下的雪嘎吱嘎吱作响，预示着越来越多人抵达这里。鸟儿在绞刑架上盘旋，落在附近的树上，克里斯托弗面露一丝笑意，看着它们聚集栖息在一起。我向身后看去。

艾菲和伊桑德出席了这次行刑，还有一个携带武器的半神国扈从。他们站在我们身后，艾菲手挽着她的秘书。她看了看我，朝我颔首。

我也颔首致意。鼓声停了。

刽子手拉下拉杆。地板悠悠地打开了。

克里斯托弗落下。

我曾见过有人在手术桌上死于失血过多，有人在强光灯下的外科手术中死于内脏坏死，有人死于心脏过度运作的最后一搏——那些都是我知道的死因，是用手术刀去医治病人，与病魔战斗中的落败。但这场死亡不一样，但我没有移开眼睛，克里斯托弗坠落到底时，我突然畏缩了。

克里斯托弗的鬼魂落在雪地上，完全是出于习惯地蹲下身来承受冲击力。他把目光投向格雷丝和迈尔斯，怒气冲冲地走向他们。

迈尔斯抓住格雷丝的手肘。格雷丝倒抽一口气。克里斯托弗又走了一步，他的脸年轻了，头发乌黑，用润发油向后梳理。他很像迈尔斯，只是迈尔斯从未看起来那么有威吓力，那么残忍。他要纠缠他们，潜伏在他们视野的角落，永远不让他们忘记。他盯着格雷丝，嘴巴紧紧抿着，下巴突出，我知道他绝不会放过她，一刻也不会。

那是不可能发生的。

我将我的力量盘绕在他的身躯上，把他缩小。尽管克里斯托弗叫嚷着，试图反抗这种束缚，他还是越来越小，越来越小。只要我还能做点什么，他就不会缠着格雷丝，也不会缠着迈尔斯。

他的挣扎对我而言毫无意义。我汇集他的灵魂之物，把它变成了一个小小的光球，牵引到我的手上。现在是我的了——我可以让他成为我的灵魂之星，让他飘浮在雅各布旁边。我可以把他的力量联结到任何我喜欢的人身上。但我没有这样做，而是转过身，把克里斯托弗的灵魂举到艾菲面前，低下头。

“殿下，就这个男人对我们人民做出的这一切而言，他的死亡也难以体现公正。我不希望他能退隐到安息之国的安宁之中。您能允许我拒绝将他送入安息之国吗?”

艾菲看向我捧在手里浮动着的灵魂——一个闪烁着亮白光芒的球，“你有什么提议?”

“我想把它困在一棵树里。”我说，“一棵橡树能繁盛一千年。这也许足够他忏悔赎罪。”

艾菲思忖着我的要求，“当那棵树倒下的时候，当他穿梭出来的时候，就轮到我伸张正义，对他进行惩罚了。”

我红了脸，“我应该意识到您会伸张正义的。”

“我的计划可以等那么久的。”艾菲说，“就按你的意思办吧。”

我选择了一棵红橡树，这类树种长得很高大，能茁壮成长好几百年。这棵红橡树没有了绚烂的红叶，只余空荡荡的枝条指向明媚的蓝天。我走近树干，推着克里斯托弗的灵魂与粗糙的树皮碰触，迫使它与活木相融。

克里斯托弗的灵魂之星的光芒穿透树皮的裂缝，沉入芯木之中。这里是他的领地了——一个看不见、动不了、不能施展魔法的活物。这棵树活多久，他就会在这里待多久——而我要确保它在我死后的很长一段时间内还能存活。

我转身回到绞刑架前。克里斯托弗的尸体已经被运走了。我站在迈尔斯和格雷丝面前，握住他们的手。

“一切都结束了。”我说，“他现在能做的就是接受惩罚。”

“谢谢。”格雷丝说，“这很合适。”

“他现在不能伤害任何人了。”迈尔斯说，“我们进去吧。我让厨房给我们准备点吃的。”

“我不是在哀悼他。”格雷丝紧闭双眼，对自己流泪这件事闷闷不乐，“他对你们，对全部巫师做的事天理难容。”

“我们去喝一杯吧。”迈尔斯拉起格雷丝的手，我们三人组成了一个三角，“而且我们会在一起。”

“你可以为他如何利用你而生气。我们不必哀悼他。他塑造了我们的生活，现在他走了，可我们依旧在这里，我们应该去做任何我们需要做的事情。”

“我喝。”格雷丝说，“是为了一个更好的艾兰国。为了我们的自由。不是为了他。”

“对我来说这就很好了。”迈尔斯说。

我们穿过被踩踏的积雪去往金斯格雷夫监狱，我的后颈处因不安而战栗起来。我停了下来，回望那棵橡树。

每条光秃秃的树枝上都落满了鸟儿。

第二十六章 安息之国的光芒

我喝了一小杯桃味烈性甜酒，和他们聊了一个小时，谈话了无生趣，嘲讽意味十足，仿似一层面纱很好地遮掩了格雷丝的情绪——迈尔斯不断提问，视线在格雷丝脸上逡巡着，试图探究出点什么东西。我知道他想做什么，但格雷丝并不打算在我在场的时候，卸下心防，让迈尔斯探知到她的情绪。我溜出厨房，穿过王宫里安静的大厅，回到医务室，在泽林德身旁睡下。他用手指抚摸着我的脸颊，把我唤醒。

“我们能再结一次婚吗？”*Ta* 问，“我的余生不能没有你。”

“我们可以再结一次。”我说。*Ta* 会心一笑。

“这次一定要办一场盛大的婚礼。”

“要有音乐和舞蹈。”

“还要有三种蛋糕，这样我就不用只选一个喜欢的了。”

“你想在哪里举行？”

“在玛丽公主酒店的舞厅里。”

“我们去问问凯奇家族。”

“他们会答应的。”泽林德喃喃自语，“他们欠我一个人情。”

我把头埋在泽林德的下巴下，朦朦胧胧地睡去。

当我再次醒来的时候，格洛里姑妈已将我最好的衣服装袋送来。我在宫里的一间套房内解开袋子，洗漱更衣。完毕后就带着一块馅饼去办公室，慢悠悠地下楼到大厅，嘴里嚼着鸡蛋、奶酪和鹅肠。

看到杰米尔·沃尔夫一个人在等我，我吃惊地眨了眨眼。她穿着惯常的烟灰色衣服坐着，手端一杯麦芽红茶。她的表情似古井般无波，无法窥见其深藏的思绪。

我进来的时候，她站起身，点了点头，“阁下。”

“杰米尔小姐。”当我伸出手与她握手时，她的瞳孔微微放大，“詹姆斯，你能不能来点适合今天的曲子?”

詹姆斯选了一首忧伤的乐曲，听着还不错。我把杰米尔领进了办公室，在经历了一任又一任皇家骑士主人后，这个办公室的主人现在变成了我。我让她审视着这个温暖的、放满书籍的房间，当她看到全套的萨莉亚·格林冒险故事那五颜六色的书脊被塞在法律书籍的旁边时，我看到她露出了笑容。她从四处张望变得坐立不安，我让她站着，自己则坐在垫有软垫的马蹄形背椅上。

“你没有预约就自己来了。”

“我很惊讶自己竟然没有被逮捕。”杰米尔说。

“我能知道你为什么出现在这里吗?”

杰米尔手指交叉着，“我想请你把火灾的责任全部推到我身上，阁下。其他人只是听令于我，他们应该无罪释放的。”

“所以你是来受罚的。”我说，“是想去金斯格雷夫牢房里试试腐烂的滋味，是吗？”

“这是一种牺牲。”杰米尔耸肩，她的一条饰珠发辫从肩上滑落，“那老家伙昨天因他所犯罪行被绞死。我不认为我应该上绞刑架，但你我皆知我做过的事。”

“所以你心甘情愿来这里，想要保护你的人。”

“我是来请你照顾他们的。我逃脱不出你的手掌心，所以我想和你做个交易——如果你能保护五角街，我就乖乖地进监牢。”

我惊讶得抬头纹都出来了，“我想那是不可能的。”

杰米尔变得暴躁起来，“我以为你会公平地对待我。”

“哦，不。”我说，“我的意思是，比起把你关进监狱，让你在里面经营你的业务，我打算让你做件更糟糕的事。”

“你要把我送上绞刑架？”

“不。”我说，“我要让国有控股的博彩业合法化。”

杰米尔倒吸一口气，“五角街需要那笔钱。人民需要能赢的小曙光——如果你有麻烦，还有机会去贷款让事情步上正轨。”

“按最优惠利率半额收取。”

杰米尔耸耸肩，“这不像赌债。我们得靠它赚点钱。”

“不再是了。”我说，“你的赌博生意现在是由政府控制。”

“可是——”

我竖起手指以示噤声，“收益将用于资助贫困社区的特殊项目，退役军人和被囚禁的巫师的团体治疗，再培训项目，以及低收入住房计划——你要确保没有人从中揩油。”

“我？”如果说之前杰米尔看起来很震惊，那么现在她就是晕乎乎的，“你让我改过自新？”

“你接下来要很冷静，很沉稳，我们才能开展合作。我有意打击官僚腐败，想让你的算账人员核对政府每个部门的账目，不要让人去染指钱柜。”

“所以你想洗白我的产业。”杰米尔沉思，“你想知道警察部门里谁在做不正当的勾当？”

“没错。”我说。

“我只想知道一件事。”杰米尔说，“为什么放我走？”

“因为贝斯尔·布朗要因纵火下狱。他才是那名纵火犯，我也知道这是塞弗林的阴谋，他想用格雷丝的死陷害我们。你信任他，你选择相信他，他却背叛了你。”

杰米尔微仰头，眯眼看着我，“要是我搞砸了你的反腐计划，你可以随时收回这份仁慈。”

“你完全有这个能力做好。我看到了你与灰星帮派的所作所为，没人比你更了解骗局。我知道你能完成任务，你也不会忘记你欠我的。”

杰米尔注视着我，思考着。“我当然会接受这份工作。”她说，“但你早就猜到我会接受。”

“从你为了你的社区，来这里与我谈判的那一刻起，我就知道了。你现在是博彩协会委员长。几天后我会给你一份经营预算。把你的一些最好的投注员介绍给我，看着吧，我们之间合作会很愉快的。”

“你不会后悔的。”杰米尔发誓。

“你马上解散灰星帮派。”我说，“毕竟管理一个大型官僚机构，可没时间让灰星帮派给你惹麻烦。”

“如果他们闹独立呢?”杰米尔问道。

“镇压他们，或者送他们去坐牢。”

杰米尔吹了个口哨，“好。一言为定。我会告诉灰星帮派我们要合法了。明天就给你派些会计师。”

她后退一步，而后转身离开，她身后的门咔嚓一声关上，我露出了微笑。

十分钟后，门咔嚓一声打开了，詹姆斯走了进来，“一位半神国人带了这个给您。”

他递给我一张纸条。我翻开一看，上面写着：“请来玻璃房找我。”署名是“艾”，并标着“伊”，表明是谁为女大公写字条。

我把纸条折好，站了起来，“我要出去一趟，但不知要去多久。给到访者另约时间。”

半神国人在收拾东西。我看着一个年轻人从一间套房里出来，他扛着纺车，和一群人一起把行李箱和板条箱推到外面。我急忙跑到大使厢房的尽头，在那里找到了艾菲和伊桑德。他们脱下了耀眼的宫廷服装，穿上了刚好盖住小腿的宽裤子，内搭全袖衬衫，外面套上无袖外衣，以皮革束腰。艾菲正口述一封信，伊桑德用银丝钢笔记录着内容。

看见我走过来，艾菲停了下来。“你来了。”

“你们却要走了。”

“你领着艾兰国走上了一条不寻常的道路。”艾菲微笑着，把她那头金色的卷发拨到肩上，“我相信，在你的执掌下，我先前对康斯坦丁娜的惩罚能安定人心。你不需要我们待在你身边，时刻提醒你半神国人特有的正义是恰如其分的。”

“你们都要回安息之国吗？”

“崔斯坦会留下来。”艾菲说，“迈尔斯愿意去往安息之国，但崔斯坦认为迈尔斯在艾兰国最需要治愈的时候离开，他内心总会有遗憾。如果你需要我们，崔斯坦就可以赶到埃隆德尔来请求援助。”

我如释重负。迈尔斯要留下来。我还可以设法说服他担任健康与卫生委员会的主席，我们还可以一起吃饭，崔斯坦——聪明又迷人的崔斯坦——也会留下来。

“谢谢您的到来。”我说，“也谢谢您在离开之际所表现的信任。只要您愿意，随时都可以回来。”

“我要带上亡灵一起离开。”艾菲说，“我封印安息之国是为了惩罚艾兰国，但我这么做也是因为天德兰边界周围太不稳定了。接下来的一段时间，我们要在那附近把一切都拉回正轨。”

我咬了咬嘴唇。“亡灵应该要安息的。但他们在帮我们解决一个我不知道如何解决的问题——困扰艾兰国的风暴已经强劲到我们的风力编织者无法与之抗衡了。”

“我知道。”艾菲说，“但请相信我，把亡灵带到安息之国，将会抚平那些在你们海岸肆虐的风。亡灵的缺席导致风暴愈加猛烈，他们的回归应该能缓解你们的麻烦。”

我点了点头，“您什么时候带他们去往安息之国？”

“现在。”艾菲说，“你愿意帮忙吗？”

我点点头，“请让我帮忙。”

她带着我穿过走廊，来到国王之石所在的平地，我看到了聚集在一起的半神国人和他们的良驹——我听说那根本就不是马。艾菲来到一匹上好的栗色骏马面前，接过缰绳，那匹马向她低头致意。她翻身上马，和他们一起向国王之石走去。

艾菲放下缰绳，举起双臂，空气闪烁着，如窗帘一般拉开，放出刺眼的金光。

太阳在安息之国的平原上升起，光辉洒在石头上，投下长长的、浓重的影子。我瞥见石头表面刻着长长的线条。它们倏忽变得清晰，随即被风雨流年磨平，巨石又重新变成了石头。

细小的光亮在空中闪动，璀金，绯红，紫蓝和翠绿。它们漂浮在安息之国旭日的光芒中——起初寥寥无几，然后零零散散，最后泛滥成潮，从四面八方涌向大门，微小如星光，流淌在空气中。

鬼魂们无法抵挡对面土地的引力，向那里靠近，当他们从艾兰国去往安息之国时，身体实体化，变得不那么透明。他们聚集在另一边，看着更多的灵魂，更多的鬼魂通过。

“乔伊。”我说，“马哈利亚。”

他们徘徊在我周围，安息之国的光芒照耀着他们。

“你们帮了我很多。”我说，“但你们是时候离开了。”

“不。”乔伊说，“你还需要我。”

“乔伊姨妈。我确实需要你。但看看这。你难道不想感受一下吗？你难道不想去往平静之地吗？”

“我们可以安息了。”马哈利亚说，但乔伊把脚栽进雪里。

“安息之国又不会长腿跑掉，等我准备好了再去也不迟。”乔伊说，“但艾兰国只会越来越有意思。我姐姐的宝贝要去管理一个国家，我也想看看接下来会发生什么。”

即使眼泪哽住了我的喉咙，我心里仍暖暖的，“如果你想留下来的话。”

“我当然想。”乔伊说，“去吧，马哈利亚。我知道你想安息了。”

她们彼此相拥了很久；然后马哈利亚用她那如有实质的嘴唇碰了碰我的额头，“你会做得很好的，罗宾小姐，会做得很好的。”

我们看着她通过次元之门，汇进沐浴在光芒中的人流。

“还有一件事。”我说。

我抬起手，在额头处摸索着，仔细地感受着，触到灵魂之星的边缘后，轻轻地解开灵魂的缠绕，将雅各布的灵魂从中抽离出来。

雅各布·克拉克站在我面前，穿着青年时的高领燕尾服，俊朗帅气，衣冠楚楚。他比我认识的那个人更年轻，笑得像阳光一样灿烂，用手指摸了摸嘴唇。

“干得好，罗宾。你做到了我梦寐以求的一切，而且还不止这些。”

听到这句话，我感到喉咙发紧，但我忍住了眼泪，笑着说：“你有什么话想让我转告温妮和杜克？”

“告诉他们我们会再见面的。我会等待那一刻。”雅各布说，“我就待在他们能找到我的地方。”

他用手捂住心口，向我鞠了一躬，吹着欢快的小调踏进了安息之国。

我注视着他们全部通过次元之门，半神国人也带着他们的马车和坐骑穿越过去。艾菲和伊桑德一直等到最后，关上他们身后的传送门。

再无王权。再无守护者。现在只有我们，我们必须自己做出选择。我们必须再次给艾兰国带来光明和疗愈。我看着次元之门最后闪烁的光点从视线中消失，然后我和乔伊转身回到宫殿里开始工作。

Unicorn

独角兽书系

金斯顿城╲卷二

STORMSONG

风暴之歌

[加拿大]C.L.波尔克/著　余祖儿/译

THE KINGSTON CYCLE

重庆出版集团　重庆出版社

版贸核渝字（2020）第073号

图书在版编目（CIP）数据

金斯顿城．卷二，风暴之歌 /（加）C.L. 波尔克著；余祖儿译．—重庆：重庆出版社，2021.1

书名原文：Stormsong

（The Kingston Cycle Book 2）

ISBN 978-7-229-15432-5

Ⅰ．①金…　Ⅱ．① C…　②余…　Ⅲ．①长篇小说—加拿大—现代　Ⅳ．① I711.45

中国版本图书馆 CIP 数据核字（2020）第 226160 号

金斯顿城（卷二）：风暴之歌

JINSIDUN CHENG (JUANER)：FENGBAO ZHI GE

［加拿大］C.L.波尔克　著　余祖儿　译

责任编辑：魏雯　王靓婷

装帧设计：文子

责任校对：何建云

重庆出版集团
重庆出版社　出版

重庆市南岸区南滨路162号1幢　邮政编码：400061　http://www.cqph.com

重庆出版社艺术设计有限公司 制版

重庆市国丰印务有限责任公司 印刷

重庆出版集团图书发行有限公司 发行

E-mail:fxchu@cqph.com　邮购电话：023-61520646

全国新华书店经销

开本：890mm×1230mm　1/32　印张：12.5　字数：256千

2021年1月第1版　2021年1月第1次印刷

ISBN：978-7-229-15432-5

定价：64.80元

如有印装问题，请向本集团图书发行有限公司调换：023-61520678

目录 / Contents

第一章 风筝悠悠

在和迈尔斯、崔斯坦打破以太能量网的十四天后，我梦见了风暴之炉。它酝酿了一场风暴——一片巨大的多臂螺旋风暴云出现在天穹高处。半梦半醒间，我睁开了眼睛，看到的却仍是这片异象。

这风暴体积越来越大，绵延数百英里，实在令人难以想象。猛烈的风暴让我动弹不得，胸口直压得喘不过气。我没法脱身，也说不出话，只能眼睁睁地看着它朝着东方汹涌袭来。

我低低地哀号了一声，无力地啜泣着，挣扎着吸了一口气，又发出一声微弱而无奈的呜咽。再来一次。我猛吸了一口气，终于发出了一声尖叫。

这声尖叫总算让我逃离了这场噩梦。风暴瞬间消失，映入眼帘的只有我睡的帐篷，梦魇的味道还残存在空气中。睡了一晚，我的舌尖上泛着一阵酸苦。

做了个噩梦而已。我一边这样说服自己，一边打开衣箱翻找着，想找件衣服穿。这只是个梦。

是梦。

但如果这一切并非梦境，而是现实呢?

我穿上了半神国人给的漂亮衣服，这衣服不仅绚丽多彩，还防寒保暖。帐篷外，阳光照耀着这一片雪白的世界，有点儿刺眼。冬天来得太早了。看着眼前的景象，我心痒痒的，便去找工匠们要制作风筝的材料。不一会儿，我就拿着结实的麻绳、木钉、胶水和亮黄色的纸制风筝翅膀，爬到了拜韦尔山满是碎石的斜坡上。

刺骨的寒风冻僵了我的手指，我却依然能熟练地制作风筝。在父亲的教导下，我从小就会做占卜风筝。我迎风站起身，背对正在升起的太阳，等风筝上的胶水风干。坡下是半神国人的营地，各色圆顶帐篷环绕着小山，有橘红色的，猩红色的，翠绿色的等等，其中最大的帐篷是深靛蓝色的，上面还零零散散缀有星星的图案。

受上周那场大雪的影响，艾兰国今年的最后一次收割根本没法开展。要是那些被风雪毁于一旦的农作物能顺利收成，人民肯定能舒服、富足地过冬。巫师们抵御风暴的那个晚上，我没能和他们并肩努力；在艾兰国需要我的时候，我却不在那里。

一阵脚步声从身后传来，把我的思绪拉回到现实中——原来是崔斯坦·亨特的厚底靴把雪地踩得咯吱作响。他爬上山，在我身边蹲了下来，从皮腰带上取下一个玻璃水瓶。我瞥了他一眼，随即又把目光转回到地平线上。

“早安啊，崔斯坦。”

“早安，格雷丝。我看你刚才尖叫着醒来，做噩梦了吧？怎么又跑来山上放风筝？”他拧开了玻璃瓶盖，瓶子里装着半神国人用来提神的烤树根茶。我接过瓶子，啜了一口。热腾腾的蒸汽轻抚着我的脸，茶里带点树根的苦涩，却被在冲泡时加入的香料中和了。

“这是一种法术。”我答道。喝下去的茶温暖了我的胃。“虽然看起来挺傻的，但我还是得知道我刚才经历的究竟只是个梦境呢，还是某种预示——噢天哪，我太需要这茶了。”

崔斯坦摆摆手，示意我不必客气，“为了调查这个还得放风筝吗？再给我讲讲这个法术吧——先等一下。”

空气中弥漫着一阵夏日青草和鲜花的芳香——这香味是从我身后的石头那边飘来的。崔斯坦解下了他的剑和匕首，拿起弓箭，朝石头走去。

“是谁在那？”崔斯坦问道。

一个男人从山顶上那块岗哨石后面走出来，站定脚步，举着的双手远未触碰到他挂在腰间的箭筒。冬日的微风吹拂着他那件橘红色长袍的褶边。“崔斯坦，这是怎么了？女大公有没有在你来了之后再派人过来？”他开口说道。

他也是半神国的人啊。我站起身，准备点头打个招呼，做个自我介绍。

“女大公亲自过来了。”崔斯坦边说，边放下了手里的弓，“但你怎么来了？”

陌生男子用手抹了抹脸，问道：“女大公殿下可曾知道那群怪物在兰尼尔国干什么吗？”

“她已经知道了。”崔斯坦挪动了一下脚步。这全然是无心之举，却让他刚好站在了我和那个半神国人之间。“你为什么不从兰尼尔国直接去埃隆德尔，而是选择来这儿？这样做很危险。”他说道。

陌生男子漫不经心地挥了挥手，说：“我是来找你的，来把你带回半神国，然后提醒女大公——等一下。”他直勾勾地盯着我，“你是谁？”

崔斯坦走到一边，好让男子打量我。我把那件半神国外套的毛边兜帽往后一掠，他便往后退了几步。他举起手，手指间夹着一把平衡匕首。

崔斯坦抬起手臂，把我俩隔开，“好了，阿尔迪斯。她是我们的朋友。”

朋友。听到崔斯坦这么称呼我，我的脸上泛起一阵红晕，心里暖暖的。那陌生男子却轻蔑地皱着脸。

“她可不是什么朋友。她是艾兰国的人。你可知道他们艾兰国的人在兰尼尔国干了什么好事吗？他们现在又在这里干什么？”

我说：“我们现在知道了，那真的很恐——”

“别跟我说话。”阿尔迪斯说。

“别这样，她不知情，”崔斯坦责备道，“她在发现真相之后，帮忙摧毁了以太能量网。她哥哥为了弥补他们族人所犯的错误，还差点丢了性命。”

我点点头。但阿尔迪斯还是用带着杀气的眼神瞪着我。“一切都结束了。那该死的能量网已经被摧毁了。”我说道。

崔斯坦说：“再来给你们相互介绍一遍，但这次我们得文明点儿。阿尔迪斯，这是格雷丝·汉斯莱爵士。格雷丝，这是阿尔迪斯爵士，是为女大公效劳的‘猎手’。”

崔斯坦和阿尔迪斯都姓亨特，后者还是“猎手”，两人有着相同的名号，却压根没什么相像的地方。

他们都很帅气，但崔斯坦瘦削的脸庞和金色的头发使他看起来更加神采奕奕，而阿尔迪斯红褐色的头发在高耸的颧骨周围散成波浪状，那方正的下巴使他显得一脸直率，棱角更加分明。他盯着我，脸上仍然带着明显的厌恶，但还是把刀收进了鞘里。

“你好。”我向他打了个招呼。

阿尔迪斯无视了我的问候，“女大公打算怎么公正地处理这件事？我倒是有些建议。”

“她会和女王进行正式外交会谈的。你得多了解了解这里，这样你才能搞明白这里的情况。”崔斯坦答道。

阿尔迪斯又瞄了我一眼，然后问道：“她在哪儿？”

“在那个靛蓝色的帐篷里。她正想见你呢。”

“好的。”

阿尔迪斯径直朝我走来，非要把我挤到边上去，给他让路。我瞥了一眼他远去的背影，心里暗暗想着，怎么没把你的脚趾冻掉呢。

“哎，他看起来还高兴的。”我说道。

“阿尔迪斯可能已经发现了艾兰国征战兰尼尔国的真正目的。”崔斯坦看着阿尔迪斯远去的背影说道。那个背影正越过营地，朝着艾菲女大公所在的那顶深蓝色帐篷走去。“他肯定会要求严惩艾兰国的，艾菲又很信任他。我们得阻止他。”

话虽如此，我们又怎能否认艾兰国攻打兰尼尔国的可恶动机呢？每当我想起疗养院地下室里的灵魂引擎，我心里都会涌起一阵惊颤，让我直恶心。艾菲从来没跟我提起过艾兰国在兰尼尔国干的可憎之事，而是宁愿把我当做有助于解放死者灵魂的工具。但阿尔迪斯在兰尼尔国待过一阵。他已经看到了这残酷的战争，也意识到，对于将士们在这沙场上流的每一滴血，艾兰国都难辞其咎。他肯定会把这些事情告诉艾菲的，这样一来，恐怕她看向我的时候就不会眼含善意了。

“艾菲很信任你。”我说道。

崔斯坦抿抿嘴，说：“确实也是。继续我们刚才的话题吧，可以吗?”

“好。”我抓稳了手里的风筝，继续朝山顶爬去。

山顶上，有个小灵魂正等着我们。透过他瘦削肩膀上挂着的破外衣，我看到了他那伤痕累累的皮肤。他先是盯着夹在我胳膊下的风筝，后来才抬眼看我。他的嘴唇动了动，但我没听到他说了什么。

“啊嘿。”我蹲下来，把风筝拿给他看，仿佛他还是个活蹦乱跳的孩子似的。他伸出手想摸摸风筝，但他的手指却直直地穿透了这个纸风筝，触不到它，接着他消失在我眼前。

灵魂引擎是为以太能量网提供能量的一个装置。它被破坏后，一批灵魂从里面逃了出来。在他们之中，儿童幽灵的处境是最糟糕的。他们最不应该经历这一切，而我却对此无能为力，没法帮助他们。他们也没法前往安息之国，因为到处的路都被半神国人驻扎的营地阻断了。

“可怜的小家伙。命运之神对他也没有手下留情啊。”崔斯坦叹道。

但他在离开人世之前，本应该得到安息之国给他的照料与安慰，而不是痛苦地承受命运带给他的重压啊。

“好了。话说这风筝的法术是怎么用的?”崔斯坦问道。他拖沓着脚步，走到一块高高的石头前，靠了上去。

“只需用一点巫术，在这上面洒点血，我的灵魂就能和风筝连在一起了。”我把左手的外手套和连指手套都摘了下来，从口袋里掏出了我的白柄博莱恩匕首，割破手指，在风筝头上洒了三滴血。

不一会儿，一只黄色的小风筝就给晴朗的蓝天添了一点色彩，看起来很是令人愉悦。我的灵魂，正沿着我的身体和风筝上的血之间那条线，慢慢延伸开去。风筝在上空的微风里摇摆不定，时而下沉，时而盘旋。而后它乘着风，稳定了下来——此时的我清空了思绪，开始发散感知。向西，我的意识穿过了极地的微风。再向西，逆风吹过海洋，那里空气潮湿，空中盘旋着北方吹来的冷空气。那里正是他们打仗的地方啊……

风筝突然往下沉，朝着地面冲去。我拖着线，再次乘风而起，眼前的一切却令我难以置信：

一团风暴从海边的风暴之炉里呈旋涡状升起，吞噬了数千米的土地。

情况不对——范围太广了，程度太猛烈了。暴风骤雨仿佛带着愤怒，向东方猛冲而去。东边是金斯顿。那里没有以太能量的保护，成千上万的人都只能在黑暗和寒冷中缩成一团。

我卷着风筝线，手不住地颤抖。

“这把戏不错，”崔斯坦说，“你应该先吃点东西再来的。”

“知道啦，老妈子。”不过，看着地面转向的时候，我的脑袋天旋地转地晕，读风向也让我饥饿感翻倍。但是我早些时候确实不是在做梦。我没看错。我半梦半醒那会儿感知到的风暴是真实存在的。而且，如果这风暴降临在海岸，我根本没法想象有多少人会因此丧生。

崔斯坦抓着我的肩膀，让我站稳了。他说：“但说实话，你刚才在悬崖边上的时候脸都青了。你看到什么了？”

我摇摇头，试图清空脑子里的杂乱思绪。可能我现在还做着梦吧？可能这又是一个噩梦罢了。“看到了一团风暴。情况不妙。它——我得走了。”

“去哪？格雷丝？你在说——”

我把风筝放在雪地上，抬腿就走，脚还在斜坡上打着滑。崔斯坦一直在喊我，但我一直没停下脚步，朝着用来做马厩的长帐篷走去。

“格雷丝。”崔斯坦赶上来，抓住了我的手臂，不肯松手，“向我解释一下吧，让我帮帮你。”

“我得去金斯顿城。那里有场非常大的风暴，正冲着我们来呢。”

“这就是你要去那儿的理由吗？”

我挥手挣脱他的束缚，“你想想我不在那儿的时候，可都发生了些什么。”

“这不能怪你啊。他们把你赶出了隐巫者之列，你还记得吗？而且，迈尔斯需要你。”

“你说得对，”我回答道，“但保持理智从来都不能阻止坏事的发生。这场风暴，情况比上周的更糟糕。我只能回去——”

崔斯坦抓着我的手，说：“你回去了，就会被当成叛国贼抓起来。这对你来说没有什么好处！”

“可我不能坐在这儿什么都不干啊！”

“没人要求你去干这些事。如果我们能搞到马车，迈尔斯就能跟我们一起走了。艾菲正面临着抉择呢，你来帮我说服她撤营吧。无论如何，我们是时候去金斯顿了。快来吧，”崔斯坦一边说，一边领着我朝女大公的帐篷走去，“别给阿尔迪斯留时间进谏谗言，给殿下洗脑了。我们越快行动越好。”

放飞天气风筝的两天后，我回到了金斯顿。一到蒙特罗斯宫的阅兵广场前，我就被聚集在那里的罢工示威者认了出来。他们手里举着标语，上面写着巴掌大的字样：“把光还给我们”、“我们很饿——我们很冷！”这些内容都体现着人民的愤怒与恐惧。但更多的标语牌只写着两个黑色的大字：“耻辱。”

看着这个词，我的胃里不住地翻腾，酸涩得仿佛在燃烧。我不能告诉他们，为什么金斯顿城会陷入一片黑暗，为什么他们的无线基站不能用了、电话不能打了。一旦得知了真相，他们的怒火必然会在艾兰国蔓延开来。

在一群半神国人的陪伴下，我尽全速赶回来了。两天前，我冲进艾菲的帐篷，把风暴即将来袭的这件事情告诉了她，她当即答应撤营，我惊异于她的果决，阿尔迪斯在我和崔斯坦进来之前到底跟她说了什么？虽然风暴距离我们还有几百英里之遥，但在海风的助推下，它变得越来越快、越来越猛烈。我们没有时间了。

但就在刚才，金斯顿城的人一看到我们，就都惊呆了。看到我们的出现，拿着一大堆日报的报童们目瞪口呆，马车夫和巡警们不知所措，交了夜班正走路回家的装配工人们也大吃一惊。他们中的一些人丢下手头上的工作，跟在我们后面，推推搡搡地寻找着位置，以便更好地观察队伍。这会儿，抗议者也只顾盯着我们看，他们手里那些宣泄愤怒的标语东倒西歪的。

死者的灵魂混杂在围观的人群之中。他们的嘴唇翕动着，却没有发出任何声音。阳光穿过了他们透明的身体。此时的他们正摸索着开路——活人被他们摸到的时候会感到毛骨悚然，立刻吓得退避三舍。他们率先来到了我们周围。阿尔迪斯嫌弃地咂咂嘴，拨转马头，往队伍中心的地方走去。他目光落到我身上，皱起眉头，扭过头去，厌恶地盯着那些走近我们队伍的人。

在我身边骑着马的半神国人也向我这边瞥了一眼，他们都绷着脸，似乎很不喜欢这样的场景。我缩在马鞍上，而后掉转马头，来到载着我哥哥的马车旁边。他坐了起来，想看看过往的马匹和骑士，但无奈地叹了口气，又躺回了车上。

迈尔斯的举动引起了我的注意。他笑了笑，试图用轻松的表情来哄我。

他说："我能骑马。"

"不，你不能，"我说，"再说了，我们也总算是回来了。"

他叹了口气，盯着天空，"然后你就会跑出去做傻事。"

"我不会的。"我说道。呼啸的大风拍打着我的头，疼得我皱起了眉。

这时，有人扛着一个摄影三脚架向我们跑来，三脚架上嵌着一台巨大的照相机和闪光灯。在半神国人好奇的目光中，她把这个精巧的装置放下，拍了一张照片。后方的人群吓了一跳，惊叫声在我周围此起彼伏。

“那是什么?”阿尔迪斯问道。

为了让大伙儿都能听到，崔斯坦大声回答说：“这是相机。神奇的小玩意儿。它能完美地捕捉到物体的影像。”

摄影师直起身子，凝视着人群。

“崔斯坦爵士?”

那个声音很熟悉。我踩着马镫站了起来，想看得更清楚些。是她。我的记忆中又浮现出她大步走进新开的伊甸山庄酒店的那间星光房的画面，当时那家酒店正处于丑闻风波中。她从不遵从“未婚女性必须穿白色衣服”的铁规，刚剪过的头发染得乌黑，发丝光滑，一头短发造型弯弯地贴合她的颧骨，指向她的红唇。晚礼服的垂褶袖从她肩膀上滑落，雪白的手臂上还套着一副黑色丝绸歌剧手套。

看着她，我像生了根似的定在原地，心怦怦跳，却被下一幕吓得不轻——她愤怒的父亲把一块白色桌布扔到她头上，暴力地把她从房间里拖出来，她痛苦地大叫起来。

这回还是她：同样的黑头发，同样角度的脸颊，同样的血色红唇。她的毛边大衣在两年前就很流行了，戴的也是深受记者们喜爱的尖顶帽子。但就是她，她让我呆立在路上，就像过去那个新年一样。

崔斯坦举起手来，跟她打招呼："为您效劳，杰赛普小姐。"

过去，阿维娅·杰赛普是家族继承人，作为家里三个女儿中最年长的一个，她会继承杰赛普家庭食品公司的财富。我曾看见她穿梭在派对中，爽朗大笑，魅力四射，光彩照人，而我只希望能和她说上话。而现在，她成了一个独眼女孩，身上穿着一件旧外套。我无法想象——她竟然坚持下来了，为了在报社工作，她竟然拒绝回到原先如丝绒一般奢华的生活。她选择了自己想做的事情，选择了自己的抱负，选择了做自己。这太令人震惊了。她是个有趣的人儿。要是我身边没有这些神眷者就好了，这样我就能跟她说点俏皮话。

我的坐骑晃了晃脑袋，对着正在朝它靠近的一匹马嘶鸣。我艰难地移开视线，朝艾菲女大公点头致意。她朝我笑了笑，一阵微风吹起了她那波浪状的金发，飘拂在她那棱角分明的棕色脸庞周围。她骑着马来到我身边，侧着头，看着阿维娅把另一个胶卷盘滑进她的相机里，按下快门。闪光灯闪出最后一道光后，散发出了一股金属丝燃烧的味道。

阿尔迪斯抬起手，挡住视线，"停。这很粗鲁。"

"是有点儿，"阿维娅承认，"但你们可是新闻人物啊。"

崔斯坦把阿尔迪斯的手按了下来，说道："她到这儿来的目的，就是要报道我们入城的情况嘛。那是她的工作。"

阿尔迪斯看了看崔斯坦，问道："她是个传令官吗？"

崔斯坦耸耸肩，答道："差不多吧。"

阿尔迪斯咕哝了一声。他转而严肃地盯着阿维娅，非常大声地说道："我们追随来自安息之国的艾菲女大公，她是创世之国的王位继承人，是守望者伊利德女王最喜爱的女儿。传令官，务必用你的声音将这些告诉他们。告诉他们，我们此行秣马厉兵，已做好战斗的准备；告诉他们，我们来此地是要让你们的百姓远离你们所行的恶。”

崔斯坦大声气恼地叹了口气，“够了，阿尔迪斯。她不知道那些事情。”

听到这里，阿维娅放下相机，伸手从外套里掏出了一叠纸和一支笔。

“来自安息国度的艾菲，创世之国的王位……”记着记着，她的笔突然掉到了雪地里。“你们是守护者，你们是半神国的人。你们是真实存在的！”

她身后的抗议者们倒抽了一口冷气。一个女人冲上来，把阿维娅推到一边，跪倒在地，“神眷者，是什么要劳烦你们给我们带来惩戒？是我们做错了什么事情吗？”

“你们没做错什么，”我一边说着，一边扯缰绳，温柔地抚摸我的马，引导它走到阿尔迪斯面前，“艾兰国的国民们，你们并无过错，请保持冷静。这些是神眷者，他们是来和康斯坦丁娜女王沟通的。请让他们安心地走进宫殿吧。”

我的视线再一次投向了阿维娅·杰赛普。她一直看着我，而我扭头看向一群穿着绯红色制服的卫兵。刺骨的寒风吹得我耳朵生疼。

“格雷丝，快停下！”

是迈尔斯的声音。我让马稳住了脚步，然后举起了双手。“啊嘿！”我喊道，“我是菲奥娜·格雷丝·汉斯莱。”

卫兵们迅速地举起了他们的步枪。“你涉嫌犯下叛国罪，正在被通缉，”卫兵队长对我说道，“快快投降!”

“请先领神眷者到舒适的地方去，并热情地接待他们。我需要觐见女王并向她禀告，此事关乎生死。”我恳求着，摊开了双手，手里什么也没有。

在一阵枪械的滑动声和咔哒声中，卫兵们拉开了枪栓。此时，半神国人的队伍中传来一声呼喊。崔斯坦骑着马向前走来，一只手举着，表示并无敌意。

“来自安息国度的艾菲女大公将保护解放者，”他朝卫兵们喊道，“她是我们的客人，我们要保护她免受侮辱和暴力。”

我心里清楚，这些卫兵是有能力在这里打仗的。他们能用步枪对抗不死之人的魔法。但他们会蠢到去伤害半神国的人吗?

我可不能让他们为我打起来。我一只手握着马鞍，翻身下了马。“崔斯坦，求你了，先回队伍里吧。我必须这么做，务必要让女王马上了解情况。”

崔斯坦摇了摇头，说：“艾菲女大公会保护你的。”

我举起双手，掌心朝外，对他说道：“我作为一个忠诚的臣民，在选择信任自己君主智慧的同时，若还选择继续接受外人的保护，这对我的女王而言难道不是一种侮辱吗？我祈求能得到她的怜悯，也坚信她会听我说完的。”

“相信伊利德女王也有同样的期待。”崔斯坦说。

他的语气意味深长。我看着他的脸，想读懂他的表情。但他脸上平静得像水池一般波澜不惊。他往后退了一步，不再阻止我投降。

“把她带走。”卫兵队长一声令下，绯红制服卫兵们都朝我围了过来。其中一人给我的手腕铐上了一副铜边的手铐。铐上的一刹那，铜手铐带来的冰焰刺激使我浑身战抖，嘴唇舔起来也冷得像金属。世界顿时扭曲了，“砰”的一声过后却又恢复了现状。我饿得直哆嗦，但两个卫兵还是在我脚软倒下之前抓住了我。

我无法反抗。我无法尖叫，无法呕吐，也无法以任何方式表示，一碰到铜制品我就会受不了。他们会知道我是什么人，这样就更没有人能把我从监察官那里救出来了。

“轻点儿，”艾菲说，“她投降了。请尊重她。”

卫兵队长紧张地扬了扬眉毛，回答艾菲道：“大人，她是因为叛国而被通缉的。”

“相信女王陛下自会定夺，”艾菲说道，“我是来自安息国度的艾菲女大公，创世之国的王位继承者。我希望能马上见到你们的女王。你可否前去禀报？”

卫兵队长便下了命令。一名部下得令，飞快地冲进了大门，跑步时还踢起了大块大块的雪。其他卫兵则押着我，拐进了通往金斯格雷夫监狱的小路，路上的积雪已被踩得结结实实的了。

“我必须要见女王！”我请求道，“这事关我们国家的命运。”

“我们自有命令安排，哪里轮到你给我们发号施令？”一个卫兵斥责道，“给我闭嘴，好好走路。”

我没再说话。我们从一棵白蜡树下走过，树枝上盖着雪。一群红色的松鸦在监狱塔楼粗糙的灰色石头上盘旋。此时，沉重的监狱大门打开了，仿佛准备把我整个人吞没。

这会儿刚好是监狱放饭的时候，我却不愿在这儿多停留一秒。我感知着那场风暴。这样的感觉压迫着我的颅顶，好似在我的胃里打结，仿佛在黑暗中扭曲着我的梦。现在其他人也一定已经感知到这风暴了。他们必须把这个消息告诉女王。女王需要我的时候，一定不会把我留在这监狱里吧。只要我能和她说话，我就能说服她。她会明了这一切的。只要她愿意见见我，哪怕只是见那么一分钟也好。

“吱——”生锈的大门打开了。塞弗林王子阔步走进牢房，他那身时髦服装，与监狱里粗糙的石壁和难闻的味道格格不入。他衣冠楚楚，从闪亮的鞋尖，平整的制服衣肩，再到他那乌黑的头发，无一不光彩照人。他的模样，还是和我们上次见面时一样英俊帅气。

他衬衫领口下，系着一条橙色绸缎扎染领带，颜色与汉斯莱家的纹章相同。

距离我上次梳妆，已是一天半前了。我的头发散乱着，垂在眼睛前。我也没洗澡，身上套的是囚犯穿的粗麻衣，没有色彩，也没有版型。

“我一听到消息就马上赶过来了，”他说，“你竟然把神眷者带回来了，真是难以置信。”

“殿下，请听我说。暴风雨就要来了——”我抬起头，痛苦地呻吟着，“对不起。我太难受了。”

“我知道风暴要来了。一小时前我收到了其他人传来的消息，他们都是这么说的。”

我挣扎着想坐起来，“我们没有时间可以浪费了。这是我见过的最大的风暴。是女王陛下派你来接我的吗？除了我，没有其他人可以主持这个仪式。”

他走近了镀铜的牢房栏杆，“听我说，我可以帮你逃出这里，但我需要你的帮助。”

我摇摇晃晃地站起来，稳住了脚，“如果我能力允许的话，我可以考虑。”

“无论女王说什么，也不管她怎么说，你都先同意她给出的条件。”塞弗林王子低声说道，我不得不盯着他的嘴唇看才能搞明白他说的话，“但在此之后，我需要你站在我这边。艾兰国因为以太能量和精神疗养院的事，跟半神国之间矛盾很深。可她不听我的。”

我尽可能地靠近栏杆，问：“我们遇到了什么样的麻烦？”

“他们想要的东西，女王不想给。我试着从中劝和，但她就是不肯让步。”

“你想让我帮忙说服她吗？”

“我想让艾兰国挺过这场风暴，挺过半神国对我们的制裁，”塞弗林王子说，“我们必须服从他们的指令，照他们的话去做，可母亲不答应。而更糟糕的是，我们的国民很愤怒。”

人们有多愤怒？自从我们在疗养院地下室深处认识到真相之后，我对金斯顿发生的一切一无所知。难道抗议者们除了在游行广场上聚集之外，还干了别的事情？“连灯都没法用，他们恼火倒也挺正常的。”

“等你放出来的时候，我们会有足够的时间来讨论这事。你会支持我吗?”

“半神国想要的，而康斯坦丁娜女王不想给出去的，到底是什么东西?”

塞弗林竖起一根手指，说:“第一点，艾兰国侵略了兰尼尔国，所以要给他们赔偿。”

“哦。”我可算弄清楚旧时传说的意思了。半神国的制裁，会让受罚者付出他们最不愿付出的代价。康斯坦丁娜女王对自己的成功统治很是自豪，但要衡量她的成就，还得先付出赔偿几百万马克的高昂代价呢。

“他们只想要这些吗?”

“不仅如此。”他竖起第二根手指，“他们还想让我们把巫师都放了，再给这些巫师提供赔偿。可是，巫师们一旦重获自由，他们就会宣扬自己经历的事情，人们听了肯定会怒不可遏。要是这些事情被揭露出去，康斯坦丁娜可能会因此丢掉她的王位，甚至性命。”

“这样的话，她肯定不会同意。”我说道。

“但她必须同意，”塞弗林王子说，“最后，他们要让我们的国民去了解真相，去了解我们以他们的名义所做的一切。”

我盯着他竖起的第三根手指。他说的那最后一点要求，足以让我们灭国。“要是这成真了，艾兰国肯定会被自己的国民夷为平地。”

“如果能说服母亲同意这些要求，我们或许能够让最后那部分不成为现实。”塞弗林说。

"如果她不愿意呢?"

"所以我才需要你的帮助。"

塞弗林的意思，是让我背叛女王。他似乎在暗示说，我若承认叛国罪，反而能将我无罪释放。如果我和他站在一边，他会怎样做去维护他母亲的地位呢？我怎么能背叛我们合法就任的君主呢？如果我背叛了她，那么我的家族世世代代为王室作出的服务与贡献岂不是直接荡然无存了吗?

"您一定要我作出这样的保证吗，殿下？没有其他选择了吗?"

他双手握住栏杆，抬起下巴，看向我的眼睛，"我不想这么做。但他们是半神国人啊，格雷丝，是他们，他们现在就在王宫里。"

他的眼睛里，闪烁着敬畏和惊奇。我能懂。有时候，我会想起他们竟能看见魅客面孔那件事，也会感到惊奇。虽然我自己很容易就会忘掉这种感觉，但是塞弗林王子不一样。他总会去寺庙参拜，还会写冥想录，所以他对半神国人会有不同的看法。我问他："你有时会不会觉得奇怪?"

"这其实是一大幸事，"塞弗林王子说，"他们正在给我们机会去请求他们的宽恕。其实这真的机不可失。他们大可直接惩罚我们，可这对艾兰国而言意味着什么？女王她没搞明白。"

"他们会怎么做?"

塞弗林耸耸肩，"你比我更了解神眷者们，但我知道女大公的一个侍臣对我们并不友好。你知道我说的是谁吗?"

"阿尔迪斯，"他给艾菲提的建议对我们来说，肯定是百害而无一利，“他想要什么？”

“他认为应该把我们王室族人和所有的皇家骑士都抓起来，让我们成为兰尼尔国的附属国——”

“他们不能这么干！”

“如果我们拒绝，那便会面临灭顶之灾。”塞弗林王子说。

我屏住了呼吸。我想起诗人们传唱的故事里，就有这么一个例子：有位叫兰道夫的国王，他和他的二十个子嗣（包括他的私生子），以及他的六十八个孙子，都遭到了半神国人的诅咒：“你们将会衰败。”

他的妻子当场流产。一年后，他和他的子孙都没有新的后代。十年后，和他们王族联姻的新娘纷纷与他们离婚，回到了自己的祖国；与他国的条约也被撕毁；国土要么被侵占，要么被解放、独立出去了。兰道夫的王室家族逐渐老去，又无权无势，便就此覆灭，也从诗歌和传说中彻底消失了。

我明白为什么塞弗林的脸色看上去那么苍白了。我必须离开这里。

“女大公说，在她亲眼看到艾兰国的真相后，会告诉我们她的决定，但我担心她无法容忍母亲的反抗。”

我知道，康斯坦丁娜女王宁愿憋死，也不会愿意向兰尼尔国道歉，承认那场战争是犯罪行为。如果她知道了王子的计划，下起狠手来是不会犹豫的。王子和他的同伙都会被绞死。

但假如艾兰国会在她的手里毁于一旦，我真的要继续袖手旁观，以宣示对她的忠诚吗？我绝对不会这么做。只要我还有能力，我就决不会让艾兰国覆灭。

不过，这样一来，我就是真正意义上的叛国了。“好吧，我支持你。如果真的到了这一步，我会和你站在一起。”我对塞弗林说。

塞弗林长舒了一口气。

“谢谢你。我带你出去。警卫!”他喊道，“把这扇门打开。现在由我负责看管格雷丝爵士。”

第二章 蛛网恢恢

塞弗林见我准备换上借来的半神国服饰，就别过脸去，给我留了点时间和私人空间。待我整理好着装，他便领着我，穿过金斯格雷夫监狱冰冷的走廊。他不慌不忙地走着，我却心急如焚，甚至想跑起来。因为我要做的事情实在太多了，目前首要的任务就是召集剩下的隐巫者。我很着急，但还是选择和塞弗林步调一致。前阵子我在拜韦尔，不知道这边出了什么事；但如果他能跟我说说这里的近况，我就能利用走路这会儿想想对策。

“女王把他们都抓起来了？”我的声音从石墙上反弹又回到我的耳中。我连忙转过头，凑近塞弗林的耳朵，压低声音问道，“整个内阁都抓了？”

塞弗林早就熟知这走廊石壁爱玩回声的把戏，所以也把头侧向我这边，说：“是啊，都给关起来了。”

难怪上周会下那么大的雪。原来所有首席隐巫者都被关起来了。这是他们应得的惩罚，他们确实有罪。但这暴风雪带来的低温真让我头痛欲裂，肠胃不适，很不好受。只有借助这些巫师的法力和技能，我们才能与风暴对抗。“他们是什么时候进的监狱？对不起，殿下，请恕我冒昧。只是这事比较急——”

塞弗林把手搭在我的手上，然后拉起我的手，让我挽着他的臂弯。

“塞弗林大人，请您告诉我。请不要有所隐瞒，我现在真的非常需要您的坦诚……塞弗林。”我请求道。

他对我笑了起来。大半个金斯顿城的人看到这笑容都会自叹弗如，新闻里也经常有他和艾兰国名媛们的不少合照，照片里的他也正是这么笑着。“他们进监狱的时间，大概是在城里没法用电的第三天。”他答道。

“风暴是在城里停电的第八天来的，这么算来，他们就是那场风暴来临前进的监狱。虽然那风暴威力不算大，只是一场普通的暴风雪，但也还是毁了我们最后一批庄稼。”我说道。

“没关系，我们的粮食总有盈余的，”塞弗林王子耸了耸肩，“应付得了。”

我心想，这可没那么简单。成百吨甚至有上千吨的粮食已经被埋在雪里，渐渐腐烂。

“我的意思是，这场风暴接下来会更猛烈，它的风暴眼大得吓人。我必须要让那些被捕的首席法师在驱散风暴的仪式上施法，而现在能找到的每个风暴歌者都很重要。我需要他们的帮助。”

“我知道的。但母亲正在气头上，我无法确定她会不会准许你把他们带走。”塞弗林一边说，一边带我又转过了一个拐角。我们仿佛走在曲折迷宫的深处。要是想从这儿逃出去，肯定会被绕得晕头转向。不过，我们是不是真的走错路了？在该往左转的地方，塞弗林王子却带着我走了右边的路。他又不像我那样，思绪感官一直得承受着西方那个风暴之炉的煎熬，而且他比我更熟悉这座宫殿，应该不至于走错方向。

我很想礼貌地问他怎么走才对，却没找到开口的机会——他领着我，转过另一个拐角，又开口道："我本以为小克里斯托弗爵士死了。"

听他这么一说，我哥哥隐姓埋名、自由自在的日子怕是到头了。

"这是他自己的想法。他现在有个化名，叫'迈尔斯'。"我说道。

塞弗林王子的嘴角勾起一抹笑容，"还有化名？他可真时髦。"

"他做了对的事情，还平息了半神国人的怒火，劳苦功高。他才是挑大梁干实事的人，我只是帮了个小忙。"

"帮他的时候，你有犹豫过吗？"

我耸耸肩，说："没有。因为他做得对。"

"那你也有功劳啊。很少人能像你这样，能够快速调整思路，去做对的事情。感谢你能为了艾兰国的利益，做出这样艰难而正确的决定。

听着塞弗林的称赞，我红了脸，"谢谢您，殿——塞弗林。"

他轻轻拍了拍我的手，带着我又转过了一个角落，"还得拐弯呢，你会习惯的。但关于半神国人……"

我意识到，塞弗林也想从我这儿了解些什么。我问他："您想知道些什么？"

他又对我笑了。他的眼睛好看又深邃，这会儿笑眯眯的，“他们不会撒谎，是真的吗？”

“我还没遇到过会撒谎的半神国人呢。”

“但那并不代表他们总会说实话吧，是不是？”他轻轻推着我的手臂，领着我走到了一段石楼梯前，石阶宽阔，蜿蜒向上。

我停下了脚步，“这里是叹息之塔吧。”

“没错。有人想见见你。”塞弗林王子答道。

我本想把胳膊从他手上抽离，此时却抑制住了这样的冲动。我说：“想见我的人，是我父亲吧？”

“他和内阁其他成员都在这塔里，等候审判。”塞弗林答道。

“那会是怎么样的审判呢？”我问道。不承想，这话音又在周遭的石头上反弹起来，显得很大声。塞弗林并不知道我父亲做了什么，也不知道我父亲的所作所为几乎要了他儿子的命。也许，他反倒会觉得我父亲的举动是仁慈的。他要是这么想，我也没办法反驳。

“这个案子挺复杂的。任何经过密谋的事情都没那么简单。要想弄清楚到底谁是知情者，知道事情的具体情况和发生的时间，以及当事人都做了什么，这都需要时间。审判者在作出判决的时候，必须慎之又慎且确定无误，有时候还得迅速果断。”

我们在某层一个楼梯平台上停下了脚步，边上有扇窗户。我朝窗外看去，发现一群穿着灰色制服的士兵已经清扫了绞刑架底下的楼梯，正在把扫出来的一簇簇雪往地上倒。

塞弗林王子突然开口问道：“风暴来临之前，我们还有多少时间？”我本来正像着了魔似的盯着窗外的情形，他的问题却穿透了我的思绪，让我回过神来。

我把目光投向刑场，而后让自己的视线逐渐模糊起来——在感应风况的时候，我不需要用眼睛去看，而是用心去感知。“如果首席法师们都在，我们能让风暴今天就到这边。”

“如果没有首席法师在呢？”

“那就是明晚。到那时候，风暴的威力可能会有所减弱，但也可能变得更加巨大。”

听罢，塞弗林王子说道：“我知道你一定会竭尽所能的。母亲也会的。”

他继续领着我，经过一间又一间带着栏杆的牢房。在这些位于最底层的、光秃秃的牢房里，兰尼尔国派来诈降的代表团成员正无精打采地发着呆。他们把漂白了的长发编成辫子，缠在头上，试图掩盖因疏于打理而长出的深色发根。他们的眉毛又长回来了，脸上那些复杂多彩的妆容曾经是他们地位和重要身份的象征，此时却难觅影踪。他们在镀铜的栏杆附近徘徊，看着我们走过，沉默而又充满愤恨。他们中的一些人身上闪耀着魔法天赋的光芒，生发出来的光环上还点缀着巫师之印。

阿尔迪斯·亨特爵士站在他们的牢房外面，气得浑身发抖。

“你们这么虐待他们是什么意思？”他质问道。

“早上好，阿尔迪斯爵士，没想到会在这儿见到您啊。”塞弗林对他鞠了个躬，说道。

“女大公殿下希望得到一份报告，来了解兰尼尔国派遣至此的外交使节的情况，”阿尔迪斯说，“结果你们竟然把他们关在笼子里，给他们穿这些破布来羞辱他们。他们只有那么一点点生活必需品，其他的什么都没有！”

塞弗林脸上毫无波澜，“他们是囚犯。”

阿尔迪斯朝塞弗林迈了一步，离得特别近，看起来比塞弗林高出许多。“他们可是大使。你们让他们坐牢，本来做做样子就行了。你们早就该把他们放了。”

塞弗林说：“阿尔迪斯爵士，您是知道的，我们正处于紧急状态。要维持秩序，我们就必须扩大全城卫兵和警察力量的覆盖范围，所以也没有多余的人手来监视他们了。”

阿尔迪斯怒火中烧，却努力压抑着自己的怒气——从他僵硬的肢体动作就能看出，“我要把这件事报告给女大公殿下。”

他把我们挤开，扬长而去。

我说：“他真的对我们很不满。”

“他很愤怒，但也是给我们考验。”塞弗林回答道。

我不知道他这么说是什么意思，便安安静静地跟着他走。

我们又路过几间牢房，这回里面却铺着地毯，放着丝质被子和羽毛枕头，甚至还挂着用贿赂换来的油画。对于皇家骑士的家长们来说，如果能让自己的孩子在牢里过得舒舒服服的，那花点钱压根不是事儿。那些“囚犯”隔着栏杆盯着我，一脸茫然，不明白我为何会得到这样一位“皇家护卫”的护送。我朝他们点头致意，随后便跟着塞弗林王子来到了塔顶。

我父亲的牢房里，有可供取暖的火盆，一张舒适的床，一张小餐桌，有放着书的书架，还有一扇窗子。一幅我十六岁时的画像，挂在他的床边的墙上。窗子很小，比一个垛口大不了多少；一只胖乎乎的灰色信鸽栖息在窗台上，啄食着小米。

父亲一直都很喜欢鸟，鸟儿们也很喜欢他。跟父亲一起散步的时候，我“结识”了不少小鸟，还在学习的时候把它们的名字和艾兰国的进出口贸易和各行业情况，以及法律知识一并记下来。这些都是我必须了解的，这样我才能接过他的衣钵，成为总理。一切都不应如此。父亲不应该成为叛徒。他不应该成为一个恶魔。

我原本也不应对他有厌恶之情，但我还是记恨于他了。

王子亲自打开了我父亲牢房的门，为我扶着门。

我走进围着镀铜栏杆的牢房。王子把门关了，上了锁，带着钥匙走开了。

我和我最不想见到的人正共处一室。

父亲颤颤巍巍地站起来，“格雷丝。”

他咳嗽起来，剧烈得几乎要倒回椅子上，但他还是站稳了。癌细胞正在蚕食他的身体，让他消瘦了不少，皮肤苍白，嘴唇发青，可他看起来还是那么高。

我下意识地伸手去拿他的止咳药水，还给他拧开了瓶盖——完全没有意识到自己在做什么。他接过去，颤颤巍巍的捧着瓶子，直接把药水一饮而尽。

“谢谢。”

我不想听他给我道谢。我不该和塞弗林过来的，而是应该当众跟他大吵一架。“我不想和你说话。”

他拄着拐杖，手紧紧攥着拐杖头，弄得手指关节都发白了，

"格雷丝，你可只有一次机会。你真的想独自应对这场风暴吗？"

"就算你没被关在这里，你也帮不了我。"他并没有精力可以投入到工作中去。他太虚弱了，根本无法统领巫师届的力量去驯服这场风暴。如果他试着这么干，他会没命的。

"要和风暴对抗，就先得削弱它的力量。别强行让它减速，要迫使它扩散开来，能散多开就多开，有几百英里宽也不为过。这才是你对抗风暴的最佳时机。"他说道。

他并不了解真实的情况。这场风暴可能也给他带来了困扰，但他并不敢尽己所长，亲自去看它一眼。它已经有几百英里宽了，而我们还得让它的影响范围扩大到整个沿海地区，由北到南全覆盖。"如果我们能把风暴散得更开，驱散它的效果会更好。"我说。

父亲拄着他的银头拐杖，走到一把放着软垫的椅子边上，面前的桌子上铺着纸。"你的想法没错，但你没法让风暴停下来，所以试都别试。克里斯托弗怎么样？"

"迈尔斯没死成，还有气儿呢。不过这可不是你的功劳。"

他悲伤地看了我一眼，"你以为我真想杀了自己的儿子吗？"

我把手臂环抱在胸前，"是，我相信你那是迫不得已。怎么示意探视结束啊？"

父亲用力抿着嘴，嘴唇看起来都变薄了。每当他被我倔强固执的性格惹恼，或者不愿意面对他心中的真相时，他都会露出这样的表情。"他想摧毁艾兰国的能量来源。现在他可得逞了。看看他都干了什么好事吧，格雷丝，看看无辜的民众都给他害成什么样了。"

我冷冷地哼了一声，丝毫不相信他的话。“你竟然有脸坐在那儿跟我扯什么无辜民众？给以太能量网提供能量的是什么，你心知肚明。这一切都是你和迈尔斯爷爷一起造成的，你却对此只字不提。”

“当时我们必须停用煤炭。”父亲把椅子拉出来，慢慢地坐了下去。“你不知道，它对天气的影响太大了，还恶化了大气的状态，搞得烟雾就像汤汁一样浸着金斯顿城。天然气也好不到哪里去，所以我们需要一个替代品。”

“这就是你捕捉灵魂的理由？”

父亲拿起一个玻璃茶杯，啜了几口茶。他是在无视发飙的我。小时候的我心中只有愤怒、兴奋或绝望，情绪总会爆发，当时的他正是像今天这样对待我的。“它们只是能量，”父亲说，“只是用来消耗的能量。这就是魔法。你自身的能量——我们的能量总会有盈余的，我们也可以按照自己的意愿去使用它们。但是，如果灵魂不再需要给肉体提供能量，那么即使是一个普通的灵魂也会有惊人的力量。”

“可你用的灵魂能量并不是你自己的啊！”

父亲喝剩半杯茶，把茶杯放在茶碟上。“你以为半神国人不会为了自己的利益而去用灵魂能量吗？你们打破以太能量网的时候，他们就在现场了，正中他们下怀。”

才不是这样的！我说：“他们是去找崔斯坦的。”

“那为什么崔斯坦会在那里？”

我抿着嘴唇，一言不发，盯着窗台上的鸽子。把一切都告诉父亲的日子早就过去了。我们不是一个阵营的。再也不是了。

父亲耐心地看了我一眼，“他在寻找那些灵魂，格雷丝。半神国人太渴望灵魂能量了，以至于要打破公正者梅纳斯定下的契约也在所不惜。”

“你说的是造物主吧，爸爸？我还以为你不相信有神灵呢。”

他耸耸肩，“神迹时代已经过去很久了。没有人被造物主或永生之神触动过。我们自从被神灵抛弃之后，就再没有听说过关于他们的新故事了。还有什么可信的？”

“半神国人是真实存在的，安息之国也是真实存在的。我们背叛了他们——”

他一拳打在桌子上，“是他们背叛了我们。”

杯子震了一下，里面的茶泼洒出来，溅到了茶碟的边上，还沾到了桌上的《星报》上——摊开了的报纸头版上，正是我和半神国人的一张合照。

守护者们往自己身上施了魔法，让自己看起来像人类一样——他们有着非凡的魅力，但看起来依然是个凡人的样子。而诚实的照相机还是会准确地拍下他们的原貌：他们美得超凡脱俗，有着大大的眼睛和高挺的鼻梁，身骑名为“海拉”的鹿角马，这种马肉眼看起来和一般的马很是相似。

报纸上的照片中，艾菲女大公站在镜头中央，面带平静的微笑直视镜头，金色的卷发随风飘舞。站在她身边的是她的秘书伊桑德。伊桑德皮肤黝黑，身着黑衣，无论女大公走到哪里，他都会跟着。照片中的阿尔迪斯脸上正好沾上了茶渍。崔斯坦的手则重重地压在他的肩膀上。父亲的日记放在左边，写了半页笔记的纸上压着一支笔。父亲每天读新闻的时候会做笔记，从头版头条到篇幅最小的专栏，有时甚至是分类广告上的小字，他都会记录。他现在又在做笔记了。写这些对他能有什么好处？在监狱里烂掉吗？

“是他们背叛了我们，”父亲说道，“他们既没有行神迹，也没有行恶，就弃我们而去。即便你说他们是真实的，那为什么还要敬重一个抛弃了你的神明呢？反正我不会。我又不欠他们什么。”

“你该对那些被你关在以太能量网里消耗能量而因此毁灭的灵魂感到亏欠。那真的太可怕了，爸爸。你做的一切简直罄竹难书。你阻止了上千的灵魂前往安息之国，可要是你的灵魂去往此处呢？你也会阻止吗？”

“我说不准。但我还是不待见他们，现在是，以后也是。不过，我想向你道歉。”

我突然说不出话来，惊得目瞪口呆。

父亲嘴上说着要道歉，却并没有惭愧地低下头去，也没有真诚地把手放在胸前以示歉意。不过，他能承认自己的错误，已经是他作出的最大让步了。“我没有把关于以太能量网的真相告诉你，因为我知道你会有什么样的想法。我是想找一个能源的替代品，来满足我们日益增长的需求。之后斯坦利找到了解决办法，也就推动了我们和兰尼尔国的战争。”

“真够该死的，这就是你们发动战争的邪恶借口。”千言万语也没法形容这理由有多可怕。

他怎么能这么做？他是有怎样的铁石心肠才能干出这样的事？

“别老是怀有敌意，格雷丝。你要面对的任务很艰巨。”

“珀西爵士还把魔法网搞坏了，拜他所赐，整个冬天我都得追踪风暴了。”

父亲摇了摇头，“我们要做的，并不只是控制天气那么简单。隐巫者如果没有首席法师的经验和技能的支持，那他们只会是一团糟。艾兰国需要电力。人们现在还震惊得没缓过神来，但他们很快就会找个人来怪罪。这些风暴，你自己处理起来是挺危险的，但你可以驾驭它们啊，格雷丝。你可以让风暴为你所用。”

“我一直听你的话，一直相信你。”我一直信任父亲。他的学识是那么的渊博，又那么有远见——是他教会了我如何探索各种可能性，探究其背后的动机。他总有办法能让一切事情顺顺利利地完成。

但，这次我不会这么做了。我往后退了几步。这“催人泪下”的团圆环节，可不是专门设给他道歉用的。“我不需要你的帮助，父亲。你也不配得到我的信任。”

他叹了口气：“如果你改变了心意，就来找我吧。我一直在。”

“我该怎么出去？”

“你身后有个铃铛，拉一下上面的绳子就行。”

我把铃铛拽响了两次，塞弗林才过来开门放我出来。

塞弗林等到我挽起他的胳膊，才迈开步子，和我一起当着牢房里那些兰尼尔人的面走过，自如得几乎把他们视作空气。但他还是担心地瞥了我一眼，说道：“你必须明白这里的利害关系，格雷丝。”

一切都岌岌可危——他的未来，我的未来，这个国家每个人的未来都是如此。风暴正在向我们的海岸移动；艾菲女大公给我们设了十四天的观察期，时间一到就会对我们作出判决。在这两者的夹击之间，我们就像站在悬崖峭壁边上，而且还正朝崖边逼近。自然而然地，塞弗林肯定会找克里斯托弗·汉斯莱小爵士寻求指导。谁不想这么做呢？

可能只有我吧。“你不能相信我父亲，塞弗林。你不能相信他。就是他把我们害成这样的，而且他只会做对自己一定有好处的事情。”

塞弗林叹了口气：“我知道你在生他的气，你也有生气的理由。但他很爱艾兰国，还曾发誓要为国效忠呢。他准备付出一切来弥补皇家骑士和祖父尼古拉斯所做的错事。”

“付出一切？”这话是真是假还不一定呢。我忍不住哼了一声，显得有些粗鲁。

“如果有必要的话，他说愿意接受绞刑。实话说，这样的判决很可能成立。”

“而你也相信他说的话。”

“他犯的错很严重。我甚至无法形容有多严重，但他想要改过自新。他哭了，格雷丝。他试过抑制自己的情绪，不让自己哭出来，但当我告诉他小克里斯托弗还活着的时候，他就崩溃了。”

“他想杀了迈尔斯，当时我也在场。我很清楚他都干了些什么。”

“他跟我说，”塞弗林说道，“他很后悔所做的一切。”

听到这里，我嘴里轻轻地呵了一声，语气里满是质疑：“可他看起来对我并没有什么忏悔之意。”

“我认为他会以不同的方式来向你悔过吧，”塞弗林轻抚着我的手，安慰着我，“他这一生都是在你的仰慕中度过的。他很强大，他无所不知，无微不至地指引着你。他在你面前总会想表现得很坚强。”

父亲一向如此。他总是那么坚强，总是充满智慧，总是那么聪明，还富有创造力和洞察力——他把这些能力都传授给了我，而我若要继承他的事业，就必须了解掌握某些秘密，他却对此只字未提。如果真如他说的那样，他想用另一种不同的方法来给以太能量网提供能量，那该怎么办？他就是这么一个人，从来都不会让我知道他的踌躇不定。除了强有力的信念和坚定不移的立场之外，他不会向我表露自己心中一丝一毫的其他想法。

我赶紧抛开了这些胡乱的思绪。我刚才分明是在尝试理解他，尝试找到原谅他的理由。但我根本不可能这么做。永远不可能。然而，有件事几乎和预示着暴风雪来临的头痛一样，让我很是烦恼。“见女王之前，你为什么要先带我去见他？”

“因为他想见你啊。”

这么说，他宁愿听从我父亲的意愿，而不遵从他母亲的旨意吗？

不过，对于这个问题，我完全不需要冥思苦想找理由。因为几乎任何人的做法都会和塞弗林一样。作为艾兰国公认的最聪明的人之一，父亲既有洞察事物本质的能力，也有发现对手弱点的本事。

只有迈尔斯违抗过父亲为他制订的计划。他坏了父亲的名声，让父亲的对手们有了可乘之机。父亲尽了最大的努力才把迈尔斯——我的哥哥——拖回他的住处，但迈尔斯就是不肯屈服，不肯改变主意。

由此，父亲便试图杀掉迈尔斯，以保护这个国家最可怕的秘密。我永远不会忘记这件事。我也永远不会原谅他。“请多加小心，塞弗林。我父亲总能找到办法，最终得到他想要的东西。”

“那就再好不过了，”塞弗林说，“你父亲期望的，是让艾兰国平安无事。如果他总是能得到他想要的，那我们可就已经成功了一半。”

我那愁云满布的脸，此刻终于舒展开来，朝塞弗林露出了微笑，“你说得对。”

父亲确实希望艾兰国能平安无事。他当然会有这样的希望，但他想要的不只有这个。塞弗林不知道，我对此可是看得清清楚楚。

塞弗林王子领着我，沿着复杂的路线穿过金斯格雷夫监狱，来到连接古堡和建于两百年前的所谓“新”宫的长廊。地上铺着上过蜡的金色木材，再也不是冷冰冰的石板地面了。我们沿着铺设地毯的走廊走上楼，去女王的私人办公室的时候，空气也变得温暖起来。

寒冬里的一缕阳光从墙上的圆形窗户外透了进来。墙面前放着一张宽大的桌子，桌旁还有一张铺着紫色软垫的高脚椅。康斯坦丁娜女王正坐在那张椅子上休息，她穿着一套剪裁利落的紫色羊毛套装，侧着头，手指轻轻敲着桌面。

“你们迟到了三分钟。”

迟到了三分钟。塞弗林为了能先把我带到我父亲那儿，对他母后撒了谎。但我脸上毫无波澜，没有表露出任何想法。我跪下来，低下头，右手放在左胸上，等待着。

“平身吧。我们都知道你是为何而来的，”康斯坦丁娜女王说道，“关于西方风暴之炉所酝酿的这场风暴，我们已经从不少囚犯那里得到了预警。而在此之前，你就选择了离开安息国度艾菲女大公的庇护，冒着被我处死的风险来告诉我们风暴将至，带来的消息还比其他人的早了整整一天。格雷丝爵士，你究竟是为了什么呢?”

我站起身。塞弗林从我身边走开，走到女王身边的桌子旁，倚在上面歇息。

“殿下，这是我见过的最可怕的风暴。之前霜夜来临时，恐怕首席法师们施的法术没能让风暴之炉平息下来。”

她翻看着一叠用好纸写的信，旁边放着的信封上印着蜡封。蜡封有青色的——是布莱克家的来信，深棕色的——佩尔弗雷家的，还瞥见了深绿色的——那可能是西布利家的。这些信都来自新上任的百大家族首领，他们试图率先向君主发出风暴预警，然而这危险的风暴只有隐巫者们才能抵御。“如果珀西爵士在那场投票选举中败下阵来，你就得是那个施咒的人了。”

女王要责怪他，我也没有什么意见。我把双手交叉在胸前，不再偷瞄她手里的信件，“是的，女王，但要是让我去施咒，我也不敢保证那样能不能改变我们的命运。”

“他们告诉我，你的能力非常强大，配得上你的地位。姑娘，这是真的吗？”

我点了点头：“是真的。但即使珀西爵士施的咒成功了，这场风暴也会把一切撕成碎片。它太强大了。”

塞弗林王子轻轻地碰了碰女王的肩膀。“母后，就像我说的那样，他们不可能都在撒谎。格雷丝爵士多勇敢啊，舍己为国，而且她说的情况，其他人也能印证。”

“我不知道我们能不能阻止它，”我坦白道，“而且如果没有首席法师的力量……”

康斯坦丁娜女王突然对我和她儿子怒目而视：“我都叫人把他们抓起来了，你们还要我把他们放出来？”

我摇了摇头，这时塞弗林不再倚着他母后的桌子，站直了身子。

“不，母亲。显然是不能的，但你可以放了格雷丝啊，还她一个清白，她就可以让风暴平息下来。她可以帮到我们。”

“还有呢，”我说，“您还记得霜夜那天由您见证的仪式吗？就是我和我哥哥被驱逐出境的那场仪式。”

康斯坦丁娜女王说：“我只在参加霜夜仪式的时候才会那么盼着手里能有本书读一读。按传统来说，我必须待在仪式现场，可它真让我无聊得想哭。不过我的确记得你被驱逐了。怎么回事？”

“我们是来提醒您的，因为你可能会受到袭击，”我说道，“我哥哥的一些病人得了一种奇怪的病症，那时候他就在尝试解开这背后的谜团——那些病人参加过兰尼尔战争——”

“行了行了，”女王摆摆手，“直接说重点。”

“那是一种咒语，是一种巫术，”我说，“大多数老兵身上，都背负着死在他们手下的兰尼尔士兵的灵魂。您在接受兰尼尔代表团的正式投降的时候，应该还有一千名士兵在场，那也完全足以把剩下的敌人都消灭掉，然后——”

“重演卢库斯的复仇，”女王说，“然后你就把这个情况告诉了首席法师们。”

“是的，陛下。”

她咽了口唾沫，下巴绷得紧紧的：“他们却不相信你的话，所以也没有人来告诉我。这么看来，我在熄灯以后才推迟投降，真是全靠运气作出的决定了。”

“我们化解了威胁，陛下。迈尔斯利用了以太能量网的力量，用它来驱逐那些背负着敌人灵魂的老兵。然后我们把它毁了，以免它继续吞噬艾兰国人的灵魂——”

“够了，”女王做了个手势，让我停下，“该死的兰尼尔人。就凭这个理由，我要处决了他们。”

塞弗林又靠在桌子上，摊开手撑着桌面，平衡着身体。他的指甲最近磨得闪闪发亮。“母后，有个半神国人特别关心兰尼尔代表团的成员在牢里过得怎么样呢。”

“哪个？”女王问道。

“阿尔迪斯·亨特爵士。”

女王叹了口气。“那个不讲理的家伙。”

“是的。”

“太可恶了。”

我把舌头抵在上腭上。康斯坦丁娜女王一世，竟然也会咒骂别人？只见她拿起一支手工制作的木笔，笔上的纹路被紫色的颜料遮住了，颜料上还盖了一层亮漆。“我们需要拿出让他们没法狡辩的证据，来证明他们犯下了暴行。你明白我的意思吗？要证据确凿。”

“明白，陛下。”

“很好，”女王用那支笔指着我，苦笑着看了我一眼，“我要让你受累了，姑娘。你准备好了吗？”

我把手放到左胸口上，感受着自己的心跳，“我准备好了。”

女王举起了笔，仿佛那是一根权杖，“我宣布，你现在拥有隐巫者的话语权了。我现在任命你为总理，无论是在公开的还是不为人知的事情上，你都要给我出主意。”

我感觉浑身暖暖的。我的地位更高了。是她赐予了我这样的地位。我本以为我得去哄骗她、乞求她才能得到她的信任，但她一声令下就让我从阶下囚一跃升任总理。“好的，女王。”我说。

“作为总理，你要以首席审查官的身份负责调查一个问题，就是你告诉我的那些关于兰尼尔代表团的情况，以及他们想从内部瓦解艾兰国的阴谋。你必须对这次调查的细节保密。明白了吗？”

噢。我眨了眨眼，思考着该怎么措辞，“明白了，但我有个问题，女王。”

“什么问题？”

“我不会讲兰尼尔语。”

这并没有让她显示出任何的迟疑犹豫，“你哥哥不是在兰尼尔服过役吗？”

我的脸逐渐苍白起来，头脑中只剩一股寒意，“是的，陛下。”

“那他学会说他们的语言了吗?”

噢，不。这可不行。“他确实学会了。”

“那就让他来。”

但我不能那么做。“陛下——”

她脸上摆出一副不耐烦的表情，示意我闭嘴，“这有什么问题吗，格雷丝爵士?”

她总算不把我唤作“姑娘”了，可我根本没心思为此向她道谢，而是连忙说道：“陛下，在约翰斯顿营救行动开展之前，迈尔斯在审讯殿里被囚禁了好几个月。”那场营救是我们的父亲设计的，因为他非常清楚自己的儿子在哪里。父亲准备好后，就把所有的线索都放了出来，也就让我在不知道真相的情况下又找到了迈尔斯。现在迈尔斯总算重获自由，能好好休息一下了。我不能把他牵扯进来。

“现在他有机会把逮捕他的人绳之以法了，”女王说，“把他纳入你的调查计划吧。”

“我哥哥在疗养院受了重伤，”我说，“他还很虚弱，很容易就会感到疲惫。他的身体需要恢复。”

“尽可能给他安排好的住处，”女王说道，“但在我准备好把真相公之于世之前，我不想让它有任何泄露。你明白我的意思吗?”

康斯坦丁娜女王一旦下定了决心，就不可能动摇了。塞弗林王子站在她身边，他看着我的眼睛，轻轻地点了点头。这么看来，这是他认为最好的办法了。

奉女王旨意，我只能让哥哥再次回到那个噩梦中去了。

第三章 为艾兰国效力

不行。我不能这么做，也不会这么做。宫里人那么多，我完全可以找个既懂翻译，又能对我们调查任务保密的人来帮忙啊。

我朝着政府大楼走去，总理办公室就在那儿——现在是我的办公室了。办公室里的工作人员们正等待着我的指示。我要立即派人去找合适的助理人选，不过这可能就得用掉一周时间。我父亲的——哦，现在是我的秘书珍妮特，还可以为此开场新闻发布会呢。我们必须开始制订一个重要计划了，这样才能好好对付办公室里即将发生的一切。按那么满满当当的日程安排，我很晚才能到家了，都赶得上吃夜宵的时间了。我早就想甩掉我的靴子，在某个地方偷摸着打个盹儿了。但是我必须时刻关注巫师圈子中的剩余力量——算了。明早再想这个吧。

“格雷丝?”

我停下脚步，转过身，向来者鞠了一躬，“塞弗林。”

塞弗林王子走到我身边，眼神几乎没有落在那些在走廊上停下来对他鞠躬的人身上。他们等到王子走过后才直起身子，恢复工作。“艾菲女大公想见见你。”

“现在吗?”

他微笑着伸出手臂，“我还是带你去见她比较好，这样能让她知道你一切都好。应该不需要太长时间。”

“能见到殿下我很高兴，但我不能久留，”我挽着他的胳膊肘，跟在他身后，“我得工作。”

“这就是工作，”塞弗林说，“女大公每次开会，都总要提起你被关起来的事儿。”

所以说，是艾菲提议把我放出来的?

很有可能。我倒是很愿意去和她见见面，说说话，但我实在是有太多事情要忙了，“那我去吧，让她放松放松心情。我们现在去哪儿?”

塞弗林领着我，走过一条挂满名画的走廊。这些画，我几乎连看都没看过。

“我们让半神国人住进了国宾酒店。”

国宾酒店啊。它就坐落在我去政府大楼的必经之路上，我路过很多次，都发现它总是大门紧锁，后面的走廊一片寂静。“我还没进去过。”

“我小时候进去探索过，”塞弗林说，“以前经常在里面玩模拟游戏，假装有代表团来访，想象所有家具上的防尘罩都掀开了，房间里坐满了人。”

很久以前艾兰国就关闭了边境，所以在今天看来，这间用于接待外宾的酒店里的家具和所有装饰都有种古朴之风——这里的座椅是用沉甸甸的乌木做的，上面也没有铺设弹簧坐垫，只有雕刻得繁复又花哨的图案。我瞥了一眼旁边的几张立柱桌，上面放着花瓶，瓶里插着由金斯顿皇家花园精心培育的温室花朵。这皇家花园虽然只是附属于金斯顿宫的一个小公园，但全年都挤满了前去观光的群众。

无形中，一个沉重的担子突然落在了我的肩上。这个皇家花园是靠以太能量来给自己的温室和那些采集自异国他乡的标本加温的。没有了以太能量，公园里那些无辜的植物，那些像宝石般闪耀美丽的鸟儿，那些有着梦幻形态和色彩的蝴蝶，都活不了。它们的性命，都和那个漂亮的玻璃笼子密切相关。

我已经毁了太多太多。我有太多东西需要弥补，需要改正。我该如何挽回我和首席法师所做的一切呢？面对眼前艰巨而重大的任务，我有点畏缩。

塞弗林瞥了我一眼，“你还好吗？”

“只是突然有点感伤罢了，”我说，“现在没事了。”

塞弗林点点头，“我们到了。”

两个黑皮肤的半神国卫兵，正全副武装地站在两扇沉甸甸的黑漆大门前放哨。门上刻满了飞鸟的形象。

“塞弗林·蒙特罗斯王子和格雷丝·汉斯莱爵士前来拜见殿下。”塞弗林说。卫兵们便为我们开了门。

我们走进一间玻璃房。四周有些昏暗，于是铮亮的玻璃房看起来便如同一颗精雕细琢的宝石，镶嵌在黑色铁板中间。一只明艳得像花儿一样的蝴蝶，晃晃悠悠地朝我们飞来。它轻轻扇动着蓝绿色的小翅膀，翩翩起舞；一阵上下翻飞后，又飞回在玻璃穹顶下嬉戏的其他蝴蝶那边去了。这时，一阵音乐飘进我的耳朵，动听得让我起了一身鸡皮疙瘩——听着这美妙的旋律，我脑海里竟浮现出了这么一幅场景：阳光洒在浅浅的溪流上，波光粼粼，甚是美好。

身穿拖地长裙的艾菲坐在吉他手的座位上。她演奏的美妙音乐，此刻萦绕整个房间。房间里的半神国人一群群地聚在一起，各自做着一些手工活、艺术活——我瞄到有纺纱工、织布工，还有个特别会织花边的男人，他手里的梭子玩得飞快，快得都没影儿了。旁边，一个女人身上只披了件长袍，一头乌黑靓丽的长发如瀑布般垂下。她仿佛一尊雕像，静静地立在那里，让另一个女人画她的肖像画。那么冷还得穿得那么少啊。我对她很是同情，一边这么想着，一边打了个寒战。我便散发出一点能量，让房间里温暖起来。

几个守卫朝我这边看了看，微笑着表示感谢。我也朝他们报以微笑，等着艾菲发现我们。

她一看见我们，就停止了演奏，那群蝴蝶也静悄悄地消失了。她把手上的黑檀木吉他放在架子上，向我们走来，然后将我紧紧地揽在怀中，慷慨地给了我一个拥抱。她的头发散发着幸运草和紫罗兰的香味，那金色的卷发像温柔的手，轻抚我的脸颊。

“你状态不错啊，”艾菲说道，“我心头的大石总算落地了。”

我微笑着说道：“我感觉自己很需要换件衣服，好好睡上一觉。不过我目前过得确实还不错，不仅被放出来了，还成为了女王钦定的总理。可惜啊，我已经开始工作了，所以我只能赶——”

她拉起我的手紧紧握着，“别胡说了。你上一顿饭什么时候吃的？宫里马上就有人送饭来了，留下来一起吃一顿吧。”

我本来是想直接拉响铃铛，唤个仆人去拿盘吃的就行了。但我要是拒绝和半神国人一起吃饭，对半神国人而言，那就是对他们的不信任。“好吧，如果这里有多的小桌板和写信的材料的话，我就留下来。”

“你可以向伊桑德借。”艾菲说着，就领我走向她那个身穿黑袍的秘书。伊桑德正站在玻璃房门口附近一根立着的栖木边，给他那心爱的黑鸽子喂食。他是人群中最高的那个，还有着引人注目的长辫子和深肤色。我赶紧提醒自己别一直盯着他看。他向我点头致意，然后给艾菲送上一只鸽子。

艾菲伸出手，那鸽子便轻轻跳到了她的手指上，“我们的朋友有带来什么消息吗?”

“寺庙里都是人。”伊桑德一边回答，一边把一条穿有银珠的辫子拨到耳后。看得出来，他的耳朵也是精心装饰过的。“今天早上，人们试图在阅兵广场集会，但有一队女王卫兵把他们从广场上赶了出来。有的人在食品店门口排了好几个小时的队才能进去买吃的，还有的人在街上乞讨。”

我听着这段汇报，心里很是痛苦。塞弗林清了清嗓子，说：“没有了以太能量，人们就陷入混乱了。工厂停摆了，工人们也没有工作。他们很担心会不会没饭吃，也很担心能不能保住自己的家——这是个大问题。”

“格雷丝。”迈尔斯摇着轮椅，在我身边停了下来。他坐的轮椅是木质的，有着用灯芯草编织而成的靠背，大腿上还盖着一张彩色织锦毯。“请您原谅。”迈尔斯对艾菲说道。艾菲朝我们点点头，同意让我离开。

崔斯坦朝我招招手，让我过去。我跟着他们，来到房间的角落。这里是玻璃房与宫殿石墙相接的地方，有点儿阴冷。我们在一棵白蜡树旁坐了下来，树枝上盖着白雪，垂挂着火红的浆果。

迈尔斯看起来还是很瘦削，但他已经没有生命危险了。我笑着看着他，同时散发出能量来取暖，“你不是应该在床上呆着吗，怎么出来到处跑?”

迈尔斯朝我翻了个白眼。在他脑袋周围，一串巫师之印组成了一个王冠，闪闪发光，充满能量，滋养着他身体内外那精巧复杂的咒语网。科马克第一次给他施法之后，这张咒语网就已经能让他呼吸顺畅，心跳平稳且有力了，但现在这魔法越来越少，强度也越来越弱了。“我应该多出来活动活动。我现在胃口特别好，吃东西多得能赶上三匹马的饭量了，也开始长肉了，身体在恢复——”

“医生自己就是最麻烦的病人。”这是半神国医生的原话，因为之前迈尔斯老是不肯好好休息、静养恢复，搞得医生们对他连连抱怨。我又拎出来说了一遍：“你得有点耐心。”

崔斯坦警觉地抬起头——有人朝我们这边走来。原来是塞弗林王子。他在我们身边停下脚步，说：“你好啊，克里斯托弗爵士。噢不好意思，应该叫你迈尔斯的，你妹妹说你更喜欢这个名字。非常感谢你能为国效力。”

迈尔斯握住塞弗林伸出的手，说：“殿下不必客气，我只是尽我所能而已。”

塞弗林接着说：“虽然格雷丝还没来得及跟你说明你接下来的工作，但我还是想向你表示感谢。”

迈尔斯微笑地看着他，嘴角扬起的弧度礼貌而自然。“我很荣幸，先生。”

我尽力掩饰着自己的沮丧，“我的计划还不完善，还有很多决策要做。”

“迈尔斯可以帮你做决策啊，”塞弗林说，“你们俩在这项任务里都很重要。”

他拍了拍迈尔斯的肩膀，就走开了。他在房间里逗留了很久，走之前还从盘子里顺走了几个酥皮泡芙吃。要不是朝他的头扔东西会背上叛国罪，我肯定会这么干——因为我太饿了。我把手放在肚子上，饿得有点儿发抖。转过头来，正巧迎上了迈尔斯的目光。

“格雷丝，”哥哥悄悄地问道，声音小得几乎听不见，“王子说的是什么啊？”

我们离开了那间音乐萦绕、幻蝶飞舞的玻璃房。崔斯坦推着坐在轮椅上的迈尔斯，走过走廊，来到一扇较小的黑漆门前，门上刻着一些同心圆图案。我的肚子还在咕咕叫。迈尔斯直起身子，倾向前去，伸手去拧门把手，开了门。崔斯坦推着迈尔斯，进了一间装饰得富丽堂皇的房间——深海蓝和象牙白的色调，点缀着炫目的金色，十分华丽。见壁炉里的火还未完全熄灭，崔斯坦便走过去，往壁炉里添了一根干木柴，把火重新引燃。

我找了张长椅，在一端坐下了。崔斯坦则坐在迈尔斯身旁的椅子上，一条腿搭在扶手上，“发生了什么？”

我紧闭双唇，注视着炉火，“是塞弗林想多了而已，我其实也没什么要说的。很抱歉让你担心了，迈尔斯。你也不用为这事操心。”

“还是直接说出来吧，”迈尔斯说，“告诉我，我该怎么做才能为国效力？”

看来隐瞒他这招是行不通了。我摸着长椅软垫上的丝绒绒毛，努力想找到合适的字眼，“我把我们关于老兵被灵魂附体的假设告诉了女王。她想要证据，就让我去找。但——”

“但你不懂兰尼尔语，而我懂。”迈尔斯说。

“不，这可不行。”崔斯坦边说边坐直了身子，他的鞋跟重重地踩在一条法伦达里地毯上，那可是条古董地毯，“这事免谈。”

“我也是这么想的。”我说道。

“他会说梦话，”崔斯坦继续说，“你也清楚，他肯定是梦见了那个地方。”

我听不懂兰尼尔语，但噩梦深处他喃喃自语时的内容，我几乎都能猜出来，甚至都已经知道 “不”、“停下” 和 “求求你” 的兰尼尔语单词怎么说了。

“所以我本来是什么都不想说的，迈尔斯。你不需要担负这个责任。我也没想过要问你的意愿，也不打算把你牵扯进来。我甚至根本没打算告诉你这件事。”

迈尔斯用手臂环着自己的腰，眼睛直勾勾地盯着某个我们不知道的地方。天花板上的煤气吊灯轻轻摇曳着，照亮了他苍白的皮肤。他的脸颊依然凹陷，他的肩膀依然消瘦，摸起来骨头特别明显。我双手紧握，又攥成拳，不去碰他，也不去安慰他。一碰他，他可能就会吓一跳。

“迈尔斯，”崔斯坦唤道，“你现在是在蒙特罗斯宫，在艾兰国，不是在那个地方。我们在这里。我也在这儿呢。”

“我知道，”迈尔斯答道，“我知道我在这儿，也知道你在这儿。”

“告诉我你看到的五样东西。”崔斯坦说。

我咬着嘴唇，一言不发地看着崔斯坦慢慢地、轻轻地把他从恐惧中拉回来。那些恐惧，会伴随他的一生吧。当迈尔斯说出他能听到、闻到和感觉到的东西时，我强忍着哽咽，不让自己哭出声来。迈尔斯向崔斯坦伸出手，崔斯坦便像捧着无价的玻璃般捧着他的手，在他的手掌中间画了一个螺旋图案。

迈尔斯的脸上又恢复了血色。他举起手来，托住崔斯坦的下巴。

“我在这儿。”

“而且你哪儿都不用去。”

“那就好。”迈尔斯把手垂下，放在了崔斯坦的膝盖上，又把注意力放回我身上。“你打算怎么办？”

“我打算查查人事记录，然后就面试候选人——”

“你得把他们分开来，”迈尔斯说，“就是要把面试者分开，不能让他们有任何接触和交流。每个人都需要单独面试。如果你一开始就让他们一起待着，他们就会互相取长补短，互相支持，还会解决——”

“不，迈尔斯。这不是你要考虑的事情，”我说道，“你不用操心这个。”

“我知道。我也明白，你是想保护我，但我可是你最得力的帮手啊。”

"迈尔斯，别这样。"崔斯坦劝道。

迈尔斯伸出手，边说边竖起手指头。"一、我会说兰尼尔语；二、我知道该怎么和那些想对我有所隐瞒的人谈话；三、我知道有哪些策略能让他们开口，而不必动用酷刑。能做到这些的，除了我，你还能找到谁？"

他说得对。我们都对此心知肚明，可他作出的牺牲还不够多吗？

"但他们伤害了你，绑架了你，把你关起来，还——"

"还用了最卑劣的魔法来攻击我们，"迈尔斯说，"所以我想知道这一切究竟是为了什么，我也有资格去了解这背后的原因。妹妹，我们都在这个困境里，所以我愿意帮你。"

我一走进我的皇家总理办公室，三个秘书都立刻跳了起来，齐声说："早上好，格雷丝爵士。"这会儿，身后的门才"咔哒"一声关上了。珍妮特拿起一个写字板递给我，上面夹着一份打印得工工整整的文件。

"早上好。"我拿过写字板，浏览了一下。真要感谢珍妮特，要是没有她，我怎么可能干得了这份工作？"谢谢你们。感谢三位在我不在的时候能维持这里的运作。有什么要先告诉我的吗？"

珍妮特说："议员艾伯特·杰赛普已于霜之月二十日召集众议院紧急会议，讨论定量配给的问题。"她又补充道，"您有什么想要加入日程的吗？"

"现在没有。"我穿过接待室，打开了我办公室的门。那是一间用金橡木镶板装饰的房间，除了窗户的位置，其他地方都放有一排书架。一群信鸽正在窗户外面的喂食器边上吃饲料。在以太能量和电话通信出现之后，以前人们用来传信的鸟类也就完成了它们的使命，这些信鸽就是它们回归野外后繁衍的后代。“有吃的吗？我肚子都快饿穿了。”我问道。

“马上给您送来，总理。一小时之前我就把那份报道更新校正好了，”珍妮特朝我手里的写字板点点头，又说道，“相关的参考文件放在您的文件盒里了。”

“谢谢你。”我向她报以微笑。她走开后，我便拿着这些报道浏览起来。有些报道里写的情况我都知道：整个内阁被逮捕、工厂因失去以太能量供应而被迫关闭，还有半神国人的到来。但有份关于公民骚乱的报道内容，我并不了解。报告称，公民们的行动从一开始的抗议示威，演变成越来越多的破坏公物和违法犯罪行为，而这些行为最终以一场迅速被镇压的暴动告终。我还读到了一份令人无比震惊的报道，称于霜之月八日降临的暴风雪可能会使农作物减产。

我正读到关于珀西·斯坦利爵士审讯过程的报道时，珍妮特给我拿来了茶和分量大得足以喂饱三个女人的午饭。我一边吃饭，一边听珍妮特向我介绍先前这边失控的混乱局面——那阵子我还在拜韦尔待着呢。

我们在一个带轮子的石质黑板上列了清单，排出任务的优先顺序。女王先前有令，要我们恢复每天发布五次邮件消息的工作，所以我们还要让二十几个小抄写员抄录那些要邮寄的信件。到了总算能离开办公室的时候，我已经疲惫不堪了。夕阳的余晖投射在政府大楼前的小广场上，拉出一个个长长的影子。

这天效率特别高。一直以来，珍妮特都特别可靠，无所不知。我不在的时候，她也总能非常高效地处理事务。我还是父亲的代理人的时候，一个下午，我就在她的帮助下完全跟上了工作节奏。不过，就算还有报道要读，有人要见，都留到明天再议了。我要先好好吃顿饭，洗个热水澡，在床上尽可能多地睡一会儿。一切留到明早再重新开始吧。我的雪橇车在大楼的台阶下等着我了。它有着明亮而醒目的南瓜色，即使停在政府大楼尖顶上投射下来的蓝色影子里也依然显眼。

一个黑影从大楼的一根柱子后面蹦了出来。一道明亮的闪光灯突然冲着我的眼睛闪了一下。我举起手挡住脸，逃过了第二次的摄影“袭击”。强光闪过后，我的眼前闪烁着绿色的光斑，甚至把一张突然出现的熟悉面孔也看成绿的了。

原来是阿维娅·杰赛普。她把相机挂在脖子上，连忙问：“对不起！是不是闪到你的眼睛了？”

“可不是嘛。”我回答道。她还是穿着那件略显破旧的外套，披散的头发在风中自由地飘着，深深的发色像喜鹊的翅羽般，在光线下还会闪现一抹深蓝。饥肠辘辘的我轻声问道：“你怎么知道我还没走，还在这等我呢？”

她把头发甩回脑后。我眨眨眼，想将眼前的光斑消散掉，只为看清她轻启朱唇，嫣然一笑。“纯粹靠运气。我是来听克拉克议员的新闻发布会的，留意到你没来。”

我在脑海里翻查着一大堆议案材料、备忘录、会见请求和邀请函的内容，想找个借口搪塞过去，却一无所获。“我在办公室里忙呢，想把我不在的那段时间里的工作补上。”我说。

“还有你被关起来那会儿的工作呢，”阿维娅补充道，“不过你现在是自由身了。既然你这么努力地在补进度，我是不是得祝贺你正式成为总理啊？”

她的消息倒是很灵通。

“明天会正式公布的。”

“噢，真不错啊，赶上独家新闻了，”阿维娅说着，眼睛里闪闪发光，“恭喜你，总理。”

“谢谢，但你是不是还没说清楚你怎么知道……”就在这一瞬，我突然想起，那辆四匹马拉着的亮橙色漆面雪橇车还停在门口，我的仆人威廉和乔治也还在等着我，“噢。”

“这不是很明显吗？我就是数了数你的马毯上野猪的图案，而且我也知道你恢复自由身了。”

“而你来这儿是为了参加新闻发布会。”

阿维娅点点头，“从出席率来看，没有多少人对这发布会的内容感兴趣。一些影子联盟已经成立了一个小组委员会，专门调查废除主义者对《巫术保护法案》有效性的主张。”

听了这句话，我心跳加速，努力抑制自己的情绪，不让紧张的神色显露在脸上。

我在脑海里想象平静的水面，以此来平复心情，放松紧绷着的神经。“我对这个小组委员会不了解。也许它会出现在下一堆备忘录里吧。”

“我这里拿到了一份媒体声明，拍到了一张照片，但我感觉这照片是不会刊出的，”阿维娅说，“不过现在我要回《星报》报社了。你的任命公告会刊登在我们的报纸上。”

她这个人非常活泼，和我预想的完全一致。

她是一个充满行动力的人。她可以默默地一直等待，甚至能等到我被解雇的那一刻，这样她就可以冲回报社，再抛出一个轰动的头版头条。我想接近她，感受她那满满的精力和远大的抱负，一起体会她为自己寻得的自由。她和我哥哥一样放弃了一切，只为追求一个梦想，无论在实现这个梦想的过程中会面临多大的风险、要作出多大的牺牲，她都心甘情愿。我说：“我正好要路过你们报社，你把自行车挂在后面吧，我们一起坐雪橇走。”

阿维娅高兴地跳下台阶，搬来一辆涂了黑色漆的自行车，车架和挡泥板都锈迹斑斑。她自己动手，把车挂在了雪橇尾部的自行车固定挂钩上。我的仆人威廉把我们扶到后座上。坐定后，我就在我们的膝盖上铺了一条羊毛雪橇毯，“我们得一起用暖脚器了。”

“我不介意。”阿维娅说。我们挤得更紧了，互相取暖御寒——从臀部到膝盖都紧紧地相互靠拢着，脚趾搭在暖气箱上，脚踝也碰到了一起。她身上那股五香苹果混合着香水中花香的甜美味道扑鼻而来。“你那件长袍看起来很暖和嘛。你在金斯格雷夫过得怎么样？”她问。

“幸好没待太久，”我回答，“我可不爱吃监狱里给的小米饭。哎，你有烟吗？我快憋死了。”

“有是有，”阿维娅看着我，脸上挂着坏笑，“但我这个唯利是图的人要用它来换几个问题。”

“那就来做个交易吧。一支烟一个问题。”

她笑了，爽朗的笑声中还带点沙哑，“五个问题。”

那笑声真让我着迷，让我嘴角不自觉地上扬，“三个吧，故事里不都这样嘛。”

“成交。”她从口袋里掏出一只破旧的锡制烟盒，一下子就从里面拿出两支卷好的香烟，叼在嘴里。只见她在一个锡制火柴盒粗糙的一面上划着了火柴，我便伸出手去，略施法术，把吹过来的风定住了。她惊讶地注视着那纹丝不动的火焰，但很快缓过神来，用火柴点燃了两支香烟，递给我一支，“所以说，你又回来干你的老本行了。”

我的嘴唇轻轻含着她叼过的烟嘴，烟嘴上还留着她口红的印记。我吸进一口烟，烟雾在我的血液里奔腾，满怀感激地呼出一口烟，脑袋里的不适感也仿佛烟消云散了。“女王把我任命为她的总理了。你这个可不算问题哦。”

我们向左拐了弯，走到国王大道上，接着便经过了一座寺庙，寺庙的台阶上挤满了祈祷者，他们的头上蒙着白色的短面纱。这时，阿维娅轻启朱唇，烟从她的嘴里袅袅飘出，“刚才的不算，但现在我要开始提问了。你是怎么带着一队半神国人回到金斯顿的?”

对于这个问题的回答，我早有准备。“纯属巧合，”我说，“我当时和一位研究退伍军人战争神经症的医生在一起，他需要我的影响力大到足以进入拜韦尔的疗养院，那里是守护者第一次出现的地方。他们出现那会儿的场面真够惊人的，我感觉这辈子都忘不了。顺便说一下，你的照片拍得很好。我都不知道原来相机还能揭示他们的真面目。”

“谢谢你的赞赏，”阿维娅说，“我在暗室可被那些照片吓坏了。我完全不知道为什么那台相机会这样，但它确实拍出了我最引人注目的作品。”

“你要名垂千古了，”我说，“单凭那一张照片，版权费都值几千马克了吧。”

阿维娅收起笑容，“你说是就是吧。下一个问题。半神国人到来竟然刚好遇上全国大停电，这就让我很疑惑：以太能量的失去和神眷者的到来有没有什么关联？”

她的直觉很准。我吸了一口烟，又长长地呼出，以便集中思绪。“这个问题很难回答。我不想说得像是半神国人搞得我们失去了以太能量，要他们为此负责，但对于那种能为艾兰国的家庭和企业提供电力的能量，他们确实非常感兴趣。我只能说到这个份上。”

拉着雪橇的马稍稍加速，小跑起来，赶上了一群工作一天后骑着自行车回家的人。他们的左胳膊上系着黄丝带，其中有些人瞪了一眼我和我的雪橇。阿维娅倾向那个用来盛烟灰的小瓮，动手弹了弹烟灰。我把目光从怒视我的自行车手身上移开，转头看着她。我已经迫不及待，准备回答她的下一个问题了。她用一支光滑的银边黑檀木笔在笔记本上正写着什么——忽然她抬起头，迎上了我的目光，发现我正盯着她看。她的眼眸如暗夜般漆黑，纤长而乌黑的睫毛遮蔽了她敏锐的眼神。

她说：“自《巫术保护法案》这一新法案颁布后，亡灵歌者成为了第一批被捕的巫师，也就是那些能够与死者沟通和驱使他们的巫师。大约在艾兰国无电可用、陷入黑暗的四十二年后，成千上万的鬼魂就出现了，遍布整个国家。”她朝雪橇外指了指。只见一个浑身透明的女人穿着白色长袍，赤着脚，穿过了一群正在等交通灯变蓝、准备过马路的行人。她走到街上，人们纷纷躲避。骑自行车的人连人带车直接穿过她的身体时，都惊恐地尖叫起来。

阿维娅继续说道：“以太能量失效，亡灵守护者自奇迹时代以来第一次涉足凡间世界，而就是在这么一个紧要关头，你却在一个收容亡灵歌者的精神疗养院里待着。这三个事件之间有什么联系？”

听罢，我几乎要窒息了。我的脑海里仿佛有个声音尖叫：“撒谎，别说真话！”

“我无可奉告。”

她紧紧地盯着我，“这么说，确实是有联系的？”

雪橇上的滑板发出的每一次嘎嘎声和颠簸声，都震得我的骨头直打颤。“我无法证实也无法否认你所提到的事件之间的联系。”我说。

“如果真的没有联系，你直接告诉我‘不，没有联系’不就行了？这可不是件难事吧。”阿维娅把烟头伸进我们面前的一个瓮里，按熄了烟头，也压碎了一块正在燃烧的炭块，“但你没有这么说。”

“要在报纸上刊登的，可不能是耸人听闻的推测。”我说道。

阿维娅撇着嘴，说：“我不会胡乱发表猜测，汉斯莱总理。我会找到证据的——也许你不会给我提供证据，也许我今天也发现不了证据，但我会继续寻找的。”

“你凭什么认为三者之间有联系？”我问道。可刚说完这句话，我就后悔得差点想咬破自己的舌头。我可真够蠢的！

“我不太相信世界上会有巧合，”阿维娅说，“我到了。”

雪橇在主干道和国王大道交界处的一幢大楼前停了下来，门前还有片砂石地。这座大楼便是伊甸山庄酒店，比旁边的楼稍高一些。它坐落在这街区的尽头，高耸入云，却窗户昏暗、客人寥寥。作为第一批完全由以太能量供能的建筑物之一，这间酒店在金斯顿城陷入黑暗后便被弃用了。

阿维娅把自行车从雪橇后面抬下来，“谢谢你载我一程，汉斯莱总理。等我想到更多的问题，我会来找你的。”

她冲我眨了眨眼，然后把自行车推到一个行李架上，用链条把它们拴起来。此时乔治早已赶着马，拉着我和我的雪橇，消失在拐角处。

我把雪橇上的毯子卷起来盖在自己身上，并把两只脚都放在了暖炉上面，却感觉自己好像永远都暖和不起来了。阿维娅·杰赛普把那三件事情连在了一起。没有找到答案之前，她肯定会四处探寻，誓不罢休——如果人们知道了真相，那么这个答案可能会摧毁艾兰国。

我在后座上不停地发抖，饿了许久的胃疼得仿佛在啃噬我。可我，却因为想着一个问题倦意全无：我要做点什么？

第四章 一场选举

从傍晚时分到后来的一整夜，那个问题一直啮噬着我的心。第二天早上，我让乔治在哈尔斯顿街和17号街的十字路口处把车停下——那儿站着个报童，腰间挂满了最新一期的《星报》。我给了他两分钱，买了份报纸。威廉把报纸递给我。标题下有几个小字："汉斯莱家族后人获任命"。

我快速地浏览了正文。对于精神疗养院的情况、以太能量的失去、艾兰国亡灵的出现，以及半神国人的到来等等，阿维娅在文章里只字未提。还好。至少今天我可以松口气了。

到了金斯顿慈善协会总部的门口，车停了下来，我也把报纸放在了座椅上。这里是金斯顿城最严格的慈善机构。等待申请救济计划的市民们在凛冽的寒风中冻得瑟瑟发抖，挤作一团。

我在人群中寻找戴绿色帽子的工作人员。

"没有人出来登记你们的名字吗？"

人们摇了摇头。慈善协会应该派点工作人员出来和他们谈谈才是。

“我给你们找个工作人员过来。”

我把外套递给一位妇女，接着走进门，去请慈善协会派员与在外等候的人沟通。电梯停了，我便去走楼梯，路上还经过了几间预约室和职员办公室。楼下有更大的会议室和套间，这些房间都是协会工作人员迫于无奈与公众会面时使用的。闻着私人楼层散发出来的早餐香味，我饿得有点胃疼。

办公室里的工作人员从报纸上的那份王室令状中得知我成了隐巫者主音，室内一片哗然。要平息他们的骚动，就跟独自平息一场雷暴一样麻烦。但我想，他们是明事理的，也不至于那么愚蠢。他们会明白我是唯一合适的人选的吧。我路过一张张深色的立柱桌，桌边放着带马蹄形靠背的椅子。煤气吊灯照亮了房间，光线足得完全能看清报纸上的小字。此时人们却放下了报纸，盯着我看。报纸的油墨香飘散开来。

我要是直接冲进房间，在桌子边跑来跑去，用搞出的动静将外面的人连哄带骗地引上楼，其实都不是明智的做法。香浓的咖啡味领着我穿过房间，走向自助餐厅。进了餐厅，我马上往盘子里塞满了各种奶酪，配上切成薄片的水果和鹅肉肠。有个年轻人看着我，可当我的视线落在他身上时，他却垂下目光，转而盯着自己椅子扶手上印的提花方块图案。

我微笑着看着他，脑海里开始闪现他的名字。他是理查德·普尔爵士，才刚满二十岁，来自北方某地的一个次席联结者家族。这房间里的所有人我都脸熟，不过我没有和他们有太多交谈，因为他们主要是联结者和末席召唤者，而且大多都还很年轻，都还是没什么经验的菜鸟——

等会儿。

在这儿吃早餐的人之中，并没有次席召唤者。如果他们不在这里——如果他们之中没有任何一个人在这餐厅里，那他们必然在楼上。如果是这样，那我也必须到楼上去。现在就要上去。

我把我那满满一碟早餐放在了一张空桌子上，走出了早餐餐厅。餐厅门在我身后"咔嗒"一声关上了。我便两步并作一步地上楼梯，很快来到通向天空会议厅门前，抓住把手，猛地推开一扇门。

天厅的天花板是一个多面玻璃穹顶，上面盖着的厚厚积雪几乎遮天蔽日，房间里暗得要点煤气灯。三个黑色玻璃瓶并排放着，那些次席召唤者列队站在旁边，手里拿着黑白两色的投票球。我大步走进房间，把手伸进夹克里。

"朋友们，办场选举是个好主意，但完全没有必要这么做，"我掏出一张专用于书写法律声明和王室令状的厚牛皮纸，说道，"康斯坦丁娜女王已经决定了。她选择了我。"

嘈杂的说话声一浪接一浪地涌来——在一片惊叫和恼怒的喊声中，我清楚地听到"她不能那么做!"这样的话。我忍不住翻了个白眼。

"她当然可以那么做，"我说，"她可是艾兰国的女王。"

"但她也不能这么做，"布兰登·韦尔斯利低下头，继续说道，"我的意思是，她从没这么干过。一般都是我们选出隐巫者主音后再向她报告的啊。"

"应该是我们选出隐巫者主音的候选者后，再提请女王考虑决定，"我纠正道，"但她已经任命我为总理了。"

埃尔辛·佩尔弗雷摇了摇头。这个下巴长长的女人嘲讽道：“一个人同时做总理和隐巫者主音这样的情况，可是从未在古代流传下来的传统里出现过呢。这样的做法，是从您的曾祖母操纵政治、掌权之后才开始的吧。您要是说我们不能选两个人分别做隐巫者主音和总理，那可没有站得住脚的理由。”

“隐巫者主音就是按照古代传统的规定选出来的啊，”我说，“我们选拔出来的隐巫者主音，都是最有经验、最有能力、最有智慧的人，难道不是吗？”

埃尔辛听到她不爱听的话时，就会把脸皱起来，那样子特别难看，“那你是这样的人吗？”

争论如果越扯越远，那就很可悲了。“我不打算在这谦虚，因为现在形势岌岌可危。我就是那个合适的人。风暴马上就杀到我们家门口了，再加上首席巫师都还在坐牢，我们并没有时间去检验一个经验浅薄的召唤者适不适合当隐巫者主音。”

埃尔辛抱着双臂，轻蔑地撅着下巴，“我们不会追随你的。”

这可真是够了。埃尔辛一直渴望把我哥哥拴在她身边，想让自己有机会在巫师圈子里获得更大的影响力。“那么，你打算回家吗，埃尔辛？到时候风暴在金斯顿登陆，你就打算盯着你的刺绣看吗？行，那你走吧，”我指了指出口，“其余的人，要是对即将发生的事熟视无睹，不肯帮忙的话，也可以走了。我会告诉女王，风暴来的那天你待在家里啥也没干。”

其他人听完，说道：“我们凭什么让你进来接管这里？”

“我们怎么知道你手里那令状是不是真的？”

“我才不管那是真的还是假的，你已经下台了！你不能跑到这儿来还指望我们——”

“格雷丝说的没错。”

众人安静下来，纷纷将目光投向雷蒙德·布莱克。他站起来，扣好了夹克最上面那颗纽扣。雷蒙德在帮我说话？是那个在我被赶出巫师圈子的那个晚上，把迈尔斯爷爷给我们的订婚戒指还给我的雷蒙德？

老实说，我已经从雷蒙德抛弃我的事件中走出来了。

虽然我们并非因为爱情而缔结婚姻，但我们知道为什么要和对方结婚。可他现在出来支持我，能从中获得什么呢？

他朝着那群被他震得沉默不语的人说道：“现在不是为这些小事争吵的时候。格雷丝也领导过我们几个月，可是因为珀西爵士玩弄权术、搞阴谋诡计，她只能离开。想想珀西爵士接手工作后都发生了什么吧，霜夜那会儿错误一个接一个，你们都知道的，毕竟大家都在场嘛。后面那场小风暴来了，就是在第八——”

“那可不是什么小风暴。”埃尔辛反驳道。

“都什么时候了，你还在意我对于梅布尔的描述措辞，”雷说道，“如果当时格雷丝在这里，我们或许还能有最后一次收成。”

我打量着雷蒙德，“你叫它梅布尔？”

他耸耸肩，“我们需要一个代号嘛。”

“但她不在这儿，”埃尔辛说，“你上哪儿去了，格雷丝？”

“我当时在拜韦尔，和半神国人一起，”我说道，“珀西爵士不仅把我的名字从首席法师的行列里除掉了，还把我赶出了整个巫师圈。从那时起，我就没有理由还待在金斯顿城里，坐等他把事情弄得一团糟。神眷者们来到这里时，他们心里也不高兴。所以，能决定出城去，我觉得还是挺幸运的。”

“确实很幸运。”雷说道，对我这没头没尾的故事表示了支持。

“既然你回来了，这里需要你来领导我们。”

“我们可以再举行一次投票，”埃尔辛说，“那样更公平。”

“选举已经结束了，”雷蒙德说，“我同意让格雷丝爵士担任隐巫者主音。你们也应该认可她。”

他这番话使他成了众矢之的。他救了我。

埃尔辛把嘴抿成一条线，又开口说道：“格雷丝爵士当然能在巫师圈子里有一席之地，但剥夺我们自由选择人选的权利——”

雷蒙德冷笑了一声，他的嘴角勾起一抹嘲讽的笑容。

“噢，振作起来接受事实吧，埃丽。你很希望当选吧。”

“和你竞争这个职位？那我当选的概率可不大，”埃尔辛说，“雷，如果我们把那些选票也算上的话，你可是稳操胜券呢。”

啊。一切都清楚了，我也明白自己陷入了一个什么样的境地。

“我同意让格雷丝爵士担任隐巫者主音，”雷蒙德说，“请大家支持她吧。我们有不少工作要做，还要考虑着得在什么时候和整个巫师圈一起对付风暴。别争了，开始行动吧。”

我微笑着大声说：“我们必须在风暴逼近的时候做好准备。我昨晚计算过了，今晚十一点我们就要开始行动。”

有几个人扭过身子去收拾公文包，但也有一些人坐着不动，一副犹豫不决的样子。

雷蒙德点点头，“今晚。大家一起做好准备。”

这会儿大家都动了起来，盖上笔盖，站了起来。雷蒙德碰了碰我的肩膀，“我们可以私下聊聊吗？”

“当然。”

我跟着雷蒙德走进一间小办公室。我似乎没有选择。

他关上了门，在门上施了点法，贴上了一块魔法小窗。如果有人偷听，那可要遭罪了——怒号的狂风会从这小窗往他们的耳朵里灌。这小会议室里有个冰冷的壁炉。透过窗户，街上的景色尽收眼底。雷蒙德伸出一只胳膊，示意我坐下。海勒姆·卡里根的鬼魂懒洋洋地躺在长椅上，浑然不知我们俩进了房。他五年前就死在棋牌室里了。

“这里黑得像坟墓一样。要拉铃叫点什么吗？”

他走到老海勒姆身边，把窗帘拉开了，“来点咖啡，怎么样？”

我站在原地。让雷尽地主之谊也许能给他带来点自豪感吧。“没时间喝咖啡了。我得和负责紧急援助项目的负责人谈谈，看看能不能给在外面排队的人提供点帮助。你想要点儿什么，雷？”

雷一屁股坐到一张深蓝色的马蹄形靠背椅上，把头靠在椅背的簇绒上，“我们真得更仔细地审查这些人的资格。”

我问他：“你觉得现在有多少人是因为这场大停电而失业的呢？”

可这场停电也是我导致的。是我害得这些人丢了养家糊口的工作，我害得他们没了工资，影响了他们生活必需品的运输。他们会理解吗？我们毁了以太能量网，夺走了他们心目中的奇迹，他们还会认为我们做了正确的事吗？

雷蒙德竖起一根手指，“这就是我要说的重点。那些才是值得我们提供帮助的人。”

“我不想跟你争论什么做慈善的理念。现在全国都进入了紧急状态。在这场危机来临前人们就已经感到绝望，其实就表明了我们辜负了他们的期望——”

雷蒙德嘲笑着，抬起一只脚，让脚踝撑在另一边膝盖上，“只要他们努力——”

“你就直说吧，我要支持他们的话得付出什么代价？”

“没有代价，”雷蒙德摊开双手，耸了耸肩，“你是隐巫者主音的最佳人选。如果我去试着取代你，去站到你的位置上，那我可太蠢了。我是不错，但没你那么好。”

噢，这下我可是深陷于麻烦之中了。“那我是要相信，你是为了我们大家好而让位的喽？”我说。

“没错。因为我现在就是这么做的呀。”

牛都被你吹上天了。我甚至都懒得掩饰我的怀疑。

会议室里一片沉寂。雷却没有因此感到局促不安，“我们需要重建政府，需要组建一个新内阁。”

这才是他的目的。“你是想子承父业，做财政部长吧。”我说。

“时间太赶，不能按一般的程序走了。这应该得有令状才能办成吧。”

通常来说，下议院当选的议员会要求准内阁成员参加审查。按他的意思，我必须说服女王打破常规，免掉这个审查流程，在政府内掀起一场骚乱。

“如果没有征得当选议员的同意就任命整个内阁，你觉得他们会无动于衷吗?”

雷蒙德先是眼神一闪，避开了我的目光，然后又把目光转回来，直勾勾地盯着我的眼睛，说：“我们没时间让当选议员为内阁的职位斗嘴了。必须凭令状才能办事。这很紧急。”

他的话虽然在理，我却为此感到头皮发麻。有的地方不太对。问题出在哪里呢?

我转过头，朝外望去。大街上正在进行路面养护工作——工人们把刚下的一层雪用压雪车推平，压实了自行车、滑雪板和雪橇走过的印子。冬天骑自行车特别费劲。那些骑车的人用力踩着踏板，继续为他们的生计奔波着。他们灰黑色的衣服上，还常常点缀着一抹颜色——他们会在左手的袖口上缠一根黄色缎带，透露出他们沮丧的心情。

窗外，还有座一眼望不到顶的建筑。那是伊甸山庄酒店，是雷蒙德在建筑方面的一大成就。

建伊甸山庄酒店耗资几百万，可它开了还不够一年就陷入了困境。它静静地矗立着，里面一片漆黑，显然就是因为失去了以太能量而无法正常营业。艾兰国里也没有一间银行会傻傻地等着他们偿还贷款。当选议员应该会想看看雷的财政状况吧。如果布莱克家族陷入了财务困境，那么雷肯定没法通过下议院的任前审查。这样的话，不用一天，人人都会知道这背后的原因。

我回过头来，发现雷蒙德脸色煞白。他松开拳头，耸耸肩，说：“我知道你凭自己的本事就能处理好一切，但我可以和其他人打打交道，给你减轻点负担。”

确实，他在首席法师们被捕到我回国的短短几天内，就把次席巫师都召集到了一起。有了他的支持，就意味着他的支持者也会加入我的阵营，支持我的工作。这与我和他的婚姻有一样的作用。那时候，我需要布莱克家族的声望来和珀西·斯坦利对抗；而现在，雷需要借用我对女王的影响力，去帮他掩盖他家族负债过多的真相。

我真正的工作，是要说服康斯坦丁娜女王颁布令状，去惹怒下议院。但我还有别的选择吗？

“我会给你搞到令状的。”我说。

我要是不对雷采取点措施，日后他必成为我的隐患。那些没被抓起来的风暴歌者都少不更事，只知道把选票投给一个风云人物，却不会根据事实做判断，这可真够笨的。雷在他的学生时代一直和他的同龄人交朋友，所以胜算很大。

威廉把我扶上了雪橇。暖脚器里燃烧着新的煤块。在慈善协会门口排队的人究竟有多少，我也记不清了，不过工作人员已经佩戴好绿色帽子，出来接待他们了。我的思绪又回到了雷的身上。他和他的选民集团有能耐迫使我照着他的愿望做事，却不让我做点对艾兰国有好处的事情。

我没有选民集团，也没上过大学，所以我从没加入过那些乱搞男女关系的俱乐部，也没加入过他们在女王大学校园里狂欢时成立的任何社团。我没玩过他们那些寻物游戏，没参加过什么秘密聚会，而是在父亲身边学习如何领导一个国家。我经常和长辈们一起参加冬季舞会和各种聚会，讨论贸易、政策之类的话题，而其他同龄人却喝得酩酊大醉，彻夜跳舞。

对此，我并不后悔，甚至庆幸自己能把注意力放在重要的事情上，而不是和其他人那样到处胡闹、到处交朋友。可是，我没有年龄相仿的朋友，这倒令我很不好受。太荒谬了吧！我都二十八岁了，却没有一个朋友？

雪橇转了个弯，驶进了主街。路边有栋大楼，人们进进出出。《金斯顿星报》报社也在这楼里。我多想再看一眼阿维娅那漆黑的头发，但要想再见到她，我可就真够没脑子的了。我怎么还想着再见她一面？她可是个危险的女人。她在寻找真相。一旦她找到了真相，揭露了真相，这个国家的领导人干过的“好事”可就举国皆知了。

我坐在自家的豪华雪橇上，看着外面的世界。上等的马匹拉着我的雪橇，还有最殷勤的仆人伺候着我，可我还是感到自己所受的教育就犹如一堵堵高墙，朝我围拢而来。我需要一个朋友。一个能理解这种教育方式的人。

到了政府大楼门前，我让威廉和乔治停下雪橇。我走下雪橇，进入大门，穿过狭窄的走廊，路过一扇又一扇房门——门后住着供职于政府的职员和官员们。我继续向前走，迈过一道标志着政府大楼和蒙特罗斯宫边界的门槛。眼前有扇门，门口有女王卫队和半神国的守卫把守着。我停下了脚步，随后便获准进入侧厅——在那里，半神国人正享受着康斯坦丁娜女王的热情款待。

房间里原来放着的鲜切花，现在都换成了芳香扑鼻的常青树枝，它的香味和正在炉中燃烧的月桂香味混在了一起，沁人心脾。每张桌子上都摆着一个香炉，炉中飘出的轻烟让整个大厅都弥漫着柔和而令人平静的香气。我走到迈尔斯和崔斯坦住的套间门口，等他们让我进去。

客厅里，迈尔斯正在和客人一起喝茶，身边的炉火正熊熊燃烧。两个萨敏丹族的女幽灵站在门口，仿佛两个卫兵。迈尔斯抬起头看见了我，便把一只骨瓷杯子从嘴边移开，放了下来，“格雷丝。有个人我想让你见见。这是罗宾·索普。”

我把注意力转到了和他同坐一张沙发的客人身上——那是个矮小的萨敏丹族女人，穿着一套羊毛休闲服，很是时尚。

她在那件灰色粗花呢夹克里面，还穿了一件用灵力织就的背心。看见这背心，本来还对她感兴趣的我，心中只剩纯粹的羡慕了。这件针织背心的纹路弯曲，相互交织，形成一个据说是种保护魔法的图案，可以用来迷惑海里的杀人幽灵，保护船员。我本来也想搞一件这样的背心，但因为我不是萨敏丹族的，所以这样不太合适。那个女人的左袖口缠着一条黄色丝带，长长的丝带末端挂在她的手腕上。

看到这个，我迟疑了一下。迈尔斯的这个朋友，是那类把丝带缠在袖口以示对国家心怀不满的人。这类人虽然不会大张旗鼓，但他们还是会默认自己的立场和那些想要颠覆一切秩序、打破常态的叛乱者是一致的。我低头向她致意——这是对平民适用的最礼貌的问候方式。

“你好吗?”我问候道。

“你好。”她回答了我的话，却没有回应我的微笑。单看她的面容，我无法推测她的年龄，二十、五十，甚至更老也有可能，颧骨高耸，嘴唇微曲，深色的眼睛犹如深邃的宇宙，仿佛其中星光流转。但正是她身上的光环，看得我惊得站直了身子。

那种光环其实挺正常的。但问题就出在它太“正常”、太始终如一了。别人所显露的、身上散发出的那种平凡的光环都会由某种彩色闪光形成，可这种闪光在她身上竟毫无踪迹可循。我只是不经意地看了她一眼，本来是不可能留意到她身上的光环的，可她这光环真的不太对劲，真的完全不对劲。她侧着头看着我——我已经一言不发地观察了她很久了。我的脸颊突然滚烫起来。

“我很抱歉，”我说，“我喜欢灵力织物，所以被你那件给迷住了。可能我实际上是一个水精灵吧。”

“也许你对这个很好奇吧，”她回答道，“这是一种宗族图案。”

“我确实很好奇，”我说，“我是迈尔斯的妹妹格雷丝·汉斯莱。”

“噢，我知道你是谁了，总理女士。恭喜你新官上任啊。”

和她对话的时候，我有种这样的感觉：仿佛站在一艘船的甲板上，在海浪的颠簸中努力保持平衡。

“谢谢你。”

“罗宾以前和我一起在博勒加德退伍军人协会工作，”迈尔斯说，“然后她离开了协会，去了医学院。”

罗宾耸耸肩，微笑着，看起来却有点困惑不解，“唉，因为停电，课都取消了。”

迈尔斯拿起杯子，里面散发出一股刺鼻的药味。我便认出这是一种强身健体、有补血功效的饮品。他抿了一口，那苦味弄得他龇牙咧嘴的。父亲也不喜欢这味道。“甚至连讲座都没有了吗？”

她嘲讽道：“整个第一学年都得挤在一个只能容纳200人的礼堂里？那可真会吵得你根本没法专注思考了。但你到这儿来可不是为了听一个前医学生诉苦的啊，格雷丝爵士。”

迈尔斯突然咳嗽起来，边咳边放下了杯子。罗宾见状，便伸手去拿银色的水罐。他摇了摇头，“不，没关系。她也许能帮上忙。”

我没时间和陌生人在这儿聊东聊西了，“迈尔斯，我想告诉你慈善协会里发生的一些事情——”

他不理我，“罗宾，把那场运动的事情告诉她吧。”

罗宾扮了个鬼脸，“谢谢你哦，迈尔斯。我来找你帮忙，就是为了让你把我的秘密说出来呢。”

“罗宾在终止艾兰国巫师迫害的运动中发挥了重要作用，”迈尔斯说道，“不过她需要协会的支持。”

罗宾的脸变得像经过雕琢的雕像一般平静，面无表情。

“那就是这丝带所代表的含义吗？”我问道，“这丝带就代表着你支持还巫师们自由，不是吗？”

“这丝带代表的意思是，我们都在同一个太阳的照耀下生存，”罗宾说，“艾兰国的普通人民应该享有与我们的统治者相同的权利，包括投票的权利，受法律保护，免于剥削、监禁和迫害的权利，还有公平的税收。议会里的代表应该为我们服务，而不仅仅是为地主和老板服务。这些地主老板让我们拼了命地干活，却还要榨干我们的口袋。这还代表着要结束对巫师恶意的、有计划的迫害。”

啊。这就是大学生的话题吧，总是在为乌扎达的乌托邦而争论。

这种乌托邦思想确实能激发年轻人的想象力——他们会想象出一些遥远国家的故事和它们的理想主义原则，它们让所有16岁以上的公民免费投票的做法。他们在喝酒的时候会交流一些关于工人的故事，这些工人每天只工作7个小时，除了获得高额工资外，还能在公司利润里分一杯羹。他们还在文章中写道，公民可以自由地到联盟中的任何成员国去旅行。有的时候，即使我们的政府已经尽了最大的努力来压制这类信息，他们还是会偷偷地宣称巫师是自由公民。

对于一个第一次离家上学的大学新生来说，这确实是个令人兴奋的话题。有关于乌扎达的故事都传得非常真切，但这个传说根本赶不上实际社会形势的变化。的确，即使是最用心构想的改革，在实行的过程中也会出现意想不到的损失。

“尤其是巫师这个方面，”迈尔斯说，“你知道把巫师关起来完全是错误的啊，格雷丝。她当时就在疗养院。”他转向罗宾，向她解释道：“只要是见过精神疗养院里那些事的人，都不可能继续支持这个地方继续开下去。”

可父亲还是这么做了。这些精神疗养院一开始就是他要建的。但我和他不一样。我永远都不可能和他一样。然而迈尔斯做了太多承诺了，总在说要还巫师们自由这样的话。巫师们放出来之后就会告诉人们，他们成了什么样，他们被迫做了些什么……

人们要是知道了这一切，我们可怎么受得住他们的怒火？

罗宾对迈尔斯叹了口气，“你确定她说得都没错对吧？”

“没错。”

迈尔斯的这个朋友是个煽动者。她以信念和梦想引领着自己，却对现实知之甚少。我尝试着露出一副友好的表情，“前面会有艰难的斗争等着你呢。你需要我的建议吗？”

“不需要。我想要自由。就算你想给我自由，你也给不了。”

神啊，要是事情真有这么简单就好了。但我能帮她的忙。迈尔斯说得对。“也许我能帮你做点什么，但如果你能取消抗议活动，这一切都会更顺利。他们脱离了人民，而你需要他们站在你这边，如果你想让他们——”

罗宾打断了我的话。她的语气和表情都冷冷的，“我没说过想要你来拯救我，格雷丝爵士。我是说你给不了我想要的自由。我们要自己去争取。”

噢，天哪。“可改变是个缓慢的过程。”我尽可能温和地说道。

“设定了目标，你就不能只追求最终的结果。中途获得的每一个小小胜利才是这过程的意义所在。”

她耐心地看了我一眼，“要从内部入手，逐步改变。我以前就听过这种说法了，格雷丝爵士。”

“你今天所做的工作，对你的子子孙孙都有好处。”

“是的。因为我今天所做的工作会帮到我的朋友们、我的邻居们，还有成百上千被不公正对待、被投入精神疗养院并饱受折磨的巫师们；也因为我正准备解放我们所有人。你们还要从我们的家族中抓人来——”

“事实比这更糟糕呢，”迈尔斯说，“他们都被关起来了，这样我们就能——”

我急得抓住了椅子的扶手，“别告诉她这个！迈尔斯！”

迈尔斯瞧了瞧罗宾，却转而对我说道：“她有必要知道这个，格雷丝。他们都需要对此知情。”

“不能让他们知道这个，”我低声说道，“他们要是知道了我们父母和祖辈干的那些事儿，可就永远都不会原谅我们了。”

“我们值得他们原谅吗？”

“这种事情不是我们干的呀！但我们有责任去纠正这一切。”

罗宾见我们争论不休，渐渐皱起了眉头，“你们干了什么？”

“我们打破了以太能量网，”迈尔斯说，“我，格雷丝，还有崔斯坦。我们摧毁了它，所以才会有鬼魂在这里游荡。”

“你是说那些灵魂是——噢，神啊。”罗宾脸都白了。她一只手捂着嘴，却把目光投向了我，盯着我的眼睛看，“你们怎么能这么做？”

“你看吧？我们必须毁了它，”我说道，“如果我们置之不理，我们就再也睡不了一个安稳觉了。”

她慢慢地摇了摇头，目光却从未离开过我。

“那你现在怎么睡得着？”

“筋疲力尽自然就睡着了，”我没好气地说道，“噢，对不起。我不该无缘无故生气的。索普女士，我不知道我们能帮你做些什么，但——”

她摇了摇头，打断了我的话，“我觉得你们已经帮了我很多忙了。”

“那你为什么要来找迈尔斯呢?”我质问道，“他也是我们这边的人啊。”

“他舍弃了你们的财富和权力。他不得不躲避法庭的审判，和我们一样只能害怕地逃跑，努力帮助别人的同时还要避免被抓——他做的事儿可比你们中任何一个人都更像巫师呢，总理。”

她最后说这句话时非常轻蔑。我猛地挺直了身子，“你居然敢这么说。”

“格雷丝，”我哥哥说道，“礼貌点。”

这话仿佛一盆凉水泼在我脸上。“我受不了某个叛逆的巫师这般侮辱——”

“我们带走了她的祖母。我们把她家族的所有人都揪了出来，把他们逼进了噩梦。她完全有生气的权利。我以为你会理解的。”

他怎么能站在她那边呢?我的哥哥，在她说了那些话之后居然反过来批评我?做这些事的不是我，而是我们的父亲和迈尔斯爷爷——

在另一个不同的未来世界里，我不会知道父亲何时去世，不会知道自己何时会成为隐巫者主音，不会知道何时把自己锁在了他的办公室里，还戴着白色的面纱、肩上点缀着蝴蝶，但我肯定会读他的日记，也肯定能知道他不愿告诉我的秘密了。那时的我该怎么办呢?

我不敢去想这个问题的答案。

“我为我的粗鲁道歉。”我说道。

“谢谢。”可她脸上根本没有笑意。这样看来，就算我道了歉，我也没有得到她的原谅。我还应该做点什么呢？

我站起来，抚平裤子上的褶皱，“我晚点再来。压力太大对你没好处。”

“我没事，”迈尔斯说，“那你准备好，可以开始调查的时候就来找我吧。”

迈尔斯也帮不了我。他会同情我，可我需要的是解决问题的办法。我没有可以倾诉的人，没有可以监督我的人，也没有可以帮我计划下一步行动的人。

我需要更多的力量。更多的知识。更多的技能和经验。我需要首席法师们，可他们还被锁在叹息之塔里。那个有能力让他们帮我的男人也一样。

和雷蒙德相比，那可是我唯一的优势。我得用好它。

我从高高的窗户旁走过，窗边挂着繁重的蓝色窗帘。窗外的大地上盖着一层白雪，一群红翼松鸦在空中展翅翱翔，寻找着更好的栖身之处。大厅里，一个穿着仆人制服的女灵魂从我身边路过。我截住了一名侍者向他问路，而后就按他的指引，朝着南边的叹息之塔走去。

第五章 公司章程

“建一座塔来关押艾兰国最有名的囚犯们”，这样的想法可真够浪漫的，但不切实际啊。我在叹息之塔里爬着楼梯，大腿酸得像烧着了似的。楼梯两边的牢房里，住着的是适应不了艾兰国寒冷冬季而瑟瑟发抖的兰尼尔贵族们。

看着他们过得这么不舒服，我依然硬起心肠，没有流露出任何同情。这些人曾打算在对艾兰国展开恶毒报复后夺取政权。我绕过聚集在牢房门口的灵魂们，他们大部分是没有染发的兰尼尔平民，全都穿着他们军队的制服，个个眼里杀气腾腾。灵魂要想对现实世界产生影响，需要付出巨大的努力；但我大步走过时表现出的漠然足以让所有人都发觉不了我正反胃不适，也看不到我那汗涔涔的手掌。

我走过首席法师们的牢房，打断了这些人的消遣时光。这些人曾经在艾兰国可是位高权重、呼风唤雨的存在，直到康斯坦丁娜女王“攥紧铁拳”，把他们一网打尽。他们在牢房里可以阅读，可以写作，还可以用手摇音响来听音乐。琼·西布利爵士瞪着我，一边往在橡木框中摊开的一块挂毯帆布上扎了根针。乔纳森·布莱克爵士则刻意背过身去，直到我走出他的视线。

以往死囚的灵魂也在这里，穿着过去几十年的古板衣服，凝视着他们牢房活的“入侵者”。我继续爬楼梯。牢房越高，里面的囚犯入狱前的权力也就越大。看到珀西·斯坦利爵士住过的那间空荡而豪华的牢房，我有点踌躇，但还是朝塔顶的那间牢房爬去。

父亲在桌旁等着我。他的日记和报纸前面，放着一顿吃了一半的午餐。

“你来了。”

我来了。可我不该来。我不需要他。

父亲合起日记本，拧紧了钢笔笔帽，“你吃饭了吗？这是黄油鹌鹑。”

听他这么一说，我翘起舌尖，嘴里仿佛品尝着那美味的香草酱，味蕾上也仿佛萦绕着这道心爱菜肴的所有味道，“我不饿。”

他把报纸也折了起来：“那来点茶吧？我得承认，我需要公司的帮助。早上那会儿半神国人来过塔里了。”

“所以说你和他们见过面了。”

“塞弗林王子和他们一起来的。一个女人，两个男人，分别是文书助理和那个女人的保镖。我从他们随身带的东西看出来的。”

“他们和你说话了吗？”

父亲放下了手里那精致的玻璃茶碟，茶杯碰得哗啦哗啦响，“我感觉谁都能一眼看出他们是多么可怕，多么冷酷无情。他们恨我们。”

“他们只是讨厌你做过的事。”

父亲责备地看了我一眼，“我可不是这么教你的啊。你很清楚那些古老的故事是怎么说的。它们长得很可爱，却仍然是怪物。”

“不是怪物，”我说，“就是危险而已。看来他们对你不错嘛，你需要的东西都有了，看起来你也过得很舒服。”

“我知道你上这儿来不是为了确认我舒不舒服的。”父亲把椅子向后推了推，手指交叉着放在肚子上，“你是想从我这里得到什么。”

“我想从你们首席法师那儿得到一些东西，”我说，“那个百年难得一见的风暴正步步紧逼呢。”

“不行。”

他说这话的声音很轻，却仿佛给我重重地来了一记耳光。

“不行？”

“康斯坦丁娜女王需要明白把我们这样关起来的代价，”父亲说，“拒绝你的请求，我很痛苦，但在这一点上我们是团结的。平民是怎么说的来着？我们在罢工。”

“人们可能会因此死去，”我说，“这样你都不在意吗？”

“我非常在意。但康斯坦丁娜不肯直面自己的所作所为，非得要有证据。她可得面对现实啊。问我点别的吧。”

他不肯给我这帮助，我也就无能为力了。

“没别的了。”

父亲的一边嘴角翘了起来，可太像迈尔斯了。我不由得倒吸了一口冷气。

“你想知道如何在剩下的隐巫者的圈子里稳稳立足吧。”

“这个我应付得来。”神哪，混乱和空虚，我怎么就不能把嘴闭紧点？我为什么还要把一切都告诉他？

“别试着去获得他们的支持。别和他们做交易。也别做出承诺。你现在还什么都给不了他们。你没有那种能力。”他歪着头叹了口气，“可你已经这么干了。你答应了他们什么？”

我摇了摇头。

“那就好。”

“你这么想要的是什么啊，竟然能让你做了个都不知道该怎么进行下去的交易？”

他从桌旁站起来，仿佛想揉揉我的头发，就像他以前那样，来表示他并没有生气，只是难过。这动作确实奏效了。我把真相说了出来，就像我初出茅庐，跟着他学习时那样。

“雷在隐巫者里太受欢迎了。他们在准备选他当隐巫者主音的时候，我出现了，所有人就开始因为我而吵起来，他却跟大伙儿说他支持我。”

“他们就顺从他的意思了吧，”父亲说，“他们是站在他那边的，而他想当财政大臣。”

就算父亲被困在这里，只有一扇小窗和每天的日报与他作伴，他也能知道隐巫者行列中有哪些在野内阁成员，知道隐巫者们的秘密。

“那正是他想要的职位。”

父亲点点头，“不要尝试去获得其他人的支持。你身上没有他们想要的东西。你也不需要他们。”

可获得隐巫者们的支持是我的头等大事啊！我需要他们跟随我的脚步。

“我需要他们。”

父亲抬起一根手指，准备打断我的话，说出他的观点：“你有雷蒙德·布莱克。只要他认为你会为他带来他想要的，他就会让那些人按你的想法去做。别表现得太明显，格雷丝。他会等着你用甜言蜜语把他的狂热粉丝从他的影响中哄出来。你需要做比这更伟大的事情，做雷做不到的事情。”

我在镀铜铁杆外徘徊，又往栏杆里靠得更近些，努力想听清他那轻声说的话，“什么事情？”

“赢得人民的好感和爱戴，”父亲说，“赢得公众的信任。艾兰国就像是一个火柴头，正等人来点燃它呢。”

“人们都很沮丧，”我说，“他们需要一个能为他们斗争的人，一个能听见他们诉求，理解他们困境的人。”

父亲笑了，“这说的就是我的好女儿啊。”

听着他说这句话时，我暖意萦绕，多么讨厌的感觉啊。

“赢得人们的爱，格雷丝，这样在隐巫者之列就无人能阻你成功了。”

我从口袋里掏出一本小本子和一支笔，列起了清单。新闻报道、局长任命令，还有一个新想法冒出了头，渐渐展开，呈现在我的眼前——那就是：要获得人民的爱戴，我就需要去聆听人民的呼声。

我有理由再去见阿维娅·杰赛普了。

眼角的余光扫到了什么动静，我便停下了冲下楼梯的脚步。几只白头画眉从窗台上惊跳下来，引得我把目光投向远处，望向下面的行刑场。

一群戴着红帽子的宫廷抄写员和戴着花边硬领衬的法官们聚在绞刑架边上。旁边还有一群戴着灰色毡帽的记者，拿着相机和记事本，准备报道这一事件，然后飞回他们的新闻编辑室写文章。

我忍不住在人群中寻找阿维娅，可我的目光却突然停驻在了其他人身上——在玻璃折射出来的寒光中，我看见了两个白衣女人：一个健壮，一个瘦弱，两肩低垂，哭泣着。通过这身姿，我认出了她们：是珀西·斯坦利爵士的妻子和他们那不太聪慧的女儿。她们从人群中挤了出来。旁边站着一个头发红棕、没戴帽子的男人，他穿着灰色天鹅绒长袍，站得笔直，抬起头来，看着套索在他们头上晃动。

阿尔迪斯·亨特爵士站着一动不动，正亲眼目睹一个叛徒的死亡。

我把手放在窗户上，额头抵着玻璃，一直看着这场景，直到那些刽子手把珀西爵士赶上绞刑架的台阶，用黑色面罩盖住他的脸，将绳子绕在他的脖子上，才把视线转开。阿尔迪斯爵士则每时每刻都注视着这一切，即使绞刑架的地板在珀西脚下打开、他掉下去，其他人纷纷转移视线的时候，他也毫不畏惧。

珀西拼命踢着腿。我捂着嘴，凝视着眼前的景象：一抹光环从他身上滑了出来，然后聚成一个微小的光球，飘到了阿尔迪斯爵士的头上。

行刑结束后，阿尔迪斯爵士抬起头来，回头看向我站着的窗户这边，他那崭新的巫师之印正闪闪发光。我从窗户边缩回身子，用一只手压住胸口突然传来的痛楚：内疚、愤怒，却又是满满的解脱。我的敌人死了。阿尔迪斯已经夺走了他的灵魂——可阿尔迪斯一个半神国人，拿走这巫师之印又是为何呢？

我不知道。可看行刑的时候，我真的浑身冰凉。康斯坦丁娜女王选了这么一个人为内阁犯下的罪行而死，可一旦开了这个头，就会有更多人要死。这种做法是能平息，还是会加剧半神国人的怒火？

我穿过监狱蜿蜒的过道，穿过宫殿宽阔的、装点着艺术品的走廊，脑海里突然又冒出一件让我忧心忡忡的事。一定是女王下令杀死珀西的。可这对她有什么好处呢？在从宫殿到政府大楼那长长的走廊里，我抱着自己，想给惊得发冷的自己取取暖。人们都对珀西·斯坦利嗤之以鼻。他们把和兰尼尔的战争都归咎于他，还给他起了个绰号“不行部长”。要想找出几个会为他的死感到惋惜的人，怕是很难。

但半神国人是反对杀戮的，他们是不会赞同女王这种做法的。塞弗林只能应付他们对女王的行为的抗议了，这搞得像嫌他自己这活儿还没干够一样——

我在自己办公室门口停了下来。阿维娅·杰赛普坐在楼梯上，见到我便站了起来。她戴着记者们最喜欢的那种时髦尖头帽，帽檐低垂，遮住了一只眼睛，却突显了她那带点狡黠的笑容。

“杰赛普小姐。”她朝我走来。

我紧握着门把手。

“我说过，如果我有其他问题，我会来找你的，”阿维娅说，“你会邀请我进去吗？”

她走近我，一股带着春日气息的牡丹清香拂过，沁人心脾。我扭动门把手，开了门，“请进。你要咖啡吗？”

“好的。”她把一只戴着手套的手放在我肩上，把我朝她身边拉近了一点，在我耳边低语道，说话时呼出的气息还在我的皮肤上游荡：“再来点音乐？你应该不想被别人听到我们这儿说的话吧。”

珍妮推着辆小推车进了房间，推车上放着两杯浓浓的黑咖啡，还有一碟黄油酥饼，中间的焦糖夹心还从边上漏出来了。她怀疑地看着阿维娅，和她打了招呼，走的时候却还是一言不发地关上了门。不一会儿，房间里响起了音乐，这也是为了防止隔墙有耳。

阿维娅站在我办公室会客厅的中间，满怀敬畏地慢慢转了一圈，凝视那些摆满了同一套书的书架。“法律书籍？”她问道，“噢，谢谢。”

我把杯子放在茶碟上递给了她。她接过去，用一只手就能连杯带碟地轻轻握住。能做出这个动作的可少不了多年的礼仪训练。她拿起杯子抿了一口，视线越过杯沿，朝我这边看来。

我后退了几步，在我们之间形成了一个安全距离。

“那些是法律和议会会议的记录。大部分是。”

阿维娅飘然走到雕刻精美的壁炉前，沐浴在炉火提供的温暖中。看到冬季候鸟们聚在窗前的喂食器旁，她高兴地笑了，“你喜欢鸟吗？”

“是我父亲把那些喂食器放在那儿的，”我说道，“但如果我往窗外看却见不到它们，噢，这样的情形我可真的没法想象。你是怎么跑进来政府大楼的？圆形大厅里面有卫兵啊。”

“他们让我们一整批人都进来了。我就只需要拖延点时间就能在这里面待着了。我本来是要去报道行刑的。”

“你错过了。”

阿维娅对此毫不在意。她耸耸肩，“约翰·润森会搞定的。我感觉把时间花在这儿更好呢。”

“我本来要给你写信的，”我说，“有件事想请你帮忙。”

阿维娅放下杯子，拿起了一块饼干，“噢？”

“议会的下议院明天会开一场紧急会议。目前来说，他们是我们在政府里仅存的帮手了。我想暂停《对使用石油和天然气的处罚条例》。人们在这种没有其他选择的情况下用起了天然气，如果我们还去收他们的罚款，那很不公平啊。”

阿维娅沉思着，点了点头，嘴里嚼着饼干，“这么说，我们近期是没法用回以太能量了。”

这个我倒是知道怎么回答，“这次对全国能量网的破坏影响太大了，而且现在的天气也太极端了，搞不了维修。这种情况下就算只收人们一次罚款，那也做得太过了。”

“确实，”阿维娅说，“你是在为民众考虑，以寻求一点宽慰吧。这是你想要的吗？”

“我想让艾兰国的人民都过上最好的生活，”我说，“我想在这些困难的时势下给他们减轻点负担。”

阿维娅举起一根手指，示意我暂停一下，等她把嘴里的饼干吞下去之后再继续。她用咖啡杯下的亚麻布餐巾轻轻擦了擦手指。咖啡杯边印上了她那专属的月牙形口红印子。“如果你真想这么做，你就得禁止那些骗子在杂货店里哄抬价格。一夸脱牛奶卖70分钱呢。”

70分钱很多吗？“一般要花多少钱？”

阿维娅抬起头来看着天花板，大笑道：“我的老天，格雷丝爵士。一般就10分钱啊。”

我惊掉了下巴，“那真的不能忍。”

“所以我们才要有最高限价啊。大多数人每个月要为烟草税付一马克那么多，可这粮食供应的状况完全不对啊。”

我打量着她，“艾兰国最大的连锁杂货店可是在你们杰赛普家族食品公司旗下啊。”

“哎，那确实也是。”她说。

啊哈。“你的叔叔阿尔伯特在东金斯顿-伯德兰的议会里任职——”

她点点头。“——肯定会对你那个设定最高限价的想法大发雷霆的。但如果你真的想帮助艾兰国，你的想法会给更多人省下更多钱。”

这也就相当于直接戳到了这个和她疏远的家族的痛处。我不喜欢阿尔伯特·杰赛普。帮着阿维娅挖苦他，我就感觉自己是在给她撑腰，“我会照你想法做的。你能在明天的报纸上报道下我的意图吗？我今天内会派个信差把具体内容送到你那儿。”

她咧嘴一笑，放下杯子，站起身的同时举起了相机，“人们会在街上给你歌功颂德的，格雷丝爵士。这也许能缓解一下事实揭露时给他们带来的冲击。”

我把咖啡杯放在了小推车上，站直身子，让她给我拍了张非常好看的照片，“你到我这儿来就是为了这个吗？”

“是的。这……”她咬了咬嘴唇，“这可能是个爆炸性新闻。不，绝对够爆炸。这关系到你的父亲和祖父。”

我拿起咖啡抿了一口，想为自己赢得点思考的时间，“那是什么？”

“我找到了艾兰国电力照明公司的章程和公司董事会第一次正式会议的会议记录。”

她扭身拉过腰后的挎包，从里面抽出了几张照片。我扫了一眼那些原始文件的照片，所有的文件都是按法律记录的要求，工工整整手工誊写的。我跳过那些仔细誊写的字，去寻找底下的签名，心中怀疑涌起。

文件上有迈尔斯爷爷的名字，就在尼古拉斯国王签名的下面。父亲的名字则在这份原始股东名单的第三位。另一张照片是每个投资者的股票购买量记录。迈尔斯爷爷和父亲的股份相当可观。

我抬起头看了看阿维娅的表情，“这是怎么回事？”

“大多数人都觉得APL是王室的企业，大概是看了这公司印章上那只戴皇冠的羊才这么想的吧。实际上这是家垄断企业，它的所有者利用政府的支持来维持公司的运营。你介意我抽支烟吗？”

我一边指了指长椅前矮桌上放着的烟具，一边绞尽脑汁，想劝她不要把这些照片放出去。

“你不觉得那个故事只会给人们的不悦和愤怒火上浇油吗？”

“嗯，没错，我确实这么觉得，”阿维娅说，“但如果我继续调查的话，《先驱报》的人可能也会想到这个。他们会找到这个信息的——你祖父已经去世了，你父亲又被关在塔里，你就会是那个要承受一切打击报复的人了。我很清楚父亲的不良行为会对孩子产生怎样的影响。”

她可是杰赛普家族的继承人，接下来会继承财富和商业帝国。各大报纸都称她为“糖袋公主”，密切追踪着她寻欢作乐的步伐，对她的崇拜简直到了疯狂的地步。有时候，她的越轨行为还能成功地把媒体的注意力从她家公司和员工之间的斗争中移开。她虽不像我那样要真正去领导一个国家，但如果要找个人站在这个角度来理解我的话，便只有她了。

我用手抓了抓头发，把女仆今天早上给我精心烫的卷发都弄乱了，发丝垂到了脸上，咬紧了牙关，“我不知道该怎么办。它应该是王室的公司，但我觉得国家财政部没法从股东手里买回这些股份——而且以太能量网被破坏得这么严重——”

“现在可能是讨论这个问题的好时机，”阿维娅倚在壁炉架上，用一只脚撑着身体，“你看看这股东名单上的名字，他们大多数人现在都关在塔里呢。王室可以没收这些股份吧，不是么？

不过这可能又会给你的命运一记重击呢。”

“不，不，又给你说对了，但那样提议的话我可要挨枪子了，”我说，“你想在我办公室工作吗？如果有人能帮我搜出这里所有的秘密，我就肯定能做出点能让艾兰国重返正轨的事情。”

她对我的邀约报以微笑，却让我的心隐隐作痛。

“我喜欢我现在的工作，”阿维娅说，“你觉得这样怎么样？就是我用我发现的这些材料写条新闻报道出来，然后引用你的话，说你认为这笔交易从一开始就不公平？然后我再提出没收这些股份的意见。这是你的一个污点，可这能让你看起来很值得同情。”

“你愿意为我这么做吗？”我惊讶地盯着她。

“你的工作很辛苦，”阿维娅说，“你知道你是史上最年轻的总理吗？”

“我知道。但说真的，为什么这样帮我？”

“在你刚见到我之前，我就在大厅里看见你了。”她越靠越近，从容不迫地朝我慢慢走来。我呆在原地，心都提到嗓子眼儿了。她走到我面前，离我就一臂之遥，“你看起来很不安，总是在独自思考。你的负担太重了。而且我刚才让你面对的是一个足以点燃整个艾兰国的丑闻，但你能承认你的家人做错了。这可比我站在你的立场上为你做的要伟大。”

听了她的这番话，一股暖意涌上我的心头。“也许你能帮我让艾兰国重回正轨呢。我知道人们不开心。他们都希望太阳每天照耀的这片国度能越来越好。我的愿望也是一样的——这也就意味着我要尽可能地承认曾经犯过的错。”

阿维娅歪着头，调整了一下身体重心。不知怎么的，她离我就不到一英尺远了，“那些你不能承认的过错呢?”

在她面前，我真得管好自己的嘴，“有些事情是……天哪，现在一切都危在旦夕。杰赛普小姐，有些秘密我是必须要守住的。”

“叫我阿维娅吧，或者阿维。朋友们都叫我阿维，”她一只手拂过我的胳膊，让我感到了一丝宽慰和温暖，“有时不管你怎么努力，秘密都是守不住的。除了我，也有别的人在调查艾兰国从霜之月一号开始出现的这些怪事呢。”

我摇了摇头，“我知道你的工作就是要去找事件背后的真相嘛。”

“是的，”阿维娅轻声说道，“我想找到真相，但我不希望说出真相的同时毁了你的人生。”

“所以你要停止调查了吗?”

“不，”阿维娅说，“这篇报道已经在酝酿了，我们都没法去阻止它。我在调查时还发现了些别的，我也告诉你吧。以前呢，新闻里经常会报道有人看见了鬼魂，人们私底下写的信件里也会经常提到这个，但大概四十年前就没有再出现这现象了。虽然说这个情况跟我们现在遭受的大范围见鬼事件不太一样，但它之前的的确确存在过。”

我的胃慢慢地翻腾了一下，弄得我有点儿想吐，“这听起来不像是头条新闻啊。”

“确实不是，”阿维娅说，“这件事本身不是头条，但它就像一个完整画面中的一部分，就像某个非常特殊的拼图中的一块……而就在我们说话这会儿，这些拼图块就已经在拼接了……”

我多希望我手里能有根烟，多希望能在它带来的镇静里从容地呼吸，给自己一个整理思绪的方法。她是对的。已经发生了这么多事情，我却没有办法阻止它们。

我突然希望能把一切都告诉她，希望她能为我分担点秘密，也希望她能知道这些秘密泄露的话会有什么危险。我希望可以把我曾经相信的一切都告诉她，可现在这一切在我的脚下碎了一地。

“我做不到。”我说道。

阿维娅又拍了拍我的手臂。

“你准备好了再告诉我吧，或者等我完全掌握了事实之后再说也行，只不过那时你再想保密就显得很可笑了。我会继续调查，直到找到真相。等我找到了真相，我会再来听听你的意见，”阿维娅说，“但我不知道我还能不能再偷偷溜进政府大楼这儿。”

“没有通行证不行。”

她歪着头，微笑着看着我，“你能给我批一个吗？”

我必须盯着她，护着她，不能让我父亲伤害到她。我需要再和她见面。我从她身边走过，把办公室和接待区相隔的门打开了，“珍妮特，你能给阿维娅·杰赛普小姐做一张永久通行证吗？她会把自己的情况告诉你的。”

珍妮特暂停了手头的工作，开始制作通行证。我转过身来，面对着阿维娅。她伸出手来和我握手。

“谢谢你，汉斯莱总理。”

“叫我格雷丝就行，”我说，“珍妮特会好好招待你的。下午好啊。”

她出去了。我站在窗前，看着一只信鸽吃东西，直到确信她已经离开了，我才作罢。她离真相已经很近了。我怎么能瞒着她、不让她知道实情呢？我瞒不住。

可能我也不应该瞒着她。但那样风险太大了。我不能离她那么近。我会控制住这一切的。平复了思绪，我转身离开窗边，走出了办公室。

“下午剩下的时间我都不在，”我对珍妮特说，“我要去看我哥哥。”

我和迈尔斯要去找那些兰尼尔人问话了。能越早发现兰尼尔人袭击艾兰国的真相，就越好。

第六章

第十七次尝试

《橡木姑娘：

这会儿我可太想找点东西填填肚子了。我们要审的那个囚犯所待的石头牢房又冷又湿，搞得他在我们面前哆哆嗦嗦的，连下颚都在发着抖。我们呼出的水雾在空气里混为一团。迈尔斯又开始朝他说话了。我在审讯记录里只写下了他的名字——“尼卡尼斯·安·瓦沃特”。他是假降代表团里的首席祭司，和其他人一样，面对审讯一言不发。既然他这么能保持沉默，我们也不能再在他身上花更多的时间了。

“就到这吧。”我说道。迈尔斯摇着轮椅，离开了审讯桌。我给他开了门，一起出了牢房，“这不奏效啊。”

“他们都接受过抗审讯训练，刚才那个还是他们的星辰祭司长呢，”迈尔斯说，他把轮椅稍稍转了个圈，面对着我，“只需要更多一点时间就行，尤其是因为我们不可能用他们那种大刑伺候的审讯方法。如果是在审讯殿，他们这会儿应该都在抱着自己受伤的手叫唤呢。”

我耸了耸肩。不管他们对他做了什么，事实都不是那样的。

“你确定把他们隔开来会有用吗？”

“孤立本身就残忍，”迈尔斯说，“他们自个儿待在房间里，也没法估算时间过了多久。几天内——”

“我们可能没几天时间了，”我说，“女王现在就想知道这个信息。”

迈尔斯也耸耸肩，摇着轮椅朝下一个牢房过去了，“那可能比较麻烦。现在我们先按着计划来吧。”

他在一扇重重的木门前停了下来。

“你还好吗？”我问道，“是想今天就到这儿吗？还是想吃点东西？”

迈尔斯抬起头来。他的微笑让人安心，也充满了勇气。看到他的笑容，我有好一会儿都不敢相信自己的眼睛。

“这是最后一个外交官了。赶紧结束这活儿吧。”

“我们可以先休息一下，吃点东西——”

“不用了，”迈尔斯斩钉截铁地说，“这边结束之后，我想泡个澡。然后喝一杯。再让崔斯坦来抱抱我。来吧，把这事搞定。”

他把轮椅朝后轻轻挪了挪。我走到门前，把那又长又结实的钥匙插进了锁孔。迈尔斯摇着轮椅过了门廊。看到牢房里的一个女人，他便停下了。那个女人也抬起头来，瞪着我们。

迈尔斯坐在轮椅上的身子都僵住了，“这个女人。我之前在游行队伍里认出她来了，她当时还朝我幸灾乐祸地笑。”迈尔斯接着便朝她说了一堆话，他那快速蹦出的一连串音节和抑扬顿挫的重音，气得她狠狠地瞪着眼，恶声恶气地说了他一顿，而后就对他怒目而视。迈尔斯则对她的回应嗤之以鼻。

“她在侮辱我的口音呢。”

“那可不太好啊。”

迈尔斯耸了耸一边肩膀，“注意，她有说话。其他人却没有。这是个切入点。你想问她什么？”

“她叫什么名字？”

迈尔斯问了她。

“赛维蒂·安·瓦沃特。”她回答道。

“和尼卡尼斯·安·瓦沃特是什么关系？”

迈尔斯继续提问。

赛维蒂草草地点了点头，回答简短失礼。

“那是她父亲。‘瓦沃特’指的是‘月亮’。这是兰尼尔国最常见的姓氏之一。”

迈尔斯注视着这个年轻的女人——她非常年轻，脸上没有皱纹，还有着一头年轻人才有的厚重浓密的头发。她的脸蛋还没有完全长定——一个女人真正的美丽是过了三十岁之后才显现出来的——但她有一双精致的棕绿色眼睛，虹膜周围的深色小圈美得让人惊叹。尽管如此，我还是觉得这很有意思。这个代表团，来的肯定是一些能得到兰尼尔国认可、占领我们艾兰国之后统治这里的人。为什么他们要派这么年轻的人来呢？

我想，我知道这个问题的答案了。

“她地位很高吧。生来地位就高，”我说道，“如果不是这样的话，那她在这代表团里未免也太年轻了吧。”

迈尔斯抿了抿嘴，然后又给她丢出一个问题。她抓着桌子，咆哮着回答。

“你猜得很准，也总算有点收获了。她是兰尼尔星辰王室的第九顺位继承人。”

他又停下来，听着她激情澎湃的演讲，一边接着飞快地翻译：“我们死后，肯定会永远遭受最痛苦的折磨，因为我们损害了最尊贵的兰尼尔王室的命运。但她会为了她的外交官和星辰祭司和我们谈判，想让我们放了他们。”

“噢，孩子，”我喃喃地说，对着女孩摇了摇头，“你现在肯定吓坏了。”

迈尔斯把我的话翻译给她听。她脸色渐渐苍白起来。我看着她眉头愈发紧锁——那两条修过的眉毛间，一条细纹渐显，然后越皱越深——便继续说道：“你对这整个代表团都负有责任，你必须保护他们所有人，这是你与生俱来的义务，对不对？他们是你的臣民，虽然你比他们都年轻。他们只是被派来在你们开展占领行动的时候给你指导、给你出主意的，而你才是代表团真正的领袖。不是吗？”

迈尔斯有即时翻译的本事。我话音刚落，他立刻就能翻译出来。赛维蒂眼睛睁得大大的，然后望向了别处，还在我分析她的情况时低下了头。过了一会儿，她抬起头，开了口。

“确实如此，承蒙我命运的恩典以及星辰领主于我出生时赐予我的荣耀，我是唯一一个有权力和你谈判的人，唯一一个能将自己的话写入法律的人，”迈尔斯翻译道，“这孩子是他们的首领吗？她只有十九岁啊。”

“她有一群经验丰富的员工啊，而且她以前还是个扎马尾辫的小女孩的时候，可能就接受过培训了，”我说道，“菲利普国王登基时才十九岁，他的表现也不错啊。”

她眯起眼睛看着我们。迈尔斯把她的话译给我听了：“你想要什么才愿意还我们自由？”

“我们想知道真相，”我说，“我们知道你们国家用最强大的巫术向我们发动了残暴的袭击。你们用一种仪式，把自己士兵的灵魂附着到一个艾兰国士兵身上，逐渐控制那个艾兰国人的身体。就这样，你们把数以万计的杀人犯带到了艾兰国的海岸上——”

“你在这跟我扯什么谋杀的事呢，”赛维蒂咆哮道，脸涨得通红，“你们杀了我们差不多十万人，还把他们的灵魂困在你们那邪恶的死亡神庙里。你还指责我用巫术，你这个噬魂者？你，费尽心思让每个灵魂在安息之国逃过命运的惩罚，也配说我？”

我没有理会她的爆发，“我想知道这是谁想出来的计划，你是怎么学会这个咒语的，是怎么把它传给你的法师的。告诉我们，我们就会安排把你送回兰尼尔。”

赛维蒂闭上了嘴。我把手伸进衣袋里，等待着。可她就像一尊雕像，一声不吭。不过我从她也那儿得到很多信息了。我知道怎么给她强加一种责任感，让她害怕铸成大错，从而撬开她的嘴，让她继续这样滔滔不绝。

迈尔斯盯着她，沉着冷静，面无表情。可他的手却没有动，双手紧紧交叉着放在肚子上。我得把他弄出去。他应该泡个澡，喝杯酒，再享受崔斯坦舒舒服服的怀抱了。

我抱起双臂，打量了一眼赛维蒂，“好了。她有，而且她有权说话。我们要把她留在这里吗？”

“不，”迈尔斯说，“试试给她点甜头吧，可能比罚她在这受苦管用。你住过你的总理套房了吗？”

那房间我有用来小睡，也有用来寻个清净。我本来想过直接睡在那儿，就不用在宫殿和汉斯莱公馆两头跑了。但我后来还是放弃了这个想法。

“偶尔住住。”

“我们能借来用吗？找到她的衣服和其他个人物品了吗？”

“可以。我们得把武器拿出来，还需要警卫来押送她。不过我用不了几个小时就能把她安顿好。”

迈尔斯点点头：“就这么干吧。我们会把其他兰尼尔人送回他们的牢房。而赛维蒂是关键，如果其他人以为她被我们的粗暴对待，说不定会肯松口和我们谈判，换她的安全呢。”

我站起身。我俩什么也没说，一起离开了赛维蒂的牢房，锁上了身后的门。

“谢谢你，迈尔斯。如果没有你，我也不可能搞得定这个审讯任务的。”

迈尔斯点点头，揉着肚子，“我从没想过我会成为审讯官，还挺考验胆量的。那风暴的情况怎么样？”

他知道，我感知着风暴，头皮上时有痛楚传来。

如果他敢冒险，他会和小时候一样，握着我的手来减轻我的痛苦。他知道那有多痛。但我不能告诉他，其实我的心里翻涌着恐惧，双手冰冷，呼吸急促。我不能告诉他我是多么渺小，面对那个旋转着的巨大力量，那个足以掩埋我们的风暴，我是多么微不足道。

“我们今晚就要面对它了，”我说，“我需要睡觉，吃饭，还得去忙活上百件别的事儿呢。”

“刚才赛维蒂有意愿和我们说话，”迈尔斯说，“那很不错了。我们能找到真相——噢您好，殿下。”

塞弗林·蒙特罗斯刚从拐角处转过来，身着西装，外面披着件优雅的灰色法兰绒大衣，“迈尔斯爵士，格雷丝爵士。一切都好吗？”

“很好，”迈尔斯说，“我们提早完成任务了。我本来想可能还得花几天呢。不过他们代表团的领导者很想和我们谈谈。”

“太好了，”塞弗林王子说，“这样你就有足够的机会了解真相了。格雷丝，明天开完会，你愿意和我一起吃饭吗？”

“我很乐意。”我说。

他向我们点点头：“干得好，你俩都很棒。失陪啦。”

塞弗林继续迈开步子，在监狱里溜达着，仿佛那是条花园小径。我站在十字路口，看着他向左拐去，听着他脚步的回声越来越弱。

“你在干吗？”迈尔斯问道。

“嘘。”

我仔细听着。他的脚步节奏突然变了：他在爬叹息之塔的石梯。塞弗林是要去看首席法师们吗——不。我很清楚。

他是要去看我父亲。

我抓住迈尔斯轮椅上的把手，推着他穿过一条条走廊，“你介意我离开一会儿去给赛维蒂安排交通工具吗？我想在太阳下山前就让她到套房里舒舒服服地待着。”

在我必须去主持仪式之前，我还有七个小时的时间。足够了。我要做的就是申请让守卫们在总理套房门口安排岗哨，列一份允许进出的名单，这名单还得精确到每个仆人。我得横穿整个宫殿去下命令，所以我拖着疲惫的步伐，沿着政府大楼和蒙特罗斯宫之间的通道走。走着走着，满满一走廊身材高大、衣着精致的半神国人突然挡住了我的去路。

我盯着他们的装束：绣满花纹的束腰外衣外罩着一件长外套，外套上还缀有穗带——他们那种时尚就喜欢这样的设计。我拖着脚走在他们身后，看着他们的背影，听着他们温柔的低语——那不完全是萨敏丹语，但听着很像，这让我有点儿郁闷。我想如果有人能说慢一点，说不定我很快就能学会一个词了。据说半神国的语言听起来像是文学和数学这两门学科的母语，这是什么意思呢？

“格雷丝！”

我抛开了这些思绪，对艾菲微笑着。

她穿过人群，紧紧握住我的手，把我拉到队伍中央，“我们要去美术馆。”

“有给你们安排访问吗？我怎么没印象。”

“这是用来讨好我们的小伎俩而已，”艾菲轻蔑地挥了挥手，“我和管家说，我想给我的马套上鞍，骑着去逛逛金斯顿城，他就气得发狂，说是有太多的后勤工作要做，没有规划好的事情他安排不了。”

走廊两边，跪着两列仆人。我努力不去看他们。艾菲看见一个年轻姑娘，戴着浆过的帽子，便转身去摸她的头。女孩抬起头来，脸上流露出敬畏的神情。我们继续向前走时，她还注视着我们。

“如果你想搞一场正式的庆祝游行，我可以帮忙推进。”

艾菲抱怨道：“实话说，我不想参加什么游行盛会，甚至即将到来的舞会我也不想去。我问仆人们高不高兴，他们向我保证说很高兴，可我还记得我们刚到这里那时广场上的那些人。伊桑德从鸟儿们那里得到的汇报都提到了衣衫褴褛、饥寒交迫，还在排队领取食物的人们。我想知道到底发生了什么。”

对艾菲隐瞒真相可能不是个好主意。“我可以给你一些我写的报告，”我说，“过去几个星期的资料我都没有。你有报纸吗？你肯定买了报纸吧。”

艾菲瞪了我一眼，“我又看不懂。我能听懂你的话是因为有咒语，但你写的字我看不懂啊。”

我们穿过走廊，走进高耸入云、光线充足的圆形大厅。这里是艾兰国国家美术馆。一座10英尺高的艾格尼丝女王石像映入眼帘，她的头上戴着艾兰国王室专属的沉重金王冠。这王冠曾经被取下来，但最终还是回到了它合法主人的头上。她的左后腰际佩着一把剑，这代表着她因战功显赫而赢得了登基的资格。她光着脚，脚趾从她的长礼服和斗篷的闪亮褶皱中探出来，蜷曲在寒冷潮湿的国王之石上。靠在她腿上的是一只卷毛的羔羊，象征着女王小时候是个牧羊女，还自己学过战争之道和剑术。艾菲伸长脖子，盯着雕像脸上冷静的表情。

“这是英明的艾格尼丝女王，艾兰国复辟的奠基人，”我介绍道，“百大骑士在被流放后来到她的城堡，发誓如果她收留他们，他们将为她战斗，为她效忠。她答应了——而这一百位骑士就是现在这百大家族的祖先，他们继续履行着他们先辈的誓言。”

艾菲在我背历史背到一半时转向我，“那一百位骑士是从哪里来的呢?”

“一个传说中消失了的王国，”我说道，“据说它是用魔法建起来的一串小岛，坐落在一个大湖的中心。这本来是个很美的地方，骑士们在这里只会为了娱乐而比试剑术，没有人为此丢过性命。可它消失后，没有人能找到它，这么多年了都没有。”

艾菲本来一脸好奇，现在脸上一片茫然，神情带点小心翼翼，又带点害怕。她那金棕色的脸上失去了红晕，看起来也没有那么容光焕发了。她沉默了很久，才开口说道：“你说的这个地方，只存在于故事中吧。一个探险者环绕世界转一千圈竟然也找不到它，也找不到它的遗迹。”

她紧紧盯着雕像，专注得连脖子都突出来了。我壮着胆碰了碰她的肩膀，“您没事吧?”

“没事，”她眨了两下眼睛，点点头，努力挤出一个微笑来安慰我，“我被这个悲伤的故事吸引住了。你和你的骑士同伴连自己的家乡在哪儿都不知道呢。”

“我们来到了这里，这里是我们的家，”我说，“我们很久以前就发过誓了。”

艾菲又点了点头，转过身去，“这些风景是?”

“这个展览是按季节布置的，”我介绍道，“大部分都是我们内陆乡镇的风景。”

我不想看这些风景。这几个展板里的景象一派安宁富饶，却看得我心里很难受。艾兰国今年的降雪量和以往相比翻了一倍，现在还有这么一场大风暴来袭，弄得我脑袋生疼。天文学家今天早上已经发布了预警，金斯顿城里的人们都急着四处寻找食物和柴火，为撑到风暴结束做准备。

蓝河冻住了。恍惚间我还以为已经到雪凝之月了呢。这让内陆乡镇和金斯顿城的最后一轮贸易根本没法继续。我们的食粮越来越紧缺，而那边的人却依然丰衣足食。这场我们无法阻止的风暴，无论如何都会给艾兰国盖上更厚的积雪。等到春天来了，融化的积雪就会变成洪水，冲过他们那其乐融融的河谷小镇，冲走他们的房屋和庄稼。

“他们都在那看什么？”艾菲问道。她走到一群围成一圈正在看画的半神国人身边。

我知道那幅画。

“《橡木姑娘：第十七次尝试》，”我说，“这是绘画大师布莱恩汀的作品。”

艾菲先是眉头紧锁，但当她走上前欣赏画作时，又扬起了眉毛。

画里，一个女人裹着一块华丽的丝质床单，那丝绸夺目的石榴红色衬得她完美的深古铜色肌肤更加美好。她有一头棕黑色的鬈发，细致的描绘令这些发丝看起来飘逸灵动。她有着高高的鼻梁，还有一双半神国人特有的细长眼睛，眼里流露出一种令人难忘的悲伤神情。她站在秋日明艳绚烂的景致里，橡树叶在她身旁纷飞、下落。她伸出手，准备接住其中的一片。

这是布莱恩汀一生中最杰出的作品。艾菲凝视着这幅画，微微收着下颌，交叉着双臂，双眼紧紧盯着它，像是能把它点燃似的。原先围着画看的半神国人像被一阵风吹开了，朝四处散去，然后带着深深的敬畏，安静地注视着他们的女大公。

她转过身，黑色的眼眸盯着我，目光如炬，“告诉我这幅画背后的故事。”

“它被认为是艾兰国最伟大的绘画作品，”我说道，“布莱恩汀是个奇才。是个天才。他写了《关于人物形象及其捕捉方法的研究》，这本书是我国每个艺术工作者学习的基础书目。他十五岁时就写了这本书，还画了插图——”

“说这幅画。”

“好，”我深吸了一口气，试图让自己的四肢不再颤抖，“19岁的时候，布莱恩汀就被玛丽·亨丽埃塔女王任命为御用肖像画师。而与此同时，他语出惊人，说自己身体里有着神哈里安赋予的才能。当天晚上，他正整理他的新画室呢，一个戴面纱的女人进来了，要他给她画肖像。他本想拒绝，女人就把面纱摘了下来，惊艳得布莱恩汀只想给她作画了。他辛辛苦苦地画了几个小时，终于完成了这幅作品，还信誓旦旦地说这是他画过最棒的作品。但他醒来之后，发现女人带着画消失了，留下了一袋金色的橡树叶作为报酬。”

她的目光就没离开过那幅画，“然后呢?”

我又吸了一口气，“然后他就开始试着去重画那幅画。其他事情他一概不做，一概不论。他就这样负债累累，还惹怒了女王，可仍然什么都不管，一心只想着重新画出那个女人。这幅画就是他的最后一次尝试。当时人们发现画架上放着这幅晾干了的画，画架边就躺着他的尸体。他把自己的眼睛挖了出来，然后自杀了。”

“这样哈里安赋予他的才能也就不复存在了，就跟以前一样……可这次却是有人帮着毁了它，”艾菲黯然神伤，轻轻地摇了摇头，“让我在这待会儿吧，我想一个人静静。”

我低下头，退下了。转过身来的时候我还差点撞到了阿尔迪斯。他抓住我的手臂，带着我走开了，走到另一幅画前才停下脚步——画里，阳光明媚，一群孩子正在一个人迹罕至、硕果累累的桃园里嬉戏玩耍。他看上去和艾菲一样生气，只不过，这次的怒火是冲着我来的。

他猛地拉了我一把，让我面朝着他，脸上满是怒气：“你对那些兰尼尔人做了什么？”

“放开我。”我把手臂使劲一抽，从他紧握的手中挣脱开来——没有给他小腿踢上一脚就算不错了。“那你做了什么？在珀西爵士被处死的时候把他的灵魂束缚到你自己身上？”

“这是我作为创世之国使者的责任，”他说，“用不着你来管。我是灵魂的牧者。我们可不想把这个人跟丢。”

这肯定意味着半神国人还有别的计划，要从那些建造精神疗养院的人那里讨回公道。阿尔迪斯其实不必告诉我这些，但这也并不意味着我可以像信任朋友一样信任他。

“我们只是暂时给他们挪了窝。我们正在打扫他们的牢房，让他们能住得更舒服点儿，迟一点就会把他们送回去了。”

“要搞多久?”

我又给自己找了个活儿干。我一到家就得写这个安排，明早第一件事就是把它放在珍妮特的桌子上。

“两天。”

“不行。”

“这可是你自找的，”我说，“你说他们待遇很差，现在我们在改善他们的牢房环境了，你倒又生气了。这就像我给你一袋金子，你反而抱怨它很重。你要是不喜欢，大可跟女大公说呀。我敢肯定她现在有心情听你说话。”

他紧张地瞥了一眼独自站在《橡木姑娘》画前的女大公。看到他这样，我心情好了起来，就算这样显得我很小心眼。我从他身边走开，经过了玛丽公主的肖像画，迈着步子径直朝着警卫站走去。我一小时前就该到那儿去了。

第七章 风暴下的歌谣

我承受着风暴带来的无尽头痛，手臂上留着瘀伤，还有没完没了的任务要我批复——时间就这样一分一秒地流逝了。我还在汉斯莱公馆里努力解决这边的问题，安抚仆人们的情绪。忙完了再试着睡上一会儿。我躺在床上，光滑的丝绸床单用一种能促进睡眠的草本混合物泡过，香气令人心旷神怡；还有六个暖炉把床烘得非常温暖舒适，我却根本放松不下来。我的思绪从一个问题跳到另一个问题上，根本无法平静。虽然偶尔袭来一阵睡意，可几分钟后就又被我赶跑了。

威廉和乔治多带了几个暖炉，给我在去往奈特夏尔堡的路上用。奈特夏尔堡是座白色建筑，沐浴在月光下，坐落于悬崖边，正对着河流的入海口。它位于金斯顿城的最西边，是我们抵御风暴的绝佳壁垒。到了门口，我从雪橇上跳下来，冲进大楼，路过一张张自助餐长桌，上面的食物堆积如山，把桌子都压得吱嘎作响。就算我们的人数再翻两倍也够吃，丝毫不会浪费。一群穿白袍的次巫正狼吞虎咽地吃着馅饼。我急急忙忙地从他们身边冲过去，来到汉斯莱家族专用的套房外，一把推开了门。我换好衣服就要去吃——

蓝绿色的窗帘像堵砖墙一样，停下了我狂奔的脚步。我走错路了吗？没有啊。我还记得怎么从前门走到壁炉旁——那是这间套房最棒的地方。不过，那里本来挂着我曾祖母菲奥娜的画像，后来被人拿下来了。窗户上的橘色丝绒窗帘换成了蓝绿色，但窗外的景色还是没什么变化。

我盯着换下了菲奥娜肖像的那张画。画的是个男人，眉毛很粗，灰白的头发稀稀疏疏的，上唇的曲线特别性感，可一看到他鼻子的样子，我就知道是谁住进了我的套间。门开了，房间里的空气流动起来。来的人连门都没敲，那么多人里——

"格雷丝。"

我转过身来，看着雷蒙德·布莱克，他那尖鼻子印证了我的想法。

"你为什么住了我的套间？"

他笑了，诱人却又危险，"这是个误会。选举……哎。他们只是想主动表现表现罢了。一切都会恢复原状的。"

我会相信他的话吗？不会，但我也只能就此作罢，"算了，反正我也想给客厅换换样子。"

"那敢情好，"他说，"我就知道你不会在乎这些细枝末节。"

掉坑里了吧，雷蒙德。我向他报以一个练过很多次的微笑，"大家都到了吗？我们要的人是不是都聚齐了？"

"你是最后一个到的。可你的次巫呢？你没把他弄丢吧？"

真是烦得要死。"迈尔斯受了重伤，在半神国人的照料下还在恢复呢。”我说道。他也不归我管了，但我不打算展开那个话题。

“他受了伤，我心里也不好受，但好在他没再逃跑，”雷蒙德说，“不然那太尴尬了。”

“确实，”我说道，“我会告诉他你祝他早日康复的。”

其他人会希望迈尔斯跟着我，在我作为风暴歌者完成任务的时候也能陪伴我。我都忘记父亲以前还逼着我们一起行动了呢。这确实是个问题，但改天再处理它吧。

我回到更衣室前面。门开着，里面亮着一盏煤气灯。隐巫者主音专属的袍子就挂在衣物架上，它那黑色的绸面上缀满了珠子，像夜晚的星空般闪着微光。袍子正面有几十粒小小的黑玉钮扣分列两侧，可以一直扣到立领上。这简直是服饰中的杰作。

我曾经想过，自己第一次穿上隐巫者主音整套礼服的那晚会是什么样的。在我想象的所有画面中，却从未出现过现在这样的情况，而是有些什么寓意，有些什么感受的。我的感觉，应该和现在不一样才对啊。

走廊里响起了铃声，让隐巫者们都到仪式大厅里集合。我转过身去，发现了满满一壶水。我试了试水温，水已经放凉了一点，变成温水了。我俯下身子，在脸盆里洗了把脸，才穿上那件闪着微光的完美长袍。我必须重新赢得隐巫者的尊重，而这个仪式就是让我在这条路上前进的一步——当然也可能是后退的一步。

是时候去施法了。我打消了刚才的顾虑，急忙往仪式大厅走去。

首席法师们不在，天空会议厅显得空荡荡的。沿着曲面墙放置的红色软垫长椅周围，披白袍子的次巫们稀稀疏疏地坐着，就像不整齐的牙齿。联结者站立的地板上印有一连串五角星图案，那是给巫师们编织魔力网时用的模板，而我们就是要在这里进行仪式。

风暴在我的意识中旋转。它会像镰刀一样杀过金斯顿城，然后一路向南，向海岸和那边分散的岛屿继续发起袭击，像撕纸条一样轻松摧毁萨敏丹人定居的城镇——这些呈带状分布的城镇以捕鱼、航海和采集珍珠为主业。风暴继续向南去，那就与我无关了，而是轮到伊达共和国去担心了。

我站在大厅正中央的紫色瓷砖处。头顶的圆形屋顶外，云朵飞快地掠过天际。我们吟唱起风暴之歌，仪式开始，风暴翻腾起来。唱到第一个和音的时候，云层分开了，星光撒在了我们身上。

这首歌没有什么实际的法力，而是用来引导风暴歌者施展魔力的：首先要让和风暴歌者缔结了羁绊的次巫把自己的原始能量释放出来，然后和风暴歌者的技能融合起来，拧成一股细绳，然后再把这些魔力绳编织在一起。我要做的，就是把他们的魔力转化成一股能量，以驱散风暴，给干燥的土地带来雨水，同时给这个宽达几英里的风暴调整路径。

每个风暴歌者歌声里的力量正逐渐增强。天空会议厅里，一百二十六位巫师和一百二十六位次巫把他们的力量运传到了我手里。但这还不够。

我领着他们，一齐迎向风暴中分出来的风卷，与之搏斗了一番。现在我来到风暴中心了，可这会儿我的肚子竟饿得叫了起来。风暴的力量没有加强。我得抓紧时间，带领大家在那奇异而刺骨的狂风中穿行。我该从哪里入手?

把它扩散开来，父亲是这么说的。可单凭我们的力量是做不到的。如果风暴的另一边还有上百位巫师帮忙的话，也许还能成功吧——我一开始感受这风暴的时候，就已经觉得它大得吓人了，绵延数英里呢。它的风暴眼至少有金斯顿城那么宽。要让这个风暴停下来，真的希望渺茫，甚至可以说根本就不可能。这时我有点想哭，却不是因为这个。

在风暴里，我很难控制住我们的力量。我也不能把风暴分开——哪怕是把它劈成两半也不行，那样的话我们都会被撞到一边去，我们的阵势也会像积木般，被风暴这个愤怒的孩子挥手击落，轰然倒塌。无论我怎么做，我都要把我们所有人的力量聚合在一起。

“你怎么站在那啥也不做呢?”雷蒙德问道，“快行动啊。”

雷蒙德话音刚落，整座建筑突然摇晃起来。

神啊，赶紧封了这人的嘴吧。谁也不会忘记，我走到了风暴的中心，却开始踌躇不决。

但我不会让他把我逼到干傻事的地步。在完全准备好之前我不会行动。我们身处风暴眼，但我的关节生疼，额头和太阳穴上也隐隐作痛，就像我完全暴露站在风暴眼之中。这里是风暴的引擎，是风暴的中心。这风暴就是个朝我们步步紧逼的毁灭者，我却无法阻止它，无法延展它，无法让它慢下来——

我灵光一闪。我自己是没法让风速缓下来，但我有个想法。

“你在干什么？你得行动起来！”雷蒙德喊道，“试啊，你总得试试看啊！”

“雷，请把你的嘴闭上。大家时刻警惕，”我把魔力绳梳理到风暴眼里，然后放了手，任由它们在被风暴之炉烧热了的空气中四散开来，“冷却风暴眼里的空气。”

来自乡村巫师圈的风暴歌手们马上就明白了，动起手来。风暴产生于冷暖空气的交锋，它会一直到处肆虐，冷空气取胜后才会减弱、消散。来自乡村的这些巫师每年夏天都会给大地带来雨水，平息旋风，自然非常清楚该怎么做。其余的人看了一会儿，才开始学着他们施法。

风依然在怒吼，但风暴眼不也缩小了一点吗？

我把我的意识延伸出去。风暴还是紧紧围绕着它的中心盘旋，肉眼看和之前没什么不同。我们这个办法是摸对了，但力量不够啊。在场的巫师人数再翻一番，一起合力，我们才能驱散这风暴。除了祈祷，别无他法。

噢，守护者们，永生之神，请保佑我们——这是为已经死去的人祈愿的祷告语，祈求他们能在安息之国获得安息。这是我以前和父亲住的时候，跟他学到的唯一一种祈祷方法。拜托了，请帮帮我们。

我不知道该向谁祈祷。

我不知道谁会回应我。

我的意识里，突然伸进了一根魔力细绳，而后越缠越粗，变得和缆绳一样了。我大吃一惊。它的能量不仅非常强大，而且每条魔力细绳里充盈着一致的力量和天赋……这是把两个巫师的能量合二为一了，而不是巫师和与他缔结契约的次巫两人分别的能量。

魔力绳在我们的法阵中盘绕。我的身上充满了力量，膝盖不再发抖了。那能量——明亮又灿烂的能量——照进了风暴眼，和我们一起，配合着在风暴中心翻滚的寒风，努力把风暴眼里的空气冷却下去。风暴眼又缩小了一点，就像眼睛瞳孔紧缩，躲避光线一样。

这样的结果还是第一次见。另一场风暴即将来袭。之后还会一场接一场。和风暴之炉对抗，我们撑得了多久？没有首席法师的力量，我们还能坚持多久？

一个联结者突然昏倒在地。我身边的另一个联结者惨叫了一声，也倒在了地上。我们已经用尽全力了。风暴减弱了，却仍在向我们逼近。巫师们一个接一个地把法力从法阵里收回，没法再继续施法了。但巫师们依然坚持着二重唱，直到阵里只剩我孤军奋战。我招架不住，便开始撤退，想退回到他们身处的边界。

我竭力抑制住眩晕，追循着他们的踪迹。

帮了我们的巫师们是谁？我正追踪这些好心人的身影，金斯顿城的南部边境突然闪起一阵灯光——是巫师们。她们冒着被发现的危险，和这个威胁我们性命的风暴正面对抗。一百多名巫师聚集在河畔城，迎风而起，与风暴搏击。狂风在我头顶怒吼着，弄得我直哆嗦，头皮发麻。她们一直在这里等着，看着我们编织魔力绳，待我们都筋疲力尽，招架不住时，便立即出手相助——

这个秘密的巫师圈到底有多少次冒着被发现的危险，为救陷于危难中的金斯顿城伸出援手？

这个答案，我并不需要知道。如果我害得她们被发现了，监察官肯定会冲到河畔城去抓她们。而且就算我很想知道究竟是什么人帮我们迎战风暴，我也没时间分神去想了。

我头晕目眩，身体摇摇晃晃的，继而跪倒在地。浑身难受，两条腿像肌肉萎缩似的颤抖着，再也撑不住我的身躯了。我精疲力竭，倒在地板上。可看到那股明亮的超自然力量时，我的意识仍然飞离了我的躯体，想追踪它，却发现它停在蒙特罗斯宫十七个圆顶上，消失于古老的层层结界中。

半神国人就像我们的救世主。从离开宫殿开始，他们就帮了我们一路，而那些长老级别的首席法师们却安坐在牢房里，什么也没做。

我的思绪又回到了天空会议厅，却突然感觉一阵天旋地转。我只好闭上眼，深呼吸，等着我们的侍者过来找我。

许多双手伸向我，轻轻地把我扶起来，放到担架上。

“帮我捎个信，”我说，“给安息之国的艾菲陛下。我恳请觐见——”

没人在听我胡言乱语。他们的任务是带我去睡觉。

第八章 秘密之墙

我们的行动失败了。到了早晨，金斯顿城就见证了这一结果的“降临”：城里下了整整三英尺厚的雪。政府大楼有场紧急会议，不过这是我要求召开的。我让威廉给我找出两块打过蜡的滑雪板，翻出我的旧靴子，自己又从衣柜里挑出了在半神国人营地里穿过的那件夹棉束腰外衣，这衣服保暖效果一流，去雪中“探险”穿它正合适。

工人们一大早就跑出门，试着把雪压实。人们正在把家门前的积雪挖开，辟出一条小路。邻居间也互相帮着清理积雪，还在冷风中分享着热气腾腾的饮品。看到艾兰国人下定决心，重新振作，我的心情也愉悦起来。我一路滑着雪，累得身子都微微发热了，总算来到了政府大楼。大楼里空荡荡的，没什么人。

我穿过静悄悄的走廊，朝王宫走去。

昨晚和风暴对抗的时候，有两个半神国人出手帮了我们。我打算把他们找出来。走进王宫，我来到半神国人住的厢房门口，才发现艾菲的会客室的房门把手上系了一条红丝带。那就是没空咯。我便走向迈尔斯和崔斯坦的房间，敲了敲门。迈尔斯开了门。他已经穿好了衣服，衬衫领子服服帖帖地系着一条闪闪发光的橄榄色丝绸领带。

“我知道你会来的，虽然昨晚你都累成什么样了。”迈尔斯把轮椅摇得飞快，我赶紧追上他。

“那风暴可真够棘手的。我一辈子都没见过这么多雪。都不知道你今天为什么还要来上班。”

我们朝半神国守卫们点头示意，便匆匆转进了另一条走廊。走廊里暂时只亮了几盏煤气灯，灯光照在墙壁和地板上，发出了浅绿色的光。“这是场紧急会议。要是哪天那些民选议员在议会上发疯，我却不在场，那天可就是我的忌日了。”

“啊，清楚啦，”迈尔斯瞥了我一眼，朝我咧嘴笑了笑，“赛维蒂昨晚应该过得不错吧。现在我们倒要看看，她会不会感激我们给的这种奢侈待遇呢，还是说这种奢侈待遇燃起了她的自大呢?”

“我们想要的是哪个?”

“两个都有点想——噢。”迈尔斯的轮椅在一段宽阔的大理石台阶前停了下来。

我涨红了脸，一是热的，二是尴尬。“该死。我没想到这点。”

“没事儿，你帮我拿轮椅，我能上楼梯。”

这真挺尴尬的。他站起身，我便拖着他的轮椅走上楼梯。这时，他抬起腿，跨上了台阶。

“看到了吧？一点儿都不难。”

看来是我太担心了。他状况比我想象中的好多了，爬楼梯爬到顶，呼吸起来也只是有一点点吃力。他稳稳地坐回铺着软垫的座位上，摇起轮椅，沿着走廊向前走去。

“还是那间套房吗？”

他的轮椅慢了下来。我们脚下铺了一块狭长的地毯，这是用来减轻脚步声的，可轮椅的轮子在上面就不好动了。“我推你，可以吗？”

他叹了口气，往后坐了坐，“走吧。”

不一会儿，我们就站在了一扇金色的橡木门前，两边站着卫兵。他们面面相觑，不知道该看向我还是迈尔斯。

“哪些人见过囚犯？”迈尔斯问道。

臂章上有两道金军衔的卫兵回答道：“只有您指定的两个女仆见过，而且由始至终都有警卫在场的。两位是自行进去，不用陪同吗？”

“是的，谢谢。”

他们开了门，我便带着迈尔斯进去了。

赛维蒂的变化可不小啊。她头发的黑色发根依然清晰可见，但她那长得惊人的秀发洗过后竟焕发着光泽。她把长发编成了一条手腕粗细的辫子，一直垂到脚踝；身上穿的不再是没染过色的麻衣，而是一袭以橘黄和玫红为主色调的轻纱薄裙；脸上擦得白白净净的，原本的眉毛被拔掉了，画成夸张的弓形，眼睑涂上了玫粉色的眼影，画上了金色的眼线。她的面容中间还画上了一条金线，从脖子的底部一直连到发际。

她的脸，看起来和兰尼尔人描绘祖先形象时画出来的全脸面具差不多。能重新穿戴上自己的服饰，用上自己的化妆品，她的自信心也大增。她张开双臂向我们表示欢迎，仿佛这个房间是属于她的，而不是她的监狱，“我这儿有水可以泡花茶。两位请自便。”

迈尔斯翻译这句话的时候，脸上似笑非笑，“我想她是选了自大哦。”

“你说那未必是件坏事嘛。”

“她可是有思考。继续吧，看看她怎么说。”

“谢谢你的茶。”我说。桌上放着一套玻璃茶具，茶壶里装满了花蕾，它们在晾干前就被卷成球状了。一把椅子被拉到了一边。赛维蒂坐在窗前，用兰尼尔语那令人费解的弯曲字母写着文件。

我坐在对面的座位上，双手放在膝盖上。赛维蒂往杯子里倒了水，干花蕾在水里旋转，渐渐展开。“狂风呼啸了一整晚，”赛维蒂边说边放下了水壶，“满世界都是‘雪’。”

最后这个“雪”字，她是用艾兰语说的。

“这种风暴我们从来都没见过，”我说，“我留意到你在写东西。字很好看哎。”

“这是我的提议书，”赛维蒂说，“你想知道里面写的是什么吗?”

“我很想知道。”我不确定自己这么说会不会不够礼貌，坏了规矩，不过迈尔斯的翻译无疑弥补了这一点。

“这些条件很简单。我知道侵占艾兰国这个计划背后的真相。希望你们明白，我们的行动只是一种防御手段，这不仅是为了保护我们的国土，也是为了保护我们人民的灵魂。这一点我可以坦诚地告诉你，但其余的我先保留。希望我们的谈判能令我满意吧。”

迈尔斯摇了摇头，“她的野心可不小啊。”

“我也这么觉得，”我说，“什么才能令您满意呢，尊贵的赛维蒂殿下？”

她往后一倚，把双臂垂到了长椅背后。

“兰尼尔是一片自由的土地。几个世纪以来，我们一直根据星辰运转的结果统治国家，大家在星辰王室的领导下也过着繁荣幸福的生活。没有星辰王室，没有占星术，我们国家也不可能兴旺起来。我们必须保持我们的生活方式，继续享受我们一直享有的自由。”

我绕过了这段拐弯抹角的话，直击重点，“你想恢复兰尼尔的独立主权吧。”我说道。

“只有这样我才会告诉你真相。”赛维蒂答道。

迈尔斯知道怎么做审讯，可这次不一样。搞谈判可是我熟悉的领域。赛维蒂想要的并不可能实现。如果她和我受过一样的谈判训练，她自然会明白这一点。

我盯着赛维蒂面前那杯还没喝的花茶，里面的干花蕾都泡开了。盯了好一会儿，我才抬起眼睛看向她，“你也知道，这不可能。”

她还是不屈不挠的，“除此之外，一切免谈。这就是我的条件。”

赛维蒂慢慢地伸出一只手，从坐垫上拿起了她写的那份文件，倾身向前，递给了我。她只在纸的右半部分写了字，用的笔也比较特别：写字人越用力，这笔写出来的笔迹就越粗。我在想她是不是用我父亲的那支金笔写的文件。她喜欢黄金。我猜她就是用了那支笔。纸的左边画了个菱形，里面填满了艺术字。一般人会在印章刻上这个图案，然后在热蜡上盖出个家族纹章，可她竟然能这么熟练地直接用手画出来。

我小心地把这张纸拿在手里，“你看得懂吗？”

“看得懂。”迈尔斯伸手接过了文件，他看完那页纸，点了点头，“这上面写的就是她想要的：用信息换取兰尼尔的主权。你要把它带到女王那儿去吗？”

“带到塞弗林那儿。”

迈尔斯点点头，“这样更好。你还有什么要和她说的吗？”

“实话说，我觉得没什么要讲的了。噢，谢谢你的这份提议。我会把它交给王室成员，看看他们会不会原谅你们这个想杀了他们、从他们手里夺权的阴谋。”

赛维蒂听着迈尔斯的翻译，情绪愈发暴躁起来。我心头突然一颤。她太年轻了，还是不太合适做这个。她这么年轻，又孤身一人，也许还有点害怕，可她竟能对别的闭口不谈，只坚持自己的要求。我有些敬佩这种决心。这很勇敢。我要是她，我会怎么办呢？不过我很高兴我从来都不用去考虑这个。

我站起身。迈尔斯摇着他的轮椅，朝门口走去。我们回到了宫殿的主层。

迈尔斯下楼梯时轻松多了。下到地面，他便坐回轮椅上，几乎没有喘气，“要和你一起回去工作吗？”

“等会儿，”我说，“我有件事想问你。”

他摇起轮椅，手握着手轮圈前后甩动着。“说吧。”

我加快了脚步，“我们不在这儿说。”

他追了上来，保持着和我差不多的速度，不让我推他。我们匆匆回到迈尔斯的房间。他把轮椅转过来，面对着我，“你想问什么？”

我扫视了一下房间。只有我们俩。

“你知道我们昨晚举行了仪式吧？”

迈尔斯点了点头，眼睛里却流露出一丝警惕，“那风暴可真够糟糕的。”

“我们尽全力了。但我看到了一些东西。”

迈尔斯的嘴角抽动了一下。这动作很细微，却逃不过我那敏锐的感知力。“王宫里的两个法师帮了我们一把。他们的力量很惊人，肯定是半神国人。”

迈尔斯的指尖又恢复了血色。

“你是想让我去问艾菲吗？”

“麻烦你了。我今天还有很多活儿要干，也不知道我能不能找到他们。”

他点点头，肩膀也不再紧绷，放松了下来。

“我很乐意。”

他放下了戒备，朝我笑起来。我也回以微笑，“你还知道河畔城那边风暴歌者圈子的情况吗？”

迈尔斯怒视我的那一刻，我意识到我错了。他握着手轮圈，摇着轮椅来到了壁炉边，抓起一根拨火棍拨弄起柴火。

“我耍了个鬼把戏。对不起，”我说，“我不该那样骗你。我不该把你当成可以利用的人，迈尔斯。我有什么需要的时候就应该直截了当地和你说。”

“我不否认，我知道你在说什么，”迈尔斯平静地说，他又拿起火钳，往壁炉里的煤炭上放了些木柴，“但我什么都不会告诉你。”

“好，别说了，”我说道，“但你要给她们捎个信，告诉她们，我看到她们了。非常感谢她们为我们冒险、作出牺牲，但即使是在我们迫切需要她们帮忙的时候，也务必要让她们小心。”

迈尔斯盯着我，“你不会和别人说吧？”

“天哪！当然不会。我最不希望看到的就是，这个史上最强风暴还在到处肆虐，风暴歌者们却被关进了精神疗养院。”

迈尔斯转过头，又扭头看向我——他的表情吓得我两膝发软。他没有发火——我倒是宁愿他发火呢，那样我还好受点儿。他看着我，眼神里满是悲伤，失望。

一想到要把他哄回来，我的心就怦怦直跳，“怎么了？”

他又盯着我看了一会儿，然后摇了摇头，“你不懂。”

“懂啥？”

迈尔斯把烧火的工具收拾好，摇着轮椅朝我靠近了一点，“我不能告诉你。你得自己去发掘。”

唉，我真讨厌这种感觉。我是做错了事，说错了话。但我只是不想河畔城的巫师们被抓啊，这有什么不对吗？

“我不知道你在说什么。”

“我知道就行了，”他拉了拉轮椅的手刹，努力站了起来，

“不过，我想你会明白的。”

他把我拉下来一点，捧着我的脸，吻了吻我的额头，“去把艾兰国管好吧，妹妹。我会把你的口信带到的。”

我没什么时间去看其他议员交的议案了，不过开完会我就能小睡一会儿——不对，我跟塞弗林说了开完会就和他去吃饭。我得告诉他赛维蒂和我们谈判的时候有多大胆。又是漫长的一天啊。

我转过拐角，发现我办公室旁边的壁架上，斜斜地倚着一对滑雪板。我打量了它们一会儿，似乎就已经能凭直觉猜到，是谁把它们放在了那里。看这对滑雪板上固定器的样式就能知道，它们不是新款的，那主人也不可能是什么赶时髦的人。如果是议员的话，他们应该会把滑雪板拿进自己的办公室晾干啊。就是说，它们的主人是来这儿办事的，而不是这里的职工——

我不知道我的心跳得那么快，是因为开心还是因为紧张。我也没管那么多了，直接拉开了门。我走进办公室，咔哒咔哒的打字机都安静了下来——珍妮特和她管的秘书们都站起身，保持着立正的姿态。旁边还有一个身影，也站了起来。

阿维娅·杰赛普今天这一身，还挺适合在这冬日时节穿出去玩儿的。她脚上穿着一双长趾滑雪靴，上面套着带纽扣的毡制绑腿，从脚踝一路扣到膝盖；下半身穿着一条粗花呢及膝短裤；上半身穿着一件配套的外套，敞着怀，里面是件小巧的灰色针织背心，上面还有用黑白两色毛线织成的小图案。她一只胳膊下夹着份报纸，朝我咧嘴一笑，便拿出报纸给我看。头版报纸的折痕下，写着这么一个标题：“汉斯莱总理今日议会提案：必需品应设定价格上限”。

“啊，这可太棒了。”我笑眯眯地看着她。她也用笑容回应了我。

“你大老远跑过来就是为了看我一眼吗？”

阿维娅一甩头，就把头发甩回了脑后，“昨天皇家美术馆关了，我想请你就此事发表一下看法。”

“我很乐意，”我走过去拍了拍她那挂着外套的肩膀，“有时间聊聊吗？”

“这就是我来这儿的目的啊，”阿维娅说，“谢谢。”

菲利普已经坐在钢琴的长凳上了，准备弹几首曲子，盖过我们的说话声。我把阿维娅领进我的办公室请她坐下，她却从图书室走到了另外一间房，那里面有张长桌，可以用来吃饭或者开小型会议。她用手指抚摸着那打过蜡而闪闪发亮的桌面，抬起头来。

“我知道昨天半神国人去了国家美术馆。你在场吗？”

“在的。”我走到最近的一张椅子边上，可她绕着桌子，来到了我身边。

她倚着桌子，摇晃着身体，离我越来越近，“民众在没有得到通知的情况下就被赶了出去。我猜半神国人这个活动并没有事先安排好吧。”

“确实没有。艾菲女大公老是坐不住。她想在金斯顿城里到处逛逛看，见见这里的人，但王宫方面说外出太危险了。”

阿维娅翻了个白眼，“他们可是半神国的人哎。”

“但外面成千上万的人可能会为了接近他们而发生踩踏事故嘛。”我解释道。

“嗯。你说得对。”她盯着我下巴下面某个地方看。

“你这里弄皱了。”

“我吗？”

她举起手，翻起我衬衫的领子，手指在我脖子上滑动。我僵住了。她从上到下摸了摸我的领带，轻轻地拉了拉那个丝绸结，又重新弄了弄。

她把我的衬衫领子折下来，在我针织背心的衣领上抚平它时，我一动不动地站在那里，呆呆地盯着她脸上那专注的神情。她全神贯注地忙活着，在我衬衫的翻领上弄个不停。她用手指抚摸着我的肩膀，然后抬起头来，黝黑的眼睛看着我，脸上闪烁着温柔的微笑。

“整理好啦。”

我颤抖了一下，“谢谢。”

她又碰了碰我，把手从肩上滑下来，摸着我的胳膊，“你也不会让我这样顶着个歪了的衣领走掉吧。你觉得她能如愿以偿，到金斯顿城里看看吗？我是在说女大公。”

我还能弄皱什么东西，让她自愿去帮我整理？她抚摸我的感觉，还在我的皮肤上流连，似乎不肯消散。尽管她只是在给我整理衣服。“不。噢，王宫的人会带他们出去的，但不会照着艾菲想要的方式去做。”

她笑得更灿烂了，“你叫她艾菲啊。”

我脸红了，“她挺喜欢我的。”

“我倒是不觉得奇怪。你本人完全不是我想象中的那样。”

我抬起头，“你觉得我和你想象得不一样？”

“我以为你就会满脸堆笑，没什么内涵，”阿维娅说，“但实际上，你很严肃。你很认真负责。别人对你观点的批评你也会认真听——而且你作为一个政治家来说太诚实了，这样还挺危险的。”

我瞥向别处，企图掩盖脸上的笑意。“我还以为你会为了出一条爆款头条出卖我的灵魂呢，”我坦白道，“之前这么想的时候我确实不太好受。”

阿维娅眨眨眼，“我之前也没明白你的处境有多复杂嘛，不然我早给你印出来了，两分钱一份哈。”

我本想放声大笑，却看到她表情严肃起来，情绪真是说变就变。她的手从我手臂上滑下来，拉着我的袖子，给我留下些许暖意。

“你现在陷进了一个糟糕的境地。糟糕得远超我的想象。”她低下头，长长的睫毛在脸颊上投下了一片光影流苏。她随即又仰起脸来，离我那么近。我的心怦怦直跳。“里面只有你自己，”她喃喃地说，我的头皮一阵发麻，“孤独是痛苦的。”

她肯定也有过这样的感觉。也许是在她被赶出家门之后。也许是她第一天到报社上班的时候。也许是在她从“明星摄影师”晋升为“明星记者阿维娅·杰赛普”的时候。

我真实的想法一下子就从我嘴里蹦了出来，拦都拦不住，“我讨厌这感觉。”

“你不必这样。”她的手再次放在我身上，抚摸着我，安慰着我，让我平静下来，可这样的举动，也让我心里的火焰燃烧得更旺了——每次看见她，我心里都会燃起这把火。这是我必须要掩盖的，必须要保守的秘密。我多想把内心这些秘密全部撕开——握住她的手，看着她的眼睛，告诉她我锁在心里的一切。这样我就不会孤单了。这样我就可以有一个什么都知道的人跟我在一起了。这样我就可以放下所有的礼节，所有的形象，所有格雷丝·汉斯莱应该成为的样子。

但我永远都不可能这么干，“我也没办法。”

她松开了我，双手垂在身体两侧。

“事情一件件来吧，”阿维娅说，“我还得告诉你一件事。是另一个调查的发现。”

“我突然害怕起来了，”我笑着说道，想让她知道我只是在开玩笑，“你发现什么了？”

“我一直在采访那些经历过兰尼尔战争的老兵。”阿维娅回答道。

我呆住了。

“人不多，也就十来个吧。他们的妻子和母亲说，他们人是回来了，可灵魂中最光辉的部分消失了。”

“这是战斗神经症，”我说，“我们应该通过《退伍军人康复法案》来帮助他们。我想尽快重新推出这个法案——”

阿维娅碰了碰我的嘴唇，“这不是战斗神经症这么简单啊，我感觉。之前有三个年轻人来到报社找我。那天他们啤酒喝多了，就说他们总会做噩梦，会看到幻觉在眼前走来走去。他们还会听到自己心里有个声音在说话。”

迈尔斯肯定懂这个。他肯定知道。或者我可以安排他们见见面。但阿维娅还在滔滔不绝，我便继续盯着她的脸，聆听着。

“他们都有努力抵御这股力量，怕自己的身体会被这种声音控制。他们感觉要是输了这场较量，就只能屈服于那个声音的指令，去伤害他们身边的人了。”

我屏住了呼吸。迈尔斯和我说过这件事。现在这些人开始发声了，告诉人们他们身上的感觉，告诉人们他们对这一切的猜测。

阿维娅又继续说道：“他们还跟我讲了那些读过我报道的战友的情况，也都知道那些对自己家人痛下杀手的人和他们有一样的问题。有些人非常害怕自己失控后会做出什么丧心病狂的事情，就选择了走上绝路，只为保护他们爱的人。”

“那太可怕了。”我说。她又开始说起来，让我有点不知所措。

“他们的症状还有一个共同点，”阿维娅说，“他们心里那个声音说的一直是兰尼尔语。而且所有人都说自己的症状得到了缓解，还在同一天康复了——每个人都在同一个小时内康复了。要我告诉你那天是什么日子吗？”

她完全不用问我这个问题。我很清楚她在说什么。我知道那件事是什么时候发生的，是怎么发生的——迈尔斯编织魔法网解救他们，还差点把小命搭上的时候，我就在现场。

我绕开她，急匆匆地走向我的衣帽架。我那件彩色夹棉束腰外衣旁边就挂着一件大臣参加议会会议时穿的黑袍。我从钩子上扯下袍子，手忙脚乱地披上。

“我得走了，”我说，“会议马上要开始了。”

阿维娅跟在我后面走了一会儿，便在离我几尺远的地方停下了脚步，双手交叉着放在腰间，“我知道你当时在那儿，汉斯莱总理。”

我把两边的纽扣对齐，小心翼翼地把第一颗包扣往扣眼里塞。

“霜之月的第一天，你在拜韦尔。那天整个艾兰国的灯都灭了。那天是这次大返魂的开始。那天我们国家这些被疯病折磨的士兵都痊愈了。那天半神国人来到了拜韦尔。我知道你对那天发生的事都是知情的。你是目击者。或者说，你是参与者。”

我不再盯着纽扣，抬起了头——噢，傻瓜！——阿维娅点了点头。我漫不经心系纽扣的动作证实了她的怀疑。

“你的秘密之墙已经出现漏洞了，”她说，“太多了，你堵不住的。它们会害得你整堵墙都塌掉。你阻止不了。但如果你不想被这堵墙压死，你还可以做点儿什么来自救。”

我的手指定住了，“我做不到。”

“相信我吧，格雷丝，”阿维娅走得更近了，“相信我，和我分享你的故事。没征得你同意的内容我是不会发出去的。”

“那如果我什么都不准你发呢?”

“那至少你不用独自承受这一切啊，”阿维娅说，“至少有我知道你肩负着什么。我向你保证。没有你的允许，我什么也不说。”

我动摇了。我抿着嘴，把舌头贴在了上腭上。为我分担。对她坦白一切。把负担交给别人去背。把那个震惊本世纪的故事告诉她。

我凝视着她的眼睛，感觉到那些话即将脱口而出了。

“我得走了。”我冒出了这么一句，然后踏过画着小鸟图案的地毯来到门口。我开了门，站在一旁。“谢谢你的来访，今天就这样吧。我要迟到了。”

她点点头，“如果你需要我，你知道该去哪儿找我。”

阿维娅从我身边走过，走进了接待室，轻柔的钢琴声依然在空中回荡。弹到一个滑音的时候，她出了门。门关上之前，她回过头来，看了我最后一眼。

第九章 她腕上的操纵绳

阿维娅那篇报道奏效了。阿尔伯特·杰赛普本来还想争辩，但在看过他们叶落之月那会儿出的整版物价广告和现在物价的对比报告后，出席会议的民选议员们随即转过身来，通过了我的动议。会议结束了，会议室里只剩我和塞弗林。我握住他伸过来的手，激动得发抖，从议长席站了起来。我们像往常一样，不慌不忙地穿过大厅，从议会大厅走回我的办公室。

"你太棒了，"塞弗林说，"他们都要气死了。幸好你直击重点，没跟他们扯皮，不然我们现在还得在那儿听他们说为什么设定价格上限会影响市场竞争呢。"

我折好了手里的《星报》，"他们甚至都没留意烟税的那部分。"

"杰赛普还控制了那个行业呢。"

"杰赛普控制的行业可多了去了，"我说，"你还记得要请我吃午饭吗？我快饿死了——"

我们转过弯准备往办公室门口走去的时候，我那到嘴的话却戛然而止。

雷蒙德·布莱克放下了手里的《星报午后要闻》，眼睛直勾勾地盯着我。他又猛地低下头，扬起下巴招呼我过去，搞得我像餐厅服务员似的。站在一旁的塞维林气得身体都绷紧了，我伸手按住他的肩膀，用力捏了捏（就和他以前对我做的一样），以此平息他的怒火。

“殿下，我想我还是去餐饮中心点餐吧。对不起。”

我把王子留在了身后，微笑着走上前去，迎接我的对手。

雷蒙德把报纸夹在腋下，和我一起在政府大楼寒冷的大厅里漫步，小心地保持着步伐，和我并肩走着。我们拐过了几个弯，走过了民选议员们的办公室，上了楼梯，周围环绕着四块画有四季风景的彩色玻璃。呼出的气成了一片白雾，在我们面前飘荡。

他想要什么？他手里拿着那份报纸，就说明他本来就在议会大厅里等我了，不过如果他这么支持我，我可真要晕倒了。他来这儿肯定有别的原因。

这会儿轮到哈丽特来弹钢琴了。她弹奏了一首轻柔的曲子，感觉就像窗外飘落的雪花。下的这些雪，是那场风暴的最后一丝喘息，也是最后一次告诉我们，这就是我们没有保护好艾兰国的下场。我发散了感知力，检查着风暴之炉的状态。它的怒火暂时没有孕育出新的风暴了，但是极锋呢？新的风暴和极锋什么时候会再碰撞呢？

雷叹了口气，摇了摇我的肩膀，“格雷丝。”

“看看这雪，雷。看看。”

“不用，”他说，“我的花园里也是一样的景象。你甚至都看不清树篱里那些装饰建筑物。”

他看着这冰天雪地，看着那一层层柔软的、茫茫的雪。他看到的是雪。而我看到的是今天这个日子，也看到了即将到来的严寒日子。“现在才到霜之月呢，而且霜之月还没过去一半。”

我突然哑口无言，咽了口唾沫。这次暴风雪只是第一次。那在风暴之炉再生出一个风暴之前，我们还有多少时间？一个月？一个星期？

雷的胳膊搂住了我的肩膀。他的声音温柔地飘进了我的耳朵，“格雷丝，振作点儿。我们要管理的是个国家，而且是时候要开始行动了。现在可别崩溃呀，我们都需要你。你可得带领我们大家啊。你想喝点什么吗？”

我逼自己靠着墙。四周的墙壁里放着一排排烫着金漆、用皮带捆着的书。我深吸了一口气，闻到黑色铁壁炉里涂满松香的木头散发出的淡淡芳香，“我没事。”

我挣脱了他的怀抱，走过了奶油色的地毯，来到酒架前挑起了酒。两只琥珀色玻璃瓶里分别装着药酒和奎宁水，几个切割水晶酒瓶里有白兰地，有威士忌，还有云杉啤酒。雷蒙德的最爱。我拿出两个玻璃杯，把蜂蜜球倒进杯底。“你冒着雪跑了五英里来下议院找我，总有个理由吧。”

“今天早上我组织了些活动，”雷说，“你又要管这天气，又要处理艾兰国的日常事务。发生了这些事情，我才意识到你根本没有自己的时间。”

“我回来以后，就一直忙得不可开交。”我往每个杯子里滴了几滴泉水，然后倒入微微泛绿的云杉啤酒，直到酒刚好没过蜂蜜球。我把杯子递给他，坐在了他对面的椅子上。“那么，我能为你做点儿什么呢？”

“我是来为你服务的。我好好考虑过了，”雷蒙德抿了一口酒，嘴里细细体味，而后说道，“列了一份最适合组阁的人选名单。”

噢，是吗？“想听听你的建议呢。”

他笑了，“这些并不是真正的建议，格雷丝。”

我的头猛地一抬，整个人就像被拴着。绳子一头在他手里，另一头缠绕着我的四肢。现在他正扯着绳子，想教我跳舞呢。“就算没有下议院的例行审查，女王也能从名单里，给那些多人竞争的职位挑选出一个最合适的人选。”

“现在是非常时期。下议院负担不了政府的全部职能。如果没有一个内阁——”

不。我不能被他牵着走。“这个时机完全不对。我需要为每个职位推荐至少三个人选。你的选择我也会考虑在内，但那些程序实行了那么多年，我们可不能就这么抛弃它们啊。”

“明早你就把这些名字交到女王手里，”雷蒙德说，“只交我列的这些名字。”

“我不能那么做，雷。理智点儿吧。”

他冷笑了一声，响亮得跟猎鸭枪的枪声似的，“理智点儿？我觉得你倒是该照照镜子。你想通过设定价格上限来干扰市场竞争的自然进程，还把我们的发展倒回去用天然气了？”

“我已经很控制自己了，只在动议上提出这些举措。你知道杰赛普家族卖的生活必需品要收多少钱吗？”

雷蒙德耸耸肩，“可能是有点不太公道吧。”

我都快被他气得冒烟了，“哦，这是‘有点’吗?!”

“可你都没跟任何人透露这个决定，就直接让报纸发报道了?这就是你认为合理的计划?很明显，我们的合作不够密切，不然我不知道你这么不切实际。”他把酒咽了下去，又继续举着杯子，等着蜂蜜球慢慢滚下来，落进他嘴里。

他从来没有想过回避。我是他们之中最有权势的风暴歌者，但他并不尊重我的地位。他想把所有的权力都集中在自己手里。隐巫者们都要为他效劳。他想掌控内阁，抢走我建立自己联盟的机会，并得到我这个位置。他还打算操控我，让我穿着隐巫者主音那件最华丽的长袍，照着他的命令控制天气。

他从衣服的内兜里掏出来一个信封，递给了我。“这是内阁人选。我们要开始准备这个了。下议院能做的也就只有这么多了。”他咬了一口蜂蜜球，咂着嘴把它嚼得嘎嘎作响，“我保证，我和理查德会和你在内阁接待会上见面的。”

他说完这句话，就起身走了。

我打开信封，用颤抖的手拿着里面的信纸。他怎么敢这么做?他敢，因为他有能力。就这么简单。我一边看着名单，一边气得把手放在了肚子上。大部分都是赤裸裸的政治拨款任命，简直可以说是上一批内阁成员里担任这些职位的官员的亲友总动员：来参选的除了他们的子女，就是他们的朋友，还有他们乡下的表兄弟。连理查德都在这个名单上。这真是有史以来获提名的最年轻的内阁，大家都为了支持密友和家人参选，完全不考虑那些年长有经验的候选人。

女王根本不可能同意让一群孩子来管理政府。我要是把这份名单给她，她肯定会觉得我脑子有毛病。但如果我不这么做，雷就会让众多的隐巫者处处和我作对。然而我需要他们去为迎接下一场风暴做好准备。如果他们不听我的命令，艾兰国的每个人肯定都要为此付出代价的。

有人轻轻地敲了两下我办公室的门，这把我的注意力拉了回来，“进来。”

珍妮特开了门，“塞弗林王子殿下想见您，总理。”

塞弗林一直等着我？“快迎他进来。”

塞弗林走进我的办公室。珍妮特向后退了几步，低着头走出了房间，顺带关上了身后的门。我想撑着桌子勉强站起来，才起到一半，塞弗林就马上做了个手势拦住了我。

“别起来，”塞弗林说，“我能坐下吗？”

“当然。对不起，殿下，我把你丢在大厅里就走了。”

塞弗林笑了笑，“我还以为我们之间‘殿下’这个称呼已经是过去式了呢。”

“不好意思。我给你弄点喝的好吗？”

“我自己弄就行，”塞弗林王子伸手拿过我的酒杯，“看来你可以另拿一个杯子了。雷蒙德爵士喝了什么？”

我把我那只厚底大玻璃杯放在塞维林手里，“实话说，他真的又讨厌又烦人。”

“具体说说？”他站在我收藏的酒面前，给我倒了一杯定量的云杉啤酒，滴了几滴泉水，又给自己倒了一些我父亲放在这儿的威士忌。他舒舒服服地坐在雷坐过的椅子上，眼睛盯着我手里那张叠起来的纸。

我把雷的候选人名单放回了信封里面。“这个，”我说，“那天大家正要选他当隐巫者主音的时候，我却拿着康斯坦丁娜女王的令状出现了。他当时认输的表现还挺有风度的。”

王子边听我说话，边抿了口酒。他把酒咽了，说道，“所以说，他来这里是和你对着干的。”

“没错。这是他挑选的内阁成员名单。”我伸出一根手指轻轻敲了敲信封。

塞弗林刚拿起酒杯的手定在了半空。

“他对你的影响有那么大吗?”

我大笑了一声。这声尖锐的笑声里，却充满了苦涩，“你知道的，我本来都要和他结婚了。”

塞弗林点点头，“他来和你重新订婚吗?”

我摇头，“不是。”

塞弗林调了调姿势，让自己坐得更舒适点，“打断你的解释了。不好意思。”

“是父亲给我们订的婚约。和布莱克家族联姻，就能在选内阁成员的时候得到非常可观的选票数量，而他父亲统领的联盟也愿意和我父亲的进行合作。不过他在他的同龄人群体里面更受欢迎——和他同辈的现在都当官了。”

“他家的联盟也比你们的大吧。”

“我家的联盟都不存在了，”我纠正道，“我之所以能当上隐巫者主音，还是因为他退出了竞选，并公开表示支持我。不过我也知道，这没那么简单。”

“你肯定不能屈服于他的命令啊。你打算怎么做？”

“啊，毫无疑问就是要嫁给他了。”我轻声笑起来。可这笑依然是苦涩的。

塞弗林皱起眉头，“那你愿意吗？”

“神哪，当然不愿意啊。这就是一场政治婚姻。”

塞弗林点点头，紧锁的眉头又解开了，“我可不愿意看到你要用这种方法去解决问题。”

“这对他也没啥好处，”我咕哝着说，“反正除了能分点钱也没别的了。”

“人们结婚也没考虑那么多了。”

的确如此。我对婚姻并不抱任何幻想——百大家族的人不关心爱情这种琐事。但在某种程度上，塞弗林王子的处境比我更糟糕。他的婚姻需要得到母亲的御准，这就成了一种束缚。他以前虽然常和美女们狂欢出游，其实也不过是年轻时的风流往事罢了。实话说，塞弗林已经快四十岁了。他早该和媒人见面，看看媒人给他挑的本国女子的情况，然后选个关系合适的女人求爱、结婚，可现在他的年龄已经不适合相亲了。他早就该这么做了。再过几年，塞弗林在女人心目中的形象，估计就会从“迷人的王子”变成“不负责任的男人”了吧。

我从思绪中回过神来，带着歉意朝塞弗林笑了笑，“我走神了。要不还是来聊聊你需要我告诉你什么吧。”

“两件事情，”塞弗林一边说着，一边晃着杯底最后一口威士忌，“母亲想知道为什么你的套房里会有个兰尼尔外交官。”

“噢，那个啊。我们是在迎合她，好让她把她所知道的兰尼尔国侵占我们的阴谋说出来。她挺年轻的，还有点自大。迈尔斯是觉得要从她嘴里套话的话，奉承她会比恐吓她更有效。”我往酒杯里看了看。蜂蜜球正在酒里溶解着，释出一条条蜂蜜细丝。我晃晃杯子，摇得它们在酒里旋转。“其实我想和你聊聊赛维蒂·安·瓦沃特的情况。”

塞弗林若有所思，“她是王室的人吗？”

“王位第九顺位继承人，”我肯定了他的猜测，“她说她知道这个阴谋是怎么实施的，但要求我们把兰尼尔的主权还给他们，否则她不会开口。”

塞弗林抬头看着天花板，似乎真的在考虑这件事。

我抿了口酒。杯子里的蜂蜜完全化了，浓浓的甜味完全盖过了这酒劲。

“女王不可能同意。”

“是的，”塞弗林说道，“但我在想，如果我们饶了兰尼尔国，半神国来的代表们会怎么想。这是一种妥协——而且可能是一种好的妥协。”

他对着他的威士忌皱起了眉头。我举着杯子，在嘴边几英寸的地方徘徊着，“你在认真考虑这个问题啊。”

“对，”塞弗林说，“如果这能救我们的命，我会让兰尼尔国重获主权的。”

“女王会这么做吗？”

塞弗林朝我办公室接待处的方向瞥了一眼，一段钢琴和弦曲吸引住了他，“我觉得很难说服她。”

他想对女王做什么？我肯定要准备好，在他需要我的时候给他帮忙，可我不知道他的计划是什么啊。“行吧，我会告诉迈尔斯的。另一件事呢？”

“一个简单的口信，”塞弗林说，“你父亲想见你。”

我喝下最后一口酒，用舌头接住了蜂蜜球，“你知道为什么吗？”

这是我能想到的最得体的说法了。塞弗林倾着身子，两肘撑在膝盖上，“我感觉他想和你谈谈今天《星报》报道的那个价格上限提案。”

我可没时间去见我父亲、去听他的意见。“我想我最好还是去一趟，”我说，“我去见他之前，我还能为你做点什么吗？”

塞弗林开口前深吸了一口气，脸上的皱纹也随之变化了位置。但似乎他原本想说的话还是没有说出口，“希望你能成功搞定雷蒙德。如果要我帮忙，请告诉我。”

“谢谢你。”我说道。

我们撑着扶手，从坐得深陷下去的舒适座位上站起身，一起走出了办公室。看着塞弗林往半神国人的套房走去，我便往金斯格雷夫监狱走去，决定还是应父亲的要求去见他。

我明明还有一大堆别的事要做，却还是走上了叹息之塔的楼梯，去往最高层的牢房。我艰难地爬着楼梯，路过了关兰尼尔人的牢房。现在他们的床上，有了铺平的毯子和薄薄的枕头。他们披着轻薄的多褶长袍，戴着精致的金首饰，却穿着普普通通的羊毛袜，戴着无指手套，显得有些不搭调。他们的首席神父尼卡尼斯里面穿了件色彩明艳的丝绸束腰外衣，外面套了一件打了不少补丁的毛衣，上面还披着件薄纱披肩。

艾兰国能提供的当然不止这么点儿，但现在给他们的这些衣物也能让他们保保暖，不至于冻死。我爬到首席法师们待的豪华牢房那层，大腿就又累得发烫了。父亲的咳嗽声在楼梯间回荡。我走进牢房，来到他面前。他双手颤抖地捧着瓶子，直接喝光了一瓶补药。

一个兰尼尔士兵的灵魂飘进了牢房。他怒视着我们，但他的存在根本没法对我造成伤害，所以我一点儿都不在意。我站在镀铜的栏杆前，双臂交叉，等着他的咳嗽平息下来。

“我很忙的，父亲。你想干什么？”

他把一块溅满鲜血的麻手帕扔在床脚的篮子里，靠在墙上，大口喘着气。

“你应该卧床休息。”

“没那么严重。”他的西装外套从肩膀上垂下来，衬衫领子也解开了，“你没能制服那场风暴。”

“你叫我爬上来就是为了说这个？”

“不。”他转过头，看了一眼我那幅静态肖像画，目光落在了我画中稍稍弯着的手上——我本来双手紧握着，但在他回头前赶紧松开了。他抬起下巴，眉间的皱纹更深了一点，也更明显了一点。他说：“我是培养了个傻瓜吗，菲奥娜·格雷丝？”

“你很清楚，并没有。”

“那你解释解释这个。”父亲转过身来，在桌前那张弹簧椅上坐下了。他用食指戳着一份折起来的《星报午后要闻》，“你和一个记者搞了个特殊的联盟？还是和阿维娅·杰赛普在一起？她就是个不可靠的半吊子，跑到外面去和她父亲处处作对。我都不知道是什么让你着了魔。”

“她的报道奏效了。我成功了。设定价格上限这个决议会通过的，这样金斯顿城里人人都知道这是我的主意。”

“现在你就欠这记者一个人情了啊，”父亲说，“你欠人家这种人情债，就得面对一堆你履行不了的要求。如果她开始问你很多关于以太能量的问题呢？你考虑过这些吗？”

我找她帮忙之前，她就已经问了很多了。但如果我现在把这情况告诉父亲，怕不是会气得突然发病。那如果他得知阿维娅是主动提出会为我保守秘密的话，又会怎样呢？“我觉得我做的决定都很合适。”

“格雷丝啊，我需要你胜任你面前的工作。汉斯莱家族的名声——”

我爬这么一百八十级台阶上来可不是为了听他说这个。“艾兰国正面临着一场你和迈尔斯爷爷都无法想象的危机——我是在为你收拾烂摊子，父亲！我们现在经历的每一件事都是你的责任。一切事情归根结底都是以太能量的祸——一切。”

“摧毁能量网才是让艾兰国陷入困境的原因——”

“而摧毁能量网是让半神国人生气的唯一一个理由！但即便是这样，我们可能也难逃一罚。你也知道，艾菲还在考量要给我们什么样的惩罚呢，父亲。就算你把我叫上来，审查我的每个决定，我也不会为此分心。”

“那就好好做决定。”父亲咆哮道。

“我没时间弄这些，”我转过身，在父亲的牢房前的小空地踱来踱去，“雷蒙德想控制隐巫者们。我要干掉他。我和迈尔斯审的兰尼尔人还说想让兰尼尔重获独立呢，不然就不告诉我们是谁指使他们来复仇的。我还没把这些向女王汇报——而是跑这儿来和你吵架。”

“你说得对。你没时间考虑那些了，”父亲咳嗽起来，他拿起茶杯，润了润嗓子，“你没时间去考虑怎么弥补一个错误了，可怎么说你都是犯了错啊。你和那个记者犯的错，你打算怎么处理？”

“这不是一个错误。”

他恼怒地看了我一眼，“格雷丝，动动脑吧。我什么时候允许过媒体给我做独家访问？你现在欠那个姓杰赛普的女孩一笔人情债了。你会因此吃苦头的。趁早和她断了联系吧。”

我把冲到嘴边的“不”吞回了肚子里，也抑制住了和他继续争论我的选择的冲动。我的目光飘向了那扇小窗户，窗外有一只红松鸦正在啄食一把种子，“我能搞定。”

“在这种时候，你绝对不能出任何差错，”父亲说，“你不能只想着眼前。那会害死你的。你该和王子搞好关系，这样才能保证他继位后你还能给他当总理。”

“他和我一样忙，父亲。”

“你们每个人在这场危机里都有自己的角色，但你现在就该学会怎么对他负责。他会成为国王的，越早开始管理君主的期望就越好。”

父亲有把任何人当过朋友吗？“我到时看看能和他一起做点

什么吧。下次你跟塞弗林说你想见我的时候，把理由告诉他。最好给个充分的理由。”

我转过身去，无视了背后那个对我怒目而视，却根本拿我没办法的兰尼尔人灵魂。

我明明可以把这段时间花在各种各样的事情上，但真正让我冒火的，是父亲命令我不要再和阿维娅来往。这是不可能的。她已经找到太多能拼凑出真相的碎片了，我只能让她到我身边，好监视她。

我蹑手蹑脚地走过关兰尼尔人的牢房。这时一个细小的声音在我脑海中突然响起。真的要这样吗？我风风火火地走过大厅，身上仿佛还残留着她的手为我抚平领带时，在我的翻领上游走的感觉。我不会和她绝交的，我也不敢这么做；但我还是不由自主地想象，假如我真这么做，后果会是怎样。

我沿着弯弯曲曲的小路，走出了金斯格雷夫监狱，脑子里一片混乱。我得让阿维娅在我身边，盯紧她。这也就意味着我要不断地给她讲故事，同时还得保护好那些我必须守住的秘密，不让她知道。让她知道我在议会的打算，这个办法我不能再用了。我只能给她透露一个大秘密了。

一群穿制服的仆人正在把乐谱架从储藏室搬到王宫最大的舞厅里，把走廊给堵了。他们这是在准备一个舞会，欢迎半神国人到访艾兰国。一个舞会！要是女王觉得，这些精英爵士和百大家族的陪伴能软化艾菲对我们的态度，那她就蠢到家了。艾菲想了解真正的艾兰国，想了解这个国家的人民，想了解这里的缺点和优点。她想知道真相。

我没法让艾菲接近艾兰国的普通民众。警卫怎么都不会放我带他们出去的。但我可以邀请一位客人陪我去参加舞会。阿维娅肯定会抓住这个机会跟半神国人交谈。我匆匆赶回办公室，脑子里已经在构思怎么写邀请函了：

亲爱的杰赛普小姐：

兹定于蒙特罗斯宫举行招待会，欢迎神眷者到访我国。届时恭请您的光临——

这样就行了。我匆匆走过珍妮特身边，拿起一支笔，把我常用信笺上方的总理印画掉了，然后用心地写起字来——字母中向下的每一笔我都加了力度，写到弯钩和曲线的时候笔触又如羽毛般轻盈。我没干过抄写员的活儿，但我做得已经很不错了。我把邀请函放在吸墨纸上，弄了个充满温暖空气的结界罩着，这样纸上的墨水能干得更快。

我看了看桌上的托盘。我不在办公室的这一会儿，就来了一堆新的信件。我瞥了一眼，发现那堆纸的最上面，有张奶油玫瑰色的软纸，正面标着“女王的私人留言”这几个字。该死！竟然把这事儿忘了。我拿起它，上面只有一行字：

马上来找我。

我能把“马上”理解成“当然，你可以吃完饭再来”吗？估计不能。我从一碗苹果里拿起一颗菲利普·平克国王牌的，嘎吱嘎吱地嚼了起来。我把邀请函拿给珍妮特时，它还没干透。

“叫个信差，把这个交给《星报》报社的阿维娅·杰赛普，等她答复。”交代完工作，我便拿着那个吃了一半的苹果，匆匆出了门。

第十章 一团头发

女王的私人藏书室门口竟然没有守卫。这里原来是个舞厅，后来改成藏书室了，里面放着艾兰国的禁书，其中大多是国外出版的，但也有不少是我们国家持不同政见的个人和媒体写的。书架上放着许多人民出版社出的书，星罗棋布的黄色书脊很是显眼，看上去就像是一堵黄色的墙。我敢打赌，这个区的书肯定是关于巫术的——就是这个偷偷运营的出版社擅长的题材。

康斯坦丁娜女王不在。我却突然发现房里躺着一具尸体：那是个贵族女人，头发漂得发白，腰肢纤细，穿的裙子像十年前的款式，裙摆层层叠叠的。她手帕上绣着过时的字样：此刻倾听。

房间里的窗帘都拉开了，阳光透过高高的窗户洒了进来。所有壁炉里也都燃着火——现在远未到可以好好享受的时候，但能看看炉火，倒也挺让人愉快的。女王的桌上放着一本书。我壮着胆子挪到近前查看起来：那是一本专著，封皮上绑着条麻绳；封面上说这本书是研究艾兰国地区超自然的与无法预测的天气现象种类的，里面有详细的观测数据。

可怜的家伙，他是想搞清楚这一切吧——但这本书有提出什么模式吗？他所给出的表格和数据里，有提到我所害怕的事情吗？我们所苦苦对抗的极端天气，还会变得更恶劣吗？

这本书拿在手里还挺重的，不像看起来那么轻。翻开书，书页又薄又脆。我快速浏览着这学者写得杂乱无章的文字，不知所云——他试图找出艾兰国这种气候的成因，把分析过程画成了几个表格，分别用来描述国内各地区的情况，可这一切都是徒劳的。这人还把字写得那么小，三百六十五天的天气记录全都挤了在一页纸上。我得拿个放大镜来看，或者读书眼镜——

“找到了什么有意思的东西吗？”

我“嘭”的一声猛地合上了书。“陛下。”我单膝下跪，一只手放在胸口上。

“平身吧。”康斯坦丁娜女王穿着一套运动服，每一针每一褶都是服装师的精心之作。她的儿子跟在后面，戴着的玳瑁眼镜滑到了鼻梁上，腋下夹着一份打开了的文件夹。我站起身，塞弗林冲我微笑。

女王拿起桌上的书，把它放回了书架上。她的头发换成了一个髻，圆形压发梳上还镶嵌着一排珍珠。“我儿子说，女大公专门对我们的天气情况提了个问题。她问了我们气候整体上和长期的变化情况，你知道这是为什么吗？”

“我不知道，陛下。但经历过昨晚的风暴，我觉得谁都会想知道我们到底能不能挺得过这一年。”

女王挥手指向窗外。冰雪掩埋了一切，连外边观景花园也未能幸免。“这就是你们全力以赴之后的结果？”

她并不是在向我发问。我沉默了。

"金斯顿现在被三十三寸的雪盖住了——三十三寸！都破纪录了。你知道吗？一晚上下的雪从来都没有这么厚过。人们出个门都要先把自己从雪里挖出来。你说你能让风暴慢下来的。你说你能减轻它带来的影响的！"

我跪下了，膝盖生疼，"陛下，圈子里的每个法师和次巫竭尽全力，所以只是下了三十三寸的雪。"可这依然是场败仗。我们没能保护好金斯顿。把所有路面上的雪清理干净，都还需要好一阵子。昨晚不少人在风雪中死去了——清点死亡人数的工作也还没结束。

康斯坦丁娜女王走到窗前，盯着外面白茫茫的世界，"只是——"

"我们已经尽全力了，但我们仍然需要更多的风暴歌者。这场风暴只是个开始，后面还有更多风暴接踵来袭，我们得好好准备。"

女王转过头，"塞弗林，今天怎么这么安静，不像你的做派。"

塞弗林本来在读文件，听女王这么一说便抬起头来，"我估计啊，我们应该要雇更多人来夯实雪道。我们得把铲出来的雪运到河边和艾尔斯水湾那里。我们得雇一千个人吧，这样能工作开展得也能轻松点。但如果格雷丝能和首席法师一起——"

女王眯起了眼，"不行。他们这是在勒索，我不会让步的。"

塞弗林把眼镜往鼻梁上推了推，"我们还有选择吗？"

"我不会和你讨论这个问题的，塞弗林。他们只能待在我让他们待的地方。”

如果首席法师还是没法出来，可能还有另外一个法子。“巫师中可能也有风暴歌者，”他们俩都朝我看来，我便继续说道，“精神疗养院里还有几百个巫师呢。”

女王抿着嘴，她那艳红的唇膏看起来就像是一道血痕，“不可能。把他们关在那里就是为了保护人民啊。”

“陛下，这就是个谎言，”我说道，“巫师们和法师们一样，都不会冒险丢掉自己的理智。他们和我们没什么不同。再说了，核查之前的议会会议和补充证据的小组委员会也很快就能判定他们能否重获自由了。”

看样子，我的坦白并没能打动她——她摇摇头，拒绝道：“如果我们假释了那些巫师，他们要是到处去讲述自己的牢狱经历，我们就根本没法阻止了。他们的这些故事肯定会一传十，十传百，最后全国都会知道真相。那样就必然是个失败之举了，而且还会辜负很多人的努力。”

她说得对。可巫师们并没有做错什么，却被迫背负了这么多骂名。让他们待在精神疗养所，对他们而言确实又是一项不公正的举措。但要是把他们放出来，他们却开始讲自己的牢狱故事的话——他们肯定会的，那就又要在全国掀起波澜了。再说了，关在叹息之塔里面的那些人也肯定不会善罢甘休的。

“半神国人想赶紧解决这件事，”我说，“这意味着我们并没有多少选择。”

“他们得明事理啊，”女王说，“和他们谈谈。和他们解释一下为什么不能这么做——”

我努力让自己的表情显得镇定一点。女王刚才的说话声里是有些颤抖吗？她刚才是抓着座椅的扶手，表情又紧张又焦虑吗？“我会回答他们提的那些关于风暴之歌的问题，但我不觉得他们听了这个之后就不再关注巫师能不能重获自由这码事了。”

“他们想要的可真多，”康斯坦丁娜女王说，“我们不可能——他们肯定会把我们国家翻个底朝天，掏空所有人的口袋去给兰尼尔国赔偿——给兰尼尔赔偿！还是在他们斗胆在我们国境内用巫术之后！而你呢，本该从他们那谎话连篇的嘴里套点真话，却让他们中的一员在你的套房里舒舒服服地待着。那间套房也是为了方便你才给你设的啊。”

“陛下，我哥哥曾经在天堂营当过俘虏，他是不赞成严刑拷问的。而且我们也不必这么做，因为我们与那个被关在总理套房里的人稍稍外交角力了一番，她现在是愿意告诉我们一切的。”

康斯坦丁娜女王把头侧了侧，嘴角掠过一丝怀疑，“她想要什么？”

“兰尼尔的独立权。”

女王对此嗤之以鼻，“不可能。”

“母亲，”塞弗林说，“半神国人想为兰尼尔国争取自由和赔款。如果我们能把兰尼尔人对我们施巫术的阴谋呈现给半神国人，把我们的人撤回来，还兰尼尔国独立，这样我们可能就能免受惩罚了。”

康斯坦丁娜噘着嘴，下巴紧绷着，“我不喜欢这样。这样我们和他们的贸易协议又要重新谈判，成本肯定也会提高了。”

我还年轻的时候，一直对威严的康斯坦丁娜心存敬畏。当时的我看到的是，她穿着华丽的服装，每个人都对她毕恭毕敬、无比尊重，还有她那仿佛瓷器般完美的言行举止。可她早已用她的固执和贪婪，狠狠地打破了她给少女时期的我留下的完美印象。但我还是下定决心，和缓地对她说："这样做我们才能争取不用赔钱，不然赔偿金的费用会比重新谈判贸易协议造成的成本还要高。"

她瞥了我一眼，拿起一支涂着紫色亮漆的笔转了起来，思索着什么。思索过后，便无奈地叹了口气，"这也总比最后什么都不剩要好啊。把她那份证明给我看看。"

我低下头，"遵命。王子殿下，您同意去见见那个俘虏吗？我可以联系迈尔斯让他过来，给我们做翻译。"

塞弗林又推了推眼镜，"现在吗？我感觉可以。母亲？我可以晚点儿再和您讨论勤务后备队增设人手的事情。"

"去吧，"康斯坦丁娜挥了挥手，赶蚊子似的把我们打发走了，"我希望你到时候能跟我汇报一下和半神国人谈的结果。"

我朝女王鞠了一躬，和王子一起出了门。我们并肩走着，他伸出手臂让我挽住。死去的朝臣灵魂飘进了走廊，一眨眼就不见了。

塞弗林转过头来打量着我，"你说自己去吃的那顿饭，吃上了吗？"

"没有，"我耸耸肩，"我一直都只顾着干活。"

"现在去吃吧。"塞弗林领着我，往王宫的其中一个厨房走去，里面的主厨和帮厨们都在忙着给一堆鹌鹑调味，准备拿去烤。他朝准备过来帮我们找坐席的厨师笑着摆摆手，"我们要点能快速吃完的东西就行，没时间坐下来慢慢吃了。”

厨师朝我们鞠了一躬，便走到厨房另一边，从烤箱里掏出了两份馅饼。我们接过馅饼，倚在柜台上安安静静地吃着。这烤馅饼的饼皮折成了新月形，里面包着辣辣的羊肉碎和蔬菜。我狼吞虎咽，飞快地吃完了。

我拍拍手，把手上的碎屑拍掉。

“再来一个？”塞弗林问道。

“不用了，吃完这个也能撑几个小时了。”

“我们可以一边喝茶，吃点更能填肚子的东西，一边讨论怎么和你那个兰尼尔国的知情人交谈。”塞弗林说道。我们便离开了厨房，直奔迈尔斯的套房，发现他并没有坐在轮椅上，而是把一段段烧火用的木头从女仆的推车上搬到房间里每个壁炉边上。

“这是你该做的事儿吗？”我问道。

迈尔斯气喘吁吁地看着我，一边捡走衣服上的树皮碎屑，“多运动才能恢复得更快——噢，王子殿下。下午好。”

他朝塞弗林鞠了一躬。塞弗林也向他点头致意。

“我们是来请你帮忙的。我想和那位俘虏聊聊她开出的条件。”

“行，我今天下午除了看看书也没别的事。”迈尔斯答应道。他走向他的轮椅，却没有坐上去，而是把它推到了门口。“我回来的时候应该能用得上，但我现在感觉挺好的。”

“你吃了多少东西？”我问道。

他一脸愉悦地看着我，“赌五马克，我吃得比你多。赌不赌？”

“不赌，”我说，“我一整天都在到处跑。我吃了个馅饼——”

“多亏了我。”塞弗林插嘴道。

“多亏了塞弗林，”我说道，“待会儿还得爬楼梯呢，你不应该给自己留点儿精力吗?”

“好吧，”迈尔斯说，“不过你得坐在我能看到你的地方吃东西。”

“行。”我接过迈尔斯的班，走到轮椅后面推了起来。迈尔斯则自己爬上了楼梯，站在最上面等着塞弗林帮忙把轮椅推上去。

“看见没?我好多了。”迈尔斯说。

“你还是太瘦了。”

“肉会长回来的，”迈尔斯说，“再过几周我就能恢复得差不多啦。”

他摇着轮椅，率先来到有守卫把守着的总理套房门口。我和塞弗林赶到的时候，他正在喊赛维蒂的名字让她出来。可里面就像一潭死水，没有任何回应。

我侧耳细听，里面安静得像个没人住的房间，只有火炉里烧着的木柴劈啪作响的声音。我穿过客厅，抬起手，推开了卧房的门。光线洒在了乱糟糟的床上，上面却没人。我走了进去。

“赛维蒂?”

首先映入眼帘的，是地毯上铺开的一头乱糟糟的卷发。这团卷发仿佛湖面的涟漪，在惨淡的阳光下闪着光。我走上前，在地上那具摊开了四肢的尸体旁跪了下来。赛维蒂的双眼直勾勾盯着天花板，披散着头发，手指抓着头发上一个打了结的位置。她那双美得惊人的绿眸子，此刻却黯淡无光，衬得她那充血发红的巩膜更艳了。

我深吸了一口气，扯着喉咙喊道："迈尔斯！"

门外传来一声轮椅手刹的"嘎吱"声，接着便是两个人匆匆走过地毯的脚步声。迈尔斯把我推到一边，把手指放在了赛维蒂那柔软却静止了的喉咙上。他抬起赛维蒂的一条手臂，检查着背面。

"尸体还没变硬，"他说道，"也没什么尸斑。还有点体温在……有点状出血。"他把赛维蒂的手臂放下了，站起身，绕着她的尸体走了一圈，小心地打量着散落在她身边的几缕亚麻色长发，"双腿弯曲的状态，说明她本来是站着的。"

我指了指地毯上那把上过油的木梳，这梳子就在她手边不远处，"她刚才是在梳头吧。我还能听到浴缸里的滴水声呢。"

塞弗林便走进了浴室。滴水声停了。他走出来，"水还是热的。"

"该死，"迈尔斯喃喃地说，"殿下，您刚才的动作可能破坏证据了啊。"

塞弗林回头看了看，又低头看着自己的手。"指纹？"

"很有可能。我需要我的医疗包，"迈尔斯嘟囔道，"我觉得她的死亡时间还不到一个小时，但如果不知道她的体内温度，这个死亡时间也只能是个猜测。不管是什么人还是什么东西杀了她，行动速度都真够快的。"

塞弗林站得离尸体远远的，"是什么才能做到这一点呢？"

"看她眼里的神情，她应该是窒息而死的，"迈尔斯说道，"但我得解剖尸体才能知道真相。"

“这王宫里连停尸房都没有吗？”我问道。我忍不住一直看着赛维蒂：看着她那圆瞪的双眼，看着她那张着的嘴，仿佛有什么话还没来得及说出口。她本来还在梳头啊，然后一下子就死了。

“有一间吧，是吗？”

“有的，”塞弗林回答道，“迈尔斯爵士，你的意思是要给她做尸检吗？”

“是啊，”迈尔斯说，“我们要找出这个女人的死因。”

迈尔斯开始小心翼翼地检查赛维蒂的尸体。他的目光落在了她的双手上。塞弗林见状，便往后退了几步，想回避回避。

“格雷丝。”

我正倚着墙站呢，听到迈尔斯叫我，便撑起了身子，“怎么了？”

“她有个首饰不见了。你在附近有没有见到一个刻着行星图案的金手镯？”

我四处张望，发现她床边的小桌上放了几个手镯，“有见到几个手镯。”

“很好。你能帮我把它找出来吗？一定得找到。这种手镯对兰尼尔人来说非常重要。她的家人们也会想要回去的。”

塞弗林调整了一下身体的重心，“这成了场棘手的外交事件了。你们还要为区区一个首饰担心吗？”

“是的，殿下，”迈尔斯直起背，活动活动脖子，“那是个有精神意义的物件。兰尼尔人肯定会想要回去的。格雷丝，怎么样?”

我穿过房间，来到床边小桌前，在那堆镯子里翻找起来，找了一遍又一遍，“没有你说的那种花纹。”

“也有可能在浴室里。”

我绕过塞弗林，进浴室查看，可无论是浴柜上、地上都不见那手镯的踪影；我还想这手镯会不会不小心给踢到浴室防滑垫底下了，但找过也没有。

“我没找到，”我走出了那间湿漉漉的浴室，拉开各种抽屉翻找起来，“你是确定她丢了这么一个东西对吧。”

“是的，”迈尔斯抬起一只手拨了拨头发，弄得他那仔细打理过的卷发都往上弹开了，“在兰尼尔，比较穷的人会用便宜的金属来制作这种手镯，但反正人人都会有。他们出生的那一刻，手镯上就会印刻上那时星辰在天空中漫游运转的位置，据说这些手镯凝聚了那个兰尼尔人这一世肉身的灵魂和命运的精华，所以他们是不会轻易拿掉这个手镯的。”

塞弗林清清喉咙，“我们当时要兰尼尔代表团交出身上所有东西再进监狱，他们确实不肯答应，在那里大吵大闹，拼了命地要我们把首饰还给他们。你是说他们的命运皆系于手镯之上?”

“是的，殿下。这些手镯能让他们免受灾祸。”

“灾祸，”塞弗林瞥了一眼赛维蒂的尸体，又立即转开了视线，“那如果我们找不到她的这个手镯，意味着什么呢?”

“我也不敢肯定，”迈尔斯站起身，膝盖估计是跪麻了，疼得他龇牙咧嘴的，“真希望崔斯坦也在这儿啊。”

塞弗林摇摇头，“这件事得保密，就目前来说。我很抱歉。

我知道你很希望他来帮忙——”

“崔斯坦是个侦查员，受过专业的训练。皇家保镖也是他的职责之一。他能力不错的。我很想知道他对这里会有什么看法。”迈尔斯挥手环指整个现场以及赛维蒂的尸体。

“崔斯坦还发誓向女大公效忠呢，”我说，“你能让他别把这事情告诉女大公吗?”

“真该死，”迈尔斯嘟囔道，“我也不想让他难做，但如果我们能通过官方渠道邀请他来帮我们——”

“我认为这样对艾兰国不太有利。”塞弗林说道。

“我也不确定我们能把这事瞒多久。”我说。

“我想查清楚她是怎么死的，”迈尔斯说，“也许她的死因能告诉我们，我们得隐瞒多少东西。”

“确切来讲，我们是要隐瞒什么?”塞弗林问道。

我咬着嘴唇，“赛维蒂的死。”

“是她被杀害的这个情况，”迈尔斯说道，“我需要知道她的死因是什么。我们也要找到是谁杀了她，凶手杀了她能得到什么好处。不是吗?”

塞弗林盯着天花板，认真琢磨着迈尔斯的话，“你说得对。要找出作案工具。我会安排人悄悄地把尸体转移到停尸房的。你打算什么时候验尸?”

“明天吧，”迈尔斯说，“我现在不方便做。”

“那行，”塞弗林说，“我会把她送过去的。”

“我们先把赛维蒂放在这里，进过这间房的人都要登记。我到时候把登记表拿上。”我说。

塞弗林点点头，“我先走了，不打扰你们工作了。我们必须要找出这是谁干的，而且要尽快。”

他走出了套房。迈尔斯面朝房间，抱怨道：“一切看起来都很正常啊。可就是不见了她那个手镯，我不喜欢这样的情况。”

“我也是。”我走向沙发。赛维蒂就是坐在那儿和我们谈判的，要求我们让兰尼尔国重获独立自由。沙发垫之间没有东西掉进去，沙发底下积的灰尘也不多。“你认为她是被谋杀的。”

“没有多少东西能致这么一个健康的年轻女子于死地。能让她立即毙命的就更少了，”迈尔斯说，“不过我明天就能知道更多的信息了。你该回家了，别留在这里忙得累死累活了。”

“还有很多事要干呢，”我说，“现在还多了这么一个调查谋杀案的首要任务。我得去见艾菲女大公——”

“你就让她等等呗，”迈尔斯说，“回家休息吧，把你没吃的饭和没睡的觉都补回来。你的工作就在这儿等着你回来再干。听话，这是医嘱。”

我嗔怪道：“那好吧，你说得倒也没错。”

我们给套房的守卫和仆人们下了一道死命令——只有塞弗林和我们能授权其他人进入这里。女仆们不许碰任何东西。守卫则需要在我们解除他们任务之前继续把守房间。交代完工作，我们便离开了套房。

我回到办公室了，阿维娅那边却还没回音。我也完全可以找个理由留下来开始调查，但迈尔斯说得确实没错，我需要休息，恢复体力。我便扣好滑雪板，出了门，滑上了国王大道。阳光把我的影子拉得差不多有六米那么长，投射在了刚刚压实的雪地上。

我们必须找到是谁杀了赛维蒂。这么久以来，她是唯一一个愿意把兰尼尔国反击艾兰国的计划告诉我们的人。她应该平安无事才对啊。我们不是把她藏得好好的吗？没人知道她在我的套房里啊——

不对。守卫们知道。塞弗林和康斯坦丁娜也肯定知道。守卫在聊八卦的时候可能会提到这个，接着就传遍整个女王警卫队了吧。负责清洁套房的女仆也知道，那这事儿也可能在她们之间广为流传了。那些被关在叹息之塔里的兰尼尔人肯定也知道他们这个年轻的领导人不见了，但要说他们是嫌疑人的话就很不合理了。他们不可能杀她。

不行，我不能再为此烦心了，不能又把自己绕进去了。迈尔斯会做尸检的。我们得从尸检结果出发，现在我在这乱猜也没用。

我的手臂有点疼，但滑滑雪，呼吸一下新鲜空气，感觉还挺不错的。我可以让马夫给我的自行车换上带刺的防滑轮胎，骑车上班，晚上再让威廉和乔治来接我。运动能让我放空大脑，可我之前都没怎么运动。路过《星报》报社，我往里面瞥了一眼，想碰碰运气和阿维娅见一面，可她并没有出现，便只好闷闷不乐地看着那黑乎乎、空荡荡的伊甸山庄酒店，加速滑了过去。

这些兴奋劲儿，让我把雷提的那个荒谬的内阁名单完全抛到了脑后。我根本不可能把他选的名单报给女王啊。我只想他赶紧让开，别碍着我。我要做的事情太多了，没时间跟他玩“占地为王”的游戏。雷能跟他父亲一样当上财政大臣，就该心满意足了——

我把滑雪杖一下一下地插进压实了的雪地，滑行着，滑雪板刮擦着雪地，发出了轻柔的沙沙声。如果雷是急需那个职位呢？布莱克家族给伊甸山庄酒店投了几百万，自信地认为它具备的现代感和奢华感不仅能吸引百大家族以及和艾格尼丝女王有渊源的地主家庭来光顾，还能吸引到一些富豪——这些人并非生于富贵之家，但他们通过搞贸易、办企业赚到了钱。可谁都预估不到竟然会有失去以太能量这一劫，但伊甸山庄酒店的财务状况肯定像在走钢丝一样岌岌可危。我咧嘴一笑，滑得更快了。

我知道怎么才能让雷蒙德·布莱克不再碍着我了。

我解开了滑雪板的绑带，从里面抽出脚来，接着拿起滑雪板和滑雪杖，把它们夹在臂弯，一把推开了艾兰国第一投资储蓄银行的双开门。此时离他们结束营业刚好还剩五分钟。地板是由黑白红三色马赛克瓷砖铺设的。这里有一排排办公桌，后面坐着客户经理和信贷员，我便朝他们走去。正排队存工资的每个职员和秘书都呆呆地望着我。我还没来得及找到座位，分行经理就冲过来迎接我。

“弗莱彻先生啊，不用劳烦你的，我可以等嘛。”

“不行，格雷丝爵士，那可不行。能帮到您可一直是我的一大乐事。是我给自己抢到了为您服务的机会。”他领着我走过这条长长的走廊，两边都是紫檀木做的办公桌，桌前桌后的人都正偷偷瞄着我们。“我们能为您做点什么？”

我把滑雪板倚在了一把椅子上，自己拉过另一张坐下了，“我想从我的账户里提取布莱克房地产开发公司的证明。”

我们身边原本嘈杂的说话声一下就变小了。

“当然可以，格雷丝爵士。您想提取多少？”

“全部。”

房间里顿时鸦雀无声。弗莱彻先生紧张地舔着嘴唇，“全部？”

“我拥有的全部证明都要取出。”

他的额头闪闪发亮。他戴着一副黑边圆眼镜，看起来眼睛变小了，我却依然能从他的眼神里看出，他正在飞快地想象着什么。

“我——好的。马上为您办理。”

我们小时候玩过一种游戏：用涂了蜡的扑克牌搭高塔。那些手最稳又会把聪明劲儿用在这里的孩子们搭起来的塔，能比他们个头还高，够不着再往上搭了才算竣工。迈尔斯可以做一个从地面到他下巴那么高的塔。他经常让我把这些塔推倒，因为我干完这事儿就会大笑起来。

“我会马上开始写文书，但是——”弗莱彻压低声音，“——就算您需要资金，也没有必要提取您的本金啊。”

弗莱彻肯定知道我不会无缘无故地撤资，也肯定知道我一点都不蠢。他这是在引诱我解释我的行为，如果我愿意说的话，可我不想这么早就扫了兴致。

“噢，弗莱彻先生，谢谢你的建议。你真好啊。但我不是那个需要钱的人。”

弗莱彻惊得脸色煞白。

我从夹克衫的内口袋里掏出一支手工雕刻的象牙笔，“既然这会儿要等，我很乐意先把出库单和转交单签了。”

他眨了眨眼睛，把他的紫檀木椅子往后推了推。“表格就在这里。您想喝点茶吗？米尔德丽德，给格雷丝爵士沏点茶。”

我喝着茶，没让弗莱彻让我自曝动机的企图得逞。一个女人带着一大堆证明走了过来，这些证明都是用厚厚的棉麻纸刻的，还盖了章。雷的房地产开发公司的每一张证明都在那里，如果把它们所值的钱都换成现金，占的地儿可比这一堆纸多得多。

地下金库入口上面挂着的锻铁钟报时了。现在是四点钟。弗莱彻伸长脖子看了看时间，然后急忙转过身来对着我，“我今天就能给您完成申请，爵士。一切交给我吧。”

“谢谢你，弗莱彻先生，但也不必急着今天弄完，”我饮下最后一口茶，站起身来，“在初日那天完成就行。祝你有个愉快的夜晚。”

我和他握了手，在一片喧嚣中离开了银行。

第十一章 尸检进行中

这天晚上，我是听着我的侍女伊迪丝的“指令”度过的。她这两周的白天都一直在忙，为我明天晚上的舞会重新打造了一件白色礼服。我站在凳子上，让她看礼服的效果。她盯着我礼服上的每一排亮片，又皱着眉头看着接缝处，做了些最后的缝补和调整。我们还挑了首饰，选择用亮闪闪的钻石搭配更贵重的珍珠。伊迪丝把它们放在一边，准备拿去清洗和擦亮。

睡了一夜好觉，吃了一顿丰盛的早餐后，威廉和乔治驾着雪橇，带我穿过了金斯顿的街道。这天是休息日，戴着白色蕾丝短面纱的人们在寺庙的入口处挤作一团。庙里散发着一阵月桂木和幸运草的香味。那堆人胳膊肘上系着黄色丝带，正随风飘动，眼睛则紧紧地盯着我和我那张扬的橙色雪橇。

我们从他们身边驶过，来到了政府大楼前空旷的车道上。我下了雪橇，大步走过空荡荡的走廊，来到我那间空无一人的办公室。迈尔斯寄来的字条在我办公室的门底下躺着，露出了一半；阿维娅的答复信则在我桌子的正中央等着我。我撕开阿维娅的信封，抽出一张散发着百合花和新闻纸味道的信纸，打开来，上面写着：

亲爱的格雷丝：

谢谢你的好意邀请。虽然说你的通知来得很晚，不过我还是很高兴能参加这个舞会。

阿维娅

我拿着信纸的手颤抖起来。虽然我提醒自己，我邀请她来是为了我们共同的利益，全身却荡漾着喜悦：就算她死都不肯把相机交出来，守卫也会把相机从她冰冷的手里撬走，这样她就采访不了女大公，也就没法借此采访的契机搞出一个轰动全国的独家新闻了。我把那张便笺举到鼻子边，又仔细闻了一遍，才把它塞进书桌的抽屉里。随后我拿起迈尔斯那张字条。他的字写得窄窄的：

格雷丝：

我们到停尸房了。尸检大概要几个小时，不过你来找我们吃午饭的时候我就能把报告给你了。

迈尔斯

看来迈尔斯最终还是把这事告诉了崔斯坦。我也不能怪他——恋人之间怎么会存在秘密呢？崔斯坦会保密的。不过这也意味着，我找艾菲的时候还得给她说明这个情况了。

我在桌上的一堆纸里翻找着。我还有些报告要写，可这些都不能成为我申请晚点再和半神国人见面的理由。这些都可以等到初日再做。所以我放弃了挣扎，走出了办公室，把门锁上了。

艾菲用来开沙龙的玻璃屋里没什么人。她坐在一个长颈乐器旁，双手灵巧地弹奏着和弦和旋律。翅膀上镶着宝石的蝴蝶在她的头顶上摇摆。一身黑银打扮的伊桑德站在透着寒意的窗边，凝视着栖息在他手指上的红松鸦。崔斯坦则穿着一身破旧的花呢套装，外面套着迈尔斯的大衣，长长的亚麻色头发塞在领子下面，头上戴着一顶绿色针织帽。可如果崔斯坦在这儿，迈尔斯字条里写的“我们”指的又是谁？

我静静地站着。艾菲知道我来了，却仍在弹奏着乐器。她弹奏的音符仿佛都漾着光，每根琴弦也都有自己的旋律，它们交织在一起，形成让人难以忘怀的、超凡的和谐之音。我可以站在那儿听上一个小时。

我身后的门打开了，一股暖风涌进了屋里。我迈开脚步的同时回头看了一眼，全副武装的阿尔迪斯大摇大摆地走进房间，他那到小腿的宽腿裤随着他的脚步摆动，褶皱忽现忽隐；棉质背心上绣了满满一片白玫瑰丛，褶边的位置则绣了一根荆棘；背上挎着一个装着箭的皮箭筒，左手拿着配套的长弓。他身上唯一的巫师之印——珀西·斯坦利爵士的灵魂——就在左太阳穴附近徘徊。他经过我身边，冷笑着瞥了我一眼。

“我们很忙的。”他说道。音乐停了。

“这就占用你们一小会儿，”艾菲说，“你们有目标任务了，先生们。”

崔斯坦右手握拳放在胸口，鞠了一躬，“我会尽力去核实伊桑德的调查结果的。你准备好去调查损失情况没有，阿尔迪斯？”

阿尔迪斯又轻蔑地瞥了我一眼，“准备好了。”

“那我们开始吧。”崔斯坦将手臂伸过头顶，在空中画了一个螺旋状的图案。空气浑浊了起来，有种戴了副雾蒙蒙的眼镜看世界的感觉。他画的螺旋密度越来越小，空气中气流扭曲的感觉就越来越强烈，就像风暴引发我剧烈的头痛时光环发出令人眩晕的光芒，模糊了我的视线。此时崔斯坦的手又顺着螺旋轨迹往回收，然后——

——空中出现了一个洞，冬日午后的阳光倾泻于整个房间，明亮耀眼像是到了夏天。崔斯坦把洞扩大了，阳光照在他身上，仿佛给他镶上了金边。一股流水和苔藓的清香掠过我的脸庞。

我站在通往安息之国的大门前，脚边有条小溪潺潺流过，阳光穿过枝繁叶茂的大树，投下斑驳的光影。我正盯着看，这个地方就从小溪边苔藓丛生的石头地变成了鲜花盛开的草地，微风拂过我们的脸，也吹得朵朵小花轻轻摇曳。小山变得越来越高，树苗也长得越来越茁壮，白色的树皮上长着黑色的条纹。

伊桑德皱起了眉头，注视着眼前这消散重组、变化着的风景，“这迹象看起来不妙啊。”

艾菲看了我一眼，然后把手搭在伊桑德的手肘上，“那是安息之国，格雷丝。”

这地方很让人着迷，可我一看它就浑身发抖，“什么——怎么会有这样的变化？”

崔斯坦回答了我，“这块土地是飘忽不定的。这里没有人相信它。”

森林枯萎了，愈发稀疏。枯黄的草本来还扎根在沙地里苟延残喘，但沙地还是笑到了最后，在我的视野里延展开来。一座荒废的城市在眼前升起，但城墙是用亮闪闪的白石筑成的，这就让我很想知道里面的人有没有幸存下来，是否安全。一条河流过沙地，把金色的沙子变成了肥沃的黑土地，上面再次长出了青草。

“好美啊。”

“其实很危险，”崔斯坦说，“特别是这里。”

“为什么？”

崔斯坦越过我的肩膀瞥了一眼他的女大公。她滑下吉他凳朝这边走来，裙子沙沙作响，站到了我身边，“你们注意安全。及时回来参加舞会。”

阿尔迪斯看着他的君主，目光变得柔和起来，“遵命。”

他走进了那个世界。现在的景象，变为了一片高耸的树林，雾气蒙蒙，鸟鸣不绝于耳。崔斯坦也跟随其后了。我们的世界和安息之国之间的通道，就这样轻轻地关闭了。

“阿尔迪斯负责在安息之国里巡逻，崔斯坦则会根据那座城里的线索继续调查。”

他们没有用次元之石就可以离开了这个世界，进到了另一个世界。崔斯坦是怎么做到的？

“为什么会这样呢？为什么这里会发生这样的变化？”

“崔斯坦刚才说过了，安息之国的这块地方没有人住。这里会这么变化，也是因为人们认为它是不断变幻的。”

“你是说这附近没有半神国人住吗？”

“是的，”艾菲说，“很遗憾你昨天没时间和我说话，不过你现在来了，我很高兴。”

这么说，安息之国的话题就只能就此打住了？不过我可以待会儿问问崔斯坦。我糊弄不了女大公，但崔斯坦应该能给我多点信息，“我知道你们对这场风暴有疑问。”

“是的。”艾菲坐回吉他凳，拿起她的乐器。它的琴弦是用肠线做的，而不是铁线，那柔和的音调在空中升起，每弹出一个音符都会招来蝴蝶翩翩起舞。“这暴雪气旋，在你们国家是正常的气候现象吗？”她问道。

“不完全是，”我说，“我以前也遇到过暴雪气旋，但它们通常到我们的雪凝之月的月底才会出现——就是下个月，新年之后。不过它们和我们前几天晚上遇到风暴完全不同。这次打破了降雪量记录。”

“这么说，这次风暴来得太早了，劲头也太猛了，”艾菲说，“你肯定想知道那天晚上是谁帮了你吧。是我，还有伊桑德。”

伊桑德点点头，把栖息在他身上的黑鸽子都驱散至窗外，关了窗。它们在一个木棚里心满意足地叫着，低沉的叫声和艾菲那余音绕梁的三拍子曲子融为一体。

伊桑德裹着一阵飘动的黑烟，穿过房间。他穿着和阿尔迪斯同款的宽腿齐膝短裤，但还搭配了一条压纹的黑色皮方格男式褶裙，上半身则穿着配套的背心，手腕上绑着结实的皮护手，这是为了和猛禽打交道设计的。眼前有一堆成套的椅子。他挥手指向其中一张，示意邀请我过去坐。我便在一把厚重的扶手椅上坐了下来。

“我们还真没见过这么用魔法的，”伊桑德说，“你们肯定有上百人一起施法吧，那么多的意志，你是怎么驾驭它们去齐心协力实现一个目标的?”

“风暴歌者从小就开始训练了，”我说，“我的父亲教了我怎么控制天空，教了我哥哥怎么做我的能量补给站，让我能更有效地对抗风暴。”

艾菲皱起眉头，她的手指却没闲着，一直拨着琴弦，给琴装品，“风暴来了，你就必须逼迫自己去做风暴歌者。你是这个意思吧。”

我眉头紧锁。“是的。得用很巨大的能量才能撕裂一个气旋风暴，”我说，“而且不好的气候并不只是出现在冬天。春天下的雨都很容易平息，但到了夏天，气旋风暴就会席卷而来，对我们国内的庄稼收成和各大城镇的安全造成威胁。秋天一般就是沿海地区会有阵雨，偶尔也会刮大风。所以我们一年三百六十五天都保持警惕，尤其是在风暴多的年份会更为注意。”

“这么说，今年是个风暴之年咯。”

“是的，”我双手交叠，放在大腿上，“而且是最严重的一年，我们从来都没见过这么糟糕的情况。比上一次还要糟糕。”

“上次是什么时候?”

“三年前。我祖父那个年代都是七年出现一次，后来成了五年一次。现在三年。以后呢?”我把手摊开，耸了耸肩，“这也就解释了，为什么我想知道怎么才能把巫师放出来，怎么才能结束对他们的迫害。如果这些风暴变得越来越猛烈，来自百大家族的风暴歌者也没有足够的力量去和它们对抗。”

“所以你是准备答应我的要求了？”艾菲问道。

我又皱了皱眉头，“没那么简单。我们对巫师们下了狠手，还在能力范围内用尽一切手段去掩盖这个秘密。我不知道该怎么揭露这个真相，同时又保全我们的风暴歌者。”

“你双方都需要，”艾菲说，“如果你还想拯救你的国家的话，你需要每一个会施法驱风的巫师来帮忙。想想办法吧，格雷丝。”

伊桑德拉过一张斜斜的膝桌，放在膝盖上，拿出一支黑银相间的金银丝钢笔，小心翼翼地旋开了笔帽。我认出了这支笔。它是威尔逊–史密斯公司推出的热销款钢笔，而不是由半神国人设计出来的精品。他抬起头来，迎上了我的目光，便朝我微笑，脸颊都笑得鼓起来了。

“用这个跟用羽毛笔蘸墨水写字真是天壤之别。我很喜欢这个精巧的设计。”

他喜欢钢笔？我给他带上二十支，再随笔附赠一夸脱墨水都没问题，“你在写什么？”

“我们这个会议的记录。我注意到，你们的女王不在的时候，你和王子都会更放松，能更真实地展现出自己的想法。”

我脸红了，“我们只是在尽力解决艾兰国的麻烦。”

“你和王子很配合我们，”伊桑德用笔在纸上画了几个我完全看不懂的象形文字，和艾兰国语那些有棱有角的字相比，这些象形文字字形更圆滑，很是好看，“我更想和你们两位打交道，而不是康斯坦丁娜。”

我咽了口唾沫。他也不是在暗示什么，只是在简单陈述自己的偏好罢了。我站起身，朝他们鞠了一躬，“感谢您抽空和我见面。您还有什么问题吗？”

“你对于风暴碗有什么了解？”艾菲问。

“萨敏丹水手称之为风暴之炉，”我答道，“那是一片未知的水域，离艾兰国的海岸线大概几百里。在相对较冷的海洋里出现这么一片温热的水域，也就构成了压力系统，最终产生风暴。信风会把风暴往东面推进，就会朝我们这来了。敢于去风暴之炉探险的人，没一个能活着回来。”

“谁敢去那里探险啊？”艾菲又问道。

“艾兰国的天文学家对这个现象极其感兴趣，而萨敏丹的水手都会躲得远远的。”

艾菲抬起头，看着一群蝴蝶在多面的玻璃穹顶下嬉戏飞舞。“远远躲开才是明智的，”她说，“这地方可危险了。”

“您是怎么知道的？”我问道，“那安息之国里也很危险吗？”

艾菲弹漏了一个音符。伊桑德在纸上弄了一个污点。他抬起头来，和艾菲面面相觑，才意识到自己的惊慌失措被我看在了眼里，便转过来面对我，一言不发。

我低下头，尴尬地行了一个屈膝礼，“我在别的地方还有事情，抱歉。”

“希望那是件让你愉快的事。”艾菲说。我没说话，只是微笑着。

我身后的门一关上，玻璃屋里的音乐就停了。可我不能再在这儿试着偷听了。我匆匆走出厢房，找了个仆人问路。

“我要去王宫的太平间。”我告诉她。那个女孩走在前面，估计是王宫侍从的孩子吧。

到了太平间的走廊外，这个小仆人就不敢往里走了，不过她没带错路。我注视着面前紧闭的大门，那宽大的双开门上各印着一行字："太平间——未经允许不得入内。"

这行字的下面钉了一张便条：

"尸检进行中。请慎入，感谢理解。"

我的手都放到门把手上了，却还是犹豫了一下。迈尔斯就在里面，和一具被解剖了的尸体在一起，尸体的内脏露在外面——仿佛是一个经验丰富的猎手带着我这个第一次打猎的菜鸟行动，把鹿打死之后，当着我的面快刀剖开它的肚子，黏稠的内脏滑了出来——

我把手抽了回去，嘲笑自己没胆子。别跟个小孩儿似的。我自嘲了一番，便按下门把手，推开了门。

一股刺鼻的恶心气味涌入我的鼻腔——那里面夹杂着肉铺的腥味、酒精和溶剂的浓烈气味，还有石碳酸皂散发出来的药味。房间里铺着灰绿色的瓷砖，零星有几块干了的黑色血迹。墙上的挂钟每走一秒都滴滴答答的，有点吵。长长的白瓷桌子上放着一杆弹簧秤，托盘上放着高高的钢碗。我先往铺着鹅卵石的玻璃窗扫了一眼，再往这边看，才看清碗里的红色东西。

"进来吧，把门关上，"迈尔斯说，"你确定它没有问题吗？"

"确定。"原来迈尔斯的神秘助手是他的朋友罗宾。她用一条熟亚麻头巾把头发束在脑后，穿着一件灰色的棉布罩衫，腰间系着一条黑色橡胶围裙，双手戴着赭色橡胶手套，手里轻轻捧着一颗闪着光的人心。

我强忍着，不让自己发出恐惧的叫声。

迈尔斯坐在座椅上，转过身来，眉宇间写满了忧虑。

“我们快完成了，”迈尔斯说，“也许你该到外面等会儿。”

“我没事。”我说。

“你脸都青了，”他摇着轮椅靠近我，给了我一个小小的棕色玻璃瓶，“如果这里味道太浓了，你可以在你上嘴唇抹点这个。”

他扭开了瓶盖，一股薄荷脑的香味溢出来。我摇摇头，“煤气灯把我脸照白了而已。我没事。”

我把目光转向解剖桌，看着赛维蒂的尸体，倒吸了一口气。

“该死，格雷丝。别看。”

但我已经看见了。我看见了皮肤底下的红肉、白森森的骨头和那本该放着心脏的深洞。我看见了她的脸，没有血色，苍白得像蜡一样，而且——

迈尔斯拉了拉轮椅的手刹站了起来，把我转过来面向他。“镇定点，”他说，“你现在有这种感觉是很正常的。身体分泌的肾上腺素会让你发抖、准备战斗或逃跑。你必须学会控制好你的害怕的本能，冷静下来，才能来学我们现在在做的事情。”

我闭上眼睛，竭力止住酸涩的味道在嘴里泛滥，不让自己完全丢掉尊严。身后响起了一阵脚步声，接着是柜子门打开时发出的咔哒声，随即便是织物展开时轻柔的沙沙声。只听罗宾说，“把她盖好了。”

“我在第一堂解剖实用课上晕过去了，”迈尔斯拍了拍我的背，“就像棵被砍倒的树似的，直挺挺倒下了。”

“你告诉我这些是为了让我感觉好点而已。”

“我真的晕倒了。你现在可以回头了。”

赛维蒂身上裹了一张白色的床单，包得严严实实的。我摇摇晃晃地向前迈了一步，“你发现了什么？”

“唯一的线索是眼睛，”迈尔斯说，“她的心脏非常健康，大脑也是完好无损的。肝、肺等所有内脏都没有恶化的迹象。我们仔细研究了组织样本，做了测试，结果都是一样的。”

罗宾摇了摇头，“她是窒息而死的。但具体是怎么窒息的，我们也没办法告诉你。”

“她的嘴和鼻子周围没有瘀青，呼吸完全是畅通的，”迈尔斯说，“没有证据表明有人强行把她掐死，现场也没有搏斗的迹象。”

“那是什么意思？”

迈尔斯和罗宾交换了一下眼色。他闭上了嘴。

“我知道你也是在猜测，”我说，“但是请告诉我。”

“我不能说。”迈尔斯说。

“给我透露点吧。你找不到自然死亡的原因，也就是说她的死是非自然的吧。噢，”我捂住了嘴，“迈尔斯，魔法能做到吗？”

“可以，”迈尔斯说，“如果我碰到其他人的皮肤，我完全可以用法力杀死他们。”

“但你没有这么干过。”

“他当然没有。”罗宾把摘下来的手套扔进了垃圾桶。

“你知道的，”我说，“索普小姐。有件事我不想提醒你，但我觉得还是得告诉你：我知道你是个巫师。”

“这点我很清楚。”罗宾走到一个陶瓷洗手盆旁，扭开水龙头，用一块红色的石碳酸皂擦洗双手。她像迈尔斯一样有条不紊地洗着手，又转过身来，靠在水槽边上，用刷子刷着她那满是肥皂泡的指甲，“迈尔斯说，你是值得信任的。”

“是啊。”我说。

罗宾抿着嘴笑了笑，这笑容带着点讽刺的意味，“你说是就是吧。”

她不是那种会给人留有余地的人。我脸颊滚烫，但还是用清晰、平稳的声音说道：“我要知道一些事情。非常重要的事情。河畔城有巫师，他们有能力控制天气。”

罗宾把刷子换到另一只手上，继续刷着指甲，却一言不发。迈尔斯坐在椅子上，动了动身子。

我把话题推进了一步。“艾兰国需要他们，”我说，“那场风暴只是开始。我们需要聚拢起所有可以调用的力量。”

“这些巫师能和你平起平坐吗？他们会获邀住在西角公园那些豪宅里吗？他们会像你一样能在内阁任职，大富大贵吗？”

她已经知道了。她已经知道所有关于皇家骑士的事了，仿佛这根本不是什么秘密。我站在那里，说不出话来，也不知道该有什么反应。

罗宾用水冲干净了指甲刷，又冲走了手上的肥皂泡，“你把他们放了，如果监察官偷偷去抓他们的亲戚朋友，你会叫他们袖手旁观吗？”

我仿佛又回到了那艘在海里翻滚的小船上，在甲板上摇摇晃晃，我在她的话语攻击里挣扎着，却依然站不住脚，“艾兰国需要他们。这是一场危机。”

“你们几百年来都在迫害巫师，这就已经是场危机了。你们关了他们几十年，也是一场危机。现在有一场你驾驭不了的风暴来到你家门口了，你才在这里谈论‘一场危机’。”

“你不能否认我们面临的问题!”

“你似乎也否认了我们面临的问题吧，”罗宾说，“如果你想让那些巫师帮你，你怎么保证他们不会被关起来？你的家人没有你那样的天赋，你就联结吸收他们的能量，那这些巫师又有什么理由相信，你不会用对你家人的方式去对待他们呢？”

“联结是错误的。我希望停止这种做法。”我说。

“《巫术保护法案》就是错误的，”罗宾说，“你想结束这一切吗？”

我看着绿黑相间的瓷砖地板，“我明白你的意思。我能理解，但我做不到。”

“理解这一点就行，”罗宾说，“我跟你说话，是因为我信任迈尔斯，而迈尔斯信任你。但不管你有多需要这些巫师，我也不会带你去找他们，谁都不找。除非你能给我承诺，不告诉任何人。”

“我话只能说到这儿了。”

“只要你愿意，就肯定可以，汉斯莱总理。你明明可以给我们更多帮助。”

“你已经有想法了。”我说。

“人们在质疑法律。民选议员组成的小组委员会正负责审查法案背后程序呢，他们已经对证据提出了严重质疑。”

“严格来说，作为总理，我不仅代表自己，还代表王室——”

“我也没说这是件容易的事，”罗宾站在赛维蒂的尸体旁，她的声音很平静，“但是你有能力去办成一些事情。”

严格来说，这话确实没错，但这只是一个理想主义者的想法。我甚至有两条路可以走——一是暂时中止这条法律，直到顾问委员会完成对它的审查，然后再进行讨论，辩论和谈判，如此持续七步，才能决定是修改它、增强它的效力还是废除它。这需要下议院和内阁开会……可这会儿还没组阁，也就不需要安抚内阁成员了。

二是请求颁布法令。现在的罗斯王朝允许议会引导法律的制定，只需由总理以各种形式向议会陈述王室的期望即可。但君主还是拥有绝对统治权。如果我得到了女王的命令——

但那是根本不可能的。康斯坦丁娜女王不会同意的。

那如果是塞弗林国王呢？

我愿意为了艾兰国做任何事，不是吗？我都已经答应帮塞弗林了，不是吗？可一想到这里，我的胃就痉挛起来。叛国罪。我会被认为是支持叛国行为的。可我不是叛徒。我作为皇家骑士发过誓——

永远为艾兰国服务，保护人民远离危险，饥饿与黑暗——

神哪，不行，我走不了那么远的。除非我无路可走。

“我可以试着去说服王室。”

迈尔斯叹了口气。罗宾又盯着我看了一会儿，点了点头。

“这是你向前迈出的一步，不过也只是其中之一。如果我们想让艾兰国成为一个讲道德的国家，我们还有很多工作要做。”

“艾兰国是——”

话到嘴边，我停了下来。罗宾等待着，她的表情很耐心。我耷拉着肩膀，盯着地板，“艾兰国现在的行径根本不道德。可能以前还好吧，如今呢？你说得对，我们确实需要改变方向，需要深入挖掘，从而决定我们想要成为什么样的国家。”

罗宾和迈尔斯交换了一下眼色。“这有助于了解你的目标，”罗宾说，“人民心中就有这么一个目标。”

我抬起头，“什么目标？”

“你觉得我们为什么会选黄色丝带作为支持终止艾兰国巫师迫害的运动的标志？”罗宾问道。

我把头往后一仰，“你不能想着打个响指，就能把一个王国变成一个乌扎达式的民主国家。这种国家体系很不错，确实不错。但我做不到，那太难了。”

“我又不是要你明天就把国家体系都给换了，”罗宾说，“我是在告诉你，人民想要的是什么。你能做什么来帮他们实现这些愿望？”

“老实说，我现在回答不了这个问题。我得去做个分析，我需要看一百份报告，还需要一个委员会——等会儿，”我看着罗宾，看着迈尔斯，“克拉克议员带领的小组委员会，负责调查《巫术保护法案》的，就是你们啊。”

罗宾点点头，“就是我们。”

“那么，以下这就是我能做的了。我可以让雅各布·克拉克来找我，问他带的委员会调查到了什么。如果他要和我商量，我会提供……但如果他会碰到什么麻烦，我可以提前给他们警示。

我加入不了克拉克的联盟，但我可以给予支持。”

迈尔斯朝我笑了，我也回赠了他一个微笑，“我可以帮助你。要改变大方向是很难，但我会尽我所能的。”

罗宾考虑了一会儿。

“这是个开始。我知道，这么复杂的事情也不是说打个响指就能立刻实现的，”她说，“所以我还是先不抱太大幻想，稍稍有点信心吧。”

她提起赛维蒂裹尸布的一角，把它往回折，露出了尸体那苍白的肩膀，“我想我可以唤回赛维蒂的灵魂，这样我们就能直接问问她了。”

第十二章 召唤亡灵

我惊得下巴都掉了。墙上的钟滴答走着，数着我用了多久才把嘴合上。我努力挤出一个回应："我感觉这有点不敬吧，索普小姐，但如果你能把她召唤回来问话，那你为什么还要——"

我指了指那被床单盖着的尸体。

罗宾歪着头，"我以为你要的是正式且可接受的证据。我之前查清单，没看到死者的证词啊。"

"我们必须确定她是怎么死的，"迈尔斯说，"如果她的心脏有先天缺陷，大脑或肺里有血块，那么我们就不作谋杀案调查了，只会觉得她运气太差了。"

"尸检还是必要的，"罗宾说，"实话说，我本来没想着让你们知道我的能力的。"

"你的能力是什么？"

"我是个亡灵歌者，"罗宾说，"亡灵出现之后，我才知道自己有这能力。我这辈子都有魔力，所以我必须学会掩饰我对铜的厌恶。但我没有天赋，至少我是这么觉得的。"

我点了点头，“发现自己没有天赋肯定挺沮丧的。”

“也许我们可以待会儿再探讨那个话题。”罗宾说。

前几天，阿维娅告诉我，亡灵歌者是《巫术保护法案》生效后第一批被捕的巫师。他们的天赋是世代传承的。罗宾的家族里可能就有人被送进了精神疗养院。“当然。我很抱歉提起这件事。”我说。

“谢谢，”罗宾没戴手套，直接把手放在赛维蒂裸露的肩膀上，闭上了眼睛，“我能听见他们的声音，与他们交谈。我甚至应该能指挥亡灵，但我不会那样做。”

太平间里静悄悄的，只剩挂钟的滴答声。伴着秒针走动的声音，我和迈尔斯站着，身体偶尔换换重心，看着对方，等着看会发生什么事情。

罗宾睁开眼睛，“没理由啊。稍等一下。”

罗宾从她的罩衫下掏出两个盒式项链坠。她打开其中一个，用手指按了按里面的一小卷辫子，一个上了年纪的萨敏丹女人便出现在她面前，她穿着一件过时的束腰长袍，和其他灵魂一样全身透明。

“这是我的姑奶奶乔伊。”罗宾说。

我以前见过她。我第一次见罗宾的时候，乔伊就在王宫里迈尔斯那个套间里站岗。我转向她的姑奶奶，低下头致意。

“你好。”她向我回礼，一脸严肃的表情。

罗宾打开另一个挂坠盒，一个年轻的女人出现了，穿着三年前流行的及膝绲边连衣裙，“这是我的堂姐玛哈莉亚。”

“这也是你的中间名哎。”迈尔斯说。

“我们的名字都是我祖母取的。她在一个精神疗养院里去世了，”罗宾说，“监察官把祖母抓走的时候，我才七岁。”

我没猜错。我向玛哈莉亚的灵魂低头致意，她却高傲地扬起下巴，鼻子愤愤不平地吸着气。

“哎。我还以为是有什么东西干扰了魔法，比如说墙里可能有铜的成分，”罗宾说，“但实际上并不是因为这个。”

“或者你是只能召唤自己亲戚的亡灵？”迈尔斯提示道。

罗宾摇摇头，“我试过把屋大维·格林召回来了，他也不是我的亲戚。他把自己埋珍珠宝藏的位置告诉了我，我去找了，确实就是在他说的那里，”罗宾微微噘着嘴，接着说，“找到之后，他对着他的家族宣布杰赛敏·布朗是他的私生女，她有权获得一半的宝藏，然后我就在一片吵闹中离开了他们的家族住宅。他们可能现在还在为那事叫嚷呢。

“那按理说你是可以唤回她的灵魂，”我说，“而你召唤不了？”

“对。”罗宾说。

“为什么会有这种情况？”迈尔斯在座位上扭转身子看向我们，同时从衣服里拉出了一个烟袋。经过发酵和调味的烟叶散发出了强烈的熏香，混合着尸体和甲醛的味道，我才想起这里还有具尸体呢。

“灵魂会不会通过了——”

“通往安息之国的所有路都是封闭的。”我说。

迈尔斯像变戏法似的，卷了一根完美的、没有过滤嘴的香烟，“对，不可能是这样。”

罗宾瞪了他一眼，“你之前可是说想戒烟的啊。”

“我今天过得很糟糕，”迈尔斯说着，把他卷好的第一支烟递给了她，“格雷丝呢？”

一想到那具尸体，我就想吐，“我不能在这个房间里吸烟。”

迈尔斯扭头朝一扇黑漆门的方向看去，“这扇门外面就是殡葬马车的车道。”

“感谢神，”我说，“我们能出去吗？”

迈尔斯把他卷的第二根烟递给我，“等一下。还有一种可能。”

他抬起头。我知道，他说的是在他光环中闪耀的灵魂之冠。罗宾也看到了，她皱起眉头，“你的意思是，赛维蒂的灵魂可能被束缚了？我还以为那必须得双方自愿才行呢。”

“我也不知道是不是这样，”我说，“我见阿尔迪斯在珀西爵士行刑的时候束缚了他的灵魂。”

“真的吗？”迈尔斯说，“这就是它的来源。”

我点了点头，叹了口气，“你能像隐藏你的光环那样隐藏巫师之印吗，索普小姐？”

罗宾叼着烟，“我不知道。我们不了解的魔法可太多了。但要我猜的话……”

迈尔斯又卷好了一根完美的烟，塞进了嘴里，领着我们走向出口。他在一根控制杆旁边停住了。他一拉杆子，黑漆门就开了，根本用不着碰它。他摇着轮椅出了门，来到一条白雪皑皑的车道上。

我们呼出的气在眼前化成了白雾。风把迈尔斯的头发吹得在耳边飘舞。我用双臂搂着自己的腰取暖，罗宾则拿出一个气体打火机，打着火，给自己点上了烟，再分别给迈尔斯和我点上了。

迈尔斯抽烟的方式和士兵的差不多：他用拇指和食指捏着烟头，烟蒂则藏在手掌之下。他呼出一大口烟，自言自语道："所以说她不可能去了安息之国，而是在自己不愿意的情况下被束缚住了。还有别的可能性吗？"

"我再去查查看，"罗宾说，"我家里藏了一些旧日记。我可以先去调查调查，再给你更多信息。"

"谢谢你，"我说，"你完全不必这么做。"

罗宾呼出一缕烟，"我一直很乐意给朋友帮忙。"

她指的是迈尔斯，当然不是我，但这无关紧要。"不知你对受害者有多少了解？"

"我知道她是兰尼尔的——等等。她的手镯呢，在哪？"

"我们当时搜遍了整个房间，但没找到。"我说。

罗宾点点头，好像她已经预料到了这一点，"那手镯可能很重要。"

"怎么个重要法？迈尔斯老是不给我解释这个。"

迈尔斯转动脖子，舒展着肌肉，"星辰手镯里面会有佩戴者五岁生日那天剪下来的一缕头发。兰尼尔的小孩子就是在这一天根据占卜兆相获得自己的名字的。"

我还是有点没听懂，"那手镯上有写赛维蒂的占卜兆相吗？"

"这个是保密的，"迈尔斯说，"但头发才是最重要的。你也知道，父亲总是要我们烧掉剪下来的头发和指甲，衣服要是沾了自己的血——"

“每四个周一次。”我说。

“这是因为它们是具有交感作用的联结物。”迈尔斯说，“有了头发，就能控制那个男人，或女人。如果有个巫师得到了赛维蒂的星辰手镯，那么套房的门有没有锁好，有没有人看守，也都无关紧要了。”

“我还是觉得，我们要和所有负责保护赛维蒂的卫兵，或者说了解套房情况的工作人员都聊聊。”

“好主意，”迈尔斯说，“我来给你记笔记。”

“我得走了，”罗宾说，“我还另外有约呢，要迟到了。需要我帮忙的话，迈尔斯——”

“我会给你写信的。”

罗宾弯下腰，搂着迈尔斯的肩膀。“我很快就回来，”她说道，接着转过身来，朝我致意，“汉斯莱总理。”

“索普小姐。”

我们互相点头道了别。她便转身回太平间去了，身后跟着她那两个幽灵般的亲戚。

警卫站离太平间不远。值班表显示，我们指派来监视赛维蒂的其中一名卫兵，之前是在王宫的大前厅担任检阅警卫。我们让他在一间无人使用的办公室里汇报工作。他穿着一套鲜红的哔叽面料的制服，制服上钉着两排黄铜纽扣；肩上披着一件洁白的披风，腰上还挂着一把军刀。

“萨德勒下士吗？感谢你的到来，”我说，“请坐。”

他站在我们面前，眼睛却完全避开了我们的视线，直直盯着塞弗林王储官方画像的摹本出神——塞弗林是女王卫队的挂名指挥官，“谢谢您，总理女士，但我应该站着。我能为您做些什么？”

“我们派你来守卫我的套房，确保里面居住者的安全。萨德勒下士。我这里有份登记名册，上面说你负责看管这个房间的时候，除了女佣、我和迈尔斯之外，没有人进过这个房间。”

萨德勒下士咬紧牙关，咽了口唾沫，眼睛却依然盯着对面的墙，“是的，总理女士。”

迈尔斯把一只胳膊肘靠在轮椅的扶手上，怕我没有注意到萨德勒的神情，还给我使了个眼色。

“这情况真实无误吗？”我问道。

他犹豫了一下才回答，“我没有每个班次都轮一遍，不过，这情况是没错的，总理女士。”

“有没有人停下来问你，为什么要守着总理的套房？”迈尔斯问道。

“有的，先生，”这个卫兵回答道，“有仆人，别的卫兵。很多人都有问。”

“那你是怎么回答他们的？”我问道。

“我说的是‘我们有命令’，总理女士，”他依然盯着墙，直立的身体比之前更僵硬了，“但我们根本没跟他们提起过囚犯。”

“说说那个囚犯吧，”我说道，“她有没有尝试过和你交流？”

“她不会说艾兰国语，总理女士。”

“你怎么知道？”迈尔斯问。

他瞥了一眼迈尔斯，才回答道："因为她有试着说服我们，给其他兰尼尔囚犯捎个口信，先生。我们拒绝了她。"

"你值班那会儿，也不是只有你一个卫兵啊，"迈尔斯说，"如果非要猜一个嫌疑人，你会觉得谁最可能会帮她通风报信呢？"

萨德勒下士又咽了口唾沫，"她试图给我们送金子，先生。金手镯。"

"那些手镯上面有刻东西吗，或者有什么装饰吗？"

他皱起眉头，"有刻东西，总理女士。但我不记得那是什么图案了。"

"她不可能送的，"迈尔斯说，"不可能送那个星辰手镯的。"

"我还是比较同意你这个想法的，不过我们还是要调查一下，看看我们派遣的守卫自身是否有经济问题。"我对迈尔斯说道。此时的他已经拔开笔盖，准备做笔记了。

"是富勒列兵，总理女士，"萨德勒下士说，"他家里有个失忆的祖父。他们想拿个养老院的入住名额，可是过了很久都还没等到，请家庭护理的话还得花很多钱。"

"那他处境还挺艰难的，"迈尔斯说，"有人要求见囚犯吗？也就是你不想把他名字登记在册的那个人。可能那人是想把其他兰尼尔囚犯的回复带给她？"

萨德勒下士的目光突然转向了右边，"没有，先生。"

"如果这个人很重要呢？"我问道。萨德勒闭上了眼睛。他那原本挺拔的肩膀往下沉了一点儿。接着又紧紧地抿着嘴。

"你不用再履行那项职责的原因，你是知道的，"我说，"昨天我们把她带出来的时候，你也在场。”

他睁开眼睛，仍然盯着墙壁，不，应该说是盯着王储的画像，“我该回去工作了，总理女士。”

“萨德勒下士，”迈尔斯说，“现在是艾兰国的总理在提问你。”

“我们规定只能休息五分钟——

“如果来的人权力比我小，那你完全可以放心，我会保护你，”我说，“如果是这样，你肯定能告诉我是谁想进总理套房。你不说，剩下的选项就表明，来的是权力比我大的人，而你知道在他面前我也保护不了你。”

“总理女士——”

“女王来看囚犯了吧。或者是塞弗林王储。”

“总理女士，”萨德勒下士说，“求求您了。”

迈尔斯瞥了我一眼，“是塞弗林王子。”

“你确定?”

迈尔斯点点头，“康斯坦丁娜女王不会一个人来——她肯定会带上警卫队长的。而且她也不必要求警卫把她来过这件事当做秘密的。”

萨德勒下士舔了舔嘴唇。他的脸上露出了恐惧的神色，不过他并没有试图否认我们的推测。

“谢谢你，下士。你可以走了。”

他那颤抖的手按下了门把手，开门出去了。迈尔斯和我默默地坐着，听着他离开时那有节奏的脚步声。

“为什么塞弗林王子会想要赛维蒂的命?”迈尔斯问道，“他不是正准备满足她的要求吗?”

“他早就说过想答应赛维蒂了,”我伸手拿过值班表,浏览了一下,“那天我见到女王的时候,塞弗林是和她在一起的。”

“是在我估算的死亡时间前一小时吗?”

我从值班表上抬起头来,“有没有可能是前两小时?在你估算的赛维蒂死亡时间的前一个小时里,萨德勒下士就已经报告说他们来了。”

“洗澡水,”迈尔斯说,“塞弗林说那缸水还很热。”

我闭上眼睛,回忆着在浴室里搜查时的情景,“我没有亲自检查一遍。但如果是他杀了赛维蒂,然后在浴缸里灌满热气腾腾的水,接着又去关掉滴水的水龙头——”

“他的指纹就会留在浴室里了,”迈尔斯说。

“我们不是在认真地考虑这个可能性吧,啊?”我问道,“我们不会真的认为——”

“他不是唯一的嫌疑人,”迈尔斯说,“只是第一个嫌疑人。”

嫌疑人。一个王储,竟然成了嫌疑人。我胆战心惊地呼了口气,“他不是法师。他能这样一下子杀了赛维蒂,肯定会留下什么证据的。”

“赛维蒂可能是被一个橡皮袋闷死的。他可以让她的尸体倒在地上,然后把浴缸里的水灌满,对我们判断赛维蒂的死亡时间造成干扰。这是有可能的。”

“可他为什么要这么做呢?他从中又能得到什么?”

“即使他招了,我们又怎么可能追究他的责任呢?”迈尔斯问道,“这也是我最担心的一点。”

“赛维蒂应该是想试着给兰尼尔代表团的其中一人捎个信，”我说，“她不是法师，但他们那些星辰祭司全都是法师。如果她给卫兵送手镯并不是为了贿赂他们，而是想把那只星辰手镯转交给代表团里的某个人呢？”

听完我的这个想法，迈尔斯反复思考了很久，最后惋惜地摇了摇头，“可能吧。那些法师可以让手镯持有者所爱的人确定，这个手镯持有者是死是活。如果她有爱人或者——她的父亲。”

“尼卡尼斯，”我说，“她是把手镯给了父亲，让他知道她没事吗？我们必须审审他。”

“你没时间了，”迈尔斯说，“你得先回家换衣服，再回来参加舞会。”

“该死。没时间审他了。”但是我的舞会礼服还在家里呢。我回来的时候，阿维娅就会来找我了。

我会把她介绍给半神国人——介绍给艾菲女大公——也许我和她可以找个时间一起喝一杯，谈论一些丑闻或秘密以外的事情。也许我能逗她笑。也许我们可以找一个晚上，一个小时，甚至是一分钟，能让她放下采访工作，回归到阿维娅这个身份；也能让我脱下总理长袍，回归到格雷丝这个身份，同时把我们的姓氏带来的一切负担抛到九霄云外。

“格雷丝，”迈尔斯说，“那你打算去哪儿？”

我摇摇头，“我刚在想别的事情。”

“那你肯定是在想什么好事。不管怎么说，我们先走吧。我答应了崔斯坦，等他回来我就陪他睡个午觉。”

“睡午觉，”我大笑起来，“那肯定能睡得很香。”

“这一切都结束之后肯定能睡个好觉。”迈尔斯说道。他把我们的笔记和值班表的复印件收了起来，领着我出了警卫办公室，嘴里还哼着小曲儿。

回到王宫，我和他在大使厢房门前分别了，随后便穿过走廊，来到政府大楼外，等着威廉和乔治驾雪橇来接我。我今晚就能见到阿维娅了，不知道她会不会穿那套红色的礼服出席呢。

第十三章 《夜幕，正降临》

我回到了汉斯莱府。在舞会开始前，我在这儿待的每一秒，都被伊迪丝掐着时间安排得满满当当：休息，做最后一步的美容护理，以及吃一顿精心烹制的饭菜（这桌饭菜挺丰盛的，但还没奢侈到吃山珍海味的地步）。我穿着雪白的礼服，上面点缀着闪闪发光的水晶珠子；脖子和耳朵上都戴着镶了银边的钻石和珍珠；肩上则披着一件长到脚踝的雪貂皮斗篷。她看着我身着这套服饰走下金色的橡木楼梯，完全按捺不住自己激动的心情。

她这次真是超水平发挥了。我全身上下每个细节都很完美：每走一步，闪闪发光的裙摆下就会露出一双银色的舞鞋。我的指甲也经过了一番修饰，指甲盖涂上了漆白色的指甲油，指甲尖的位置则用银色的指甲油仔细描了边，身上还喷了白兰花味的香水，走起路来都仿佛沐浴在一片清香中。脖子上围着的白色皮草软软的，很是舒服。威廉扶着我上了雪橇，我们便乘着星光，朝王宫飞驰而去。

到了王宫门口，我把安检标签塞进了我那双轻薄白手套的内衬隐形小袋里，随即踏上紫罗兰色的活动地毯，走向蒙特罗斯宫里最大的舞厅。这里的音乐越来越响，三拍子舞曲在召唤我。我和阿维娅，能把那些宾客挑逗性的眼神和臆测抛到脑后，一起跳舞吗？

走到舞厅入口，便已是一片热闹——旋转着的舞者在女王的台前嬉闹着，女王则在和埃尔辛·佩尔弗雷玩战略游戏，两人一心都想着赢下这场战斗。台下，地主们和百大家族的人站在一起，他们注视着这一大群身材魁梧、看起来有点古怪的半神国人。和我们这些尘世东道主朴实无华的装扮相比，这群半神国人的装束奢华无比，简直像珠宝般耀眼。

眼前的场景，让我想起了国王学院举办的舞会：所有的女孩都在舞厅的一侧徘徊，因此男孩们要想试着接近她们，就像是在挑战自我。舞池里唯一的半神国人是崔斯坦，他轻声嬉笑着，和迈尔斯学习着舞会舞蹈的基本步法。塞弗林王储也在给艾菲女大公教同样的内容。

这里没钟，我也没戴手表。艾兰国的舞会没什么时间观念，女王退场之后，乐手们才会停止演奏，以此告诉所有人可以自由离开了。这是我们舞会上唯一有用的措施。

不对，还有另一个，那就是在穿过人群的时候，我会悄悄地留意别人向我投来的眼神。人们经常会把好奇的目光集中到舞厅内某个人身上，有时脸上还会挂着期待的微笑，等不及地想看烟花。

所以消息已经传开了是吗？我拦下一名服务员，从她的托盘里拿了个广口浅底杯，里面装着气泡酒。我选了个位置站定了——这里能让看我的人更好地欣赏我，同时我又能看着哥哥和朋友跳舞。我喝起酒来，酒里的泡泡轻吻着我的鼻子。

背后的人群突然骚动起来。不到三秒，雷蒙德就出现在我面前了。他穿着素净的黑白晚礼服，朝我微笑——或者说，至少他有努力挤出点笑容。

“格雷丝，”他说，“赶紧选出新内阁有多重要，这一点，我还以为我们都清楚了呢。”

“我们搞清楚这个了吗？”我问，“我是觉得要等所有人都充分考虑过这些事情之后再做决定才对吧。”

雷蒙德冷笑了一声。他在笑我不自量力，竟敢和他这么一个影响力巨大的人物对抗，“这么拖延，你可真够蠢的。我还以为你想好好领导我们呢。”

我呷了一口美酒，“你给的名单也太荒谬了吧，雷。我知道你父亲没有好好教你怎么精明地作出政治决策，但我本来还以为你会比你选的那些人聪明点儿呢。”

“所以你以为你选的人就能帮你拉拢其他隐巫者了？你以为只要在女王耳边吹吹风就能动摇他们的地位了吗？”

他就没留意到在场的人对我们这边的争吵很感兴趣吗？我没回答他，而是含上了满满一口“凡尼尔寡妇的鹿谷”牌气泡酒，泡泡在口腔里停驻，嘴里满是浓郁的花香，细品便能尝到不同层次的口味，就像日落时分水面的倒影般变幻不定。

最后，我还是朝他笑了笑，回答道：“我可没这么想过，亲爱的。我考虑过你的名单，你的一些人选也在我的推荐之列——当然，那些没脑子的我可不会考虑。”

“我明白了，”雷蒙德假惺惺地、装作很失望地看了我一眼，“我想我们干脆直接发起不信任投票吧，下星期就举行选举。”

我差点笑出声，“有件事应该没人告诉你。你所有那些朋友，所有那些崇拜者，都没有一个人和你说起过这个吧。”

他瞪着我，“恐怕你喝得太多了。”

“雷蒙德，仔细听好了，这很重要，”我身子稍稍前倾，像是要给他说什么秘密似的，“我昨天把布莱克房地产公司的股份都提现了。”

他的脸色逐渐变得铁青。我给了他一点时间，让他回忆回忆，我和他订婚之后，我父亲在他的公司买了多少股份。过了一会儿，我又给了他几分钟，再让他回忆回忆，我可已经接过父亲的衣钵，成了他们公司的董事。

最后，我开口了：“我那天去得太晚了，没能联系上艾兰国皇家交易中心的过户代理人，但我自己的代理人等到初日交易中心开放的时候就会帮我去办手续。”

他舔了舔嘴唇，咽了口唾沫，“格雷丝。你不能这么做。”

“我不能这么做？那些股权证书都是我的，我有权决定它们是值得保留呢——还是不值得。”我把目光从他身上挪开，打量着所有注视着我们的人，他们离得太远，听不见我们说话。只见理查德·普尔对我咧嘴一笑，举起酒杯表示敬意。

雷蒙德·布莱克忘记了一个很重要的点，而这个点是普遍存在的：

每个人都喜欢看有权有势的人跌落神坛。即使是精英阶层，也对正义得到伸张或大仇得报所带来的戏剧效果毫无抵抗力。

蜡纸做的小卡片在空中飘舞，旋转着落下来。“我一如既往地欢迎你提建议，但最后我必须冷静、谨慎、明智地为政府指引方向。最终做决定的是我。你明白我的意思吗？”我说。

他的脸上满是仇恨。他点了点头，把下巴用力一抬。

我也点了点头，平静地喝了一口酒，“我明早会和我的经纪人谈谈。”

他张开嘴，嘴角扭曲，苦笑着，“趁你还来得及，好好享受吧，格雷丝爵士。”

一位服务员端着满满一托盘加了蜂蜜的云杉啤酒路过。我拿过一杯，把它递给了我的敌人，“拿着吧。你看起来想喝一杯。”

我走开了，心里却并没有幸灾乐祸。可不能显得粗野无礼。但当我从那个有利位置准备走向下一个时，我感觉自己有七尺高，扫视着人群，寻找着那个穿着深红色裙装的倩影——我努力说服自己，会看到她的。

一个穿着正式黑白西服的年轻人站在舞厅入口处。他迟到了。他把邀请函交给了接待人员，然后举起了他的——不对。我看见了那涂着口红的嘴唇，一头漆黑的短发丝滑柔亮，包在那人饱满的颧骨上。我凝视着这个人。

是阿维娅·杰赛普来了。她打着全套的白色领带，黑西服剪裁得当，很贴合她的身材，样子和《夜幕，正降临》那部电影中的多里安·索尔特差不多。她是个轰动一时的人物，美得惊人。我放下杯子，穿过舞厅，除了走近一点，什么也做不了。

她俯下身来，轻轻呼出的暖意在我的肌肤上游走。

“对不起，我迟到了。”

每个人都盯着我们看，但这都无关紧要。“不一起跳支舞的话，我会很遗憾的。”她说。

接着她眨了眨眼睛，领着我往舞池走去。人们纷纷转过头来，目光追随着我们的身影。

这会儿是舞曲的序章，想跳舞的人可以用这点时间进入或离开舞池。我们在舞池里找了个位置。阿维娅把手放在了我的腰上，仿佛一直是她在领着我跳舞。估计她可以像这样跳上个一百遍吧，可她这么勇敢地和一个女人面对面站着，引导着她的舞伴用交叉步跳双人舞，还转着一个个高难度的圈，竟然还能面不改色心不跳。

笛手从乐手席上站起来，指挥着舞曲的第一段变拍。阿维娅迈着轻盈的步子，手指轻轻地放在我的腰上，用信任和她眼中的光引导着我。我们跳得非常开心。音乐都进入下一段了，可我们连舞池的四分之一都没转完。阿维娅便一下把我转了出去，又踮起脚尖，让摇摇晃晃的我回到她的怀抱。

“你跳得很好啊。”她说。

我跳得好吗？“是你带得好。”

“那也得你肯让我带才能跳得这么好嘛。”

经过王座时，我们换成了旋转式的舞步。要是我这时分神去想自己在做什么，那转起来复杂的舞步肯定能把我绊个跟头。转到第四个圈，我们便停下来调整节奏，适应音乐慢下来的拍子。

我们旋转，她的头发也随着身体的转向绽开了；我们走舞步，她的头发又恢复到原状；音乐响起，她的头发服帖地贴在脸颊上，弯曲着。她把我捧在手里，放在眼里——我的眼里也只有她，陶醉在她灿烂的微笑里。

我应该和她对话，和她轻松愉快地聊天，可在她面前，我就像着了魔似的，错失了聊天的机会。我便选择了另外一种方式：评论她。“你看起来太棒了，就像从电影里走出来的人物。”

她微笑着喃喃低语，声音低得我不得不看着她的嘴唇以确保我没听错，“我借来的西装。这是尼克·埃利奥特的。”

我惊呆了，但还是努力让自己站稳了，“他是你的朋友吗？”

“我很高兴，你没有假装对他的死一无所知。”此时，乐手吹响了笛子。这旋律大家都熟悉得都能哼上几段，我们便跳起舞，每个舞步都没弄错。“到最后我还是没有理解他。我后悔了。多希望我能未卜先知啊。”她说。

神哪！我们会面时的所有情形都在我的脑海中激荡着。她问的所有问题，她摆在我面前的所有调查——她都在追随尼克的脚步，追寻他被杀害的原因。她并不是在寻找霜之月一号发生的事件之间的联系，因为她早就知道了。

她打破了我的沉默：“我多希望你和他们不一样。多希望你是清白的。我真傻，竟然还以为你和你父亲不是同一个模子出来的。”

“我不是。”

“真的吗？”她给我来了个开式推转，然后又用流畅的动作稳稳当当地接住了我，不愧是个经验丰富的领舞，“你为了制造以太能量，逼着巫师们做的那些事儿，我都知道。”

“尼克的手稿，”我说，“你拿到了。”

她的脸上一直挂着笑容，她的目光也从未离开过我，“尼克发现了这一切，还打算出版这些稿件。”

她问的所有问题都是有目的的。她想让我承认所做的一切。她早就想和我合作了，希望得到我的配合，但她想要的不可能实现。“阿维娅。你不能这么做。求你了，如果你把这事曝光出去——”

“我想应该不用你告诉，什么能做，什么不能做，我的女士，”她的舞步每一步都走得很准，根本不会让我绊倒，“巫师在精神疗养院里干的事情，你是什么时候知道的？”

“电灯开始没法用的那天。”

“为什么电灯会没法用？”她问道，“我想听你说。”

“因为我——”我话还没说完，就又该转圈了。她温柔地握着我的一只手。我伸出另一只手在空中画出了一道弧线，把自己拉回她的怀抱。“我们摧毁了那个东西。我，迈尔斯和崔斯坦。然后半神国人来了，救了迈尔斯的命。”

这让她大吃一惊，脸上的微笑也挂不住了，“是你打破的？不是半神国人？为什么？”

“你知道那是什么，”我低声说，“我们怎么能允许它存在呢？如果是你，你会怎么做？”

她没吭声。是在想什么吗？她必须理解。必须！

“我发誓，阿维娅。我一开始真的不知道。可我知道那是什么之后，我决不能允许它存在。我不能。”

她的嘴角往后缩，脸绷得紧紧的。她在和我的决定作斗争。

“但你在试图掩盖发生过的事实。巫师们仍未重获自由，还有死者的灵魂却都跑出来了。明天的《午后要闻》一发行，你为掩盖真相所作出的努力就通通白费了。”

音乐的节奏又加快了，这最后的部分快得令人窒息。阿维娅带着我用盘旋步转了几个圈。音乐来到最后的和弦时，我们停了下来。她一只手放在胸口，朝我鞠了一躬，然后抬起头，两颊涨得通红。

“谢谢你和我跳舞，总理。”

她把我领到舞池镶木地板的边缘后就离开了，只留我一个人站在那里。

阿维娅明明彬彬有礼地把我从舞池里领了出来，可我还是感觉她仿佛给了我一记耳光，然后昂首阔步地走开了。我可真傻，还以为自己能瞒过她。昨天我也有烦心事，但那还是值得的。但现在我却被抛下了，独自一人站在人群里，颤抖着。我不能再在这里站太久。肯定会有人跑来跟我说一些琐事，或者邀请我跳舞，那我就得微笑着和他们聊天，啊不，不行，我做不到。

我从阳台门离开了舞厅，走下水泥楼梯，去了玻璃屋。玻璃屋在月光下发出柔和的光。门没锁，我一碰就滑到了一边。里面有群施法者，在刺骨的严寒中研磨着什么，屋内便充满了温暖的空气，闻起来很是清新——那是肥沃的土地、生机勃勃的绿植和干净的流水的味道。我关上了门，让这潮湿的暖意渗透到我的身体里。这和舞厅里闷人的、散发着宾客体味的热气完全不同。

远处响起了一阵管弦乐。又是另一段舞蹈的序章。我拐进一条蜿蜒小径，走上台阶，轻轻抚摸路边植物的巨大而光滑叶子。这些植物远渡艾尔斯海洋，来到这片小地方上生长。这里也本应夏日炎炎，此时却冰天雪地，像是过了个假的夏天。

现在的我形单影只，没有好奇的目光跟着我。我可以咬着嘴唇——也确实这么做了——然后感受唇上温暖，感受它的隐隐作痛。我可以低下头，双臂抱着腰。我也可以打个冷战，对阿维娅临走时说的话感到毛骨悚然。明天下午，一切都会水落石出了。艾兰国的末日即将来临：人们会在愤怒中暴起，颠覆秩序，这样半神国人就能等着看我们的下一步动作，看我们如何证明自己值得他们的怜悯。

要是暴民血溅街头，半神国人还会对我们仁慈吗？他们会宽恕那群满脑子暴力和只想着毁灭的生物吗？我怀疑他们做得出这种事。接着，百大家族覆灭后，无情的风暴就会杀死所有幸存的人。如果阿维娅揭露了真相，那艾兰国可能连今年都挺不过了。

我不能让阿维娅刊登那篇报道。但我能怎么阻止她呢？她穿着的那套西服，属于她的同事兼密友。她很清楚，尼克是因为知道了些秘密才被谋杀的。只要她轻轻一碰，艾兰国这座“纸牌塔”就会轰然倒塌。自从知道我试图掩盖发生过的事实，她就对我很生气了。我想象着她誓要报复的样子——她打好那条白色丝绸领带，向自己的内心承诺：正义终会降临金斯顿。

确实，正义也应该降临金斯顿。这是应该的。她揭露的所有秘密，那些我拼了命想守住的秘密——反倒保护着那些应该担责的人，让他们不用承担任何后果。噢，你说首席法师被关在监狱里了，可那也是为了救康斯坦丁娜的命。父亲可能会被处以绞刑，但他获刑的这个罪名比起他对艾兰国做的事情而言，只是九牛一毛罢了。

我心里精于算计、自私的那个自己盯上了那些首席法师。他们已经被关起来了，其中大多数人都是我父亲那一代的。他们中的许多人是同谋。他们完全能够承担责罚——他们应该承担责罚。如果阿维娅能把他们的名字说出来，也许就能转移人们的怒火，不至于烧到我们这些在海湾努力抵御风暴的人身上。

我得想办法说服她接受我的策略，然后仔细、温和地引导人们接受这个毁灭性的消息。我可以把她带到这里来感受感受夏天的气息，然后——

“你碍着我了。”

我吓了一跳，从思绪里跳出来。阿尔迪斯从香蕉树的树荫底下冒了出来，大步走进我驻足的那片月光中。

我挺直身子，稍稍扬起下巴，脸上带点不屑，“请原谅。我不知道你也在这儿。”

月光下的影子也透出他的冷笑，“我本来是一个人在这儿的，然后你就跑过来了。”

啊，这人可真粗鲁，还敌意满满。“对不起，打扰你了。你不介意的话，我要去别的地方一个人静静了。”我说。

我本来想撤了，可他的嘲笑打断了我。“这就是你想象中的兰尼尔国吗？”他问道，“除了绿油油的植物和潺潺溪流之外，难道就没有其他值得尊敬的东西了吗？”

“不，”我说，“瓦兰港是一个充满活力的国际大都市，一直都很欢迎贸易来往和友好交流，马加尔人推翻了合法政权后，就终止了和我们几十年的贸易。”

他冷笑道：“这就是他们讲给你听的故事吗？一个暴君夺取了王位，所以你必须从她手中夺回兰尼尔？”

“你敢说那里没有发生政变吗？”

“为了掠夺眼前一切有价值的东西而屠杀数百万人，甚至是为了点亮好看的灯而消耗一个国家的灵魂，我认为这样的借口并不合理。”

我咽了口唾沫，“我也这么觉得啊。开战完全就是错误的。看来这件事上我们还是意见一致啊。”

阿尔迪斯抬起头，“你就是这么告诉我你很无辜是吗？”

“我当时很无知，”我说，“算不上无辜。但你应该知道，我得知真相之后做了什么吧。”

“我只知道，你从来都没有为那些在叹息之塔里受苦的政治犯发过声。”

“兰尼尔人可把我哥折腾得够呛，”我的拳头一紧，把指关节都捏得生疼，“他们绑架了他。他们把他关在最折磨人的集中营里。他们做的事情真的坏透了，我哥到现在都还没有告诉我他到底经历了什么。你还想让我打开那些牢房，给他的敌人倒杯茶？”

“你忘了给他们道歉。”

“我永远不会给那些来这里滥杀无辜的人道歉，”我一扬手，像是把这个提议抛开了，“对于那些为了贪婪、权力和统治而不得不互相争斗的人，我感到很遗憾。他们没有受到应有的惩罚，我也想对他们说声遗憾。嗯，如果你不介意的话——”

“我介意，”高大的阿尔迪斯冲到我面前，满脸通红，“你从金斯格雷夫监狱带走了一位重要的外交官。你对她做了什么？”

太该死了！我回答不了他。我们对赛维蒂的死只字未提，也没有公布任何消息，而现在这个拥护兰尼尔的半神国人问我的问题，是完全正当的。“我没必要把我们和兰尼尔谈判的一切内容都告诉你。”

“他们是外交官。”

“他们是罪犯。”话音刚落，我就想倒流时光，把这句话收回去。我也朝阿尔迪斯探过身去，指着他说道：“我们具体怎么和犯人谈话都不关你的事。”

阿尔迪斯抓住我的手腕，捏得紧紧的，把我手腕所有活动的小骨头都挤在一起，“兰尼尔国的福祉都与我有关，我说是就是。我不想再问你了。赛维蒂·安·瓦沃特怎么样了？”

阿尔迪斯有一双黑眼睛，眼神很是锐利。他身材很魁梧，比崔斯坦还要高；身上光芒四射，超凡脱俗。我动动舌头，思索着答案，准备把他想知道的事情、他想知道的一切，甚至他没有要求我说的东西，都告诉他。阿尔迪斯盯着我看了一会儿，便知道了真相。因为我从他的眼神里看到了真相。

他的眼睛大得不像人。他的脸，神秘、精致，又迷人。他在我身上缠了一张魔咒网。我的脑海里突然响起了一个小小的声音，尖叫着，抗议着。

我抓住了那只魔咒网的边缘，把它撕成了碎片，身体止不住地颤抖着。

“放开我。”

我浑身发烫。我被灼伤了，头发丝都直立起来——那股热量穿过我，升到天上炸开了，发出了锯齿状的蓝白光。

一声震耳欲聋的爆裂声划破了天空。那是雷声。阿尔迪斯畏缩了一下，放开了手。我退了回去，闭上眼睛，和他的法术对抗。

“别再碰我，”我举起手，手里电光闪闪，充盈着那种反磁场的麻木感，“以后都别碰我。”

一阵声响穿透了房间里的薄雾。玻璃屋的门“吱”地一声滑开了。我收了法术，转过身来。只见塞弗林王子冲到我面前，把手放在我戴着长手套的胳膊上，“你没事吧?”

我微笑着，从他手里挣脱出来，“谢谢。我只是有点儿心神不安。也许我该进去看看迈尔斯怎么样了——”

我面带笑容，绕过了塞弗林。无论人们看我的时候是面带好奇还是神色诧异，抑或是因为知道闪电到底是从何而来而皱起眉头，我都会对他们报以微笑。但是王子还是追上了我。他把手掌放在我的肩胛骨之间，温暖我的脊背。

“我一直都在找你。忘掉这一切，来和我跳支舞吧。”

他想成为我的护盾。他想让我待在显眼的地方，这样他就能挺身而出保护我了。旁观者也就会知道，我和未来的艾兰国国王是朋友，从而改变自己先前对我的设想。

这手段挺妙。他领着我，来到舞池的镶木地板上，做好准备——我一只手放在他的肩膀上，另一只则握住了他的手——我也不知道这会儿能干什么，就看着他那双明亮的黑眼睛，然后和他一样，愉快地微笑着。小提琴响起，舞蹈也就开始了。我们跳起舞来，脚踩上了节拍。

开场舞只有三分钟，对我而言却是一种慰藉。塞弗林保持着准备舞蹈的姿势，和我站在一起，等着开场曲结束。

“下午早些时候，我让警卫搜查了兰尼尔人的牢房，”塞弗林高兴地说，“他们在兰尼尔的首席祭司尼卡尼斯的牢房里发现了一批星辰手镯，其中有一个不见了。我想我们已经找到凶手了。”

第十四章 战略性尝试

我思索着该说点什么，才能既不让人怀疑又不显得丧气。就在这时，音乐响了起来。塞弗林王子也领着我开始跳舞。他的肩章穗带搔着我的指尖，穿着的哔叽制服原料来自于北方长毛山羊的下层绒毛，还是由人工梳下来织成的。塞弗林仿佛成了我的舞蹈老师，给我的动作提要求——背要挺直，但不能僵硬，肩膀松弛一些，脖子也放松，保持头的平衡，然后脚步开始滑行。

定音鼓咚咚地响了两次。我们跳了一个小节，音乐的节奏也随着进度变换了——鼓声和铜管乐的节奏都加快了，追赶着管弦乐的部分。他跳着前进步，我则跳着后退步。他笑眯眯地看着我，眼角的细纹也因喜悦而变深了，“这是个好消息，不是吗?”

他肯定会像克拉伦斯·霍克斯在《午夜前的十分钟》中扮演的角色那样，投入到调查中去。霍克斯演的男主是个侦探，他向菲瑞纳·戴维斯饰演的漂亮女主达琳·查尔斯沃斯伸出了援手——达琳被控谋杀了自己的祖母，从而赶快把遗产搞到手，可侦探相信她是无辜的。这个侦探便跟进查案到审判的每一步，误导侦办人员和法官，最后帮助达琳逃脱了牢狱之灾。莫非迈尔斯没说错？

“格雷丝？”

“不好意思，”我尴尬得脸颊通红，微微发烫，接着又耸耸肩，对自己心不在焉的状态冲他抱歉地笑了笑，“事情有点眉目了。我在考虑凶手可能的作案动机。”

“你这个工作狂怎么老想着工作啊，”塞弗林说，“你可真是不知疲倦。那你有什么想法吗？”

“想法没有，问题一大堆。”我说。他为什么要这样做？“我在想动机是什么，但我这样纯属胡思乱想，浪费时间。有把那人分开来关吗？”

“有。他和他们代表团其他人没有接触了。”

至少他这一点还是做对了的。“非常好。我和迈尔斯明早去找他聊聊。”

“所以我们可以先把这项工作放在一边嘛。”塞弗林没有看着自己脚下的路，而是把所有的注意力都集中在我身上。他带着我跳了一会儿旋转步，接着把舞步换成了比较简单的行进步，但他从来没有把我松开，我自己连一个圈都没转上。看我们跳舞的人，肯定都对他这种强烈的占有欲惊讶不已，而我的这个“事迹”，也肯定要在那些西角公园豪宅里的权贵间家喻户晓了。

这一整晚下来，原本尽在掌控的一切，仿佛都失控了。阿维娅和艾菲女大公坐在一起，脑袋也凑在一起，密切交谈。雷一直盯着我看。他眼里的仇恨像烈火般熊熊燃烧，都能把他饮料里的冰给化了。阿尔迪斯则不见踪影，这既让我担忧，又给了我一丝宽慰。

“工作永远都停不下来，”我说，“就算是在我们穿着最漂亮的衣服跳舞的时候。谢谢你把我从阿尔迪斯身边救出来。”

“他做了什么事让你这么大动肝火啊？”

“他要我把赛维蒂·安·瓦沃特的下落告诉他，”我说，“我不肯，他就不再掩饰自己了，露出了真面目，想用魔法逼我说。”

“他想干什么。”塞弗林的眼神，让我想起了猎鹰那种专注而无情的凝视。

我的嘴唇有点干，但我还是努力抑制住想舔嘴唇的冲动，“我发脾气了。可真够丢脸的。”

“人之常情罢了，”塞弗林王子说，“我知道，你必须把自己裹在穿不透的完美盔甲里，但你想象一下，如果他对一个没你那么坚强的人干这种事，会怎么样？你可以想象一下如果他对我这么做会怎么样吧。我要跟艾菲女大公谈谈这件事。”

如果阿尔迪斯用魔法去对付塞弗林王子——这确实不堪设想。“谢谢你，”我说，“但我们肯定要给她汇报赛维蒂的死讯。这个我们瞒得了一时，瞒不了一世啊。”

“不必，”塞弗林说，“我们可以说，我们还在与她谈判，她的死亡是非自然原因，也已经拘捕了一名嫌疑人。这件案子已经尽在掌控。只是因为时间不合适，我们才决定推迟公布。”

我没有在意那些转过来看我们的好奇面孔，只是对他们和缓地笑了笑，希望这足以让他们在听到那些无可避免的流言蜚语时找到疑点。塞弗林太专注于我们的话题了，根本没意识到他的行为有多有趣。“嗯，这应该能让大多数人满意。”

“我可不知道你那个朋友会不会满意呢。邀请她来这里，也太草率了吧。”

“艾菲想跟一个普通的艾兰国人说话。”我说。

“阿维娅·杰赛普根本不是什么普通人。”

“确实也是，”我说，“但她是我们最好的帮手了。”

“她就是个丑闻，”塞弗林说。“她那套衣服，搞得像在演荒诞电影似的。”

王子非常喜欢听交响乐，看歌剧、戏剧和舞蹈表演，但他从未接受过电影首映式的邀请。“是我没通知到位，她也不知道要去安排舞会礼服而已啦。”

他耸耸肩，说的话还是带点刻薄，“不过至少她父亲还是给她请了礼仪教练。她倒也没做什么坏事，但我觉得，没经过母亲同意就请她来，你也免不了要受罚。”

“那肯定。我也猜到她肯定会不高兴。”等报纸把我们辛辛苦苦保守的那些秘密全给曝光的时候，康斯坦丁娜女王绝对会大发雷霆，甚至可能愤怒到要以煽动罪起诉阿维娅。

我的胃慢慢地翻滚了一下。全民起义之前，阿维娅就会被绞死，而我也无法扭转这一切。我只能劝她不要这么做。如果她坚持要把那篇报道发出来，一切都会土崩瓦解。

“你看起来很担心，”塞弗林说，“你愿意的话，我可以陪你一起去。我会时不时插一两句话，强调一下如果拒绝神眷者的要求是多么不明智的做法，再强调你的慷慨意图。”

“谢谢你。”

音乐来到了最后一节。我们继续保持着舞蹈姿势，跳着旋转步。音乐结束了。他朝我微笑着，手仍然放在我的腰上。

“谢谢你和我跳舞。”他向后退了几步，把手放在心口上，在整个舞厅的人面前向我鞠了一躬——他风度翩翩，举止优雅，仪态也很完美。一般来说，王室成员几乎不会向地位低于他们的人用这样的姿态表示敬意——哪怕是地位只比他们稍低的皇家骑士。这也就意味着，如果我受到了侮辱，对他来说也会是一种侮辱——一种他会予以回应的侮辱。

我真希望那复杂精细的拼花地板能在我脚下裂开，把我吞进去。可最后，我还是低着头，对他行了个屈膝礼，膝盖都快碰到地面了，以对他这个王位继承人显示出十足的敬意。我给他回应，完全是出于礼貌，并不是对他有什么特殊感情，也只是向他表示尊敬，而不是朋友那种亲昵。

让那些爱嚼舌根的家伙说去吧。我让塞弗林送我走出了舞池。正巧，一群半神国人跑了进去，八个人站成一个方框状，拍起手，跳起了一支速度飞快的舞蹈。阿维娅也在他们的队伍之中。看到这情况，乐手们面面相觑。突然，一位小提琴手站了起来，奏起了一支活力四射的舞曲。熟悉这支舞曲的乐手们也加入了进来。

在正式的舞会上跳八人方框舞或排舞并不是一件容易的事。我本能地转过头去看女王。她也正目不转睛地看着我。我和她对视的那一刻，她举手示意我过去。我便把手从塞维林的胳膊上抽了出来，“看来女王的赌桌上没有人陪她玩。她叫我过去呢。”

“那你肯定是要去的，我也肯定要和雷蒙德·布莱克谈谈，”塞弗林说，“有时间的话，我就过去找你们。”

我转身走向女王的台子。康斯坦丁娜女王就在那里等着我，嘴唇抿得紧紧的。

这里并没有棋盘游戏等着我。我走近王位，康斯坦丁娜脸上却没有一丝笑容。我向她行屈膝礼，裙缝绷得很紧，我等着她开口。

“格雷丝爵士，我想知道，你会在行动前先考虑好呢，还是随兴而动呢。你今晚的行为，你打算怎么解释？”

“陛下，”我先打了个招呼，想给自己留点时间好好想想该怎么讲下去，“我要为自己造成的破坏表示最诚挚的歉意。阿尔迪斯爵士限制了我意志的自由。请原谅我的爆发。我只是太想保持我的耿耿忠心。”

女王探身向前，“忠心。”

噢，又说错话了！“是对您的忠心，女王陛下。是对艾兰国的忠心，也是对我们默默付出的一切的忠心。”

她又靠回王座上，“起来吧。”

我稳稳地站直了身子，“对不起，陛下。”

“知道了，”她用一根手指敲了敲王座的扶手，把手放在了扶手上的狮身鹰首兽雕塑上，“你对我儿子有什么看法吗？”

那一刹那，我的心仿佛都停止了跳动，“您是说塞弗林王储吗，殿下？”

她用嘲讽的语气说道：“姑娘，我就只有一个儿子。你觉得他怎么样？”

“我觉得他很有良心，很正直，也是个清醒的思考者，很受欢迎——”

“你觉得他忠诚吗？”

身后，半神国人正跺着脚大声叫着。我利用这会儿的噪声，逮住机会瞥了一眼后面跳舞的人，给自己赚了一秒思考时间，“我认为他非常爱艾兰国，也很喜欢这里的生活方式，陛下。”

“嗯，”康斯坦丁娜女王一脸不悦，“他在你面前才是这么表现的。”

我脸上看着很冷静，没表现出太多表情，而心里某个部分却在尖叫。她知道。她知道塞弗林打算做什么，她知道我对他发过誓，她要让我们俩都付出代价。

她拿起一杯甜酒呷了一口，但这酒也没能让她的表情甜美一点。“他想跟这些半神国人讨价还价。不管他们想要什么，他都会点头，然后带着最荒唐的建议来找我。要是你知道他们想从我们这里得到的是什么，你肯定也会摇头的。”

我什么也没说。她并不需要我。

“我想你让他明白道理。你很擅长妥协。你已经控制了下议院，也在选择内阁成员的时候很有远见，会思考之后需要处理什么样的事情。你要让他明白，我们不能因为被半神国人威胁，就把保险柜的钥匙交出去，把国库倒空。”

所以她是在试着拒绝半神国人的要求，把责任推到她儿子身上，还想让我去给她拒绝。而我的计划，相当于是用沾红了的手指直指她。毕竟首席法师怎么可能不知道国王的所作所为呢？但是塞弗林——塞弗林那时候可能还是个小孩，甚至可能还没出生。太天真，太理想主义了。

这个揭露真相的游戏，我必须好好玩。不然她就会把我从总理的位置上踢下去了。而且如果我没有权力去推动我的变革、使之成为法律的话，我也帮不了任何人。“陛下——”

舞池那边的音乐结束了，掌声雷动。女王往左边看了看，点了点头。站在台子那一头的卫兵大步走向舞池。

舞厅里充斥着人们跳完舞后的喘气声，与之形成对比的还有一阵窃窃私语声。

艾菲突然高声说道：“杰赛普小姐是我的舞伴，请你立刻放了她，谢谢。”

我朝那边扭了扭身子，但还是看不见，“陛下，杰赛普小姐是我的客人。是我邀请她来的。”

“你着魔了吗？怎么能邀请一个记者来参加皇家舞会呢？更不用说这还是个爱眯着眼看八卦的家伙？”

“她是我的朋友。”我说。阿维娅走过来，映入了我的眼帘，我却缩了缩身子。她的胳膊被两个穿着红色制服的警卫抓着。“她现在就得走吗？”

“整个晚上她都让人尴尬，简直是个丑闻，”女王说，“她的滑稽行为我真是受够了。”

“但我必须——陛下，请原谅，我真诚地道歉，但我必须——”

女王像尊雕像一样，一言不发。

“我只能告辞了。”我喘着气说。

我转身冲过舞池，追着阿维娅和抓走她的警卫们，发出了几声怒吼。我和女王他们结束谈话之前，警卫已经带着她走到大厅的一半了。

“我会安静地走的，”我噼噼啪啪地跑下楼梯时，阿维娅说道，“你不用这样像丢布袋一样把我丢出去的——格雷丝。”

“你们两个，停下，”我对警卫说，“放手。我送杰赛普小姐离开。你们可以走了。”

警卫们面面相觑，但还是松开了阿维娅的胳膊。她小心翼翼地用手指压着上臂，退避了一步，“这里瘀了。”

“我会让他们写检讨，放进他们档案里的。”

“不用麻烦了，”阿维娅说道，她的语气很疲倦，“你想干什么，总理大人?”

“我得和你谈谈。”我浑身发着抖，说道。

她摇了摇头，漆黑的头发都整齐地垂了下来，“你有什么新闻是我以前没听过的吗?”

我环视四周。就算我小声说，在这驻扎的仪仗卫兵也可能会听到的。“我们不在这里讲。”

我们从负责看管行李的服务员那里取回了自己的东西。我让服务员把我的雪鼬斗篷披在肩上，阿维娅打量了一番这斗篷。我不禁打了个哆嗦。她可能在想，它的价钱如果换作一个家庭的生活费——如果牛奶一直保持每夸脱十美分的价格，那能撑多久啊?我摇了摇头，抛开了这种想法，领着她走出了王宫，走下台阶。一名侍从从我们后面，跑向队伍中间的橙色雪橇，准备给我们开门。

一扇高大的铁门后，抗议者们挤在火炉周围。橙色的火光闪烁着，在他们举着的牌子上跳动，有的牌子太暗了，看不清；而其他牌子上只写了一个词："耻辱""耻辱""耻辱"。

他们应该得到更好的。他们应该待在安全又温暖的家里，舒舒服服地躺在床上，好好休息一晚，第二天再去努力工作，赚一笔合理的工资，而不是在这里大喊大叫，引起我们的注意。

他们应该拥有这样的生活。我们也应该努力工作，帮助他们。

阿维娅穿上一件毡毛大衣，扣好了扣子，"怎么了，总理？"

总理。这个称呼仿佛一把硬邦邦、冷冰冰的大锤，向我的腹部直直抡去。

"请允许我送你回家吧。"

"请允许我来邀请你，把你想说的话告诉我吧。"

我的胃翻滚着。成败在此一刻。在我竭力想说话的时候，阿维娅正眯着眼睛看我。我只能说服她，让她放弃那篇报道。这也意味着我必须给她一个理由。我不得不告诉她真相。

我的肩膀放松了。心里也暖意盈盈，如释重负。我能做的只有一件事，所以我必须做好它。

"你是对的。我早就应该把真相告诉你的。准备开始了。"我说。

但这并不容易。我讲得口干舌燥；窗外的风转了个方向，打在我的脸上，我只好眯起眼睛。我不得不挣扎着说出来。我没有左顾右盼，而是看着她的脸，说出了一长串事实中的第一个：

"我父亲杀了尼克·埃利奥特。如果你不够谨慎，他也会杀了你。"

第十五章 斯巴尔克夫人牌清洁剂

雪橇停了。阿维娅瞪着我，一言不发。威廉打开了后座的半开门，她下了雪橇，站在原地，依然看着我。最后，她的眼睛深处闪过了一个决定。

“把剩下的都告诉我吧。”

她让威廉扶着她上了雪橇。我在心里感激地叹了口气。我跟在她后面挤了进去，回到了雪橇上。我们把脚搁在暖脚器上，用手包着放在腿上的钢制热水瓶。威廉和乔治坐在前排，我则紧靠着阿维娅，低声说道：

“父亲发现了尼克的计划。为了掩盖以太能量和精神疗养院的真相，父亲杀了他。不过还有一件事你也得知道。”

“我想应该不止一件事吧。”

我叹了口气，用手捋了捋头发，头发马上就披散下来，遮住了我的眼睛，“你还有上百件事情要了解呢，但先别着急，等我把所有的事情都告诉你之后，你再说你的故事。”

阿维娅打量着我，“那你打算什么时候开始讲呢，格雷丝爵士?”

我深吸了一口气，这空气冷得，差点连喉咙都给我冻上了。“现在就说，”我说道，“我是个巫师。我们都是巫师——这里我指的是皇家骑士。”

听到这个消息，她看起来一点儿都不惊讶。我继续说道，“艾兰国是依赖于我们的魔法存在的。你还记得那场风暴吗?”

“当然。”

“我们用尽一切力量，用魔法去控制那风暴。至于结果，你们之后会看到的——猛烈的暴风雪会汹汹来袭，威力强大到能掀翻屋顶；一天之内下的雪，堆起来有一人高；到了春天，洪水会让第一次播种根本没法开展；还有饥荒、干旱，夏季末的飓风等等。”

阿维娅抬头看着我，眼中流露出对我的理解，“所以这就是你请我成为你的同谋的高尚原因是吗。之所以说是高尚，是因为你用魔法保护了大家。”

“不，”我说，“如果你把这些秘密全都报道出去，康斯坦丁娜女王肯定会以煽动叛乱罪逮捕你。发表这种煽动性言论属于叛国，对叛徒可是要处以绞刑的。”

“我非常关心艾兰国人的命运，就算让我做烈士我也在所不惜。你这是在怀疑我的这份初心喽?”

她这话听起来，像是在侮辱我。我抓着盖在我们腿上的雪橇毯，朝她靠得更近了，“你忘了你给我的承诺了?你说你会听我倾诉，这样我就不用独自背负这些秘密了?这是你的真心话，还是用来骗我的呢?”

阿维娅迅速垂下了眼睛，盯着自己的腿，“我是这么说过。我是想婉言劝说你，在报道你的故事的时候给我提供点帮助——”

“这就对了。我接受你的建议。我会告诉你我的故事。我会告诉你你想知道的一切，我也会让你把这些事情昭告天下。但我们要慢慢来。”

“这得多少年啊？”阿维娅问道。

“一年吧，”我说，“整个真相三言两语可说不完啊。”

她感兴趣了，“那你打算从什么开始说起呢？”

“三个点：从艾兰国电力与照明公司背后的真相说起，”我说，“从我们写了一部法律来监禁那些巫师、欺上瞒下说起。从‘所有的皇家骑士都是巫师’这个事实，以及他们为了保证艾兰国的安全所做的事说起。我们需要人民明白，我们必须活下去。我们活着，他们才有活下去的希望。报道完这几点之后，我们再把剩下的内容告诉大家。”

阿维娅转了转头，她的颈部“啪”地响了一声，响亮得甚至盖过了雪橇驶过坚硬的雪地时发出的嘶嘶声，“这是不是意味着，你想把那些巫师放了？”

“如果没有巨大的压力，女王是不会这么做的。即使是半神国人说，只有我们放了巫师，才会对我们仁慈，也根本动摇不了她的决心。”

阿维娅点了点头，“艾菲告诉我，塞弗林王子很有责任心——如果掌权的是塞弗林，那她做决定就容易得多了。”

我倒吸了一口气，冷得连牙齿都生疼，“她的秘书也是这么说的。他们没说错。如果塞弗林有权同意他们的要求，事情就好办多了。”

阿维娅歪着头，“我们是在讨论一些重要的事情吧？”

“是的，”我表示同意，“我会继续讨论这个问题。”

“那假如——”

我摇了摇头，“不要假设。”

“好吧，”阿维娅叹了口气，“但是我希望你能遵守诺言。你今晚就得开始给我讲。”

“在哪儿讲？”

阿维娅的目光看向了别处，“我想给你看些东西。它们在我的公寓里。”

“什么东西？”

“我的文件夹，我做的调查。还有那些手稿。”她耸起肩膀，飞快地瞥了我一眼，“我想你得来我家一趟了。”

我点点头，“很高兴能到你家做客。”

“这可不是你住习惯的豪宅。这是一个公寓哎，你进过公寓吗？”

“没有。”我说道。

“我会带你参观参观的，”她噗嗤一下笑了，虽然这话题根本不引人发笑，“也用不了多久。”

阿维娅住的这栋楼，挤在一排用红砖砌成的建筑中间，砖墙被煤烟熏黑了，上面原有的白漆也剥落了。楼里的房间都很昏暗，却都开着窗，让冬日的寒冷气息都跑进去了。楼房外面挂着一条黑色的铁楼梯，上面结了霜，走起来很危险。

我看着这一切，阿维娅则看着我。我任由雪橇毯从腿上滑下来，抓住了她的手，捏了一下，“你准备好了吗？”

“你看见这楼，还要装作不难受吗？”

我把脖子上的毛领往上提了提，“你的房东真得挨顿骂。”

“我的房东是布莱克房地产公司。”

我紧紧抿着嘴唇。我几乎要清算阿维娅的房子了，因为雷蒙德已经被债务淹没了。“那雷蒙德就应该挨骂。我们也该制定一部法律来规范规范房地产市场了。”

“你能制定法律哎，多幸运啊。”

“对吧。我们进去吧，我想看看你的工作成果。”

她住在五楼。这里每层楼都充盈着饭菜的香味——我认出了煮白菜的味道。迈尔斯在寄宿公寓住过一段时间，我去看他的时候就吃过。三楼有股大麻燃烧的臭味，但里面又略带一点甜蜜的味道，估计是鸦片。阿维娅拐进一条昏暗的走廊，地板踩上去吱吱作响，仿佛把它踩疼了似的；带有绿色印花的壁纸也已经破破烂烂的了。她把钥匙插进了生了锈的黄铜门板上。

阿维娅吸了一口气，“情况不对。”

“什么情况不对？”我问道。

“门没锁。我明明锁了的，每次进出我都会锁门的。”她推着门杆，开了门，又伸出左手，扭开了煤气灯的开关，照亮了挂着照片的走廊。

我斗篷的下摆蹭过了一排放得整整齐齐的鞋子，鞋头是顶着刷了绿漆的踢脚板放的。我把皮草从肩上脱下来，扭过身子，想把它挂在墙里那个裸露的钩子上。她的外套一件接一件的，就在鞋子的上方挂着。一个高高的架子上放了个帽子盒，上面沾了点水渍。大厅中间的两扇门是关着的，阿维娅开了门，走到里面的房间里。

我跟着她走了进去。这里的空间比我的卧室小一点，一个角落里挤着放了张窄窄的铁床，旁边的书桌上挤着两台又高又重的打字机，排成一排的衣柜也挤占着这书桌的空间。房间的中间有块破地毯，上面放了一张伤痕累累的木桌，还有一把不配套的椅子。

阿维娅给我拉过来一把木椅子。我坐下了，却只见她慢慢地转了一圈，皱着眉头，打量着自己的领地。

“情况不太对啊。”

“没搞懂你在说什么。”

她举起手，我便安静了下来。她把衣柜统统打开了，从放短裙和连衣裙的柜子里拿出了一个缎面盒子。她把盒子放在桌上，打开了它。

盒子上里的金镶红玉珠宝在煤气灯的照耀下闪闪发光。这珠宝太精致了，精美的金银丝细工，玉石切割得也很完美，颜色从浅金棕色到深赭色，看来这珠宝色调搭配也是经过细致设计的。阿维娅每块珠宝都摸了摸，眉头却皱得更紧了。

“全部都在啊。”她合上盒子，把盒子放回了原处，然后转过身走到一个档案柜前，拿起大小和复杂程度各异的相机查看着，“全都没事啊。”

“你在干什么？”

“我去参加舞会的时候，有人进来了，”阿维娅说，“可我的珠宝都还在那儿，我的相机也都完好无损。它们是我最值钱的东西了。”

“你确定有人在这里吗?”我问道，“连贵重物品都不拿，他们还想要什么?”

“我锁了门的。我记得我锁了。”她拿出钥匙，却停了下来，看着一个文件柜，紧张地耸起了肩膀。她伸出手，拉开了抽屉。抽屉的摩擦声让她颤抖起来，“那个我也锁了的。”

可现在抽屉直接就拉开了。我打了个寒战，等着她整理文件。她关上了抽屉，“这抽屉空了。真该死。”

“丢了什么?”

“所有东西。我的调查。还有尼克的手稿，”她说道，一边又砰地关上了一个抽屉，拉开了另一个。她俯在一个抽屉上，里面漏出了一股鼓式印刷油墨的气味，还有相机底片的胶片味。“我的文件夹也不见了。”

“文件夹里面有什么?”

“我要给你看的研究，”阿维娅说，“这下全没了。”她的臀部撞了一下刚才拉开了的抽屉，又打开书桌的抽屉翻找起来，“我的案例笔记本也不见了。我的便条本——全都不见了。”

“这说明了什么?”我问道。

“有人进来了，把所有东西都偷走了。他们拿走了我全部调查资料，我文件夹里的每张照片……我的费用报告，我的银行季度报表等等，全部东西。包括我明天早上要交的文章文件——不过我想这对你来说应该是个好消息吧。”

我默不作声。她掀开了打字机的盖子，却整个人都僵住了。她颤抖着，倒吸了一口凉气。我从椅子上站起来，走到她身边，低头看着打字机键盘底下弯曲的银色支撑臂。打字机上那跟闪亮的小柱子上本应放着线轴，此刻却涂满了墨水。

“他们连你打字机的色带都拿走了？”

她放下盖子，身体晃了晃，“就像尼克那样。那些人杀了他之后，把他所有东西都带走了——每张纸片，所有笔记本，打字机上的色带，都没留下。”

我把她拉到一边，“我们得报警。”

阿维娅大笑起来，“说得像警察会帮我做些啥似的。”

“我倒是觉得，艾兰国的总理可以给他们点温馨提示，让他们记住自己的职责。你说呢？”

她耸耸肩，伸手环抱着自己，“这是谁干的，格雷丝？你父亲都被锁在叹息之塔里了。”

“我知道。但这就是他干的。”可这是怎么做到的呢？

“我手上沾了墨水。”阿维娅转过身去，消失在大厅的尽头。她推开一扇门，一股清新的柠檬味便飘了出来——那味道来自她干干净净的洗手间——用的是斯巴尔克太太牌清洁剂。随之而来的还有游泳池的漂白水味——游泳池就是这样给池水杀菌的。

阿维娅砰的一声关上了卫生间门，回到我身边，脸都吓白了。我走上前去，准备扶住她，她脸色太苍白了。“怎么了？”我问。

她喘不过气来，“我们必须离开。现在就走。”

她把我的斗篷从钩子上扯下来，塞给我。我把它绕在肩膀上，她却没有给我留点时间穿戴整齐。她抓住我的手，拽着我出了公寓，冲下了楼梯。

“我们为啥要跑?”

阿维娅抓着楼梯扶手，在拐弯处跳下台阶。“这是个诡雷，”她一边说，一边跳下了最后三个台阶，砰地一声就跳到了下一个拐弯处，“他们在厕所里设了陷阱。”

“什么?”

“快点，”阿维娅说，“我们需要找警察。楼里的每个人都身处险境。”

我们在雪橇里瑟瑟发抖，紧急救援人员则忙着处理那个陷阱。阿维娅牙齿颤抖着，口齿不清地给我解释了一下：水槽里装着漂白剂，旁边放着个装了斯巴尔克夫人牌清洁剂的碗。清洁剂从碗里慢慢流出来，流进水槽，就会和漂白剂发生反应，浴室里也就会充满致命的有毒气体了。受害者打开门——

她开始剧烈地咳嗽起来。我揉揉她的背，“我们应该带你去看医生。”

阿维娅摇了摇头，“只是心理作用而已。消防员说那两种液体混得还不算很均匀。我们如果早到几分钟，可能就能碰上凶手了。”

几分钟。我一想到这个就不寒而栗。如果我没有跑出去追阿维娅，要不是我耽误了她回家的时间，她很可能一开门就被那个窃贼当场杀害了。我咬紧牙关，拒绝叫马车回王宫，而是爬一百八十级台阶去我父亲的牢房找他，这样我就能——

能干什么？我能怎么办？指控他犯了盗窃罪和谋杀未遂吗？他都被关在艾兰国最高的牢房了，还能企图谋杀？他是怎么下的命令？给谁下的命令？

我的脑海里，突然涌起了王子谈到阿维娅·杰赛普时那副冷笑的表情。他会做这样的事吗？

在我看来，他已经是谋杀赛维蒂的嫌疑犯了。他想杀害阿维娅、压制她的发现——这动机就像精美的玻璃作品一样清楚通透。父亲读报纸的时候，两份报纸的每一版都会仔细看，然后认认真真地做笔记。他完全能够断定阿维娅的文章会带来麻烦，也完全可以把这个发现告诉塞弗林。塞弗林在舞会上见到阿维娅时，就可以下令让人去设陷阱了。

我努力想摆脱这种想法。楼里的人全部撤离了，房客们在寒风里乱转，他们都是直接在睡衣上套了外套就出来了。许多人的袖子上还挂着黄色的丝带，对我们的汉斯莱雪橇侧目而视。带着防毒面具的消防队员和警察把家家户户的窗户完全打开了，用来散走那些被污染了的空气。我捕捉到一阵微风，引着它进了窗户，希望能加快清洁的速度，这样人们就能赶紧回到床上休息了。洁净的空气吹进他们的家里，把窗帘都掀了起来。可我还是没法抛掉一个想法：王子被我父亲利用了。

这个想法给赛维蒂的谋杀案调查带来了个新方向——我不该去想为什么王子想要赛维蒂的命，而是应该看看父亲为什么想看到这样的结局。我还要保护好阿维娅，不能再让她被人谋害。

他偷了她的调查结果，那他满意了吗？我并不这么认为。毕竟调查还可以再做。

“他拿走了你的报道，”我说，“你打算怎么办？”

“我会早点回去，回忆一下我对艾兰国电力与照明公司的调查结果。这是你想让我报道的第一件事嘛，对吧？”

“我也这么想。在说其他事情之前，我需要人们先理解我们的动机。”

阿维娅又咳起来，“我会尽力帮你的。”

“不，”我说，“父亲和迈尔斯爷爷在当年搞的那个阴谋里是处于核心地位的。现在我反倒来到了这个位置。”

“那你至少可以给我发个声明，表达一下你的歉意嘛，”阿维娅从口袋里摸出了一本笔记本，一支笔，“这个我能办到。”

“谢谢你，”我说道，“你就这么写，‘艾兰国电力与照明公司及其后来的形象设计，均用于欺骗人民，使其以为此公司由王室开办。此举是我们对艾兰国人民犯下的最严重的欺骗行为之一——不，应该是诈骗。我将邀请一个调查委员会负责详细调查这一可耻的诈骗行为，并作出补救措施，以尽快结束垄断’。”

“那这可得用上一整版去写了，”阿维娅把笔记本收好，看着邻居们在街上瑟瑟发抖，“他只是为了接近我，却竟然舍得伤害所有这些人？”

“也许你应该躲起来。”我说。

“我正准备这么做。只是我得弄清楚我该去哪里。”

“你跟我回汉斯莱府吧，”我说，“严格意义上它不算是一座堡垒，但——”

一名身穿橡胶防火服的女人从脸上扯下一个昆虫形状的防毒面具，走近雪橇，“所有人都可以进去了。警方想要一份评估报告，但我自己已经把被污染的水处理好了。你的公寓现在安全了。”

“谢谢你，”阿维娅说，“我不知道该怎么补偿邻居们的损失。”

“如果你在打开洗手间门之前在屋子里待了一个小时，那你必死无疑——而且还会死得很痛苦。和你住同一层的孩子可能一辈子都有呼吸问题。你和他们都很走运，”消防员说，风吹动着她那栗色的卷发，她回头看了看房子，“你可能不想听到这个，但是我们确实发现了很多违反消防安全的行为。我们必须把这些情况上报。”

阿维娅呻吟着，“所以我最后还是把所有人都赶了出去。真好，真好啊。”

“房东可能会给这笔钱，”消防员说，“要是自己整治违章行为比违法罚款划算的话。而且现在有违章记录在案，如果真的失火了，他就得不到保险赔偿金了。法律就是这样规定的。”

“辛普森！”有人喊道。消防队员扭过头去。

“我们走啦。你真够走运的。”她一边说着，一边离开了。

“他会提高租金来消化成本，”阿维娅闷闷不乐地说道，“这幢楼里现在肯定没人愿意和我做朋友了。”

“有人想杀你，这不是你的错，但我也能理解，”我说，“我们带威廉上楼去，拿点东西给你来我家住的时候用吧。”

阿维娅摇摇头，“我不能去。”

“没事的，你可以来。你可以选择自己的客房，或者住在寡居屋——”

“你觉得你父亲是这件事的幕后主使，”阿维娅说，“而你们的员工为他效劳了很长时间。你有多确定他们能转而对你忠诚呢？”

我的心一沉，“他们甚至觉得对他忠诚和对我忠诚根本就是一码事。可现在是午夜，你能去哪儿？”

阿维娅耸耸肩，“玛丽公主妇女庇护所应该会有床位吧。”

“那是个流动庇护所。”

“是的，它就在下一个街区。”

“不行。我肯定不能让你睡地板、睡草席的。我们肯定有别的选择。”

我知道在哈尔斯顿区有一栋非常好的联排别墅。崔斯坦会帮忙的，不过我要到早上才能问他。“我有个主意，但要到明天才能安排。你今晚可以和我一起回汉斯莱府。待在我的卧室里。如果我们每时每刻都在一起，就没人敢来伤害你了。”

阿维娅抿紧嘴唇，目光飞快地移开了，“你想让我和你同床共枕？”

哎呀。我的脸颊发烫。“我的意思不是说我们会——”

戴着儿童手套的她，伸出了一根手指，放在我的嘴唇上，打断了我的话：“我很乐意和你同床共枕。”我睁大了眼睛。她对我咧嘴一笑，“当然，不准想歪了。”

她把手指从我唇边移开，“肯定了。这无须质疑——”

“你说呢？”她问道，然后上了雪橇，挪到雪橇长椅的另一端，朝跟着她进去的威廉点了点头。

第十六章 《比婚姻更好的交易》

伊迪丝温暖的指尖抚过我的后颈，解下了我的钻石项链，它带着我的体温，从我的锁骨上滑落。背后传来漆皮舞鞋落在地毯上所发出的轻响，然后便是一片寂静。简在帮阿维娅宽衣解带。为了给对方留点隐私，我们是背对背站着的。

伊迪丝把丝绸包面的纽扣解开了，打开了礼服的后襟，我的脊背便有一阵凉风拂过。一根带子从我的肩上滑了下来，痒痒的。我盯着壁炉炉栅里跃动的火焰，听着木柴在火中劈啪作响——这响亮的声音盖过了我本可以听到的其他声音：阿维娅把胳膊从外套里抽出来时的沙沙声，她的银袖扣落在木制托盘上的叮当声，还有脱下那浆得硬邦邦的衬衫、总算逃离硬前胸和硬高领束缚时她松的一口气。

伊迪丝松了手，礼服就垂到了地上。我从里面走出来，走到火炉边，身上被火光烤得暖烘烘的。

“你冷吗?”简问阿维娅，“你在发抖。”

阿维娅顿了一下，“我受得了。”

“被子下面放了很多暖锅，”伊迪丝说，“我们格雷丝喜欢温暖的床和凉爽的空气。”

她掐了一下我的胸罩的扣环，胸罩掉了下来。接着，她拿过那件挂在炉边烘暖的丝羊绒睡袍，掀起来，往我头上套。我抓住裙边，将裙摆提到臀部。伊迪丝蹲下来，解开了我的长袜。我在床沿上坐下了，让她把我腿上那精致的长袜剥下来，然后晃着我的光脚丫，看着她把长袜卷起来，放进了一个保护袋里。

我的床动了一下。阿维娅在床的另一边坐下了。我的心怦怦直跳。

简又开口说道，“杰赛普小姐，请小心您的裙边，不要绊倒了。”

“好的，”阿维娅答应道，“谢谢你，简。我想我们现在可以转过来了，对吗?”

她从床上站了起来。我也站起身，任由睡袍垂到脚踝。“可以了。”

但我只是走到一张小桌子跟前，上面放着一把小壶和两只无柄的杯子，里面装着助眠的草药茶。我拿起自己那杯，用手捧着这个易碎的容器。

阿维娅穿着我借给她的睡袍，手里提着下摆，这样她就走起路来就不会踩到它了。“你是个巨人吧，”阿维娅说，“看。”

她在床脚边停下来，松开了手。睡袍的下摆落在了地毯上，落在了她涂着红色指甲油的脚趾上，叠成一堆。她的脸未施粉黛，但脸颊和眼皮周围是粉红色的，嘴唇不是红色的，而是玫瑰色的。

她又拾起裙边，向我走近了一点，“这就像我们年轻时参加的通宵派对。”

可我从来没有参加过。我鼓起勇气，朝她笑起来，“确实很像，是吗？”

背后，伊迪丝和简从被子里把暖锅拿了出来。我把另一只茶杯给了阿维娅，她像喝药一样，一下子就把那杯草药茶喝光了。她又给自己倒了一杯，同样迅速喝完了。

“杰赛普晚安特调。”她说。

“不错啊，”我喝干了杯子里的茶，也再倒了一杯，“一夜安眠——”

“闲适安宁，甜梦绵绵，”阿维娅接道，“这小诗是我写的，那时候才十岁。我喜欢押韵的东西。”

伊迪丝抱着一叠暖锅，向我行了个屈膝礼，“小姐，您还需要什么吗？”

“可以了。谢谢你，伊迪丝。五点叫醒我吧。”

“没问题，小姐。睡个好觉，祝你好梦。”

阿维娅学着我，也对给简道了谢，她们打开了我卧室的门。一个男仆站在门外，保护着阿维娅，不让家里其他人看见她。

我偷偷瞥了一眼阿维娅，但她正盯着墙上的那幅画看。画上描绘的是我们家繁花似锦的规则式园林。她发现我在看她，对我笑了笑，耸了耸肩，“我们是不是应该退休了？”

我点点头，咽下最后一点草药茶。阿维娅卷起她的睡袍前摆，绕到离门较远的床边。我们在温暖的被窝里滑来滑去，扭来扭去，想找舒舒服服的睡觉姿势。弄了好一会儿，我们才停下。

我和阿维娅面对面躺着，看着她用双手托着下巴。

“这就像一个通宵派对，”她说，她的笑容像星光一样璀璨，“我感觉这个活动的传统就是要谈论我们喜欢的男孩。”

“看来我已经失去了传统。”我说。

“你没有喜欢的男孩子吗？那他们真可怜，”阿维娅把她的枕头拉下来，放松地躺了上去，“女孩呢？”

我吞了口唾沫。“有一个，”我说道，“你呢？”

阿维娅躺在枕头上，咧开嘴笑了，“我也有一个。”

我抬起头，“你有和她表白吗？”

“我觉得她知道我的心意，”阿维娅说道，“不是吗？”

我突然有点呼吸不过来。我试着找些合适的话说。“是的，”我说，“我猜她知道。”

她伸出手来，轻抚我的手，“事情没有那么简单吧？”

“是吗？”我问，“有时候我会希望……不说了，这太蠢了。”

“告诉我吧。”

“我之前去找迈尔斯的时候，虚荣心太重了，对他的家非常不满意。那时他住在伯德兰的一间寄宿公寓里，和十几个工人住在一起，我便不同意他继续在那住了，就给他找了一套更好的公寓，那里更合适。我甚至自己去看房，在空荡荡的公寓里漫步，对他来说什么够好，什么不够好，都是我给他作的决定。可我从来没有定下哪一间。我不停地去看房，这样我就能想象，我是在寻找自己。”

“可是你住在一个——”

“我并不想让人觉得我忘恩负义，”我说，“但有时我在想，如果我不是克里斯托夫·汉斯莱爵士的女儿，我会是谁。我该怎么办？我又该怎么生活呢？”

阿维娅把我的手掌心向上翻过来，盯着我手上那些颤抖着的小茧子，“我想我能理解你。”

“而你做到了。你摆脱了那一切。你知道自己是谁，为了成为一名记者还会踏踏实实地去做准备。迈尔斯则通过假死，得到了他在这个世界上最想要的东西。他知道自己是谁，也愿意为此而战。”

她对这件事考虑了一会儿，“如果你不是格雷丝·汉斯莱爵士的话，你就不知道自己是谁了。”

我呼了一口气，“当我还是个小女孩的时候，我就知道自己会成为什么样的人，我全身心都投入到了这个准备过程中。我学习知识，操练技能。我所做的一切都是为了走到今天这一步。总理。领导者。但我希望……”

阿维娅伸出手臂。我们紧紧地抱在了一起，温暖又亲密。

“我也不知道。我真希望能得到一些不是格雷丝·汉斯莱爵士这个头衔带给我的东西，得到一些不是我父亲带给我的东西，也就是我自己的，完全属于我自己的东西。”

“如果你真的得到了那东西，”阿维娅问，“你会为了它放弃一切吗？”

她耐心地等着我的答案。我思索着，要放弃一切吗？可还有什么能比艾兰国更重要呢？一想到这件事，我就害怕得发抖。“不会。”

“也许那些就是你的东西，”阿维娅说，“也许你就是那样的人。但这是否意味着你就是汉斯莱家族产业的继承人呢?”

我对她话里的矛盾很是困惑，“这个我得再想想。”

“好吧。”阿维娅说道。她扭动着身子，朝我靠近了一点，“闭上眼睛睡觉吧。已经到初日了。我们都有工作要做呢。”

我醒来时，身上裹着一团乱糟糟的睡袍，阿维娅的手和脚都搭了过来，月光透过窗户照了进来。我和她都睡到了床中间，互相缠抱着。她的头枕在床的中央，我的胳膊则搂住了她的腰。她用一只胳膊搂住我的身体，把我搂得像个巨大的玩偶。

我们的手臂肯定都压麻了，但我们还是舒舒服服地睡着了，就像这样。抱在一起，亲密而熟悉。

我不想把身子挪开。我想待在那里，暖暖地被抱着，闻着她洗头后发丝上留下的玫瑰香，还有她皮肤上残留的最后一点儿男士馥奇香水的草本清香。

我不敢想，在此之后，我自己一个人可怎么睡得着了?和她在一起，温暖、柔软、平静而愉悦的感觉仿佛渗入了我的肌肤。我看着她胸部的起伏，和她用一致的速度呼吸着;我惊叹于她休息时那优雅、安详的姣好面容。我就是她能信赖的人。看着她这么舒服又安全地休息，我不愿动。

我闭上了眼睛。等我再次醒来，就看见伊迪丝拿着一杯热巧克力走了进来，然后开始为我早上的淋浴做准备。她打开了淋浴间的水龙头，把水调到合适的温度，便回到房间，站在衣柜前整理我的衣服。

阿维娅从我肩上抬起头来，“五点了吗？”

她醒了，我的任务也完成了。“早上好。来喝杯巧克力吧。”我对她说。

“嗯。”她坐起来，对简眨了眨眼睛。简给她递了一小杯。她接过杯子，叹了口气，“有咖啡喝吗？”

“下楼吃早餐吧，那里有咖啡。”

阿维娅尽情地享用着她那杯巧克力，像是很久没喝过一样。伊迪丝领着我到浴室后便离开了。我洗完澡，自己裹上了一件便袍。回到房间，我爱穿的三套衣服已经放在了床的一边，而另一边则放着给阿维娅准备的全套衣服。她为了冲个澡，几乎是跑着去的。

我眼看着的是服装本身，但实际上我在看搭配起来的效果——一边是她的，一边是我的。能不能以后每天早上都是这样，而不只是今天？

“我需要尝试一下给您新搭配吗，小姐？”伊迪丝问道。

“不好意思，”我说，“我刚才在想东西。”

她瞥了一眼阿维娅那边的服装，又瞥了一眼简，她给阿维娅的一只鞋上了层黑鞋油，“小姐，如果您还需要别的衣服的话，我可以给您替换——”

“拿那套黑羊毛套装，”我说，“就是那套有灰色细条纹的。”

“没问题，小姐。再配上橙色领带？”

我点点头。伊迪丝让我转过头，对着镜子，给我梳头，烫卷发，又给我用上了帽式烘发机烘干头发。她把一份管家交来的报告拿给我看，里面包括工作人员轮班情况、我的日程安排、本周的菜单，还礼貌地询问了阿维娅的饮食和喜好。我在膝盖上放了一张折叠书桌，修改了报告。豆大的汗珠从我的太阳穴滚落下来，我的耳朵也开始发烫。

我忍耐着。阿维娅从浴室里出来，就去挑衣服了，走出了我的视线。烘发机的风扇的噪音盖过了任何谈话声。

伊迪丝终于把我从烘发机里解放出来了。此时的阿维娅穿着一件衬裙，腿上套着长袜，一动不动地坐着。简在给她化妆。我转向正在给我脸上扑粉的伊迪丝，听从她的一切指示，她协助我穿好衣服后，我便转过身来，注视着阿维娅。她穿了一件蓝灰色的连衣裙，下身裙型是喇叭状的，领口上有一个用丝带打的蝴蝶结。她的头发闪烁着光芒，嘴上画了红色的唇线，吃完早餐之后才会涂上她最喜欢的大红色唇膏。

书房里放满了托盘，盛着我们的早餐：有咖啡，有煮得刚刚好的溏心蛋，剥开鸡蛋，蛋白已经熟了，而金色的蛋黄依然能够流动，可以把它滑到黄油吐司上。我往盘子里装满了鹅肉肠、几片奶酪和几块甜橘。

阿维娅则盯着一幅油画看，看了差不多有五分钟。画里的女人看打扮应该是十二世纪后的，她穿着闪亮的绸缎花边裙，坐在一张雕刻得非常华丽的长椅上。一个穿着橘色外套的绅士牵着她的手，这么多年以来，他仿佛一直很紧张，一直在确保自己外套的纽扣扣好了。可这位绅士亲吻着那位女士的指关节时，她的目光却越过了绅士的头顶，凝视着后面一位目光深情的青年。这青年有一头长长的黑卷发，粉色的嘴唇很是饱满。“这幅画叫《比婚姻更好的交易》。”阿维娅说道。

我把咖啡杯从嘴边拿开，“是的。”

“樱之月的时候，这幅画在全国艺术展上展出了。我还给它拍了照呢。”

我往画上瞥了一眼，“是的。画里的人应该是伯纳德·汉斯莱，还有菲利达·卡灵顿，当然还有她最喜欢的情人，尤斯塔斯·哈维。”

她把杯子放在茶碟上，杯子碰得哗啦响，“这是布莱恩汀的作品。”

“他少年时期画的一幅作品，”我说，“你想不想借本书看？”

“我想不想——噢不用了，谢谢。我自己有一本了。她转过身来，面对着她的盘子和冷得很快的鸡蛋，“吃早餐的时候你都会看什么？”

我举起一份1541年出版的《撒特尔顿议会议事录》复印本，“工作。”

她皱了皱鼻子，拿出一本破旧的廉价小说，“恩迪科特小姐正要从两个追求者中做出选择——一个是她父母喜欢的英俊男子，另一个是颇具诱惑力却略带淘气的戴安娜。戴安娜结婚不久就成了寡妇，此后换情人就像换衣服一样勤快。”

“这听起来比看那些逐字逐句记下来的议会的争吵记录更有趣呢。”

“噢，我也不清楚呢，”阿维娅说，“他们过去不是经常因为政见相左而要决斗吗？”

“我的曾祖母菲奥娜女王结束了这一切，”我说，“现在这只是一种隐性的潜台词了，或者打打辩论当消遣。”

我们打开书，边吃边读。我看了《巫术保护法案》的最终辩论过程和投票结果的记录。

委员会是对的。内阁基于一项最可疑的证据，投票通过了一项法律。我留意了一下赞成和反对的分别都是什么人，就发现迈尔斯爷爷投了赞成票，这也表明了尼古拉斯国王的意愿。我父亲则是追随着总理的步伐，也投了赞成票，在场的所有人都是如此，他们就是艾兰国电力与照明公司的第一批股东。这种显而易见的跟票行为着实令人恶心。他们通过了一条糟糕的法律来进一步推行他们的卑鄙计划，靠那些被囚禁的、被奴役的巫师发了大财。

下议院的是谁投票？我往回翻了几页，寻找着相关的记录。

这时候，阿维娅放下了叉子，碰得盘子边缘哗啦作响。

我抬起头，“你吃饱了？”

她又开始盯着那幅画看了，“某种程度上，我感觉来到这里，就像回到了我的过去。”

我想象着在杰赛普府的图书室里吃早餐的情景。他们吃早餐时也会读书吗？这些书的内容也是能令人愉快、心平气和的吗？

阿维娅抿着嘴，全神贯注地看着她那只吃了一半的吐司。我本想等着她开口说话，但她一直沉默着。“是吗？”

“我真傻，竟然会这样想，”阿维娅说，“你的女仆会给我穿衣服。我的女仆只会把衣服和洗漱用品拿出来，但她从来没有替我穿过衣服。还有这房子……”阿维娅抬起头来，看了一眼墙壁，“你家的墙上挂了那么多杰作哎，它们就是你们家的，可这些杰作对我来说只能在博物馆里看到。”

“这是几代人的藏品了。”

她用没拿书的那只手轻轻地指了一下，“这是布莱恩汀的作品。”

"是他早期的作品之一。"

“可它仍然值很多钱啊，都能买下我租的那栋楼了，还能好好修整修整，把房子租给更好的一批房客。”

我不知道该怎么办。迈尔斯会怎么做？估计他会试着理解她吧。“这很困扰你吧。”我说。

“这让我很泄气。”她说。

“为什么？”

阿维娅本来想回答我这个问题，最终却没有说出口，“你真善良啊，邀请我到你家来，还努力满足我的需求，让我能在足够安全的环境下安然入睡。你对我如此热情款待，我不想泼你冷水。”

“可是？”

“没什么。”

我合上书，“告诉我。”

她还是没吭声，而是悲伤地看着那幅画，摇了摇头，“你拥有的这一切荣华富贵，会让你看不清艾兰国的真实情况。”

我倒吸了一口气，“你怎么能这么说？”

“因为我是从很高的位置上掉下来的——不过即使是那样，你的地位也比我曾经拥有过的高得多，”阿维娅说，“离开家之后，我花了好几个月才看清一切。当时我是气得离家出走的，然后在韦尔斯顿三角区租了套公寓。”

“可你没有住在韦尔斯顿三角区啊，”我说，“发生了什么？”

阿维娅的嘴角勾起一抹微笑，“我父亲封了我的银行账户。我也没法住豪华公寓了，他们连家具都拿走了。之后我就去了东部，住进了那间廉价公寓。”

我摇了摇头，“为什么你要和你父亲斗啊？”

“我想成为一名摄影师，而他想让我嫁给一家运输公司的老板，来谋求合作。”

这种感受我也懂。我父亲想让我嫁给雷蒙德，给他竞选内阁成员的时候换来十一票。“这就是你那天晚上穿了红色衣服的原因。你是为了拒绝他们的要求。”

阿维娅点点头，“我知道我有能力胜任报社的工作。在这一点上我是对的。我知道，一旦我发了署名文章，父亲肯定会想与我和解的。这一点我也猜对了。”

“可你还是没回家，”我说，“这是为什么？”

“因为这不公平，”阿维娅答道，“他们的做法都很有问题。艾兰国的人们一直在受剥削，每当他们站起来试图改善自己的境况时，他们的老板和政客就会想办法把他们打倒。”

当我父亲还是总理时，我确实看到一些前景很好的法案在众议院里被他压下来了。但这种情况很容易就能改变。

“我可以帮你。那些政客都会听我的。”毕竟我现在的政治根基可比之前稳固多了。我举起一只手，把壁炉里的暖气扩散到整个书房中。“我能让事情变得更好办。”

“用法律和政策去办吗，”阿维娅疲惫地点了点头，“你会从一个提案开始，然后进行谈判，可是谈判后得出的法律与和最初的法案计划相比，力度根本不够大。”

“因为我们需要作出妥协——”

“这不够好，格雷丝。你要立法，就必须要有彻底的、大规模的改变——而众议院肯定是不会通过这样的法律的。”

“前进一步算一步嘛。”

阿维娅笑了。她让步了，张嘴说道：“你说得对。但我们还有时间一步步来吗？而且这样形成的法律力度还会被我们作出的妥协削弱呢。”

我知道她其实并不赞同我的看法。或许她也没说错——半神国人拥有不死之躯，但这并不意味着他们愿意在我们缓慢前进、竭尽全力争取进步的时候还在这住下去。我们必须做大事，做能洞见全局且勇敢大胆的事情。

“我得想办法说服女王。”

“如果你说服不了她呢？”阿维娅问道，“如果你做不到，你会怎么办？”

我垂下了目光。“那就试试别的方法。”

“那会是什么呢？”

我抬起头来，甚至没有试图修正我这矛盾的说法，“其他任何做法都是叛国。”

阿维娅没有再追问了。她拿起咖啡，喝了一小口，给了我一点时间恢复镇静。

“也许，你是时候要去寻找你最想要的东西了。”阿维娅说道。她放下杯子，打开一个带镜子的小粉盒，往嘴唇上涂口红。“谢谢你的早餐。我要骑车去上班了。你想好要把我藏到其他什么地方了吗?”

我点点头，“中午前我会给你一个地址的。”

“谢谢。我知道你也没必要这么帮我。我也不是有意——”她又瞥了一眼那幅画，叹了口气，“不过我们还是度过了这么一个美好的早晨呀。”

她垂下了肩膀。但她马上又挺直了身子，挺直了肩膀，昂着头，走出了书房。

我一直听着她远去的脚步，直到听不见才作罢。我拉响铃铛，唤来了一个男仆。阿维娅仍然有生命危险。我也很清楚地知道是谁想要她的命。

第十七章 舍命维护

爬完叹息之塔的最后一级台阶，来到最高层，我听到了一阵扇动翅膀的声音。我从楼梯间走出来，见父亲正微笑着，看着一群鸟儿贪婪地啄食撒在地上的种子。我数了数，这里有麻雀、红松鸦、一只胖胖的信鸽和一群冬画眉。父亲的手指上站着一只黑冠山雀，他爱抚着这只小鸟，整理着它的羽毛，让它很是欢喜。他自己的早餐还没吃完，就放在桌子对面的报纸旁边。

他一看见我，就把小鸟赶走了，“格雷丝。”

松散的羽毛在尘土飞扬的空气里飘浮着。“你昨晚想把阿维娅·杰赛普杀了。”

“你还邀请她作为你的客人参加舞会。我都告诉你——”

“你什么也没告诉我，父亲。你总不能老是推着我走，告诉我下哪一步棋吧。我是总理。我是隐巫者主音。我能判断谁对我来说才是有价值的——而你在贬低自己的价值。”

“你这个小傻瓜，”父亲说道，他的声音像平静的池塘一样，毫无波澜起伏，“她知道所有事情，所有。听到没？有份手稿——”

“这些我都知道。”我说。

父亲站了起来，鸟儿们吓了一跳，纷纷拍打着翅膀，“那她为什么还没死？”

“因为她在帮助我。”他怎么知道的？怎么知道的？

他一定买通了警卫。他完全有时间去干这事，这样就能给真正的犯人传口信了。但是卫兵中有谁会服从他的命令呢？

“你很有眼光，格雷丝。别人只知道盯着眼前近处的事情，但你是个有远见的孩子。你必须忘掉这些权宜之计，把眼光放长远。”

我的头皮刺痛，仿佛有把火从我头上蹿了过去，“父亲，如果你这么擅长把眼光放长远，为什么还要等着看，是癌症先把你带走呢，还是绞索先套你脖子上呢？”

他歪着头，“你觉得我是在担心这些吗？”

他只是在虚张声势。“我觉得你在多管闲事。我觉得你是不知道该如何放手。我也觉得，你是时候收手了。我要拯救一个国家，而你却在这里碍事。”我说。

父亲很平静，“那你要怎么做，才能让我不再妨碍你呢？”

“我跟女王聊聊就行了。”

父亲笑了，“那当她试着找我的同谋的时候呢？当她发现塞弗林经常来我这里的时候呢？会怎么样？”

不消说，她肯定会很生气。她已经很讨厌塞弗林和她对着干了，虽然塞弗林并没有表现得很明显。如果她知道塞弗林正在和主谋会面，决定让半神国人来权衡我们的命运，她可能会做出最坏的决定。她可能会公开谴责他。她可能会给他安一个叛国的罪名。这样的话，艾兰国王室就没有继承人了。

没有继承人的王位，肯定会让地主阶级过来插一脚，因为他们总在争论，谁才是艾格尼丝女王最强大的一支后裔。没有明确的候选人，就免不了会有斗争了。

父亲点点头，“你现在明白了吧。”

我不能丢下其他事情，先去处理这么复杂的继承纠纷。我不能冒险让塞弗林出局，这一点父亲也清楚。但我宁愿陷入困境，也不愿袖手旁观，任由阿维娅死去。父亲只看重一样东西。我唯一的筹码，就是让他相信我会毁了这个东西，从而刁难他。

“你想杀阿维娅·杰赛普。但你失败了。她已经知道是谁安排人洗劫她的家了。作为交换，我让阿维娅把她对艾兰国电力与照明公司的调查结果发表出来。”

他愤怒地皱着眉，抬起眼盯着我，“那会毁了我们家族的。”

“这就是问题的关键，”我展开双臂，摆出架势，双手撑在髋部，“我来给你讲清楚吧，父亲。你不能碰阿维娅·杰赛普。我在保护她。你伤害她一次，我都会在现场保护她，之后就会告诉她一些能扳倒汉斯莱家族的事情。要是下次你再碍着我做事，我会怎么跟报纸说呢？试着再杀她一次呗，你就能知道了。”

“这也是你的家族啊。”

“是。但我要羞辱你，父亲。我要把迈尔斯爷爷从神坛上拉下来。我一定要让你们俩重新受到鄙视。离阿维娅·杰赛普远点。”

“你这个忘恩负义的傻瓜啊。”父亲轻声说。

“我还有事要忙，父亲。再见了。”我转过身，大步走向楼梯，“把你的早餐吃完。”

“格雷丝。”

这一个词把我从沉思中拉了出来。我现在在金斯格雷夫监狱的第一层，我机械地拐过了所有弯，选择了要走的路，来到了一列牢房跟前。这些牢房里关着的是那些被分隔开来的兰尼尔代表团囚犯，房门特别厚。迈尔斯在那里等着，见我走来，便扬起了一边眉毛——因为我不是从大厅南边来的，那边才是王宫到金斯格雷夫的路线；而是从北边的叹息之塔来的。迈尔斯撇着嘴，失望地望着我，这目光刺进了我的心。

“你到那儿去了，是不是？”

他根本就不是在问我问题。“是的。”

他点了点头，把目光从我身上移开了。看着他的动作从抱着双臂，转成了托腮思考的姿势，一脸平静，仿佛在观察着什么。这可比朝我大喊大叫或抱怨指责糟糕多了。我心里很不舒服。

我低头看着光滑的石地板。

最后，他还是开口了，“他有给你建议吗？”

“就给了一次。”我答道。

“噢，格雷丝。”他的声音是那么轻柔，那么理解我。

“不，”我说道，“不是你想的那样子。我根本就不想见他，甚至都不想看着他，不想听见他的声音。”

“但那总得有个原因吧，”他说，“你不想去，可你还是爬了那么多台阶去找他。”

“这是最后一次，”我说，“我再也不去了。”

“你是说这是你最后一次上去找他？”

我抬起头，“他想杀了阿维娅。”

迈尔斯的眼神锐利起来，“为什么？”

“她是尼克·埃利奥特的朋友。”

迈尔斯点点头，继续听着。

“她有——曾拿到——尼克的手稿。”

“曾拿到。”

“父亲找人把她的公寓洗劫一空，还给她设了要命的陷阱。他偷走了手稿，还有阿维娅的调查结果。”

“他对尼克也是这么干的，”迈尔斯说，“所以你是上去让他收手的吗？”

“是的。”迈尔斯还是能理解我的。我松了一口气，“我没采纳他的建议，也没找他帮忙。他想通过我来继续统治这个国家，可现在这是我的工作，不是他的。”

“我觉得，不用我提醒，你也知道要离他远点儿了。”

“确实不用。只是我需要盯紧他。”这话从我嘴里说出来，可真够无力啊。尽管我一去到那里就会大发脾气，可他叫我去，我就会去。

迈尔斯点点头，“我想，他也一样会盯紧你的。”

迈尔斯的意思是，我还是中了父亲的计。他扭过头去，看着牢房门，“或许我们得继续审问他们了。如果你需要和他们说话的话，我会给你翻译的。”

“是的，”我说，“我们得继续审问了。”

他倾身向前，打开了牢房的门。牢房里，地板上的一个洞中冒出了一股臭味。地上放着一托盘食物——一碗小米饭，一个皱巴巴的菲利普国王牌粉苹果，还有一个打了蜡的木杯和配套的水壶，里面装满了一天所需的水。我小心翼翼地绕开了。

我之前在金斯格雷夫被短暂地关了一阵子，所以才知道这些伙食。我试过被黏稠冰凉的小米粥噎住，每吃一口都心生厌恶。我把每一口苹果都嚼成碎渣，把果核上的果肉一点一点啃掉，直至吃得干干净净。我会省着喝水，直到下一顿饭——晚饭一般都是没放调味料的汤，一碗水汪汪的鱼汤，还有软烂的蔬菜和白水煮蟹，通常都是凉的。

尼卡尼斯没有吃东西。他穿着袍子，里面穿着打了补丁的毛衣，手上戴着粗羊毛手套保暖，坐在狭窄的架子上发呆，目光涣散。迈尔斯在我旁边停了下来，若有所思地打量着尼卡尼斯。

“他很伤心。”他说。

这能意味着他是无辜的吗？还是意味着他很后悔杀了赛维蒂？肯定是这两个原因之一。

“尼卡尼斯。”迈尔斯叫了他一声，然后用兰尼尔语和他说起话来，语调很平稳，应该是简单问了个问题。

尼卡尼斯抬起头，眼神空洞地看着迈尔斯，然后慢慢地摇了摇头。

“哎，我直截了当地问了是不是他杀了赛维蒂，”迈尔斯说，“不过我也没指望他会承认。”

“你为什么要那么问啊？”我说，“难道不是应该尝试去抓住他话里的矛盾之处，再指出来吗，或者是——”

“她比她星辰预兆显示的还要优秀。”尼卡尼斯说。

我吃了一惊。他竟然能用这么流利的艾兰国语说出这句话。迈尔斯耸耸肩。尼卡尼斯低下头，看着自己的手：“她真的特别优秀。我这个小女儿出生时，小脸美得像月亮。这么精致的小东西——每一根手指，每一个脚趾都很完美。我便开始了占卜：创造者哈里安和公正者梅纳斯一齐出现了。他们与怜悯者丽莉娅和谐相处，与高空中的旅行者阿麦尔和谐相处，后者在一定程度上，与哈里安隔一直角距离。接着，在这漫长的征途，赛维蒂将成就大业，抑或香消玉殒，皆如哈里安所愿。看到这征兆，我就知道那意味着什么了。”

迈尔斯看了我一眼，我闭上了嘴。“所以你是相信，这次行程能让她成就伟业，攀上更高的地位。但她还不够资历，不能只派她一个人来。”

尼卡尼斯什么也没说，只是耸了耸肩膀。他驼着背，用胳膊环抱着自己的腰，像肚子疼似的。他的身体，轻轻地左右摇摆着，“我为她的命运感到自豪，她很有影响力——马加尔人巩固了政权后，她就成了星辰王室的第九顺位继承人。得此一女，我很自豪。”

我看了看迈尔斯。他在认真听，眼睛也看着尼卡尼斯。尼卡尼斯一直盯着地板。

“我现在多希望她就是个普通人啊。”

“有哈里安给她的天赋，她注定不普通，”迈尔斯说，“你知道的，她一直在和我们谈判。我们不承认兰尼尔的独立，她就什么都不说。她很勇敢，而且雄心勃勃。但如果她最后真的把背后的真相告诉了我们，那她就会背叛星辰王室啊。”

尼卡尼斯摇了摇头，“她不会的。”

迈尔斯说，“寺庙的命令，肯定是星辰王室下达的。这是一种仪式，用来让你们的星辰祭司施法蛊惑你们的战士，给我们艾兰国的士兵设了个圈套：艾兰国的士兵杀了你们的战士，就会被后者的灵魂附身。这么恐怖的行径，如果不是星辰王室下的命令，寺庙又还会服从谁的命令呢?”

尼卡尼斯闭上了眼睛，不看我们。

我把手搭在迈尔斯的肩膀上，“如果赛维蒂谈判成功了，从我们手里中为兰尼尔重新赢得自由，这肯定会把她推向更高的地位。如果她推翻了星辰王室，她有没有可能当选为统治者?”

尼卡尼斯听我这么一说，突然变得紧张起来。他偷偷看了我一眼，点点头，“她本来能往上爬的。”

迈尔斯把胳膊肘放在扶手上，“她贿赂了一个警卫，让警卫把她的星辰手镯拿给你，想让你知道她没事，也想通过这样的方式让你知道她是否安全。”

尼卡尼斯摇了摇头，“我没收到。”

“可当你意识到她要背叛星辰王室时，你就不再为她感到骄傲了，”迈尔斯说，“所以你用头发作为联结物，用魔法杀了她。然后你把手镯扔进了厕所。”

他的脸扭曲了，“她是我的女儿。”

“这就是你伤心的原因吧，”迈尔斯说，“你意识到了，她没有按照你的想法去做。”

“不是的。”

“她背叛兰尼尔之时，你对她的自豪感也就荡然无存了，”迈尔斯说，“她的野心压过了她的忠心，变成了一种背叛。”

“不。”尼卡尼斯否认道。

他身上的压力已经够大了。迈尔斯唱了白脸，那我就唱红脸吧。“她是两天前死的，”我说，“而你却不知道，因为你没拿到她的星辰手镯。你不知道她是活着还是死了，也不知道她是平安无事，还是在受折磨。是这样吗？”

“没人愿意告诉我她在哪里。”尼卡尼斯说。

“那天发生了什么事？”我问，“你做了什么，看到了什么？”

“这里没什么可消遣的，”尼卡尼斯说，“在牢房里我真是度日如年。我吃了稀粥和苹果。神眷者来看了我们，问我们过得舒不舒服。我见到了警卫，见到了你们的王子，正往塔楼的台阶上走。然后我喝了稀汤。里面有三片鱼。真幸运啊。汤喝完之前，我就看到王子回来了。”

我瞥了一眼迈尔斯。他看见了，也给我使了个眼色。“你午饭前见过王子，吃完饭后又见过他？”

“是的。”尼卡尼斯说，“为什么这么问？”

“这很重要，”我说，“那之后还发生了什么事吗？”

“然后就是另一顿难吃的晚餐，吃完我就睡觉了。”尼卡尼斯回答道，“王子第二天又来了。他让警卫搜查了我的牢房，然后就把我带到这儿来了。他骂了我一顿，和你们现在差不多。现在我的日子真是了无生趣了。”

他抬起头，迎上了我的目光，“我只能说，我宁愿死的那个人是我。”

我听得心都碎了。这个男人很爱他的女儿。他愿意为她付出一切，愿意替她而死。

父亲也是爱我的。可他永远不会那么做。

他转过脸去，“我想一个人待着。”

迈尔斯放下了他轮椅的手刹，摇着轮椅，在门前停了下来。我拉开牢房的门，迈尔斯出去了，然后把钥匙递给了我。

我锁上了牢房，“我们还得把它还回去。”

“再查查值班表。我想知道尼卡尼斯和其他兰尼尔人是什么时候吃的午饭。”迈尔斯补充道。

我点点头，走在迈尔斯旁边，迈尔斯摇着轮椅，准备去警卫站。“如果赛维蒂死的时候，塞弗林还在塔里的话，他就不可能有作案时间。不过时间一定要够精确才能下此结论。囚犯只有二十分钟的吃饭时间。”我说。

迈尔斯把轮椅停了下来，“你知道塞弗林为什么会在塔楼里吗？”

我舔了舔嘴唇，“知道。”

“他去看父亲了？”

听到这话，我不由得泛起一阵恶心，但还是点了点头，“是的。”

迈尔斯静静地看了我一会儿，“你知道为什么吗？”

“他是去寻求父亲的建议吧，”我说，“具体的我也不知道。”

迈尔斯眺望着远方。我咬着嘴唇，等着他说话。塞弗林去找父亲谈话这事儿持续多长时间了？他们会聊些什么？

不。我明明知道他们的话题啊。

迈尔斯摇了摇头，“塞弗林已经在尽力谈判了。如果——”

“别说了。”

但无论迈尔斯说不说，那句话就像是回荡在空中，响亮得足以填满我的脑海：如果塞弗林当上国王，那就容易多了。

迈尔斯摇着轮椅来到了警卫站，在尼卡尼斯的牢房钥匙归还记录表上签了字。“我想看看值班表，”他说，“我要确认一下每天的餐食是什么时候送去的。”

当班的职员递过来一本绿色的精装账本，我哥哥翻起了账本，纸张滑动着，噼啪作响。空气中弥漫着熟小米的味道。迈尔斯低下头，在某一页上浏览了一下。

“在这儿。”迈尔斯说。

但他告诉我之前，我就知道了，“他洗脱嫌疑了。”

“是的，”迈尔斯说，“尼卡尼斯刚刚为我们的另一名嫌疑人提供了不在场证明。”

第十八章 茶与信件

路过监狱时，我们都没说话，我的思绪却在乱转，每个想法都争着引起我的注意。塞弗林不再是嫌疑犯了，这让我松了一口气。但尼卡尼斯也是真的伤心。恐怕我们甚至远未能触碰到真相呢。

迈尔斯领着我走在监狱和王宫之间冰冷的走廊上。走到一半，他停了下来，把轮椅转过来面对着我。我走到了右边，让他看看走廊尽头的那扇门。我一直注视着前面那扇门。

他瞥了我一眼。我鼓起勇气，准备再和他聊聊该怎么对付父亲。他反倒来问我，“你今天忙吗?”

我从口袋里掏出了一本笔记本查了查。“没有会要开，”我一边说，一边翻到日程安排那一页，“没有预约，我预计会有人来拜访我，但日程表上什么都没有定下来。”

“比我想象中要好。我想请你帮个忙，但这得花好几个小时。”

“干什么都行，”我说，“你需要我帮你干什么?”

“我要你做个‘共犯’，”迈尔斯说，“艾菲想到王宫外面去。”

“她需要我帮忙吗?”

“她想让你一起去,”迈尔斯说,“你愿意吗?”

“我很乐意,”我说,“但女大公也不能这么随随便便就跑到蒙特罗斯宫外面去啊。你想把她偷偷带出去是吗?”

“是的。你愿意带她出去吗?”

“我肯定会答应的呀。走吧,太冷了。”

“你推我走吧,”迈尔斯说,“我们没时间磨磨蹭蹭了。”

几分钟后,我们就通过了两重警卫的查验,来到了半神国人住的房间门前。

“直接去太阳浴室吧。”迈尔斯说,我推着他,来到了一间屋子前。这屋子是用铁架搭建的,上面铺上了玻璃。门开了。我听见了阿尔迪斯的声音,便挺起了胸膛,准备和他再来一场恶斗。

“您太宽容了,”阿尔迪斯一边说着,一边走到门边,停下了脚步,他看见我,便脸色一沉,“是你。”

“是我,”我说道,推着迈尔斯大步朝前走去,“你刚才是在和女大公殿下说,你是怎么露出了真面目,怎么质问我,试图控制我的意志的吗?”

艾菲眨了眨眼睛。我也朝她眨了眨眼。艾菲穿着的并不是专属于君主那种闪闪发光的、童话书里描绘的礼服,而是穿着一套艾兰国产的粉色条纹套装,身姿很是挺拔,头发裹得高高的,包在叠得很复杂的头巾里,这头巾配色也很大胆,上面印着黄芥末色、橙色和黑色的几何图案。她的衬衫也用的是同样的布料,脖子上挂着一个有褶皱的蝴蝶结。她看上去就像个时尚先锋,正准备到政府大楼与一个小组委员会开一场重要的会议。“阿尔迪斯？”

阿尔迪斯低下头，“我那时候是想问她，兰尼尔代表团的一个成员怎么样了，就是赛维蒂·安·瓦沃特。她本来被关在叹息之塔塔底的牢房里，后来却失踪了。他们都被非法拘禁在那里。”阿尔迪斯狠狠地瞪了我一眼，“我当时只是希望汉斯莱总理能告诉我，赛维蒂现在在哪里，过得怎么样。可总理没有告诉我真相，而是用她的权力威胁和恐吓我。”

我多想吼他两句，可我不能这么做。我紧握着迈尔斯轮椅的把手，让自己的声音保持平稳，“你为了得到想要的东西，就对一个凡人的致命弱点下手。这就是你的正当理由吗？你一过来就要我告诉你这些信息，可我并没有义务要跟你汇报这些啊。也许你也是出于对赛维蒂的关心——”

“别跟我兜圈子了，”阿尔迪斯厉声说，“我问起赛维蒂的情况那会儿，她已经死了，还是被谋杀的。你没告诉我这事。我回到塔里准备和尼卡尼斯·安·沃瓦特说话时，才从一个守卫那里听到这消息。”

现在，艾菲把目光转向了我，“我想知道，你为什么要把她转移到其他地方？”

“我们当时正在审问赛维蒂，”我说，“为了对我们讨论的话题保密，我们让她搬到了另一个地方。我们一直在守着她，却没能够保护好她。有人想让她闭嘴。他们成功了。”

“尼卡尼斯呢，你为什么又要把他保护起来？”阿尔迪斯说最后几个字的时候，语气里满是怀疑。

我朝着女大公说道，“我们怀疑他与这个谋杀案有关。”

“怎么杀?”阿尔迪斯说,“他都被关起来了。”

“最近你不是要我们把兰尼尔人的私人物品、保暖衣物、毯子和其他能让他们过得舒适一点的用品还给他们吗,我们也照办了。”我说。

“暖和的毯子还能杀人吗?”

“我们还把犯人的镀铜镣铐摘了。尼卡尼斯是个强大的法师,他的意志里还有另外九个巫师之印,这能让他的法力更强大。我们给赛维蒂做了尸检,结果表明她可能是被魔法杀死的。所以我们正在审问他,了解他与赛维蒂的死有没有什么关联。”

“我们只得到了你的口头陈述,并无证据。”阿尔迪斯说。

“是的,”我说,“这没错。”

“我们不能让你决定兰尼尔代表团的安危,”阿尔迪斯说,“你必须放了他们。”

“阿尔迪斯,”艾菲说,“我了解你对兰尼尔人的态度。你就是他们的狂热拥护者。也许格雷丝可以听一听建议,看看怎么才能更好地保护他们。但现在,我想给你一个任务。”

“您尽管吩咐,我会好好完成的。”阿尔迪斯说。

他从艾菲身边走开了,他还是穿着那条到小腿的宽腿裤和那件棉质背心。他背着弓,提着一把剑,别着几把匕首,走到了一边,在空中画了个圈,走了进去。这回,里边是一片海边的景象,海潮一直涨到地平线上。通往安息之国的这个传送门关闭的那一刻,我总算松了一口气。

“我很抱歉,”艾菲说,“阿尔迪斯对兰尼尔国感情很深。他还把战争归咎于你呢。”

“这挺公平的，”迈尔斯说，“毕竟我们确实有责任。”

“我们正在调查她被杀的这个案子。我们真的急需了解那个情况，就像我们迫切地想知道她会告诉我们什么一样。”

艾菲带着善意的好奇，扬起了眉毛，“那个情况指的是？”

“我很抱歉，殿下。艾兰国希望对兰尼尔国提出指控，但在没有证据的情况下我们也不能这么做，我也不希望在没有证据支持的情况下就贸然提出指控。”

“你是希望用这个指控来和我谈判，降低我就艾兰国对兰尼尔国所作行径作出的惩罚力度，对吧？”

我点点头，“是的，所以您明白——”

“我明白，”艾菲说，“既然迈尔斯把你带来了，是不是意味着你会帮我出去啊？”

“我会的。我知道这对你来说有多重要，也许一路上还会遇到好玩的事儿呢。”我说，“你想看点什么？我很乐意带你四处转转。”

“我心里有个目的地了。”艾菲说，“我接受了一位市民的邀请，到她自家住宅里吃顿午饭。她还向我的随从发了邀请，但我不想让太多人一起去。”

一位市民的自家住宅。嗯，我可能知道那是谁了。

我们身后的门开了，崔斯坦慢悠悠地走了进来。他穿着一套深灰色羊毛法兰绒西服，脚蹬一双纯手工制作的鞋子，擦得锃亮，走起路来风度翩翩的。

“我认识这套衣服，”我说，“是我给迈尔斯设计的。”

“你真有天赋，”崔斯坦说，“你选的裁缝也好有远见啊。我现在就是个时尚标杆吧。我甚至可以穿着它来决斗。”

“你准备去决斗吗？”

“我的工作就是随时准备决斗，”崔斯坦说，“不过平时工作我们倒不会受伤啦。”

“听你这么说我就放心了，”我说，“其实还得麻烦你帮我个忙。我要把阿维娅·杰赛普藏起来。你会经常回你那个房子里住吗？”

“偶尔吧。”崔斯坦把手伸进口袋，掏出一把钥匙，“我们完成任务后，我会给斯帕罗太太捎个信的。”

“啊，对，任务。”我说，“需要我做些什么吗？”

“带我们穿过王宫，到你的雪橇那儿，然后陪我们去郊游，就这么简单。”

“去河畔城吗？”我猜测道。

“没错，那就是我们要去的地方。”崔斯坦说。

“噢，我猜对了。你们要和一个革命者喝茶。”

“我们也邀请你一起去呀，”崔斯坦眨了眨眼睛说，“这样不是很棒吗？”

“我就知道自己被骗了。行，那我们就去拜访一下罗宾·索普小姐吧。”

“珍妮特，”我一边喊，一边把门顶开了，“我的日程有变动。”

“早上好，格雷丝爵士。我已经把你的口信传给代理人了，要求取消出售你在布莱克地产公司的股份。那位叫阿维娅·杰赛普的记者也给我发来了另一条信息。”

我不知道崔斯坦和艾菲现在逛到什么地方了，但我也已经给了他们留了很多时间来参观我的办公室。我松开手，关上了门，然后穿过办公室，从珍妮特手里接过便条，撕开了信封：

格雷丝：

艾兰国电力与照明公司的故事已经付印了。你要是反悔了，只能在上午11点之前阻止这一切。不考虑考虑吗？

阿维娅

我翻起袖口，看了看表。还有十五分钟。

十五分钟后，阿维娅的这篇报道就会出现在报纸的头版，围绕着艾兰国电力与照明公司（APL）的欺诈和贪得无厌的行为，放出一个个爆炸性的故事。这篇报道里还会有APL大股东的简介，包括我本人。

我对父亲发过誓，如果他敢对阿维娅动手，我就会毁掉我们家族的名誉。这篇报道对他来说是一个信息，也是我小心翼翼地、经过深思熟虑后向艾兰国人民传达真相的开始。

“谢谢你，珍妮特。请马上给杰赛普小姐回信。”

珍妮特把准备好的便条纸和笔记板递给我。我开始写回信：

阿维娅：

恭喜你又出了一条头版新闻。附件的地址是：西哈尔斯顿街，1703号。

格雷丝

我把写字板和崔斯坦的钥匙一起装进了信封。珍妮特见我这么做，极力掩饰着她的惊愕。我拿过我的貂皮大衣，在肩膀上甩来甩去，也不知下摆会不会打到谁，反正它就自由自在地在我的肩上翻腾着。我开了门，站在那里顶着，让我的同伴们走出去。

“我要出去了，”我告诉珍妮特，“估计下午就回来。你能给我找些报告吗？我想看看负责调查《巫术保护法案》的小组委员会在关注些什么，我也想知道他们到底有什么发现。”

如果他们调查得不够细致，我会指出来，给他们提供帮助。我给了崔斯坦和艾菲足够的参观时间，他们也自动自觉地离开了我的办公室，这让我很满意。我带着他们走进走廊，开始了穿越政府大楼的旅程。

我戴上了一顶黑色貂皮帽，盖住了我那精心打理过的大波浪卷发。我仔细听着大理石地面上脚步声的三重回响。这声音可真揪心啊。我的心脏不安地怦怦跳着。如果有人注意到了呢？

啊，不过他们应该怀疑不到那些隐了身的半神国人头上吧。我用手抚平了外套，试图安抚自己紧张的神经。我不擅长鬼鬼祟祟地做事，也对偷偷摸摸、搞恶作剧这些东西一无所知。干这种事，你是不是因为担心被人举报而吓得汗毛直竖？我应该对这事感到恐惧吗？要是我们被抓住了，麻烦可就多了去了。

但我的内心也充满了兴奋。我接到的这个任务，是要让艾菲抛开一切束缚，从王宫里那间小厢房里“逃”出来。这是一场冒险。我现在的行为真的很叛逆，就像我邀请阿维娅来参加舞会时一样。我不得不控制住自己的笑容，向在大厅里走动的职员和抄写员们严肃地点头致意。到达前门时，我高兴得几乎要跳起来了。

“干得漂亮。”崔斯坦和艾菲从一根巨大的石柱后面走了出来。这样的石柱有好几根，支撑着政府大楼前的山形墙——上面有议会第一次集会的浅浮雕。任何从大楼里往外走的人都会以为我和他们自己在台阶上见了面，而任何进入大楼的人都以为我出去散步了。我们成功了。

“马车还要几分钟才到。”我说，“你好吗，崔斯坦?”

“我很好。”他说，“我不介意吃点零食。”他将自己和艾菲隐身了大概十分钟，就仅仅只是需要零食补充一下?眼前这人自己掌控的力量有多大，我简直不敢想象。而艾菲则在大口呼吸着冰冷刺骨的空气，脸上挂着暖暖的笑意，跟个小太阳似的。

“我这辈子还从没感受过这么冷的天气，”她仍然咧着嘴笑着说，“来了艾兰国才体会到。这些雪啊，我真想知道如果埃隆德尔也可以下雪的话，会是什么样子的呢。”

我眨眨眼，“你对天气的控制力这么强吗，还能让你们那边的冬天不下雪?”

艾菲和崔斯坦匆忙交换了一下眼色。“埃隆德尔没有冬天，”崔斯坦说道，“那里有时很凉爽。有时暖暖的。有需要的时候就会下雨。但那里从来都没有冬天。”

一想到这个，我就头疼——不过也可能是因为太阳低垂着，在南半边的天空中闪烁的光芒太刺眼了吧。我把手伸进外套，摸出了一副雪地护目镜，黑色的镜片缓解了我的不适，我松了口气。我应该早点戴上的。现在才戴，我的头至少还得疼一个小时呢。

崔斯坦和艾菲也各自戴上了一副配套的雪地护目镜。崔斯坦指着前面，“那是你的雪橇是吗？”

一辆南瓜橙色的雪橇和四辆相配的灰色雪橇开进了车道。我们一起下了楼梯，爬上了雪橇，在那张黑色的皮长椅上坐下了。我给了乔治一个位于西沃特街的地址，他带我们沿着一条曲折的陡峭山坡走盘旋而上。这里有些巨大的豪宅星罗棋布，是各大家族的姑婆、堂兄妹和其他兄弟姐妹们等亲戚的住所。

我们路过了开门营业的商店，转过街角的餐厅和酒吧。到了下个街区，我们又换了个方向，沿着沃特街，在河畔城市中心的主购物步行街上缓缓行驶着。这步行街很平坦，两边五光十色，琳琅满目。

我四处张望——这里的老人、孩子身上，甚至是老商店的遮阳篷和灯杆上，都飘舞着黄色的缎带。这无声地传递了他们对解放、补偿与和解的期望。我早该料到的。虽然肤色黝黑的萨敏丹族人比普通的艾兰国白人生活过得更好一些，在学术和各种专业领域也有更多的杰出代表，但明显有更多的萨敏丹族人会因犯“巫术罪”而被判刑。这就是为所有人谋求公正与平等运动的核心。

这里的居民们清扫了自家宗族大屋门前的人行道，黄色、绿色、天蓝色或橙色这些木制小路在白雪和湛蓝的天空映衬下，显得格外明亮而欢快。西沃特街上停着一排排雪橇，其中很多都载着供议会使用的羊皮纸和卷轴，由头戴高帽、身穿黑色大衣的雪橇驾驶员驾驶。看来这里还住了些政客呢。我朝崔斯坦和艾菲瞥了一眼。艾菲耸耸肩，说：

“我想见见他们。”

这倒也说得过去。我准备在索普家族的宅子里迎接雅各布·克拉克和他带领的委员会成员。这房子有着栗色的外饰，又大又宽敞。人们满脸好奇地趴在窗户上看热闹。索普的一大家子人注视着我们，看着威廉扶艾菲下了雪橇，走上了拥挤不堪的街道。

不约而同地，萨敏丹族的人们都对艾菲恭敬地鞠了一躬。他们把手放在胸前，表达对女大公深深的敬意。铲雪的步道，真的——我打量着站在屋外的男男女女，每个人身上都有着士兵和警卫的姿势和仪态。

艾菲也把手放在心口，向大家致意。街上的临时保安队队员们的脸上也洋溢着微笑。我领着一行人，走上一条清空了的人行道。走在房檐的荫蔽下，雪地上反射的刺眼的阳光也就照不到我们了，但我的头痛仍然没有消散，只是疼起来的节奏有点不一样。

我们还没走到那条宽阔的弧形门廊上，门就开了。那门廊环绕着房子的首层而建，很气派。房子里响起了音乐，一位身材干瘦、白发苍苍的男子穿着拖鞋走出来，站在地毯上迎接我们，还为我们扶着门。艾菲和他握手，他微笑着，满是皱纹的脸安详又快乐。

“这里欢迎您，”他说，“您吃了吗？”

屋子里暖暖的，空中弥漫着的食物香味足以使我快乐得呻吟慨叹。各式香料散发出浓郁复杂的香气，小火慢炖的肉甘香四溢，烤面包和焦糖的甜香味也很诱人——我简直要哭了。我原以为自己只能坐在客厅的椅子边上，礼貌地吃上两块饼干。可事实恰恰相反。我能坐在一顿丰盛的午餐面前，吃上一肚子美味家常菜。

我们在门口脱了鞋，跟着老人穿过了一条更为宽敞的走廊。他是家族里的长老，只为最尊贵的客人开门。走廊两边的墙上，挂着几百张索普家人的照片——有单人照，双人照，还有全家福——照片里的人仿佛都庄重地凝视着我。我离开时甚至似乎还能感受到，他们的目光在追随我。

随着我们一路深入，音乐声也越来越大，越来越清晰了。前厅里有个弦乐合奏团，对着一群安安静静欣赏音乐的听众，娴熟而精准地演奏着，他们奏响的乐音相互环绕，形成了复调旋律，一派和谐。那个大提琴手是拉蒙娜·索普，她在无线电台的表演给所有金斯顿人带来了无尽的欢乐。不过她在全神贯注地演奏着，没有留意到我，我便继续往前走了。

我们经过几间会客厅，里面坐满了人，都在与民选议员交谈。克拉克议员肯定也在这里，但当我在心里点着每一个在场的议会成员的名字时，我也把他们和我心里的名单对照了一下。这是克拉克的联盟，但他们还有一个身份，那就是调查《巫术保护法案》起源的委员会——这个委员今天晚些时候将会站在政府大楼的圆形大厅里，宣布他们的调查结果。估计他们在这个著名的废奴主义者家里吃过午饭之后就会去吧。

我已经对我的工作任务感到厌倦了，厌倦了兼顾处理一大堆事务的同时，还要出入参加所有舞会。我们在一个有双壁炉的房间前停下了，罗宾·索普和克拉克议员正在这里开会。我们的东道主站了起来，朝我们微笑。

我和克拉克议员互相鞠了一躬，也互相郑重地点头致意。罗宾摇响了铃铛，示意大家到家族餐厅用餐，那个房间装修得非常高雅，天花板上挂着一盏镶银水晶吊灯。长得惊人的桌子横跨了两个房间，这么多宾客都完全能坐得下。索普家族里的年轻人充当了招待员，把我们带到指定的座位上。我坐的位置很靠近主位，克拉克议员坐在了我的右边。领着我们进来的白发老人则坐上了主位。

就在我们慢慢入座时，索普家的其他孩子们端来了一盘盘食物。最后一位客人入座后，我们就开始互相递盘子，盛食物了。萨敏丹人总喜欢把所有菜一股脑都端上桌，而不是一道一道地上菜。我先吃了一份带糖皮的白兰地蛋奶沙司，然后才把美味的炸斑点鳟鱼片放到甜甜的腌白菜里卷着吃。老索普把美食递给我，一道接着一道。我吃得太多了。大家也一样。

我把慢烤的大蒜撒在一片鹅胸肉上，吃了起来。刀叉落在骨瓷碟子上，总会轻轻敲出声响，高脚杯交错相碰，叮当作响。我们品尝着佳肴，陶醉于美味，同时填饱肚子时，长桌周围响起了一片心满意足的咕哝和感叹。我把鳟鱼片都吃光了——可长老又往我的盘子里放了一块。我惊讶地抬起头来。“吃吧，姑娘。”长老说。

有人注意到我的胃口了吗？克拉克议员有些困惑地看着我那吃得干干净净的盘子，但很多索普家的人还在继续吃。

我们吃饭时并不需要交谈。长老不停地给我的盘子添肉添菜，龇着他那洁白的牙齿，笑容满面地示意我继续吃。他给了我六颗腌豆子，我都吃光了。他往我的盘子里放了一片鹅胸肉，给了我一瓶甜芥末酱让我往上撒，又给了我一块用香料调得非常美味的鱼片。我模仿着索普一家的吃法，掰开了一个脆皮面包卷，用它蘸上了盘子里的每一滴酱汁。长老端起了一个装着烤羊腿的瓷碗。

“噢，求求您别给了。”我说道。我们这半边桌上的人大笑起来，包括长老在内。我的头疼又加剧了一点，但我还是和他们一起笑了。

最后，罗宾从另一端桌子的位置上站了起来，举起一只玻璃杯，“欢迎，欢迎大家。我非常荣幸能为大家介绍我们神圣的艾菲女大公，创世之国的王位继承人。”

房间里掌声雷动。艾菲笑着站了起来，“感谢你的邀请。《巫术保护法案》让艾兰国深陷于恐怖局势，所以也要感谢你们为废除这条法律所付出的努力。与我一同前来的是格雷丝·汉斯莱爵士，她是推动立法，为星辰一族带来自由和安全的一位伙伴。”

什么。她怎么就突然介绍我了呢。她向大家举手致意，我便急忙站起身来，一边扣上夹克上的纽扣，一边在脑海里搜寻着该说点什么。

“啊嘿，大家好啊，”我朝桌子四周都投去了笑容，“感谢你们邀请我来到这么棒的家里。还要谢谢您，长老，给我塞了好多鱼。”

大家都笑了。我还在绞尽脑汁地找话题，“虽然我还没看过你的调查结果，但我自己也做了一些调查。《巫术保护法案》确实是一项非常糟糕的立法，它的依据实际上是站不住脚的——而且，我认为，这条法案的确立也源自于立法者的贪得无厌。”

大家点了点头。一部分人小声地说着，“说得对”、“我就知道”。

现在我就是在走钢丝了。“尊敬的下议院议员朋友们，我支持你们。如果各位同意的话，我愿意在今天下午的记者招待会上站在大家身边，以示支持。但女王并不支持废除这项法律。”

一个索普家的人把餐巾掉在盘子里了。她的光环很平滑，很普通的，明显能看出并不显眼。我转开了目光，继续说道：“她认为，如果艾兰国承认巫师并不会给社会带来危险，那就会伤害到国家的信誉，而我在议会只是她的传声筒罢了。我们必须说服她同意各位的调查结果，否则她会逼着我背着良心去投票。”

大家的笑容消失了。他们想让我反抗康斯坦丁娜，我却没有说他们想听的话。但是艾菲仍然站着，拿起她的高脚杯，喝干了里面的酒。

“那就让她听我的，”艾菲说，“我会把女王召唤过来。她不会拒绝我的。我也要表明我的意愿，希望把终身监禁巫师这种可怕做法废除掉。”

此时，大伙欢呼起来。欢呼声仿佛成了一道明亮的淡红色闪电，劈过我的头皮——一股水晶般的光芒在我的视线中央绽放，很是耀眼。我用手指按住太阳穴，闭上了眼睛。耀眼的光芒依然照在我的眼睑上，紧闭的双眼依然能感受到透过的一丝红光。

噢，不。噢，不要。我伸出手，向西延展着我的感知。我怎么会错过这些迹象呢？我不在西角公园，但我也根本不需要用天气风筝去探测了，因为我看到的景象是这样的——

云。一大片厚厚的螺旋云在空洞的风暴眼里旋转。它广阔而无情，延展开去，完全超出了我的视线范围。

又是一场风暴，和上次一样严重。可能还更糟。我站在桌旁，头昏眼花地晃着，赶紧睁开眼睛，眼前好几十号人正盯着我看呢。

“对不起，”我说，“我突然有点不舒服。”

我弯下膝盖，想坐回座位上，头却更疼了，仿佛给了我重重的一击，我听见自己疼得一阵呜咽，然后便倒在了椅子上，眼前一片灰白。

我没有晕过去。如果晕了，可能就不用听到一桌人的惊叫声，就不会再那么难受了。

“安静！”罗宾说，“你们这是在伤害她。”

她绕过桌子，把我的椅子向后拉开，好跪在我面前，“捏住我的手指。”

我努力睁开一只眼睛，寻找着她的手指。

“很好。来，笑一笑，做个笑脸。好。现在说说这几个字‘正，诚，人，尘’。”

我闭着眼睛，重复着刚才的绕口令，又问她，“你在做什么？”

“检查你脑部有没有问题。好消息是你的脑子没事。”

“我头很痛，老是弄得我眼冒金星，”我说，“偶尔会发作。”

“所以你需要黑暗和安静的环境吗？”罗宾问道，“阿莫斯，拿副雪地护目镜过来。”

阿莫斯咚咚咚地跑开了，然后又跑了回来。罗宾把护目镜递给我，“我想你应该吃点止痛药。”

这镜片是深灰色的，足以减轻我的痛苦了。治这种头痛的方法还是会让我觉得头晕目眩，但我还是受得了。

“需要，麻烦你了，”我说，“我能跟你说句话吗？”

“你先起来。”

在罗宾的衬托下，我觉得自己又高又壮。她领着我，来到一间没有窗户的小房间，一张狭窄的铁床占去了房间的一半，另一边则放着锁着的橱柜。罗宾摸出一串钥匙，很快就把一管芳香酊剂拿到了我的眼前。

“这是塞缪尔牌的合剂吗？”

“我感觉你不需要吗啡，”罗宾说，“这个至少也能让你平静下来了。”

我接过来，艰难地把药咽了下去——说实话，要是试着想象它是甜的，入口的那一刻一定会让你觉得更难以下咽——门口传来了轻轻的敲门声，罗宾便去开了门。

“长老想知道这位女士需不需要来点冰？”一个尖尖的声音大声问道。

“谢谢你，阿莫斯。告诉长老，我们这边没什么事，这里也有冰。”

门咔嗒一声关上了。罗宾叹了口气，“去吧，阿莫斯。”

咚咚的脚步声远去了。

“这应该很快就会开始奏效。你想对我说什么？”

“又有一场风暴要来了，”我说，“比上次的更糟。”

她换了换站姿，踩得地板吱吱作响，“更糟。”

“你得向河畔城的巫师圈子发出警告，”我说，“我不知道你们有没有人能感觉到它。”

“这就是你头疼的原因？”

“是的。这种情况经常发生。我已经习惯了。”

“好吧。你还有什么别的事要告诉我吗？”

“一想就难受，”我说，“请告诉你的人务必要小心。我可以把风暴朝哪去的一些详情发给你吗——”

“我们能做到，”罗宾说，“谢谢你告诉我们。”

“你们可能也不用我提醒，”我说，“我看到河畔城的雪下得没那么大了。”

“你的本意是好的，”罗宾说，“而且你还一直记得为我们保密。”

“等这一切都结束了，我才能高兴起来，”我说，“等所有的秘密都揭示出来。他们逼着人们保守这些秘密，也都已经筋疲力尽了。这真的非常可怕。这一切必须得终止。”

罗宾关上柜门，锁上了柜子，“你觉得这个行动会怎样开展？”

我咬着嘴唇。迈尔斯信任罗宾。她是反政府行动的领导者。“我觉得，如果女王不愿意，也没法有任何实质性的进展，”我勉强压低声音说，“希望艾菲能左右她的观点。”

“如果她做不到呢？”

我的喉咙一紧，“那就会有流血事件了。”

“要流的这些血很可能来自我们呢。你很担心这个吗？”

“我不想看到有人流血。”我说。

“这就像做手术一样，”罗宾说，“如果没有外科医生用刀做手术，病人就会死。你就必须要切开病人的身体。是会流血，但病人也能得救啊。”

“艾兰国需要一个外科医生，”我坐了起来，脑袋里仿佛还是被敲打着，但至少这次只是一声闷响，“把危及它生命的东西割下来。你的意思就是这样吧。”

“你不同意吗？”

我不敢摇头，“我同意，但——”

“每个病人都害怕风险。只有最糟糕的医生才会假装手术没有风险。人们有可能会因为做手术而死。这确实很危险，”罗宾说，“但如果你不采取任何干预措施，病人是必死无疑的。”

我知道这话很有道理，她是对的，“我想我现在可以回政府大楼去了。我要去给那个委员会撑腰。”

第十九章 内阁

这该死的雪橇，这讨厌的颜色。我们经过临时搭的栅栏时，手上系着黄丝带的人群见到看见这雪橇，便吵吵闹闹的，朝我们发着怪声。栅栏把他们挡在了政府大楼那长长的浅台阶之外。他们举起标语牌，愤怒地高呼："立刻放了他们！"

获准通过围栏的是记者和摄影师。他们抽着烟，在午后寒冷的空气里四处乱转。一看到我那引人注目的橙色新奇玩意儿，一群戴着尖顶帽的新闻记者就飞跑过来，举起相机。

崔斯坦在我旁边抱怨道："这就是我们溜出来的掩护吗？"

"对不起，"我站起身，让威廉把我扶下雪橇，"我去分散他们的注意力。"

我冲到他们中间，跑上楼梯。他们的每一声叫喊都拼命地往我脑壳里钻，"市民们，我现在头痛得厉害。记下我这话就不要问任何问题了。我还不清楚杰赛普小姐得出了怎样的调查结果。议会还需要对此进行调查和进行最后决定。"

"那你支持哪一方？"一个声音问道。

我朝聚集在顶楼的那群委员会成员点点头，“克拉克议员那边。他今天向媒体宣布了一个消息。克拉克议员?”

克拉克议员甩了甩他梳着辫子的头发，让我跟着他那一大群委员会成员一起走。虽然我也藏不住，但他们还是能保护我的。崔斯坦和艾菲不见了踪影。他们溜走的时候会被人拍到吗？神哪，算了，就这样吧。

街道的另一边，抗议者们挥舞着他们的标语，但当克拉克议员举起喇叭，大喊他的口号时，他们安静了下来。我站在克拉克联盟真正的成员背后，给他的演讲小小地使了个法术，这能让他的演讲声传得更远。他在这场危机中获得了更多的联盟成员，因为出身于平民阶层的城市议会民选议员，已经放弃去讨好那些从乡村获得议员席位的地主了。

“《撒特尔顿议会议事录》，以及那些在讨论和批准《巫术保护法案》的过程中被纳入考量范围的补充文件，委员会已经审阅过了。”他说道，这训练有素的声音在人群中回荡。我保持着正常的表情，试着不让自己看起来像被闪光灯闪死了似的。

“经本委认定，立法依据存疑，辩论不充分，投票结果同样可疑。”克拉克议员继续说道。抗议的人群中发出了刺耳的欢呼声。克拉克让他们稍等片刻，继续说，“因此该法律不应通过。”

街道的对面传来一阵震耳欲聋的欢呼声。我仍然维持着微笑，就像如果我不笑就会死掉一样。克拉克向他面前的记者发表了讲话：“我们的发现，促使我们对投票的关键成员开展调查，调查所获结果也促使我们对十七名投赞成票的下议院议员的财务情况进行了审计和调查。”

“你是说他们被贿赂了？”一名记者问道。

克拉克议员耐心地说：“我们正要求相关人员调查他们的财务状况，这样才能确定他们是否有收受贿赂。”

“但这么说是什么意思呢？”另一名记者问道，“你支持那些法案废除主义者吗？他们主张的是巫师并不危险。”

“这个委员会的成立，是为了调查一份独立的报告中所陈述的问题。这份报告是由一个历史学家、律师和医学专家组成的小组调研后完成的，里面详细描述了普通公民受到的严重虐待，并使用了一些以这些魔法天才为主题的宣传故事和神话作为支撑材料。魔法天才变成精神不稳定者、暴力狂，根本就是无稽之谈。这份报告的材料来源也是公开的，你们可以自己读读看。”

他举起一只手，工作人员便开始分发这些资料，把装订好的书递给那些举手表示想要一本的记者。一位年轻漂亮的女子递了一本精装的给我。我留意到，作者名单里有罗宾·索普，还有一些我不认识的名字。我把它夹在腋下，等着克拉克说完。

他再次把喇叭举到嘴边，“基于这份报告，本委未能找到能与之相悖的指控，因此本委在此发出一项关于《巫术保护法案》的废除通告。我们要求它立即暂停实施。我们希望精神疗养院里的每一个被收容者都能在1584年的雪凝之月一号当天获得释放，重新获得他们的社会地位。”

抗议者们发出了欢乐的尖叫声。但是一个记者喊道：“那也太早了！”这群人猛地又闹了起来。我咬紧牙关，双手放在身体两侧。

一个声音盖过了喧闹声，朝我喊道：“汉斯莱总理，女王会批准这一行动吗?”

我举起手，人群安静下来。“我刚刚才得知委员会的调查结果，”我说，一阵阵的疼痛缠绕着我的前额，“我得和女王陛下谈谈。”

“你赞成这种草率的行动吗，总理?”

就是这个问题。这就是他们一直在等待的问题。我扫视了一下记者们，暗自希望我的护目镜不会让我显得不够亲民。

“我在那本《议会议事录》里读到过关于议会投票的消息，”我说道，“建议你自己去看看——再把投赞成票的人和艾兰国电力和照明公司的大股东名单比较一下。”

“但这是否意味着——”

“是的，”我说，“我认为我们应该把《巫术保护法案》放在一边。但我在众议院投的票并不代表我个人的意愿，而是女王的。我现在就在你们面前，给你们一个肯定的答复。这是一项糟糕的法律，它对艾兰国的民众造成了严重的不公正对待，还迎合了某些人对魔法天才的造谣行为和恐惧心理。我希望它能被撕成碎片。不好意思。”

站在南面台阶上的我再也受不了那些低低斜斜射来的闪光灯了。我受不了那些喧闹的声音。我爬上楼梯，穿过政府大楼，迫切地想找一个够安静、够暗的地方休息，还想去药剂师那里开剂补药。

珍妮特看见我，倒抽了一口冷气，“格雷丝爵士。”

我举起一只手，“请保持安静。别用打字机。我需要躺一会儿，然后——”

一个女人从铺着软垫的沙发上站了起来，走到我跟前。是缪丽尔·贝克，女王的私人助理。她穿着羊毛裙装，很是漂亮，可看着她出现在我的接待室，我只想倒在地上大哭一场。

缪丽尔站着的体态非常完美。她把手臂搭在写字板上，擦掉了上面的一项待办事项，宣布道："女王陛下希望你立即去找她。"

我闭上眼睛，叹了口气，"好的。"

"这边。"

缪丽尔指的路并不是通往王宫的。我们沿着一条狭窄的走廊走着，这走廊是给民选议员和女王内阁成员走的捷径。我们在这里做什么？现在又没有内阁。我们走近一扇高大的门，门上刻着英明的艾格尼斯女王和她的小羊的浅浮雕。嗡嗡的说话声从房间里传了出来。

有声音从内阁里传出来。身穿红色制服、肩披金色穗带和流苏的守卫从门两边的凹室里走了出来。王后的贴身卫士挡住了路，房间里法官敲击木槌的声音，穿透了厚厚的木门，砰地一声打在我的前额上。

门开了，我看到的却是一片灾难。

这是间阶梯式的议事厅。女王坐在大厅前面的一个台子上，穿着她那件不怎么正式的紫色长袍，头上戴着金橡树叶环形状的王冠，臂弯里抱着权杖。塞弗林王子坐在她旁边的次等宝座上，他穿着他最喜欢的一套定制西装，紫罗兰色的领子紧贴着他的喉咙，他的胸前的方巾口袋也是紫色的，紫水晶袖扣在他的手腕上闪闪发亮。他先注意到了我。当康斯坦丁娜把目光投向我时，她压抑着自己，根本没有对我露出一丝微笑。她招手叫我过去。

我走下陡峭的楼梯，看着分层座椅上坐着的人——他们都是穿着黑色长袍、戴着紫罗兰边帽子的内阁成员，坐的位置呈半圆分布。一张张熟悉的面孔转过来，看着我向前走。我给这些面孔做了个统计，根据他们所选的座位和他们的身份进行匹配：约纳特·西布利爵士坐在农业部部长的座位上。艾琳·斯坦利爵士，劳动部部长。萨拉·瓦莱爵士，交通部部长——

埃尔辛·佩尔弗雷爵士，坐在为财政部部长预留的位子上。

我认得他们的脸。他们中的许多人继承了自己父母官位。埃尔辛恶狠狠地瞪着我。我一直忙着镇压雷蒙德，却没有意识到她才是我真正的威胁。

“总理，”女王开口了，整个房间鸦雀无声，“我一小时前就盼着你来了。”

该死。我走下最后一级楼梯，单膝跪下，膝关节压在了冰冷的大理石上。

“对不起，陛下。”我并没有接到任何通知，如果有什么要紧的事情，珍妮特会告诉我的，我什么都不知道。“我不知道要开这个紧急会议，所以用这段时间去见了一些想和我聊聊议会情况的民选议员。”

“希望你见的不是克拉克议员和他的小集团吧？”王后歪着头，看上去并没有恶意。

可她已经知道我是和谁在一起了。“是他们，陛下。他们想跟我谈谈对《巫术保护法案》的调查情况。”

“你建议保留这项法律，是吗？”

噢，真见鬼！“陛下，他们的发现引起了极大的恐慌。对赞成这一法案的议员进行公开质询将不可避免地——”

“什么也不要做，”女王说，“因为这个法案不会被终止。你应该是知道的吧。你怎么不知道呢？”

我的膝盖都跪得发烫了，很痛。女王并没有让我起来，而是要我跪着。所有的目光都集中在我身上，仿佛刺穿了我的后背和肩膀。我的头皮仿佛要裂开了，火焰仿佛灼烧着我的头骨。“陛下，我有紧迫的理由。我们必须小心处理和巫师们相关的事情，并且要对此类事情多加关注。我们必须要结束这种装腔作势的把戏——一方面，人民对我们深恶痛绝，这对我们是个威胁——”

身后，有人发出了一声短促的讥笑。

“另一方面，我们也要考虑神眷者的意思。我们被这两个群体夹在了中间，所以我们最好的办法就是对放出来的巫师们做好跟进把控，然后给人民呈现我们的故事版本。”

“你有个计划。”

我抬起下巴，“是的。”

“我现在很宽容。”康斯坦丁娜女王说。塞弗林咬了咬他的嘴角，“这个计划是什么？”

我稳住了声音，“我们可以利用媒体的报道。强调那个决定是四十年前作出的，决策者就是现在被控犯下叛国罪的那些人。他们目前被监禁，就是因为和他们过去的行为有关。您没有参与其中，陛下。那些法律文件上都没有您的签名。那时候您甚至还不是王位继承人——”

“够了。”女王举起手。我的话让她想起，那场可怕的事故夺走了她的丈夫和哥哥，她也因此成为了王储——我现在如履薄冰，可当我试图寻找一个不同的角度，一个更好的角度时，我脚下的冰裂开了。

女王把手指尖合在一起，“所以，你是建议把你父亲送上绞刑架喽。”

该死。“他们可能会被判终身监禁。”

“人们更倾向看到有人为此丧命吧，”女王说着，用一根手指轻轻敲击着王座的扶手，“最坏的参与者应该受到惩罚，这样能在最大程度上洗清我们所有的过错。告诉我，你会不会为了自己过得幸福，而把你的父亲送上绞刑架呢？”

我本应该很软弱地说“不”，或者残忍地说“是”。可我没有，“我对你说这些，是因为我知道，克里斯托弗·汉斯莱爵士在做某些选择的时候发挥了重要作用，而这些选择却导致了半神国人要来审判我们、来判定我们犯的是什么罪。如果要列一份重犯名单，他的名字会是这上面的第一个。”

“所以你是愿意送他去死的，”康斯坦丁娜用好奇的语气说出了这句话，似乎对我的话很感兴趣，“那我们要不要让内阁成员自愿加入你的计划呢？如果你想看你父亲在绞索末端踢着腿挣扎，看你母亲像个杀人犯一样被吊着窒息而死的话，你就说‘好’，那么，你们谁愿意献祭呢？”

我身后，内阁成员们一阵喧闹，却无人回应这个问题，倒像是显得这房间空着一样。康斯坦丁娜对他们笑了笑，赞赏着他们这个正确的回应。

“我觉得你需要想出一个不同的计划，不需要别人和你一样舍弃掉自己的父母，格雷丝爵士。你是我在议会的代言人。你投的票并不是代表你自己的，所以你也没法发表自己的观点。观点都是我的。你只是个传话的。”

有这样的内阁“支持”，我可真是活不下去了，在她这么说完之后更是如此。真该死啊，她是什么时候有空联系上他们这些人的呢？

我必须做点什么，要控制好局面。

“这可不对，”我说，“我的工作就是给您提供明智的建议，让您知道，什么对艾兰国而言才是正确的。我的建议也不只是意见。我所描述的是一条极其狭窄的道路，可要是我们还想挺过这场危机的话，我们就必须走这条路。如果我不这么说，我作为您的总理就是不称职的。”

“我不想再听到这个计划了。”女王说。

女王换着花样在羞辱我，我也受够了。我站起身，慢慢地伸直膝盖，膝盖因为在大理石地板上跪了太久，一直在颤抖。“陛下，那太可惜了，”我说，“因为这是您唯一的选择了。”

身后，一个穿制服的传令官敲了三次地板，宣布内阁有访客。我马上转过身，身后传来一阵惊讶的声音。一般来说，这样的情况只会在女王出席内阁会议时出现。王储则会等一会儿才进去，就像他对待舞台演员和冰上曲棍球选手一样礼貌。

想进这房间的人，肯定比任何君主的地位都要高。

门开了，伊桑德·福尔克纳大步走了进来，身上弥漫着飘动的黑烟，闪烁着银光。一只巨大的黑鹰站在他那戴着手套的手腕上，它的眼神锐利而专注。伊桑德的目光同样冷酷无情，一个眼神就把女王压制住了。

“康斯坦丁娜·伊索贝尔·蒙特罗斯，”他说，“艾菲女大公，神眷者，创世之国的继承者，埃隆德尔的长女，灵魂的守望者，负责对艾兰国之违规行为衡量判决。现要求你明天九点到玻璃大厅，与女大公会面。请携继承人塞弗林·菲利普·蒙特罗斯出席，闲杂人等不准参与。”

康斯坦丁娜女王脸都白了，“很遗憾，我有任务——”

“若无法出席，艾菲女大公即于当日中午对艾兰国做出判决，”伊桑德说，“不加宽恕。”

女王正准备张嘴，塞弗林说话了：“我们听从女大公的吩咐。那天我们会及时去见她的。”

艾菲会改变康斯坦丁娜对《巫术保护法案》的态度。女王别无选择，她只能做正确的事。

即使她眼神躲开了伊桑德，可这依然会让她觉得很难堪。她的手放在宝座扶手上，指节捏得苍白，就足以表明她的恐惧了。可她的眼睛里依然暗藏着怒火。没人告诉康斯坦丁娜该怎么做，但就连她也不敢违抗半神国首领的命令。现在艾兰国命运岌岌可危——她会接受召唤的。

我多希望到时我也能在场，见证这一切。

“格雷丝爵士，”伊桑德说，“艾菲想感谢你今天的帮助。非常感谢您的服务。”

“请向女大公表达我的谢意，感谢她对我的信任，”我说，

“能帮助她是我的荣幸。”

伊桑德向我点点头，走出了房间，留下一屋子人沉默不语。

我把注意力转到了康斯坦丁娜女王身上，她呆呆地坐着，不安的眼睛睁得圆圆的。“陛下。”我开口道。

她把目光转回我的身上。我的语气很坚定，但又努力地让自己听起来不像是在发号施令，“我建议您准备好面对安息国度国王的长女，陛下。她对艾兰国的判断是公正的，而她要求你作出三个让步。我会开始考虑如何与她合作的。”

“给我滚，”女王的声音颤抖着，“你们所有人。现在就滚。”

身后传来一阵拖沓的脚步声。刚获得任命的内阁成员正急忙服从女王的命令。我不敢给我的右膝上施加任何重量——我刚抓住这个时机施压女王，现在肯定不能丢脸一瘸一拐地走出去。塞弗林跳下台子，一会儿就来到了我身边。

“你不能用右腿撑着走了，”他把肩膀伸过来，“对不起。我曾去找你，但到处都不见你的人影。”

“我没在大楼里。”我说，咬紧牙关，试着把重心放在右膝上。

“去我办公室吧，那里近点儿，”塞弗林说，“我要告诉你一些事情。”

我们通过附属走廊，穿过了政府大楼，躲过了媒体，也避开了任何想和王子说话的人。我一瘸一拐在塞弗林身边走着，而他就像一根耐心的拐杖。我们路过一面墙，上面挂满了不那么精美的艺术品，这些所谓艺术品大多是给职员和仆人看的，太过感伤，只可能是装饰品。

我们没有朝左拐，而是向右走了。走了几步，我就进了塞弗林办公室的接待处。办公室里在播《星星如缕，宛似汝发》的录音，刚好放到首席女高音唱的一个高难度的唱段。我听着也跟着痛苦地呻吟起来。

“把那个关掉。”他对秘书说。那发条留声机很快就沉默了。“再往前走一点。你能做到的。”

一位秘书跑在我们前面，开了一扇门。门后面是塞弗林的起居室，正等着他进来放松。一块黑白相间的地毯上印着醒目的圆圈和方块，图案环环相扣。上面放了几张白色的皮沙发，环绕着跳跃的火堆。塞弗林把我扶到一张沙发上坐下了，在我的膝盖下垫了一些垫子，让我稍稍曲着膝盖休息一下。沙发旁边的矮桌上放了本他的冥想记录，还有一支钢笔。他写了什么？谁也不应该打开它来看。一个人在本子里所写的东西，是他与创造者的神圣交流。那是个人隐私。

可那本子总让我手痒，总想去翻一翻。

“别动。”他把一张紫色的流苏毯子盖在我的腿上，然后走到餐具柜前。“你有点头痛是吗？”

“是的。”

他拿起一个蓝色的瓶子，往里面倒了一种熟悉的黑色糖浆。他把瓶子递给我，我就知道那是塞缪尔牌合剂的味道。我把它一饮而尽，希望这次能快点咽下去，这样就不用尝到它的味道了。

还是尝到了。可能是我没有这样的运气吧。我试着伸直腿，却倒吸了一口气，“噢！真见鬼了！好痛啊！”

“就像有人慢慢地把它碾碎一样，”塞弗林走开了，提高了嗓门，像是故意想让别人听见，“给点时间让你的膝盖休息休息吧。你可以揉一揉，虽然会更疼，但你至少像是有在努力让它赶紧好起来。”

他说得有道理，但不知怎的，揉了之后却好像舒缓了一点。我又揉了揉，等疼劲儿过去，就开始不停地揉膝盖了。

我背后的墙上挂着一组照片，里面都有塞弗林，和一个又一个美女站在一起。王子与歌剧女高音、主舞，还有特别优秀的舞台剧女演员亚森特·乔克一起摆姿势拍照，后者对他们之间存在亲密友情的传言既没有承认，也没有否认。我怀疑他们是有的，但我不会堕落到要去八卦名人的地步。

塞弗林拿着两袋冰回来了。他递给我一袋，冰凉的感觉瞬间抚慰了我的膝盖。我拿过另一袋，把它放在了头上。我如释重负地叹了口气，“你知道这个惩罚是吗？”

“深有体会。我也被你父亲这么罚过，”他大笑一声，“你是怎么计算出伊桑德先生到达的时间的？”

“我没有啊，”我说，“那纯粹是魔法效果。”

“或者可能是创造者们来帮你了，”塞弗林说，“对不起，我没来得及把母亲打算组建新内阁的消息告诉你。我本来想去给你提醒的，可你那时候不在。”

我一头扎进黑灰色的枕头里，抱着头，“我那时候和克拉克议员在一起。”

“还有女大公？”

我点了点头，表示了懊悔，“她想到王宫外面去，我就帮了她。但现在这个新内阁就是场灾难啊。他们马上就会取消休会，重开议会。”

塞弗林坐在沙发边上，靠着我坐着。

“他们甚至可能连议会都没机会进呢。母亲也许会求饶，可能他们还没开始干活就又被撤职。无论哪种方式，他们都注定要失败的。”

“不能这样，”我用一只手遮住眼睛，“如果我们不把巫师放了，艾兰国的一切都会化为灰烬的。”

“如果我们要得到真正想要的东西，我们就得让他们这个计划失败。”塞弗林说。

我把手从眼睛上移开，“你想让女王陷入不利的境地是吗？特别是让人们反对她。但半神国人——”

“赶紧采取行动的话，我们会得到宽大处理的。”

我屏住了呼吸。我在金斯格雷夫监狱所做的承诺——这正是塞弗林所希望的。“会发生骚乱的。”

“我知道。我们要通过推翻旧秩序来平息这些骚乱。就像你说的那样，我会根除保守派的腐败，从而开始我的统治。然后我们把巫师们放出来，他们会责怪死了的那些叛徒，而不是我们。”塞弗林的黑眼睛里闪烁着这个计划。“我们能做到的，格雷丝。我们可以拯救艾兰国。”

有多少人已经悄悄地暗示过他们想要这么做呢？人数已经多到完全能顺利地颠覆现有的政权，推选新王上任。我和康斯坦丁娜说过，我们得走一条很窄的路。这次更危险，可这是我们最好的机会。如果我们把故事打造得非常正面，让英俊帅气、魅力四射的王子因为心怀人民而开展行动，我们就能挺过这一切。我又把手从眼睛上移开了。高高的窗户外，一只毛色斑驳的灰色信鸽落在一个喂食平台上，啄食着小米。

“我们需要你公开支持休会，”我说，“如果你肯和阿维娅·杰赛普聊聊，她可以采访你。她拍的照片很棒。我明天就能把她找来。”

塞弗林抬头看了一眼他的照片墙，“什么时候？”

“如果我们想赶在下午的最后期限前完成，就必须定在早上。十点钟行吗？”

“十点啊，我应该能把其他事情都安排好了。”塞弗林说，“这个计划需要你对康斯坦丁娜显示出强硬的立场，强调你对这个计划的支持，以及她的反对。我们要让人们对下议院的投票结果满意，所以当议会做不到这一点时，我们就是人民需要的英雄。”

一场政变。我们在策划一场政变。这是最好的办法了，但我的呼吸依然局促紧张，恐惧仍然在我周围晃动飘舞，“我希望时机好一点的时候再这么干。我现在其实不是头痛，而是风暴警报。我们马上又要遭遇一场完整的气旋式暴雪了。”

“还来？”塞弗林问道，“这么快又有一场吗？”

“我真的怕整个冬天都会这样。我得把它的进程路线画出来，再算算隐巫者要在什么时候再搞一场仪式。”

“那你该回家了，”塞弗林说，“先好好休息一下。”

“要做的事情太多了。”

“你可能不用那么忙了。”塞弗林说。

我眯起眼睛看着他，“这是什么意思？”

“我的意思是，母亲会对你生气的。非常生气那种。她可能会撤你的职。”

我咬着嘴唇。这对我和风暴歌者打交道的时候可没有好处。影响还挺大的。“但如果我不是总理了，我也帮不了你啊。”

“不会太久的，”塞弗林握着我的手，轻轻地捏了一下，“我都不敢想象，如果没有你陪着我一起管理这个国家，那会是什么样。我需要你辅佐我。你停职的时间不会很久的。”

我的内心其实在尖叫。我也捏了捏塞弗林的手，“但如果我不在这里，我怎么能——”

“半神国人会叫你去陪着他们的。你今天早些时候说的那句话是对的。一边是人，另一边是拥有不死之躯的半神国人，我要利用他们来粉碎母亲的统治。相信我吧，你不会错过这一切的。”

第二十章 鸟食

我在办公室待了很长时间，安抚了忧心忡忡的珍妮特，然后写了封信给阿维娅，了解了解《星报》那边的情况。我邀请她第二天早上来见我和王子——九点先来见我，我来给她简要介绍一下情况，王子十点会来找我们，告诉她真实的故事。

给她简要介绍。这句话我自己都不信。威廉和乔治送我回家了。我在雪橇上望着崔斯坦的联排别墅。看到窗户里闪烁的灯光时，一股希望在我心里跃动起来。我很想停下来看看她怎么样，但我不能因为这一自私的举动，把她的藏身之所暴露给父亲的刺客。即使我完全信任我的司机和仆人，我也不能停下来。

吃过晚饭，我便任由伊迪丝摆布。她知道能减轻我头痛的一切办法。她给我吃补品，用薰衣草香味的洗发水给我洗头，给我吃最清淡的食物，避免让我吃到一些可能会延长疼痛的香料，她还不准我吃巧克力、喝葡萄酒，不让我看书或者做文书工作。尽管我还是给自己争取了五分钟，指导我的助手给每个隐巫者写信，因为新的风暴要来了。新风暴预警发出去了，我便一个人躺在床上，闻着助眠香薰的味道。

我梦见了暴风雨。醒来时，床上只有我自己。我下楼去吃早饭，又抬起头，凝视着那幅画，上面画着我的舅公伯纳德。我学着阿维娅那样，一直盯着它看，连鸡蛋都放凉了。上了雪橇，我坐在后面，缩成一团，看着外面那些衣袖上系着黄丝带的人。威廉把我从雪橇里扶出来，我们的雪橇停在了第三个车位上，前面是两辆满载着邮件的绿色货车。

我歪着头。现在全国的电话都用不了，那政府一天到底能收到多少邮件啊？毕竟早上7点就来了大概两辆货运雪橇派邮件？

雪橇的铃铛在我身后叮当作响。第三辆货物雪橇停在了我们身后，上面依然装满了一袋袋的邮件。一个邮差小跑着从政府大楼里出来，下了台阶，绕到雪橇后面，把一个袋子扛在肩上，又爬上台阶往入口跑去。

我拦住了身后的邮递员，“请问，你这里是不是也有一袋给政府大楼的信呢？”

她眯起眼睛，好像近视似的，“都是给市政府的，夫人。”她把这词说得像“妈妈”一样，发音和河畔城的居民差不多。她上了雪橇，一挥手就把另外两个孩子也拉了上去。

我眨了眨眼睛，“满满三个雪橇的信件？这正常吗？”

“一点都不正常，夫人，”她说，“七点的时候有一袋，或者两袋。十点来的就更多了。但我从没在同一个地方见到过这么多信件。”

这到底是怎么回事？“谢谢你。”我说着，匆匆走进了大楼。

我的办公室门外放着满满一袋邮件。珍妮特正在办公室里，从另外一个袋子中取出一个又一个信封，想给它们分类。她那斑白的头发从发髻中散开了，一缕一缕地绕在头上。

“这是怎么回事？”我问，“珍妮特，发生什么事了？”

“所有这些信都是选民写来的。”她说，接着撕开了一个信封，上面的字迹工工整整，像个小朋友的字，然后抽出了一张叠好的纸。“目前来说，这些信都是关于释放巫师的请愿。有些读着真让人心碎啊。”

她从一叠信里拿出了一封，递给我。我展开信纸：

亲爱的汉斯莱总理：

阿姨让我把躲起来有什么感觉写下来。我感觉很伤心。我可以让植物生长。如果我能把这个能力告诉人们，那我就能让每个人的植物都长得好好的。我可以告诉他们什么时候会有切根虫和坏甲虫，还能帮他们种很多粮食。但我不能告诉任何人，因为他们会把我带走，这样我就再也见不到家人了。

真诚的
无名氏

签名上有停顿时留下来的墨点，看来是作者准备用钢笔写下名字的第一个字母时停了下来。

“这是一个孩子的信。”我说。

珍妮特点点头，“这封信真让人心碎啊。但有些人非常粗鲁。”

我拿起珍妮特整理好的一叠信件，埋头读起来。我读到了一个男孩的故事，他能给受伤的动物疗伤，还有一份“好工作”，却不能告诉我具体是什么。我读到了一位母亲写的信，她第一次意识到她的孩子在直接对她的心灵说话的时候直接哭了，因为她的孩子还太小，并不知道自己的才能会给他们带来危险。我读到了一个女孩的来信，她爱上了一个没有巫术的男孩，可她的父母不让他们在一起，因为被发现的风险太大了。

每个精神疗养院里都有几百号人。金斯顿城里的疗养院关的就更多了，有好几千人呢。他们生活在狭窄的空间里，每天都沉浸在恐惧之中。我周围都堆满了信件。这时，阿维娅走进来，举起相机，把我和职员们读信件、分信件的样子拍了下来。

“《星报》报社已经埋在信件堆里了，”阿维娅说，“组织这一出的人可真是天才啊。”

我从沙发上挣扎着站了起来，“很高兴你能来。要来点咖啡吗?”

“好的，谢谢。”阿维娅叹了口气，“《星报》的报纸已经卖没了。我们在续印。”

我走到一个大腹便便的银瓮跟前，给我们俩各倒了一杯，咖啡醇香四溢，色泽偏暗。阿维娅拿了她的黑咖啡。我们的糖快用完了。她跟着我走进办公室，微笑着看我搅动空气，把壁炉里的热量传播到房间各处。

“总有一天，我要看看你是怎么呼风唤雨的。”

我几乎不需要动用我的感知力。厚厚的乌云便马上在天空中低垂下来，云的底部被未落下的雪笼罩着。我指了指窗外，阿维娅便盯着在微风中飞舞的雪花。

"这是你弄出来的吗?"

"是的,"我说,"不过再过几个小时就真的要下雪了。"

阿维娅望着窗外,双手捧着咖啡杯,"这是怎么做到的?"

"我能感觉到。你也能感觉到——你能感受天气的冷、暖、潮湿、干燥和大风。而我的感觉会更强烈,更细致。我觉得,这就像一个裁缝,看一看,摸一摸,就知道自己要用什么布料了。"

"你能知道风暴什么时候会来,就像上周一样。"

"是的,"我说,"就像上周。也像现在一样。"

她转过身来打量我,"又有一场风暴?"

"还是个挺麻烦的风暴,"我说,"可以说是残酷的。告诉斯帕罗太太给家里多囤点东西吧。风暴来之前,她大约还有三天时间去办这事。"

"这让我的报道比以往任何时候都重要了。"阿维娅从她的包里拿出了一份文件,我打开那熟悉的金色封面,发现里面有一篇打印出来的文章,标题是《百大巫师家族——艾兰国精英如何隐藏法力》。

一股寒意顺着我的脊梁往下爬。这么快就公布,我们准备好了吗?我浏览了一下打印得整整齐齐的那一页。阿维娅用干脆利落的笔调,详细地说明了事实:我们平时说巫师最常见的把戏之一就是蛊惑人,由此证明巫师们已经失去了理智,这实际上是真的,因为艾兰国最有权势的家族——百大家族中那些有钱有权又只顾自己利益的成员——本身就是巫师。

这篇文章后面就是对我的介绍,介绍了我的生活,还浪漫地描述了我是怎么控制空气和水的变化,从而让天气按照我的意愿改变的。我一直读到“以上是对格雷丝的采访”这行字，才合上文件夹，把它丢到了桌上的文件堆里。

阿维娅喝光了咖啡，放下了杯子，“我想让你先看看。”

“你想让我直接说出来，”我抬起手捂住喉咙，“证实消息不是匿名人士提供的。你想让我当众承认这个真相。”

“我觉得这是我们的下一步行动，”阿维娅说，“我想把它放到投票当天的晨报上。”

噢，神哪。我浑身发抖，几乎不能呼吸。如果我这样做了，我就可以和我的主音职务吻别了。我也肯定当不了总理了。到时候我就像毒药，谁也不想接近。估计对塞弗林来说，他也保不了我。

不过，说不准这也能奏效。也许我可以利用我的坏名声来帮助巫师们呢？塞弗林登基的时候，肯定会任命我当总理的。不过这个风险有点大。我们能碰碰运气吗？

阿维娅耸起肩膀，拢到耳朵旁，“你不想这么做。”

“我可没那么说。”

“你什么都没说呢。”

“那是因为我很害怕，”我说，“搞不好还会连累我的。”

“我想它会为你赢得下议院的席位，”阿维娅说，“如果你支持这个计划，你就可以扭转局势，获得选票。”

“这可能还不够。”我嘴里冒出来一股酸味，那是谎言的滋味，最简单的一种谎言，就是那种掺杂了太多真相而被忽视的谎言，“康斯坦丁女王任命了新内阁。他们肯定会否决众议院的投票。”

阿维娅猛地睁开了眼睛，“什么？连议会都还没面试人选就定了？”

“从法律上讲，她不需要让任何人干涉她的决定。”

“我得教教你怎么看什么新闻值得上头条，”阿维娅抱怨道，“怎么像讲头条那样给我讲故事。”

“对不起，”我说道，有人敲响了我办公室的大门，可能又有邮件到了吧，“也许有个方法，可以把它和塞弗林的故事联系起来。”

她歪着头，“你对王储是直呼其名的吗？”

“他坚持要我这么叫，”我说，“我们一起工作。最近我见他的次数比见女王还多——”

一阵沉重的脚步声传来。只听珍妮特抗议道：“你们不能进去！”

与此同时，办公室的门开了，女王卫队的警卫们冲了进来。

“阿维娅·费伊·杰赛普小姐，”一个长着鹰钩鼻的警卫说，“我们奉女王之命来逮捕你，罪名是煽动叛乱。”

“什么？”

我们同时发出了疑问。阿维娅盯着我，眼里满是悲伤。

“不，”我说，“阿维娅，这不是我干的。我永远都不会——你们不能带走她！”我喊道，“我要援引法律庇护条款。”

“女王要指控她，你也保不了她，”警卫说，“难道你不知道女王凌驾于你的权力之上吗？”

“你们有什么证据？”我质问道，“有什么证据能证实这一指控？”

“杰赛普小姐持有一些具有煽动性的材料，包括一份内容不实的手稿，用于指控女王陛下的政府密谋煽动人民情绪。这份手稿所附的还有一批用于出版的文字材料。”

我的心一沉。我还以为自己找到了对付父亲的把柄，能保护阿维娅不被他发现。我放松了警惕，以为他被打败了。我还是低估了他。

“你陷害我。”阿维娅说。她看着我，脸上只剩伤心的表情了，我们之间的友谊和信任的温暖消失了，不见了。我的胸口仿佛被撕裂了一样刺痛着。如果一切都能恢复原样，我宁愿给他跪下。

“没有，我没有。我向你发誓，是我父亲。是他干的。”

她盯着我，一脸质疑，“那他是怎么做到的？”

我不知道。所有的希望都破灭了，我心里崩溃了。我不知道怎么做。我没有证据。

警卫们给阿维娅戴上了手铐。他们无情又生硬地给她搜身，拿走了她的相机、钢笔和记者证。她看着我，忍受着他们所有的侮辱。他们把她拖出我的办公室，准备押到金斯格雷夫监狱，她扭过头盯着我看。她会因煽动叛乱而受审。法院会认为她的调查结果纯属胡编乱造。她会被处以绞刑。

我以为我保护了她，但只有傻瓜才会低估克里斯托弗·利兰·汉斯莱爵士。

他们都走了以后，珍妮特进来了，“她做了什么？”

我眼前只有他们带走她时，她脸上悲伤的神情。

“她说的是实话，”我说，“而且她这次刚刚开始呢。”

我给我的辩护律师写了封信，同时还给她寄了一张支票。我让她到监狱里去插手阿维娅的监禁，保证她的安全和舒适。这笔钱应该够用来支付她一个月的费用了。而我要想让她免于一死，能做的只有一件事：把塞弗林·蒙特罗斯推上王位。

邮差打开门冲进奈史密斯和布鲁斯特的办公室时，差点撞到了塞弗林。塞弗林弯下腰，捡起一只留了个靴子印的信封，递给珍妮特。

“看来他们也用信件轰炸你了，”王子说，“不过这里应该发生什么；我从你们脸上的表情就能看出来。”

我点点头，喉咙发紧，“女王以煽动叛乱罪逮捕了阿维娅。”

塞弗林王子也皱着脸，陷入了沉思，“根据《星报》的那篇文章？那这个依据也太站不住脚了吧。”

如果是《星报》上的那篇文章就好了。“我很抱歉。可能如果你当时也在这儿，你就能在我们解决这个问题的时候为她寻求法律庇护了。”

塞弗林气呼呼地发出一声讽刺的轻笑，“我的级别不比我母亲高。”

这只是暂时的。“如果你在的话，我觉得他们会停手。”我说。

“那很抱歉，我没有早点到这儿来，”塞弗林说，“我能做点什么吗？”

“我要保证她的安全，”我说，“应该只是关几天而已。我让我的辩护律师用法院命令阻止每个程序，这样流程就能放慢了。”

这也是我的期望而已。女王完全可以让她立即接受审判。如果女王拿到了手稿和阿维娅的调查报告，她就有足够的证据证明阿维娅有罪了。犯人一旦被判有罪，第二天中午就会执行绞刑。

多萝西必须及时赶到那里。必须。

塞弗林把手放在我的胳膊上，搂着我的二头肌。“不会有事的，”他说，“最多就几天——等着瞧吧。”

我点了点头。计划生效了。有塞弗林的帮助，阿维娅会活下来的。

“我要去看她。”

“估计她进监狱还得走几个小时的流程，”塞弗林说，“但我会告诉警卫队长要好好对待她。你想给她送点什么吗？”

“毯子。一套换洗的衣服，暖和的衣服——还有一切能让她不至于冻死的东西。更好的食物。写字用的东西？”

“她只能用羽毛笔。”

“可以了，”我说，“谢谢你，塞弗林。”

“区区小事，无足挂齿，”塞弗林说，“继续忙你的吧。也许过几个小时你就能见到她了。”

我点了点头，“天知道我还有多少事要做。”但我还没想好从哪儿开始。

“塞弗林，你能再帮我做件事吗？”

“悉听尊便。”塞弗林说。

“你能把目前在塔里值班的警卫都换掉吗？让他们和叶落之月之后就没在塔里值过班的警卫换个班？”

不管父亲葫芦里卖的是什么药，我都必须终止他和那个内鬼的联系。我不能让他为了自己的计划而影响外面的世界。

塞维林歪了歪头，“这事儿我能办。你想我什么时候办成？”

“今天可以吗？”

“没问题。我去叫警卫队长，”他揉搓着我的胳膊，然后抬手捏了捏我的肩膀，“会有好结果的。”

“我知道。”我说。

“我会打个报告的。”塞弗林说，然后离开了我的办公室。

我的三个秘书都赶紧把注意力集中回他们的工作上。我叹了口气。毕竟在政府大楼的办公室里，并不是每天都能看到艾兰国王储的身影。

“我要查一下日程安排，”我说，“现在不接待客人。”

我把自己关在办公室里，目光涣散地盯着窗外。现在一切都要靠塞弗林登上王位才能办成了。我已经表示支持休会。我还没有找到赛维蒂谋杀案的另一条线索——

见鬼了，他到底是怎么做到的？是口袋里有个警卫吗？还是买通了送餐员？我必须知道是哪个家伙。我要查查警卫的值班表，看看阿维娅的公寓被盗的时候，在这里值班的是哪些人。但是他怎么知道那天晚上阿维娅不在家呢？我也没把带她去舞会的计划告诉任何人啊。

除了珍妮特。

珍妮特曾是我父亲的秘书，她在我出生前就给父亲工作了。我从来没有想过要换掉她。她负责接待每一位来访者，知道我每一分钟要干什么，还负责帮我读信写信。她能高效率、有条不紊、泰然自若地管理着总理办公室。我就是靠她坚定的支持，才度过了这次危机。

但她不喜欢我和阿维娅·杰赛普见面。她从没这么说过，但我很了解珍妮特，知道她什么时候会选择不发表自己的意见。如果珍妮特把我在办公室里所做的一切都告诉了父亲，如果她认为对父亲忠诚就是对我忠诚，她就不会认为自己做错了什么。

但这就意味着我的办公室不再安全了。

他们是怎么交流的？父亲只有两个客人。珍妮特和王子朋友圈之外的人一样，王子一来，就会目不转睛地盯着他。但王宫里到处都是邮差和仆人，他们可以那样传递信息。这很有可能。但这种做法是可以追踪的。侍从和士兵们必须对他们在值勤名单上的变动作出解释。这可能得花上好几个小时，要是我发现有邮差老是出入王子的办公室，我肯定会把他们抓住的。不可能是这样。

一只胸脯很丰满的信鸽落在了靠近铰链窗的窗台上。这里有个喂食器。父亲会让鸟儿在他的办公室里飞来飞去。也许这只鸟会希望父亲能打开小舷窗，让他飞出去，到各个地方去寻找羽毛和鸟食。可怜的小鸟。

一阵寒风从窗口吹了进来。我走近窗户，想找找是哪里漏风了，却停了下来。

我走近窗台，信鸽却并没有被吓到。它展开翅膀，抬起头，就像在等我打开舷窗一样。

它的腿上有一根管子。

我小心地往后退了几步，看着那只鸟。邮差还会被抓去谈话和审问呢——可小鸟不会啊。它们比邮差好用多了。小鸟，可以训练它们来送信和小物件。小鸟，从总理办公室的窗户或父亲的牢房窗户往外看，一点也不显眼。

或者说从王储办公室的窗户往外看，也一样。

塞弗林在监禁阿维娅的过程中扮演了什么角色？难道他只是同意了我的计划，用那份报纸的报道来推动休会吗？难道他看上去是在与我合作，却在暗中搞破坏？就像他干涉了我们和赛维蒂·安·瓦沃特的谈话一样——但尼卡尼斯已经给他洗脱了罪名，说是赛维蒂被谋杀的时候，他就在监狱里。

我感觉这并不完全准确。我还得再去找尼卡尼斯谈谈。

我看了看窗户。鸽子还在那儿，晃着脑袋，也朝玻璃里望着。我也许能找点鸟食，喂给它吃，然后截获消息——但这可能会表明我已经猜到珍妮特背叛了我。我必须装作什么都不知道。

我不能让他们知道他们的阴谋已经暴露了。我必须要以谋略制胜。如果我没法把我父亲从董事会上踢下来，我也救不了阿维娅了。

我在我桌上发现了阿维娅留下的文件。警卫们不知道它的特殊之处，因为它就在一堆和它长得很像的文件夹上面。我不能把它留在这里。珍妮特对我所有的文件都很清楚。我拿起它，又读了一遍，仿佛在听阿维娅耐心地讲述我的故事。我久久地凝视着最后一行。

以上是对格雷丝的采访。

我拿出一支铅笔和一本便签本，开始写起来。我听着铅笔在纸上画来画去的声音，稍稍有点恍惚，但并没有停下来思考或是看看我的文字写得怎么样。停笔的时候，我已经写了四页。我想起了那些寄到我办公室的信。他们真的很勇敢，敢于给我写信，敢于为自己的安全权利而战。

这封信，是写给他们的。因为那个男孩长大后应该是金斯顿最伟大的园丁，而不是逃犯。因为疗愈术是一种天赋。因为那个女孩应该和她爱的男孩有机会在一起。因为我们剥夺了他们的幸福、安全和机会。

我拿出一支钢笔和一张更好的纸，准备把草稿誊写上去。我精炼了文字，设法把文章缩短到三页。我把信纸放在桌子上晾干，然后把便签本拿到壁炉边，撕下了我粗糙的草稿——以及因为我写的时候太用力而皱成一团的便笺纸——丢到了火焰里。

纸在炉栅里卷了起来，烧着了，逐渐变黑。我把纸灰都捣成了粉末，接着把阿维娅的文件和我写的那封信收了起来，把它们塞进了一堆放着经济报告的文件夹里中，所有文件夹的封面都一模一样。

那只信鸽还在那儿。我把貂皮大衣披在肩上，准备出发。“我要去趟议会图书馆，”我对珍妮特说，“然后去自助餐厅吃午饭。如果有人来找我，你能和他们另约个时间吗?”

珍妮特点了点头。我便装作什么都没发生，匆匆从她身边经过，走了出去，我走到大厅的一半，又掉转头跑回了办公室。

珍妮特不在座位上。我办公室的门关着。我打开窗户，一股冷风从敞开的窗户中吹了进来，珍妮特吓了一跳。

“我忘了带笔，”我轻松地说，“对不起，让你受惊了。”

“没关系，格雷丝爵士，”珍妮特说，“这些可怜的小鸟。它们还不知道他已经不在这儿了。”

她手里拿着一袋鸟食。在她身后，那只鸽子正贪婪地啄食那堆食物。它腿上的管子不见了。

“请继续喂它们，”我说，“我相信，父亲要是知道他的空中小居民在这里有个避难所，一定会很开心的。”

她朝我笑了起来。以前她觉得我特别聪明或者尽职尽责的时候，就会向我露出这种自豪的笑容。以前看了还觉得特别暖心呢。“我相信他会的。”她说。

我拿起笔盒，又朝她微笑，掩饰了头皮上那隐隐的恼意，“我一会儿就回来。”

我跑向圆形大厅，没时间等自己的雪橇来接了——我伸手招了一辆粗糙的轿式出租马车，给了车夫两张新钞票。

“我要到《金斯顿星报》报社的总部去，”我说，“如果你待会能等等我，我就再给你五马克。”

第二十一章 四条交错的路

《金斯顿星报》的报社大楼曾经是主街最高的建筑，比它的竞争对手《金斯顿先驱日报》在对街的总部还要高出整整两层。但当雷建了整整28层楼高的伊甸山庄酒店之后，《星报》报社大楼也就降级成了“紧挨着主街车站的建筑”。不过它仍然是一栋很可爱的楼，大门前面挂着几个黄铜大字：“准确、有趣、及时”。

司机拿出一本口袋书，裹着一条花呢羊毛毯，心满意足地在寒冷中等着我的五马克。我从后座上跳下来，穿过宽阔的人行道，经过一排排的自行车和抽烟的人，他们耸起肩膀，竖起衣领，迎着风挤作一团。

指示牌显示，二楼是头条新闻部。我踏上了光滑的石灰石台阶。打字机键盘的咔嗒声不绝于耳。我找到了一个办公室，门是磨砂玻璃做的，上面写着“头条新闻”四个字。我便推开了门。

神哪，这也太吵了。这里有一排排的桌子，打字员们正在键盘上敲出一篇又一篇报道。我左边有个空的照相亭，里面透出了一股香香的化学品味。那是显影剂。我在中间的走道上迈了三大步，每走一步，我身边的打字声就消失了。打字员抬起头来，瞠目结舌地看着我。

我又走了三大步，一个女人走到我面前，手里拿着记事本，“汉斯莱总理，即使女王本人反对，你也会真的支持终止实施《巫术保护法案》吗？”

其他人礼貌地让她先问了第一个问题，但在那之后，没人再愿意等下去了。记者们含糊不清地给我抛出一个又一个问题，期待着自己能成为那个得到答复的人，但实际上我根本没听清他们问的啥。

“我是来和编辑谈的，”我说，“我该去哪儿找她？”

一堆手指指向了那个有着玻璃墙的办公室。一个女人站在玻璃后面，背着双手，像白嘴鸦一样警惕。她的黑眼睛紧紧盯着我的脸。我迎上她的目光，她便朝我点了点头。我穿过闲聊的记者，爬上楼梯，来到了她的领地。

门开着，我走了进去，伸出右手去和她握手，“啊嘿。我是菲奥娜·格雷丝·汉斯莱爵士。”

“啊嘿，”她也跟我打了个招呼，甜甜的声音里又带点烟嗓的感觉，“我是德洛拉·加德纳太太。很荣幸见到您。”

德洛拉·加德纳太太似乎根本不在意自己的工作环境好不好看。她办公室后面的墙上挂了块黑板，上面潦草地写着各种项目任务的大纲。我在“调查系列——WPA，火车，以太，1539—1541”这堆字旁边发现了阿维娅的名字。

我想起了自己来这儿的目的，便回头看了看阿维娅的老板。

"我好像记得你的脸，"我说，"五年前你是记者吗？"

"是的。真是惊喜啊，你竟然还记得我。今天《金斯顿星报》能为你做些什么呢？"

直击重点，没跟我寒暄，不错。"我到这里来，是因为阿维娅·杰赛普被控犯了煽动罪，现在关在金斯格雷夫监狱。"我说。

"煽动罪，"德洛拉重复了一遍，"因为揭露了艾兰国电力和照明公司背后的秘密？我记得你从那场骗局中得的利益相当大哦，虽然你后来也骂了这个骗局挺多次的。"

"这篇报道发出后，杰赛普小姐家就被人搜了一通。啊，应该说是杰赛普小姐家被人洗劫了一通。他们偷走了——"

"她所有的文件和照片，"加德纳太太说道，"她告诉我了。她还说了要去政府大楼采访你呢，总理。她是在你安排的会面上被捕的吗？"

"是的。"加德纳太太看到的一切都是一个故事，而在这个故事里，我是一个无情、贪婪的操纵者，企图恐吓和压制阿维娅。这个故事有多真实呢？"但我不是让她被捕的人。"我说。

她把重心放回一只脚上，交叉双臂，眯着眼看我，"那——请原谅我的直率——你为什么在这儿？"

"因为女王的卫兵来逮捕阿维娅时——是依据女王的命令来抓人的——她是准备采访我和王储的，而且还想和我谈论一个秘密，一个从英明的艾格尼斯女王时代以来，皇家骑士们就一直保守着的秘密。"

德洛拉歪着头，"但她在监狱里啊。你为什么跑到这里来跟我抱怨？"

我先是直勾勾地盯着天花板，直到眼睛酸了才转转眼珠，“因为那篇文章剩下的部分是我写的。”

现在她把背挺直了。现在终于用正眼瞧我了。

“这个秘密，你的意思是要把它揭露出来是吗？”

“我想麻烦你把它发表在晨报上。就刚好是在决议中止法案的投票之前。”

“而这篇文章将——你希望——让中止法案的决策朝某个方向发展。”

我勉强叹了口气，“是的。”

她噘起嘴，朝左边噘一会儿，又转到了右边，“我是印新闻的，不是搞宣传的。”

“那好，”我说，“午安，加德纳太太。你还记得《先驱报》那位编辑叫什么吗？”

“等等，我那不是拒绝，”加德纳太太说，“你写了什么？”

我打开文件夹，从那堆打印的文件里翻出了我用钢笔写的那几页纸，“我四岁的时候就学会了童年时期最重要的一项技能。这也是百大家族成员的一项重要技能。在大多数孩子还在因为会读图画书而受到表扬的时候，我就已经能站在汉斯莱府的后花园，随心所欲地发出指令，让天空下起雨来。”

加德纳太太一言不发。我继续说道：“这就是每个皇家骑士的首要职责：用自己的才能来控制天气，保护艾兰国的人民和庄稼免受猛烈的风暴袭击，不让他们受灾。”

我抬起头，“我是个巫师，加德纳太太，艾兰国的皇家骑士们也都是巫师。我们制定了《巫术保护法案》来保护我们的秘密。可现在保密的日子已经结束了。这就是我想让你在决议中止法案的投票那天早上印出来的内容。人民有权知道我们背后的真相。如果你不愿意，我就找法利·哈特帮忙。”

“你想从中得到什么？”

我不知道她是有洞察力还是只是愤世嫉俗。“我想让他们终止对阿维娅·杰赛普的指控，”我说，“我给她雇了个律师——”

“谁？”

“多萝西·奈史密斯。”

德洛拉看起来对她印象很深刻。

“她会竭尽全力拖延审判，排除检方提供的证据，保护阿维娅的利益。你可以通过发报道来帮我们，就说阿维娅被一个日益残暴的政府逮捕和监禁——”

“其实不是她死，就是你亡，”德洛拉打断了我的话，“怎么才能不让女王把你也抓起来，关在她旁边呢？”

“我不能透露这个，”我说，“我这是在冒极大的风险，王室给阿维娅扣上叛徒的帽子，想在人民和媒体面前杀鸡儆猴。我不能袖手旁观。”

德洛拉打量了我很长时间，“你是认真的吗？”

“是的。”

“很好，”德洛拉说，“做个交易吧。不过自由撰稿人在出版时才能拿到报酬哦，如果你关心这个的话。”

“没关系，”我说，“能把报道发出来就足够了。你想让我就阿维娅因煽动叛乱被捕一事作个陈述吗？”

德洛拉给我派了个迷人又英俊的萨敏丹男子，来帮我写阿维娅被捕和监禁的情况。他对我穷追不舍，一直拉着我问问题。我总算从他手里逃脱了，跑到外面，发现那个出租马车夫还在等我。

我挤进后座，把脚放在暖气箱上，“去王宫建筑群的东面，金斯格雷夫监狱。”

他放下书，跳下马车，在我们上路之前把一桶马食收回车上。马车开始行驶，压出一道道车辙，在国王大道转了弯。我把大衣的领子拉得更高了，把手塞进一只貂皮暖手筒里，那暖手筒叠起来大概就两只冬季手包那么大。风把我和街上的行人们都给吹冻僵了。

外面冷得刺骨。可抗议者仍在聚集。他们占据了半个广场，挤在一起取暖。黄色的旗帜在人群中飘扬，一串三角旗被风刮跑了，在风中飘散了。

那些黄色的旗帜上什么图案也没有，但如果它们上面有个由十五颗星组成的圆环，那就是乌扎达的旗帜，那是个由萨敏丹人组成的国际联盟。我又付了那车夫七马克，朝他点头致意。他用手碰了碰帽檐，向我表示感谢。

我走进监狱的正门，种种事实烦扰着我。萨敏丹人并不压迫巫师，反而会教给那些有天赋的公民魔法。

我从暖手袋里掏出了证件，递给警卫。她看了看它，又看了看我，“您的来访事由？”

“探望一位囚犯。”我一边回答，一边收回了证件。

“哪一个？”

“阿维娅·杰赛普。”

警卫查了一下，“她还在走入狱流程。”

“我会仔细监督整个过程的。请派人把她送到她的房间。”

警卫走出值班亭，打开了监狱的门，“霍华德。带总理去见阿维娅·杰赛普。囚犯编号25318，罪名是煽动叛乱罪。”

霍华德不高，几乎没达到警卫选拔身高要求，但他的肩膀很宽。他带着我穿过了一条条石头走廊，来到一处较低的楼层，看着一扇沉重的门。门边挂着一块写字板，上面写着“医疗”两个大字。他点了点头，打开门，领着我进去了。

我走进潮湿寒冷的空气中，石碳酸皂的气味正尽其所能，想盖过霉菌散发出来的酸臭味。阿维娅坐在桌子上发着抖，身上只穿着一件细麻衣，湿漉漉的头发上不停有水珠滴落，肩膀上也都是水痕点点。她晃着光脚，脸上妆容也被擦掉了。见我走进来，她耸起了肩膀。

“你想干什么？”

“你出去吧。”我对霍华德说。

霍华德关上门，把门锁拉上了。

我走近阿维娅。她却避开了。我停住了，两手举着，“他们伤着你了吗？”

她揉了揉肩膀，“他们觉得没有。”

“那你觉得呢？”

“他们剥光了我的衣服。”她说。

我点点头，“然后他们给你擦洗。给你抹上防虱子的药。水是冰冷的，可他们依然会把你弄湿了。没有毛巾。然后他们给你那些‘漂亮’的衣服让你穿上。”

“他们是这么对你的？”

“整套流程做齐了，”我说，“它能让你的尊严荡然无存。它剥夺了你的公民身份。羞辱你，击倒你。如果你挣扎——”

阿维娅缩了一下，“你挣扎了。”

我没回答她，“我得知道你是不是安然无恙。”

她冷笑了一声，“你内疚了？”

“这不是我干的，”我说，“我知道你不相信我。”

“一个否定的命题是很难证明的，”阿维娅说，“不过你也可以试试。”

我把手伸进口袋，拿出几张写满字的打印纸递给她，纸上面还滴了几滴红墨水。她咬着下唇，把纸举起来，读着自己写的字。

她翻了一页，一行行地扫视着上面的文字。

“你这么喜欢用被动语态啊。”

“职业病。”我说。

“嘘。”她现在大大放慢了阅读速度，因为后面的字不是她写的了，她瞥了我一眼，“所以如果你不是天气法师，你就是天气法师的小跟班咯？”

“这是个很可怕的体系。”我说。

她点了点头，继续读下去，眼里焕发出光芒，“这就是一切。你把一切都告诉了他们。”

能从她的眼睛里看到了希望，我心里暖暖的，“我还和一个很帅的男人聊了聊，他问了我一些关于你被捕的问题。他们正在做专题报道。”

“是个萨敏丹人吗？头发上戴着象牙珠子，喜欢打领结，穿得像在大学教书一样那个？”

“是的。”

“约翰·润森。他是我的竞争对手。他还挺棒的。”她交叉着脚踝，继续发着抖，“你知道的，他们可以把这篇新文章当作证据。”

“我也有想过这个，只是不知道你愿不愿让它发出来。”

“要是在外面，我肯定会答应的，”她望向别处，“可一旦金斯格雷夫监狱把你生吞了，感觉就不一样了。”

“我们是不是不应该写这篇文章啊？”

她把那张纸紧紧地攥在胸前。“不是，”她说，“我肯定要被绞死了，可能也算是虽败犹荣了。”

“别那么肯定，”我说，“我雇了多萝西·奈史密斯。”

阿维娅吹了声口哨，“她可贵了。”

“有钱能使鬼推磨。”我说。

她又看了我一眼，努力想把她那充满希望的表情收起来，换上一副冷淡的面孔，“你真的没叫人来抓我？”

“我没有。”求求你相信我吧，求求你了。

“那是谁干的？”

我咬着嘴唇，“我的父亲。”

“你以前也这么说过。可你没说他是怎么做到的啊，他都关在牢房里了。”

“我一开始的想法是，他策反了一个警卫。”我说。

“这很合理，”阿维娅说，“但警卫的行程也是可追踪的。”

“对，”我说，“所以我觉得他的做法肯定比这疯狂得多。我想他是用了鸟。”

阿维娅困惑地看了我一眼，“你得解释一下。”

我身后的门突然开了。两个警卫和一个政府职员走了进来。职员对我眨眨眼，“您在这里做什么？”

“为了被告的利益，”我说，“你要给她提供更暖和的衣服。监狱是没有暖气的。”

“她到法庭上就会暖和了，”职员说，“我们要带她去进行辩诉了。”

“但她的辩护律师还没到啊。”

“我们会给她指派一名律师的。”

“不行，”我说，“她还没咨询律师意见呢。她的律师正在来这儿的路上——”

“指定的辩护律师也可以给她提供意见。”

“你怎么就听不清我说的话呢，”我说，“你叫什么名字？”

“丹尼尔·斯旺。”

“丹尼尔·斯旺。我要在此宣布，我现在是阿维娅·杰赛普的临时辩护律师。我会保卫她应有的权益。”

他撇下嘴角，“这太不正常了。你不能那样做。”

“我不能？”我问，“我不是学过艾兰国法律吗？”

“但你不是专业律师。你——”

“国家制定了法律，让律师们能够运用它们去追求公平和正义。你是在暗示我没有资格吗？”

他吓得脸都白了，“不是，但——”

“阿维娅·杰赛普，”我说，“在你等待多萝西·奈史密斯的时候，你是否愿意接受我作为你的临时辩护人？”

“我愿意。”

“看来我被录用了，斯旺先生，”我说，“作为杰赛普小姐的辩护人，我要指控法庭流程处理不当。”

斯旺激动起来，“什么？”

“根据法律规定，除去吃饭、休息和锻炼时间，被告拥有六个小时的计费咨询时间，可以在听证会前与辩护人协商。这个时间只有律师和委托人都同意，才能申请放弃——这就是为什么你想把我的委托人赶出去是吗？”

“你不可以——”

“我可以，”我看了看表，“哦。现在是下午四点了。30分钟后今天这个法定工作日就结束了，明天早上七点半才会重新开始计时。”

“总理，”那职员抗议道，“这就是我们必须把她告上法庭的原因啊。”

“今天不行，丹尼尔，”我给了他挤了个微笑，把他搞得云里雾里的，“明天看起来也不太妙。我建议你告诉法庭，他们必须要先为流程不当的问题负责，之后他们才能听到辩诉。”

那个职员退缩了，“没有人告诉我们她有个律师——”

“你问过吗？”

“他们从来没有问过。”阿维娅说。

“该走了，丹尼尔，”我说，“再见。”

我看着他低下头离开了。我数到三，然后叹了口气，转过身来看着阿维娅。“在多萝茜来到这里之前，你不能离开我的视线。”我说。

“你——”阿维娅绷紧了肌肉，把纸“啪”的一声贴在了我身上，她把脸埋在了我的貂皮大衣里。我伸出双臂搂住了她，然后紧紧地抱着她。

“不是你干的。”她说。

“我没有。”

“你去了《星报》报社那儿，把一切都告诉了他们。”

“是的。”

“所以你现在也是一个煽动者了，”阿维娅说，“为了我。”

“我不会让你死的，”我把鼻子埋在她那湿漉漉、散发着擦剂味道的头发里，“我不在乎。有必要的话，我会把你送出监狱的。”

“为什么？”

“因为，”我说，“因为我想成为和你在一起时的自己。”

“我不知道我担不担得起这一切的责任，”阿维娅说。

“不只是你。迈尔斯也这么希望，崔斯坦也是。你们所有人都让我想变得更好。你们都清楚自己是谁，即使现在的你不是你应该成为的样子。”

她站着，靠我的怀里，脸颊则贴着我的肩膀，就像她那次睡着时那样。我和她站在一起，紧紧地抱着她，轻轻地摇晃着身体。

有人敲了敲门。一个警卫打开了门，“囚犯杰赛普，你的律师来见你了。”

这时，阿维娅退后了一步，离开了我的怀抱，拍打着自己的脸颊，“谢谢。请让她进来吧。”

“我要把事情的经过告诉多萝西的助手。来，”我脱下外套，披在她的肩膀上，“这样你就不会冷了。”

衣摆碰到地板，压在她的光脚上。

有些话我应该在这里说，那些能把我想表达的一切都呈现出来的话。我寻找合适的词语，冰冷的空气却刺痛着我的肌肤。

“我走啦，你和奈史密斯太太谈谈吧。”我说。

“谢谢。”阿维娅把大衣卷了起来，最后给了我一个笑容，才去和多萝茜握手。

金斯格雷夫监狱的冷真的是深入骨髓。我爬上石阶，来到灯火通明、迷宫般的一层大厅，在一条走廊前停了下来，我去监狱的所有路线，都在这里汇聚交错：这条路通往王宫，那条通往隔离牢房，还有那条通往叹息之塔。

我仍然很想爬上那座高塔去和父亲对峙。但那正是他想要的。我不会让他得逞的。他肯定会找到办法来推进他的计划的——我很清楚他想要什么。塞弗林登基了，他就能被释放了——其他人都被绞死了，可他却能全身而退，准备重新编织他的计划网。他想夺回总理的职位，而且他已经有了这么一个计划了。

我可以回到我的办公室，但在那里我所做的一切都毫无安全保障了——一切都被我的秘书——父亲的秘书看在眼里。我可以假装什么都没有发生，假装把大衣丢在什么地方了——不，我不想回到那个特别的贼窝里去。

石阶上响起了行进靴的声音，身穿红色制服的女王卫队陪着一位身着灰色制服的陌生人从我身边走过，走进了我们关押尼卡尼斯的大厅。一种不祥的预感刺痛了我的脊背，我跟着他们，径直来到了尼卡尼斯的牢房。

“停！你在干什么？”我厉声喝道，声音从石头上反弹起来，“任何人都不许干涉这个囚犯。”

“这是女王的命令，”卫兵队长说。

“要干什么？”

“女王希望采用另一种方式说服他，”她朝那个男人点了点头，他有一双冰冷的蓝眼睛，脸上刮得干干净净，却皱着眉头，“这是约翰逊监察官。他会负责审讯犯人。”

一个监察官。黏黏的汗液正顺着我的脖子往下流。这个人特别擅长让巫师们招供。他会用他们自己的才能折磨他们。他打算在尼卡尼斯身上使用这些技巧。他可能会得到自己想要的答案，也有可能会让尼卡尼斯像鸡蛋一样裂开。

“你的意思是要折磨一名外交官，”我说，“你的意思是要我们再次陷入和兰尼尔的战争——是女王让你这么做的吗？”

“她想让他开口。”

她想找证据，能够指责兰尼尔袭击了艾兰国的证据。她不想毫无准备就去和艾菲见面。“你真的想这么做吗？你真的想伤害这个人、听他的尖叫吗？你享受这一切吗？”

卫兵队长把目光移向了别处，“这是命令。”

“让我试试。”我说，“让我和他待几分钟。给我最后一次机会。”

“十分钟，”她压低了声音，“如果我们吓到他了，可能会有用。”

我点了点头，“十分钟。”

他们让我进了尼卡尼斯的牢房，门口放着一盘没有动过的食物。他用呆滞的目光看着我。

“我想你都听到了。”我说。

“让他们带走我吧，”尼卡尼斯说，“我该死。”

他应该受折磨？我不打算问他。我已经知道答案了，“星辰王室的统治难道比你的女儿的命还重要吗？”

他默默地看着我。

“我也有父亲，”我说，“他是一个渴望权力的操纵者，是艾兰国向兰尼尔宣战的直接推手。但他爱我。”

他耸了耸肩，脸上露出一丝挫败的微笑，“父亲是爱女儿的。”

“我相信你没有杀死你的女儿，即使她会背叛星辰王室，我也肯定你没有。但这意味着那是别人做的，可我不知道是谁。但你可能知道。”

“你真的在乎这个吗？”

“是的。因为赛维蒂要和我们进行和平谈判。她会告诉我们是谁策划了用法术攻击我们、让艾兰国毁灭的行动。作为回报，我们会承认兰尼尔的独立主权。我觉得杀害赛维蒂的人并不是为了阻止这种和平，所以他一定是为了保密才会动的手。”

他听着我的话。我告诉他关于她的谈判条件时，他坐直了，但当我提到秘密时，他却垂头丧气地摇了摇头。

我把声音放轻了，“赛维蒂·安·瓦沃特的命运是顺遂辉煌的，她的预兆是这样说的。但这种命运却被终止了。我相信她的死也不能给兰尼尔带来更好的结果。我想，这是有人在自救。你应该认识那个杀了赛维蒂的人，但你可能没有意识到你认识那个人。就让我来告诉你她是怎么死的吧。”

尼卡尼斯看向了别处，但他点了点头。

“我们发现她时，没有迹象表明她曾与袭击者搏斗，”我说，“她的房间是锁着的，因为她是个囚犯。没人能撬开锁进去，也不可能躲得过门卫。她是喘不过气，窒息而死的。我们从她的眼睛知道了这一点。她的眼睛显示出她在努力想呼吸空气，却呼吸不了。但也没有迹象表明，有人捂住她的嘴和鼻子以阻止她呼吸。她的嘴、鼻子和喉咙周围都没有瘀青，气管也畅通无阻。”

他瞥了我一眼，“如果门都锁上了，而且有人看守，那么凶手是怎么进来的？”

“我们认为攻击者用魔法麻痹了她的肺，”我说，“这只是个猜测。但我们认为这是通过她的星辰手镯内的头发来完成的，因为那个手镯和赛维蒂之间有种神奇的联系。所以我们知道凶手是会魔法的。但我们不知道的是，如果赛维蒂把你们的秘密说了出来，你的代表团中哪位祭司损失最惨重？但肯定是有这么一个人。”

他摇摇头，看着地板。

“什么？噢我说漏了一些东西，”我说，“拜托你了。找到谁是杀害赛维蒂的凶手，是我们了解其他东西的关键一环。关于使用咒语将兰尼尔士兵和艾兰国士兵的灵魂绑定起来的这个决策，你的某个祭司也是决策者之一。这样他们就可以来这里，完成夺权计划。你知道那是谁。你肯定是知道的。”

他又摇了摇头，目光转向了牢房外。他舔了舔嘴唇，张开嘴想说什么，却又闭上了。

我又向前迈进了一小步。“你知道是谁，”我说，“我跟你说完这些，现在你也能非常肯定那是谁了。是谁推动了这个计划?”

他弯下腰，低着头，双手环抱着自己。“没用的，”他说，“让那些要给我上刑的人进来吧。”

“尼卡尼斯。你不准放弃，我们已经很接近真相了。为你的女儿报仇啊。告诉我，是谁推动了这个计划。”

他叹了口气，揉了揉一边的脸。“是我们所有人，”尼卡尼斯说，“我们都同意了。我们都学会了这个咒语，然后把它教给了其他的祭司。我们都去劝那些高尚不愿合污的人去做这种可怕的事情。”

“我不是这个意思。”我说，“这个想法始于一个人，一个了解亡灵法术的人。他看到了这个法术有潜力能把你们的国家从灵魂引擎的迫害中拯救出来。你知道那是谁。而你却在保护他们，即使他们杀了你的女儿。他们杀了赛维蒂哎。凶手还是让她窒息而死的。”

尼卡尼斯前后晃动着身体，摇着头，眼睛紧闭着。

“整整三分钟。”我说，“这漫长的三分钟里，赛维蒂无论如何努力，都呼吸不了。三分钟，她都吓坏了。三分钟，她眼看着自己马上就要死去，却什么也阻止不了。”

泪水从尼卡尼斯的脸上滑落下来。

“我对她的死很难过，”我蹲在他面前，盯着他的脸，“这不仅仅是因为她要站在正义的一边。我喜欢赛维蒂。她很大胆，很勇敢。她对自己有信心，完全相信自己有能力为她全心全意爱着的国家效力。我觉得我和她很像，如果我处在她的位置，我也愿意排除万难，拯救我深爱的国家，因为这是我父亲教我的。”

他的声音哽咽了。他深吸了一口气，坐直了身子，对我露出一丝悲伤的微笑，脸上的泪水也干了，“你什么也做不了，没人能给赛维蒂报仇了，杀她的人不会受到惩罚。”

“为什么？”我说。

身后，牢房的门打开了。“时间到了，”警卫说，“得到答复了吗？”

“再等一分钟，”我说，“拜托了。”

“不，”尼卡尼斯说，“谢谢您的努力，格雷丝·汉斯莱爵士。我不会忘记你所作的努力。”

“凶手是你们的代表之一啊，”我说，“是什么让他这么特别？”

尼卡尼斯站起身来，伸出双手，“我准备好了。”

“不要！”我狠狠地瞪着监察官，试图从他和警卫之间挤过去，“我已经很接近真相了。”

“接下来就让我们处理吧，”监察官说，“你让他开口了，做得很好。”

听到这样的赞赏，我不寒而栗。“他不会告诉你的，”我说，“他情愿在你手里受罪，因为他想受到惩罚。”

“那我们就试试另一种方法，”监察官耸耸肩说，“我会得到答案的。每次都能成功。”

警卫们从我身边挤过去，抓住了这个星辰祭司长。他们用铜手铐铐住他的手腕。尼卡尼斯咬紧牙关，但他承受住了那种可怕的感觉，再次直视我的眼睛。

“你阻止不了他，我们谁也不能。”

警卫把他带出了牢房。我跟在后面，跟在一大群红制服警卫后面。

“至少告诉我那是谁吧，”我说，“就算我阻止不了他，我也可以揭发他啊。他肯定不想被找到。揭发他肯定能伤害到他。至少让我试试吧。”

“你无法熄灭一颗星星，”他说，“别管这个了。你够不着那么高的。”

一个警卫转过身来，挡住了我的去路。“你的提问时间到了，”他说，“现在是给监察官的时间了。”

我在走廊的十字路口停了下来。我遇到了监察官带来的警卫。我站在那里，听着他们远离的脚步声。

你无法熄灭一颗星星，杀害赛维蒂的凶手站得太高了。我不知道那是什么意思。突然，我好像明白了什么。

我跑过大厅，不顾一切地想找到迈尔斯。

第二十二章 计划与准备

我猜到了崔斯坦在这，我也早该料到他们坐在桌前，准备吃烛光晚餐。但还有一个人坐在桌旁，扭过头来看着仍然戴着帽子、手插在暖手袋里的我。那是罗宾·索普。这我就没料到，也根本没想到。

“格雷丝，”迈尔斯说，“见到你真好。来吃东西吧。”

我搂着迈尔斯的肩膀和他打招呼，在他耳边低语道，“我知道是谁杀了赛维蒂·安·瓦沃特了。”

他捏了我的肩膀两下。这是我们一直都在用的“待会再谈”的信号。他把我带到桌边，“有很多饭菜。但你要在我能看到的地方吃饭。”

我等不及了！我必须要及时告诉他。但我还是摘下帽子，把手从口袋里抽出来，坐在了一个个金丝碗前，里面盛满了令人垂涎欲滴的炖菜。我展开一张薄煎饼，往上面舀了点用肉桂烹制的羊肉。对着这么一堆手工自助餐，我却试图掩饰自己的不耐烦。吃饭的人都很悠闲，各自交谈着，整整持续了几个小时。我的视线范围内没有钟，我也看不了表。

酒的颜色是琥珀色的，我拿它来配羊肉。这是甜梨酒，甜蜜蜜的，令人陶醉，后面还带着一点焦香的味道。我看了看其他的炖菜，又恢复了胃口，因为上了甜梨酒，就说明这些菜够香够辣。

“你的外套哪儿去了？”迈尔斯问道。

我舀了点姜汁胡椒烤泽芹，在另一个煎饼上放凉。“金斯格雷夫监狱，”我说，“女王今天早上以煽动叛乱罪逮捕了阿维娅·杰赛普。那里很冷。”

“她被抓了？就因为说了实话？”罗宾皱起了眉头。

“我给她雇了城里最好的辩护律师，”我说，“她能把这个案子拖上几个星期。”

“拖延和释放还是不一样的，”罗宾说，“除了这个，法庭还有给她安其他的罪名吗？”

“有的，”我说，“但是多萝西可以帮她把这些罪名都洗脱。她能把王室的诉讼打个稀巴烂。”

“但在艾兰国的历史上，还没有人能洗脱煽动叛乱的罪名呢。”

我尽量不去想那件事，“我只是需要点时间。”

刚说完这句话，我就希望能把它收回。我把羊肉卷塞进嘴里，发出赞赏的声音。

罗宾把嘴噘到一边，她同情地耸了耸肩，“你可能没时间了。”

她是对的。“我还是得试试。”我说。

罗宾舀了几只用辣椒酱烹制的火辣大虾，这种辣椒酱能呛得你涕泗横流，“很幸运你在这里。我刚告诉迈尔斯，我们又获得了赞成终止法案的五票。这样我们就有四十六票了。”

这么多。罗宾是艾兰国有史以来最好的说客，在这短短的时间里就完成了这一壮举。“所以，如果有五个人选择弃权，你就成功了。”我说。

已经开始下雪了——这还不是暴风雪，而是暴风雪的前兆。也许，如果雪下得够多，一些反对终止法案的议员就会待在家里，心想着他们肯定能获胜。

“票数太接近了，”迈尔斯说，“一想到这个我就肚子疼。杰赛普小姐被关起来了，都没人给我们在报纸上发声了——”

“我和编辑谈过了，”我说，“如果那有用的话。”

“你在众议院里支持他们才是有用的，”罗宾说，“可是女王把你束缚住了。”

可是伊桑德出现在了内阁，还代表艾菲去召见女王。他们打算明天开会，而决议终止法案的投票就在明天下午。如果艾菲与康斯坦丁娜女王达成了协议，女王可能会改变态度。

“我要再试一次，说服她。”我说。

“明天吧。等她和艾菲见完面之后，”崔斯坦回应道，“那是你最好的机会。”

“她们那个会面会有谁在呢？”我问。

“当然有艾菲和她的顾问们，还有警卫，塞弗林王子，以及女王。”

罗宾把手指浸在一个水晶碗里，里面装着热水，“艾菲有几个顾问?”

“我,”崔斯坦答道,“伊桑德和阿尔迪斯。”

“会面九点开始,”我说,“那你要早点过去和他们商量吗?”

“八点半的时候我们有个会。为什么这么问?”

“我想知道我得从什么时候开始在办公室里踱步等待会面结果。”我说道。我的心跳得很快。我在桌上画了个圈,在里面写了个“N”,等着迈尔斯注意。意思是,我有件事必须现在告诉你。这个N就是这句话的提示。

“告诉我们吧,格雷丝,”他举起酒杯,“这个我跟崔斯坦说过啦,他也知道。”

我差点拍桌而起,“那可是国家机密!”

“他马上就是我的丈夫了,丈夫就不算外人了。”迈尔斯喝着酒,对着我笑了笑,“罗宾可能也知道了——她也给赛维蒂做了尸检。说吧,看你都快憋炸了。”

我怒视着他。这应该是个秘密!但说实话,我并不指望他会瞒着崔斯坦,而且正如他所说,罗宾也参加了尸检。我叹了口气,把情况告诉了他们:“我想我知道是谁杀了赛维蒂·安·瓦沃特。是阿尔迪斯。”

“见鬼了。”迈尔斯说。

“阿尔迪斯是谁?”罗宾问道。

“崔斯坦刚才说了,阿尔迪斯是艾菲的顾问之一。”我对崔斯坦点了点头,他已经惊得整个人都定住了,嘴巴张着,却没有作声。“崔斯坦,到底出了什么事?”

“你为什么会觉得是阿尔迪斯?”

“尼卡尼斯·安·瓦沃特，赛维蒂的父亲，也是这么说的。他说，‘你无法熄灭一颗星星’。”

崔斯坦靠在椅背上，“那你就是相信，那个积极拥护兰尼尔国的半神国人，竟然会在艾兰国这里杀害一个兰尼尔人是吗？”

“他告诉我，他是灵魂的管理者。那就是亡灵歌者，是吗？”

我说最后这句话的时候看向了罗宾。她点了点头。我继续说道：“我认为他利用王宫里的灵魂做间谍。这是能做到的，不是吗？”

罗宾又点点头，“那些灵魂会避开我。他们也会避开玛哈莉亚和乔伊。你可能真的发现了一些东西，这也可能就是为什么我不能接触到赛维蒂的灵魂。”

“是吧，你看？”我拿起酒杯，喝起酒来，酒里带着满满的花果芳香，“你还不信吗？”

“不是不信，但你不能对一个半神国人提出这样的指控，”他作了个苦相，“你得找个办法来证明这一点。”

“我们就不能告诉艾菲吗？”

崔斯坦摇了摇头，金色的头发在烛光下熠熠生辉，“你如果在没有证据的情况下控告他，他是可以要求你和他决斗的，因为你侮辱了他。你学过剑术吗？”

“我想你能猜到这个问题的答案，”我说，“那我该怎么证明呢？”

“你必须拿出他做这事的证据，否则你就只能逼他招供了，”崔斯坦说，“我觉得，你不先和他打一架，只怕逼不了他认罪。”

该死的半神国习俗！我对他们的决斗一无所知，但我知道艾兰国关于决斗的历史。许多不诚实的领导人会宣称他们的荣誉被指控玷污，这样就算他们杀了人也能侥幸逃脱罪名。如果阿尔迪斯也这么做，我也没法为自己辩护了。是曾祖母菲奥娜禁止了这种行为！真烦人啊！如果她没禁止的话，我要起刀来肯定能和我做算术一样快。不过父亲肯定会注意到这个的。“该死。我该怎么做呢？”我说。

“我愿意去，”迈尔斯说，“我的刀法有点生疏了，但是——”

“你不能和半神国人决斗，”崔斯坦说，“至少不要和那个人决斗。我的决斗技术已经算很不错了，可他比我还要厉害。再说了，也许你确实能表现得很好，但科马克还没说你完全康复了啊。”

“如果他能打败你，崔斯坦，那你也不能和他决斗，”我说，“我们能做的就是寻找证据了。”

“找赛维蒂的星辰手镯，”罗宾说着，摸了摸她脖子上的挂坠，“这就像是真相的一个锚。他会把它藏起来——藏在一个别人不会去的地方。”

“我想我知道在哪儿，”崔斯坦说，“他不会让任何人进自己的房间。连女仆也不让进。她们只会把柴火和干净的床单放在他门口。”

这话让我更相信自己敏锐的直觉了。那里面肯定藏了什么，好吧。“那我一定要搜查他的房间。”我把沾满了辣酱的烤羊腿肉卷了起来，“我知道他什么时候不在房间里——在你和艾菲见面的时候，在女王和王子到来之前。如果我在她们会面之前出现，我们就搞定了。”

“太危险了。他会锁门的，你进不去。”

“崔斯坦，我的小羊，”迈尔斯靠在崔斯坦的肩膀上说，“你说过这个王宫里没有锁能把你挡在门外吧。”

崔斯坦抬头望着天花板。“你们俩啊，”他说，“鲁莽的冒险者。”

“我会像往常一样在走廊上散步做复健，”迈尔斯说，“我一看见他离开房间，我就进来找你们。然后你带格雷丝走服务人员的门，撬开他套房的锁，然后再冲去开会，这样你就不会迟到了。格雷丝和我——”

“不行，”我说，“我不能让你冒这个险。”

迈尔斯气鼓鼓地说：“两个人总比一个人搜得快吧。”

我揉了揉太阳穴，“好吧。”

“真快活！我们很快就能打倒这个恶棍了，”迈尔斯说，“既然问题都解决了，你能不能别再拿那些卷饼了，吃点别的东西行吗？我们可以把剩下的事情都告诉罗宾。”

我经常想尽快完成王宫里的工作，这样就不用让威廉和乔治那么辛苦，要等我等上一整天了——可是最近一直都是这样过的。我匆匆穿过政府大楼的大厅，翻起了迈尔斯的军大衣的领子。这衣服跟我的帽子和暖手筒一点都不搭，但它至少能让我撑到回家。大厅里，大多临时点亮的煤气灯已经灭掉了，它们的煤气软管就捆在踢脚板上。我从一处有灯光的地方冲到另一处，在我那没开灯的办公室门前停了下来。

我完全可以进去搜珍妮特的桌子，可以拿出证据证明她在搞阴谋，和她对质——不，我不能。我不能让人知道这件事。我只能假装什么都不知道，继续工作，不过我还是在寻找方法，把她的伪装撕碎——

但我真的想这么做吗？父亲正致力于让塞弗林登上王位。如果我们想让艾兰国在半神国人的审判和人民的愤怒中挺过去，这确实是我们迫切需要的。但是我对父亲的计划有一点不理解的地方——这对父亲有什么好处。

那些犯了叛国罪的内阁成员，塞弗林也赦免不了。没有人愿意看到父亲全身而退，毕竟他干了那么多坏事。他这样做，真的只是为了不让艾兰国毁灭吗？

他不会袖手旁观的。这里面一定有他想要的东西。但那是什么？是什么呢？

我穿过半明半暗的走廊，影子被灯拉得差不多有三米长，在我的面前伸展开。到了大厅的尽头，楼梯间的门开了。塞弗林王子走了出来。

“格雷丝，噢，真是上天赐予我的运气！我正想找你呢。”他朝我走来，手里拿着一个金黄色的文件夹，脸上的笑容灿烂得能照亮整条走廊，“我刚才在档案室里找东西呢。”

“我看你是找到了想要的东西了吧。”

“我找到了关键性的东西，”塞弗林的黑眼睛里激动地闪着光，“真高兴你还在这儿。但我不应该太惊讶。毕竟殊途同归嘛。”

“我和我哥哥一起吃了晚饭，”我说，“卷饼。”

“噢，我真的很喜欢手工自助餐，”塞弗林说，“难怪你来得这么晚。我往你家寄了一封信，信里说的是我已经说服了女大公，明天也让你一起去。”

噢，真见鬼了！怎么回事啊！我笑了笑，“我没料到会这样。”

“你也参与进来才有意义，”塞弗林说，“我希望你也能去。”

“谢谢你，”我说，“但我那会儿刚好有件事冲突了，我必须在会议前一刻钟去做那件事，估计没法重新安排时间了。但我想，如果我拼了命地赶，应该可以及时完成任务，陪你一起去。”

“是关于魔法的吗？”塞弗林问道，好奇得神采飞扬，“是和风暴有关吗？”

我只能跟他说实话，“艾兰国能不能安然无恙，就取决于这件事了。我很担心我会迟到哎。”

“我知道你会尽力的，”塞弗林说，“现在让我来告诉你最棒的一件事。是时候结束母亲的统治了。”

我愣住了，“是吗？”

塞弗林皱起眉头，“我们谈到半神国人的时候，她仍然认为自己还有能力和别人打打杀杀。她打算再一次向他们解释，为什么他们的要求是不可能实现的。到那时，我就会采取行动。”

也就是明天。他准备明天发动政变。我有点头晕，吸了口气，“所以你要用女王的抵触行为和你对半神国人的配合形成对比。你会告诉他们，如果投票通过，她就还是计划保留那条法案吗？”

“没错。而这才是最致命的一击。看。”

他把文件夹给了我。我张开手拿着它，手掌搭在书脊上，手指撑着纸张。文件夹里的第一件物品是一张照片。我抬起头。

今天的康斯坦丁娜·蒙特罗斯已经变得端庄干练了，但照片里的她还是当时那个新婚的公主，光芒四射。她的黑发全都仔细打理过，朝头顶上梳，可能她沿着他们的私人火车轨道做侧手翻，头发也不会散下来。她的身边站着她那同样英俊的丈夫，皮尔逊·海斯公爵，红鹰公国之主。他们是一对璧人——漂亮、富有，他们的结合是因为爱，而不是为了各自的王朝。

这时康斯坦丁娜只是一个公主。她只想着引领时尚，支持未来对她有利的事业，能够过着奢侈的生活，肩上没有一个王国的负担。我盯着她那白皙的皮肤，灿烂的笑容，看着她向皮尔逊倾斜的样子。尽管她的眼睛看着镜头，但他就像块磁铁，吸引着她。

皮尔逊的样子看起来被迷得有点儿神志不清，可他根本没在意。他满怀爱慕地望着公主，嘴角挂着一丝微笑，仿佛在说，啊！我是多么幸运，我们是多么幸福。

我把照片翻过来，看了看上面的日期。那时她已经怀了塞弗林。她估计也没想到，六个月之后，她竟然会在一场事故中失去了丈夫和哥哥，她的生活被搅了个天翻地覆。

我翻看着她那些广为流传的全国蜜月照，心都要碎了。她和皮尔逊通过新建的、极其昂贵的铁路网，走遍了整个艾兰国。她出席剪彩仪式。她亲吻婴儿。她骑着自行车参加了十来次在主街开展上的游行活动，她穿着一条及小腿的开衩包臀裙，上身穿着一件腰间带花边、让她的腰看起来宽了一手掌的夹克，裙腿的下摆遮住了她那双带纽扣的靴子顶部。

她是那么幸福。

我翻了一页，看到康斯坦丁娜穿着漂亮的定制旅行服，眯着眼睛看着精神疗养院那高耸的尖顶和白花花的墙壁。我眯起眼睛，读着红鹰公国塔隆洛克大厅上面挂的铸铁招牌上的字。

我张大了嘴，抬起头看着塞维林，“她知道。”

“是的。”

我又翻过一页，她正在看望那些因为她的到来专门梳洗过的“病人”。我仔细打量着那些囚犯。大多数人都没有看她，也没有看别的东西，目光涣散。但也有一些人斜着眼看她：警惕、不信任，甚至怀有敌意。

没有她在地下室房间里的照片，在那里，他们强迫巫师把死者变成灵魂引擎。但是塞维林真的需要这个吗？她去过精神疗养院，所以她对那里发生的一切是知情的，如果要掩盖这个事实，那可是很困难的。

“如果你把这些告诉艾菲女大公——”

“她会罢黜母亲的，”塞弗林说，“到那个时候，一切就结束了。但我们要走正当的流程——我们会召开紧急会议，发起不信任投票，一步一步往上爬。”

如果一切都如塞弗林所愿，而我又找不到其他选择，那我们就只能拿政府开刀了。我们可以解决一切问题的。而这一切的答案，却藏在了档案馆的地下室里——那是些被人遗忘了、没有用过的宣传材料。

“塞弗林，”我一边说话，一边合上了文件夹，“你怎么知道要找这些东西的?”

“是你父亲把它们的位置告诉了我，”一阵不安掠过我的心头，我笑了笑，“这倒说得通。父亲就是研究尸体埋在哪里的。”

“我是完全信任他的，”塞弗林朝大厅那头指了指，那是他办公室的方向，“我们喝一杯庆祝一下好吗?”

“这就有点儿过分啦，”我仍然保持着微笑，“我刚才把我的雪橇叫来了，所以我的人在外面都要冻僵了。等一切就绪，顺利完成之后，我们就有时间向神表示感谢了。”

“总是那么务实，”塞弗林说，“新的一年，艾兰国会更好的。但你说得对，我们等到合适的时候再庆祝吧。”

他把一只手放在我肩上，笑容满面，“我激动得都不知道今晚怎么样才能睡着了。明天九点见。”

我点了点头，“九点见。”

他又看了我一会儿，手仍然放在我的肩上。但他笑了笑，捏了捏我的肩，就放我走了。他转身走开了，文件夹夹在胳膊下。我急匆匆地走向雪橇，心中焦急不安。

父亲会从中得到什么？是什么?

伊迪丝端着一杯浓茶和报纸进来了，不过在这之前我已经醒了。我瞟了一眼《先驱报》的标题：“审判日：对半神国会议充满期待”。

他们用上了艾菲骑在那头叫“海拉”的鹿角马上，好奇地盯着相机微笑的照片。艾菲的照片旁边，放了一张女王过去的照片，她撇着嘴，嘴角仿佛充满怒气。我一边用电吹风吹着头，一边看报纸。

内阁有成员爆料，说伊桑德来到内阁召见女王。文章的最后写道："她怎么能违抗神眷者的旨意呢？他们发出命令，抗命之人必然大祸临头。但如果他们的命令对我们国家有害呢？"

《星报》的标题却不一样。伊迪丝用颤抖的手拿过报纸，把它递给我。

"《百大巫师家族——艾兰国精英如何隐藏法力》"。

"你把这个告诉他们了。"伊迪丝说。

我和她从来没有谈过这件事，从来没有。伊迪丝从我十六岁起就成了我的女仆，她从来没有当着我的面对天气发表过评论。仆人们从来没有这样做过，因为保持沉默是她们工作的一部分。"是的。"我说。

"那是不是——"她闭上了嘴，脸涨得通红，"小姐，对不起。"

"是时候了，伊迪丝，"我说，"时代变了。我们不能再抵抗它了。"

伊迪丝低下头，走出了我的卧室，去给我开淋浴用的莲蓬头。

我略读了一下这个故事——毕竟我已经知道了。这篇文章的下面则趁热打铁，说的是约翰·润森无法获得许可去和《星报》的同事阿维娅·杰赛普见面，后者被关在了金斯格雷夫监狱里，并被王室指控犯了煽动叛乱罪。

他们把阿维娅试图调查内阁叛国行动中的细节模糊了，从而挑逗读者，说她正想讲一个故事，但如果没有一个完整的系列，这个故事就讲不完。

伊迪丝依旧在床上放了三套衣服，仿佛没有听见我说出西角公园那边最重要的秘密一样。我套上了一双平底鞋，脚上穿着高筒针织短袜，小腿上有一圈几何形状的小燕尾，选了一条斜纹软呢及膝裤，身上的夹克是由崔斯坦大赞其剪裁灵活大胆的那位裁缝制作的——也就是出自我的手。我的背心和袜子很相配。我在最外面套上了一件羊毛大衣，滑雪的时候穿着它，闯到别人房间里的时候也穿着它。

到了办公室，我对珍妮特表现得非常友善，努力地把注意力集中在工作上。我离开我的办公桌去散步的时候，我抖得像个拨浪鼓——冷静！——我顺着走廊来到了半神国人住的厢房。迈尔斯已经在大厅里，迈着沉重的步子走来走去，在遵守医嘱的同时还帮我们放风。

“进去喝杯茶吧，我马上就进去了。”他高兴地说，这一点都不像一个准备溜进神眷者套间的人该有的状态。我叹了口气。崔斯坦和迈尔斯的套间门在我身后关上了，崔斯坦给了我一杯半神国人喝的茶。我喝了一口，眨眨眼睛，突然觉得自己的感官变得敏锐了。我盯着崔斯坦背心上的蓟草和麻雀刺绣上。

“这针法真是巧夺天工啊。”我说。

“谢谢。我对绣出来的效果很满意。”他猛地举起手来。一个模糊的东西径直冲向我的脸。我伸出手，发现自己抓住了一个皮球，然后才惊讶地意识到，自己竟然能不假思索地迅速接住它。

“茶里究竟有什么东西？”

崔斯坦一脸无辜，“没什么啊。嗯，草药之类的。你能驾驭这种刺激。你喜欢寻求刺激吗？”

我笑了笑，一点都没有说服力，“不喜欢！我很怕死的。但是我们马上要解决这个问题了。我们马上就能把一切都搞定了啊。你难道不兴奋吗？”

门上的推杆咔哒响了一声，迈尔斯走了进来。我面对着他。

“走。”他说。

有一种感觉像海浪一样向我涌来，我感觉自己每根神经都活跃起来了。“我自己就能办成这事儿。”我说。

“我知道你能，”迈尔斯说，“但无论如何，我还是要去。”

“好吧。”

崔斯坦领着我们，走到仆人们经常出入的门前。这扇门被巧妙地隐蔽了起来。我们走过了一条狭窄的通道，踮着脚尖溜进了阿尔迪斯的房间。门边放着一叠皱巴巴的被褥。不见柴火，可能已经被他收起来了。门旁边挂着一份值班表，表头用红墨水写着：“请勿进入”。我读着仆人们记录的姓名首字母和日期，追踪他们一天中的活动。

崔斯坦蹲在门前，把两根细细的探针塞进门锁里，扭动着。我得跟他学学这个。我得知道怎么开锁和冒险。不过我还是止住了冲动。以后还有时间问嘛。

“咔哒”，门把手的位置响了一声。崔斯坦站起身，“小心点。”他说着，在迈尔斯的脸颊上亲了一下，然后大步流星地走下仆人通道，一心只想着不要迟到，怕自己来不及迎接艾菲。

“好了，我们开始吧。”我说。我心中充满了期待，同时还有兴奋和渴望。不过我还是不喜欢寻求刺激。不喜欢。

我按下了门把手。门打开的时候，我感觉到了一道非常微弱的阻力，就好像我拧断了一根线。一声尖厉的哀鸣在我的耳边响起，仿佛房间里还有以太能量存在似的，但当我走进房间时，它就消失了。

一个兰尼尔士兵站在房间里，这个房间和迈尔斯和崔斯坦的套间里一样，有一面绿宝石和象牙镶嵌的镜子。他旋转着，穿过了对面的墙离开了。我冲了过去，好像我能抓住他或者拉他一把似的。

这时我才知道，刚刚那阵耳鸣是怎么回事了。一个报警信号。阿尔迪斯把他的侍从留在了房间里，防备入侵者。

“格雷丝，”迈尔斯说，“就这样了，我们任务失败了。赶紧离开这里。”

我却往套房深处跑去，从沙发旁边冲了过去，穿过房间。我们还有一分钟，还是两分钟？时间可别过得那么快啊。

我用肩膀撞开了门。赛维蒂·安·瓦沃特出现在了我的眼前。她双目圆睁，那幽灵般的长发散开了，拖在地板上。她指了指，嘴唇动了动，好像我能听见她说话似的。我跳上床，又蹦到地板上，落在一堆要洗的衣服上。

我来到床头柜前，拉开抽屉，一个金色的东西晃了我的眼。它圆圆的，闪闪发光。我抓起它，上面深深地刻着一些字和图案。是赛维蒂的星辰手镯。她的占卜征兆。

我突然能听到她的声音了，就像有人打开了无线电。她用兰尼尔语哭喊着，我却一个字都听不懂。不过我也没必要要听懂。

我把手镯戴到手腕上，再次跳到床上，沿着直线跑出卧室，出了门。

我从卧室里出来，刚进客厅两步，那个兰尼尔士兵穿过墙壁回来了。阿尔迪斯的套房门开了。我的胃猛地翻腾起来。快跑！但就在我全速前进的时候，他撞上了我，把我撞翻在地，双手扼住我的喉咙。

“你。”他话里所有的仇恨都流露出来了。

我抓着他的手指，双眼圆瞪，因为缺氧而大声作呕。他笑了一下，松了松手，我便吸了一大口气，咳嗽起来。

然后阿尔迪斯又用力掐住我的脖子，我踢着脚，无力地想挣脱他的控制。如果他只是不让我呼吸空气，我可能三分钟就会死。可现在他的手掐住我的脖子，我的大脑没有血液供应。我可能只剩下一分钟了。

突然，我浑身无力，似乎已经败下阵来。他咯咯地笑了，那是种愤世嫉俗的嘲讽。

“我能看出来你在装，”阿尔迪斯说，“死亡可是为我所掌控的，爱管闲事的小东西。你这简单的把戏骗不了我。”

继续说吧，你这个笨蛋。我猛地睁开眼睛，深深地盯着他的眼睛，不怀好意地笑了，汇集我的力量，开始攻击。

第二十三章 罪行与审判

我把手指刺进阿尔迪斯的皮肤里。有些魔法需要触摸，例如我的这种。我将我的力量藏在他的肉体之下，把他整个人包住了，和他灵魂中的魔法、他的巫师之印的力量融合在一起。

我用尽全身的力量裹住了他，但我还是畏缩了。我试过这样对待迈尔斯。我领教过的可比现在的还要厉害。但现在危及我的生命。如果我不这么做，他会杀了我。

阿尔迪斯直起身子，放开了我。我大口大口喘着气。迈尔斯跳到了他的背上，一只胳膊勾住了他的喉咙，手勾住了阿尔迪斯的下巴；另一只手则抓住了他的肩膀，准备拧断他的脖子。

我那温柔可爱的哥哥在兰尼尔都经历了什么？我抛开了这个想法，抓住了阿尔迪斯的手。

“别杀他。”

“我会杀了他的，如果他——”

阿尔迪斯一动——他转动肩膀，低下头——就挣脱了迈尔斯的控制。他用力甩手挣开我的钳制，握紧拳头，对准迈尔斯的肚子就是一拳。迈尔斯弯下腰，倒在地上。

我必须要把他的灵魂束缚住。我必须这么做，否则他会杀了我们俩。

我再次扑向阿尔迪斯，挣扎着伸手触碰他裸露的皮肤。我朝他的眼睛捅去，但他一下子就躲开了我的手，反倒在我脸上打了一记响亮的耳光。这一耳光怕是把我的脸都扇瘀了，散开后便是火辣辣的一片红。我尝到了嘴里的血，那带着金属味的鲜红液体在我的舌头上搅来搅去——

我又呼吸不了了。阿尔迪斯站起来，走到迈尔斯身边。迈尔斯挣扎着，想用手和膝盖撑着身体站起来，却又被他踢中了肋骨。

迈尔斯再次倒在了地上。阿尔迪斯丢下迈尔斯，他愤怒地努着嘴，下巴收得紧紧的。他的手再次伸向了我。对于一个受过武术训练的半神国人来说，我们根本不是他的对手。迈尔斯呻吟着，挣扎着爬开了。

我伸出双手，指挥着猛烈的疾风。阿尔迪斯被疾风牵制住了，脚步踉跄着，试图还击它那无情的击打。迈尔斯转了转他的腿，钩住了阿尔迪斯的一只脚踝。这就足够了。阿尔迪斯被风抓住了，他张开双臂，拼命保持平衡。

我驱使风席卷向了更多地方。一盏台灯从旁边的桌子上滑下来，在空中乱飞，直接打到了阿尔迪斯脸上。他尖叫起来，用手捂着鼻子。一把扶手椅摇摇欲坠，向他那边倒下，我便一拳打在空中，让椅子飞了起来。椅子撞到了他，他摔倒在地，号叫起来。

他不应该打我哥哥的。一股愤怒涌上脑门。我必须发挥我的优势。我从角落里走出来，用一阵风钩住一对跳舞的陶瓷小人，对准了他的脸。他缩了缩，举起双手保护自己的脸，头上却还是留下了一道殷红的血迹。胜利的喜悦涌过我的全身。我拿起另一盏灯，拔掉了它插在墙上的以太能源线，把灯扔到了风中。

他是现在就像个防守球，躲在角落里。我让风停了下来，伸手去够，任由我的力量顺着他的鼻子滑了下去，滑进了他的喉咙。他身体里的空气和水分，现在都要听我指令了。阿尔迪斯喘着粗气，紧紧地抓着自己的喉咙。他瞪大了眼睛，虹膜周围都变成了粉红色。

“格雷丝，”迈尔斯挣扎着站了起来，说道，“你会杀了他的。”

那我还能做什么？如果我停下来，他就会反击我们。“我不能停手。”

“停手吧，可以了。我已经得手了。”

阿尔迪斯缩成一团，挣扎着想呼吸。迈尔斯跌跌撞撞地走到阿尔迪斯身边，用手拍打着阿尔迪斯的脸颊。迈尔斯身上的巫师之印开始发亮，一阵微弱的光在迈尔斯的光环下闪烁着。阿尔迪斯突然停止了挣扎，我便收了法力。他砰地一声倒在地板上，闭着眼，呼吸平稳而缓慢。

我盯着迈尔斯。他喘着粗气，胳膊搂着自己的腰。“你不应该——”

“不用说了，”迈尔斯说，“我们赢了。”

阿尔迪斯套房的门“砰”地一声打开了。崔斯坦冲了进来，身后跟着半神国的护卫兵，“迈尔斯！你还好吗？格雷丝，噢，不。”

我试着微笑，却突然意识到接下来会有一场腥风血雨。我镇静下来，和护卫兵们打招呼，“我要指控这个人，他谋杀了兰尼尔派往艾兰国的代表团团长赛维蒂·安·瓦沃特。请逮捕他，把他带到艾菲女大公那里接受审判。”

穿着紧身短上衣和长裤的半神国护卫兵走上前来，抓住了阿尔迪斯的胳膊。

“你对他做了什么？”其中一名护卫兵问道。她凝视着被毁坏的房间。

“他先出手，引发这场搏斗的。”我喘着气说，“我请求艾菲女大公审判他。阿尔迪斯·亨特为了掩盖一桩重大罪行，杀了人。”

“如你所愿，”护卫队的指挥官说，“把他们都带到女大公那里。”

玻璃大厅里放了一个宝座，这是为艾菲女大公准备的：这个宝座是用红橙色木材刻制的，纹理非常明显，木架上有鲜花的雕刻彩绘，笔触细腻得连花瓣上闪闪发光的露珠都清晰可见。宝座上面施了魔法，显现出花蝴蝶在花丛中飞舞的幻象。这宝座的样式来自于守护者的传说，仅供死亡国度那无情的统治者端坐。

艾菲坐在宝座上，身披一件开着前襟的长袍，腿上裹着绘有飞舞蝴蝶图案的彩釉护腿，但那些蝴蝶的翅膀边缘都撕裂了，仿佛这些生物在作生死搏斗。旁边放着一张弓和一个箭袋，以备不时之需。

女王和王子低着头，跪在宝座前。护卫兵们把阿尔迪斯拖进了房间。迈尔斯摸了摸阿尔迪斯的脸颊，他一下子就醒了过来，在护卫兵手里挣扎着。但当他意识到自己在哪里，以及是谁在看着他时，他就不动了。

我从阿尔迪斯身边走过。我的外套破了，脸上流着血，来到塞弗林王子身边，低下头，弯下膝盖，一只手放在胸口上。

“拿水来，”艾菲说，“你脸上有血，格雷丝·汉斯莱。”

“我很抱歉。没时间——谢谢你。”我正说着，伊桑德就给我拿来了一个镶了银边的水晶盆和一块布。我把布弄湿，拧干，听着水流从布上潺潺流下，却颤抖起来。等等——这是从哪里来的？我正擦着脸，伊桑德拿起脸盆，把他那垂下来的黑色袖子盖在上面，脸盆就消失了。我努力控制着表情，让自己看起来没那么目瞪口呆。

“你是怎么受伤的？”艾菲问。我还没来得及问伊桑德刚才他是怎么做到的，他就走开了。

“殿下，”我说，“我要控告阿尔迪斯·亨特，他杀死了赛维蒂·安·瓦沃特。我在他的套房里发现了他犯罪的证据。”我从手腕上摘下手镯，赛维蒂便出现在我眼前，“这是在他的房间里发现的。我怀疑他运用法术把赛维蒂困住了，这样另一个亡灵歌者就发现不了他对她做了什么了。”

艾菲盯着赛维蒂，后者一直在说话，试图解释自己的经历（我猜的话）。“他杀这个女人的动机是什么？”艾菲问道。

“阿尔迪斯在兰尼尔的时候，他教了星辰祭司一个咒语，可以让被艾兰国人杀死的兰尼尔士兵把灵魂附在那些人体内，”我说，“就是这样，五万多名被附身的士兵回到了艾兰国的家里。他们无法阻止兰尼尔人的灵魂占有他们的身体，利用他们的身体开展可怕的暴力活动。他们计划杀死康斯坦丁娜女王，占领艾兰国。我认为这是一种战争罪行，而且是一种丑恶的罪行。”

艾菲盯着阿尔迪斯，而阿尔迪斯一直盯着地板，“这是真的吗？”

他一言不发，拒绝回答。

艾菲的脸变得灰蒙蒙的，她那金棕色的皮肤显得毫无血色，“你竟然缄口不言，真是麻烦啊，阿尔迪斯。赛维蒂·安·瓦沃特这位外交官威胁要揭露你在兰尼尔被控犯下的罪行。我们不应该问你是否真的杀了她，但你必须回答下面这个问题——你是否将夺魂咒教给了兰尼尔人？是否授意他们执行格雷丝刚才所说的那个计谋？”

“这只是为了防御，”阿尔迪斯说，“艾兰国人有很可怕的武器，死去的人都要被他们那恐怖的灵魂引擎吞噬。兰尼尔人只是想找个方法，让自己活下去。”

“我不想听你讲理由，阿尔迪斯爵士。你有教他们这个咒语吗？”

阿尔迪斯的嘴唇颤抖着，但他还是回答了：“有。”

艾菲双唇紧绷，鼻孔翕动着，“那个让被附身的士兵攻击艾兰国的计划，你有参与其中吗？”

“有。”

艾菲愣住了，凝视着阿尔迪斯。他在这种凝视下颤抖着，低下头，耷拉着下巴。

“谋杀的惩罚便是服役，但你所犯下的罪行甚至比杀人更令人发指。你所犯的罪行实在罄竹难书，”她的语气平静得像一个结了冰的池塘，“这是你的命运，你逃不掉的，阿尔迪斯。你愿意服役吗？”

他抬起头，又低下了头，“我发誓效忠陛下，愿意服役，直到您认为可以释放我为止。我每犯一次错，您可以给我追加一年服役。”

“你必然要服役的，阿尔迪斯·亨特。你会受到惩罚的，这是天意。你杀了赛维蒂·安·瓦沃特。你让成千上万的人犯下了可憎的罪行。他们都死了，而这都是你的行为导致的。你杀了人。你尝试过种族灭绝。你劝我对艾兰国人进行最严厉的审判，以便掩盖那些罪行，我信任你，还听取了你的建议。”

阿尔迪斯低下头，双臂交叉在胸前，“凡此种种，我都做尽了。我对这一切非常内疚。我应该得到您的审判。”

“阿尔迪斯·亨特，你必然要服役，直至我准许你退役，”她从宝座上站起来，摆摆手召他过去，“过来。”

阿尔迪斯站了起来。他抽泣了一声，但他还是勇敢地走了过去，在女大公面前跪下了。

她要做什么呢？她能做什么呢？让他服役，又是如何服役呢？她肯定不会像我那样束缚住他的法力。

艾菲伸出手，把她的手放在阿尔迪斯的头上。“此事必成。”

阿尔迪斯在她的手下哭了起来。他倒在地上，手落在了石头地板上，蜷起手指，握成拳头，然后——

他痛苦地尖叫起来。他身体的边缘伸展开来，在艾菲的触摸下变得畸形。他尖叫着，听起来非常痛苦。他的骨头变长了，幻化了，改变了，把他的衣服撑成了一条条破布。他皮肤上的毛发越来越浓密，长成了黄褐色的毛皮；下巴上长出了卷毛，手腕上也不例外，他的手也变了，变成了坚硬的蹄子，从中间开始分叉。我惊恐地用一只手捂住嘴。

我好想吐。可我没法把视线转开。

阿尔迪斯不停地尖叫。他人类的声音变成了野兽的惊恐尖叫声。他的脑袋上长出了犄角，头变平了，嘴和脸颊也变长了，牙齿成了方形。它那睁得圆圆的眼睛距离拉开了，两眼间有一手掌宽，脸部皮肤上长出了又短又红的毛发。艾菲摸着它的头顶，那对犄角长长了，分裂开来，弯曲成了一对分叉的、毛茸茸的鹿角。

它的身后长出了一条尾巴，尾巴上绒毛光滑得像波浪。阿尔迪斯的叫声现在全是兽性的了，这只野兽身上的毛发随着它的变形而荡漾着，然后颤抖着，呼吸沉重而艰难。它终于完全成型了。

那不是马，也不是鹿。“海拉”是白日梦里才能见到的生物。我心里住着的那个看到马就激动得发抖的小女孩，看着眼前的动物，双手紧握在一起。不过我一看到它就恶心，只能竭力克制着。它——他——叹了口气，把鼻子放在艾菲的手上。

她爱抚着阿尔迪斯，好像它是一头珍贵的野兽。“带他去马厩吧。”她说着，把手抽了回去。

一道魔法罩住了阿尔迪斯。他蹄子中间的缝隙合了起来，鹿角褪去了。他变成了一匹肌肉结实、皮毛光滑的栗色马。一名护卫兵把一根缰绳套在了阿尔迪斯的头上。阿尔迪斯静静地走着，没打蹄铁的蹄子在地板上拖沓着。艾菲等到护卫兵把新马带走，门关上以后，才把注意力转向康斯坦丁娜和塞弗林。他们两人脸色苍白，浑身汗涔涔的，身上散发着恐惧，一言不发。

艾菲又看了他们俩一会儿，“你想谈判吗？”

康斯坦丁娜突然站起来往外跑去。她甩开门，从护卫兵面前冲了过去，护卫兵拦住了她，把她押了回来。

她想踢，想挣脱他们，但他们把她又押回到了宝座前。康斯坦丁娜放声恸哭，她吓坏了，“不要！求求你！”

“你冷静一下，”艾菲说，“我刚才问你了一个问题。”

康斯坦丁娜闭上眼睛，摇了摇头。我想把目光移开，试图给她留点尊严。我瞥了一眼塞弗林，他朝艾菲的宝座靠近了一点。

“殿下，”塞弗林插嘴道，“我想让您看一些东西。康斯坦丁娜和那些被关在塔里的叛徒是一伙儿的。她知道那些精神疗养院正在利用巫师来启动以太能量网。我有她在红鹰公国的疗养院里的照片。”

艾菲伸出手，“给我看看。”

塞弗林呈上了那个文件夹。艾菲浏览了一下里面的照片——塞弗林给我看的那一堆照片。只有真正重要的照片才能到达艾菲的手上。

康斯坦丁娜整个人都蔫了。“你这个笨蛋，”她说，“今后无论你戴上什么样的王冠，艾兰国都不能由你统治了。”

“我们对控制艾兰国的政府没有兴趣，”艾菲说，“我们只希望看到这里能重获正义。我们给你一年的时间改变统治方式。”

“那我就当上国王了？”塞弗林问道，“当然是请您任命了，尊敬的殿下。”

“我们不能把王冠戴在你头上，塞弗林。你得自己去做。”

塞弗林收起了他的惊慌失措，“母亲。我请求您退位，为我的统治让路。如果您愿意，我会把你送到红鹰公国，舒舒服服地养老。我不想绞死您。”

但他会。如果有必要的话，他会把自己的母亲、我的父亲以及其他人一起送上绞刑架。或许他也应该这么做——人们会同情他的母亲吗？

康斯坦丁娜抬起头来，“可能你确实要这么做，塞弗林。但我不会拒绝你的请求。我在此宣布，将王位禅让给我的儿子塞弗林·菲利普·蒙特罗斯。愿他能以智慧和能力治理国家。”

塞弗林低下了头，“谢谢。格雷丝，请带母亲去缮写室，以书面形式宣布退位，然后在宫里的办公室见我。我有些事要做。”

第二十四章 他腕上的操纵绳

用法律文件结束一个王朝，真是出奇的平静。康斯坦丁娜写了退位书，便开始读起一本口袋书。我们在等首席女书记员把退位书誊写好，在此之后才能把官方文件和令状变成合法存在。

在康斯坦丁娜发布了口头声明和签署退位书之间的那段时间里，塞弗林的统治其实是处于一种模糊状态的——这和任何法律协议一样，在生成文件、签字盖章之前，统治并未生效。我们有打字机和印刷机来印文字，但法律文件仍然需要进行手工誊写。

文件誊写好了。康斯坦丁娜拿出了一支刻着图案的银笔，当场签了字。我签名宣布自己是见证人时，她斜视了我一眼。

“我不想坐着雪橇，带着帐篷去红鹰公国。等解冻了，我再坐火车去。”

所以康斯坦丁娜还打算在这里待一段时间——如果她能按自己的意愿行事的话，她肯定会影响儿子的决定。我的头疼又来袭了，一下一下地疼。她要是有什么反对意见，我能应付得来——我甚至可以让它成为我的优势。但我还是想先让艾兰国重新立稳根基。康斯坦丁娜很有可能会阻碍这一进程。

“我们现在去你的套间，好吗？我想你应该和总管商量一下怎么搬到另一个厢房去。”

一群初级书记员放下手中的书法工作，抬起头来，睁大眼睛，听着这些闲话。首席书记员瞪了他们一眼，他们又开始工作了。康斯坦丁娜收紧了下巴，上面的肌肉都突了起来，但她大步走出了房间，好像我并没有冒犯她似的。

“你们两个密谋害我有多久了？”康斯坦丁娜问道，好像这是一场无聊的走廊闲谈。

“不久，”我应该告诉她真相，“就是从你下令把我关起来，然后塞弗林把我从牢房里救出来的时候开始。”

“你们只用了一个多星期就把我从王位上拉了下来。”她的话酸溜溜的，“塞弗林最好记住这是多么容易。你真的觉得他能把国家治理得更好吗？”

“塞弗林对半神国人和他们的愿望都有适当的尊重。”

“塞弗林总是依赖于别人的判断。一个国王要是有这样的特质，那可就危险了。”

“塞弗林有他自己的想法，”我说，“而且他很善于考虑别人的需要。他会试图做出平衡的决定，这意味着要听取他信任的人的意见。”

“软弱的国王登基，国家就不得安生。”

她直视前方。我瞥了一眼她的侧脸，她那优雅的鼻子和弯曲的下巴，和我口袋里的硬币上她的头像一样，特别好认。“不过对于一位雄心勃勃的总理来说，这会是一位很好的君主，不是吗?”她说道。

噢，康斯坦丁娜可没那么容易就被踢出局。“真的吗？我从来没有这样想过。”我说。

“别骗我了，”女王讽刺道，“说得像汉斯莱家族的人会舍得放过任何获得权力的机会似的。”

可我舍得。我从来没有真正想过塞弗林会成为国王，尽管他在我的有生之年肯定会登上王位。甚至当塞弗林来找我，要我支持他夺过王位的时候，我也从来没有想过要如何迎合他的需求，让他喜欢我，并把这个作为自己的目的。

但我在脑海中改变了这个想法。作为塞弗林的总理，我影响了他的许多决定。我可以很轻松地给他打点好一切。但一想到这，我的嘴里就泛起一股酸涩。塞弗林有他自己的想法，他自己的愿景，而我的工作就是制定政策，去实现这些想法和愿景。我想做那份工作，但康斯坦丁娜打算把他变成一个提线木偶，总在为“谁才能让他跳舞”这个话题和我争论不休。

我必须得摆脱她。

“我就送到这里吧，”我说，“建议你和裁缝联系一下。你还需要一段时间换换你衣柜里的服装。”

只有君主才会穿戴紫罗兰色的服饰，而且康斯坦丁娜就喜欢紫色的衣服。所以所有的紫色礼服和西装都得送走。康斯坦丁娜对这个提醒很生气，但又镇定了下来，“你想得很周到，格雷丝爵士。你很有本领，完全可以成为一个得力助手。”

我嘴角勾起一抹笑容，“谢谢。如果我要找一份新工作，我会考虑的。”

我低下了头——这就是皇家骑士面对地主时的礼节——然后根本不需要等待她的命令，就走开了。从王室的住处到王储的侧厅，只有短短一段路程。仆人们在大厅里东奔西忙，拿着箱子和包装材料，来搬运塞弗林的个人物品。一个警卫向我鞠了个躬，领着我去了塞弗林的办公室，那里还没有搬运工和女仆来这里收拾，所以成了这边唯一一个安静的房间。

“您有笔吗，陛下？”我进门时问道，“如果你手头边没有的话，我可以借给你——”

走到半途，我停住了脚步，脚下的地板仿佛在移动。我的胃猛地一沉。我就像坐在过山车上，正经历着第一次可怕的俯冲。

父亲站在塞弗林旁边，手放在新国王的肩上。

塞弗林带着几乎无法控制的兴奋，等着我把退位书拿给他。他试着露出一个随意的微笑，但嘴还是咧太开了，掩藏不住喜悦，“我要借你的。这会开启一段更好的故事。”

父亲站在他身旁，骄傲地微笑着，“做得很棒，格雷丝。是你让这一切实现了。我太自豪了。”

噢，神哪，不要。这是不可能的。“你救不了他，塞弗林。半神国人谴责我们，说我们所做的一切都源于他的阴谋。人民也不会容忍的。”我说。

“那些人无足轻重，”父亲说，“他们就会抱怨，挥舞牌子，想让我们把一切都送到他们手里，但一旦我们重新恢复供电，有工作等着他们，他们就会回家，停止这种胡闹。”

“你听到他说什么了吗？就是刚才说的？”我问塞弗林，他收起了笑容，“人们不仅仅是在抱怨。他们一周工作六天，每天工作十小时，却只换来微薄的工资，肯定没法平静的。等巫师们被放出来，回到家，开始讲述——”

“这些我们都会处理好的，”塞弗林说，“我的统治会纠正这一切。我们会道歉的，会责成政府进行体制改革。但这种通过抗议和罢工造成的破坏，是不能容忍的。作为国王，我将——”

“想想吧，塞弗林。你将成为国王，我将成为总理，而我父亲呢——将成为什么？父亲会得到什么？如果你宽恕他，就会发生叛乱。”

“我将回到我的总理职位上。”父亲说。

“拉倒吧你，你要回到牢房里去才对，”我把注意力转向塞弗林，“如果你说他病得太重，受不住死刑，那你或许还可以留他一条命。”

父亲无视了我的话，继续说道：“我会委托别人去参加我没有精力出席的会议和活动，而你将要做一些完全不同的事情。”

父亲的声音扭曲着，听起来像是在对着一口井说话。我眨了眨眼，试图把这种不真实的感觉驱逐开去，“不同的事情？你不会真的以为，我能让你把我推到一边，然后用别人做你的代理人吧？这是不可能的。”

“我没有把你推到一边，格雷丝，”父亲摇了摇头，“也许我应该退后，让塞弗林来解释。”

他照他说的做了，退后了三步。他在博物学家的陈列室里漫步，然后停了下来，注视着一个圆顶标本罩，里面裱着一只黑色的守护蝴蝶，仿佛刚刚落在树枝上一样美丽灵动。

我回头看了看塞弗林，“你有什么要解释的？他编了什么故事？为什么你觉得会相信他的鬼话呢？”

塞弗林走近我，拉着我的手，“这不是一个故事。这是——啊。该死。这不是我想要的方式。”塞弗林摇了摇头，舔了舔嘴唇，又热情地向我微笑起来：“我的想法很不一样。”

“什么？”

“这个。”

塞弗林松开了我的手，单膝跪下了。

我那坐过山车般的惊悚感觉，像是它突然向右倾斜了。他把手伸进口袋。我的手开始颤抖。

他不会这么做吧。不是的，绝对不是的。舞会上和他那支舞的每一刻突然从脑海里浮现出里。我在他的臂弯里跳舞的每一秒，王子都根本没有松开我。这不可能发生的。

塞弗林拿出一条银制的带子，上面系着——噢，神哪，请庇护我吧。他拿出了一枚镶有蓝宝石的戒指，那颗宝石有我的拇指指甲那么大，周围缀满了闪闪发光的小钻石。

他手里握着的，是王室代代相传的艾兰之心戒指。

“请收下这枚戒指，”王子说，“考虑一下。你愿意成为艾兰国尊贵的格雷丝王妃殿下，皇家骑士，红鹰公爵夫人，韦斯特菲尤尔侯爵，以及我的妻子吗？

他的妻子。我的心怦怦直跳。这完全超出我的想象。这是不可能的。“我们不能结婚。”我说。

“我查过了。没有法律规定说皇家骑士不能嫁给王室成员。

从来都没有。”

“这是约定俗成的。皇家骑士不会外嫁外娶，你们王室也一样。”

“威廉国王娶了他的秘书。”

“威廉国王放弃了王位，跑到乡下生了十二个孩子，而他的表兄继承了王位，做了所有的工作。”

“他的长子是我的曾曾祖父，”塞弗林说，“我需要你，格雷丝。艾兰国的人民需要你为他们挺身而出。”

这正是我父亲想要的。这就是他一直在几乎关不住他的那个牢房里默默谋划的东西——这是让汉斯莱家族权倾朝野的一种方式。我们将永远在百大家族的排行中名列榜首——我们将是皇室成员，是英明的艾格尼丝女王血统的一部分。在塞弗林之后，汉斯莱家的一个孩子将继承王位。魔法将永远在艾兰国统治者的血脉中流淌。

这将是我们家族历史上最伟大的成就，甚至超过了曾祖母菲奥娜的伟业。这是攀登权力巅峰的最后一步。这也是一项成就：让一个生病的老人安享晚年。

这就是他送给我的结婚礼物——一个英俊的、意志薄弱的国王，他希望别人喜欢他。他是我可以轻易控制的亲王。我会成为整个国家最有权势的女人。我几乎什么事都能办成。

我可以领导改革。我可以瓦解皇家骑士阶层最坏的传统——贪婪和任人唯亲。我不再需要通过一次次的妥协来阻碍激进的立法——我只需要决定什么是最好的，塞弗林就会签名。这就是一切的答案。

我所要做的就是为自私的欲望承担义务，承担责任，就像我这辈子一直在做的那样。接受这个婚约，有利于家族伙伴关系的建立，有利于家族的联盟，还能让家族百世流芳。这对艾兰国说也是最好的。

我盯着那枚闪闪发光的戒指，却又觉得它充满黑暗——它有具备某种潜能，可以让一切恢复正常。我可以做任何我想做的事。说“我愿意”是有道理的。说吧。

我突然不知道该怎么张嘴了。

“请允许我坦白一件事，”塞弗林王子说，“这是解决我们之间问题的办法，但谋求政治私利并不是我唯一的动机。”

什么？我眨了眨眼睛，看着他，而不是看着他手中那能催眠人的蓝宝石，“这不是吗？”

“我很仰慕你。近乎狂热地仰慕，”他歪着头，注视着我，“你就没猜到过吗？”

“没有，”我向他坦白，“从来没想过。”

“我觉得你很聪明，”塞弗林说，“我非常佩服你。你真的能迅速看清局势下面涌动的暗流。”

“似乎，不包括爱情吧。”

“你在质疑我的诚意吗？”他那漆黑的眼睛里闪闪发光。他想娶我，这不仅仅是为了建立一个政治影响力联盟。让他舞蹈的，不只是父亲手里的操纵绳。他想要和我的婚姻。他会爱我的。他会崇拜我的——而且他一直都是这样的。

它解决了我所有的问题。它斩开了纠结的地方。但我还是没法果断张嘴答应他。

迈尔斯永远不会——不，他会理解的。他会完全理解的。他还会继续爱我，尽管他永远不会相信我。崔斯坦也许也会理解的，但一想到不管我们彼此多么亲密，还是可能会失去他的友谊，我的心就“咯噔”跳个不停。我会终止塞弗林针对抗议者的那些镇压政策，但我永远不会在罗宾的家里受到欢迎——她会是我的批评者，我尊敬的监督者，却永远、永远不会是我的朋友。至于阿维娅——

那种过山车下坠的感觉又来了。我们彼此又没有承诺过什么。而格雷丝·汉斯莱爵士会接受这枚戒指，统治世界，尽她最大的努力——

当我和哥哥、阿维娅、崔斯坦在一起，当我能像脱掉一件衣服一样甩掉格雷丝爵士这个身份的时候——那个女人永远也成就不了什么。我还不知道她是谁，但如果我的手上有了和国王的结婚戒指，我就永远都不可能知道了。每一个我爱的、钦佩的和尊敬的人都将站在线的另一边。正义的一边。不管我做了多少好事，无论我的意图是多么的纯洁，我也无法和他们站在一起。

所以我朝塞弗林笑了笑。不过我还没开口，他就知道结果了。

“对不起，塞弗林。真的很抱歉。你的求婚让我深感荣幸，但我必须拒绝。这是一条我们不能越过的底线。”

他把它放在心里。他的肩膀弯了下去，眼睛里的光芒也黯淡了。

“对不起。”我说。

他点了点头，沉默而悲伤。

在他身后，父亲盯着我，眼里充满了怀疑，“你说什么？你很抱歉?”

塞弗林站起来，转过身来，“这是她的选择，克里斯托弗爵士。”

“那么多年我都在教你，”父亲说道，他的声音里带着愤怒，“你所学的一切，你所投入的一切，还有你——塞弗林，把她关起来。”

“我不会的，”塞弗林抗议道，“她什么也没做——”

“她故意摧毁了以太能量网。她对所有丢掉工作、所有受苦受难、所有在家里冻死的可怜人都有责任。她在报纸的头版上对皇家骑士的事撒了谎。这都是因为她被一种危险的意识形态颠覆了，这种意识形态摧毁了政府和我们的生活方式。”

他在玩这种权力游戏的时候思维可真够迅速啊。父亲总是有答案的，他总是能发动攻击。他的身体很虚弱，但思想却和以前一样敏锐，一样危险。

塞弗林眨了眨眼睛，“这些都不是真的。”

“这一切都是真实的，”父亲说，“她是我们国家面临的最大威胁，必须把她关起来。”

这真是够了。“如果你愿意，你可以试着把这些事情向女大公解释一下。我相信她会给予应有的回应，”我交叉双臂，把注意力集中在塞弗林身上，“你知道半神国人想要什么。你告诉我，你能满足他们的要求。我把死者从罪恶中解放出来，而那些死者犯下的罪行就是想让我们灭亡。现在把我这个女人关了起来，这对半神国人来说并不是太好的决定。”

“她是对的。”塞弗林摸了摸嘴唇，咽了口唾沫。从他脸上的表情中，我就能看到，他还记得阿尔迪斯变身时的场景，但我还没有说完。

“克里斯托弗爵士想不承担任何责任就获得自由，那是不可能的。如果他认为他能接任总理一职，他就已经没有推理的能力了。你应该押着他上楼梯，让他回到塔楼里，然后封上窗户，这样他就不能再让他的鸟做信使了。你应该为他所犯下的罪行审判他，就像女王对珀西·斯坦利所做的那样，只是半神国人不喜欢杀戮而已。”

“我以为你会高兴，”塞弗林说，“毕竟他是你的父亲啊。”

“半神国人之所以要来审判我们，就是因为他干的好事。他对你没用，塞弗林。他可能还会觉得你应该保留那条法案。”

父亲因为急着说话，发起抖来，“我可以引导艾兰国度过这场危机。”

我也无视了他的话，继续说道：“你需要朝一个大胆的方向迈进，塞弗林。你得让艾兰国人民知道，你不是你母亲羽翼下的儿子了。你需要采取有利于进步和变化的行动。这就是为什么你今天下午要把那个决议是否中止法案的投票取消掉。”

塞弗林眨眨眼，困惑地看着我，“什么？可你刚才说——”

“你要以王室的命令废除法律，”我说，“就是今天，到下议院去。这将是你当上国王后要走的第一步。这将标志着艾兰国和人民和解的开始。就那样做，你肯定能给人们留下深刻印象的。向他们伸出你的手，这会为你赢得一些尊重。”

“我明白你的理由，”塞弗林说，“但王室不应该经常颁布命令。我们应该允许政府的自然进程运行。”

不。我必须说服塞弗林，现在就要。艾兰国的命运如何，都在此一举了。我得说服他听我的，而不是听我父亲的。“你需要废除《巫术保护法案》，而且要立刻去做，”我说，“一场可怕的风暴正向我们袭来，而这次比上次的情况还要糟，上周金斯顿的积雪足足有三英尺厚。我需要得到更多的帮助，否则这风暴带来的雪会把我们埋了。”

“首席法师可以随时准备协助这场风暴，”父亲说，“我要做的就是给他们发令。”

现在我终于承认了他的存在，绷着脸笑了笑，只扫了他一眼。下属不合时宜地发言时就适合这么对待。“谢谢你，但这还不够。我们需要的不仅仅是和首席法师进行有条件的合作，塞弗林，我们需要那些在金斯顿到处躲藏的巫师们。”

他歪着头，“我不知道除了皇家骑士之外还有风暴歌者。”

“是他们不想让你知道而已，”我说，“他们牢牢守着自己的秘密呢。我可以联系他们的领导人，但如果我想说服他们，我就必须废除那项法律。我需要给他们证明，保证不会把他们抓起来。我需要你来保证他们的安全，塞弗林，这样他们才能救我们。我们需要他们，非常需要。”

塞弗林脸都白了，“风暴有那么严重吗？”

“我低估它了，”我说，“说实话，我真的没法想象情况会有多糟糕。我要离开王宫，亲自去问他们——而我这么做的时候必须保证他们是安全的，必须保证能让他们被抓走的家人回家。”

塞弗林抬起头来，他在请求神的指导。我把目光移开了。父亲没说话，愤怒地看着我。不过他知道，我说暴风雪正向我们袭来，并没有夸大其词——他仍然能感觉到风，不过他的身体已经弱得不能再用意志与之对抗了。他知道我们需要尽可能多的帮助，但他不会让我赢的。我们都希望首先取得胜利，才能成为塞弗林听信的那个人。

父亲清了清嗓子："她没有夸大，这些所谓的风暴歌者应该——"

我打断了他，"在精神疗养院，他们现在肯定帮不了我们了。如果他们能在这里，能够扭转风暴，拯救城市，那可真是创造者赐予的福气——我们必须让他们知道，我们需要他们，他们是有价值的。你也必须让人们知道，艾兰国的未来会更好的——这是一个你会鞠躬尽瘁去守护的国家。放了他们吧，赢得他们的信任。"

"这将标志着我作为国王的统治的开始，"塞弗林说，"我必须行动起来保卫艾兰国。我会废除这项法律，并在下议院宣布的。"

"谢谢。"我赢了。我是总理。我是塞弗林最好的提议者。我心里那根紧绷的弦终于松了下来。塞弗林可能是因为想娶我才会这么听我的，但他根本没有轻视我的专业意见。我几乎松了一口气："你要做的下一个善举，就是释放那些因为抗议而被监禁的人。理由就说他们反对的是女王的政府，而不是你的政府，所以他们应该被释放。"

"她才不在乎那些戴黄丝带的乌合之众，"父亲说，"她是想让你释放那些被指控煽动叛乱的人。"

塞弗林的表情变得严肃起来，“煽动叛乱是严重罪行。”

“那是对前任女王来说的。”我说，这该死的父亲！他知道我的目的是什么。他不会坐视不管，完全让我来控制局面的。

父亲嘲笑道：“他们是试图推翻政府的破坏分子和暴徒。把他们放了，也不会改变他们的想法。他们希望摧毁我们的传统和生活方式，取而代之的是无政府状态。”

“他们有暴力行为吗？他们有破坏财产吗？”

塞弗林摇了摇头，“不知道。我得先看看每个人的情况。众议院会议结束后我们再讨论这个。以及风暴过去之后。”

“那克里斯托弗爵士怎么办？你不能还他自由。他必须要回到塔里。他不能到处闲逛，到处搞阴谋诡计。”

“临终关怀。我已经安排好了房间和医疗护理了，”塞弗林说，“这是对临终者的最后一次同情之举。”

不。如果我们不把父亲送回牢房，如果我们没有切断他和外界的联系，阿维娅就会成为我们游戏中的一个卒子。他会用她来探查我的努力，或者给她制造些什么事故，让她受苦。我不能冒这个险。但我没有时间和他们争论了。

“那就赶紧把他带回他的床上去吧。这一天已经够激动的了。在那场关于要不要中止法案的辩论真正开始之前，你就得赶到下议院了。”

“没时间了，”父亲说，“有很多事情要讨论——”

他话还没说完，就突然咳嗽起来。

“多费劲啊。”我还是抑制住了想说话的冲动。因为我要说的话可能会很刻薄。

“您需要休息，克里斯托弗爵士。请坐下。我去叫警卫把轮椅拿来。”塞弗林把头探出门外，对一个警卫说了几句，警卫便跟着他进了屋。他回来了，站在我身边，这时门又开了，一个警卫推着轮椅走进了塞弗林的办公室。

“我得去下议院了。你愿意陪我去吗?”

警卫把父亲带走时，他怒不可遏。我摇了摇头，“雪下得太快了。我必须马上去河畔城一趟。风暴过后，我们会再见面的。我还有很多工作要做，陛下。”

“你还要策划我的加冕礼呢，”塞弗林和我一起出了门，然后又抓着我的手，“格雷丝。你能不能重新考虑一下——”

“不能，”我微笑着，想借此消除心里的痛苦，“我想，你应该清楚这背后的原因吧。我更适合做你的总理，而不是你的妻子。”

塞弗林点了点头，“好吧。我们还有工作要做。去吧。”

我低下头向他行礼，随即立刻离开了塞弗林。

一到外面，我就呼了一口气。一阵解脱的感觉让我的肩膀不再紧绷，也放松了我僵硬的背。我其实并没有赢得一切，只是塞弗林听了我的话。我可以阻止父亲的下一步行动，但我必须现在就去干。我轻快地穿过走廊。我只有一次机会。我得把阿维娅弄到父亲够不着的地方。我必须尽快赶到河畔城，希望罗宾能相信我，把河畔城的风暴歌者的情况告诉我。

如果一路上没有警卫拦住我，我就会尽可能快地跑过走廊，在窗外透进来的寒意中穿行——这窗外是王宫的一个花园，风吹得窗玻璃哗啦作响。我会跑过巨大的门厅，只留脚步声在花色繁杂的大理石瓷砖上回响。我会跑过镶着木板的大厅，来到大使厢房门前才停下脚步，和驻扎在那里的警卫打招呼。通过身份查验后，我敲响了迈尔斯和崔斯坦套房的门。

我屏住呼吸，听着渐渐走近的脚步声。崔斯坦开了门。我松了一口气。

“格雷丝，”崔斯坦说，“你的脸怎么苍白得跟纸一样啊。”

“感谢——星辰，”我说，“很高兴你在这儿。我需要你的帮助。”

第二十五章 逃离

崔斯坦穿上了一件正式的长袍，解开头发，用一个银色的头饰把头发往后拨住。我们离开了套房。他摆出一副神眷者发怒时那种迷人又阴险的样子，在王宫里大步流星地走着，双唇紧闭，瞪得警卫们都缩了回去，找别的事做。

我紧跟在他后面，把手搭在他的肩膀上，以防那个把我隐身了的魔咒失灵。崔斯坦瞪着眼睛穿过王宫，来到那条长长的、冰冷的石头走廊前，准备去往金斯格雷夫监狱的时候，并没有人看见我提着迈尔斯的一捆衣服跟在后面。其实就算别人看到我来这里，也不太可能会把我和劫狱联想到一起。而崔斯坦是半神国人，他想做什么就做什么。

我们走进了那条石头走廊。风在我们身边怒号，从石墙的缝隙中呼啸而过。站在门口的一个警卫挡住了我们的去路，而崔斯坦停了好一会儿才低声吼道："走开。"

那警卫吓得贴到了墙上，崔斯坦迈着大步走开了。我捏了一下他的肩膀，示意我们向左走。崔斯坦便拐进了楼梯间，进入了下层的牢房。

“哪条路?”

“去那个岗哨那儿。”

崔斯坦大步走向走廊的尽头，仿佛很清楚自己要往哪儿走。那些妨碍到他的人，我只能求上天给他们点儿怜悯，帮帮他们了。我问他打算如何通过警卫时，他指出阿尔迪斯受罚的消息是故意传给女王警卫队听的，他们当时都瞪着眼睛，看着一匹马从半神国人住的厢房里出来，被牵到马厩里。不久之后，我们这边的情况就出现了转机。今天没有人敢拦这些不死半神的路了。

于是，我们平安无事地来到了关押阿阿维娅的牢房区。崔斯坦攥着拳头，撑着腰，对门前的警卫说道：“我们要见那位被告的记者。开门。”

那个警卫虽然吓坏了，但还是摇了摇头，“她要转到其他牢房了。”

“我不管，”崔斯坦回答，“我就要见她。”

“任何人都不允许——”

“你觉得，你能成为一条听话的猎犬吗?”崔斯坦问道。

他把手放在警卫的手腕上。我倒吸了一口凉气。警卫的手顿时长出了乌黑油亮的毛发，手掌缩成了拳头，然后变成了爪子——

“求求你!”警卫哭喊道，“求你别这样！我有钥匙!”

“用它开门。”崔斯坦说。

警卫抱着他的手，试着弯曲他的手指，来确保自己的手指还在，还能像手指一样工作。

“赶紧开。”

警卫匆匆忙忙地摸索钥匙，急得把高脚凳都给打翻了，为崔斯坦开了门。崔斯坦披着闪闪发光的丝质袍子，上面还有刺绣，头上一件闪亮的披风半垂到背上。

“我不希望有任何人来打扰我，”崔斯坦说，“我出来之前，不准任何人进来。”

警卫单手握拳，往心口上敲了一下，以示尊重，然后关上了牢房的门。

我松开了崔斯坦的肩膀，“来。”

我递给他一个馅饼。他大口大口地吃起来。我从他身边走过，来到这个区唯一一间有人住的牢房，阿维娅站在那里，光着脚，穿着我的貂皮大衣，下摆都包住了她的脚，垂到地上的小水坑里了。她攥着镀铜的铁栏杆，她的眼睛里焕发出光芒。

“你来这里做什么？”

“我们来救你，”我说，“我不是告诉过你吗，必要时我会救你出来的。”

阿维娅盯着我抱着的那堆衣服，“你贿赂警卫了吗？”

“崔斯坦威胁他，说要把他变成一条狗——”

“只是个幻觉而已，”崔斯坦说，“我没有那种天赋，不过还是把他吓傻了。”

“那我们怎么离开这里呢？”

“这很简单，”崔斯坦说，“稍等。”

他舔了舔手指，从袖子里捏出一套开锁工具，隔着那漂亮的长袍，跪在粗糙的石地板上。他刚把指尖放在锁板上，就猛地把它推开了，连连作呕。

“铜。呸！太可怕了。”他甩了甩手，仿佛那种感觉会像水滴一样能甩掉似的。他把镐头放回锁孔，小心翼翼地避开锁板，开始工作。

阿维娅紧紧抓住牢房的门，因为她必须推开门才能获得自由。崔斯坦轻轻地开了锁，转动杆子，把镐头抽出来。

阿维娅冲出牢房，扑到我的怀里。我放下那捆衣服抱着她。她的头发干枯了，像一根根细绳似的，皮肤上还有一股麝香味，可这些我都不在乎。我紧紧地抱住她，强忍住眼中的泪水。

阿维娅咯咯地笑了起来，把头朝后一仰，看着我微笑起来，“你打算怎么解释呢，总理？”

“我以后再想办法，”我把那包衣服塞给阿维娅，“穿上这些。不好意思啊，可能会有点不合身。”

“快点，”崔斯坦说，“里面有双加厚了两层的袜子，希望这样能帮你穿上迈尔斯的鞋子。逃狱的时候就先别庆祝团圆了，好吗？”

“告诉我，发生了什么？”阿维娅说，“多萝西说我们这个案子还挺好打官司的。我们甚至计划在《星报》上发系列专题报道，解释她向法院提出的动议，它们意味着什么，在一个公正的制度下应该如何运作——”

“康斯坦丁娜女王退位了。”我说。

“见鬼了！”阿维娅跳进了迈尔斯的裤子里，踮着脚尖落地。裤腿太长了，我便跪下来，帮她把裤腿卷起来。“什么时候？”她问。

“大约九点二十分。”我递给她一件衬衫。大衣掉在地板上，她转过身去脱掉了里面的麻衣，露出了后背。

“这么说，塞弗林就是国王了。我们不是一直在说，如果塞弗林——”

“他向我求婚了。”

阿维娅僵住了，一只胳膊半插在袖子里，“但你现在在帮我越狱。如果你要他放我出去，他会放我出去的。那如果你要嫁给他，你能不能——”

她转过身来，把胳膊伸进袖子里。她睁大眼睛盯着我，张着嘴。

“你不想嫁给他，”她说，“你没答应。”

“我没答应。”

“我没答应。是因为——因为我吗？”她抓住我的手，紧紧地握在她的胸骨上，“你本来可以成为王后的。你真的想要这个结果吗？”

“我真的想要和你在一起吗？”我抬起一只手，手指抚过她的脸颊。她把脸斜向我，感受着我的抚摸。见她眼睛半闭地享受着，我的皮肤上仿佛有种酥酥麻麻、软绵绵的感觉，手指也轻轻颤抖起来。这感觉，就像闪电在空中划出一道热热的蓝白色光线前，空气里闪现的那些令人有些恐惧的以太电荷电了我一下；这感觉，就像一场温暖的雨，中止了那漫长的炎炎夏日。

“我想知道关于你的一切，”我说，“我想让你开怀大笑，想了解你的照片，你的艺术，具体给你买什么作为新年礼物和生日礼物，我想再和你跳舞，我想——”

“我想吻你。”阿维娅说。

一场风暴在我的脑海中盘旋——那是一种迅速而难以承受的压力，而不是外界的风暴。那是阿维娅的眼睛，她温柔的嘴唇。她的手放在我的脖子后面，把我的头拉下来，迎接她的吻。

我们的嘴唇互相轻轻触碰着，当她轻吻我的下唇时，我的心怦怦直跳。多轻柔啊，就像雨在干裂的土地上的初吻，直到她张开嘴，我们吻得更热烈了。

她的嘴亲在我的嘴上。我快乐得快要飘起来了——比空气还轻——只是她的触摸让我在地面上流连。那种感觉在我的脑海里像双重发酵过的酒一样，冒着气泡。

她退后一步，抚摸着我的脸，“你想要这个。”

“是的。”

她把我的头发从眼睛上拂开，“我的生日是苹果枝之月三十八号。”

“阳春之月十六号。”

“我会给你买些好东西的，”阿维娅承诺道，“只要我不再算是逃犯就行。”

崔斯坦咳嗽了一下。我朝他那边瞥了一眼。他就转身面向门站着，“我不想破坏这个美好的时刻，但我们越早离开越好。”

阿维娅把衬衫的扣子扣歪了，但也懒得去整理了。她弯下腰，拿起一件羊毛衫，穿好了衣服，然后拉紧了腰上的皮带，免得迈尔斯那宽松的裤子往下滑。她把军大衣搭在肩膀上，拾起了地上毛皮大衣，“对不起，它有点臭了。”

我偷偷地穿上了，上面还残留着她的体温，“没关系。我们准备好了。”

“规则是这样的，”崔斯坦说，“不要偏离我选择的道路。不要磨磨蹭蹭。记得要靠近我。我会尽我所能回答问题，但重点是要把你弄出去。”

“你要怎么把我弄出去？”阿维娅问道。

“像我说的那样，很简单的，”崔斯坦微笑着举起了手，“我们走安息之国那边的路。”

“安息之国！”阿维娅喊道，“走那条路的话，不是需要次元之石才能做到吗？故事说——”

“崔斯坦可以在任何地方开次元道。”我说。

“确实是的。看。”

崔斯坦用手画出了一个螺旋，螺旋形成了实体，闪烁着光芒，展开了。里面吹拂着干热的微风，奇特的绿色天空还是第一次见——天空预示着一场龙卷风即将横扫田野。

崔斯坦把一只手举到嘴边，“噢，不。”

我凝视着天空，寻找漏斗状的云，它会在陆地上裂开一条路，“这是什么？”

“移动的风暴，”崔斯坦说，“这是场灾难。”

金色的平原变得起伏不定，转而成了一片一望无际的沙漠；在我们指尖呼啸的风向天空翻腾；沙子又变成了雪，很是寒冷；而后又渐渐形成了一堵白色的墙，横跨天际。崔斯坦把这个传送门关上了。

“我们不能穿过那里，”他说，“我在天德兰行军的时候就遭遇过一场移动风暴，幸好活下来了。我不能和你们两个碰运气。”

“那我们怎么离开这里？”阿维娅问道，“如果我们不能从那边走，我们该怎么办？”

崔斯坦一只手抹了抹他的额头。“我没有制定应急计划，”他说，“真该死。”

阿维娅担心得嘴唇都发起抖来，“你们两个是不可能把我吓唬走的。”

“不，机不可失，我们别无选择，崔斯坦。”

阿维娅面无表情。她装出一副勇敢的微笑，“审判的情况报纸会发的。多萝西可以把我最后的文章带给《星报》。”

“你要是选择在这呆着，就永远都没机会看到审判了，”我说，“父亲有两个选择——要么他安排你在牢房里上吊，要么他把你永远关在这里，然后用你来控制我。没有光荣的结束。没有告别的话。”

“我得赶紧逃了。”

“是的，”我说，“你肯定要躲起来。但我知道有人能帮忙。我们得把你弄出去。崔斯坦，你能让我们俩都消失吗？”

“你说我们消失是什么意思？”阿维娅问道。

“崔斯坦是个幻术师。崔斯坦，如果你能在我们离开这里的时候让我们隐身，我们就能自己去哈尔斯顿街了。你能做到吗？”

“隐身效果没法持续太久，”崔斯坦说，“如果我自己隐身的话就不会。”

他指了指，一个垂头丧气的人坐在阿维娅房间里的硬板凳上。它的胸部随着幻象呼吸的起伏着，它的容貌和阿维娅像得出奇。真是不可思议。

“我们出去的时候，那警卫肯定想进来看看的。这会让我们领先一步，”崔斯坦朝牢房门走去，“阿维娅，抓住我的肩膀，跟上来，无论你做什么，都不要松手。”

我们正走到连接监狱和王宫那条漏风的石走廊中央，却只听见一阵钟声响起，向金斯格雷夫监狱的警卫传递了一个信息：一个囚犯越狱了。

“见鬼，”崔斯坦说，“快跑。”

我们抬起脚，向王宫冲去。阿维娅也一样——一双大鞋子踩在了石头上，但我们及时穿过了门，冲到左边的一个服务走廊里躲了起来。我们要去哪儿并不重要，只要我们不在金斯格雷夫闲逛，天真地吹着口哨就行。

我们避开了一堆破烂的椅子，上面绑着的绳子中还塞着一张工单。这些走廊从来没有升级到能用以太能量的级别。我们在昏暗的绿光中沿着走廊飞奔，影子时而展开，时而聚拢。

“我们这是在哪里？”阿维娅问道。

“我不确定。”我身体右侧突然一阵刺痛，很是难受。我便用手指戳着那里；在石头地板上跑了步，我的小腿也开始觉得有点疼。我的肺就像一个风箱，呼吸着积满灰尘的干燥空气——但我们还是继续奔跑着，直到看到一个牌子，上面写着：“出口——小心！”这是用来提醒王宫里的仆人的，主要是因为他们从这里走过，外面的人也看不到他们，不知道他们什么时候会从这里推门出来。崔斯坦在门口听了听，然后推开了门。

“我们现在在哪儿？”

阿维娅碰了碰崔斯坦的肩膀，就消失了。

我抓住他的另一个肩膀，确保自己又隐形了，“公共区域。主出口就在前面。”

“太多人了。”崔斯坦说。

“我们没有选择。”我忙着梳理我的貂皮大衣，想把它弄得光滑点，伊迪丝要是看到我的外套这么难看，肯定会哇哇直叫。“我觉得我们应该全力以赴，演一场好戏。”

“好吧。但如果我们遇到了麻烦的话，务必要抓住我。”崔斯坦溜出了仆人走的门，恢复了他的高贵身份，傲慢地昂首阔步。我把手指压在身体的一侧，试图把那种钻心的刺痛从我的内脏里挤出去。

“我们可以和人群一起走。”

“我不觉得我能很好地融入进去呢。”崔斯坦说。

“既然这样，那就往右拐。我们直接去皇家美术馆。”

王宫的公共区域，包括画廊、宫殿和镜面大厅，平时都是导游接待成群游客的地方，现在却几乎空无一人。大家都待在家里，不敢出来和风雪对抗——神啊，光是这风暴来临前的降雪就已经就有一两英尺了。随之而来的风暴破坏性得有多大啊。

我们得从王宫里逃出去。可这样一来，金斯顿城里的每个警察和卫兵都会去追捕阿维娅。我得上报解释一下，但这以后再说也可以。我必须在风暴袭击海岸之前就赶到罗宾那里。我必须说服她带我去见河畔城的风暴歌者，现在我可以保证，使用巫术不再是违法的了。今晚，我需要一切力量来对抗这场风暴。我需要阿维娅是安全的。

“哪条路?”崔斯坦问道。崔斯坦穿过大厅，旁观的人也都盯着他看。仆人们正在整理新年守夜用的蜡烛。房间里挤满了一群身穿红色制服的警卫，他们跑过来围住了我们，还用步枪指着我们。崔斯坦放慢了脚步。

“立定!”他们的队长命令道，“你是做什么的?”

“你在用枪指着我吗，先生?”崔斯坦问，他摆出一副高姿态，就跟他的身高一样令人生畏。

“我们正在寻找一名逃犯和她的同谋，”这个警卫队长说，“瞄准。”

他一声令下，一支支步枪去到了合适的位置上。二十支枪黑洞洞的枪口对准了我和崔斯坦。他冷冷地瞪着他们，“你用死亡来威胁一个半神国人?你知道威胁我会招来什么吗?”

警卫们吓得发抖，手里的枪管也摇晃起来。一名警卫跪倒在地，双手紧握在胸前。他们的指挥官怒火中烧，但另一个警卫还是低下了她的头，放下了步枪。

其他人仍然用枪指着我们。开枪打神眷者?艾菲肯定永远都不会原谅我们，永远不会。她的愤怒必将成为一个传说，艾兰国也必然为此生灵涂炭。我积蓄力量，把空气中的湿气吸了下去。

对于一个风暴歌者来说，这是最简单的法术。我知道水悬在空中时的感觉，知道当你把它吸入体内时的味道，知道它是如何让你的衣服变得潮湿的，又是如何让你最保暖的冬衣里渗进丝丝寒意。

警卫们放下了步枪，盯着螺栓上凝结的水汽。我把意志对准了其中一把枪，枪的主人是个长了一张娃娃脸的警卫。他拿着枪，像是马上要尖叫起来了。我握紧了拳头，他的步枪冻住了，他抽搐了一下，赶紧朝后退去。

他大叫了一声，把枪扔到了地上。其他卫兵转头去看响声是从哪里发出来的时候，我把能看到的步枪都冻上了。这一把，那一把，每把枪的枪管都结满了霜，螺栓上长出了小小的冰刺。他们总算放下步枪，把冻坏了的手指捂在胸前。

远处传来了警笛声。

我有点眩晕，便眨了眨眼，驱散了这种不适感。

崔斯坦和舞台上的变戏法者一样，张开双臂，“你们竟敢如此。”

警卫们盯着他，脸上充满了敬畏和恐惧。

崔斯坦变得若隐若现，在这些凡人的注视下，隐藏着他真实面容的魔法消失了。他站在他们面前，威严而愤怒，指责着警卫队长。

他面前的空气突然闪烁起来。通向安息之国的次元之道打开了，里面，雨水溅在了大理石上，风也正从次元通道吹进安息之国。我把风抓在了手里，使劲地抽打着，把它弄成了一个紧绷的、威力不小的螺旋状风暴。

一些警卫试图逃跑。崔斯坦再次张开了双臂，其他人都惊叫起来。这些警卫都溃不成军了，只知道睁大眼睛，在风和现实中的门洞里踉跄不已。崔斯坦抓住了时机，他向左一转，直奔警卫队伍中的一个缺口，朝半神国人的厢房走去。

“快点，”崔斯坦说，“我刚刚引发了一场外交事件。”

我放开了风，跑了起来，阿维娅跌跌撞撞地跟在我身边。我们穿过走廊，感觉就和穿过汉斯莱府的走道一样令人熟悉。崔斯坦放慢了脚步，他的能量弱下去了。

“把魔咒解除了吧，崔斯坦。”

“不行。我们要去找艾菲。”崔斯坦气喘吁吁地说。

“你去找艾菲就行了，”我说，“我们得去你家。

“艾菲可以保护你们啊。”崔斯坦说。

“我不能再呆在王宫里了，”我喘着气说，“我必须把阿维娅送到安全的地方。”

“好吧。那就是去哈尔斯顿街。”崔斯坦说，“我们走哪条路？”

我领着他们来到一扇不起眼的绿色门前。我打开了门闩，推开门。街上的冷风拍打着我的脸。

“我们出来了，”我说，“谢谢你，崔斯坦。”

“事情还没结束呢。”崔斯坦和我们一起走了出来。小路上的雪深及脚踝。我扣紧外套，以抵御寒风的侵袭。“我跟你一起去。”

阿维娅竖起衣领，手塞进了迈尔斯那件外套的口袋里，掏出了一副手套，“崔斯坦，你不能跟着我们，你没有外套。”

“我别无选择，”崔斯坦说，“王宫门口肯定有守卫驻守，我还不确定自己能不能从中杀出一条路来呢，你们得陪我再等一段时间。”

第二十六章 修补

我们跌跌撞撞地走在哈尔斯顿街上，脚都走麻了。我们挽着崔斯坦走，想给他挡风，但在两个街区之前，他的牙齿就已经没有再冻得咯咯作响了。这可不是什么好兆头。

“如果需要的话，我们可以背着他走。”阿维娅说。

“不用了，”崔斯坦有点喘不上气，“我想我已经习惯了。”

我的心咯噔了一下，“你不冷吗？”

“不太冷，但我觉得很累。”

“噢，不，”阿维娅说，“崔斯坦，别停下来啊，你还不能睡觉。快和我说话。”

“我在想，”崔斯坦说，“迈尔斯现在肯定急疯了。”

我没有扭头去看他，而是直接把身子朝他转了过去，试图通过这种方式让衣领继续紧贴在脖子上，“你怎么知道？”

“科马克的治疗咒语依然捆绑着我们。”

“这样他就知道你在哪儿了。”

“是的。他很害怕。”

他肯定很害怕。我们必须赶到崔斯坦家，但我们几乎看不见它在哪。

“你们能听到彼此的想法吗?”阿维娅问道，“继续走。继续说话。”

“不是那样的，”崔斯坦说，“我能感觉到他。我知道什么时候他会高兴，会生气，会被我干的蠢事吓得魂飞魄散。他也能感觉到我。”

“噢，”阿维娅说，“听起来真是亲密得可怕啊。”

“是的，”崔斯坦说，“半神国人很少以这种方式和别人联结在一起。”

更不用说像迈尔斯这样的凡人了。我默不作声。我想到借口了。我可以施展魔法，让风吹不到我们身边，然后可以透过雪地窥视着街道两旁一排排联排别墅。我们可以敲响任何一扇门。没有人会拒绝我们。但我们还是在雪里埋到小腿深的地方，一脚深一脚浅地寻找着崔斯坦的房子。

可我内心深处很是难受。我强迫迈尔斯和我建立这种联结，但这种关系是单方面的，它给了我一切，而我哥哥什么也没有。我对他做了一件可怕的事，但他仍然爱着我。我解除了和他的联结，让他走了，也无关紧要。我本来就不该那么做。

崔斯坦描述的是一种亲密感。那种感觉太特别了，很难轻易获得。那是一种你愿意把自己奉献给它的珍贵之物。一年前，我根本不明白自己对迈尔斯做了什么——可现在我不敢想象他是如何原谅我的。

“格雷丝?”

“我不能说话，”我说，“嘴都张不开了。”

崔斯坦捏了捏我的手，但我那冻僵的手只有一点点压迫感，“就在那里。”

1703号。终于到了。

崔斯坦想把钥匙从口袋里拿出来，却把它掉到了雪地里。我弯下腰，捡起钥匙，把它插进锁里，扭动门把手，开了门。我们挤在门口。空气里有烤面包的味道。

“斯帕罗太太，”崔斯坦用嘶哑的声音说道，“我恐怕是在外面探险回来了。”

崔斯坦的管家匆匆走了出来。我们一左一右夹着崔斯坦，可这时候他已经有点站不住了。

“我们需要热水瓶，”我说，“他没穿外套，从王宫一直走到这里。”

斯帕罗太太转身跑回厨房。

我把崔斯坦抱了起来，把他甩到我的臂弯里，“你有一吨重吧。”

阿维娅把客厅中间的矮桌子推到一边，从椅子上抓了几张带花边的地毯，“有我们在呢。当你暖起来的时候，皮肤会很痛的。”

“没关系，”崔斯坦说，“这只是肉体上的疼痛罢了。”

斯帕罗太太拿着茶壶和茶杯匆匆走了进来，“还有一壶水在炉子上烧呢，我多煮了点水。我做了奶油蟹肉羹——你能吃吗？”

“能，麻烦您了。多少我都能吃得下，”我说着，把一个沉重的陶土杯子塞到崔斯坦的手里，“喝吧。你的脚怎么样了？”

“我猜它们还在那里吧。”崔斯坦说。

“该死，为什么我不是医生呢，”我说，“阿维娅！你上哪儿去?”

“把他的袜子脱掉，”阿维娅跪在客厅的壁炉前，“他的脚是红色的还是变黑了?”

我跪下来，给崔斯坦脱了鞋袜，“红色的。”

“还好，”阿维娅说，“那只是冻伤而已。他没事的。”

“别大惊小怪了，”崔斯坦说，“我要在这里抱怨一番了，得让迈尔斯相信我现在不是在死神的怀抱里。”

“你觉得够暖和的时候，就去洗个澡，”阿维娅说，“很有用的。”

崔斯坦轻轻哼了一声，表示同意，又喝了一口茶，“跟我说说你的计划，格雷丝。”

“我本来现在应该到河畔城了，招募巫师来帮助我们，”我说，“既然你没事了，我也该启程过去了。”

“明天早上再去也不晚，”崔斯坦说，“你打算怎么办?”

“罗宾跟我讲过那次运动，”我说，“人们已经厌倦了这种制度。他们想要新的东西。既然现在有个愿意和我合作的新国王了，我要和他们做个交易。”

阿维娅和斯帕罗太太抬了一个暖脚器回来了，下面还有块厚厚的木质底托。她们把它放在崔斯坦面前，他把脚后跟伸了过去，放在上面歇着，“谢谢。来喝点茶吧。格雷丝正在告诉我她将如何拯救这个国家。”

“噢，我还没听过这段故事呢。”阿维娅说。她坐在我旁边的长沙发上，手里拿着一杯奶茶。

“我要去找罗宾。既然《巫术保护法案》被废除了，我们就需要放了巫师们。没有了这个法律的压迫，巫师们肯定会帮助我们扭转这场风暴——不过他们肯定会提条件。我会解决这个问题的。埃尔辛将领导其他风暴歌者，但有风暴来袭的时候，我们会合力一起对抗的。”

阿维娅凝视着她的茶杯，“那我呢？”

“你得隐藏好自己了，”我说，“我很抱歉，阿维娅。你必须暂时躲起来。我会努力为你洗脱罪名的。”

“如果你觉得我会放弃写报道，那你可就错了，”阿维娅说，“必要的话，我会把我的文章寄出去。你不能阻止我讲故事。”

“我做梦也没想到你会这么觉得，”我说，“我想看到你在头版上署名。我只是很遗憾，你现在必须躲起来。”

“至少你还能好好过完今晚，”崔斯坦说，“你至少还有这安稳的一晚。”

“我们得想办法把你送回王宫。”我说。

崔斯坦挥挥手，“我估计能进门都算不错喽。你会支持罗宾吗？”

“会。没有人比她更了解艾兰国需要什么。她会对我负责的，如果我迷失了自己，她会把我拖回来的。”

崔斯坦点点头，“这对艾菲来说应该足够了。”

我紧抿双唇，“如果她满意了，那你就会离开这里，回到安息之国去。你和迈尔斯一起。”

“如果她觉得合适的话，可以的。但她需要一个特使在艾兰国驻扎。而我恰巧是非常合适的人选。别想着很快就能摆脱我。”

我松了一口气，“你会和迈尔斯一起呆在这儿吧。”

“迈尔斯会和我一起住在这里，”崔斯坦说，“如果我们走了，斯帕罗太太肯定会很想我们的。”

“是的啊，亨特先生，”斯派洛太太站在客厅的门槛上说，“晚餐准备好了。你们都来吃吧。”

“我觉得现在睡觉还太早了，”崔斯坦说，“很抱歉，阿维娅。主卧套间里的暖气不够热。客房应该很舒服吧？”

“她修好了，”斯帕罗太太说，“杰赛普小姐拿了把螺丝刀就上楼修暖气片了，没几分钟暖气片就冒热气了。”

阿维娅耸耸肩，“如果我家什么东西坏了，房东才不会帮我修呢。你自然能学会一两招的。”

“那我就住客房吧。”崔斯坦紧紧抱住热水瓶，咧嘴一笑，“主卧套房可浪漫多了。”

那间银紫相间、房型狭长的主卧里，并没有崔斯坦收集的那些挂镜；但铁制屏风后面有一对壁炉正烧得噼啪作响，投射出温暖的火光，火苗的光影也在堆积如山的羊皮毯上和旁边的床上跳动着。高高的白木框架上挂着奶油色的薄纱窗帘。一张天鹅绒做的被子被拉开，露出一半床垫，仿佛在邀请我们盖上它，舒舒服服地躺下。

“这是我见过的最好的安全屋。”阿维娅说道。她站在地毯上，把涂着红色指甲油的脚伸进了地毯堆里。她穿着崔斯坦的睡袍，松松垮垮，腰间的带子随意系着，衣领开着，露出了皮肤。她酥胸半露，炉火投射出来的阴影在她锁骨上跳上跳下。她一手拿着两只喝白兰地用的水晶酒杯，一手抓着一瓶从诺顿那边的庄园产的桃子白兰地，握着瓶口，“你很紧张吗。”

“没有啊，”我从火炉旁的座位上跳了起来，“我来倒？”

“你的头发变卷了，”阿维娅说，“就这样吧，小卷毛挺适合你的。”

尽管崔斯坦这里有卷发钳和吹风机，但我也不会搞美发。等阿维娅洗澡的时候，我试图在灯光下读一本小说。我的头发就是那会儿散在肩上的。

阿维娅放下了手里的白兰地，拿起了那本小说。这是另一本关于汉布利小姐的书，她是一位受人爱戴的女侦探，住在一个谋杀案数量惊人的县里，最近的一个受害者是被绑在一个水车上了。但其实我已经把同一页读了五遍。

“你现在很紧张，”阿维娅说，“可你在议会里能管得住那些议员，你可以阻止媒体的乱喊乱叫，你在管理这个国家，刚刚还把我从金斯格雷夫监狱里救了出来。”她把小说放在小桌子上，给我们各倒了一杯白兰地。她给我递了一杯，拿着自己的杯子，沿着杯沿看着我。

“我很好。”

“嗯。”她把杯子拿到嘴边，迅速地喝下了三口白兰地，放下杯子，拉了拉腰间那条绸缎饰带的末端，睡袍从她的一边肩膀上滑了下来。“你知道我仰慕你多久了吗？”

“我不知道。”我说。

“你还记得1581年那场金斯顿城的慈善板球锦标赛吗？”

“是的，”我说，“我赢了比赛。”

“你很聪明。你玩了我所见过的最残酷的板球游戏。真无情啊。你赢了的时候，我真的好想好想去见你。我想祝贺你，我想带你去买冰淇淋，然后你就会喜欢我，即使我只是一个杂货商的女儿。”

“你是在我订婚后不久剪的头发，”我说，“你把它剪成了现在的样子，把它染成闪闪发光的黑色。一大群人围着你——虽然我也是，但那已经不一样了。围着我的那些是雷的朋友，不是我的。我想告诉你，你真的很有魅力。你是多么迷人啊，你的每一个微笑真的摄人心魂啊，每看一次我都忘记该怎么呼吸了。但我们当时从未互相认识。”

维亚摇了摇头，“是的。后来爸爸把我赶了出去——”

“你离巢远飞了，”我说，“你带着这个世界对你的期望，走向了未知。有那种自由多好啊，想做什么就做什么——你知道我有多想做同样的事吗？”

阿维娅的睡袍从另一边肩膀滑落了，“你现在就可以做你想做的事情了。你想要什么呢，格雷丝？”

我这才想起手里还有个装着白兰地的杯子，杯子都被我的体温烘暖了。我放下杯子，朝她走去，用手指描摹出她脸颊的曲线，勾着她的下巴，稍稍往上抬。

阿维娅的睡袍落在了地板上。借来的丝质睡衣也从我肩上滑落了，掉在了我们脚边。她把我领到那张又宽又凉爽的床上，让我用行动展示，我想要的究竟是什么。

Unicorn

独角兽书系

金斯顿城╲卷一

WITCHMARK

巫师之印

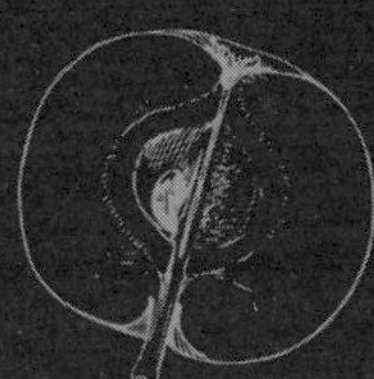

[加拿大]C. L. 波尔克/著　詹义彪/译

THE KINGSTON CYCLE

重庆出版集团　重庆出版社

版贸核渝字（2020）第075号

图书在版编目（CIP）数据

金斯顿城．卷一，巫师之印 /（加）C.L. 波尔克著；詹义彪译．—重庆：重庆出版社，2021.1

书名原文：Witchmark

（The Kingston Cycle Book 1）

ISBN 978-7-229-15390-8

Ⅰ．①金…　Ⅱ．①C…　②詹…　Ⅲ．①长篇小说—加拿大—现代
Ⅳ．①I711.45

中国版本图书馆 CIP 数据核字（2020）第 215044 号

金斯顿城（卷一）：巫师之印

JINSIDUN CHENG (JUANYI)：WUSHI ZHI YIN

［加拿大］C.L.波尔克　著　詹义彪　译

责任编辑：魏雯　郭思齐

装帧设计：文子

责任校对：刘小燕

重庆出版集团
重庆出版社 出版

重庆市南岸区南滨路162号1幢　邮政编码：400061　http://www.cqph.com

重庆出版社艺术设计有限公司 制版

重庆市国丰印务有限责任公司 印刷

重庆出版集团图书发行有限公司 发行

E-mail:fxchu@cqph.com　邮购电话：023-61520646

全国新华书店经销

开本：890mm×1230mm　1/32　印张：11　字数：250千

2021年1月第1版　2021年1月第1次印刷

ISBN：978-7-229-15390-8

定价：64.80元

如有印装问题，请向本集团图书发行有限公司调换：023-61520678

目录 / Contents

第一章 急诊

办公室里不见马西森医生的踪影。我便攥紧那份备忘录，冲下楼去找她。备忘录的纸是鼓式印刷的，散发着令人兴奋而甜美的芳香，上面的墨水已经浸湿了我的手。她竟要让十六个病人出院！这不可能。就算只让十位病人出院我也做不到，这样会让他们的家人陷入危险。

楼梯间回荡着我匆忙的脚步声。楼梯间里略呈绿色的煤气灯变换到了大厅里的白金以太灯。熟悉的现代灯光是如此刺眼，到处充斥着噪声，我努力克制着内心的畏缩感。接待处的工作人员挥手示意我过去，但我没有注意到她手上的留言条。

“你见过马西森医生吗？”

“二十分钟前她就出门了。”她向左歪了歪头。

走的还真是时候，消息还没来就跑了。不过她也无权在病人达到出院标准前就放他们回家，责任还是在我身上。

“你已经不是第一个来问的了。”她把我的留言递了过来，“部门领导和董事会成员……走得都很早。这次是个坏消息，对吗?”

“强制病人出院。”

她把留言卷成管状，塞进了贴有标签的小盒子里。“好吧，这是在给士兵们的归来腾地方，对吧?”

的确如此，但就算我们知道了也不会降低病人出院的概率。我瞥了一眼那些纸条。全都不是用橙纸写的，所以我把纸条塞进了外衣口袋里，放在皱巴巴的备忘录旁边。“罗宾·索普现在在哪?”

“没看见。护士们正在开会。”

这倒霉的备忘录，连得到罗宾同情的机会都没有。“谢谢你，晚安。”我礼貌地点了点头后便朝出口走去，神情恍惚地推开了那扇沉重的大门。

外面安全感十足。我很清楚这一点，但我穿过医院大门的时候，还是扫了一眼外面的树木。还好，压弯树枝的是成熟的苹果，而不是敌人的压力。

十足的安全啊。我如今身处金斯顿的家中，兰尼尔那永恒的夏日和无尽的战火已与我山海相隔。马车轮子和自行车胎在雨水浸湿的街道上嘶嘶作响，丝丝冬意飘散在清新的空气中。我想从口袋里摸出一根烟，却想起自己早已不再随身携带了。或许罗宾会让我吸一根。劳累一天后，我需要抽支烟来舒缓一下。

各种铃声突然在远处响起，有马车的铜铃声，自行车铃的颤声，还有人们的喊叫声。一辆马车在拐角处疾驰而来，已经完全失控，惊得骑自行车的人纷纷作鸟兽散。车夫使劲扯住缰绳，压下全身重量刹住马车。“急救!”车夫喊着，尽力使那两匹受惊的马平静下来。

寒气直往我的肚子里灌。我们这儿可不是急救医院。虽然自战场上回来后我就再没碰过手术刀，可他们要是需要外科医生，我也得重拾使命。

马车门砰的一声开了。一位肩膀宽阔的绅士跳了下来，怀里还抱着一位病人。病人转过脸来看我，我的心顿时悬到了嗓子眼。从那蜡黄的面色来看，他不只是生病这么简单，明显已经奄奄一息了。他颤巍巍地举起手，抓住我的上衣领。

我把手叠放在病人的肩膀和膝盖上。“先生，我是辛格医生。接下来就交给我处理吧。”

“我是在街上发现他的。”那位先生并没有松手，反而抓住了我的胳膊，我们俩用身体构成了一把担架。他在病人上方向我点点头，“我是崔斯坦·亨特。”

他抓起我的袖子，我们飞奔起来，像是必须要赶在锡制手榴弹爆炸前跑开似的。他是从哪学会转移伤员的?

那个病人再次朝我伸出了手。

“先生，你叫什么名字?”

“尼克·埃利奥特，”病人说，“救救我，星辰者。有人要谋杀我。”

我惊得踉跄了一下，险些跌倒。亨特先生睁大眼睛看着我。

“他在说胡话。”我的借口显然站不住脚。埃利奥特先生怎么会知道我的真实身份?

人们挤在了大厅的无线电广播旁，我们冲过去时齐刷刷地瞪大眼睛盯着我们。一群能干的护士从会客大厅里大步走了出来。

罗宾从中溜了出来，跟我们来到一间空闲的治疗室。亨特先生可以在黑暗中走弯道，避开垃圾堆，简直和我在战争中共事过的军医一样出色。

他后退一步去开灯。刺眼的以太白光让我头皮发麻，同时也照亮了埃利奥特先生苍白的脸庞，他眼睛周围青肿的凹陷处泛着深紫色。

我耸耸肩脱下了大衣，罗宾接了过去并准备帮我摘下圆顶礼帽。

“有人在茶里……给我下了毒。”他气喘吁吁地说，“求求你，星辰者。救救我。”

别说得这么大声。我撕开他满是呕吐物的衬衫。鲍鱼壳制的纽扣在地板上叮当作响。我赤手搭在他的胸口上，不禁倒吸一口冷气。

埃利奥特先生身上的光环似新春的绿叶一般。一个带着巫师光环的陌生人，居然会死在我的桌子上？

这是一场灾难。

罗宾递给我一个听诊器。他获救的希望完全取决于脉搏的跳动，那吃力且毫无规律的呼吸声在他瘦小的胸膛里颤动着。“还有静脉输液器吗？”

罗宾打开补给柜。“没有了。”

“去找一个来。不，两个。快。”

罗宾飞快跑了出去。我把手指放在埃利奥特的胸前。他心中那道深红色的光芒颤抖着。灰色的颗粒聚集在他的胃和肾里：阴暗，但具有金属感。他是被毒死的，而不是死于变质的食物或脏水。要救他可真得靠魔法了。

我手脚肌肉紧绷，且不住地颤抖着。要是救他的话，他就会把一切都抖出来，然后我就会被送进精神疗养院。也有可能更糟，我会被家人从疗养院里救出来。

埃利奥特先生吞吞吐吐地说："我离真相太近了。他们需要灵魂。那场战争……"

他突然作呕，从我身边翻过身去吐了出来。我紧紧地扶住他。"别说话了。"

他费力地喘着气，嘴里没有停下的意思，"克里斯托弗爵士，一定要找到杀害我的凶手。"

我惊呆了，"我是辛格医生。"

他摸索着抓我的手，"答应我。"

一道噼里啪啦的静电从我身上掠过。泛着绿光的藤蔓从他指间窜出，缠绕在我手臂上。我奋力挣扎，但藤蔓还是从他紧握的指间伸展出来，紧紧地缠住了我。

我踉踉跄跄地向后退去，想挣脱开来。他握紧病床，但还是摔到了地上，发出一声惨叫。泛光的藤蔓不断沉缩，逐渐没入我的皮肤。

尼克·埃利奥特抬起了头。他已经走到了生命的边缘，抓着我的手在不断颤抖。

"请收下吧，"他说，"用来拯救他们。"

没时间问我要救谁，或者去哪里救。灵魂，他说道。他知道我的真名。

"克里斯托弗爵士，拜托了，"他喘着气说，"士兵们……他们应该知道真相。”

拯救我的病人吗？我更用力地抓住他的手，“我答应你。”

尼克的力量缠绕着我，试图与我的力量相连。他需要我来完成这件事。我想喘口气，便放弃了与藤蔓的斗争并伸出手去。

我已多年没与他人进行力量相连了，以为再也不会了。他的痛苦令我浑身颤抖，他的绝望扼住了我的咽喉。他把体内每一个微粒都传给了我，他的力量充盈着我。

随着另一个景象的出现，治疗室渐渐消失在了身后。我在下楼的路上绊了一跤，踩在破旧的地毯上，上面还印有粉红色的玫瑰图案。我的五脏六腑仿佛破碎了，我跌跌撞撞地走过小块的黑白瓷砖，来到一扇玻璃门前。我必须找人帮忙，必须活下去。

泛光的藤蔓褪了色，他的身体变得软弱无力。我不再是埃利奥特先生了，他最后那些关于危急时刻的记忆随着生命的逝去而消失了。我试着去感受他的脉搏和呼吸，但这已成了毫无意义的流程。他已经死了。

“迈尔斯！”

罗宾站在门口，手里抓着一个输液包。把东西放在柜台上后，她在我旁边跪了下来，“你受伤了？”

我的皮肤忽冷忽热的。针头从我的指尖蔓延开来，液体逐渐爬上了我的右臂。

“我没事，”我说，“帮我把他弄到桌子上。”

他的力量快要从我体内涌出来了。我必须时刻检查，确保我走的每一步没有把光溢出来。他究竟对我做了什么？我挣扎着站起来，想把尼克·埃利奥特的尸体抬起来。

罗宾盯着我的肩膀，“先生，你在这里做什么呢?”

冰冷的恐惧感让我如芒在背。

亨特先生正站在我身后，缩在一个角落里，他在那儿已经目睹了一切。

我的手像冰一样冷。他只要相信自己没有眼花，就会把情况告诉罗宾。他还会告诉现场所有人，有一个巫师对我施了魔法，称我为星辰者。更糟糕的是，还叫我克里斯托弗爵士。可我怎么会没有注意到他呢?

“打扰了，”他说，“我并不想碍事。人在这种情况下永远不知道该怎么做。”

我眨了眨眼睛。居然没有谴责我?他在干什么?

“很抱歉让你看到这些，”罗宾说，“他很痛苦。你愿意去医院大厅里待一会儿吗?或者我再去找一间空闲的治疗室……”

就该这样，把他弄走。

“没关系，我没事。”他朝她轻轻鞠了一躬，笑得彬彬有礼，然后才注视着我，“医生，你不坐下来歇歇吗?你看起来像是受惊了。”

这个天杀的。他在玩什么把戏?他明明什么都看到了，但还是礼貌而关心地看着我。我挺直了身子。“我很好，谢谢。我只是恨自己救不了他们。”

罗宾和我把尼克·埃利奥特搬到桌子上，伸直他的四肢，帮他合上了还瞪着的双眼。

亨特先生站在检查桌的桌脚边，双手抄在背后，“他说自己是被谋杀的，对吗？”

“这要等尸检后才知道，”我说，“无论如何都要报警。”

左边的柜子里放着床单。我在尼克·埃利奥特的尸体上铺开一张，给他裹上白色的水洗亚麻布，“你说你是在街上发现他的？”

亨特先生用力扯了扯床单的一角，使它均匀地落下来，“在西14街和韦尔斯顿街。”

“西14街？那儿离韦克菲尔德十字医院更近呀。”罗宾弯腰捡起纽扣。

“他自己说要到这儿来。”

我的心怦怦直跳，一下，又一下。一个巫师不去金斯顿最好的医院，却要来这里找我。我慢吞吞地走到治疗室的石槽水池边，打开了热水。我打湿了一块深红色的肥皂，一只手在另一只手上来回搓动，想让自己冷静下来思考一番。亨特先生明明都看到了，但却一句话也没说。

“我们要把情况上报。”我说。

“我去叫他到楼下。”罗宾开始在堆满医疗文件的柜台上忙活起来，“你要做尸检吗？”

涂过肥皂后，防腐的石炭从我滑溜溜的手上散发出酸味来，“明天再做吧。”

“可你明天还有午餐会募捐活动。”

“该死。”我用亚麻布毛巾擦干了手，“对不起，先生，我必须参加这个活动。还有什么需要我帮忙吗？”

“事实上，”亨特先生为我递上工作服和那顶质量还算不错的帽子，表现得像是我的仆人一样。

我把外套搭在左臂上，把帽檐抓在手里。那该死的备忘录在口袋里皱了起来。

“我想和你单独谈谈。不会占用你太多时间的。”

该来的还是来了。威胁，勒索。不管他怎样保持沉默还是来了。

“可以去我办公室谈。”

第二章 秘密协商

爬了80级台阶总算到了办公室。我的胃在翻滚，脚后跟隐隐作痛。我艰难地拖着脚步，尽量抬起头，不让人看出我的虚弱。有个巫师曾把我叫做星辰者。要是亨特先生把这事报告上去，我就会被关进巫术检查室，永远无法清清白白地出来。

亨特先生跟着我的步伐上了四层楼梯。“你每天都爬这些楼梯吗?”

“还不止一次,”我说,“进来吧。”

他只需扫一眼就可以看清我办公室的全貌。我几乎没有足够的空间放桌子，客人坐的椅子闲置时，都是折平了靠在宽阔的窗台上。他只得侧着身子坐，不然的话，在书桌和顶着天花板的书架之间就容不下他的膝盖了。

他俯下身，仔细查看装订成册的廉价小说，又笔直地站起来，看我收藏的少量医学期刊。他的视线从一堵墙转到另一面，然后做了个鬼脸。

“这儿也太小了吧。”

听到他的嘲笑，我的后背瞬间僵住了。没必要说得这么直白吧。我这至少可以清楚地看到南面的花园，有多少医生羡慕不来，“你想找个隐秘的地方谈呀？”

“我想你不会比我更希望有人偷听吧。”

他脱下手套，摘下帽子。要是在其他场合，我见到他会挺开心的。他的头发长得足以编成一根金绳。辫子披在肩上，垂在上衣的翻领处。他的正装毫无瑕疵，就如同尼克·埃利奥特并未因病受损的容貌一样。他穿着最时髦的衣服，长着一张荧幕人物般的脸——皮肤金黄匀称，骨骼清奇，那双蓝色的眼睛仿佛可以洞察一切。他嘴角上的皱纹表明他天性开朗，眼睛里的光芒表明他发现了一些有趣而又不显得残酷的东西。他是我这么多年来见过最帅的男人。真是可惜啊，这样的绅士没有去当演员。

正因为有绅士这一身份，所以他的外套是上等羊绒的，手套是优质小山羊皮的，但他的风度中包含着许多金钱、安逸和特权之外的东西。所以他伸手时，我就配合地握住了。他脸上泛着涟漪，仿佛我是透过旧玻璃看到他的。经过多年的训练，我可以让自己的表情看起来很愉悦。但他脸上却是一副摇摆不定的纠结模样……这是什么意思？

“所以，你什么都看到了？”我说。

“是的。”

“都听到了？”

“恐怕是的。”

“你可以保持沉默，如果……”

他嘴角上扬，眼神变得迷离起来。“现在我可以威胁、勒索你了，对吧？我是该向你要钱呢，还是让你干点坏事呢？”

我正对着他抬起头，摊开我的拳头。“我知道你不会说出去的，对吗？现在说也晚了。”

他逐渐收起了笑容。“请原谅，我只是开个玩笑。医生，我们都不想和巫师扯上任何关系。要是有人知道埃利奥特想用魔力触摸你的话……

“我就完蛋了，”我叹了口气，“你想要什么就直说吧。”

“我想找到你。”他说。

“你不是在找我，”我说，“我又不是什么大人物。”

“你也是个巫师吧，还是个星辰者。”

他果然知道。那他知道克里斯托弗爵士是什么意思吗？胃部痉挛了，我想减慢呼吸使其平静下来。他用直率这把利刃直击我的要害。他正在寻找一位巫师，打算插手我的事并参与其中。我必须摆脱他。但是，我心里清楚得很：这人虽然长得还行，怕是会对我纠缠不休。

我什么也没说。人们说话是为了打破沉默，构建联系。我耐心地站着，注意着他，等着他先发话。

他对我笑了笑。没有任何安抚的话语，也没有一丝犹豫，“我想知道是谁杀了尼克·埃利奥特。”

是他干的吗？我把桌子横亘在我们之间，把报告放在我的记事簿上，“为什么？你又不认识他。”

“因为我是利他主义者。”

要不是我有教养，我指定要当面嘲笑他。利他主义者。还确实是，“一定还有别的原因吧。你为什么想知道是谁杀了他？”

他歪着头，眼睛像猫一样在反光，“有点意思啊，医生。你没有否认他是被人杀死的。”

哦，这个杀千刀的，“我要做了尸检后才知道。”

他把身子向我探过来，“那你现在可以做吗？”

“我必须在女房东锁门之前赶回家。”

“呃。你想让我直说是吧。”亨特先生靠在我的文件柜上，“我想知道魔法为什么会消亡。”

我一动不动。魔法消亡了？并没有。他错了……

该死的！他是故意这么说来给我下套。我得赶紧把话圆回来。

“这样啊，”我说，“我为什么一定会知道呢？”

“我要你帮我查出来。我在艾兰见过的巫师只有你和尼克·埃利奥特。埃利奥特先生虽然死了，但你还活蹦乱跳的。”

我丧失了从未掌握的谈话主导权。“你想让我帮你找出是谁毒死了尼克·埃利奥特，而且知道这个会让你——不，这太疯狂了。我帮不了你。”

“你可以的，克里斯托弗爵士。我可以帮你。”

我突然有点喘不上气。这简直比敲诈还糟糕。

我还是被发现了。

快跑，我告诉自己那没用的双腿。快跑呀！

“你害怕了，”他说，“其实大可不必，我和你一样危险。”亨特先生举起一只紧握的拳头。他的手指边缘泛着红光，他张开手，一束微小的光映入眼帘。从中心发出的光比蜡烛和煤气灯还要亮，几乎和以太一样亮。

如果他说的是实话，那只能说明两件事：他是一个衣着华丽却出身低微的巫师，或者他是一个像我一样的流浪巫师。他给我展示这个魔法表演，是为了赢得我的信任。他确实可以告发我，但我也可以反过来告他。

如果他没撒谎的话。

但如果我知道怎样对我有好处，我就会告发他。

我最后一次虚张声势，“不好意思，你是怎么发出那道光的?”

“这样。”他把光举起来，放在了我的手上。

“什么……”

另一种自我的感觉触动着我，在感觉到力量与我相连之前的一刻，我内心忐忑不安而又充满希望。我把手抽了回去，光线却还附在手指上。没有他的触控，光线就会摇曳不定，逐渐黯淡，消失。

“与它相连吧，”他说，“像抚摸一颗心一样和它接触。”

光线稳定了下来，变得暗了一些。它在我指尖上立稳，我感觉血液在不断奔涌，这种魔力让我感觉自己站得更高、看得更清、力量更强了。

这种感觉真让人着迷。

他再次触控了我，引导着我去连接力量。“你还活着，行动自由，可塑性强。”

那道光微微亮着。我有了控制它的诀窍，懂得如何利用一滴滴能量让它燃得更旺。

我把视线从那道光移到了亨特先生的脸上。他温暖的微笑反射出了我内心的惊奇。我看不见我与光之间的联系。我试着哄它变亮。

一阵微风把略微松散的窗玻璃吹得格格作响。一股凉风吹得我的煤气灯忽明忽暗，凉意慢慢渗入我的脑袋：我们没有被人发现吧？

我攥紧了拳头。在光熄灭之前，我的身体还处于深红色的团团黑影之中。现在，我感觉自己变得既寒冷又渺小。

我已经逃不出他的手掌心了。

“帮我找出是谁杀了尼克·埃利奥特。在霜夜降临前，我教你的所有东西都归你。”他用大拇指和食指的第二指节托着下巴，再次审视着我，“我觉得，你得从如何隐藏自己的身份开始。星辰者啊，在人们眼里，你太过耀眼了。”

转机就在他打开的那扇门外面。如果我能通过看到魔法光环的方法，在出身高贵的法师眼中显得和普通人一样平凡，那我就可以重新在金斯顿自由行动了，“下一步呢？”

他犹豫了一下，“我得回家了。”

必须在霜夜来临前。如果他八天以后走了，会给我带来多大的麻烦呢？

我知道麻烦肯定不小，“我帮不了你。我要照顾病人。”但是，尼克·埃利奥特在死前绕过了一家更好的医院，想告诉我一些有关战争和士兵的情况。他到底是什么意思？是谁想置他于死地呢？

“我永远也不会要求医者抛弃病人，”他说，“但如果我能教你一些可以用来帮助他们的东西，难道不值得一试吗？”

我接触病人时看到的景象确实十分古怪，他会不会能帮上什么忙?

不。不会有奇迹的。无论尼克·埃利奥特知道什么，真相已经被他带进棺材里了，除非有人不惜一切要把真相挖出来。如果我的病人对暴力的极端恐惧成了事实，他会了解他们的烦恼吗?他懂得他们为何受苦吗?

三楼楼梯发出了吱吱嘎嘎的响声。亨特先生惊恐地瞪大了眼睛，我们慌忙调整动作。我坐了下来，好像我们一直在办公桌前聊天。他摊开客人坐的椅子，无精打采地坐在上面。此时过道里还没有脚步声。突然，外面传来了绉胶底鞋的走路声。是个护士。

我松了口气。

人影在结霜的窗户里显得又黑又短，门外传来了熟悉的敲门声。罗宾推开门，侧着身子走了进来。“报告可以先留到明天。警察不会来了。”

“不来了？为什么?”

“大家都被另一桩谋杀案吸引了。杀手和上次一样，都是老手。据我所知，案情极为恐怖。”

罗宾注意到了亨特先生，连忙低下了头，“对不起，我不是有意打扰你们的。”

他站了起来，“小姐，没关系的。”

“这位是罗宾·索普太太，”我说，“罗宾，这位是崔斯坦·亨特先生。”

“很高兴见到你，索普太太。”他朝着她手的位置鞠了一躬，

“医生，我该告辞了，这样你也可以回家了。我希望你能认真考虑我的提议。明天可以给我答复吗？”

我有点摇摆不定。我知道，跳出为自己塑造的假身份而卷入其中有点轻率，但不管尼克知道什么，如果这能帮助到我的病人……

“下午来吧。我要参加一个午餐会，四点才下班。”

“很期待明天见到你。”他扶了扶帽子就走了。我皮肤还在刺痛着，仿佛他还触控着我，指引我保持光亮。

罗宾双手保持着叉腰的动作，直到亨特先生的脚步声传到第一层楼梯口。他离去的声音一消失，她就转过头来看着我。

“什么提议？”

我的钢笔歪歪斜斜地放在记事本上。我把它们排放好，并整理了一下我面前的报告。“他想知道尼克·埃利奥特是不是被谋杀的。可以给我支烟吗？”

她咧嘴一笑，“不行。只有在倒霉日才能抽。”

“我失去了一个病人。这还不够倒霉吗？

“算不上。如果这是一场谋杀，那位高帽先生又何必这么在乎呢？”罗宾眼睛眯着问道，“他不是说他在街上找到了埃利奥特吗？”

“是的”。

“会不会是他杀了尼克·埃利奥特，现在想阻挠调查呢？”

罗宾可真机灵。既然他说了，为什么埃利奥特先生不指控他呢？“我没想过这个问题。”

“我觉得你可以告诉警察，他对这件事的兴趣是不是有点过头了，”罗宾说，“毕竟，警察才是负责调查的人。”

“我现在就该写报告……”

她大步走了过来，夺走了我的钢笔。“他们可以等的，迈尔斯。回家吧，躺床上好好睡一觉，祝你明天的募捐活动一切顺利。”

“你不在，我一个人可怎么办？”

“你可以应付的。”罗宾把帽子递了过来，一心想看我回家的背影。

快到家的时候我闻到了一股焦味。很快就看到了气味的来源——一座窄小的木屋在街道中间燃烧着，山墙也着了火。只见一个满脸煤灰的女人，麻木地望着她家人从房子里拖出堆在大街上的家具。围观的人们送来了毯子和水，在一旁默默祈祷。

我立马从自行车上跳下来。“我是个医生，”我喊道，“大家都没事吧？”

一个穿着焊工皮外套的大块头把一个脸色苍白、呜咽不断的小女孩带到了我面前。“她哭得停不下来了。”

“你是她父亲吗？”

“邻居而已。她父亲还在出版社上班。现场的人们都在这观望，但离得最近的消防车还远在特劳特街。”

火焰的热量使我绷紧了脸，寒冷的晚风吹得我脖子后面发凉。天空乌云密布，燃烧的房子升起了黑烟。“邻居都不在吗？”

街上的人们把家具、工具箱、制服和食物从家里搬了出来，他向人群挥手致意。此刻，风还站在我们这边。但瑞文街东19号街区那些高高瘦瘦的房子，个个摩肩接踵，一阵风就能使屋顶连片烧起来。到时候一辆消防车就会开过来，背靠着火的街区，像撒尿般往火上滋水。

凉风吹过我的脖子，尖厉的鸣笛声传进我的耳朵，并且越来越近了，感觉像是有以太存在。一辆时髦、价格惊人的黑色汽车甩着长鼻子开了过来，人群连忙避让。

我畏缩不前，把哭泣的女孩抱在怀里。我抚摸着她的脸颊——她已经吸入了一口煤烟，但呼吸外面的新鲜空气会让她好起来的——我看着沉重的车门打开，一个男人出现了。

他的穿着像是要出席歌剧首演或一场宴会。他绕过车头，打开副驾驶车门，向里面的女士鞠躬致意。在一片淡紫色的香烟烟雾中，她从车里款款走出。一条闪闪发光的黑色长袍披在她优雅白皙的四肢上，还有一件雪狐披肩缠在肩膀上。从她那贵族式的长鼻子和冰冷苍白的头发中，我看出了她的出身。她是一个加勒比人，一名风暴歌者。要是我被她发现，一切就都结束了。

我用年轻的病人作挡箭牌，想挡住我的脸，我的心仿佛快要跳了出来。琥珀色的灯光照在她的皮肤上，她没有看我，也没有看街上的任何一个人，而是把注意力集中在了火焰上方的那堆云朵。那个男人在她身后两步的地方等着。她仰着头站在那里，肩上披着毛皮，就在街上人群的眼皮底下施展出了魔法。

她看起来毫不费力，但是她副手的膝盖却耷拉下来，她想要多少能量就从他身上拿多少。我猛地颤抖了一下。要是我没有逃脱，被吸走能量的就是我了。我会和风暴歌者的仆从一个下场，力量消逝得无影无踪。

风暴歌者和她的应声虫回到车上时，我连忙转过脸去。他们很快驶离了我的视线。云层在头顶上翻滚，凝聚着水汽，巨大而又黑暗。水滴开始落在旁观者仰起的脸颊上。我怀里的小女孩停止了哭泣，一滴雨点打在她的额头上，她从我怀里爬了出来，哭着说：“下雨了！下雨了！”

我的皮肤开始发痒，我忍住了呕吐的想法。

很快，被疏散的邻居们身上穿的睡衣就贴到了皮肤上，若隐若现的。他们把这场雨誉为奇迹，都松了一口气。对他们来说，这确实是一个奇迹。殊不知，是那个珠光宝气，穿着毛皮衣裳的富有女人救了他们的家；他们怎么可以这样呢？魔法很罕见，没有给人带来好运。我骑上自行车，以最快的速度朝东驶去。

我必须装作很渺小，像老鼠一样不起眼。如果亨特先生能教我如何保护我的力量，我就不会再从家骑车去上班了。我虽然只能待在伦敦东部，但我可以在那里享受美食、看电影，在下班后放心地参与社交活动。如果尼克能解决困扰我病人的噩梦和冲动，我就不能对他置之不理。

当我穿过东32街和喜鹊路的交叉口时，路面还完全是干的。我差点就被发现了，尼克的力量让我有点恶心。我之所以能够逃脱，只是因为我不值得他们注意。我能活下来是因为我本应死了。

我抓紧车把，更使劲地蹬着车轮。

第二章 卑微的老鼠

早晨六点半，我到博勒加德退伍军人医院时，花园四周高高的铁栅栏上的麻雀惊得飞走了。我在摸索着自行车锁的时候手套还没摘下来，但尼克的力量和运用它的需要让我的手指感到刺痛。以前从故事里听过巫师是如何将自身的力量交给一个承诺去追寻或复仇的人，但我无法用这种蛮力——尼克的魔法来解开这个谜团。如果不与人接触，我就无法完成工作。我必须坚定信念，希望这种能量充盈的感觉赶快消失。

我穿着最好的鞋，后跟的声响回荡在大厅里。无线广播寂静无声，周围的座位空无一人。我向两位穿着红色军官制服的外科医生道了早安。他们身上的奖章晃来晃去的，用反对的眼光盯着我的灰色法兰绒衣服。是反对，而不是恐惧或厌恶。如果有人知道我的秘密，肯定会传遍整个医院。我的呼吸变得更畅通了。

在精神康复病房的护理站，一半的以太电灯仍处于关闭状态。病房护士们笑脸相迎后又继续工作，丝毫没有受到我的打扰。

当时还没人知道。

我打了个冷颤，从一个钩子上取下我的白大褂，我真希望能在里面再穿一件开襟羊毛衫。咖啡机刚把咖啡煮好，一个护士便帮我把报纸放在桌子上，这里的灯光是整个护士站最亮的。

“谢谢你，”圆圆的脸蛋，金色的头发，高高的个子。凯瑟琳·斯莫尔一点也不小嘛，“凯特。”

凯特点了点头。“医生，你待会儿要换制服吗？”

“我没带。”她懂我意思吗？“穿着不太舒服。”

她认真打量着我，“你去过克鲁了。”

我的整个旅行都是在那里度过的。“361号流动医院，”我确认道，“博勒加德退伍军人医院”。

她话里的疑虑消失了，“我在安娜公主家曾有三个兄弟。”

曾有。“他们有谁回来了吗？”

“艾伯特马上就要回家了。”

“真让人兴奋”。

她的笑容逐渐僵化。

我拿出手帕，但她已经有了。她所有兄弟都死于珀西爵士战争。失去的兄弟姐妹留下了一道摸起来很痛的缝隙。轻拍着凯特·斯莫尔的手，我情不自禁地想起了自己的亲人。她定了定神，着手收集夜间日志，把报道了那两个金斯顿人的两份报纸留给了我。

《先驱报》的头版刊登了一张格雷丝·汉斯莱爵士为金斯顿最新的以太电池交换站剪彩的照片。标题是《汉斯莱的胜利》，接着是“为士兵们的归来及时准备的300个新工作岗位”。

我用手指擦了擦格雷丝爵士脸上的墨迹，把《先驱报》推到一边。

《星报》停刊了，只留下一个耸人听闻的标题，报纸醒目的大标题上只有一个词："恐怖！"

一些大胆的摄影师冒着被捕的危险，把照片摊在头版上，他们必须有钢铁般的勇气才能走进屠宰场。我知道墙纸上那些黑色的条纹是什么样子，白色床单下的表单太小，太安静了。

我读了下士詹姆斯·巴克利的故事，他拿起一把菜刀，先刺向了自己的妻子和孩子，然后再向自己挥刀。邻居们说他从战场上回来后就变成了一个沉默而孤僻的人。

中毒与此无关。尼克的故事将填补以太无线接收器和电话服务竞争广告之间的空白。

"简直糟透了。"凯特放下值班日志，在我身后读着，"你认为——"

我引起了她的注意，但我们都不敢说。我把《星报》从我的记事本上推开。"你想要那张纸吗？"

她把纸折了起来。"病人不应该看这个。"

"你可以试着忍住。"男人们会从收音机里听到这个故事。他们会互相讲述，故事会越讲越长。

咖啡机咯咯的声音停止了。我把椅子往后挪了挪，她说："你要不加牛奶的咖啡吗？"

"是的，谢谢。"

柜台上放着一份昨天的备忘录，提醒我必须让三分之一的病人出院。由于还沉浸在昨天的兴奋中，我几乎把这件事给忘了。

“有人见过马西森医生吗?”

“今早没见过。备忘录吗?”凯特把咖啡杯递给了我，我用手捧着，里面还热气腾腾。

“当然。”

“医生，没人想让这么多人出院。”

在尚未治愈，甚至是在证实我几乎无法想象的事情之前，病人都不该出院：我所在的医院里的退伍军人和下士詹姆斯·巴克利有比他们的战斗服役更多的共同点。如果我让一个人回家，让他血债血偿，我永远不会原谅自己。如果尼克·埃利奥特知道什么能帮助他们的话，我就需要了解清楚。“我知道。但他们还没满足出院的条件。”

凯特拍了拍我的肩膀，让我去看晚报。昨晚的值班记录太让人沮丧了：病人失眠了。病人不愿服用补药，还十分倔强。

克罗斯比医生十有八九是上的夜班。

我回头一看，证实了这一点——他坐在电话室里，咬着嘴唇，墨水从他的玻璃笔筒里淌了出来，足以漫延好几英里。我回过头去看那些值班记录，知道了哪些人在黑暗中辗转反侧，哪些人做了噩梦，是谁在昏暗的走廊里拖着脚步，在无人看守的情况下挨过漫漫长夜。

值班护士早晨的低声交谈结束了。我连忙回避。

你很安全，迈尔斯，别傻了。

我扯了扯鞋带，抬起头来，伸着脖子走着。然后又转过头，来到了没有灯光的北走廊。

小杰拉尔德起床了。他把拐杖拄在前面，靠橡胶假肢在木质地板上行走，拐杖发出了沉闷的咚咚声。他在一对拐杖之间走得颤巍巍的，歪歪扭扭的身子全靠一只赤脚撑着。拐杖敲击在地上发出的嘎吱嘎吱声！不禁让我后背发凉。

一个护士把他拉回了床上，我拦住了她，“现在情况还是不妙啊，小杰拉尔德。”

“早上好，医生。你怎么没穿制服，”忧虑的皱纹布满了他的前额，“到底出了什么事？你不和其他人一起去吃午饭吗？”

“不去了。”我双臂交叉，摆出严厉的姿势。但我还是向他眨了眨眼睛，减轻他的忧虑，“谁让你这么烦躁的？”

“老杰拉尔德，医生。”他的脸顿时紧绷起来，一头黑发像皱巴巴的枕头一般，“他拿到了洋中脊玄武岩。”

“他说的？”

“他跟我说的。昨天晚上，他不肯跟克罗斯比医生讲话。”杰拉尔德在克罗斯比医生面前有些闪躲，他的拐杖在不断移动的重量下发出吱吱嘎嘎的声音。我又打了一个寒颤，手指戳到了我的后背。

“好吧，去看看他愿不愿意跟我说话。”

我们连忙赶回12号病房，步伐扬起了地面的灰尘。这是一间天花板很高的房间，从朝北的窗户可以看到煤尘飞扬的天空。在这里，睡眠不足的病人不会受灯光的打扰。有七个病人躺在床上。

老杰拉尔德仰面躺在靠近门口的第四张床上，眼睛盯着天花板看。疲倦使他的脸上布满皱纹，他把指甲抠进了手掌。他的嘴唇在无声的话语中动着，他一遍又一遍地喃喃自语着一个短句。

小杰拉尔德扑通一声倒在自己的床上，用灰色的毛毯盖住腿。“医生来了。”

老杰拉尔德转过头来，看了一眼小杰拉尔德，“你怎么说出去了。”

“没办法，”年轻的杰拉尔德说，“如果是我，你也会这么做。”

“你还年轻，”老杰拉尔德说道，仿佛他们之间差了十多岁。

“你已经成家了，”小杰拉尔德说，“我连个心上人都没有。他们又该怎么办？”

差不多了。我倚在他们中间，给他们每人倒了点水喝。老杰拉尔德沉默了。小杰拉尔德双唇紧闭，谈话被打断让他有点沮丧。

我给老杰拉尔德拿了一杯酒。他看了看，小心翼翼地喝了一口。

“我知道你今天不舒服。我们没必要谈这个。”我其实也不想谈。如果老杰拉尔德跟我说要亲自到绚夏福地去，我就得把他强行送回精神疗养院。我痛恨剥夺病人选择绝望的规定，这样只会让他们丧失对我们的信任感。

所以我把谈话转移到了更安全的话题。克罗斯比医生已经抱怨过了，但我还是问了。“你睡了吗，老杰拉尔德？”

“没有，”他说，“我吃补药的时候他一直在做梦。”

啊。真相逐渐明朗了。“他梦见什么了？”

“杀人，”老杰拉尔德说，“以及从中得到的极度快感。他梦见自己杀了病房里的所有人。小杰拉尔德，斯尼菲，可怕的护士——罗宾，以及他笑的东西。我睡不着，医生。”老杰拉尔德抓住毯子，“你不知道他会干什么。要是我睡着了——”

他那双棕色的眼睛睁得大大的，用目光扫视着整个房间。他用嘴深深地吸了一口气。如果我给他量一下脉搏，他的心跳肯定会加速。他整晚都这么惊慌失措吗？

“那你喝点补药吧，老杰拉尔德，”年轻的杰拉尔德说，“我会坐着。我会盯着他的。”

“不行。他会——”老杰拉尔德的肩膀耷拉下来，“我不喝。”

我对他的坦白并不感到惊讶。这里许多人都存在着老杰拉尔德那样的错觉。现在他需要有足够的安全感才能睡得着。这可不是什么奇迹，甚至都没有人会注意到。尼克的力量让我的指尖感到刺痛，焦躁，几乎不受控制。

没有人需要知道我到底做了什么。

“我有个主意。如果我让他睡着的话，那你就可以安心睡觉了。”

“你能做到吗？”

“让我试试，好吗？”

我在口袋里摸来摸去，把怀表从表链上取了下来。睡上几小时而已，不会有人注意到的。这会变成早晨的例行公事。我抓住了他的手腕。他的心怦怦直跳，虽有点精疲力竭，但仍在为生命而跳动着。新月形的伤痕染红了他的手掌。我的目光从平常的焦点上移开，锁定在老杰拉尔德身体里滚烫的生命轨迹：他呼吸时急促的空气，他心跳时的脉搏，以及老杰拉尔德头脑里积压的红褐色污泥。

我举起了手表，“盯着手表。眼睛顺着它转动，仔细听我的声音。”

我来这儿之前，从没见过这样的东西。我的一些病人让它在自己的脑袋里旋转，一堆小昆虫在他们的脑壳里肆虐，覆盖着他们大脑中隆起的皱纹。这可能是病人的疯狂之处。这可能是最严重的病人的噩梦和致命的诱惑的来源。我太害怕了，不敢触碰它。但是杰拉尔德的病情越来越严重，我不得不让病人出院。

只有一个病人。我用我满溢的能量，触及能量翻腾的边缘。

“想象有一个箱子，”我说，“一个漂亮、结实的箱子，他在箱子里面。箱子是密封的，他出不去。”

老杰拉尔德的呼吸缓慢而深沉。我把大量的红棕色能量聚集起来。

“现在想象箱子逐渐变小。越来越小。他仍然被困在箱子里，但是由于箱子变小了，所以他也变小了。小极了。不那么重要了。”

我强迫它折得小小的，潜伏在他大脑的双叶下面。虽然微乎其微，但却不愿消失。“你做到了，”老杰拉尔德说，“那就可以把他关起来了。”

它使人力量充盈的感觉淡去了。我的呼吸更自由了，但我还处在能量满溢的边缘，“去睡觉吧，好吗？打个盹也行。如果需要的话，我会派护士给你打一针。”

其他病人都醒了，等着轮流跟我说话。如果我留下来，就会错过换班会议。可如果我现在离开，我和病人之间的信任就会破碎，这需要更多的工作来弥补。

这个选择根本就不是选择。

我在比尔旁边坐下，他在我的博勒加德军营里是理查德王子的第一骑兵。他和老杰拉尔德一样，也做过同样的噩梦，梦见杀人、谋杀、病态和阴暗的欢乐。今天早上，当比尔抓住我白大褂的袖子，挺起身子时，我想起了报纸上的巴克利下士。

“帮帮我，医生。他想杀了你。”

十一点的时候，我在努力记着我所有的笔记。我最后的记录只有一两行字，都因我的匆忙模糊了。金斯顿慈善会举办了这次午宴，亨特先生的话还一直萦绕在我的脑海里。所有在场的人都看到了我发出的光芒。

这种好处有多重要？这事对我们来说很要紧，可是这值得那百大家族中的任何人注意吗？在斯坦利家或是在佩尔弗雷家，有人在拥挤的房间里认出了一个死人时眼睛睁得老大。这种可怕的景象让我恶心。我想象着从旅馆里跑出来，被抓住，然后被带回家，并且把我的力量交给一个风暴歌者。格雷丝有时会去做这些事。如果她在那里会怎么办呢？

我的想象完全消失了。我不能冒险。我身不由已地卷入了那些是是非非，错过了马车，文书工作，报告，还有尼克·埃利奥特。

简直完美。我没有做紧急护理评估。

我走向急救室，收集了一些空白表单，多存了几份放在办公室里。我还得打电话要一份死亡检查文件。等文件到的时候，我估计已经忘了时间。

“迈尔斯！”罗宾叫道。

见鬼。

“罗宾，”我说，“你要开始换班了吗？”

“医生们，我们会加倍努力来弥补你们的损失。”罗宾系着一条毛茸茸的围巾，塞在一件女式大衣的领子里，“你得快点，马车来了。”

她领着我上楼，到我的办公室里。她的鞋底在橡胶楼梯踏板上发出吱吱的声音，在铺着瓷砖的楼梯平台上磨擦着。每一种声音传到我耳朵里都是如此的刺耳。

“你几点开始上班？”

“十一点。”

“现在都已经十一点多了，”我说，“你在外科病房吗？”

“迈尔斯·辛格，我认识你，”她说，“你手里拿着表单。你会想，**我只需要把这个记下来，这样我就不会忘了**。接下来，你知道的，就是所有的马车都走了，你会错过整场午宴。”

又见鬼了。“不会的。”

罗宾摆摆手，不理会我的反驳，“迈尔斯，你从来没有受邀参加过慈善活动，这很重要。不要自毁前程啊。”

她站在门口，等我穿好大衣，然后送我到街道上。马车已经在那里等候。罗宾一直待在原地，直到我选好要坐的马车。当马夫们发出咯咯声，把马牵到路上的时候，她向我挥了挥手。

注定要失败的。我向对面的医生点了点头，他是没有穿红色军官制服的人之一。“参加午餐会有什么讲究吗，到时候会有演出吗？我从来没去过。”

“别担心，”他说，“午餐不像晚餐那么重要。等有人问你，你的部门需要什么，再去谈论这个话题。你的专长是什么？”

“精神病。”

他咯咯地笑了，“好好享受你的午餐。”他望着窗外，结束了谈话。他的轻视让我感到些许宽慰。我身处最底层，可以远离视线，不被注意到，不为人所知。

我们来到了艾登希尔酒店，这个由钢铁和玻璃制成的指状物耸立在银白色的天空下。我们一行二十四名医生，都穿着西装、长礼服和正装。我们的身影成倍地出现在墙上烟熏过的玻璃镜子里，一下涌进了星光舞厅。

二十多张八人圆桌统一摆在一侧；休息区则在另一侧，供能量站站长在此休憩。几百个玻璃球从天花板上垂下来，我们一大群人挤在下面。每个玻璃球都放射着柔和的以太光，让人群沐浴在光芒中。好似夜空下，萤火虫发出的星星点点的光亮。穿堂风吹得地球仪晃来晃去，咔嗒咔嗒响个不停。在谈话的嘈杂声和尖锐的以太哀鸣声中，几乎注意不到地球仪的存在。

侍者端给贵族们的一部分香槟酒，神不知鬼不觉地逐渐流到了我们这些下等人的手里。我拿起一杯，站着不动，喝下第一口冒泡的酒。酒味芬芳扑鼻，仿佛可以嗅到绿草和草地上花儿的气息——是在瓦尼尔小姐的鹿之谷里？也许是。我偷了一点宴会厅的墙土，富有的主人们都坐着，我让人群挡在我和他们之间。

马西森医生从人群中走了出来。她穿了一件午夜天空色的沙漏礼服。这和她金色的皮肤和黑色的头发很搭，但她那副表情显得有些不耐烦。

我努力挤出微笑，“马西森医生，你看起来容光焕发呀。”

她打量着我的法兰绒西装，“你没穿制服。”

“我要留着在校友重聚的时候穿，”我说，“想象一下，要是我把蟹肉浓汤洒在上面的话。”好像艾登希尔会屈尊给慈善团体的成员提供蟹肉杂烩似的！我只好忍住不笑出来，“我想和你谈谈关于备忘录的事。”

“我不能免除你的病人出院令。你太不走运了。”

“马蒂。”

“没门。”

“他们还没完全康复。”

“确实没有。十六张床对出院的病人来说还不够。别灰心。”她拧了拧我的领带，“你从来没有得到什么好处。”

“如果你愿意，我可以躲开，回医院去。”

她又担心起我口袋里的装饰方巾，“放松点。想象他们是你的病人。对你的病人来说，你就是个奇迹。你可以和他们自由交谈。别担心。”

也许这就是母亲对待自己的方式，即使你已经是一个成年人了。也许她会帮我打好领带，然后问我是否还好。

我露出了痛苦的微笑，“谢谢你，马蒂，你的心肠可真好。你最好进去，做个演讲——”

“事实上，我正在找你，”她说，“跟我来吧。一直有人让我做个介绍。”

看来是在劫难逃了。“我吗？谁会想——我的意思是，我们要见谁？”另一个医生。另一个精神病医生。没有什么大人物。请吧。

马西森医生把我拖到一条天鹅绒绳子旁，把我们和最富有、最重要的参会者——东道主隔开。我的希望重重地摔在镶木地板上。我跟着她的步伐，但每走一步都会使我胸口周围的束带收紧一格，然后又收紧另一格。

她带我们直奔一群穿着高档日间服装的时髦年轻人。他们穿着与电影里颜色不一样的西装和丝质长袍，在那里吞云吐雾。他们把头发梳在脑后，看上去闪闪发亮，十分精致。他们的首领懒洋洋地躺在一张靠背长椅中间，听着那个坐在她座位扶手上的男人说话。她仰起头笑了起来，周围的人也跟着笑。

马西森医生踉踉跄跄地停了下来，用穿过我身体的那道螺钉把我固定在地板上。那个首领盯着我，像是掐住了我的喉咙。她的嘴张着，和我一样呆若木鸡。

我们俩都看见一个鬼魂站在我们面前。

“克里斯。”我妹妹说。

“格雷丝，”我回答说，“我现在叫迈尔斯。”

是命中注定吧。

在这个星光闪烁的房间里，有那么一会儿，大家都屏住了呼吸。

“迈尔斯。”她突然和我对视了一下。她什么时候长得这么高了？我以为除了在报纸的照片里，再也看不到她了。可现在她就在这里，用威士忌般的棕色眼睛看着我，和我们母亲的眼睛如此相似，和我的也是。

“我还以为你死了呢。”

我所认识的那个女孩的模样就在这个女人的身体里——她的下巴更尖了，柔软的脸颊消失了，下巴上的酒窝和我的一模一样。那天早上，格雷丝一直在画蝴蝶，我从卧室窗户旁的榆树上爬下来，永远地离开了她。

或者更准确地说，离开了她，直到现在为止。

我有跑掉的想法。但我不能跑，不能引起骚动。现场的目光和体面的需要让我动弹不得，逼我挤出微笑，仿佛这一切十分美好。

“那是因为我没有给你留言。”

“你这个混蛋。”她紧紧地抱住我。

这是我的妹妹啊。我举起双臂，也拥抱了她。她把我紧紧地搂在怀里，在我的耳边低声抽泣。当她哭着来找哥哥时，我还像从前那样摇晃她是不行的。将自己挣脱出来然后跑掉，跑到我的腿累断为止也是不现实的。

我妹妹找到了我，我的自由也就到头了。

第四章 誓言

格雷丝陪我走到她的桌旁，我的名字在她左手边的餐具前。办事效率可真高。我替一个脖子上挂着半磅珍珠的女人把左边的椅子拉了出来。

我向右弯过身子，压低了声音，“其他所有人都像多米诺骨牌一样倒下了吗？还是有一位董事长坐在我旁边靠厨房的位置上？”

格雷丝拍了拍我的肩膀，笑了起来。

“请见谅，我们都太好奇了，”坐在我左手边的女人说，“我们忍不住关注起你和汉斯莱小姐的重逢。”

我的重逢。我撇了撇嘴，把头侧到左边。“真是太惊喜了，”我说，“我好多年没见到她了。”

“迈尔斯是和我一起长大的。”格雷丝抽泣着说道。当她告诉我一些不完全的事实来支持我的时候，我尽量不让自己放松下来，“我们小时候形影不离，但他参军当了医生。”

到目前为止，她说的都对。她替我保守了秘密。为什么呢？

“真棒呀。”护士长拿起杯子，“为你们的重逢干杯。”

我们举杯畅饮。可我的酒尝起来却是苦涩的。

小菜一个接着一个上来了，品尝这些菜需要用到沙拉叉、鱼刀、红白酒杯。我的脸上露出了年轻人应有的微笑，但格雷丝却心如止水。我那脾气暴躁的妹妹已经成长为一个女人，她可以随心所欲地引导对话，她也乐意用她的赞同和我们家族的资金来祝福博勒加德退伍军人医院。如果我留在这里，为这个世界做些力所能及的善事，能让她满意吗？

并不会。她会带我回到家人的束缚之中。她不会放过我的。

昨晚，一个知道我名字的巫师死在了我的怀里。今天，是我近十三年来第一次和妹妹一起吃饭。我不喜欢巧合。尼克知道我的真实身份，却在准备把关于战争的秘密告诉我之前死去了。

我小心翼翼地吃着，以免被烤羊肉噎住。如果战争的秘密真实存在的话，王室内阁肯定知情，坐在权力宝座上的男男女女都是隐巫者——女王的秘密法师之一。

“你没事吧，迈尔斯？”

我拿起水杯，略过了回答。我妹妹是个隐巫者，但想象她给人下毒的画面简直太荒谬了。我妹妹会怎么杀人呢？也许是一道闪电，或是一柄利剑吧。此外，她还没有进入议会，更不用说担任内阁职位了。

“我没事。”

格雷丝啜泣着说道：“别吃甜点了，好吗？你走之前，我想单独跟你聊聊。”

桌子上的每一只眼睛都盯着我。“哦，格雷丝。你知道我有多喜欢吃甜点。我应该回到我的病人身边。”尼克·埃利奥特还在医院的停尸房等我呢。

“求你了，迈尔斯?”

出于礼貌，我无法拒绝，尤其是在上流人士面前。我们向桌上的人们鞠了一躬后她便带我走向电梯，那里还有一对穿着丝绸和羊绒的夫妇在等着。她按下一个按钮，镀金的电梯就从18层升到了顶层。电梯里的所有人都盯着指针指向每层楼的数字。

那位衣着考究的女人往右边走了；格雷丝则向左转，来到一扇镶了黑檀木的门前。她领着我穿过一套豪华的现代套房，套房的颜色有黑色和银色的，还有烟熏色与玻璃色的。我的脚步埋进了地毯里，透过平板玻璃窗，可见的景色可以一直延伸到大海上。

格雷丝抓住我的肩膀。“我以为再也见不到你了——”

我挣脱开了她的手。“别碰我。”

格雷丝呆住了，瞪着我，好像我打了她一巴掌。“你真的认为我会——”

“我不能冒这个险。”我必须离开这里，否则她会在我周围施一个缔结咒，然后将它锁定。从那以后，她就拥有了我的力量，就好像是她的一样，想怎么用就怎么用。无论我藏在哪里，她都能找到我。

我将成为她的附属品。

她又向我伸出手来，“你必须同意接受力量缔结。”

我又后退了一步，“我知道那是假的，格雷丝。”

她举起双手。“我只是想和你说说话。我好久没见到你了……”

我以为再也见不到她了，“往后退。”

“不管你说什么。”她退着说道，“我很高兴见到你。我们先不谈力量缔结。你是什么时候回来的？受伤了吗？”

我们相距五英尺，我并没有回答，她又退了回去。我还是开口了，“几个月前。我……他们抓到我了。”

“我知道，”她说，“我想办一场葬礼，但父亲坚决不同意。他说这样弄得好像我们彻底放弃了。”

“父亲如果想要什么，从来不会向任何妨碍他的东西低头。”

格雷丝紧闭的嘴终于张开了。“克里斯——”

“迈尔斯。”我感觉呼吸不畅，“你有和其他人缔结过吗？有我认识的吗？”

“没有，”格雷丝说，“我从来没有缔结过任何人。”

我立刻走到门口，摸索着门锁。

“迈尔斯！求你别走。”

我猛地打开门，寻找楼梯间的方位。

“迈尔斯！我的血在上面！”

我回头来，“你发誓。”

她立马从口袋里掏出了一把刀。我关上了门，但手还放在门把上。她用白色的刀刃划过皮肤，“我将力量与这个承诺联结在一起：没有你的同意，我不会把你的力量转移到我身上。”

鲜血涌上她的掌心，她画了一个具有独特风格的G字母，象征着一道闪电，“我以巫师之印和鲜血发誓，我的誓言绝无半句假话。”

她伸出手。鲜血又渗入了她的皮肤，咒语已经永久成为她身体的一部分。

现在我可以信任她了。

我拉起她的手，用手指在上面抚摸着。她的手掌上横着一道细细的伤疤，融入了其他掌纹，成为一道新的财富线。

“你感冒了。”我说。

“你有了新的巫师之印。”她挠了挠手指，“是在战争中得到的吗？”

“有了什么？”

“一个巫师之印。你一直有粉红色的那块，但新的那块是绿色的。就在这儿，还有那儿。”她的手指在我头顶上盘旋，一个在我的太阳穴附近，另一个在我的后脑勺上，“你还是看不到光环。”

我耸了耸肩，“我做不到的事情太多了。”

格雷丝捂住嘴，为自己的无礼感到懊恼，“至少你可以在战争中幸存下来。”

但我并不值得。“这倒是。”我说。

“我们知道你去了那儿。父亲还发现你去了医学院。”

“他为什么不把我拖回去？”

“他以为你会主动回家。我们把你失踪的事瞒了好几个月。”格雷丝说，“然后你就离开了。收到电报知道你失踪后，他很伤心……”

“什么？他在乎吗？”我发出了一声冷笑，“他可能在收到电报前就开始在你面前检阅潜在的次巫了吧。你怎么会瞒着他这么久？”

她抿了抿嘴，“你失踪后，他就疯了。他命令军队去追踪你。”

我后退了一步，“父亲逼迫约翰斯顿将军去突袭天堂营了？”

“万恶的地方。”格雷丝皱起眉头，好像闻到了什么难闻的气味。

“我们得给那儿起个名字，”我说，“苦涩的讽刺似乎最好。”

格雷丝耸了耸肩，望着天空。我惊叹于她面容的变化——她长大了，成为一个女人了。可她还是一副老样子，仿佛一直没有什么改变一样。“这——这个名字不好吗？”

一股冰冷的、球状的压迫感在我的脑壳后轻轻碰了一下。是一个幽灵。我用手指拂去的一段记忆，“这附近不会碰巧有什么喝的吧？”

“当然有。”格雷丝说。

我来到一张熟铁材质的玻璃咖啡桌前，并在其中一端找了个铺着天鹅绒的座位。格雷丝给我倒了一杯用一滴水稀释的高脚杯威士忌。我第一口喝得太多了，超出了合理的范围，有点不礼貌。我把空杯子放在我们两人之间的桌子上。

格雷丝坐在我左边的座位上，把切割水晶瓶放在角落里。我向右挪了一下，把脸转过去看外面的风景。

在我左边的窗户里，一艘艘船从蓝河口驶出。我的手指向了西边，艾尔斯湾像是东边的相框，勾勒出了金斯顿最古老、最富庶的地段，从象牙色的银行和贸易公司，到宫殿顶上淡绿色的圆顶。目光所及的所有街道都种满了长着金黄色和红色叶子的树木。比起我离开的时候，这里已经有了极大的发展，建筑更加高耸，更加繁华了。

我本应永远离开，不应该如此迷恋金斯顿。

人们沿着道路的格子线移动着。城市的脉动生活在我们脚下显得是那么的渺小和忙碌。他们中的一些人也有姐妹，那他们会对我妹妹说什么呢？

我很想你。我们不能再见面了。这不是你的错。“我还以为再也见不到你了。”我说。

“你为什么要离开？”

“我想治病救人。”我给我们俩都倒上了一指深的威士忌。

“我知道。我不会阻止你的。”

“我想获得自由。”

“我会让你获得自由的——”。

“那你为什么要缔结我？”我问道。

“因为我需要你，”她说，“其他次巫没有一个像你这样想要自由。他们弓着脖子，把自己的才能当做无用的伎俩来否定一切。他们中没有人可以让其他次巫仰望。”

“所以，”我往后一靠，摇了摇头，“我想要自由，所以你想把我缔结在一起，教其他人也应该像我一样。”

“我之所以需要你，是因为风暴歌者和次巫应该像伙伴一样联结在一起。因为次巫不是失败者。那是骗人的。与次巫联结只是因为我们需要巫者能量。”

“你永远需要更多的力量，格雷丝。”我不希望有这种争论，“无论你打算如何高尚地使用巫者能量，你总是需要更多。我不敢相信，这么久了你都没有联结过任何人。”

格雷丝喝了一口威士忌，“没有人觉得自己是对的。没有人觉得自己像你，也没有人拥有你这般能量。在我自己弄明白这一点之前，也没人知道我要做什么。你我联结在一起，就是手套里的同一只手——”

“而我就是那只手套。”但我们联结在一起，什么都可以做。在我只有八岁的时候，为了保留春花的绚丽，我们在家园的土地上空阻止了一场倾盆大雨。我们待在一起的时候，我能感知风，知道空气和水的运行模式，但单靠我自己的话甚至连一阵风都吹不起来。在一起的时候，我们所向披靡。没有她在，我除了耍些二流把戏外，只会让人失望不已。

不。我挽救过生命，我是有信仰的。我的价值不仅仅是一个能量储备，我不会变成次巫的。

“我们可以成功的，”格雷丝说，“我没有必要在巫师圈里吸取你的能量。你不在的时候我就已经可以召唤了。”

“这么说来，让我做奴隶只是为了面子？”

格雷丝紧闭双唇，“我已经发过誓了，迈尔斯。不要侮辱我。”

我松开了拳头，“好吧。告诉我你最近在做什么。”

“我要结婚了。”格雷丝的笑容柔和而温暖，但笑容背后的原因还很新鲜，“这栋楼是我未婚夫设计的。”

“埃德温设计的？不可能吧。”

格雷丝拉下脸来，“埃德温是多年前的事了，迈尔斯。我是和雷蒙德·布莱克订婚了。”

“大布莱克湖家族的人?”这可是百大家族中最有权势的汉斯莱家族的后裔。我又喝了一口威士忌，酒杯里还剩下一些，“你当年对埃德温不是很专一吗?”

“迈尔斯，我当时才十四岁呢。”我歪着头，瞄了瞄，“父亲肯定不希望你嫁给一个次巫。”

格雷丝下巴上的一块肌肉跳了一下，“雷很厉害的。他会弹竖琴，这酒店还是他设计的。他长相英俊，才华横溢——”

“还天赋异禀吧?”我把右腿翘在左腿上，“他是个风暴歌者。”

格雷丝在座位上晃了晃。“没错，他是和我一起加入的。”

“汉斯莱家族和布莱克家族联合起来，你就可以完全压制隐巫者了。”

格雷丝转过头去看了一眼，“倒不如说是牢牢控制。”

最后一口威士忌在我的酒杯里颤动了一下，“情况有多糟?”

她抬起一只肩膀，望向远方，“从你走后，日子就不太平了。”

我的叛逆招致了种种恶果。我计算了一下代价——生活的不便、能量的丧失、家庭的尴尬，我可以看出风正吹向何方，“父亲的能量被侵蚀了。你从来没有缔结过一个次巫。可如果你的浪子哥哥在你身边……”

格雷丝叹了口气，“是的。”

“那你还发血誓保证不缔结我?”我坐回椅子上，疑惑道，“为什么?”

“这些都不如你重要。”格雷丝说，“你还活着。我可以把我哥哥找回来。”

我放下酒杯，“克里斯托弗·迈尔斯·汉斯莱已经战死了。”

“不，他没有。”格雷丝拨弄着精心梳理过的发浪，红褐色的头发直垂到眼睛上，“你不在的每一天，我都很想你。”

“对不起，格雷丝。”

“别这样，”她说，“现在你已经在我身边了。”

但我不会回去的。就算覆盖着缎子和银器，牢笼终究还是牢笼。我站起来，扣上粗布外套的扣子，穿过房间走到她坐的地方。“你今天下午有什么安排吗？”

“没有。”

“那我……”

我用手指抚摸着她的脸。她一直在用生理盐水治疗鼻塞，但病毒仍然挥之不去，不断刺激着她的鼻子和喉咙。我大致了解了感冒病菌的形态和习性，很快就认清了这种特殊的入侵者。她静静地坐着，让我给她治病，尽管她会发烧半个小时，整个下午都疲惫地睡着。不过，等她病好了，就可以饥肠辘辘地起来吃晚饭了。

当我把手拿开时，她却抓住了我的手，“谢谢你，迈尔斯。我讨厌感冒。我一直不知道该如何忍受。你想让厨房做点什么吃吗？电话旁边有一份菜单——”

“我得走了。”

这就是我为自由和学医所付出的代价：为女王陛下和我唯一的妹妹服务了七年。我不敢看她的脸，不敢看她脸上因我流下的热泪。喉咙里传来撕心裂肺的痛楚，我只好在离开时保持沉默。

一直等到我的手触碰到门时，她才开口，“迈尔斯。”

我差点把头撞在镶板的黑色大门上，“怎么了？”

“我不会放弃的。但我会替你保守秘密，不让父亲知道。”

希望涓涓地流淌在我的痛处，让我略感欣慰。我答道：“好。”

我按下了可转动的铁质门把手。

在确定我的手帕没有从我的夹克口袋里漏出潮湿而又皱巴巴的一角后，我装出一副和颜悦色的样子，走出了电梯。客人们还在大厅里徘徊，有人想同我搭话，但我没有理睬。我快速走到街上，去呼吸弥漫着苹果香味的空气。

如果我伸长脖子去看伊甸山庄最顶层的窗户，我会看到妹妹再一次目送我离开吗？我把目光停留在周围的街道上，与韦克菲尔德商业区时髦的路人一同漫步。在午餐会结束后的归途中，外汇商人和交易者若有所思地昂首阔步，对头顶上丰富的水果毫无兴趣。

三个十多岁的女孩正往桶里装苹果，准备带回家，我从她们身边绕了过去。那个爬到树枝上的女孩尖叫着发出警告。我从空中接住了一个金红色的苹果。

“对不起，先生。”

“没事的。”我把它给了一个戴着针织帽、穿着条纹毛衣的女孩。

她摇了摇头，“你拿到就归你了。”

我收起我的奖品，躲开骑手扬起的风，小跑着穿过马路。苹果又圆又硬，挂在秋日的空气里还有点冰凉。格雷丝从小就喜欢吃苹果，尤其是在飘零之月伊始，苹果尚未成熟的时候，她要吃到肚子疼方作罢。她喝了从仆人的食品储藏室偷来的烈性苹果酒，结果第一次喝得酩酊大醉。即使遇上不愉快的事，也不会减少她对最喜欢的食物那种坚定不移的热爱。我咽下了喉咙里的疙瘩，把苹果扔进了垃圾桶里。

我不能让我妹妹回来。即使我学会了如何掩饰我的魔法光环，我们也不能在慈善会上同时出现。她不能去看我，我也不能再回家。但我们可以小心翼翼地私下见面。

如果足够细心的话，我可以从格雷丝口中得知她的朋友和伙伴们在做什么，收集杀害尼克的嫌疑人信息。没有一个内阁成员会因为叛国罪而被抓。要是被发现我在查他们，我可能会被送到停尸房，躺在尼克·埃利奥特旁边。

第五章 奇迹

博勒加德退伍军人医院是一座半圆形的建筑，由灰色的石头和带黑色边框的窗户组成。这种窗户有多块玻璃，共同构成一个更大的整体。这里曾是韦克菲尔德十字街的旧址，后来十字街搬到更远处，位于上城区的一栋更大更宏伟的建筑里，并把土地捐给了当时处于休眠状态的仪仗部队。这座建筑从来都不是为了收容这么多受打击的灵魂而建的，但那沉稳的体量却优雅地承担起了这个重担。

与院子接壤的黑铁栅栏是金斯顿最好的铁艺作品，铁链子将涡卷形装饰和古老的守卫标志缠绕在柱子上，拴着员工的自行车。一辆精致的马车立在步行街边。马车夫一边吃着手中的苹果，一边对着四匹绸缎般的黑马哼着小歌。他向我点头，我回应了一下，然后走到前门。落叶飞旋直下，我的鞋踩到叶子上，发出了嘎吱嘎吱的声音。真是干燥呀。

温暖的空气冲进大开的前门，轻拍着我冰凉的脸颊。大厅里，病人们聚集在无线设备旁，那些没有椅子坐的人站在了后面，但所有人都把头对着扩音器。听到最后一艘船从莫斯威岛启航，船上挤满了回家的士兵这一消息后，他们都笑了。新闻播报结束了。有些人把座位让给了在后面等待的人。弦乐和号角演奏着欢快的舞曲，病人们适时点点头，或在膝盖上轻拍着节奏。

其中一个站起来让座的是老杰拉尔德。他比我想象中更高大，肩膀更宽，眼睛周围的皱纹因微笑而加深了。他腿伤刚愈，尽管步态尚且不稳，但他看起来很有精神。他不知在哪找到了润发油，刮了脸颊和下巴，还修剪了胡子，打了蜡。

我们见面时握了握手。

“老杰拉尔德，很高兴看到你起来走动，不介意我这么叫吧?”

“迟早会习惯的。”他跟在我的后面。

“你看起来好多了。”我说。

“真是个奇迹，医生。”

我又一次给他催眠了，该死的。“我很高兴你休养后有所好转。”我说。

“你让我卸下了身上的重担。感觉像是做梦一样。”

“你是说他吗?”

杰拉尔德点了点头，“这不是真的，对吗?”

这是个棘手的问题，最好私下探讨。“我知道你当时的感觉很真实。”我说。

“但我其实很生气，”杰拉德说，“我生气是因为我做的事……”

他突然紧紧地闭上了嘴，看看是否有人听到他说话。他回头看了我一眼，疑问已经写在了脸上：他从噩梦中解脱了，但是否还会再来呢？

除非我能做什么来阻止噩梦的发生。尼克的尸体在楼下等着我，亨特先生大概在楼上等着我。我会查出尼克知道什么，他因何而死，他为了保护谁的秘密而被杀。但病人永远是第一位的。

“咱们到花园去吧，老杰拉尔德。呼吸新鲜空气应该对你有好处。”

我们来到鱼塘边的石凳上，他坐了下来，把心中的困扰告诉了我。他向我袒露了那些无助而又恐惧的日日夜夜，还有那些战役，让他学会了一个人在战争中应该做什么。他确实有足够的经历可以告诉我这些。我知道一个男人会做什么，如果这意味着在战争中活下去的话。

然后他告诉我，是从什么时候开始第一次认为自己体内住着一个杀手。

“我正要回家，医生。我因为掉进了一个陷阱而被开了罚单。伤口还受到感染，但我挺过来了。但后面他来了，我知道这一切已经没完没了。”

“你怎么还是这么想。”

我锁定了目标。他深吸了一口气，“如果它又回来了呢？”

“如果它回来了，你就会知道这一次不是真的。”

“它要是再来，你会帮我，对吧？用催眠术。”他耸起肩膀，迎着微风，注视着银色的鱼儿用鼻子嗅着水面上掠过的昆虫，“它可能会回来，也可能不会。”

“我可以用催眠术帮你入眠。会让你感觉好得多的。”

“不光是睡觉的问题。还有……”他鼓起勇气问道，“我会像新闻里的那个家伙一样紧张吗?”

原来，事情已经抖出来了。“我们不知道为什么詹姆斯·巴克利会这样做。这件事情太可怕了。你听说了吗?他回家以后就没有工作了。”我说。

“他可真不容易，曾经为国效力，回来后却一无所有。”老杰拉尔德拍拍胸前的口袋，苦笑着说，“医生，介意我抽支烟吗?”

“如果可以给我一根，就再好不过了。”

他惊奇地递上一支烟，“你也抽廉价香烟?”

“在前线嘛。”我说，“现在准备戒烟了。”

“不知道为什么。抽烟让人很放松。”他用一只手夹着香烟，熟练地把火柴掐灭了。他用拇指和食指捏住烟，把燃烧那端的光芒藏在手掌后面。他现在见识过一些和我的共同之处了。

香烟很刺鼻，我把烟吸进肺之后，烟就像倒刺一样刺人，但是那种急促感和平静感让我有点上头。我已经三个星期没抽过烟了，我被它弄得晕头转向。

我们盯着池塘和带有斑点的银色鱼儿，看它们不间断地觅食。他说：“我想回家，医生。玛丽需要我。虽然我不在她也能过得很好，但没能陪在家人身边是件丢脸的事。我在这里——”

金黄的树叶从一棵白桦树上飘落下来。一片边缘已经破烂的叶子落在了池塘里。鱼嗅到了叶子的气息，误以为是食物。

“我能找到工作。我是一个园丁。”

谈这个还为时尚早。“你已经起床走动好几个小时了。”我说。

他挥了挥手，烟雾在手指间缭绕，“你知道我在无线广播里听到了什么吗？我们的孩子要回家了。有多少人需要我的床？小杰拉尔德的床怎么办？”

没有人把消息告诉病人，但他们听到了风声，察觉到了我们试图隐藏的东西。“小杰拉尔德没有家人要——”我说。

“他还有我呢，”老杰拉尔德说，“把他送到我这来。我们可以腾出点空间，照料他。他生性开朗，腿也没啥毛病，已经一个星期没做过噩梦了。”

我需要密切关注老杰拉尔德。要监视他大脑里的瘴气，看是否会再次扩散。我还不能让他出院。

他是我需要治愈的对象。他是个成年人了，我不能违背他的意愿把他留在这里。

“距离游行日，”我说，“只剩三天了。”

“一言为定，医生。”

我们握了握手，再次确认。

好吧，我创造了一个奇迹。老杰拉尔德不再是我两周前见到的那个沉默寡言、与世隔绝的人了。他大步走进12号病房，向每个人挥手致意，然后坐在了小杰拉尔德身边，一心想把消息告诉他。

“辛格医生。”

我转过身来。“克罗斯比医生。”

“午宴吃得开心吗？你比其他医生回来得更晚。”

“个人咨询耽搁了，”我说，“格兰姆斯先生想跟我谈谈。”

“啊。奇迹般的治愈啊。”

我脖子后面的头发刺痛了一下。“不完全是，”我说，“今天早上，他对催眠术的反应不错。你需要什么吗？”

“我看见一位先生在你的办公室外面等着。你目前还不是很成功嘛。”他说到最后，对着我的外套和帽子，还有脖子上围着的红围巾点了点头。我的手掌直发痒。克罗斯比医生不太受欢迎，他的同事和病人都不喜欢他，我也不会为他辩护。但克罗斯比要是把注意力放在我身上，我将度过悲惨的一个月，除非他去挑别人的毛病。

“谢谢。我还是去会会他吧。下午好，医生。”

我没有逃跑，急着要去见亨特先生。我不顾旁边六十五级台阶周围的缝隙，一次迈过两个台阶。亨特先生正坐在我办公室对面的一张木凳上等着我。

他以惊人的速度读着一本书。他的帽子紧挨着他放在长凳上，一绺头发从他的发辫里滑了出来。他把一根手指放在书页之间，然后站了起来。

“辛格医生。”勒索者向我鞠了一躬，优雅地低下头和肩膀。所有贵族的礼仪和风度都在我的肢体内时刻准备着，我几乎要用手势回应他了，但还是忍住了，只是伸出了手。

“亨特先生，让你久等了。”他握着我的手，我的心怦怦直跳，“十分抱歉。我刚刚在病人那儿。”

“不必担心。”按照惯例来看，他和我握手的时间延长了一个心跳那么久。当他松手时，指尖顺着我的手掌滑过。这种感觉在我的皮肤上流连了一会儿，似乎不愿离去。

“你在这儿等了很久吗？”

“我一直在看这本书。”他举起来让我看书名，“我一来看到它放在长椅上。”

我叹了口气，“那本书在我们单位很受欢迎。”所有可怕的东西都是这样。

“你读过吗？”

“没有。”

亨特先生拍了拍书的封面，“这本书讲的是一个女人爱上了一个被初恋的鬼魂缠住的男人。”

“什么烂书。”我打开办公室的门，“进来吧。”

他让我脱下外套，然后把身后的门关上。他把这本书和其他几本廉价小说放在一起，然后解下围巾。

“如果我来之前就听说了，我一定会觉得这很可笑。”我接过了他的帽子。他的手指灵巧地解开了上衣，我把衣服挂在紧挨着我的钩子上，“我想知道他们为什么不找巫师来解决这个问题。”

我皱起了眉头，“因为这只是一个传说。”

“咱们都知道这不是真的。”亨特先生说。

我吓得直哆嗦，“亨特先生，请吧。”

“怎么会变成这样？”他用手在额头上抹了一把，仿佛可以抹去心中的苦恼，“我拜访过的每一位占星师都是骗子。每一栋被认为闹鬼的建筑都只是通风良好，有点年头而已。我在审判中见到的每一个巫师都没有获得自由的希望。”

“他们不会审判你，除非你被查出什么问题来。”

“他们太卑鄙了，只要有一点怀疑就会抓人。你知道吗？”

“我知道，”我说，“所以我希望你不要再提这件事了。”

“但你知道这是真的。”他低声说道。

我转身看向窗外。“这并不重要。重要的是人们的信仰。”

“他们以为巫师已经——”

“几乎被消灭了，那些能量充沛的人难免会疯掉，”我有点不耐烦了，“情况可能更糟。一百年前，他们被认为是邪恶的化身，必须被处死。你怎么会不知道呢？”

他皱起了眉头，“我认为终身监禁是一种进步。你是怎么活下来的，还有你的巫师家族？”

他并不知道我是谁。尼克只是叫我克里斯托弗爵士。但是亨特先生不知道艾兰国的巫师会些什么，如果他不知道巫师和法师的区别，那他就不是一个逃亡的次巫。那他是什么身份呢？

他打破了我的沉默。“除了你以外，我还见过其他巫师。”

“什么？你说……”

“你和尼克是我唯一见过的巫师。”他澄清道，“但我也见过其他人。他们有钱有势，因此很危险。为什么富裕的巫师就可以逍遥法外？”

“我可不想落个审判的下场。”他问了一个危险的问题，我不敢回答，“你也不应该这样。请不要再提这件事了。”

他歪着头，皱着眉，然后耸了耸肩，靠在我的文件柜上。“我不会把你的秘密说出去的，医生。你愿意接受我的提议吗？”

“我要检查一下尼克·埃利奥特，”我说，“我会和你分享我发现的一切。我想知道他对战争了解多少。如果可以帮助到我的病人……”

我的书架上摆满了为病人准备的小说，亨特先生从中拿起一本，翻了几页。“我想陪你做尸检。”

“尸检很可怕的，亨特先生。”

他耸了耸肩，“人的心脏就像牡鹿的心。要是我晕过去，你尽管嘲笑我。”

我忍不住笑了，“如果你晕倒了，我肯定会笑你的。”

“所以你同意我去吗?”

“如果我不让你去，你会缠着我要尸检报告吗?”

他笑了起来。听到这笑声，我屏住了呼吸。我真希望自己是个滑稽可笑的人，这样就可以再次听到他的笑声。“肯定会的”。我说。

“那还是让你留下吧。”

亨特先生跟着我走下长长的楼梯，来到停尸房。我加快了步伐。他是来阻止调查的，还是真的想知道真相？他到底什么来历？他很有钱，很自由，却像个外国人一样无知。他到底是何方神圣?

我放慢了脚步，走下最后一层楼梯。我正准备发问，他却先开口了。

“关于精神疗养院，你都知道些什么?”

我对这个突如其来的问题感到很惊讶。“我只去过城里的一家，”我说，“不过我想它们很相像。你想知道什么?”

“你为什么要把疯子送到远离家人的地方？他们去探望岂不是不方便。”

“往往这就是问题所在。”我绕过栏杆，尽量不让脚步发出回声，“有时候，离开家人独处也是治疗的一部分。”

“难道你的家人也是病号？”

“我可没说。”我把手指放在鼻子旁，他对我闪过一丝冷笑。

“亨特先生，”我们走到楼梯底下时我说道，“我无法忽视你非本地人的身份。你不是金斯顿人，应该来自很远的地方吧。”

“非常远，”他同意道，“我走过漫长而危险的旅程才来到这里。”

话题已经偏离了。“那你是从哪儿来的？”我问。

他低下头，向右打了个手势，“这里是停尸房吧？”

门上涂着停尸房的黑漆标记。看来他的出身是个禁忌话题。他在隐瞒什么？

我找到了正确的钥匙，门向黑暗中打开了。

“奇怪，”我说，“里面应该有一个值班人员的。”

我拉下开关，整个停尸房就被冰冷的白色以太灯填满了。在铺着绿色瓷砖的房间里，长长的石质检查桌两两并排摆着。我把医疗包放在最近的一张桌子上。

亨特先生抄着手跟在后面。“哪个抽屉装着他的尸体？”

“我得去看看他。”我在墙上找到了夹板。尼克·埃利奥特的名字是名单上的最后一个，是在八点签入的。但是签到框旁边还有一个条目。尸体已经被签出了。

签出了？

“这是什么意思?”

我摇了摇头，“出了差错吧。应该没什么事。”

他登记在了12号抽屉里。我穿过房间，拉开抽屉门。

我盯着空荡荡的铁盘子，“见鬼。”

他跟着我过来，“尼克·埃利奥特本该在里面吗?”

“是的。”抽屉擦得锃亮，四角还湿漉漉的。这个抽屉今天还存放着一具尸体。

也许他已经被运走了。我打开了所有抽屉，寻找尼克·埃利奥特。大多数抽屉里都飘散着漂白剂的味道。所有尸体都被清理了。

“他们都不见了，”我说，“所有尸体。真是活见鬼。”我松开拳头，试着呼吸一下。停尸房空了，所有的尸体都不见了……

亨特先生靠在检查台上，“是不是有点蹊跷?”

我砰的一声关上最后一个抽屉，结果又弹了回来，正好打在我的手肘上。“是的。但我不知道是什么情况。”我紧握着手臂，把激怒的伤痛压了下去。

“一步一步来吧，”他说，“遗体离开这里最常见的原因是什么?”

“家人出面，要求埋葬尸体。也许警察来找他了。”

“那你怎么确定?”

如果他负有责任，还会这样帮助我吗?他非常冷静，推理着事件的经过，等待最终的答案。“文书档案。”

我打开了办事员办公室，找到了即将发出的过境记录文件，“哦，不。”

警察还没来，但金斯顿的殡葬部门来过了。我在那堆过境记录的底部找到了尼克·埃利奥特的名字。

我把文件递给他，把紧握的拳头塞进口袋。他愤怒地抿紧双唇，“这上面说——”

“尼克·埃利奥特的尸体已经被送去火化了。”

第六章 文书背后的暴行

尼克可能还没有被火化。我急忙拿起电话，“接线员，帮我转接市殡葬部门。火葬场。”

电话接通办公室时，我正听着咔哒咔哒的铃声，等待着。电话铃响了六次才有人接听，“这里是火葬场。”

“我是博勒加德退伍军人医院的迈尔斯·辛格医生。我打电话是想咨询一下今天下午被送往火葬场的一具遗体的事。中间出了点差错。”

“什么差错？他们来的时候都已经死了。”他气喘吁吁地轻笑着，祝贺自己讲了个好笑话。

“我想对其中一个做尸检。尼克·埃利奥特。”

“所有尸体都是几个小时前从博勒加德运来的。你的病人现在可能已经灰飞烟灭了。”

木制听筒在我的手中变得滑溜溜的，“你确定吗？”

“我亲自检查了尸体，都在里面。真是不走运啊。”

“太不走运了。”我附和着说，内心感到空虚，“谢谢你的回答。”

亨特先生走到服务办公室的门口，“太迟了吗？”

“太迟了。”我指着他手里的文件，“我不该让你整理的。这些是机密文件。”

“你真是生活在秘密之中啊。”亨特先生又开始翻阅当天的文件，“埃利奥特的尸体是怎么送到火葬场的？”

“医院开具文件。有人把他的抽屉写在正确的表单上，不认识尼克的人得到了表单，所以尼克的尸体被运走了。”我走到水池边，利用肥皂和水洗手这种惯例，让自己平静下来。

“是E.M.，不管是谁。”他走出办公室，手里还拿着那份运输文件，“还是J.R.。”

“等等。”我擦干双手，走回挂着的写字板前，在尼克·埃利奥特的尸体从停尸房通往火葬场的必经之路上，这是第一个路标，“这里写着，E.M.签出了六具尸体。”

他翻看了一下运输单，“市里带走了六具尸体，单子上的名字缩写是J.R.。”他把名字念给我听，我对照记录核对了一下。他们中的一部分在以太冷藏抽屉里躺了两个多星期，大约是我们把无人认领的尸体送去市殡葬部门之前所保存的那么久。他们中的大多数将被火化并埋葬在退伍军人墙，他们的名字和服役日期会刻在他们的印章上。

尼克·埃利奥特不是退伍军人。但有人这么快就把尸体送走是有原因的。“尼克·埃利奥特的单据上的19号箱子里有写着字母D吗？”我问。

“有，”他说，“先别告诉我。这是患病的意思吗？”

“他的症状看起来像霍乱，或者是其他的传染病。”我说，“有些人在碰到有传染病的尸体时，更倾向于谨慎行事。”

“多亏了E.M.。”亨特先生翻了翻值班日志，“是J.R.留下了那张令人愤怒的字条。”他又重新开始翻阅，书页相互摩擦，发出了沙沙的声音，“值班记录里没有E.M.这个人。”

“见鬼了。”

我们苦苦搜寻，但是在签入表单的地方，或者说在桌子上的任何文件里，都没有找到E.M.。

“就好像这个人走进来，签下了尸体的名字，然后又走了出去。”亨特边说边用修长的手指整理着表单。

“每个医生都可以进入太平间。我有主意了。”我伸手去拿电话，把话筒举到耳边。

“这里是接线员。”

“你好，还是迈尔斯·辛格。”我说，“我在看值班日志，我想看一个名字缩写为E.M.的人写的内容，不过字迹太潦草了。你能告诉我哪些医生的姓名首字母是E.M.吗?”

“哦，马西森医生是。”接线员说道，然后抽了抽鼻子。

“斯尼菲！是你吗?”我问。

“下午好，医生。我升职了，”他说，“不用再拖地了。”

“不赖啊，斯尼菲。恭喜恭喜。除了马蒂，还有谁?”

“我可以去查查护士。会是护士吗?”

“我觉得是个医生。还有其他人吗?”

“还有谁会来写值班日志呢？除了她就没有了。”斯尼菲说，“要我给她打电话吗？她可能在办公室里。”

“我自己去找她吧。谢谢你，斯尼菲。”

“马蒂是谁啊?”我挂断电话后，亨特先生问道。

“我的老板，埃莉诺·马西森。”

他皱起了眉头。

“还有其他人的名字带有这些首字母缩写吗?”

“没有了。但不可能是她。”

“你凭什么这么肯定?”

“这不是她的笔迹。我一直在看她的备忘录。”我在纸上翻来翻去，想搞清楚这场不幸。

亨特先生坐在桌子的一角。“你给的意见是凭主观想法还是有根据的?”

“签出时间是十一点十分。她那时就该准备去参加午宴了。”

“你十一点十分见到她了吗?”

“没有，”我承认道，“我在更新病人的文件。然后我必须去前面和其他人会合，坐马车去酒店。”

“你们有多少人在那儿碰面?”

“二十几个。”我抓了抓下巴。胡楂像刺一般擦过我的指尖。

“而且你也不记得见过她。”

我闭上眼睛，回想着。那些人挤来挤去，在找马车座位，她并不在其中。“我没有看到任何一位部门领导，他们一定是和我们分开走的。”

“你记得什么时候见过她?”

“在午餐会上，”我说，“我进来的时候她已经在那儿了。所以她没有足够的时间。”

“你什么时候到的？”

“十二点十分。”

他借来一叠纸做笔记。“所以你不能证明她十一点十分就到酒店了。她完全可以先到这里给所有尸体签名，然后坐私人马车去酒店。”

“可是她为什么要这样呢？”

“不知道，”亨特先生说，“我也没说真的是她。”

“嘿！”一位怒目圆睁的女子站在门口，身上穿着医院职员那种结实的灰色棉质外套，“你们在这儿干什么，为什么乱动我的文件？”

我们侵入了她的办公场所，翻遍了她的文件。天知道她的文件系统是怎么回事，但你决不能让一个职员看到你内心的动摇。我转过身，和她的姿势保持一致。

“我猜你是斯莱特吧？你迟到了。”

“我没有。”她抬起下巴，“我五点才上班。现在还不到五点呢。”

他拿起值班日志，翻看了一遍。“我们到的时候，停尸房连个人影都没有。”

“这么说，你以为没有人阻止，就可以到处乱扔我的文件了是吧？”她大步走了进来，从亨特先生手里接过值班日志，“这些都是保密的。里金斯去哪儿了？”

“她在日志上留了个条子，说她等烦了，得去接她的孩子们。”我说。

“我要举报她，”她说，“这些麻烦事已经快要超出我忍耐的极限了。你们俩到底在这儿干什么？”

“我是来自综合内科的辛格医生，”我说，“如果你能回答我几个问题的话，我就在这张日志上写上：我4点20分到达这里，发现停尸房无人值守。”

“那一言为定。”她把工作簿塞给我，然后把期待的目光转向亨特先生，“你不是医生，对吧？”

他把他的银质钢笔递给我，“这位是崔斯坦·亨特先生。”

她一看就知道崔斯坦穿的是一件上等大衣。她把一只脚向后挪了挪，弯下膝盖，以示敬意，“对不起先生，我不该对你大吼大叫的。”

“不必道歉，”他说，“我来这里是想找一具尸体，但已经不见了。”他多么优雅地避开了真相。

斯莱特伸手去拿签到单，“是谁的？”

“尼克·埃利奥特。”

“哦，他送到这儿的时候简直惨不忍睹，”她说，“请见谅，他是因狂躁而死的。太可怕了。”

我停下笔来，翻回了日志中的一页。“他进来时是你在值班。你叫什么名字？”

“路易莎。把他洗干净可真是太麻烦了。你说他已经不见了？那他的东西也不见了？”

我的胸中里燃起了希望，“我们还没检查过。”

斯莱特打开了右手下面的抽屉，“我只留下了他的钥匙——你肯定不会要他死的时候穿的那些衣服的，先生。肯定不会要的。”

那些衣服本可以好好利用的。“衣服哪儿去了？”

“烧了，”斯莱特说，“没想到你会需要那个。”

“该死的。”

斯莱特低下了头。“你不会举报我吧？我不知情呀，表单上没有说要留下这些衣服。”

“昨晚是谁把尸体带来的？是一个护士吗？是不是一个大概这么高的黑人，满头辫子，还打着结的？”

她摆摆手，否认了我的描述，“谁不认识罗宾护士呀。她没下来过。是护理员带来的。”

罗宾没有被派到急诊科，可能是回外科康复科去了。不过，我倒希望她下来过。

“我可以看看签到表吗？桌子上没有。”

“我把它归档了，”斯莱特说，“我可是做好了我的归档工作，不像医院里的某些人。”

亨特先生拿出第二支笔，借了一本他以前用过的便条簿，又写下一张便条。

斯莱特把文件给我拿来了，打开一看是尼克·埃利奥特的签到表。“在这里。看到了吗？上面写着‘遗体待检查’。没有提到衣服和物品的事。上面应该写着。如果有的话，我就不会烧掉那些衣物。”她说。

“确实如此。但尸体却没有保存好。”

“这不关我的事，”斯莱特说，“里金斯从来没有检查过表单。你真的需要那些衣服吗？我很抱歉。我不知道是什么情况。”

“有钥匙就够了，斯莱特小姐。”亨特先生说。他没有权力处置那些钥匙，但我还是保持着沉默，内心有些许不安。

“这有个文件要写。”斯莱特在桌旁坐下。她从书桌抽屉里抽出一张绿色的表单，把它递给了崔斯坦，“在这里签名。我会把剩下的填好，然后把填好的表给辛格医生。你也可以把它交给亨特先生，对吧医生？”

“可以的。”这是一个打破常规的日子，“让我把这个写在日志里。顺便问一下，谁的名字首字母缩写是J.R.？”

“朱莉娅·里金斯。”斯莱特说。

“我明天想和她谈谈。”

斯莱特幸灾乐祸地笑起来。“真希望我也在场。”

我很快写下一张便条，详细说明了我在4点20分到达一个空的停尸房的经过。亨特先生微笑着接过一串钥匙。斯莱特脸红了，垂着下巴，这样她就可以抬头用一双大眼睛看着他。我走了出来，去取我的医疗包。

他也跟了出来。“还有很多楼梯要爬呢。”

“想走吗？”

“已经有线索可循了。”他友善地搂着我的肩膀，“咱们走吧。”

亨特先生侧身从我的办公桌前走过，晃了晃钥匙圈上的钥匙，让它们发出叮叮当当的声响以示庆祝。“我讨厌撬锁，”他说，“有钥匙可真是太好了。”

“你打算用这些钥匙做什么？”我问道。我已经帮助他……准确地说，这不是偷，但他不是通过正当手段得到的。

“去搜下尼克·埃利奥特的家。”他边说边逐一检查每把钥匙。

“你不能这么做，”我说，“那是警察的工作。”

“你有他们的消息了吗？”他把钥匙抛向空中，又一下子接住，钥匙里的黄铜和铁筒叮当作响。他靠在我的书架上，弄乱了我放在玻璃穹顶上的一只骷髅手，旁边还放着一本《*尸骨*》。

“还没有。我得给他们打个电话。”

他拿起折叠椅。我拨通电话，等着斯尼菲给我答复。

“这里是接线员。”

“斯尼菲，帮我转接皮克顿街警察局。”

“马上，医生。你找到马蒂了吗？”

不可能是她干的。没道理呀。“我猜她现在已经走了。”

等了十分钟，我终于和一个穿警察制服的人说上话了。等我向库奇曼警官解释完之后，我简直不敢相信自己的耳朵。

他说：“我们不能在没有做检查，死因不明的情况下开展调查。”

“我昨晚请他吃饭了。”我说，“他告诉我他中毒了。”

“很抱歉，医生。没有尸体，我们就无法检查。如果我们不能检查，就无法确定死因。”

“这个人死得很惨。你是说你什么也不做吗？”

亨特先生耸了耸肩，同情地看了我一眼。

“我们可以查看文件，”库奇曼说，“但要在没有尸体的情况下获得证据，就必须做到滴水不漏。”

“真是难以置信。”我尽量不提高嗓门，“你是在告诉我，如果把尸体藏得足够好，或者把它处理掉，我就可以逍遥法外吗？”

“我不建议你这么做。”库奇曼警官说。

“这也太荒唐了。”

“我们会把杀人犯绞死，”库奇曼警官说，“没有拿出最有力的证据，你就想给人定罪吗？”

我摸了摸鼻梁，“怎样才能让你相信尼克的死是谋杀呢？”

“证据，”库奇曼重复道。我惹毛他了。我并不在乎，“我们通常从医生的调查结果开始——”

“死因。”我瘀伤的胳膊肘靠在桌子上。我真想知道是谁剥夺了尼克获得正义的机会，“你就不能试着找出证据吗？”

库奇曼试图把语气放缓，以示同情，“我知道这很难接受，但我们必须遵守法律。没有谋杀的证据，我们就不能继续调查下去。咱们已经聊了很长时间了。对不起，医生。”

他挂断了电话。我把听筒砰地扔回听筒架上。真倒霉。我把前额靠在手背上，想喘口气。

“警察不会来了吧？”

“他们什么也不会做，”我说，“尸体不见了，衣服都烧煳了。证据也没有。”

“也许还能找到些什么。”他摇了摇钥匙圈。

“你想破门而入啊。”

他打消了犯罪的念头，“去调查一番”。

“我可不是侦探。”

“医生总是需要调查的，”亨特说，“你可以收集患病与诊断的证据。你能做到的。”

我恍然大悟，抬起了头，“确实可以。”

他咧嘴一笑，“这就对了嘛。”

他的赞许感染了我，我也报以微笑。“不，我的意思是我可以做正式调查。环境检查。这也是诊断的一部分。表单在哪？”我费了点劲才拉开了左边的抽屉，里面放着一叠医院资料表的备用副本——我也是为了以防万一才把它们收藏起来的。

“你做什么都需要填表吗？”

“这就是文书的暴行。”我找到了其中一份放在我的记事簿上。我的玳瑁笔就放在旁边，“我每天有一半的时间都在填表。”

“我有点纳闷，他们居然没让你上厕所的时候也填个表。”

“别那么大声，他们可能会听到的。”

他傻笑着，歪着头想看看我在做什么，“那你要是填好表，我们就可以去尼克的公寓了？”

“我填了两次表。我要把原件送给我的上司——”

“你上司是医院里唯一一个名字缩写为E.M.的人，她有权释放尸体并销毁尸体吗？你需要得到她的批准吗？”

我把笔放在毡垫上，“你觉得她会不同意吗？那不是她的笔迹。”

“我不知道。你想试试吗？”

“这是规矩，”我说，“我可以肯定不是她干的。她会在所有的复印件上盖章。我们要保留原件，其余的归档。然后我才有权进行环境检查。”

“今天吗？”

“她估计已经走了，”我说，“明天吧。”

“我们不能等到明天。如果她不同意的话——”

“亨特先生，”我拿起笔，把笔尖擦干净，“你有什么建议吗？”

“今天就填好表，给你上司。今晚跟我一起去。要是她不同意，我们就不会失去今晚获得的信息。如果她答应了，我们就没事了。”

“我觉得她肯定会答应的。”

他哼了一声，看了看天花板，“假设存在两种可能性，你还不确定结果是什么。你会怎么办？”

我皱着脸，“你真是个坏蛋，亨特先生。”

他咧嘴一笑，“多谢夸奖。我试试看。”

我打了钩，在空白处写下简短的内容，直到两份副本放在我的桌子上，每个副本上的墨水都干了。“我把这些留到明天早上。”我说。

“这种时候你才会发现我的用处，”他说，“怎样去查明真相我还是略知一二的。”

“就像你清楚如何弯曲钥匙一样。”我朝他手指上旋转的钥匙点了点头。

他把钥匙抛向空中，然后又抓住，“撒谎是人类的天性，医生。他们说一些无伤大雅的谎言，然后又抛到脑后。他们总是把话说得轻而易举来解决问题。你懂的。”

他是多么轻易地就把事实搁在一边，好像那是一条颜色不合适的领带。“你对我撒谎了吗？”我问。

他想了一会儿，“我想不起来了。”

我放下了手中的笔。这不就是骗子的那套说辞吗？“你很圆滑。你问的问题就好像你理应得到答案一样，而我只是顺着你的意思去做，却不知道你的动机。”

亨特先生把钥匙放在桌子上，我随时可以把它们拿走。“只有你自己才能决定我是否值得信赖，但我希望你能这样想。我该怎么做你才会信任我？”

“告诉我你从哪里来。”

他把目光移开，耸起肩膀，“离这儿很远的地方。”

“另一个国家？”

他回头看了看我，“是的。”

“哪个国家？伊达拉共和国？”从他的肤色来看，可能是伊达拉人，但他们在近两百年前就关闭了边境。艾兰国没有多少伊达拉人。

他在座位上挪动了一下，“真有意思，你居然以为我是从伊达拉来的。”

“那到底是不是？”

他迟疑了片刻，随即摇了摇头。不是伊达拉，那能是哪儿呢。兰尼尔贵族倒是喜欢留长发。一想到他是间谍，而且还是敌人，我的心就怦怦直跳。不可能吧。

他可是我的心上人呀。

“亨特先生，你到底从哪儿来？”

他把目光移开，用手指掩住嘴巴，“我觉得你肯定不信。”

“有那么难以置信吗？为什么我一碰你，你的脸就会颤抖？”

我追问道。

他眨眨眼，抬起头来，“能看见我的面纱吗？”

他毫不费力地用魔法蒙住了自己。“我问你几个问题。这是能量变的吗？是不是像你的光那样？”我问。

“是的，”他承认了，“你看到的脸……和我的很像。”

“所以你把自己伪装起来了。可如果是能量的话，不能维持这么久吧。”我胸口有点沉闷，想努力呼吸来缓解。我想回到过去，忘掉我说过的话，无论是真是假，但我现在必须继续问下去，“为什么？”

他不舒服地转过身，“我原本的外表容易引人瞩目。我需要融入人群中。”

“你也不是个绅士嘛。”

他把脱落的一绺头发梳回他的发辫里，“我确实不是绅士。但你是。”

我闭上了嘴。事情崩溃的时候，往往是从四面八方开始。

他翘起二郎腿，“人们向我鞠躬，行屈膝礼，碰帽子，表示对我的尊重。你永远也不会这样。你对每个人都很有礼貌，包括对你的同事。”

“这和我有什么关系，”我说，“是我在问你。”

“我跟你说过，我在这儿见到过很富有的巫师。在电影院的包厢里，在音乐会上，还有在餐厅和高级酒店里。但我和他们保持着距离。”

“法师。我们是法师。”我把喉咙里的疙瘩咽了下去，“你——见过他们同时出入吗？”

他点了点头，“某个人被奴役后，又被人带到其他地方去的那种？见过一两次。太卑鄙了。这也太反常了，拿一个缔结过的人用来——。”他战栗着说。

“你们那儿没人进行力量缔结吗？”

“没有。”他说。

这话刺痛了我的心。他来自一个可以让我自由的地方。“你必须隐藏你的魔法吗？”我问。

“不用。在那儿人们会很尊重你的，”他说，“治愈术是一种至关重要的天赋。”

“但你不会告诉我你来自哪里。”我连这个人都不认识。我看到的那张脸只是一个面具，是用能量做成的。他不是艾兰人。我需要知道真相，即使得承受知道的后果。

我抓住他的手。他用力挣扎，但我还是紧紧地抓住。“我想……”

我的话在喉咙里哽住了。

亨特先生说的是实话。他的假面确实很像他的真面目，但与他的真面目相比，那是一种迟钝、粗野的东西。他本人更加出色，更加空灵……

永不凋零的美。

“半神国。”我低声说道。

“星辰者，”他回应道，一副听天由命的样子，“你好，很高兴认识你。”

一个半神国人拜访了传说中的画家布里安，脱去了衣服，请布里安给他画一幅画。他拿起画笔，陷入了一种狂喜的朦胧之中，他形容这是一生中最美好的时光。一觉醒来，他发现画室里空无一人。那幅画消失了，现场只留下一袋金橡树叶，算作费用。他辛辛苦苦地画了好几年，想把他画在画布上，最后竟把自己的眼睛挖了出来。他那些失败的画作被收藏在皇家美术馆，被认为是杰作。

关于半神国人的故事有很多这样的结局。

“请原谅我。”我想摸摸他，将手指在他脸颊上滑过。可一想到这么无礼的画面，我的神经顿时紧张起来。“我不知道原来你们半神国人真的存在。”

“我们确实存在。”他的能量在我的头皮上、背上、皮肤上轻轻地荡起温柔的涟漪，“我们两国曾经是真正的朋友。”

我真想成为他的朋友。我想让他对我微笑。我想——

我的膝盖撞到了地板上。他的生活简直活力四射。他身上散发着健康的气息和力量，就像壁炉里的火一样温暖。我可以跪在这里，一整天都沐浴在阳光里。我希望他对我有所要求，这样我就能完全按照他说的去做——

我闭上眼睛。“停下吧。”

我连忙把手抽开，紧紧闭上了双眼。我没有严重的污垢，没有铜币，也没有抵御它们的草药。在这个小小的空间里，他可以再次触摸我，让我成为他的附属物。他可以让我成为他的奴隶，让我爱上奴役的感觉。我迅速向后爬去，跌倒在文件柜的角落里。

“我向你道歉，”他说，“但你知道我为什么要保密。”

他的*声音*。我甩出一只手，眼睛仍然紧闭着。

“别碰我。”这既是我的要求也是我的请求。我希望他嘲笑我，不理我。

“我不会再对你施魔法了。”

半神国人别无选择时只能说真话，所以他们用诚实的语言来说谎。我看不出这句话里有什么破绽可言。

“求你了，原谅我吧，迈尔斯。我真的很抱歉。”那种共鸣，那种能让我全神贯注地再听一遍的力量，从他的声音中消失了。现在我明白了，为什么布里安再也没有画过其他的模型，为什么停不下来，为什么结束了对自己的折磨。

我连五秒钟都坚持不住。

“我不认为你能解开我的面纱魔法，我希望……”他结结巴巴地说，“没关系。它很安全。你看着也没问题。”

我一直闭着眼睛。

“迈尔斯，求你了。”

没有命令的意味，魔法也消失了。他的语气中带着遗憾。

我睁开了眼睛。

他又显出了凡人的样子，只不过有点帅气而已。这是一种解脱。我差点哭了出来，“你永远也不会对我施魔法了吗？”

“我不要你做我的奴隶。我不会再迷惑你，让你如此心碎。”

听起来很真诚，但这些话有太多回旋的余地。“这个承诺我接受不了。”我说。

“我可能不得不对你使用魔法。但我是为了教你东西，保护你，或者只是娱乐而已。我无法保证永远不对你使用魔法，但我发誓：我不会让你做我的随从。”

我看到了那个洞，“不管你说了愿望，你真的需要我做你的奴隶吗?”

“不需要。”

尽管不应该相信他，但他的回答还是可信的。他是众神之子，是创世者们造访自己创造的世界时，与那些迷恋他们的凡人结合所生的孩子。半神国人常常和我们一起周游世界，如果我们有幸在他们面前表现得很有趣的话，他们就会被逗乐。可后来，他们离开了这个世界去保护死者，原因则众说纷纭。

我要是得罪了他，我的生命就一文不值了。我现在可能在冒犯他。我低下了头，“我向你道歉。”

“请不要这样——”他扶我站起来，“别听我的。不要表现得好像我更有权威，或者永远不会出错，也不要轻信任何故事里说的我应该是什么样子。”

“可你确实——”

“爱慕虚荣，”亨特先生说，“骄傲自大、容易厌倦、爱恶作剧。我只能向你诚实展露这些毛病，已经够直白了。我们去尼克·埃利奥特的公寓看看吧。”

第七章 韦尔斯顿街 西1455号

在去韦尔斯顿西14街的路上，我一直保持着沉默。时髦的男装和女装裁缝把店铺开在韦尔斯顿，店里的平板玻璃窗在晚上黑漆漆一片。马车散布在街道上，运送衣服、杂货和晚间邮件。我们一离开车夫那辆漂亮的马车，我就跟在亨特先生后面两步远的地方。他的扣子已经解开，大衣在风中飘扬着。枯叶在平坦的黑色道路上不断跳跃。他在两株苹果树之间驻足，让骑自行车的人顶着逆风从身边穿过。

那些人从他身边经过时，连眼睛都没眨一下。他们不知道走在他们中间的是谁，也不知道那个穿着精致外套、梳着老式辫子的英俊男子是个传奇人物。

传奇人物仔细查看了商店之间那些不起眼的门，还有上面的公寓入口。我把双手深深地插进口袋里，等待他的决定。

"直接出门，到街上去，"他若有所思地说，"慌乱的时候，我总会这么做。"他转向东边，对着迎风面选定了目的地。那是一栋砖砌建筑，一楼有一家马丁&戈尔德书店。

亨特先生站在写着1455的黑白瓷砖上，试着用一把黑色铁钥匙开锁。

我环视街道。“你觉得是这个吗？”

锁哗啦一声开了。他笑着为我扶着门。墙上有个铜制信箱，我们并肩站着，读着贴在上面的名字。

“埃利奥特。”我把手指放在刻着的牌子上，“301。”

楼梯在我们脚下吱嘎作响，我还收到了一个惊喜——走廊上的破地毯铺满了粉红色玫瑰。

他走了两步，转过身来盯着我，“这是什么地方？”

“我以前见过这个地方。”

“你认识住在这里的人吗？”

“不认识，是在……他死的时候。”我不能公开谈论这件事。

他拍了拍我的肩膀，“我明白。”

我想靠在他的手臂上，但又有些畏缩。我索性问道：“那件事合乎常理吗？”

他抬起头，“有可能。难道你不知道？”

巫师已经好几百年没有引渡过死者了。“不知道。”我回答。

“我是这么认为的。咱们先找到301房间再说吧。”

“好的。”*表现得像你属于这里一样，迈尔斯。*我挺起胸膛，准备对遇到的每个人展露微笑。

一个穿天鹅绒外套的女人在楼梯平台上遇到了我们，我们便走到一边让她过去。她回头偷偷看了亨特先生一眼，没注意到我那件多余的工作服。二楼传来阵阵音乐声——原来是有人在拉小提琴，而不是无线广播或留声机发出的声音。

他驻足聆听，“拉得不错。”

“可旋律很古怪，先生。”

他不满地看了我一眼，“什么意思?”

“这是*卢卡斯复仇记*的最后一段独唱曲。”

就在卢卡斯眼睁睁地看着敌人克里昂的下属们起身要刺死他们的国王将军时，小提琴随着进攻提高了声调，尖锐的音符记录下了痛苦的笑声。我不禁打了个寒颤。

亨特先生爬上了三楼的楼梯，“正义使者卢卡斯?”

“是毁灭者卢卡斯。”我纠正道，“巫师王卢卡斯。”

“巫师王。”他冷笑道，“卢卡斯统治时情况如何？四十年的法律改革，女孩可以和男孩一样接受教育的传统——”

“对不起，先生，做了坏事之后，你会通过做好事来弥补吗?”我问道，“卢卡斯带来了改革，但那是用鲜血换来的。”

他带着怀疑的眼神看向我，“所以他做的好事……其实是邪恶的?”

“不,”我说，“这很复杂。301到了。”

亨特先生试着用一把黄铜钥匙来打开那个破旧的钥匙板孔。我扫视了一下大厅。会不会有人出来，看到我们闯入他们邻居的公寓。

“这么倒霉吗?”

“肯定是其中一个……啊。”

门打开了，里面露出一个小巧整洁的厨房，水槽上方的窗户几乎给放着药草盆栽的架子遮住了。我跟着他溜了进去，关上了门，把锁重新扣上。

他站在厨房中央，盯着一堆昂贵的、由以太电能驱动的器具，“你觉得这些东西怎么样？”

我脚下的一块地板吱吱作响。亨特先生对我的退缩报以微笑。“先生？呃，我的总体印象吗？”我问。

他对那些小玩意儿挥了挥手，“我的意思是，尼克·埃利奥特拥有这些东西，说明了什么？”

我把医疗包放在烤板上，解下围巾，“他很有钱嘛。一个炊具，一个快水壶，一个搅拌机，还有一个咖啡壶？这些东西很贵的。”我走到他身边，用我的衣袖在他的身上蹭了蹭，“也许他在公司里工作过。这些都是阳光电器公司的产品。”

“可都没有连接到电源板上，”他观察后说道，“你说这是为什么？”

“只有一个电板，”我说，“这地方太老旧了，不能再住了。”

他对着墙上的投币箱点了点头，“还有什么？”

我环顾四周。还有什么地方不对劲吗？还有什么可疑的呢？我之前到底看到了什么？

整洁的厨房里摆放着昂贵的器具。一扇长满绿色草本植物的窗户，遮住了后巷里单调的景色。

东西都很干净……一切都收拾好了。

“他说茶里有毒，”我说，“茶杯和茶壶在哪儿？”

他打开了橱柜。一个朴素的白色茶壶放在属于它的位置上，旁边放着糖碗和茶叶罐。每个钩子上都挂着一个白色的茶杯，钩子从茶杯把手上穿过。

我打了个寒颤，一种隐约的想法爬上了我的后背，“有人来过这里。杀了他之后他们便收拾了残局。”

“说的没错，医生。”

这句恭维话让我有点心花怒放，备感温暖。“谢谢你，先生。”我说。

他叹了口气。

“亨特先生。”我纠正道。

他那痛苦的表情依然存在。“我就是你之前认识的那个人，医生。丝毫未变。”我说。

“可你……”

“非常愚蠢，”他说，“在社交上还很笨拙。我对你的世界仍然相当无知，还很不耐烦。”

“每次我想起你是个传奇人物，你就会对我喋喋不休地说你的缺点吗？”

他哼了一声，“如果你一直把我捧得高高在上，我迟早会摔下神坛的。我需要你忘掉那些。”

“我怎么可能会忘呢？”我几乎要笑出声来了，收不住的那种，“我怎么能忘记你是——”

“我可不是一个传奇啊，医生。”我的大衣衣肩在他的抓握下起皱了。他吓了一跳，松手把衣肩抚平后，又把手放回了原处，“我想回到从前。我们可以做朋友，或成为朋友。”

“我们会变成朋友的。”和半神国人交朋友，我可真是个傻瓜。

“叫我崔斯坦吧。”他说。

我的耳朵可以听到脉搏的跳动。“不合适吧。”我说。

“迈尔斯，”他叫道，温暖传遍了我的胸膛。他靠得更近了。

太英俊了，他的脸庞还只有一半真实，“我想这么叫你，你会拒绝我吗?”

我往后挪了挪，撞到了烤板上，“不会。”

“迈尔斯。”这个词让我心潮澎湃，“那你叫我崔斯坦吧。”

我的嘴唇开始发麻。我的舌头轻敲着我的牙齿。**崔斯坦**。

“亨特先生。”我叫道。

“真倔啊。”他翘起了一边的嘴角。凉风吹进了他站着的地方，“尽管茶具已经清理干净，但可能还有更多东西在等待着我们发现。”

“让我看看茶壶。”我需要做点什么让气氛恢复正常，“如果没有擦干净，我肯定需要这个。”

崔斯坦和我同时伸手去开门，我们的手撞在了一起。

“这地方挺近的。”他把茶壶放在柜台上，“你要茶壶干什么?”

“测试它的砷含量。”

“这是他的死因吗?”

“这是最合理的猜测了。他坚持了很长时间才到医院。砷味微甜，你会在茶里怀念它的味道的。”我揭开盖子，看着里面的东西笑了笑。多年的冲泡让茶壶内壁已经发黑了，里面的铜锈也没有丝毫擦洗过的痕迹。

“这是我们的第一个证据。”我把茶壶放在我的医疗包旁边。

“太好了。帮我找找剩下的证据。”他走进餐厅，身体挪到一旁让我进去。一张可供六人使用的餐桌上铺着钩针编织的花边桌布。我把手放在一只精心缝制的扇尾鸟上，发现另一只的姿势稍有不同，且第三只离第二只很近。

崔斯坦靠在椅背上，旁边还倚着一把里拉琴，他沿着桌布上的尖顶网布描画出一条路来。“这是什么?”

“贵，纯粹就是昂贵的东西，”我说，“你不能在机器上做钩针花边。这得靠手工来完成。”我摸了摸我找到的五只鸟，“每一只都各不相同，它们并不是按照某种规律排列在网格上的。”

“你怎么知道?”

“我以前吃饭的时候曾盯着一块类似的桌布。”我说。

我低着头，听父亲利用晚餐时间赞美他早熟的女儿，讲述我的失败——一天、一周、一年中的失败，那些失望的事从未留下疤痕，但也没有愈合。我数着妈妈最喜欢的桌布上扇状尾巴的鸟儿，强忍着不能流下的眼泪。格雷丝会成为一名风暴歌者；而我只是个次巫，注定要受制于我妹妹。

“迈尔斯。”崔斯坦碰了碰我的肩膀，“你从桌布上知道了什么?”

我耸了耸肩，“可能毫无意义。我是说，关于他的死。”

“但它告诉了你一些关于尼克的事。他怎么会有这块桌布?”

“不是他买的。这块桌布太昂贵了。是他母亲做的，”我说，“她做这些可能是为了赚外快。”

“你怎么知道?”

“厨房。”我朝厨房的方向挥手示意，“昂贵的器具和廉价的白色器具。富人家里总会有瓷器和管家，即使仆人不住在家里。”

“所以，一个发财的穷人中毒了。这是他故事的开始。让我们去查明剩下的故事吧。”

尼克·埃利奥特的前屋贴着砖墙，收藏着琳琅满目的唱片。留声机的喇叭开口正对着一张安乐椅，旁边还放着一个带底座的烟灰缸。墙上另一个以太电表在为无线电收音机供电。

“他喜欢听音乐。”

“我受够了无线电，”我表示同意，“哦，我真傻。他不能忍受以太的运转。”

“我也不能，”崔斯坦说，“我讨厌那玩意儿。它就像是一只在你耳朵旁嗡嗡叫的蚊子，或者像是用舌头尝到铜的味道那么恶心。”

出于内心的同情，我不禁打了个寒颤，“以太是在铜线上运行的。也许这就是原因。”我打开了客厅的壁橱，“他一个人住。另一间卧室是书房，这里没有女人的东西。”

“迈尔斯，”崔斯坦笑了起来，“你可真让我吃惊。”

我仔细看了看壁橱地板上的五双男鞋，脸颊瞬间发烫起来。埃利奥特先生本可以选择跟男人在一起的。在他这个年龄，对这种行为的容忍度会开始下降，但结婚的压力还不是无法承受的。“说的有道理。”我说。

“但我觉得你说的才对。这儿没有成对的东西。家具安排的不是成对的，他的卧室……”崔斯坦转动多面玻璃旋钮，“哦。他有个情人。”

一条淡玫瑰色的丝质睡袍，和一件更重的青铜色和绿色锦缎衣物一块挂在了门钩上。崔斯坦再次把门关上。

“一次检查一个房间吧。这是什么？”他从咖啡桌上拿起一本相册，“报纸剪报。”

我翻遍了大衣口袋，找到了一张记者证，“他是个记者。”

“我猜他写过关于园艺的文章。”

“园艺?”我走过去细细翻看了几页。崔斯坦翻到报纸上的一张照片，上面有一个小花园，在动人的夏日少女脚下，花儿翩翩起舞。

我捂住了嘴。“他是绿拇指先生。”

“每周的可爱花园?”

金斯顿东部地区为争夺他们六尺见方的地块荣誉，每周都要在《星报》上评选可爱花园。我的女房东赢过一次，她把那张剪报镶到镜框里，摆在了她的前厅。

巴斯太太会为绿拇指先生哀悼的。

“尼克·埃利奥特写的专栏是纽约最受欢迎的专栏之一。谁会想杀他呢?”

“也许有人知道他的秘密。”崔斯坦说。

“但他们可以举报他。他不可能通过检查，眨眼之间他就会被送进疗养院。为什么要杀人呢?”

“因为工作上的竞争，还是家里有了麻烦?”

“或许是他的情人？有人设法把毒药倒进他的茶里，然后把现场清理干净——亨特先生。”我摸索着找他的袖子。“他喝茶的时候只有他一个人在。凶手不会让他跑到街上的。你有没有看见什么人，在你停下——”

崔斯坦把一根手指举到唇边。

公寓走廊的地板嘎吱作响。一把钥匙滑进了前门的锁里。

崔斯坦用一只手捂住我的嘴，把我拖到角落里。

第八章 幻觉

“尼克?”

一个女人走了进来。完了，我们完了。

她看到我们肯定会尖叫，还会报警。我们能解释清楚吗?

她走进前屋。“尼克?”她完全没有注意到我们。

她耸耸肩脱下毛皮茧衣，扔在了沙发上，“别告诉我你病了，尼古拉斯·阿尔瓦·埃利奥特，你需要人照顾呀。”

崔斯坦继续捂着我的嘴，一只手紧紧地缠住我的肋骨。这些手势提醒着我，别说话，别动。他身上的茴香味萦绕在我耳边。

她脱下修长的黑色皮手套，时髦的短发卷曲在突出的颧骨周围。一头浅黑色的头发泛着淡淡的蓝色光泽，使她白皙的皮肤看起来更加柔滑。她身穿一件奶油色丝绸衬衫，一条宽腿炭色长裤，系着一个石板色和带银色条纹的领带。

那个女人穿过前屋，打开了卧室的门，“尼克?”

她看不到躲在角落的我们。崔斯坦把我们隐藏在她的视线之外，这种力量来自我所嘲笑的传说和故事，尽管我童年时曾热切地读过。他微微松开了压在我嘴唇上的手，滑下来搂住我的腰。

我们从脖子到膝盖的部位都贴在一起。他的气息在我耳边温热地呼出，我不敢离开他半步。万一我们脚底的木板发出声响怎么办？

那个女人回到了前屋，酒红色的嘴唇紧闭着。她在原地驻足，一番深思熟虑后做了个决定，嘴角的皱纹顿时又恢复了原状。她蹑手蹑脚地走进书房，把六个木制抽屉开了又关，四个金属抽屉发出了回声，她沮丧地关上了最后一个抽屉。

“你在干吗，尼克？”她对着空气问道，“你去哪儿了？”

她回来拿她的茧衣，然后匆匆披上，心情明显不悦。她检查了一下餐厅，脚下的高跟鞋在地毯上发出沉闷的响声。

我的肩膀很痒。我的毛毡衣里面太热了。崔斯坦在我脖子上呼出的气，一波又一波地扩散到了我的四肢。在我的想象中，我能嗅到他嘴里的茴香味，感受他丝绸般顺滑的发丝与我指间的缠绕。这一切太生动了，他紧紧地贴在我身上，地板嘎吱作响，还好没有被发现。我不应该考虑亲吻任何人，更不用说有些神圣而又无情的半神国人了。

女人打开钱包，拿出了一个带有刻字的银瓶，喝上几口后又戴上手套，空手离开了公寓。崔斯坦抓得更紧了，我们站在那里，直到她脚下的楼梯发出嘎吱的声音。

我从他的双臂挣脱开来，猛地拉上我的大衣，系紧我腰间的纽扣，“你做了什么？”

崔斯坦耸耸肩，“我是一个幻术师。幸好我把咱们都隐藏起来了。她在书房里找什么？”

我的呼吸的速度太快了。“你让我们隐形了？”我问。

他对我微微一笑，“是的。”

他拥有的力量真是……“太不可思议了”。

“谢谢夸奖。”他笑得更开心了，“要同时隐藏两个人还真是不容易。我有点饿了。”

他完成了传说中的壮举，居然只是饿了？“如果是我，估计骨架都要散了。”

“我可以坚持到搜索结束为止。”崔斯坦带头向书房走去，“不管她想要什么，她什么都没找到。有点意思。”

“进来打扫的人已经搜过书房吗？”

他站在房间中央，慢慢地转了一圈，“一个发财的穷人被毒死了……就因为他写的东西？啊，太好了。一直在找这个。”

“找什么？”

崔斯坦戴上手套，举起一台立式打字机的盖板，之前得意的表情逐渐变成了苦恼。和之前那个女人一样，他也打开了抽屉。

“这是什么？”我过来检查那个打字机。

“色带还是新的，”他说，“可你看这个。”

他在桌面上放了一个盒子。这位传奇人物读过斯奈德的《**最佳二次上墨工具**》。我打开了盖子；起动机上沾满了使用过的污渍。存放在隔间里的色带已经不见了。

崔斯坦打开了所有的抽屉。“没有备用色带，也没有新的色带盒。尼克·埃利奥特重复使用了他的旧色带。他的死因就在这间屋子里，可现在消失了。这里什么都没留下。”

他检查了一下文件柜，“所有的抽屉都是空的。”

“证据不见了，”我说，“全部消失。我们什么也没发现。”

他摇了摇文件柜，“帮我搬下这个。”

我挤到他左边，我们一起把柜子从角落里抬了出来。我们发现了一堆灰尘。崔斯坦又把柜子移回角落里，我们分别在桌子的一边坐了下来。

“把你的膝盖抬起来一下。”我提醒道。我们把那东西移动了几英寸。一张便签躺在灰尘里，可能是放在电话旁边的。

“空白的。”

崔斯坦一把抓起便签，对着亮光举了起来，“不完全是。给我一支铅笔。”

我打开抽屉，找到了一支柔软的素描铅笔。崔斯坦在便签上擦了一下。浏览完上面的信息后，他瞪大眼睛瞥了我一眼，“你说你不认识他？”

“不认识。”

他把便签递给我，我读着擦拭后露出的字母：

CMH=迈尔斯·辛格医生

精神科医生，BVH

——这里允许采访病人吗？

——不要吓到他！

“B.V.H.是博勒加德退伍军人医院，”崔斯坦说，“那C.M.H.是什么意思？”

“是我，”我说，“他知道我的名字。克里斯托弗·迈尔斯·汉斯莱。”

“啊。你和克里斯托弗·汉斯莱总理有什么关系吗？”

“可以这么说。”一阵冰冷、令人颤抖的恶心袭来，我感到难以呼吸，“他是我父亲。”

“所以，你毕竟还是个有身份的人嘛。”

我点点头，努力把呕吐物咽回去，“我逃去参军了。”

他歪着头，“你比大多数人回来得更早。你受伤了吗？”

我关上了回忆的大门。如今我身处艾兰的金斯顿，天堂营已成过往。“严格说来，是的。”我回答道。

崔斯坦眉头紧锁思索着什么，然后为了礼貌地关心我而又舒展开来。“那我就不多问了。”

“多谢。”

“我只能转移话题了。”他领着我们穿过尼克的公寓，来到厨房门口，“要是尼克写的东西公之于众的话，杀手会有很大的损失，所以他要杀了尼克。”

“但他写的是关于园艺的东西，”我说，“谁会为了园艺而杀人？等等，如果他写的不只是这些呢？”

“他还能写些什么呢？”

“这场战争。他说过，士兵们应该知道真相。”

“谁会因为他反战而杀了他？”

“民族主义者，”我说，“但不是用毒药。他们会在街上把他打死，还是在其中一半人喝醉的情况下。”

“他们应该知道战争背后的真相，”崔斯坦沉思着，“真相究竟是什么呢？”

“我不知道，”我说，“他没有说太多有意义的东西。不过他也谈到了灵魂。”

这句话引起了崔斯坦的注意。他抓住我的手。“努力回想下他说的确切内容。”

我闭上眼睛，“‘他们需要灵魂。’他就是这么说的。我还以为你在寻找遗失的魔法呢。”

“灵魂力量的魔法。谁会需要灵魂呢？”

“我不知道。可以猜下吗？”

“说不定有帮助。”

“我觉得是隐巫者。我的子民。但你无法接近它们。”

“你说得对，我接近不了。”崔斯坦放开了我，帮我抚平皱巴巴的袖子，“我得知道尼克了解的内情，迈尔斯。你愿意帮我吗？”

“他对战争有些了解，士兵们需要知道这些。我会帮你的，咱们第一步应该做什么？”

“说不定去他的工作场所会有发现。”

“我不知道这趟行动能否纳入我的检查表中。”

“可能没人会告诉咱们实际情况，但试试也无妨。”他锁上了门，示意我跟他走。我们经过楼梯时，听到了楼梯的抗议声，“我们去吃点东西吧。”

与崔斯坦共进晚餐。是去餐厅，坐在一张小桌子上，用膝盖和胳膊肘顶在上面，还是去他家享受舒适的私人空间呢？我握紧手指。我不能和他单独在一起。我知道半神国人的故事是以什么结束的。“我该回家了。”我说。

他挺直身子，故作镇定，“明天下班后，我给你打电话？我让管家早点准备晚饭……”

“我会从茶壶里找到真相的。”我向他保证。

我把自行车从他的马车后面卸了下来，然后我们在韦尔斯顿街分道扬镳。

我拒绝了崔斯坦家的一顿美餐，换来了五英里半的山路骑行，山下就是金斯顿东部地区。我把自行车驶出路边的时候，医疗包里的茶壶鼓了起来。我们当时可是破门而入的，万一被抓住了……

我站在踏板上，弯腰握紧车把，以抵挡把我往西推的风力。穿过铁轨和挂在头上的以太电线时，我紧咬着牙关。抵达后，我的腿不住地颤抖。面前是一座灰色房子，带有白色窗台，十分宽阔，巴斯太太房子前面那个获奖的花园里有了秋日枯萎的残花。

一辆马车停在巴斯太太的房前步道上，车顶上有汉斯莱家的三只野猪标志。

*快跑，迈尔斯。离开这里。*但我的腿在克鲁的时候就不听我使唤，在这里也一样。我跨在自行车的横杆上，呆住了。

马车颠簸着，一个仆人穿着制服——*那种制服*——跳下台阶朝我走来。“汉斯莱爵士在里面等你呢，先生。”

他抓住我的医疗包的手提处，把包从自行车前轮上的篮子里拿了出来。

我终于可以动了，“不用……”

“先生？请问您需要什么帮助吗？”

他提起我的包，由于里面放着茶壶，褶皱皮边已经撑得很满。他朝巴斯太太的房子望去，我妹妹可能正坐在里面，在煮白菜和羊肉末的香气中喝着碎叶茶，吃着罐头里精心保存的饼干。

他拿着我的包，里面有茶壶，各种药品，我的注射器盒，还有我的解剖刀，自从我在361号流动医院救了二等兵詹姆斯·沃尔夫的命后，我就再没有用过那把刀了。我可以放弃所有这些，还有我房间里的一切。我可以骑着车在金斯顿东部纵横驰骋，还可以——

还能去哪呢？格雷丝发过血誓。无论她在这里做什么，都不会把我当作她的奴隶带走。

于是我抬起下巴，把腿从车座上甩了下来。我让他扶着车把，他跟在我身后两步远的地方，随我走了三十步来到前门。

我把钥匙递给仆人。他锁上了我的自行车，把我的提包递给了我，然后在前门旁边坐了下来。他身上的橙色外套一尘不染，也毫不在意身后墙上的那块补丁，那里的灰色油漆之前就已经剥落。

教堂的钟声敲响的时刻到了。前门啪的一声打开时，第一次的敲击声还没有完全消失。在我隔壁房间打鼾的管道安装工走了出来。

“医生”。

“亚瑟。近来可好？”

“还不错，只是——”他慢慢地扭动着脖子，这个动作让他缩了缩身子，“我感觉自己落枕了。见完你的神秘访客之后，你能来看一下吗？”

我的神秘访客。不是*我妹妹*。真是个小确幸啊。我来到房子后面，穿过客厅前门时，无线广播里正发出刺耳的声音并低沉地回响着。

巴斯太太家的厨房装点着绿植，十分温馨，格雷丝在一张盖着软垫的木椅上休息，手里拿着一只上好的茶杯。巴斯太太从桌旁站起来给我端上晚餐，希望我像那些劳动后男子一样，趁女人在厨房里忙活时直接把晚餐倒在盘子里。

“我喝杯茶就好，巴斯太太——”

“继续吃吧，迈尔斯，”我妹妹说，“你需要吃点东西。”

切碎的卷心菜和羊肩排加了酒和醋炖好后，在我的盘子里冒着热气。一个前臂被柏油烧伤的家伙从洗漱间走了进来，举起了手，“小姐，太太。还有……”

“辛格医生，他叫道格拉斯，他睡在后面的卧室里，”巴斯太太介绍道，“道格拉斯·福克斯。”

“马路工人?”我问道，握了握他那只用肥皂洗得干干净净的手。胃酸在他的咽喉里沸腾着，试图溶解一个不肯掉下来的块状物。

“听说你是个医生，”道格拉斯说，“一个医生住在这里干什么?巴斯太太，请原谅。你是一位实习生吗?”

“我不是实习生，福克斯先生。”

“所以你是一位真正的医生。啊哈。”道格拉斯用前臂拭了拭湿漉漉的额头，“我吃完东西就肚子疼，这是为什么?”

“原因可能有很多。”如果是肠胃结石的话，那就意味着要动手术。我还得说服他请假。可生病的话工作就会受影响，劝他就难了，“我可以帮你看看。”

“明天看吧。你还有一位重要的客人呢。”他朝我妹妹点了下头便走了出去，让我继续吃饭。

格雷丝看着我咬下第一口排骨，几乎没有一丝颤抖。巴斯太太跟着福克斯先生，和其他人一起来到前厅，他们会在那往以太收费器投币，聆听今晚的戏剧音频。为把气氛推向高潮，剧里充满了意想不到的情节转折和惊心动魄的配乐。只剩我们两个单独在场后，格雷丝礼貌的表情一下子就变成了强烈的愤慨。

“伯德兰？你住在伯德兰一所公寓里的单间里？”

她还是我记忆中的那个样子，会对不喜欢的晚餐或不愿遵守的观点嗤之以鼻。我向她眨了眨眼睛，岁月便消逝了。“你的声音正常多了。感冒好了？”我问。

“差点被你的疗法烧死后，我现在很好。”她环视了一下厨房。我很高兴巴斯太太的瓷釉铁锅没有污点，而且她从不允许任何地方有一粒灰尘。可是格雷丝看上去就像这间厨房成了一个可怜的窝棚，“他们给你多少工资？”

“还不错。”肉已经炖了好几个小时了，“如果有合适的公寓，我已经买得起了。”

“这件事包在我身上了。在伯德兰的话，确实可以。”

“你怎么在这儿？”

她低头看了看杯子，然后回答道：“我是来看你的。”

“为什么？”

“因为你是我的——我的朋友。我想你了。”

我在胸口中央揉了揉，温暖的光芒蔓延到我的四肢。好多年过去了。“我也想你。”

“我还想跟你谈谈——”她摇摇头，“算了吧。你不能住在这个鬼地方。”

我情绪崩溃了。她不能这样替我做决定，就好像我是她的副手一样。“我没住在这。”我说。

她竖起了一道眉毛，“没有吗？”

“你这不是在给我找公寓啊，”我说，“你会挑一个十居室的豪宅。你是怎么找到我的?”

“我给医院打了电话，马西森医生帮了大忙。”

“哦，确实是。”肉是酸的。

“别生气，迈尔斯。六个房间的也行。”

“算了。”

她翻了个白眼，“他们居然会造出小于六个房间的公寓吗?”

“格雷丝，你知道一条面包要多少钱吗?”

“你是在讽刺我自命高雅吗?”

“你能否认这一点吗?”

她气呼呼地摇了摇头，“那你需要什么样的公寓?”

“你可不是来这给我找新住处的吧。”

格雷丝瞄向左边，“你都下班好几个小时了。你上哪儿去了?”

我不能告诉她真相。她会因为那个半神国人而召唤整个巫师圈。去了电影院？她会问我看了什么。去吃饭？可我刚刚吃得像个饿死鬼。还是去了图书馆？那我借了什么书?

“迈尔斯。”

只能撒谎了。“我去拜访了一个朋友。”我说。

“谁?”

我看向别处。

格雷丝咯咯地笑了，“哦。还和男人在一起呀？不觉得自己已经过了玩这套的年纪吗?”

“格雷丝。”

她呷了一口茶，“我觉得这总比吊在女洗衣工身上好。”

“格雷丝。”

“开玩笑啦。肯定是秘书吧。”

我盯着她看，她给了我一个充满歉意的眼神，“抱歉，我很高兴你有朋友。巴斯太太说你不爱跟人说话。”

“我估计她什么都告诉你了。”

在厨房外的走廊上，其中一块木板吱吱作响。我往嘴里塞满了羊肉，格雷丝则喝着茶。进来之前，巴斯太太敲了敲门，“不好意思，汉斯莱小姐，九点过后我就不招待客人了，现在已经十点了。”

“当然。”格雷丝把椅子往后推了推，“谢谢你的茶。迈尔斯和我要去——”

“你自己去吧，格雷丝。”我纠正道，“我要留在这儿。我不会告诉你这次来访有多么惊喜。”

巴斯太太和格雷丝对我的话不屑一顾。

“的确。”格雷丝戴上手套，“惊喜是我们团聚的主题，不是吗？巴斯太太，再见。”

她吻了吻巴斯太太面颊旁的空气，要是我的房东太太没有像太阳一样容光焕发，那就糟了。格雷丝离开前回头看了我一眼，仆人的脚步声与她一道回荡在门廊上。

巴斯太太转向我，“格雷丝小姐是个好人。无论她是如何抛弃你的，你都不能那样对她。”

“并不是——”我连忙闭嘴，重新说道，“已经好久了。”

“你把饭先吃完。”她把茶具拿走，瞥了一眼妹妹的茶杯。她静静地走了，眼睛睁得老大。

“怎么了？”我问，“她没喝完吗？”格雷丝一旦冒犯地留下一杯只喝了一半的茶，她就会公然跳着舞，穿过韦尔斯顿三角区。

“没事，”巴斯太太说，但她拿起格雷丝的杯子后，嘴唇明显发白了。她没有把杯子拿到石质水槽去，而是从后门走了出去。通向院子的门吱呀一声开了，接着传来了骨瓷砸在人行道上的声音，巴斯太太还连吐了三口唾沫。

我差点忘了我的晚餐。我张大了下巴，但在巴斯太太看过来之前，我又闭上了嘴。她发现我盯着她看，脸红了。

“我知道，这不算什么。”她努力保持微笑，好像毁掉她最珍贵的茶杯并不打紧。

“你可以从茶叶中看出预兆。”我说。

她的肩膀抬了起来，“只是个小把戏。这可不是*巫术*。”

“当然不是，”我安慰道，“你看到了什么？”

“我得催他们上床睡觉了。你要是想洗澡，水箱已经加热过了。”她走了出去。

我数到三，看了看留在桌上的那个杯子，就是巴斯太太喝过的那个。一个轮子紧靠左边，意味着她身边的人将要离开，且不是她自己。最接近珊瑚口红弧线的是一个十字，意思是谨慎，省钱，不冒险。剩下的茶叶都汇集在了底部的红棕色液体里。

她肯定在格雷丝的杯子里看见了什么。情形肯定糟透了，以至于她连忙停止查看预兆。如果我也取了一杯来喝，会在里面看到什么呢？

也许不想知道，但我已经猜到了。我希望我有山尼科尔写的《半神国故事集》。关于绚夏福地守护者的传说，童年的记忆只剩下这么多了。

我把盘子拿到水池里擦洗干净。从厨房窗户吹来的风，就像一只冰冷的手裹在我身上。我还记得什么？和半神国人结怨意味着史诗级的灾难。正义的梅纳斯曾经惩罚过他们，并诅咒他们只能说真话，因为他们对凡人施的诡计已经超出了他忍耐的极限。他们的复仇只是个传说，他们那些凡间情人都死于悲痛。

崔斯坦说过要教我，他一定会照自己说的去做。无论再做什么，都是在走弯路，尤其是接受他的邀请，置身更私密的环境中。

我已经很久没有享受过朋友的亲密陪伴了。我太忙了，身上的秘密太多了。

崔斯坦已经掌握了我的不少秘密。

但我知道《**一缕星辰，只为青丝**》的情节。海伦娜的鬼魂从血淋淋的浴缸中升起，飞向天空，奔向绚夏福地，戏迷们想知道海伦娜最后是否会和海琳重逢。

我不能和他走得太近。

巴斯太太拿着一小叠信件匆匆走进厨房。“你的季度单据今天到了，”她说，“太多了，邮箱都装不下。”

信封在我手中噼啪作响，我的姓名和地址打印得整整齐齐，左上角还有我所在银行的标志。邮戳上写着“飘零之月20号”，正是尼克·埃利奥特去世的那天。我的指尖开始发麻。我拍拍裤兜，确信钥匙就在里面。

“巴斯太太，你能五点来敲门叫我吗？”我问道，“我明天早上有件事要办。”

第九章 歌迎冬至

尼克的信箱里有一封薄薄的信，是金钥匙出版社寄来的，但没有银行寄来的超大信封。我及时赶到医院食堂，抓起最后一个黏糊糊的面包和一杯盖好的焦咖啡准备上楼。搬运工推着手推车，里面装满了病人吃的早餐，避让着负责传送各部门文件的职员。信插在夹克口袋里，戳着我的肋骨。我提醒自己，我偷了一个死人的邮件——只是为了讨回公道。

只要马蒂批准我的环境检查报告并提交给警方，一切就都好办了。不过，我还是不愿让别人注意到这些篡改过的时间表，所以我把信藏在了左边那个黏糊糊的抽屉里。茶壶像一件古玩一样摆在书架上。检查表上的墨水早就干了，所以我在下楼去看日志之前把它们塞进了带夹写字板里。

小杰拉尔德和老杰拉尔德在跟我聊完后，结伴走到了花园里。小杰拉尔德坐在花园的土地旁，双手戴着手套，一只脚像螃蟹一样走路，把鳞茎埋在黑土里。老杰拉尔德耙着树叶，把松散的编织袋给装满。越来越多的病人开始加入到他们的工作中，照料灌木，摘苹果，仿佛老杰拉尔德的情绪转变感染了他们所有人。

那些跟着来呼吸新鲜空气、享受阳光的人，都是我康复得最好的病人，但我能让他们出院吗？在医院的平静中成长，和面对世界的压力是不一样的。但还是有更多的病人来了。即使我们让这里的所有病人都出院，我们的床位也不够。我回到室内，看看那些没有康复的病人和园丁。

我进来时，比尔正躺在床上，眼里闪烁着希望的光芒。

“能给我催眠吗？”比尔紧紧握着我的手，“医生，可以吗？求你了。”

一片干涸的血色云朵在他的脑海里疯狂地旋转着，我不敢触碰。但我还是拿出手表，轻声说着话，只需涓涓细流的力量便足以助他入睡。他醒来时还会做同样的噩梦，但至少现在可以休息了。

八点半的时候，我从医生休息室顺了一杯没烧焦的咖啡，为避免有人和我搭话被发现，我赶紧溜了出去。我上三楼去拿茶壶，又走下五层楼来到地下室，然后在实验室里找了个地方，测试一个陶片上是否有砒霜烧焦的虹彩迹象。做实验的时候我虽然离的有点远，但我看到火焰冲过凹面时，内心不免有些得意。尼克·埃利奥特会得到公正的裁决。

我扑灭火焰，期待地转动夹紧的陶瓷碎片，凝视着炭黑的表面。

测试结果为阴性。

我拿起护目镜，把碎片朝向灯光。尼克·埃利奥特那把茶壶上锤击过的弧形块连一点火花都没有留下，说明没有接触过砒霜。

我是不是把毒药弄错了？可症状似乎是符合的。在一个更肮脏、知识更匮乏的年代，尼克的病可能会当成霍乱处置，但他说自己是被毒死的。“在茶里。”这就是他的原话，我们从未像当时靠得那么近过。

我把茶壶里的残渣扫进了垃圾桶。我转过身，背对着我为实验而组装的冷却装置，走向了停尸房。

我打开了未锁的门。那个值班人员警觉地抬起头来，我问她是不是朱莉娅·里金斯，她一下子睁大了眼睛。

她几乎要从座位上跳下来向我行礼，“有什么需要帮忙的吗？”

“我是迈尔斯·辛格医生。”她看到了那张纸条，知道我是谁。

“你是来调查我的吗？”她的声音很小，充满了恐惧。我让她害怕了，害怕我会把她不在的事情告诉她的上司，让应有的后果降临到她身上。如果为了得到我想要的东西而威胁她的工作，那我就是个无赖。“虽然停尸房空了，我觉得也没什么大不了。”他说。

“我就是来和你谈这个的，”我说，“我昨天本来要对其中一具送往火葬场的尸体做尸检。为什么所有尸体都运走了呢？”

“马西森医生昨天下来过，问起上次完成的全套卫生程序有哪些。”里金斯太太说。

我的嘴巴有点干。她为什么要管这个呢？她是综合内科的医生呀。监督停尸房的清洁工作不是她的分内之事。“是她叫你把尸体送出去的?”我问。

“不是。她只是让我打扫卫生，把尸体重新整理好，放在干净的抽屉里。”她把颤抖的双手紧握在胸前，“只是我找不到卫生手册，所以我去资料室找了一份，然后——”

我等待着她说完。

她倒吸了一口气，承认道：“我离开了医院。”

“啊。”

“我去了一辆馅饼车那儿——”她拧了拧手指，抬起头来，眼里不停闪着泪光，“我必须将停尸房打扫得符合卫生标准。为了送孩子上学，我没吃早饭。我知道我需要一些东西来帮助我渡过难关。当我回来的时候——”

“你发现表已经填好了。”

她垂下了头，“笔记板上的签署表当时就放在我桌上。我知道我应该值守好停尸房，我不是故意要——”

“如果是我，我也会这么做的。可马西森医生没有把尸体签走吗?”

“她一定是改变主意了。我回来后就发现了转移尸体的命令。”

“你值班的时候，还有人进过停尸房吗?”

“没有。一直都只有我一个人，直到我——”

“直到你提前离开去接孩子。”

“求求你了，医生。”里金斯太太的声音断断续续的，“后面尸体就不见了。”

我把手帕递给她。“这不是你的错，”我说，“你只是按吩咐办事，留下一个空的停尸房似乎并没有什么坏处。你得照顾你的孩子。你和你丈夫的值班时间重叠了？”

她抽泣着。“只有——一周一天——”

“因为这个，你现在处境有点尴尬，”我说。下星期我要到这里来做轮班的文书工作。我在哪里填表并不重要，没人需要知道这个，“可是你并没有亲眼看到马西森医生写了单子。”

“她是十点半下来的，然后马上又走了。”

“那你是什么时候去吃馅饼的？”

“十一点。我离开的时间最多只有20分钟。”

“你还记得她穿什么衣服吗？”

“她的医生制服。”她擦去眼中的泪水，“戴着一顶外科医生的女帽，下面还塞着卷发棒。穿着她的其中一套西装，还有——长裤，你见过的。”

所以她并没有打算换身衣服再去参加午宴。“谢谢你，里金斯太太。你帮了我一个大忙。如果你又想起了昨天的其他事情，可以打电话到我办公室吗？”

在曾写过特别说明的那页值班记录，我又写下“**请忽视，事情已解决**”，她向我表示了感谢。

上楼时，我用另一只手接过那片温热的、经过试验的陶片。我在三楼停了下来，敲了敲马西森医生的门。

“门没关。”她叫道。

我打开了门，里面的空间足以容纳四个我的办公室。我把那片温暖的茶壶陶片放进口袋，穿过宽大的松木板，把检查表放在她的桌上。

她拿起文件，摘下眼镜，专注地看着表上细小的字迹。“为什么要做环境检查?”

“我的一个病人……”

“你是在调查病人出院的情况吗?”她把眼镜塞进白大褂的胸袋里，站了起来，“跟我来吧，我正要去查看护士们的情况。你要检查哪个病人的家?”

我替她开了门，站在旁边等她锁门。“尼克·埃利奥特。他前天晚上在急诊时死了。”

“尸检结果如何?”她迈着轻快的步伐向楼梯间走去，高跟鞋踩在地板上咔咔作响。

我连忙追上去，“尸体昨天被下令火化了。我去检查的时候，他的遗体已经不在了。”

她眯起眼睛看了我一眼，“所以，你现在想扫清谜团是吧?”

她走在里边，左手扶着栏杆走下楼，一路回荡着轻快的脚步声。

“尼克·埃利奥特告诉我他被下毒了，”我说，“他的症状让我想到了砒霜。”

“他准是呕吐了。你检查了他的衣服?”

“衣服已经被停尸房的工作人员烧成灰烬了。”

“所以你只有他的口头声明而已。”她把表递给我，“我不能批准这个行动。”

什么？“马西森医生？”

“你管得太多了，迈尔斯。我不是说你软弱。你勤勤恳恳，做事一丝不苟，还富有同情心。正是拥有这些品质，所以你成了我精神科最好的医生。但你还没有决定要让谁出院，我需要你下周把那些床位空出来。”

“这就是为什么你——”

“两天内我需要16张空床。我不需要你去挖掘那些廉价小说里的秘密。把死亡归为疑似凶杀吧，然后抓紧把事办了。”

怀疑是凶杀案，却没有验尸医生的报告？警察连根手指头都不愿意动。我只能自己做点什么，我是唯一可以开展正式调查的人了。

没有一个正式的理由对我来说重要吗？我必须弄清他遭受了怎样的对待和背后的缘故。除了我和亨特先生，没有人可以为他挺身而出了。该死的，她为什么不签字？

除非是崔斯坦猜对了，而我错了。

“马西森医生，下令将尸体运走和火化的人，名字首字母缩写是E.M.，”我说，“是你吗？”

她睁大了眼睛，“辛格医生。你是不是——”

“迈尔斯！哦，真凑巧。”

格雷丝站在大厅的人群中，手里提着一个午餐草篮。盖子半掩着，一对酒瓶的瓶口从一侧露了出来。

“格雷丝，你怎么来了？”

“我想和你一起吃午饭，”她说。就像她小时候一直渴望的那样，一篮子午餐，上面铺着一块布，哪怕只是在游戏室里吃。她还记得那些时光吗？她向马蒂伸出手，“马西森医生，你好！”

马西森医生站直了身子，“你好。谢谢你对博勒加德退伍军人医院的捐赠，真是令人敬佩呀。”

“这件事挺有意义的，”我妹妹说，“恐怕被你发现了，医生。我是来引诱我的老朋友和我共进午餐的。昨天我们几乎没有时间来好好叙叙旧。”

她先是出现在我家，现在又提着野餐篮子来了。“我下午还要巡视病房呢，格雷丝，我不能把一天的时间浪费在一瓶酒上。”我说。

马西森医生拍了拍我的手，“我会重新给你排班的，迈尔斯，别担心。和你的朋友好好享受午餐，然后抓紧给我挑选出16个床位。如果你还不死心，再来我办公室敲门。”

她大摇大摆地走向护士更衣室，已经不需过分在意她对我推迟工作的不满。格雷丝又提起篮子，懊悔的笑容里还存有一丝少女的痕迹。

“就算得到许可，工作量也不会减少呀。”

她的捐献也许就是一张收据，整个医院都会向对他们最慷慨的恩人鞠躬。但我清楚自己的职责。“我还有一大堆文书工作要做，我不该错过今天的值班。”我说。

“就今天嘛，迈尔斯。带我去你的办公室。”

“这不就是个有窗户的杂物室嘛。”

“至少景色不错，”我咕哝着说，“怎么没人注意到这里的风景呢?”

“因为他们得尽量不让膝盖擦破皮，在碰到——任何东西的时候。”格雷丝侧着身子，文件柜和书桌之间的空间十分狭窄，格雷丝只好侧身穿过。

“我不会在办公室看病的。”我清理了书桌上的钢笔、墨水瓶和抹布，把一叠需要存档的报告丢在窗台上，“我这一般也没有客人。”

她低下了头，“我就是想见见你。”

“你昨天不是见过我了吗。还见了两次。”今天早上我去了洗衣房，踩到了她那倒霉的茶杯碎片。我有种不祥的预感，格雷丝要出事了，“你为什么要见我?”

她抚摸着我的脸。我顿时紧张起来，但没有退缩。“见到你的感觉有点不大真实，迈尔斯。我还以为你死了，尸骨腐烂在兰尼尔充满血腥的大地上。”她说。

“我确实应该死在那儿的。”我说，“很多人都是这样，但我却没死。”

“你还不明白吗?我需要看到你活着，平安无事，过着你应有的生活。”

那种生活可不是住在一个单间，做一名博勒加德退伍军人医院最不起眼的医生。“我对现状很满意。”

她翻了个白眼，“都别闹了，迈尔斯。我很抱歉打扰了你的生活，下次我们去餐厅。”

然后被人发现一起出现在公共场合?“我们不能去餐厅。”

“那就去酒馆吧。你喜欢的那家，罗巴克。”

我仿佛被什么噎住了，“格雷丝，罗巴克是一家……一家男性活动场所。”

“我知道，迈尔斯。我又不是小孩。”格雷丝打开了酒瓶。她从篮子盖上取下瓷质汤碗和镀银餐具，又从温热的钢锅里舀出蟹肉汤。

“是蟹肉汤呀。”

“不喜欢吗？”

“不喜欢也得喜欢，”我说，“这道菜咱家的菜单上不是也有，每周要吃三次。我很惊讶你也会做。”

“我以前在酒馆里吃过，而且当时没有把自己完全隐藏起来。”

“为什么要这样？”我问，“会被发现的。”

格雷丝得意地笑了，“大家都以为你是学生时代的宠儿。看来我还是没有消除任何人的偏见。”

“可你都快要结婚了。”

格雷丝掰开了一个小圆面包，里面还冒着热气。她涂上黄油，递给了我。“你不出席我的婚礼只会让人们更加相信你是我的挚友。现在一切都很好，迈尔斯。喝你的汤吧。”

汤里加了酒，味道很清淡，里面放的香草比我以前喝到的清香味更浓。“所以你给医院捐了一大笔钱。”我说。

“我还觉得捐得不够呢。你真的走不开吗？”

“真的不行。”

“我能为他们做的只有这些了，算是一份道别礼物吧。”

我放下勺子，“什么？”

“我知道该怎么做。”格雷丝靠着碗，手肘稳稳地撑在桌上，“开一家你的私人诊所吧。”

“不要。”

“听我把话说完。你在城里的每一家医院都有特权——”

“我不需要特权，除非我在做手术——”

“完全可以的，”她说，“这样永远也不用担心被人发现。”

哦，那当然。我向后一仰，“因为我的病人有可能是百大家族的。如果来一个需要专属服务的病人，那可得用魔法来给他们治病。”

“没错。”

“不应该这样，格雷丝。”

“这不就是你离开的原因吗？”她问道，“当大家都说次巫只会玩愚蠢的把戏时，你却想成为一名医师。你已经证明他们错了，你回家后——”

“然后同意被你进行力量缔结。”

“就可以去行医了！你也可以向其他次巫展示一下，该如何让自己的能力有用武之地。你可以激励他们！”

“为什么？这样就能对他们的主人更有利用价值？”

格雷丝皱起了眉头，“没有人会那样想。”

“父亲不就是这么想的。”

“我们这代人不会这样，”她说，“我们可以改变这种文化，迈尔斯。我们可以做得更好。你要清楚一点，我不会强迫你，让你屈服于我，更不会像其他所有风暴歌者那样，对次巫做一些自己期望的，很可怕的事情。”

“所以我们要以身作则。”

“对！没错。我们将引领新的潮流。”

“可我必须放弃这里的生活，还有我的工作。”

格雷丝环视了我办公室，“我明白了，这里有太多东西让你留恋了。”

“他们需要我，格雷丝。”

她把注意力转移到我身上，整个喉咙都在努力抑制着翻涌的阵阵情绪。“我也需要你，迈尔斯。我曾为你哀悼过，不停地梦见你成了一个幽灵，而你其实一直都活着。现在正是我需要你的时候。”

“是需要我，还是我的服从？”

“我需要我的哥哥，我们的家庭。我知道你和父亲从来没有达成一致过，但你现在有了筹码。”

我把脸变回一副不动声色的样子，额头上那惊讶的皱纹也松弛了下来，“我只是一家退伍军人医院的科室医生，工资很低。这个筹码根本就不值一提。”

“你昨天至少募捐了五千元。”她指出。

我眯起眼睛。她转移了我的注意力，让我一直争论是否有筹码。“格雷丝，你是不是有什么瞒着我？”我问。

她抿了口酒，“我本来打算晚点告诉你的。”

“在我接受你对我生活的改造之后吗？还是好好地奉承我之后？还是让我再次尝到留下的美好生活之后？要有对付父亲的筹码，格雷丝，这意味着权力。”

格雷丝把脸望向窗外。

没人能控制我父亲。他是女王手下隐巫者中的首席法师。他是王室大臣，很受康斯坦丁娜王后和理查德王储的器重，但这也有争议。

“我没有权力要求父亲，除非我有他需要的东西。”我看了看自己的手，“他是不是病了？”

她一直不敢看我，“很抱歉，我应该早点告诉你的。”

一丝疼痛感在我胸口裂开。愚蠢。我更应该知道的。“所以他不需要我，只是想要我的才能罢了。你还给他买了下来。”我说。

“他真的需要你，迈尔斯。他非常想你。他收到你失踪的电报后，简直狂暴得像一股摧枯拉朽的自然力量。”

“他是不是还在安全委员会工作？还是说疾病使他行动迟缓了？”愤怒和疼痛在我胸中熊熊燃烧。这就是与妹妹重逢的代价：把目光从她手里拿着的笼子上移开。

“有时候，他只能在病榻上工作，”格雷丝说，“偶尔他还能勉强坐坐马车。他无法召唤其他巫师，这个霜夜我们还有要事要办。”

“他病了多久了？”

“一年了。”她垂下肩膀，“三周前病情还恶化了。”

“你会在冬天歌唱吗？”我问。

“今年是个风暴年，迈尔斯。我们必须小心应对。我从来没有唱过冬天的歌，今年又是风暴年，父亲还病得很重。”

“他是去年病的？”

“对。”

“有什么症状吗?”我希望我能收回这句话。

“胸痛，虚弱，呼吸困难，”格雷丝说，“有时候休息下症状就会减轻。要是日子不太平，什么都起不了作用。”

任何事情都有可能发生，但绝不会是好事。“你还没结婚，也没有让任何人成为你的羁绊。”我说。

格雷丝闭上眼睛。我知道她看到了什么。

“如果他死得太早，你会成为隐巫者主音吗?”

她嘶嘶地吐着气，瘫倒在我的客用折叠椅上，“我的支持率还不够。”

“因为谁呢?”

“珀西·斯坦利爵士。”

鲜美的杂烩汤在我胃里凝固了。反战的论辩家称兰尼尔战争为珀西爵士战争，毕竟其作为国防部长，这种指责不算离谱。如果斯坦利不想打仗，战火也不会燃起。但是，他觉得驱逐艾兰大使馆已经是对他的侮辱了，因此他派出了10万士兵，装备上皮带式连发步枪、燃烧弹和肩炮，去杀死那些手持长弓和长剑的农民和工匠。

我看不见格雷丝拿着毒瓶的样子，但我能见到珀西爵士下达的命令得到执行。

我把手伸到桌子对面。格雷丝抓住我的手，用手指在上面轻捻着。我们就坐在冷却的大杂烩碗旁边。

茶杯碎片让我心烦意乱。要是我知道的话，我能阻止吗?她在茶叶中的命运是否意味着她将失去她的地位?

如果珀西爵士成为隐巫者主音，我妹妹设想的改革就不会实现。斯坦利把他的长子当奴隶，用一个电池来增强他歌唱风暴的力量。我毫不怀疑，达西和萨拉·瓦利太太的婚姻是经过安排的，目的是要培养那些真正的人才，让他们回归斯坦利家族。

我喜欢达西。我留下的朋友们很依赖格雷丝的统治。我不会把自己拴在她的事业上，即使那样很高尚。可父亲一去世，她就没时间了。

我可以给她争取时间。

“我可以给父亲做检查，但我有前提条件。”我说。

“告诉我你需要什么，我来安排。”

“这可是一份要求清单。”

“没问题。”格雷丝说。

仅有一次她听到要求后和我争辩，但最后我还是如愿以偿了。

“把酒瓶留着吧。”格雷丝把野餐篮的盖子盖上，叠在脏盘子上，“你想要什么我都满足你。”

我帮她穿上外套，陪她走完所有楼梯来到大厅，心里想着自己有幸给予一位女士这样的礼遇。病人们盯着她看，但她那银狐色的外套和时髦程度使他们不敢向她打招呼，或是试图吸引她的目光。只有比尔·派克是个特例，他离开了自己的床，通过无线电收音机听着下午的戏剧。他盯着格雷丝，脸上燃起了熊熊的怒火，他的拳头紧握，嘴唇动了动，口中嘟囔着什么。

我们快到门口时，他们开了门。亨特先生走了进来，一看见我就笑了，“迈尔斯。”

椅子在抛光地板上发出了摩擦声，让我的注意力又回到了收音机上。比尔跳了起来，那因恐惧而发亮的眼睛直盯着崔斯坦，嘴巴张得大大的。他匆忙溜走时摔了一跤。

“什么——”

“迈尔斯，这位是？”妹妹在我身旁僵硬地说道。

我皱起眉头，“格雷丝，这是我的……朋友，崔斯坦·亨特先生。”

我瞟了一眼比尔，但他已经走了。

她的手紧紧搂住我的臂弯，我跌跌撞撞地向前走去。“亨特先生，这位是格雷丝·汉斯莱爵士，女王陛下的皇家骑士。”我介绍道。

崔斯坦脱下帽子，鞠了一躬，“你好！”

格雷丝站着，挺直了双腿和肩膀面对着他，满脸敌意。究竟是——

她当然可以看到崔斯坦的面纱魔法。

“格雷丝，”我温和地说，“亨特先生是我的朋友。”

她继续盯着他，“的确如此。”

“格雷丝。”在她的抓握下我活动了一下二头肌，作为警示，“大家都看着呢。”

她把下巴挪开，注意到了自己的神情，“对不起。我该走了。”

她吻了吻我的脸颊，那血红色的唇膏在我脸上留下了印记。她又用充满敌意的目光打量了崔斯坦一眼，然后大步走出了医院。

崔斯坦看着她离开，盯着门关上。

我清了清嗓子，“你来这儿干吗？我以为你得晚点才到。”

他回头看着我，注意力集中在我脸颊的唇印上，“我打断了你和你——”

我靠近他，压低了声音，“我妹妹。这是秘密。”

“你的……哦。”崔斯坦摆弄着他的帽檐，“我正要告诉你，我的马车夫迈克尔有急事，所以我们没有马车坐了。”

“你有自行车吗？”

他点了点头，“我在来的路上买的。但我还有其他安排，所以我会迟到的。”

“顺便说一句，我也会迟到的。你好了再来接我吧。”

“好的。”他直挺挺地站了起来，又恢复了格雷丝吻我时暂时失去的那种居高临下，从容不迫的姿态。一想到崔斯坦刺痛了我的心，我的胸膛里蹿起了一丝火焰。

那使我成了一个傻瓜。“你有关于尼克的线索吗？”我问。

“我发现一个女人声称自己是灵媒，她要到三点才接待客户。”

我歪了歪脑袋，“跟你的使命有关吗？”

他对这个老式的词笑了笑，“是的。”

“祝你会谈顺利。”

“谢谢你。”他停了一会儿，想找点话说，“很期待同你共进晚餐。”

他低下头，用那双蓝眼睛盯着我，然后转身离开了医院。

我的巡视时间比平时晚了一个小时，轮班结束后，我还有一个令人不安的任务，就是选择16个病人出院。小杰拉尔德和老杰拉尔德都得走，所以我把他们的名字写在一张名为“出院”的单子上。比尔则在标有留院的名单上。留院名单上的人比出院名单上的人增长得更快。

我把第五个名字加到出院名单上，沿着我的指关节在名单上涂抹着墨水。这件事今天是办不完了。我也不打算在一天之内安排给父亲治病而不让他知情。我从尼克·埃利奥特那取回的信还没有打开，就放在我的桌子上，等着崔斯坦的到来。

也许接受如此亲密的邀请是愚蠢的，但我被他吸引了，我想得更多的是接近他，而不是我是否会在他的火焰中燃烧我的翅膀。

我的门前响起了敲门声，罗宾的身影定格在门前的磨砂玻璃上。

“进来吧，罗宾。”

“迈尔斯，我听说你少年时的朋友给医院捐了五千块。”她关上门，靠在了门上，“那些钱足够重新整修两间手术室，供所有工作人员使用了。”

“有趣的是，我听说那些钱足够把普通内科的每张床都换成新的，还能多支付五个护士的薪水。”

她露出了牙缝，“你的消息来源有失偏颇。”

我把笔放下，“我想问你一件事。”

她坐在我的办公桌角上，拿出烟草袋卷好一支香烟，“拿去吧。”

我如饥似渴地看着烟草，“你有没有听说停尸房需要消毒，或者遇到紧急情况，必须将所有尸体火化？”

罗宾歪着头，“我没听到有任何紧急情况。”

我向后靠在椅子上，咬着指关节，“快给我一根吧。”

“算了吧，”罗宾说，“倒霉日才可以。”

“我觉得有人故意毁了尼克·埃利奥特的尸体，这样我就没法检查。这还不够糟糕？”

“不够。”她舔了舔纸上的胶水，封好了一个完美的圆筒型香烟。就算用我这双外科医生的手，也不见得会做得更好，“为什么会有人做这种事？”

“不让我知道他死于谋杀。”

“谋杀。他被下毒了？”

“不知道。我还没做过尸检。”

“他说他被谋杀了。”罗宾抬头看着天花板，“但他的声明是唯一能让人怀疑的理由。”

还有我触摸他时看到的东西，但我不能告诉罗宾。“但在我查出他的死因之前，他的尸体就已经消失了。”我说。

“告诉警察了吗？”

“没有尸体，谋杀就不成立。”

罗宾的嘴抿了起来，“迈尔斯，别管了。”

“为什么？”

“如果你说得对，那是谋杀，有人处理了他的尸体……那他们为什么不把你也处理掉呢？”

又一个影子落在我办公室的门上。罗宾把她的烟丝放在桌子上准备打开。

“亨特先生。”她鞠了一躬。

“索普太太。”崔斯坦弯下腰，握住她的手，“最近还好吗？”

“我很好，谢谢你。你是来打听尼克·埃利奥特的事吗？”

“我承认，我确实很好奇，但我遇到了另一件事。”

我清了清嗓子，“亨特先生要去……请我吃饭了。”

罗宾的眉毛扬了起来，“真的吗？”她回过头来，盯着崔斯坦看。

“我保证十点前把他送回家。”

她嘲弄地笑了笑，“见好就收吧，亨特先生。”

她拿起烟袋，期待地站在崔斯坦面前，崔斯坦在门口退了一步，让她过去。

他随手关上了门。“要是我伤害了你，她准会把我碎尸万段，”他笑着说，“她甚至无须多言。你建立了一段真正的友谊，迈尔斯。”

“她从未见过有人说要来看我。”

“我质疑这个城市所有男男女女的品味。”

我的脸火辣辣的，“你的调查进展如何了？”

崔斯坦做了个鬼脸，“很遗憾地说，灵媒是一种骗局。”

“很抱歉。”

他靠在我的桌子上，叹了口气，“照这样下去，我会揭穿金斯顿每一个耍把戏的人，想弄清楚你们为什么还活着。”

我眨了眨眼睛，“什么？”

“这是什么？”他拿起尼克·埃利奥特的信，“你还没打开呢。”

“我在等你。你说我们为什么还活着是什么意思？”

“你居然还没打开，真是难以置信。你可能从来没有去找过新年礼物。”

果然，没有格雷丝指挥就不行。“我有毅力。”我说。

他轻轻地笑了。“我知道。”崔斯坦把信封翻了过来，“纸质不错。还是那个很流行的出版商？”

我指了指书架上的廉价小说，“这些都是金钥匙出版的。”

“这是……”他拿起我的开信刀，划开了信封，“哦。昂贵的信封，廉价的信纸。”

我闻了闻空气，“桶印的。”而且是手写的；墨水在薄纸上以粗体字和黑点流淌着。

“很好奇。”崔斯坦打开信，扬起眉毛大声读道：“先生您好；感谢您最近给金钥匙出版社投稿，但您的手稿不满足出版商的需要。希望您能把稿件投到别处。”

“哎哟，一封满嘴套话的样板信。”

他把纸拿到我面前让我看。我靠在他的肩膀上。在紫黑色的墨水下面，整齐的蓝色字体写着：

“尼克：如果你的编辑不想要的话，我也不要。”

纸条上的签名是L.R.。

“对于一个陌生人来说，这个后记过于私人化了。”崔斯坦说。

“不要什么？”我问道，“如果L.R.说尼克的报纸编辑不喜欢，那就不是小说。”

“不管是什么，我觉得最好去报社问问。”崔斯坦把信塞回信封，“你准备好了吗？”

“亨特先生。”

尽管我们已经近在咫尺，但他还是转过身来，“总有一天你会叫我崔斯坦。”

我咽了咽口水。离得如此之近，我能感觉到他身上散发出的能量，他等待我说话时的紧张。“我想让你教我如何伪装我的力量。”我说。

“当然可以。你还想学什么？”

“我看不到别人身上的魔法，除非我碰到了他们的皮肤。”

“精彩的第一课。别动。”他把手伸向我的脸，“你的睫毛……”

我一动不动。光滑的手指拂过我的脸颊，一根短短的、弯曲的睫毛搭在他食指背上。“你小的时候，是不是对着这些许过愿？”

他手指滑过的感觉停留在我的皮肤上，那温柔的触感不断徘徊着，再次抚摸着我。我还能说话，但声音嘶哑了。“我们确实有。”

他的手更离我的嘴更近了，“别告诉我那是什么。”

“如果我不知道许什么愿呢？”

他笑了，“这是我们小时候从未遇到过的问题，许愿的时候要多为自己考虑，迈尔斯。吹吧。”

他曾经是个孩子。我把这个想法抛到脑后，吹了一下。我的愿望并没有什么言语，但闻起来有茴香味。扑哧一声睫毛，不见了。

“做得好。”崔斯坦把我的围巾绕成一圈，挂在我脖子上。我站在原地等待他的关怀，因为我很傻，还很鲁莽。

我退了回去，扣上了我的外套，“因为许愿吗？”

“因为自私的愿望。”

热气刺痛了我的皮肤。

他掏出手套，调整了下帽子，“吃过晚饭我们就开始训练。”

第十章 哈尔斯顿街西1703号

穿过医院大厅时，我有一种被监视的感觉，当我从手术帐篷里出来抽烟时，这种感觉让我想躲到掩体后面。来自……那里。

崔斯坦碰了碰我的肩膀，“迈尔斯?”

“那边那个，拿着报纸的男人。”我仔细打量着他外表的每一处细节，从那顶崭新的帽子，到涂了蜡的齐整胡子，再到那卷起的裤腿。每一针一线和皱褶都展示着他的阔绰。在退伍军人医院晃悠，这些钱显得太多了。

“他怎么了?”

“没什么，”我说，“我们走吧。”

我解开自行车链时，那个陌生人用胳膊夹着报纸离开了医院。他拐了个弯，我一拉链子，他就不见了。

“就是那个人?”

“是的，”我说，“没什么事。”

“也许。”崔斯坦沿着栅栏往上挪了一点，解开了一辆自行车的链子，上面所有的小装饰使其符合了富人的坐骑标准——管子和挡泥板上的手绘卷轴，全封闭的链盒，帅气的双弹簧皮鞍和轮锁——等着把我和崔斯坦带到街上。

对于那些不习惯的人来说，金斯顿下午的自行车车流会让人发毛。你加入了一个自行车队伍，然后向前移动，直到你成为领先的骑手。汇入车流有一些微妙的迹象、礼仪和习惯，我们从未考虑过，直到有人来捣乱。崔斯坦跟在我后面，喊道："哈尔斯顿街西17号。"

这是一个很好的社区，两边都是又高又窄的联排别墅，中间都有个小花园，里面种着苹果树。我按了两次铃，喊了一声"新鱼"，前面的一些骑手挥手向最近的两轮改装自行车致意。

我们落入了一群穿着麻袋装、闪亮皮鞋的男人中间，多半是职员或经理。崔斯坦在我旁边踩着踏板，咧着嘴笑。"真是让人耳目一新，"他说，"骑自行车的好处还挺大嘛。"

"你打算解雇迈克尔，是吗？"

"再过几天就好了。"他回头看了又看，"不要往后看。"

我忍住了附和他手势的冲动，"什么？"

"医院的人就在我们后面。"

我瞥了一眼车把的后视镜，看到有女人骑在后面。"他可能在忙自己的事。我们下个路口右转吧。"我说。

我们离开了车流，向南转弯，这次我的镜子捕捉到了他——在一个偶然的距离，但他已经转到了我们的方向。

"在那条小巷左转。"我说。我们不得不急转弯才能过去。我们伴着餐厅垃圾和油桶的臭味骑着，避开停在路边的马车和马粪，鹅卵石弄得我的骨头咯咯作响。

崔斯坦加速向前，然后左转，我们又回到了平坦的柏油路上。那个留着小胡子的人使劲踩着踏板，追着我们。

肾上腺素在我的四肢上激增，我更用力地踩着踏板。“左边，”我叫道，但当崔斯坦冲出空隙，转身回到韦克菲尔德街时，我向右躲闪，几乎挡住了缓慢移动的车流。

他们对我大喊大叫。“卑鄙小人！乱骑车！”其中一个甚至说我是一个排泄器官，但我看着车镜。左边还是右边？他想要我们中的哪一个？

他右拐了。那就是我了。尽管如此，我还是笑了。如果他要的人是我，他就得抓住我。

我抄了近道，把车骑进十字路口，然后一个急转弯，直奔一个又短又陡的小山。爬上去吧，该死的。让我们看看你的表现。我踩上踏板使劲蹬，但他的身体素质比我想象的要好，很快我就飞驰在一条人流密集的街道上，人们从一家店到另一家店交错而过，去办一天的杂事。我按着车铃，大声警告，躲避着惊慌失措的顾客，他们对我挥舞着拳头，然后当我的追兵飞快地追来时，他们又愤怒地叫喊着。

当我冲进另一条鹅卵石小巷时，我举起一只手，做了一个普遍表示侮辱的手势，惊动了一辆马车。他会对我厌烦的，然后热血沸腾，像这样追着我。如果他头脑冷静一点，就会让我继续骑走。

一切都明朗了。我穿行在小巷楼房晾晒的衣服中，裤腿在风的吹拂下轻轻地在我的背上摆动着。一只猫看到我过来，飞快地跑到安全地带。我蹦到街上，双腿打颤，追我的人也跟了过来，他那因骑行而发红的脸上留着一圈黑胡子。

我转过一个弯，崔斯坦朝我骑过来，从我身边经过，专注地盯着那个追我的人。当我弯下腰去加入崔斯坦的追击时，我感到心情澎湃。现在与他对峙的有两个人，我们便成了猎人，他想逃离崔斯坦狰狞的面孔，于是沿着光滑的黑色道路飞奔，试图远离我们。

但他并不是每天下班后都要骑5英里的上坡路，也不是每天都要在楼梯爬上爬下。我们赶上了他。他尝试用突然的转弯和刁钻的动作把我们甩开，直到我们来到国王大道，火车过街栏杆在街对面降了下来。

火车驶来了。现在他就在我们面前，我打算多问他几个问题。

但他踩得更猛了，直奔铁轨而去。我们离得很近，铁轨上方裸露的铜缆在我耳边呜呜作响。那名骑手从铁轨上冲进火车轨道时，火车喇叭警示性地发出了可怕的号叫声。

铁轨在尖叫，机务员试图刹车，但一列客运列车需要四倍于自身的长度才能紧急停下。在降下的栏杆处等待的骑手们大喊大叫，有的人把目光移开——

我们的猎物在铁轨上飞奔，像一块湿滑的拳头上的肥皂一样射了出去。

当那个留胡子的男人跑掉后，火车才逐渐停了下来。

崔斯坦靠在车把上，喘着粗气，和我对视后，他咧开嘴笑了，“真有意思。”

崔斯坦是个疯子。但我也一样，因为胸中冒泡的感觉让我想笑。追捕我们的人逃了，但我们扭转了局面，结局非常不错。

“你看清楚他的长相没?”我把声音放低，“他是巫师吗?”

“看清了，没错，是个巫师。”崔斯坦评价道，“跟我回家吧，吃到肚子爆为止。我们要努力调查。”

崔斯坦的两层公寓是一个镜屋。墙上挂的不是艺术品和照片，而是镜子，镜框是用镀金和紫檀木以及手工摩擦的白桦木制成的。我有六英尺高，他家伞架旁的镜子比我还要高几英寸，镜框上雕刻着丝带花环和从裂片橡木叶子后面露出来的林地生物。一模一样的银框镜子两侧是通向厨房的狭窄走廊，崔斯坦在厨房亲自准备晚餐。

我还在为我们的冒险而感到精力充沛，但兴奋却变成了惴惴不安的神经压迫。那个人一直在等我。当我们把猎人变成猎物后，我的内心开始颤抖：杀害尼克的凶手知道我参与其中。

我那烦躁的手指转动着雪利酒杯，看着崔斯坦穿着衬衫在里面忙活。他厨艺高超，拿刀和锅的动作十分优雅，毫不拖泥带水。

“你似乎很惊讶嘛。”

“我还以为半神国人不用……”

他笑了，“不用吃饭?”

“不用做饭。”

“什么，我们难道会用魔法变出美味?”

我耸耸肩，略表尴尬。

他眨了眨眼，“这倒是真的。”

他把牛排切成片，放入油锅煎，然后端来几块牛排和各种温室种植的蔬菜，配上棕色蘑菇。

“我还能变出更多呢。”他劝我多吃点，“这是燃料，你的身体所需。”

我一直吃到眼前游动起黑点才停下来，然后他把我带到客厅。我站在门口，这一切都看在眼里。没有一件家具是相匹配的，但都是簇绒的填充品，到处都是用鲜艳的布料和轮廓突出的刺绣做成的靠枕。这简直是杂货铺、女士私人会客厅和绅士的卧房的结合体。只是还差一只猫而已。

“你怎么不说话。”

“不知道说什么。”

“哦，体验一下吧。”崔斯坦趴在一张铺着鹿皮的躺椅上。

“看起来很舒服嘛。”的确如此，这是一个可以让人放松的房间，可以抽烟，可以彻夜长谈。这是一个为闺蜜好友而准备的房间，而且不只是陪伴。真惬意呀。

“我家和你想象中的不太一样吧。”

“我的意思是，你和我想的不一样。半神国人是让人敬畏和恐惧的对象，而你……”

“你知道保持威严有多辛苦吗？在宫廷上层是很累的，我在尽可能地逃避。”

“宫廷上层是什么样子的？”

他捂住眼睛，“彬彬有礼，举止得体。美妙而又危险。每个人的背上都悬着一把刀。”

“听起来像卢卡斯的宫廷，在百大家族反对他，抚养阿格尼斯女王之前。”我走了两步来到一把扶手椅前，一屁股坐了进去。我的肘部撞到了一根人工吹制的玻璃水管，我弯下腰去闻了闻。

“大麻。”崔斯坦说。

“如果是鸦片，那就意味着一次教训。”

“我是个好孩子，医生。娱乐，而不是毁灭。”他坐起来，拍了拍身边的地方，“坐这儿吧。我想知道一件事。”

我坐在他旁边，与他的腿部保持一定距离，“你想知道什么？”

“你们为什么要迫害可怜的巫师？你为什么说他们会发疯呢？”

我眨了眨眼睛，“是他们干的，他们一直都这么干。”

“但是你的人民，贵族们——他们就没有？”

“嗯，没有。他们和其他人一样，容易陷入忧郁或过度兴奋，但巫师就不同了。”

“不是吧。”崔斯坦说，“区别在于财富和权力。你有，而他们没有。”

我摇了摇头，“巫师可不像法师。”

“真是势利，迈尔斯。你有什么证据？”

“但他们确实会发疯。有这样的案例，而且还不少。”

“你见过巫师吗？”

“见过一次。她在审判中被证实了巫师的身份。她当时在金斯顿精神疗养院等待转运。”她被缔结了羁绊，所以她不能伤害自己，但她已经不能反抗，不能流泪，也不能沉入自己的内心深处，以逃避发生在她身上的事情。

她一看见我就尖叫起来，脸色气得很难看。她已经知道了。她能从我身上看到。她恨我，因为在她被束缚的地方，我是自由的。

我不怪她。

“那也只有一个。”崔斯坦打破了我的幻想，“一个巫师疯掉就是证据吗？”

这个问题很刺耳。“要是他们没有发疯，我们为什么要把他们送到精神疗养院？”我问。

“为什么呢？确实是这样。”

他暗示的不可能是真的，这肯定有区别，否则他们为什么会被送走？“你是说这是谎言？他们……被清除了吗？”

“你知道听证会吗？”

我耸了耸肩，“只在报纸上读过。”

“我参加过听证会，读过笔录。你知道指控巫师发疯最常见的证据是什么吗？”

“错觉。”

“具体来说，这种错觉会促使他们指控其他人是巫师。他们通常管社会最上层的人叫做……皇家骑士。”

晚餐塞满了我的肚子。“但这是……”

“真的，”崔斯坦说完，“对不起，迈尔斯。作为一个精神病医生，我以为你知道这些。”

“我们有自己的专长。”有多少巫师去了精神疗养院？在启蒙运动之前，有多少人走上了绞刑架，让人们相信巫师不是邪恶的，只是疯了而已？有多少人被踩在下面，所以我们百大家族才能大摇大摆地走路，过着自由自在、有钱有势的生活？我喉咙里有了个疙瘩，怒气偷偷蹿上了我的舌尖，玷污了我的舌根。一股仇恨感瞬间袭上心头。我讨厌他们；我讨厌我自己。

“迈尔斯。你的族人，法师们。你们为什么要彼此奴役呢?”

“只有一种法师很重要：风暴歌者。”

“你又不是风暴歌者，所以你不重要?”

“不能控制天气的人都会被缔结羁绊，所以风暴歌者可以像使用行走的电池一样，汲取次巫的力量。”

“为什么?”

“权力，”我说，“团体仪式会从每个参与的法师身上夺走最后一丝力量。如果有人想出了如何同时缔结两个次巫，并在不先杀死一个的情况下同时汲取两个次巫的力量，他们就会这么做。歌唱风暴就是这么重要。”

“所以你的族人会认为你是在否定自己的力量，以达到他们的目的?”

“是的。因为我逃跑了，我会受到极端的控制。”

崔斯坦伸出手，但在碰触我之前又抽了回去，“你想回家吗?”

“不想。”我不想独自面对这个问题。我可不想躺在我那凹凸不平的床上，感受这种恶心的愤怒。我需要把问题先放到一边，以后再考虑。“教我点东西吧。”我说。

“首先你必须学会不带触摸的观察。这是心理上的障碍，但并不难解决。”

这件事被搁置了。一股感激之情让我感受到了温暖。“我该怎么办?”我问道。

“选一面镜子吧,”他说,“一面能同时看到我们的镜子。看着镜中的影像,让你的思绪自由发散。你需要一种特定的意识状态来让它起作用。”

“什么样的状态?”

“照镜子。”崔斯坦说。

我定了定神,选了一面框架最简单的镜子,“现在要干吗?”

“一直看着,直到你厌烦得要哭出来为止。”

“然后呢?”

“继续看。”

几个小时过去了,崔斯坦已经读完了一本书。我烦躁不安,努力保持不动,把游移不定的心思拖回正轨,最后叹了口气,“这样不行的。”

“你是不是想太多了?”

“可能是吧。”

“你在想什么?”

过去的一分钟里,我一直在痴痴地盯着他那挺直的鼻梁,关注着他那勤奋的阅读方式。在这个房间里懒洋洋地看书,喝白兰地,聊天,看书,或者……想必会很惬意。

这些我都不能说。“我必须学会如何做到这一点。这可以帮到我的病人;保护我的安全。很多事情都得靠这个。”我说。

“果然想太多了。”崔斯坦伸出手,“摸摸我的手。”

我凝视着他的影像,闪闪发光,我坐了起来。崔斯坦放开我的手后，影像的变化又消失了。我坐回垫子里，“我永远也掌握不了这个。”

崔斯坦拉着我的手，他手掌上的老茧摩擦着我的皮肤。我凝视着他那伪装凡人闪闪发光的效果，希望在他放手后，这种效果依然存在。

可惜并没有。

“做点别的吧，”我说，“说说话来分散我的注意力。”

“我该说什么？”

“告诉我你为什么来这里，来多久了？”

“快一年了。我来这里是为了解开一个谜团。”崔斯坦说。

“你指的不是尼克·埃利奥特吧？”

“不是，我是被派到这里来查明你们死亡的原因。”

我转过头去，“什么意思？”

崔斯坦在我的手背上画了几个圈，“继续照镜子。你看到了什么？”

“我看见你了，但有一种摇摆不定的样子。你什么意思？我们明明还活着。”

“你是活着。你们艾兰国有数百万人，但你们的灵魂不会来到绚夏福地。你们已经很多年没有来过了。”

“为什么？那他们会去哪里呢？”

崔斯坦耸耸肩，“我要是知道，我就在回家的路上了。你治疗的时候看到了什么？”

“我看到了你的身体内部。”我说，“我看到了你的心跳，肺部膨胀的空气，血液的脉搏。如果你的胸部中弹了，我可以看到子弹，以及子弹路径上破碎的肉体。”

“我不知道这是怎么回事。”崔斯坦的影像摇摇欲坠，我仿佛看到了他，虽然只是水从窗口落下。

“你现在为什么到这儿来？”

“嗯？”崔斯坦歪了歪脑袋，“来金斯顿？”

“你说你以为我们都死了好多年了。为什么现在才来呢？”

“魔法开始在王国的其他地方闪烁。我们派人去查明原因。把我送到死寂之地是……后话了。”

“所以他们派你去做无用的探索？”

崔斯坦的思绪移开了，“只要不用待在宫廷，做什么都可以。你要怎么处理这颗子弹？”

我眨了眨眼睛，“什么？”

“我在问你的技术。你要通过手术把子弹取出来？”

他改变了话题，“是的。”

“我以为你想让身体自然愈合，我不知道有这么详细。”

“也许你们半神国人就是这么做的。子弹一出来，我就能让肉重新粘在一起。或者应该说我可以助推一下，然后我就会头晕目眩，世界的边缘变成黑色。”

“因为你已经达到了极限。”崔斯坦说，“取出子弹了吗？”

“枪伤是最不打紧的。手榴弹、地雷，这些才是我的致命伤。”

“你无法治愈这些伤吗？”

我的笑声很苦涩。“哦，不，我可以。我受了重伤。那些离死亡最近的人，就是未解的原因。我救了他们，很多人。”我说。

我创造了奇迹。

“你很厉害嘛。你找到了自学的方法。”崔斯坦说，“你能看到我身上的旧伤疤吗?”

我又坐了起来。

“你胸口右侧那儿，有一个伤口。它刺穿了你的肺部，击中了肩胛骨——发生了什么?”

“我挡住了一支箭。”

伤疤呈一条直线。子弹可能从他的肩胛骨上弹了回来，然后滚进里面撕裂了更多的肉。“真是不可思议，怎么弄的?”

“一次暗杀未遂。”

我眨了眨眼睛，“有人想暗杀你?”

崔斯坦笑了，“不是杀我。我是继承人的私人保镖之一，在她的孩童时期，我替她挡了一支箭。”

“真勇敢。”

他耸了耸肩，“职责所在。”

“既然你是继承人的保镖，那你来这里干什么?”

“你注意到我们没有再接触了吗?”

我们确实没有。他正坐着，双手放在了大腿上。我凝视着他的影像，注视着他跳动的心脏，倾听他那有血有肉的亲身经历。

“你的手腕骨折了。”

“学剑时摔了一跤。”

“我看见了。”

崔斯坦再次握住我的手，“你做到了。”

他变回真实的自己，我的呼吸也随之急促起来。他散发出一种力量，比我从任何一个人身上感受到的力量都要强大，无论是风暴歌者还是次巫。力量的边缘朦胧地覆盖着我的皮肤，我向他倾斜过去，就像铁被一个磁石吸引住一样。

他把另一只手放在我们之间，“等等。”

我松开他的手，捂住眼睛。

“你可以看着。”他又回到了人类的模样，眼中流露出人类的不完美和遗憾，“很抱歉，我没有想到。”

“没关系。”我站起来，“我该回家了。很可能快……该死。”

我的表滴答滴答地走着，还差一刻钟就十点了。

“太迟了吗？”

“没关系。我可以回医院去，我以前也在那睡过。”

“不然你就留在这吧，”他说，“这儿还有一间卧室。”

“我可以去康复室，偷偷睡在一张小床上。”

“这比小床还软。充裕的毯子，饱满的枕头，热乎乎的早餐。我们身材差不多，你可以先穿我的衬衫，而且客用浴室里的东西也很齐全。”

“我都是早睡早起。”早上五点半可不是绅士该活动的时间。他可能到九点才起床。

“我要生存。”他领我上了楼。

崔斯坦家客房里的深色羊毛地毯还是崭新的。宽敞的房间里还残留着壁纸胶水的气味，和下面的房间有着同样不匹配的混搭风格：宽大的床两侧的衣柜并不搭，小茶几周围的厚垫椅子像是一对兄弟，而不是双胞胎。一扇开着的门展露着一间私人浴室，冰冷的石板上铺着厚厚的棉垫。

“这搭吗?”

崔斯坦站在门口，手里拿着一件叠得整整齐齐的衬衫。我对着他扭曲的面容眨了眨眼。不管有没有触碰到他，我现在都能看出来。

“我很喜欢。”我做到了。这个房间虽然品味一般，但特别舒适。好像在招呼你钻进羽绒填充的被子里，多休息一会儿，熬夜多看几页书，然后再睡在光滑的棉被单里。

“这还没有人住过，”崔斯坦说，“你是我的第一位客人。”

“谢谢你让我留宿。”

他把衬衫拿出来，“只要我还在，你尽管住在这儿。”

“作为你的客人吗?”

“我不能要求你为了学习魔法和抓捕凶手而放弃工作。你是一名医者，你永远不会这么做的。”

“你说得对。”

他向我靠过来，“我们需要你抽出的每一分钟，迈尔斯。这是个好办法。”

我从他手里接过叠好的衬衫，“机智。”

“实用。”

他住得离医院很近，房间也很舒服。我们会在彼此的陪伴下单独度过夜晚。为了学习，为了调查。

崔斯坦又靠了过来，“说，你愿意。”

“我得早睡早起，现在该上床。”我扮了个鬼脸，“睡觉了。”

他没有收回那得意的笑容，“很好，迈尔斯。斯帕罗太太会叫醒你的，明早见。”

“我要在六点半赶到医院。”

“我可不用。”崔斯坦说，“快去睡吧，祝你做个好梦。”

褥子把我裹得紧紧的，毯子既暖和又厚实。但就在房门打开前的几分钟，前门开了，我被吵醒了。一个胖乎乎的女人走了进来，看到我醒了便低着头。

“早上好，我猜你是斯帕罗太太吧。”我揉了揉眼睛，但她指关节周围的炎症还是很明显，不见消失。

“你是亨特先生的客人吗？你喝咖啡、茶还是巧克力饮料？”

巧克力饮料？我从小就没喝过。格雷丝喜欢喝巧克力饮料，这样可以让她心情愉悦，或者作为学业成就的奖励。“请来杯咖啡吧，我是迈尔斯·辛格。”我说。

“辛格医生，我现在就去启动咖啡机。”

“你怎么知道我是医生？”

她指了指那张小小的写字台。“那是医生用的包，上面绣着香油叶，对吧？”

“对。真是细心呀。”

她耸耸肩，“我并不想打听你的私事，医生。我是不小心看到的。我现在去拿早餐。”

她关上门。我进入那间浴室，从包装纸上拆下一把新的剃须刀。关节有点痛。她的关节很痛，不管我愿意不愿意，我都看得出来。也许疼痛会平息下来，那种承载着尼克的力量的感觉已经消失了。我将迎来有趣的一天。

水龙头里的水是热的，剃须皂没有任何凹损，几分钟后我就穿着崔斯坦的精致棉衬衫和昨天的领带下楼了。斯帕罗太太站在水槽边，洗着巧克力锅。

“早上好，斯帕罗太太。”

她擦了擦手，“亨特先生吩咐我要弄清楚你喜欢吃什么，因为这几天你都是他的客人。”斯帕罗太太给我端来一大杯咖啡和一盘奶油烤面包，“别怕麻烦，我今天要去采购。”

“吃什么都可以，我不挑食。”

“不挑呀，那你最喜欢吃什么?”

“橙子。”

“现在是季末，”斯帕罗太太说，“但我还能应付。哦！亨特先生的巧克力饮料。他让我叫醒他，他要送你。”

“我来了，斯帕罗太太。”崔斯坦拖出一把椅子，坐在我旁边，“早上好，迈尔斯。睡得好吗?”

他的头发没有像平时那样绑着辫子，散落在了棉袍的衣肩上。即使是半睡半醒的状态，他也抓住了我的心，即使我现在不碰他，也能看见那摇摆的扭曲体。他把一只胳膊放在桌子上，用一只手托着头，捂着嘴打着呵欠。“不好意思，我平时没有起这么早。”

“我睡得很好，谢谢。”我说，“你的客房很舒适。”

“愿意继续来我这做客吗？我先跟你说好，到周末我们就得自力更生了，斯帕罗太太放假了。”

周末，和崔斯坦独处。我喝了一口咖啡，争取片刻的时间来思考。我不应该这样，可我又想。

斯帕罗太太说："他喜欢吃橙子，但坚持说自己不挑食。"

"那你就留下来吧。"

我放下杯子，"挺实在的。"

崔斯坦喝完了一大杯巧克力饮料，"你老板给检查表签名了吗？我还没问过这个。"

"没有。"

他放下杯子，"她有说理由是什么吗？"

我咬了一口吐司，嚼了嚼，咽了下去，"她说我在追逐一些虚无缥缈的东西。她让我把死亡认定为疑似凶杀，但她不想让我从其他工作中分心。"

崔斯坦眯起眼睛，靠了过来，"这也许并不能说明什么，但是——"

"她怎么会跟尼克的死有关系呢？"

"我不知道，"崔斯坦说，"但我们不能忽视这种可能性。"

"对了，我得早点走，季度单据到了。如果我们能找到尼克的信，或许可以从中了解一些东西。"

"季度单据？"

"银行对账单。里面有尼克·埃利奥特上个季度的每一笔交易，开的每一张支票，每一次存取款。"我喝完了杯子里的水，然后站起身来，"希望邮箱满满当当的。"

第十一章 季度单据

拆开一个信封后，我压抑着胜利的嘶吼。信上盖着金斯顿东部储蓄联盟的印章，有我大拇指那么厚，比起我自己的账单，这些信加起来足足有我的三倍厚。真是幸运！尼克肯定是那种喜欢开支票，不用现金交易的人，这样他的行踪就更加详细了。我迫不及待地想给崔斯坦看。

我把信封塞进医疗包里。包放在了我的仪器箱上，我只好用舌带上的最后一个孔把顶部扣上。我走到街上，哼着一支舞曲。一阵风吹起了我的围巾，贴到了我脸上。我及时把围巾拉开，然后就看到了棕色的哔叽布和黄铜纽扣，铭牌几乎撞到了我鼻子上。

我撞上了一个警察。

牌子上写着：费舍尔。内心的不安顿时涌了上来。

“对不起！”我绕着他转了一圈，包包像个铅块一样重，“我应该认真看路的。”

“没事。”警察伸手把我扶稳，“你还好吧？”

“没事，谢谢。”费舍尔警员的太阳穴有头痛的迹象。我把包丢在自行车的前筐里。这种景象并没有消失，我不知道怎么关掉。

费舍尔指了指标有1455号的黑漆门。“你住这儿吗？”

我努力让自己的呼吸平静下来，并露出遗憾的神色，“对不起，并不是。”

“你是去拜访什么人吗？”

“没有……”**快撒谎，迈尔斯，把牛皮吹上天**，“我正在找一套公寓，想进去看看这地方保养得怎么样。我不应该这样做。”

他点了点头，“你找了多久了？”

“刚开始。”

“你的任务很艰巨啊。”费舍尔说，“祝你好运。”

我血管里的血液又回到了正常的温度。“谢谢你。”

我用颤抖的手指打开自行车锁，等着一股自行车流的通过，然后让风把我吹到街区尽头。我在车流尾部等着横穿的车辆散去，寻找烤咖啡的香气来源。被人监视的感觉在我的脊梁上翻腾着，我从寒风中挣脱出来，向右转，借用了昨天的一个技巧。

两个女人跟在后面，没有别人。我带着海腥味的空气，在去医院的路上不停地回头看。

护士站里鼻塞声和咳嗽声此起彼伏。克罗斯比医生把写好的夜间值班记录递了过来，我的眼睛有些迷糊。“出院的任务完成了吗，辛格医生？”克罗斯比医生问。

"还在审查，你呢?"

"没什么好纠结的，他们今天就要走了。"他得意地看了我一眼，"需要帮助吗?"

在野战医院，我本可以告诉他把记录放在哪里。在这里，我只能回一个冷冰冰的微笑，"谢谢，我手里有。"

每个人都有黄绿色的黏液堵在脸上，覆盖在喉咙上。没有人责怪我把自己关在四个轮班医生本该共享的小办公室里。

今早的《星报》后半部分写着："斯坦利部长对休养法说不。"我的情绪一下子有点低落。该法案包括为退伍军人服务提供额外的运营资金，比如就业工作团和这家医院。我们需要这样的法案，而且说实话，在他们洗劫了兰尼尔的木材和黄金之后，难道不能给那些面对杀戮与惨象的人留点资金吗?

但是有什么东西把这个故事挤到了折页下面。我翻了翻，担心会发现什么。

一桩谋杀案占据了上半部分。士兵杰克·邦廷，妻子，孩子。邻居们说，他回家后就销声匿迹了。我把报纸推到一边，不想在四处巡视的时候去想杰克·邦廷在做什么梦。

我的病人明天就要走了，调查尼克的事也没有任何进展。季度单据不会告诉我现在需要知道的事情。我让那些心智没有被乌云笼罩的病人出院了，但究竟还有多少病人?有多少妻子害怕丈夫回来?有多少男人会在出院后担心自己的内心潜伏着什么?这些问题鞭打着我。我必须找到答案。

我还得再让两个人出院。

老杰拉尔德·格兰姆斯和小杰拉尔德·罗杰斯已经整理好自

己的行李，把各项事情安排妥帖了。我注意到有些人用羡慕的眼光看着他们，库珀，威尔逊。他们两人的头脑都没有被那些会让他们失去住院资格的群众所蒙蔽。我的清单列好了。

女管家正在拆床单，把床单塞进洗衣车里，我躲了过去，坐在了比尔身边。他又做了一场噩梦，内心的那个杀手突然站起来，杀了所有人，然后用木偶线把他拖回自己的家庭，场面十分恐怖。比尔脑袋里的乌云越来越大，这种阴暗顺着他的脊柱蔓延开来。

比尔看着其他人下了床。詹姆斯·奥斯汀抱着一堆衣服，从窄小的房间搬到床上，开始小心翼翼地整理行囊。比尔拽了拽腿上打着补丁的毯子，叹了口气。

“我不用回家，对吗?”

“我宁愿你待在这儿，比尔。”我坐在他旁边，测了下他的脉搏，看着干涸的血云在他的脊柱上扩散，“我昨天在大厅看见你了，发生什么事了吗?”

“催眠不起作用了，”他说，“我以为感觉好多了，后来我看到那位女士，他——”

比尔闭上了嘴。我从口袋里掏出一个听诊器，放在他的肋骨上，“深呼吸。”

我不需要听他的肺部。我需要他集中精力，让一个惊慌失措的病人深呼吸会让人觉得居高临下。我把膈膜放在他胸口的不同地方，听着他的呼吸，然后问道：“他怎么了?”他的心跳一下就平静了下来。

比尔的心跳得更厉害了。“他非常生气，医生。他恨得想杀了她。我抓住椅子，这样她就不会被掐死了。可他还是不死心，好在另一个人来了，医生，那个戴高帽子的人。他很怕那个人，怕得要死。”他说。

我把听诊器拿开，用这个动作来换取几秒钟的思考时间。他恨格雷丝，一见到崔斯坦就害怕。这是巧合吗？“那我呢？”

“什么？”

“他也恨我吗？”

比尔点了点头。“但他怕你。为什么催眠不起作用了呢，医生？”他的手指搓来搓去，拧了又拧，“我刚开始睡着了，但我醒来后，他又回来了。他总是在那里。为什么对老杰拉尔德有用，对我就不起作用呢？”

“我也不清楚。”这很可能是真的，“如果可以的话，我想给你做些检查。”

“你想把照片给我看，我再给你讲讲他们的故事？”

好主意。“除此之外，还有一些其他的测试。我想看看你的血液，可能还有其他问题。”我说。

“好吧。今天吗？”

“可以，”我说，“去花园走走吗？”

比尔望向别处，“太冷了”。

“还看书吗？”

“你有《坚持的美德》吗？”

“中午吃饭的时候我给你带过去，你想在明天游行前刮个胡子吗？”

“应该要的。”比尔说，但他没精打采地盯着天花板。我让他好好休息。

我的午餐是蟹肉沙拉配小圆面包。我坐在办公桌上，一边歪歪扭扭地吃着，一边翻阅尼克的银行业务记录，追溯他乘火车穿越艾兰国的历史。我搞不懂他为什么要去这么小而且又无关紧要的城镇。在报告的开始，他消费有一张去诺顿的火车票。那儿种着许多桃子。也许是为了庆祝节日？

我找到了去“玛丽的愿望”的旅程，一个我从未听说过的小镇。他的季度报告的中间部分详细叙述了他的另一次北方之旅。红鹰镇位于“羊群之乡”的边缘，是肉类和羊毛交易中心，而不是园艺中心。尼克・埃利奥特去那儿做什么？

一个人影从我门前走过，矮矮的，头上梳着许多辫子。

“进来吧。”

罗宾溜了进来，绕过我的桌子，站在我的书架边。她对着季度单据皱起了眉，歪着头，颠倒着看，“这些不是你的吧。”

“罗宾。”

她抬起头来，“对了，克罗斯比拿走了你的病人档案，然后急匆匆地去了抽血化验室，要求解释你所做的一些测试。”

“他做了什么？为什么？”

罗宾有些恼怒，肩膀沉了下去，“迈尔斯，他在监视你，你不知道吗？他急着要举报你，你会有麻烦的。”

“你怎么知道的？”

“他也讨厌我，所以我一直对他留了个心眼。另外，我在医院里的朋友可不止一个，不像我刚提到的某些医生——”

皮底鞋走在楼梯间时发出了咚咚咚的声音。罗宾看着另一个阴影笼罩在我的门上，她的眼睛睁得大大的，没有经过允许我的门就被打开了，更不用说敲门了。克罗斯比医生站在大厅的另一边，一看见罗宾就愁眉不展。他的前额突然一阵头痛，胃酸爬上了他的食道，心也怦怦直跳。我差点要问他是否没事。

“辛格，”他说，“我可以跟你谈谈吗？”

他的语气并没有让人觉得是一种请求。他紧紧地盯着罗宾，皱着眉，额头上分明写着“**出去**”。

罗宾绕过办公桌，等待着。

克罗斯比盯着她看了一会儿，才意识到必须退后一步，让她过去。他阴沉的目光追随着她的离去。哪怕他说错了一个字……

他把灰白的头往后一甩，用黑色的眼睛瞪着我，嘴角流露出不满，“你相信你的病人得了梅毒吗？”

这是怎么回事？“不信。”

他把手放在桌子边上，向我靠了过来，“那你为什么让他们做梅毒测试？”

“克罗斯比医生，我不会在你检测病人健康的时候去审问你，对吧？”

他的下巴向上翘了好几度，“辛格医生，我想你根本没有注意过精神康复中心的其他医生在做什么，但我注意到了。我知道杰拉尔德·格兰姆斯已经从困扰我们部门的病症中完全康复了，而且要归功于你。”

我不得不打断这句话。“如果你对格兰姆斯先生的病历有什么具体的问题，”我说，“随时可以向我提出来。”

他笑了，眼里的光芒看起来很满意，“事实上，我是这样做的。”

可真棒。

“你前天记录了你给格兰姆斯先生施了催眠术。我当时正在值夜班，他非常痛苦。你以为我会相信你在他眼前晃了晃表，他就好了吗？”

我只能这样承认：“格兰姆斯先生可能很容易受暗示……”

“医生，别跟我说你把他的幻觉给催眠了，医生！”

“我没有要解释什么，克罗斯比医生。我不知道我做了什么，甚至不知道我到底做没做。”

“你刚才检查了我的肩膀。”

“什么？”

“你在撒谎，辛格医生。咱们都懂的。”

这并不重要。我的话正和他相反，“你到底想说什么，克罗斯比医生？我能做什么呢？我怎么可能治好格兰姆斯先生的疯病呢？”

“你让他走了，”克罗斯比医生说，“除了他，你让你所有病人都产生了错觉。现在你却要求病人做昂贵的血液测试，而他们也有和格兰姆斯先生一样的错觉。你一定有什么阴谋。”

“克罗斯比医生……”

“别狡辩了。”克罗斯比医生将手指对着我，“马西森医生可能被你愚弄了，但我不会。你以为我没注意到你是怎么蛊惑病人的吗？为什么护士们总是要替你办事？我知道，辛格医生。我会拿出证据的，证明给所有人看。”

我忍下了愤怒。毕竟，我的超能力没有被察觉。

“你听到自己的声音了吗，克罗斯比？我想你该回家了，好好休息一下。可以去读本好书，比如说在一间舒适的浴室里。”

克罗斯比脸上弥漫着血色，“再说一遍，到外面去。”

我自己的血液也翻涌上来了，可我不在乎。我受够了这只牛虻在我箱子周围嗡嗡叫。“乐意之至。”我说。

“这是怎么回事？”马西森医生走进大厅，双手叉腰，“克罗斯比医生，辛格医生，有什么需要我帮忙解决吗？”

“不用了，马西森医生，”克罗斯比医生说，“我正要走。”

他昂首阔步地走了。马西森医生走了过来，双眉紧蹙。

“迈尔斯？”

“他有点讨厌我，”我说，“对不起，我不是故意的。克罗斯比医生注意到我让一些病人做检查，他想知道为什么。”

“他上来就指责你……为什么？”

“我不知道。”有人在走廊的留言板上贴了一张新的通知，宣传一个游戏俱乐部。我急忙回头去看埃莉诺。

“你为什么要做这些检查？”马西森医生问道。

我的耳朵痒痒的，手一直放在身边，“想听实话？我在追云逐雾呢。”

“迈尔斯？”

“有些疾病会让人表现出疯狂的迹象，比如梅毒，”我说，“如果这就是我们有些病人产生错觉的原因呢？如果有生理上的原因呢？”

马西森医生双手叉腰，“迈尔斯……”

“他们都在想同样的事情，马蒂。你有没有遇到过不是士兵，却带有隐藏杀手效应的人？谁没有去海外打过仗？如果是身体上的呢？”

“你这是猴子捞月。”

“现在有五万人要回来了。”我用手搓了搓头发，“有多少人有战斗神经症？有多少人有隐性杀手效应？我应该在一个月前就捞到月亮了，两个月前。”

她端详了我一会儿，把嘴角压在牙齿下面，“你把这些写下来了吗？”

“在笔记里，”我说，“你要报告吗？”

“昨天就该给我了，你应该在开始追捕之前来找我。”

“我会给你一份报告。”我保证道，“还有一份研究计划书，其中应该有杰拉尔德·格兰姆斯。”

“我同意，”马西森医生说，“先完成你的清单，迈尔斯，然后试着和克罗斯比医生和好吧？”

我懊丧地看了她一眼，“我们差点打起来了，我觉得他不想跟我和好。”

“如果你找不到友好相处的办法，那我来调解。周末他上午班，但他想跟上你的日程表。”

“我的日程安排？那芬奇医生呢？”

“她怀孕了。和克罗斯比医生解决好这个纠纷吧。”

“和平解决？”

“是的。”马西森医生转身回到楼梯间，我重新拿起三明治和尼克的季度单据。我刚适应了阅读的节奏，电话就响了。

我盯着这该死的电话，叹了口气，然后接了起来，“喂。”

“迈尔斯，”格雷丝说，“一切都准备好了。游行后的早晨。”

“这么快？”

“他没有多少时间了。”

“你说得对。”我必须牺牲大部分时间来休息。在手术室待了一天后，我睡得天昏地暗，吃的东西足够养活一个团，“我6点到。”

“我派马车去接你，你不能再骑车回去了。”

“是的。”我没法骑12英里的自行车，而且格雷丝也不知道我住哪儿。

“非常感谢你所做的一切，迈尔斯。虽然父亲不会感谢你，但我会。如果你想要什么——我应该再给博勒加德退伍军人医院捐款吗？”

“你已经给了五千了。”我说。

“那就给你自己想要的东西吧，什么都可以。”

“我只想要自由，格雷丝。这是你能给我的最好的东西。”

片刻的沉默后：“我明白了。六号见，迈尔斯。”

一天结束后，我把所有东西收拾好，然后把吃午餐时格雷丝的那瓶葡萄酒带了回去。崔斯坦可以和我边吃晚餐边喝酒，然后我们可以一起研究如何关掉我超常的透视能力。在克罗斯比医生面前我得小心点，他已经确信我是个怪胎，能够诊断出病人的一切病症，而且也不会减轻对我的怀疑。

今天下午，医院大厅里没有衣冠楚楚的陌生人。我打开自行车锁，把车推到街上，加入了五个戴着钟形帽子的女人的队伍。她们似乎互相认识，因为她们有说有笑，互相叫唤着。她们谈到多特和一个叫哈里的家伙的前景时，我尽量不去听，但她们又开始取笑她们的头儿，聊得很开心。

左边的一点动静让我举手示意，准备评论一下昨晚的雨，才发现骑手来得太快，太急了。

“小心！”我喊了一声，但还是撞上了。我撞上了旁边的女士，右手重重地摔在了地上。她一声尖叫，又把她的车友撞倒了，然后我们后面骑自行车的人也撞得一塌糊涂。

我的手腕突然感到一阵灼热的疼痛，猛烈得让我的胃翻腾起来。我把手腕紧紧地贴在身上，咬紧牙关，忍受着移动手腕带来的新一轮疼痛。

我们这些不幸的人身后响起了震惊的叫喊。人们围在我们身边，在我们的不幸事故前停下，帮助我们从混乱中解脱出来。与我相撞的那位女士特别爱惜自己的脚踝，但毅然拒绝了我的帮助和道歉。

“你没事吧？”一个男人说，“我都看见了。他故意骑车撞你，偷走了你的包。”

我的包？

我扫视了一眼那群站起来的人。酒瓶正躺在街上，已经砸碎了，椭圆形的红色液体飞溅在车道上。人们在清理玻璃，以免扎破轮胎。装在我前轮上的金属车筐是空的，我的包也不在人行道上。

“他走的哪条路?”

他指了指街道，“他早就走了，应该是拐过弯了。你包里的东西很重要吗?”

我的心一沉，“我是医生，那是我的医疗包。”

骑自行车的人皱起了眉头，恼怒地翘起了卷曲的胡子，“他是在找你的药，医生。真是丢人现眼。”他看着我准备单手把自行车骑走，“你受伤了吗?”

“摔伤了。”许多人站在人行道上想平复一下自己，我也加入了他们。我的包被偷了，手术刀不见了，听诊器和多年的工具也没了。难道是因为几块钱的药被偷的?

傻子才信，尼克·埃利奥特的季度单据就在里面。

我锁上自行车，一瘸一拐地走上街头。崔斯坦家就在不远处。我试着回忆尼克去过的城镇名。**诺顿，玛丽的愿望，红鹰**。我随着步伐的节奏重复了一遍。我必须记住。

第十二章 弥合

崔斯坦家的铜狮子门环虽然老旧，却擦得锃亮。我用左手抓着门环，拍打着门。一路忍受着痛苦让我有些疲倦。我想把手腕抱在胸前躺下，试着入睡，哪怕只是为了逃避一下。

我想回到过去，这样我就可以刹车或者以某种方式躲避，而不造成交通堵塞。我真想一跃而起，一把抓住那小人的后脖颈。我要是早点注意到他在潜伏在附近就好了，这样我非凡的直觉就能提醒我，然后巧妙地把他拘留起来，这样我们就能找出是谁派他来偷证据的。

崔斯坦的前门开了，女管家惊恐地盯着我，我那些后悔、希望的幻想突然蹦了出来，“怎么了，辛格医生?！发生意外了吗?”

“有人袭击了我。”她把门开大了些，我走了进去，“他们把我从自行车上撞倒了。”

“在交通道路上？真糟糕，”斯帕罗太太说，“你还能爬楼梯吗？噢，可怜的外套。”

我小心翼翼地伸直手臂，一阵剧痛涌上我的前臂，我感到有点不适。我不情愿地把严重程度从扭伤、疑似骨折升级为骨折。我没有时间去处理手腕骨折的事情，也没空去找被盗的银行记录。

斯帕罗太太帮我脱下大衣和夹克衫，每当我畏缩或丢脸地大叫时，她就大惊小怪地对我说："可怜的宝贝。"很快，在她的保护下，我蜷曲着手腕，一瘸一拐地走进崔斯坦的客厅，斯帕罗太太领着我走向那张棕色的绒面沙发。

"你的裤子破了，"斯帕罗太太说，"只是撕开了一条缝，基本上没有什么是我修补不好的。"

"我脱不下来。"我说。

"你需要拿条毯子盖住，"斯帕罗太太说，"但我又不是没见过，我有过三任丈夫。"

"我的意思是我解不开扣子，"我说，"我的手腕。"

"好吧，那还是我来吧。"斯帕罗太太说。

"你来更好。"我同意道。我踮起脚尖，站了起来，在膝盖上盖了一条紫色的流苏毯子，然后坐下来让斯帕罗太太帮我脱鞋子。

"你的衬衫上有一块酒渍，"她说，"吃午饭时洒的吗?"

"我带了一瓶酒，结果碎了。"

她扶我坐起来，"最好尽快处理掉。"

她表现得小心翼翼。不管怎样，我都得把衬衫脱了。但是她说："我给你找件睡衣吧，孩子。"我便什么也不想动，直到我听到马车上马具的叮当声和崔斯坦的马匹脚步声停在前门。

"斯帕罗太太?"我试着把毯子拉到下巴。

"迈尔斯？你在吗？我又发现了一个骗子，声称能和死人说话——”

“别进来，亨特先生！”斯帕罗太太说道，怀里抱着一件鲜红的织锦睡袍，“辛格医生没穿衣服。”

不仅仅是脱光了衣服，我正在抽屉和袜子堆里翻找着。我应该待在卧室的。我摸索着要拿睡袍，斯帕罗太太试着帮我穿上。

“什么情况?”崔斯坦在滑门里停了下来，“为什么?”

“发生了一起事故，转过去吧。”斯帕罗太太说。

崔斯坦抱怨着，但还是转过身来，戏剧性地遮住了眼睛。我的脸颊上泛起了热气，但我用手指夹住了袖子的缝隙，我发出的声音让他三步并作两步走进了房间。

“你受伤了。”崔斯坦说道，同时环顾着斯帕罗太太，“你哪里受伤了?”

“手腕。”我挤出话来，但斯帕罗太太拍了拍手，想把他赶走。

“转过身去，亨特先生!”

崔斯坦抬头看了看错视天花板壁画，叹了口气，但还是转过身去。

斯帕罗太太把睡袍上的每一颗纽扣都系好了，“好了。我觉得这人太多了，是时候告诉亨特先生发生了什么。”

她把我的衣服拿走，把我们留在客厅里，“亨特先生，我要去看一下烤箱里的鸡肉。医生，我马上就把这破洞缝好。”

“您真是太好了，斯帕罗太太。”我们喊道，他冲我咧嘴一笑，我的尴尬顿时就减轻了。他把椅子拉近，靠了过来，“你得等我把斯帕罗太太解雇了才能痊愈。”

“我不能把治愈术用在自己身上。”

“该死的，”他咒骂道，“我想我可以给你看看，现在要不要来点吗啡？”

“你不应该玩那个，”我说，“大麻已经没什么害处了，但吗啡是会上瘾的。”

“我听说了。”崔斯坦转身来到一个房间，然后打开了一个柜子。那儿本应该是餐厅，却被他用作办公室。“如果你的手腕摔断了，我可以替你接骨。如果能减轻你的伤，我会觉得好受些。”

“他们偷了我的包，”我说，“他们把我从自行车上撞倒，还偷了我的包。”

“谁？跟踪我们的那个人？”

“可能是吧。”一想到不止一个人在跟踪我，我就有点不寒而栗。尼克对战争的了解害死了他，现在我也跟他一样……

下次，可能就不是从自行车上推下来那么简单了。有了先例，再次谋杀的可能性会变得更大。

“尼克·埃利奥特的银行记录在我包里，”我说，“我想这就是原因。”

他回到我身边，手里拿着一个棕色的瓶子，“地狱之火。”

“把这些写下来，”我说，“诺顿，玛丽的愿望，红鹰。这些都是他去年去过的地方。”

“我会记住的。”崔斯坦一把药匙推到我的唇边。我吞了吞口水，因为苦涩而倒吸了一口凉气，“我没能进去会见金翅雀的罗斯小姐。”

“见鬼。”我的舌头开始发麻，吗啡已经缠绕在我体内了。

"我和《星报》的休闲版编辑有约。"

"什么时候?"

"明天。"他盯着我的眼睛，点了点头，"疼痛减轻了吗?"

"一点点。你知道怎么接骨吗?"

"不太会。"

我叹了口气，"我还是现在就告诉你吧，免得我完全被你的补药给迷住了。"

相比于我，我想这对他来说要更难，尽管我痛苦地嘶吼、呜咽，他并没有任何犹豫或退缩。我喊叫得太大声，以至于斯帕罗太太进来查看发生了什么。他把我的手放好，用焚香托盘临时做了一个夹板，绷带也是用他的一条丝绸领带做的。他握着我的手腕，仿佛我的手腕又要折断了，但补药已经减轻了疼痛。

"我的制服，明天还要穿呢。"我说。

"我还没有解雇迈克尔。如果你愿意相信他，把钥匙给他，他会拿到这里来的。"

她的目光在我们俩之间飞快地掠过，"亨特先生，也许我今晚应该留下来陪辛格医生。"

"我应付得过来，斯帕罗太太，不过你可真好。"崔斯坦说，"等他们来了，你能帮辛格医生收拾一下吗?"

"当然可以。"她匆匆走出房间，崔斯坦扶我起身。疼痛已经平息，变成了隐隐作痛，已经不需要特别注意。我和重力的关系改变了，如果我没有把脚放好，我就会飘起来。我看起来岂不是很可笑?

有个地方摆着一个盘子，盘里的鸡肉已经切成了小块。我小心翼翼地给自己喂食，不想表现得没有尊严。楼下砰砰的敲门声响起，斯帕罗太太出去应门。

崔斯坦扬起下巴，指着我的盘子，“再吃点鸡肉吧，虽然你不想吃。”

“这道菜有点奇怪，你是要教我怎么——”

“是的。”他答应了。斯帕罗太太回来时，他安静了下来。

“真的不需要我吗，医生？留下来也不麻烦。”她问我，但还是瞥了崔斯坦一眼。

“只是扭伤而已，斯帕罗太太。”我对她笑了笑，“我希望明天吃早餐的我可以自己切肉。”

斯帕罗太太看了崔斯坦很久，但他已经把注意力转回他的盘子上了。最后，她行了个屈膝礼，走了出去。崔斯坦松了口气。

我笑了，“我脱衣服的时候，她是不会让你进来的。”

“你当时脸红了。”他呷了一口茶。

“还不是她大惊小怪的！”

“我很高兴你在需要帮助的时候来找我，”他说，“吃甜果馅饼吗？”

“来点吧。”我的手腕离得很远。崔斯坦切成了小片，我很喜欢那混合着橙子香味的甜味。我用茶水冲了冲，等着他领我回到客厅那张“昏睡沙发”上。

“镜子这招应该有用。”他从墙上选了一面方形镜子，“在你能看到手腕的时候，照照镜子吧。”

“好吧。”

“把注意力集中在镜子里的那个人身上。”从这个角度看，像是他的手臂，“看着吧，就像看到需要你治愈的东西那样。”

我看着镜子里的影像，无论眼睛怎样偏离焦点，什么都看不到。

“我一直都不擅长做这些训练。”我说。而格雷丝却很习惯练习。我自己能做的事情，磕磕绊绊也能完成，指导对我没有好处。这就是为什么我从来没有让父亲高兴过。

“别胡思乱想。”崔斯坦轻声说，“想象一下，这个房间飘浮在天上。想象一下我们周围的云朵，远处的城市，不要去想痛苦的事情。”

飘浮在高空之上的是漫天的繁星，现在只有我们两个和我们之间的秘密。我知道如果能看到自己的手腕会是什么样子——一束闪着火花的猩红色的光，冲向我尺骨周围破碎的地方。每一颗火星都会在断掉的骨头上堆积，然后重新黏合在一起，使骨头重新成为一个整体。火星想成为一个整体，成为我身体的机器。我所做的就是把更多的火星引到断裂处，比自然愈合得快一些。

但后面我觉得自己很虚弱，差一点就能填满整个缺口了。我现在很痛，仿佛这几个星期以来所有的钝痛都浓缩在这几秒钟里，我几乎失去了对火星的控制。

一股力量让我稳住了，火星修复得更快、更坚固了，直到所有的小光都聚集在一起，并维持这种状态。

“精彩极了，”崔斯坦说，“现在躺下，你——”

哦。我靠着绣花坐垫摔倒了，随着房间的倾斜而感到晕眩。

“我以前从未有过这种感觉。我用尽了全力，但后面又冒出了更多的能量。那是尼克的力量吗？”

“你没有先施展你的魂星吗？”

“我的什么？”

他把镜子向上倾斜，让我看到自己的脸和其他东西：两个光点在我头顶上盘旋。一个是柔和的粉红色，另一个是春叶般的绿色，嵌在勾勒出我身形的蓝绿色光芒中。正如格雷丝所说，这是我的巫师之印。我的光环上还有斑点。

“那些是什么？”

“这就是为什么你们的族人被称为星辰者。你不知道吗？尼克死的时候，我看到他的力量与你缔结在了一起。”

“绿色的那道。”

“是的。你已经有了一个，那是谁的？”

我想原地消失，“我不知道。”

“你知道的，”他说，“他们死的时候你就在那里。你触碰了他们，他们把自己的生命倾注在与你的羁绊上，然后才死去的。”

这不可能。我闭上眼睛，紧紧地捏着耳朵，但我不能不听他说话，把耳朵封上。崔斯坦抓住我的手，我应该推开他的。

“迈尔斯，”他说，“你还记得，是谁把他们的灵魂和你缔结在一起吗？”

我的胸口也开始隐隐作痛。我的喉咙突然被带刺的硬块卡住了，嗓子都哑了。我舔了舔干燥的嘴唇，告诉了他。

“我母亲。”

“医生？”

我们一直静静地坐在一起，我凝视着盘旋在我耳边的玫瑰金色光球，我的巫师之印。我母亲的灵魂，一直陪伴着我……

崔斯坦摇了摇我的膝盖，“迈尔斯。”

“嗯？”

他凝视着我，“你可能不用再打吗啡了，想睡觉吗？”

我眨了眨眼睛，“几点了？”

他从昏睡椅上爬下来，把我拉了起来，“走吧，该睡觉了。”

下楼时，我把左手搭在他的肩上，几乎没有绊到脚。他把我领进那间令人愉快的、不协调的客房，然后往后退了几步，“你自己能行吗？”

“嗯？”

“纽扣。”

“哦。”我伸手去抓最上面的那颗，正准备把它拧开时，突然疼得我龇牙咧嘴。崔斯坦轻轻撇开我的手，手指放在扣着的纽扣上，然后解开了。

凉爽的空气从我的领子下悄悄溜过，我的皮肤一下起了鸡皮疙瘩。“亨特先生。”我说。

“还有四个呢。”他说，他的声音在黑暗中显得很安静。

我站在原地不动，“继续吧。”

他的指尖从未触及我的皮肤，我却感觉火辣辣的。吗啡让我头晕目眩，我的手腕在不停地抱怨着。我一动不动地站在那里，他触摸着我的每一个扣子，把每一个丝绸覆盖的圆盘从孔里滑出来，直到我的睡袍松开，我在他面前脱光了衣服。

不过这也没关系，我在卧室里。

他紧紧握住我毫发无损的左手，全神贯注地盯着我，目光里有他想要的东西，我可以肯定。他就站在我可以把手放在他肩上的地方，静待了十下心跳那么久。

我抬起手，他的嘴微微张开，我的手指移到他的脸颊上。

“崔斯坦，”我叫道。他的眼睛瞪得大大的。我永远不会厌倦于说出这个词，尤其是在他眼里放光的时候，“我该睡觉了。”

他咽口水的时喉咙动了动。“理智的迈尔斯。”他转过头，在我的手掌上落下一个吻，“祝你好梦。”

他最后热切地看了我一眼便离开了，给我留下了私密空间。理智，负责，愚蠢的迈尔斯。他走的时候，我把睡袍扔在地上，乱成一团。

第十三章 白柄弯刀

我在黑暗中醒来。用夹板固定的手臂很疼；我的头在砰砰地抽痛。我只能看到模糊的形状，灰暗中的阴影。我的帽盒在茶几上，制服挂在门后的挂钩上。今天是游行日。16个病人已经出院，等到我下周开始上班的时候，病床肯定已经满了。

我试着弯曲右手的手指，有点僵硬，但本来可能会更糟。情形已经恶化了，我得小心了。我既不能躺在床上或者躲起来，也不能抛弃我的职责。不管会不会被追杀，我都得继续追查下去。不过至少明天可以睡个懒觉。

我发出一声叹息。明天也不行，我必须回家，今晚不能待在这。我不想让格雷丝知道更多关于崔斯坦的事，更不用说他的住处。

“该死的。”

事故发生后，我就精神恍惚地直奔崔斯坦家。白痴！万一我被跟踪了呢？万一他们知道我现在在哪儿呢？

我得警告崔斯坦。要是他们去找他，或者针对斯帕罗太太可怎么办？

我掀开被单，脚踩在地板上。

猩红的长袍还放在原来的地方，我从床上起来，把它从地毯上捡了起来。我把衣带系在解开的前襟上，然后找到上楼的路。崔斯坦懒洋洋地躺在客厅里，仍然穿着背心和衬衫袖子。他以特有的速度读着，直到注意到我。他抬起头，把书放了起来。

“早上好，”他说，“你的手腕怎么样了？”

“断了，现在很僵硬，”我说，“听着，事故发生后，我就直接到这里来了。”

“你担心有人跟踪你。”

“是的。我应该早点发现、想到这个的。”

“我会注意的。我待会告诉迈克尔，他会照顾好斯帕罗太太的。”

我让他们陷入了危险之中。崔斯坦和迈克尔会照顾斯帕罗太太，他们不会让她出事的。但如果我早点停下来想想，这事就不会发生了。

“迈尔斯，”崔斯坦打断了我的思绪，“别自找麻烦了。你饿吗？”

“饿。”我能吃下一栋房子，“呃。我想吃东西，吃很多——”

“你用了自己的能量储备才进入了灵魂，星辰者。”崔斯坦说，“你总是这样吗？把个人能量消耗到没有为止？”

“我想是的。”我说。

“我们得修复你的巫术，”崔斯坦说，“不过改天吧。在你倒下之前，到厨房去。”

我坐在一个逐渐成为我专用的椅子上。他在我面前放了一块厚厚的苹果馅饼，不停地端来食物：鸡蛋、吃剩的鸡肉，还有我可以开怀畅饮的所有咖啡。

他把盘子里的食物堆成小山，然后和我一起吃，盘子旁边放着一杯巧克力饮料。“你觉得那个留胡子的人就是我们要找的投毒小人吗?”他问。

“是的，但我不认为他是谋杀我们的凶手。”我说。

崔斯坦疑惑地看了我一眼。我抬起一只手，咽下一些鸡蛋。

“我的意思是，我认为他和凶手是一伙的。”

“啊。某人影响力太大，不能亲自弄脏他/她肮脏的双手。”

“正是如此。”

他歪着头，点头示意我继续说。

我大口地喝着甜甜的黑咖啡，“国防部长，珀西·斯坦利爵士。他是我们中的一员。一个法师，我的意思是——”

“一个有权势的人。”

“老实说，我不知道咱们怎样才能扳倒他。”

“哦，这个交给我吧。”崔斯坦笑得龇牙咧嘴，眼中的光芒让我不寒而栗，“扳倒他是一件趣事。”

在某种程度上，我对这个想法感到很兴奋，但我还是忍不住开口了，“你不能……除非我们有证据。不是说我喜欢这个人，我不喜欢，但是——”

“为了你，我可以一直等到你被说服为止。”

为了我。在我没有发话之前，他并不会伸张正义。他把复仇托付给我，这让我的手心发麻，暖意流遍了胸口。“谢谢你。”我放下叉子，摸了摸下巴，“该死的，我要刮胡子了。”

“确实该刮了。”崔斯坦同意道，“交给我吧。你洗完澡我就给你准备好。”

由于用不上右手，刷牙的时间变长了，洗澡的速度也变慢了。我穿着放在门外留给我的新睡袍走下楼。

崔斯坦没有理发椅，但他有一个靠背的座位，后面还有一个盆。一张小桌子上放着刮胡子的工具，就像我的手术盘一样整齐，他站在旁边，把袖子卷到手肘。

崔斯坦向椅子做了个手势，“坐。”

他用一只手帮我把头枕在脖子后面。椅子的顶部足够高，所以我的头可以稍微向后耷拉。

“我自己能行。”

“你确实可以，不过还是我来吧。”

“要做的事情太多了。”

“至少现在不用。闭上眼睛吧。”

剃须油的香味近在咫尺，崔斯坦的手指按摩着我的脸颊，轻轻地覆盖着我的胡须，然后用热毛巾裹住我的脸。我还没来得及说什么，他的手指就伸进了我的头发，有力的手指按摩着我的头皮，“什么都别想。放松就好。”

我闭上眼睛，躲避毛巾的热度。这感觉真棒，我的每一丝头痛都被他有力的双手抹去了。“你很擅长这个嘛。”

“我可以开一家店了。”

我一直闭着眼睛，但我微笑着，“你会是个不错的男仆。”

他嘲笑道，“自己开店更赚钱。你怎么会成为一名退伍士兵?”

崔斯坦用手指梳理着我的头发。我差点没忍住呻吟出来，只好用一个解释来掩盖，“我从家里逃跑了，然后去参军了。这似乎是个好主意。我可以做我生来就该做的事，治病救人，与死神搏斗。”

梳齿轻轻地刮着我的头皮。“可后来战争爆发了?”他问。

“艾兰入侵兰尼尔的时候，我已经快完成一个外科研究了。”我回答道。

毛巾掉了，他在我的胡子上擦着泡沫，“所以你就过去了。”

“这就是我的初衷。”

他在盆子里洗手时，我身后水花四溅。

“你真勇敢。”

“你还挡在了箭前面呢。”

“好吧，我也很勇敢。”崔斯坦说，“我是女王手下的一个搜寻者。”

“什么意思?”

“我们是保镖，但不仅限于此。我们是真理的寻求者，是正义的使者。”

“这就是你来这儿的原因，对吧?”

他稍稍停顿了一下，然后说：“基本上是这样。你准备好了吗?”

“做最坏的打算吧。要是你割断了我的喉咙，我现在就能治好。”

他翘起一边的嘴角，“好。”

他把拇指抬高，按在我的颧骨上，帮我舒展皮肤。崔斯坦的剃刀只有一块光秃秃的刀片，磨得一气呵成。刀刃从来没有跳过或刺入我的皮肤，刀刃在我喉咙的脉搏上滑过。他能看到我的脉搏跳得有多快吗？一定要当心呀。

他把我的下巴抬起来，抚摸着刀片，我的胡须刮到了刀片的边缘。我不禁打了个寒颤，害怕刀片会刺破我的喉咙，还好他把剃刀拿开了。

“没事吧？”

“没事。我……”

“放松。慢慢呼吸。”

我的头发都竖起来了。仅仅是他靠近一只耳朵发出的声音就让我的皮肤发麻。我呼吸着。他抚摸着我胡须生长的每一寸空间，如果不够光滑，他就用剃刀刮一刮。剃刀划过我的胡须，发出噼里啪啦的刮擦声，我喘息着。渐渐地，当他小心翼翼地从我的脸颊和嘴角抹去最后的一点肥皂时，我甚至差点又一次叫出声。

他的手指划过我的脸颊，用指尖绕着我的下巴，点了点头。

“刮得真帅。”

我可以伸手把他拉近自己，把他的头按下来，让我亲自品尝他那带有茴香味的嘴唇。我的手指蠢蠢欲动。

“我很喜欢。”我说，惊讶于自己沙哑的声音，“你真是太好了。”

“我很善良的，”他说，“经常都这样。”

他虽然还保持着面纱魔法，但我无法转移视线。

“你该穿衣服了。”崔斯坦说，“自己可以吗？”

我知道，如果说不的话会发生什么。一个生动的猜想在我的脑海中绽放，直到清晨的阳光照在他的头发上。

我的心怦怦直跳，我舔了舔嘴唇。“崔斯坦——”

前门开了，崔斯坦退后一步，清理剃须刀上的肥皂。

“早上好，斯帕罗太太。”崔斯坦喊道，“恐怕我把厨房给毁了。”

我退到楼下，留下崔斯坦向斯帕罗太太保证，我们会独自处理好这周最后几天的事情。我靠在房门上整理思绪。这周末，在我们已经如此接近——之后独处。

我不能装作是自己的想象。我很清楚一个男人是如何围着他想要的人转的。崔斯坦一定会抓住我伸出的手。他会一直待在我身边，把抵抗的负担加在我身上。

我耸了耸肩，穿上立领衬衫，制服里面还穿着一件束腰外衣。我曾听过一个故事，讲述了凡人被半神国人的魔法所困，半神国人感到厌烦而离开他们后所发生的事情。他没有给我施魔法，但却要离开了，这足以成为拒绝任何人的理由。

纽扣只是一个试验，但我可以扭动右手把纽扣从衣服的洞里推出去。当我发现自己把衬衫扣歪后，又咒骂着解开纽扣。

“医生，”斯帕罗太太叫道，“需要帮你穿制服吗？”

“纽扣太多了，斯帕罗太太。”我开门让她进来，“可以帮帮我吗?”

斯帕罗太太正好进来了，“是不是单袖口太多了，医生?”

“是的。崔斯坦已经给我做了早餐。”我说，“他整夜没睡。”

她迅速看向我，“你睡得怎样?”

“刚吃过晚饭，就睡得像猪一样。”

她扣好我的双排钮扣，把色金立领缠绕在我的脖子上，然后退后一步，站着欣赏这种效果。她看了看束腰外衣左胸上绣的圆圈，说：“你的勋章也需要帮忙。”

我本想先把勋章别在夹克上，可现在太晚了。“是的，如果你愿意帮忙的话。”我说。

“当然。”她回答。

我有两个用来摆放奖章的架子，每个架子上有三枚，可我从不看那些奖章。“先把有橄榄绿丝带的那枚拿出来。”

“博勒加德的明星呀，”斯帕罗太太说，“你是第一个参军打仗的人。”

“是第一个，但也是最愚蠢的，斯帕罗太太。”我对她笑了笑，把衣领从喉咙上扯下来，“其他的是金斯顿勋章和医者勋章。因为我的参与，我才能得到这些。”

她知道另一个架子是什么意思。一枚印有女王侧面肖像的银币是我在前线服役所得的奖章。金色的十字架和王冠是对我的奖赏，因为我曾爬过粪土和碎尸，去救一个被扔在一堆尸体上但还活着的男孩。他的奖章是在死后追授的。

最后一枚奖章是一枚椭圆形的铜质奖章，上面刻着断裂的镣铸，奖章左半边如弯月般刻着“耐力”字样，右边则刻有“勇气”字样。斯帕罗太太盯着奖章，眼里闪烁着泪光。

“我现在不是好好的吗，斯帕罗太太。”我在左边口袋里放了一块手帕，轻轻地擦着她脸颊上溢出的泪痕，“只有活下来，你才能带着那枚奖牌到处走。”

她不会问我他们做了什么。我们大多数人从不提起这件事。她伸出手拍拍我的脸颊，脸上带着勇敢而湿润的微笑。

我紧握着她的手，“谢谢你帮我穿制服。”

我跟着她下楼，左臂夹着尖顶帽，右手拿着小羊羔皮手套。穿上制服让我感觉站得更高了。

我进门后，崔斯坦站了起来，用手抚平背心，“你看上去气色不错，医生。”

“谢谢你。”

“迈克尔会带你去医院，我们大约四点到。”

“然后我们就去星报社吗？”

“是的。约好的时间是四点半。真险啊。”

“我会做好准备的。”

博勒加德医院的退伍军人们早早地就起床了，已经穿戴整齐。好多个涂油帆布包放在了铺好的床脚上，病人们在浴室里排队刮脸，把胡子梳成整齐的卷毛。走廊里满是穿灰色制服的士兵和穿鲜红上衣的军官，我希望自己能到办公室去做一些文书工作，直到一切都结束。

但是他们看到了。他们都看见了。

我们可以根据某人胸前的勋章来构建他的旅行故事。我尽力做好自己的事，但凯特·斯莫尔看到了我的铜质奖章，给我端来了咖啡。小杰拉尔德绷紧了脸，他咬着嘴唇不让它颤抖。人们拍着我的肩膀，紧握着我的手对我说，他们很高兴看到我成功了。

但是比尔却平淡地问道："你是怎么做到的，医生？你为什么不在这些床上？是什么原因？"

"你们都需要我。"我说。

"密涅瓦需要我。"比尔抬头看天花板，"但我在这里。"

我的手发麻了，在裤子上擦了擦。我帮不了他。我不敢。那团云朵在比尔脊背的更深处蔓延开来。抽取脊椎液是很痛苦的。我没有明确的理由来进行这项测试，克罗斯比医生一直在翻我的文件。

"我们会让你下床的，比尔。不要放弃。"

但比尔已经在盯着漆成白色的天花板看了。

我回到护士站，疯狂填写表格。凯特给我拿来了一份《设备和药物丢失或被盗表》，我边口述她边帮我填写。

"你的包不见了，真可惜，"她说，"所有的工具都在里面呢。"

我很赞同这点。我把表格拿到材料室，那里的工作人员看了看我的文件，问道："铭牌上刻着M.H.S.，印着香脂叶和烟草棕色皮革？"

"是的。你怎么——"

她把椅子往后一推，打开储物柜，把我的医疗包放到了桌上。

“你已经找到了我的包，我还得填这些表?”

“这就是文书工作的残酷，”她说，“按你收到的东西在清单项目上打钩，填好后东西就都归你了。”

我浏览了一下清单。我那上好的注射器和药物不见了，尼克·埃利奥特的季度报告也不在。

我核对了一下存货，在一行字上停了下来：**带加权指针的抛光玛瑙吊链**。

我跳过这一项，继续往下看。我发现了另一个问题：

白柄弯刀。

她没有注意我这边。清点好以后，我便把那些肮脏的东西带上楼去。

我拧上身后的锁，把包里的东西都掏了出来。我的手术刀还在，还用纸包着。我要再给它们消毒一下。我会把东西打磨好，包装好，然后收起来。绷带脏得一塌糊涂，我直接扔进了废物箱。每个东西要么被搁置，要么被扔掉，直到我看到最后一样。

我为什么要留着这些东西?我可以肯定有人曾仔细搜查过我的包，还留下了那些物品。可能会有人指着我，喊我巫师。光是这种怀疑就足以做出指控。我永远经不起检查，我也逃不出精神疗养院。他们称其为医院，可同样是一座监狱。

我先把绳子抽出来，提防着锋利的刀刃。谢天谢地，上面没有刻字。只是一把普通的白柄木刀，一把带有树篱咒语和形体的刀。这是我11岁的时候别人送我的。格雷丝用她随身携带的小刀割断了对我的誓言。

法师会在仪式中使用它们。据传，巫师们也是如此。

接下来是钟摆。手里拿着一个钟摆，摆动的模式会告诉你一些无从得知的事情——谎言背后的真相，孩子的性别，死者的存在。法师不用这些，但巫师会用。

我像握着手术刀一样握着这些东西，把它们当作过去的碎片。这把刀是一把开信刀。钟摆是我用来催眠的道具。

很容易解释，也很容易被驳回。我把钟摆塞进口袋里，把刀和空包放到桌子上，下楼去参加游行。

第十四章 游行日

16张床还不够。

人们挥舞着鲜红的手绢，高声欢呼，声音淹没了街上的音乐。音乐声一起，你就会脚痒得想跟着节拍舞动，一边拖着脚步一边跺脚。市民们冲到街上给士兵送苹果，有时还要亲上一口，然后飞快地回过头来，又从路边的篮子里摘下另一个苹果。他们欢呼着，大笑着，高举双臂跳着舞。

我穿着制服，站在那里数着。每个方阵都有六十四人，列队行进着，他们挥着手，亲吻着姑娘，吃着苹果。另外一个方阵只有十五人，下一个是十二人，还有一个十八人。

我数了一下没有感染的人数。其余的人都带着蠕动的干血云，我觉得他们的笑容有些僵硬，他们清楚，欢乐是自己该戴上的面具。

虽然我的内心早已波涛汹涌，但纪律要求我乖乖站在这里。这是一场灾难。我必须做点什么，把这个消息传给员工——但他们能做什么呢？他们为什么要这么做？我没有证据，我也不希望别人来刺激我讲述一个成功的故事。

那个方阵有九个人。

太多了。摆在我面前的工作量越来越大了，有可能会让我无从招架。我必须找到原因，必须找到治疗方法。

我得摘下面具，站在屋顶上大声喊出来。医学界不会听一只老鼠的意见。

我转过脸去，注视着人群，他们在等待着家人和心爱的人归来。只有士兵才有瘴气。平民有感冒、消化不良的毛病，我轻轻一碰就能治好。人群不满地瞥了一眼抱着哭闹婴儿的年轻父母。她的耳朵感染了，脸上布满了泪水和鼻涕，她痛苦地尖叫着，却得不到安慰。

我拖着脚步走了过去，和孩子的母亲进行了眼神交流。她给了我一个抱歉的微笑。我抚摸着孩子的卷发，捏着她的耳朵，她瞬间安静了下来。

“你做了什么?”她妈妈问。

“她太累了，噪声太大，”我喊道，“把她的耳朵捂住，最好带她回家睡觉。”

“我们在找她叔叔，就在游行队伍里。”她举起婴儿的手，向行军的士兵挥舞着。宝宝忍受着这一切，瞪大眼睛看着我。

“希望你早点见到他。我就先回去了。”

“说再见，玛丽。”她向我摇了摇她女儿的小手。

这个可爱的小女孩给了我一个拥抱，在我的脸颊上吻了一下，还给了我一个苹果。

“上尉，您的脸色有点苍白。”她对我笑了笑，然后大摇大摆地走到街上。我感激地咬了一口苹果。虽然对治愈伤口几乎没什么帮助，但这种水果汁水丰富，香甜中带着一点酸涩。苹果嘎吱嘎吱地响着，很结实，是驱赶颤抖的最佳选择。

一阵寒意袭上我的脖子，让我汗毛直立。我在视线范围内搜索着。树上的苹果太多了。人群欢呼着士兵们回家，但有一张脸却变得苍白，朝我抿着嘴。

克罗斯比医生瞪得我的帽子都要着火了，他的嘴向下扭曲着，抑制着对我的反感。他用戴着手套的手握着喉咙，转身朝医院走去，闪开人群往里面走了。

他看到我了。他究竟看到了什么？

我走近了一位妇女，她怀里抱着一个哭闹的婴儿。我摸了摸婴儿，哭声就停止了。

但他会认为这是什么呢？

一种巫术，或是一个咒语。无论信徒们认为巫师能做什么，我的立场和他都是相反的。但要是有人相信他，或者我警告过任何人，就会有大批士兵涌向不堪重负的床位……

见鬼，我必须变成一只老鼠。

我顺着克罗斯比医生的路走到门口。

大厅里挤满了出院的病人，他们都背着沉重的吊索袋，每个士兵在驶向兰尼尔之前，都用同样的灰色帆布袋把自己的生活也装了进去。有些人穿着制服，如果拐杖和手杖不符合规定，似乎也没有人介意。我那猩红色和金色的辫子很显眼，通向楼梯的路在我的制服面前岔开了，大家纷纷向我点头致意。

“你在这儿呀，”罗宾用拳头敲着我的胸膛，“游行前我很想你。霜之月1号，护士们要为我举办生日派对，我知道你有多爱吃蛋糕”。

我把脸拉长成一副充满希望的样子，“巧克力蛋糕吗?”

“幸运的话可能是，”她说，“我得走了。我们要给一个人解剖，寻找把他肠子撕碎的弹片。”

“经过蛋糕的诱惑之后，这听上去很可爱。”

“你会来参加晚会吗?”

“我不会错过的。只要有蛋糕就不会。”

她又捶了我一下，把笑声留在身后，冲进了手术室。

“辛格医生!”小杰拉尔德背着麻袋向我走来。他的笑容能把一个房间照得比以太还亮。“老杰拉尔德不想不告而别。他在病房里。”

“我有空。”人群又在我们前面分开了，沿着走廊往12号病房走去。老杰拉尔德站在他那张被剥光的床边，把最后一件衣服装进麻袋里。他转过身来，脸上已经露出了笑容，我的心怦怦直跳。

感染已经侵入了他的内心，一根根卷须从他的脖子上慢慢滴落。

“我们这就走，”老杰拉尔德说，“谢谢你，医生。”

我必须做点什么，“我希望你继续关注病情，老杰拉尔德。如果你需要什么，或者睡不着，就来找我。”

他愣了一下，笑得更灿烂了，“我已经设想了你给我准备补药的场景。我想我不会失眠的。”

他愿意吃补药吗？比起内心生出的恐惧感，他会更信任补药吗？

老杰拉尔德耸了耸肩把袋子放好，“也许我会回来做个催眠。”

“会让你睡着的。”小杰拉尔德反对道。

“我可以上门拜访。比如，四天后？”

“我会叫玛丽去泡茶，医生。”

远离医院后，我可以让他继续接受治疗而不受怀疑，“那就等我吧。”

“玛丽见到你会很高兴的。医生，我们得走了。谢谢你为我们所做的一切。”

他们列队走出了病房。

对我来说，诸事不顺。等病人们都走后，我就用大孔针从比尔的脊柱上抽出液体，让他痛苦不堪。我原以为液体会是浑浊的，或者是锈迹斑斑的凝固血色，但实际上很清澈，尽管我选择的抽液部位在感染的浊气、怒气的边界内。

在实验室里待了一个小时，却什么也没有发现。虽然得不到所有测试的完整结果，但我还是需要知道。我需要文件来做研究，即使我知道什么也找不到。

我的针没有沾染上任何污物，这不应该。细菌、病毒、寄生虫——我应该有证据的，因为事实就摆在那里。我必须用凡间的手段来调查。我怎样才能开发出一种实验，证明我用天赋看到的东西存在呢?

我试着用简单的工作把这件事忘掉。有先见之明的文员们已经整理好了新的病人档案，空白处已经备好，等待着无数的人去填写。我有自己的分类方式，但分类文件并没有缓解我的沮丧。血液和尿液里什么也没有，脊髓液里也没有发现。

也许我需要做个脊椎活组织检查，但我永远也得不到许可。如果我能检查一个死亡的感染患者，也许会有帮助。杰克·邦廷的尸体就在警察的停尸房里，不过我无法接近。

任务的重担压得我喘不过气来。医生们认为这种错觉是想象的产物，是对谋杀和暴力的一种抵御，是对我们卑贱和野蛮本性的排斥。谁不愿逃离这样的回忆呢?

但我知道。我看到了。这些妄想伴随着我的病人，以及过去的数百——不，数千名士兵头上的干涸血云。

我把新的病人档案推到一边。我把比尔的病历放在记事本左边，然后打开了抽屉，取出我的治疗日记。

电话响的时候，我看着自己写的内容：“肿块一直在比尔·派克的头骨里，并沿着脊椎延伸，似乎是朝着大脑和神经而去。”

我当然需要有人打断我一下。我拿起听筒，把墨水抹到了太阳穴上，“啊嗨。”

“迈尔斯。”

我忍不住叹了口气，“格雷丝。”

“很高兴在办公室碰到你。今天怎么样?去看游行了吗?”

“队伍正好经过了医院。有什么需要帮忙的吗?”

“我找到了一套公寓，”她说，“在哈尔斯顿公园。有八个房间。”

“太大了。西边太远了。”

“迈尔斯，你不能住在伯德兰。总之，我自有打算。你可以去伊甸山庄，在我家的套房里过夜，明天早上会有马车来接你。”

“我今晚有约。”

电话里的沉默让我耳根发凉。我合上笔盖，等待着。

“和你的……朋友？”

“是的。”

“你不应该和他来往。太危险了。”

“怎么会？”

“我知道你看不到我视线内的东西。”她声音里的同情已经通过电话线溢了出来。紧挨着我耳边的以太让我浑身起鸡皮疙瘩，这种感觉和她的声音明显是相抵触的，“他可是个巫师，迈尔斯。”

我咬紧牙关，想起昨晚得出的关于巫师和法师真正区别的结论。我也在发抖，因为崔斯坦正处于危险之中。要是格雷丝想举报他，他们就会把他抓起来。我不知道他们是否可以扣留一位半神国的亡灵守护者，但我不想知道。

“你还蒙在鼓里吧。很抱歉。”

“我知道。”

“什么？你怎么可以这样呢？他们很危险！你不能相信他——”

“这不是问题的关键。”

“我才不管。别再见他了，见见别人也好。你怎么能跟一个妄自尊大的巫师混在一起，他们随时都会发疯的——你是疯了吗？”

“别对我指手画脚，我不会和你一起吃饭，我也不会去伊甸山庄过夜，我和亨特先生相识的话题到此为止。”我把秘密日记本塞进抽屉里，关上的声音有点太大了，“我得走了，格雷丝。”

我挂了电话，然后数到十，深呼吸，细想着所有的一切。她从小就喜欢对我指手画脚；从我清楚地知道自己不是风暴歌者的那一刻，她就开始管着我了。她必须清楚，我不是她的下属。我是我自己，有我自己的事业，自己的事情。

比如我的病人。我把心思用在了琢磨实验结果上，一定有什么等着我去发现。

我必须弄清楚如何利用试验来测试。可然后呢？诊断并不意味着治愈。万一我找不到治愈的方法呢？

我一定可以。数千名士兵都感染了。

办公室的门上出现了一道影子。

“进来。”

崔斯坦戴着一条与我的外衣很配的猩红色丝巾。他伸手去拿我的外套，“迈克尔把车停在几条街以外的地方了。”

当我穿上制服外套时，他手里拿着我将要穿戴的帽子，“不能停近一点吗？”

“交通简直一团糟。人们都在街上跳舞。”

“我想换件衣服。”我紧紧咬住嘴唇。*闭嘴吧，迈尔斯。*

“大多数人只会看到制服，看不出其他东西。快点，我们不能迟到。”

第十五章 星辰

《金斯顿星报》坐落在国王大道东边的一栋十二层楼里，它的石灰岩三角墙上写着“精确、有趣、及时”。《星报》往往会从有趣的报道转向耸人听闻的内容，但我每天早上都会像我的邻居们一样读报。

崔斯坦注视着一个女人，她脖子上挂着两个摄像机，身后拖着一个行李袋。她穿着高跟鞋跑向电梯，但电梯还是在她面前合上了，接着她说了一串话，在我上战场之前，我从来没有听一个女人说过。

崔斯坦加快了脚步，我却和他相反。她就是那个去过尼克·埃利奥特的公寓，颧骨很高、举止优雅的女人。尼克的情人。

“真倒霉。”崔斯坦说，“要不要帮你拿行李?”

“我必须赶在这个满是毒疮的期限之前，否则卡利会杀了我。”她一个手指接一个手指地脱下手套，露出涂成亮黑色的指甲。等她终于抬头看到崔斯坦时，她笑了，“有一位先生帮忙真是太好了。”

“我是崔斯坦·亨特，”崔斯坦说，“这是迈尔斯·辛格医生。”

她把我大衣的翻领推到一边，看我的奖章。我静静地站着，她的指尖飘过我的女王英勇十字勋章，“你好，英雄。我是阿维娅·杰瑟普。”

她向我投来的目光是如此热烈，我感到脸上绽开了光彩，“很高兴见到你。”

“哦，希望如此。”我向她鞠躬，牵起了她温暖的手。她只是有点醉了，但在其他方面却很健康，“是什么风把你吹到《星报》来了？”

“我们和休闲版的编辑有约。”

“真是太巧了。我可以带你去见她。”她向我倾过身来，“告诉我是怎么回事？”

“我们来打听尼克·埃利奥特的消息。”崔斯坦说，我闭上了嘴。

阿维娅睁大了眼睛，张嘴吸了一口气，“他已经死了，对吧？”

“恐怕是的，杰瑟普小姐。”

她叹了口气，把脸转向天花板，“我就怕这个。”

哦，真的吗？

“你跟他很熟吗？”崔斯坦问道。

“我们是好朋友，”她回答说，“他是怎么——怎么发生的？”

“我觉得是砒霜。”我说。

“哦，尼克。”阿维娅闭上眼睛，但又睁开了，专注地看着我的脸，“你说‘你觉得’，是什么意思？”

“尼克死得很蹊跷。他有什么仇人吗？”

“没有。大家都很喜欢他，不管他怎么看待自——。”阿维娅盯着我，“他是被谋杀的？”

我张了张嘴，又闭上了。她怀疑是自杀。如果是我们错了呢？如果尼克疯了呢？他请求我帮助的时候也许是疯了，但他肯定是被谋杀了。

“我们有理由相信他是，”崔斯坦说，“如果你能帮我们——”

阿维娅用一只脚一转，笔直地打开了通向休闲版编辑部的双开门，“我不敢相信有人会对尼克这么做。大家都很喜欢他的。”

一个女人推门而过，手里端着一杯黑咖啡，“尼克怎么了？”

她上下打量着我们，目光停留在我的奖章上。我应该换件衣服的。

“他死了，”阿维娅说，“死于谋杀。”

“尼克・埃利奥特被人谋杀了？”那女人惊叫道，新闻室沉闷的轰鸣声顿时平息下来。

他们瞪大了眼睛。人们开始哄抢钢笔和记事本，记者们围了上来，猎物出现了。

“你们也不是警察呀，”那女人接着说，“为什么是你们在这里，警察呢？”

我犹豫了一下。崔斯坦介入了，“辛格医生正在收集证据，准备递交给警方。”

“尸检难道还不足以引起他们的注意吗？”

“尼克・埃利奥特是怎么死的？”另一个人问。

“我们认为是被毒死的。”崔斯坦说。

人群靠得更近了，“你认为？”

“这就够了。”

二十个人的头转向一个身穿玫瑰色步行服的娇小女人，她的长发打理成了复杂的冠状辫子，这是我小时候流行的风格。她用手杖支撑着自己，“你们可以回去工作了。先生们，可以来下我的办公室吗？”

阿维娅作势要跟我们走，那个女人眯起眼睛拦住了她，“杰瑟普小姐，红丝带女性午餐会上的底片都冲洗出来了吗？”

“还要选择一种印刷字体。”

“那你还有工作要做哦。”

阿维娅喘了口气，大步穿过房间，行李袋上的轮子吱吱作响。

“我是卡罗琳·米勒，”小妇人说，“你准是崔斯坦·亨特。”

崔斯坦弯下腰，握住她的手，“我身边这位是迈尔斯·辛格医生。他是这个案子的正式调查员。”

她又看了我一眼，“军队里的外科医生？”

“我在博勒加德退伍军人医院工作，米勒太太。亨特先生把尼克送到了我的医院。”

“我明白了。”

她让我们进入她的办公室，里面的空间很狭长，还有一面玻璃墙，可以俯视员工的办公桌。她的客用椅子很好看，是用手工雕刻的木头做的，有着完美的弧形靠背。我心满意足地叹了口气，然后她用仿佛可以洞穿一切的眼神看着我，“你就像在鱼钩上蠕动的虫子。既然警察说没有证据，你为什么还要追究?”

“我还没来得及检查，尸体就被毁了。”我说。

“埃利奥特先生今年早些时候有几次旅行。”崔斯坦说，“是因为这里的工作吗?”

米勒太太抬头看了看天花板，气得不得了，“那些该死的旅行。我就不应该答应的。他开始提前完成工作量，这样就可以抽出时间赶在截止日期前完成任务。现在休闲版编辑部的每个人都认为他们可以潇洒地说些废话，然后去度假。”

“他们是个人旅行吗?”我问，“他有说去干什么吗?”

“他说在为一本新书做研究。”

崔斯坦插了一句，“所以他从来没有根据他的研究给你编过故事?”

米勒太太盯着崔斯坦，“他旅行的时候到底做了什么?”

“我们也不确定，”崔斯坦承认，“你知道他去哪儿了吗?”

“你应该问问爱丽丝·法默，”米勒太太说，“她虽然只是个打字员，不过哪怕她有一星半点的写作能力，我也会马上给她一张记者证。”

崔斯坦歪了歪脑袋，“这个感叹还挺有趣。”

“她从来不忘事，”米勒太太说，“但她不会写字。任何写字的任务都不行。就是那个在拐角处，穿绿色衬衣的。”

爱丽丝·法默在打字记录时，她的前臂有力而灵巧地摆动着。她的姿势很完美，身形挺拔，泰然自若。她看着我们走近——

好吧，是我。她虽然盯着我，可手指始终没有失去节奏，还伸手将压板打回原位，又去征服下一行。她甚至没有看一眼她抄写的笔记。她的眉毛总是露出惊讶的神情，额头上布满了皱纹，褐色的大眼睛睁得大大的，目不转睛地看着我。直到我们走得很近伸出手后，她才转移了视线，耸起肩膀自卫。

我把手放了下来，崔斯坦也是。

“是法默小姐吗？我是崔斯坦·亨特，这位是——”

“我知道他是谁。”她的声音很轻柔，几乎有些水汪汪的，“大家都以为你死了，克里斯托弗爵士。”

房间仿佛震动了一下。

崔斯坦抓住我的胳膊，稳住我，“你怎么会认识他？”

“《金斯顿皇家先驱报》，康斯坦丁娜女王统治的第四年，飘零之月19号。你和你父亲在一张照片上出现过，”她说，“你在汉斯莱公园的儿童花园剪彩。”她歪着头，把手指捏在一起。

那天我*就已经*剪了彩带。那时我才六岁，还没有让人失望。

“我是迈尔斯·辛格医生，愿为您效劳。”我说。

“尼克有一张你的照片，”她说，“很高兴见到你，辛格医生。”

“有什么？”

爱丽丝从座位上移开，低着头走到尼克的办公桌前。她拉开抽屉，递给我一张照片。我站在博勒加德的铁栅栏旁的人行道上，等着罗宾解开自行车链。这张照片的构图很草率，仿佛有人只是把相机对准我们就拍了。

"飘零之月16号。"爱丽丝说，"这张照片拍得不是很好，但尼克给我看过之后，我就记住你了。我告诉他你是谁后，他似乎很惊讶，甚至还问我是否肯定。"

这就解释了尼克是怎么知道我的名字的。为什么要拍这张照片呢？如果假设尼克能看到光环，那就说得通了。他可能在医院调查那几个人，看到我在那里，便拍下照片作为他探寻真相的一部分。

"对不起。"爱丽丝说道，眼泪直流。

我们跟着她回到打字机前。崔斯坦扶着她的椅子说："米勒太太和我们说，你可以回答一些关于尼克·埃利奥特今年旅行的问题。"

她把目光滑向一边，"他确实去旅行了。在新岁之月3号至7号去了赫德利（因个人原因）；雪凝之月14号到19号去了柯福德（去写一篇关于南方温室养殖的文章）；阳春之月20号到25号去了红鹰（因个人原因）。樱之月4号到9号去了诺顿（参加桃花节）。夏令之月11号到16号去了玛丽的愿望（因个人原因）。"她的双手一下子松开了，用手指紧紧地拧着裙子，"我要工作了。"

他最近去了什么地方？"只有这些吗？"

"飘零之月5号到9号去过拜韦尔。"爱丽丝咽了下口水，"去看——去看他母亲。"

崔斯坦和我交换了一下眼神，"他母亲。"

爱丽丝把目光落在双手上，双手拧成一团，"他已经完成了所有工作。他的每个专栏都是我打的。尽管提前三个星期就写好了，但他还是完美地预言了那个的可爱花园。"

崔斯坦在我身边动了动，“他是个什么样的人，爱丽丝？”

“他很善良。”爱丽丝的笑容让她看起来很漂亮。“如果他想查阅上一个专栏的内容，他会来问我。我挺喜欢他的。”

“他有什么变化吗？有看起来不开心吗？”

“他试图掩饰这个。”爱丽丝说，“也许没人知道。”

“他什么时候开始隐藏的？”

“从诺顿回来后，他变得更沉默寡言了，也不再笑了。”

有几个月了。可能更久，但我相信法默小姐的记忆力。

“法默小姐，如果你还记得什么，请告诉我好吗？”

崔斯坦递给她一张名片，是用乳白色硬纸做的，有压花边框，“谢谢你的名片，亨特先生。我会保存好的。再见，辛格医生。”

爱丽丝回到她的抄写工作中，打字时依旧没有参照原页。

我们向米勒太太点了点头，一言不发地离开了，直到电梯里只剩下我们俩。

“她没叫我崔斯坦爵士。”

“她大概已经记住了贵族的名字。”我说，“亨特不在上面。”

“那些城镇之间肯定有什么联系，”崔斯坦说，“找到其中的联系，我们就能发现旅行的原因。”

“他对自己正在研究的东西保密，”我说，“金钥匙出版社虽然拒稿了，但还是被偷走了。很明显，他发现了一些别人不想泄露的东西。”

“有权势的人?”

我想到了珀西爵士，但我没有证据。如果是哪个隐巫者想杀掉一个有记者证的反战煽动者，他是最有可能的。我怎么能找到他的证据呢？我根本无法接近他。

但崔斯坦或许可以。如果我们有足够的证据指向珀西爵士，或者更准确地说，指向他的部下的话。“必须这样，不是吗？我被他的手下抢劫，尼克的公寓被盗，他的尸体被巧妙地毁掉……我们必须找出他写的东西。”我说。

我们来到了街上。这里没有庆祝活动，但在我们南边的街区，到处都是唱歌跳舞的人。迈克尔坐在马车顶上，手里拿着一个便条本，但还是跳了下来给我们打开车门。

“迈克尔，去喜鹊路东3921号。”

“好的，医生。我记得。”

“如果你需要帮忙收拾衣服，我可以帮你。”崔斯坦伸开四肢躺在马车后面的弹簧软垫长椅上。“现在，简单吃点怎么样?”斯帕罗太太把肩膀的一边靠在炉子上，现在炉子应该快要散架了。

“我应该待在家里。我要……我明天要做一次治疗。”

崔斯坦歪着脑袋，“你隐藏了你的天赋，但你还在做治疗。”

我不想谈这个。马车颠簸着进入车流后，一团又酸又热的东西在我的胃里膨胀起来，化作一只酸涩的手伸进了我的喉咙。“我的家人。”

“啊。”

回家的路途很短。崔斯坦伸出一只手拦住我，伸向自己胸前的口袋。

“我想给你一样东西。”

我盯着他掌心上那把长长的铁钥匙，“你的钥匙吗?”

“以防你需要一个精神疗养院。”

“我不能——”

“我希望钥匙会在初日回来，”崔斯坦说，“现在就拿去吧。”

我接过钥匙。因多年的使用上面产生了一些缺口和刮痕，放在手里感觉很沉。现在无论白天还是黑夜，我都可以随时光临。普通朋友可不会把家里的钥匙交出来。

只有恋人可以。“我可以——”我说。

崔斯坦迎向我的目光，握住我的手，“迈尔斯，拿去用吧。我们还有工作要做。霜夜即将来临。这样会更轻松。”

霜夜来得太快了。“那我收下了。”我说。

他肩膀上的紧张感消失了，“要记得用上它。”

“我会的。等我结束之后。”

“人们会在马车后面啧啧称奇的，”崔斯坦说，“明天见。”

第十六章 羁绊

我从口袋里拿出钥匙端详一番，然后放在床头柜上，紧挨着我的闹钟，闹钟的时间是早上五点。我闭上眼睛准备睡觉，钥匙捕捉到了街上的一丝光线，直到第二天早上，它仍然在那里，并不是幻想和什么假把戏。我烤面包时，钥匙压在了我的裤兜里。在休息日，我是第一个起床的，甚至在巴斯太太下楼去打开公寓大门之前，我就已经醒了。

“辛格医生。”她歪着头站在厨房的门槛上，但还是走上前，喝了一杯刚煮好的咖啡。她呷了一口，对我冲泡的质量满意地点了点头。

“你要去医院加班吗?”

“只是早起而已。”我说道，我的指尖触摸着白色的杯子，收集着它的热量。

“你朋友会派那辆上乘马车来接你吗？”她举起了咖啡杯，“你来之前，从来没有绅士在我家里住过。”

“我已经不是绅士了，巴斯太太。”

“医生，有些东西就像一件旧外套一样，是褪不掉的。”巴斯太太冲我微笑，“如果你需要突然行动，我也能理解。”

她从椅子上起身，我跟在后面。巴斯太太打开前门，在周末版的《星报》后面，一辆沉重的钢制敞篷四轮马车正等在人行道的尽头。四匹戴着头巾的黑马形影不离，静静地站在那里。

巴斯太太回头看着我，“我猜那是给你准备的。”

“谢谢你，巴斯太太。”我弯下腰为她取回那份《星报》，然后跨过门槛，走向人行道。

“辛格医生。”

我停了下来，“巴斯太太，怎么了？”

她用苍白的手指捧着报纸，眼睛盯着马车，“小心点。你们两个。”

“巴斯太太？”

她紧张地笑了笑，然后关上了门。

“您需要帮助吗？”

脚夫已经悄悄地走了过来。我把包交给他，领着他往马车走去。这是一辆旧的家庭马车，经过翻新，看起来就像十几年前的样子。格雷丝向我眨了眨眼，把脚从对面的长凳上挪开让我坐下，“天哪，你穿的是什么？”

她惊讶地看着我的花呢夹克和平顶帽。

“工作服。”一个叛逆的小恶魔在指导我穿衣——我没有穿那套上好的灰色法兰绒西装，而是穿了一套用机器按照均码制作的花呢格子夹克。肩部很合身，身体起伏较大，裤子上的格子也不太搭。

没那么糟。

格雷丝皱了皱鼻子，“你住在一个单间，穿得破破烂烂的。我觉得你穿去参加午宴的那件衣服有点过时了，那件衣服穿起来就像个劳工。”

这不公平。我没有戴领巾，而那套西装有一件马甲。“我想我们应该谈点别的。”我说。

“我给你带了早餐。”格雷丝指了指对面座位上的篮子，我坐在旁边，掀开了盖子。

格雷丝敲敲车顶，马车颤抖着开动了。我紧紧抿着嘴唇，看着我的早餐。从玻璃罐中取出的草莓，放在了人工制作的双层奶油中。用鸡蛋、蘑菇、香肠和奶酪填充的鸡蛋面包结。我的口水都快流出来了。一堆粉红色的培根，上面还淋着甜芥末酱。

这是一场灾难。

“这是我最喜欢的早餐。”

她微笑着，充满着自豪与喜爱，“我记得。”

“格雷丝……”她只是想让我开心，“你不应该这么做。”

“哦，迈尔斯，求你了。别再荒唐地自我否定了。吃你的早餐吧。”

“你把仆人赶出了房子，”我解释道，“然后你让厨师在黎明前为克里斯托弗少爷做好最爱吃的早餐，在天亮前带走。”

“哦。”格雷丝的嘴抿了下去，担心得嘴唇发抖，“你觉得她明白了吗?”

“她会用我最喜欢的东西来逗我开心。”

我调皮的时候，常常躲在她的厨房里。就算在最糟糕的日子里，我也完全不想离开。

“我会让她保持安静的。”

“那她就知道自己是对的。”

“我不是故意要——”格雷丝叹了口气，“抱歉。”

“你也没有恶意。”我拿起银勺，开始吃早餐。我吃了草莓，三个带馅的鸡蛋面包还有培根，一点也没剩下。我吃完的时候，格雷丝目瞪口呆。

“治愈术会耗尽我的精力的，就像风暴之歌会榨干你一样。”我说，“神奇的魔法。虽然只是二流的把戏。”

“我知道，”她说，“次巫的魔法也有自身的价值。但是你的会——他们应该对你更好，迈尔斯。他们应该更好地对待所有的次巫。”

“哦，得了吧，格雷丝。我们有住的地方，衣食无忧，生活得很奢侈，不是吗？我们不应该心存感激吗？”

“别对我发脾气，迈尔斯。我理解那种感觉。”

“你不明白。你可以想象，也会同情，但你无法理解。”

格雷丝望着窗外的金斯顿，随着马车车轮的每一次转动，她变得更加时尚和富有了。我们经过韦尔斯顿三角区，进入了哈尔斯顿公园。崔斯坦家的前门就在我们身后的某个地方。

“我们快到家了，”格雷丝说。

我的早餐让我的胃变得沉重起来。

西角是一个公园，里面散布着各式房屋，比 15 号以西的街区豪华多了。这里种植的苹果呈深酒红色，果肉酸涩，非常适合做馅饼和苹果酒。格雷丝还爱吃苹果吗？还是已经长大了，不爱吃了？

我回头看了看那个舒舒服服地躺在座位上的女人。我不认识我妹妹了。我离开的时候，她还那么小，现在已经要站出来承担一些父亲的责任。

马车放慢了速度，转过身来，抹去了我的沉思。汉斯莱府在朝阳中打着瞌睡，玫瑰色和琥珀色的灯光照在我们身后的马厩上。我伸长了脖子。房子这边的小窗户一字排开，挤在一起，这样每个仆人都会有自己的小房间。我摸了摸那块手工凿成的灰色石头，惊讶地发现里面什么也没有。

仆人们早上放假了。大多数人都不在这里，剩下的都在享受奢侈的睡眠。我小心翼翼地踏上台阶，安静得像只老鼠，直到我们走到地毯上。地毯是手工编织的，上面还勾勒着环环相扣的正方形图案。我头也不回地穿过我以前的卧室，在小桌子之间晃悠，桌子上立着几尊透明的玻璃雕像——那些是艺术，不是宗教。我把手抄在背后，**永远都不想碰那些东西**。

我想弄倒一个。

格雷丝停了下来，我们忙着倾听这种寂静的声音。她轻轻地用手指按了按门把，我们蹑手蹑脚地走了进去。

我早该料到的。

主卧旁边那张又宽又重的床上，一个老人正躺在左边睡觉。头发因年岁而结了霜，鬃毛般的胡须雪白一片。他在我的记忆中是那么的高大。眼前这个男人十分消瘦，经过一年痛苦的垂死挣扎，脸上的皱纹更深了。

我的父亲。

这就是那个给我的生活蒙上阴影的巨人的下场？他看起来是那么的弱小。虽然人很虚弱，但肺里的赘生物却生长得很健壮。它们仍然在生长。长得很旺盛，有的大如拇指头，有的小如斑点，但数量太多，太结实了。我救不了他，但我可以为格雷丝争取一些时间。

我把指尖放在他露出的胸骨上，开始早饭后的工作。太多了。我来得太晚了。如果我一年前就看到这个……

在我的意念下，赘生物都缩小了。我攻击最大的，让它们变小，然后直接杀死了小的赘生物。我一直忙活到视线边缘发黑，头脑肿胀发热。

父亲可以从床上爬起来。这会是一个奇迹，即使还不够完整。我治愈不了他，但可以多活几个月了。

格雷丝注视着我，嘴唇抿得发白。她眯起眼睛，似乎想看清我在做什么，她的眉毛担心地扬了起来。我希望有更好的消息给她，并努力微笑。

格雷丝的表情从担心变成了恐惧，“迈尔斯。”

她注视着我身后那个虚弱的身影。

床上的人动了动。

父亲像毒蛇出洞一般迅速地抓住了我的手。力量压在我的皮肤上，在我身上打洞，威胁着要把我碾压个粉碎。

我奋力挣扎，但我已经倾注了所有的力量去治疗，心力交瘁了。他那又薄又干的手如同他的力量一样紧紧地捏住我的手指。

“别再挣扎了。”

“放开我!”

“哦，别傻了，克里斯托弗。”

我拽着他的手，想把力量之网扯开。

即使房间在旋转，眼前一片漆黑，我也没有放弃。

我坐在一张软垫椅子上，苏醒了过来。我觉得皮肤还紧绷着。一些肮脏的东西污染了我鼻子下的空气——闻起来有咸味。

“迈尔斯。”

是格雷丝的声音，她的手放在了我身上。实在是太多了。我挥手驱散臭味，挣扎着站起来。

一股力量把我压住了。怎么——

瞬间我就明白了。

我看了看妹妹的肩膀，“放开我。”

“不行，”我父亲说，“是时候停止胡闹了。你的自私几乎毁掉了这个家庭，你要负起你的责任。”

不能再使力了。我现在浑身乏力，已经晕倒了，“我才不要做你的奴隶。”

“是为了格雷丝，而不是我。”

“闭嘴。”我紧紧抓住椅子的扶手。我的手腕很疼，一直在发热，抽筋。父亲的力量包围了我。如果能将力量刺穿，撕裂，我就能挣脱开来。

父亲证实了我的怀疑，“你没有被缔结，只是被控制了。如果你不识抬举，我就让你成为格雷丝的羁绊。”

我抬起疲惫的头。格雷丝跪在我面前，双手放在我膝盖上。

“迈尔斯，他真的会那么做的，”她低声说，“求你了，这是唯一的办法。”

“这是你的计划吗?”

“笨蛋，你们俩总是太放肆了。格雷丝已经告诉我，在我准备控制她的时候，她做了什么。我应该抓紧你，确保你会同意。”

“我从没想过会发生这种事，迈尔斯。”

“同意吧。”父亲说，“答应与格雷丝缔结羁绊，否则我就把你带走。”

他有一个弱点。我后背上有个地方在摇晃。我感觉到了，摸到了它，让我的触觉变成了一把刀——

父亲弯了弯手指。

我的喉咙哽住了。我挣扎着，窒息的感觉把我拖入了恐慌。我失去了对力量的掌控。我真蠢。太蠢了。我又一次挣扎着寻找它，在我的监狱里寻找着一个弱点。这时，一切都变得黑暗起来，我的身体迫切需要空气。

“别打了。”

“迈尔斯，”格雷丝哀求道，“他会缔结你的。”

我看着眼前的一条隧道正快速地消逝。

父亲又恢复了体力。他的身体并没有因为治疗而枯竭。他站起来了，充盈着我的力量。我需要触摸他。但我无法与他的力量抗衡。

我拖着身子在地板上走，但他却迈开了脚步。我爬得更远了，他只得离开我的手掌。我抬起头，伸出手，一切都暗了下来。只要我释放出能量，父亲就会给我喘息的机会。我的头晕乎乎的，但还能呼吸。

我吸了两口气，然后又贪婪地吸了一口，咳嗽起来，“我同意。”

“直接说出来。”

“我同意你缔结我，格雷丝。”

“让她来吧。”

“父亲——”

这股力量再次将我压垮，“说。”

我老鼠般的生活结束了，我的自由消失了，但我仍然没有勇气去死。

我向妹妹伸出双手，掌心向上，手腕合拢，“请缔结我吧，格雷丝。”格雷丝哭了，但她还是照做了。

我太虚弱了，无法独自行走，但我只是朦胧地意识到这一点。我已经走得很远了，到了一个没有什么值得大惊小怪的地方。

格雷丝扶着我走过走廊，喃喃地说：“不该这样的，绝对不应该，迈尔斯，很抱歉。我从来没有想过会弄成这样。”

这并不重要。甚至连自己的感觉都不是真实的。格雷丝的力量控制着我，但这发生在别人身上。另一个人的手腕温热地跳动着，而且带有瘀伤。有人感到恶心和疼痛。另一个人在挣扎，拍打着薄如纸片的翅膀，试图从刺穿他的大头针中逃脱。

我只是静静地看着，内心毫无波澜。

去人格化是一种心理上的诡计，是将身体里自我的感觉分离出来，用来缓冲恐惧。我非常清楚那是什么，但即使知道也不能改变什么。我只是一个旁观者。

所以我看着格雷丝带着我走过几何地毯，走过那些玻璃雕像。我伸出一只胳膊，富有同情心的莉莉娅摔在了木板上。

“对不起，迈尔斯，原先不应该是这样的。”

她用脚尖推开了一扇门。

我的卧室没有一点灰尘。床上用品散发着马鞭草的味道，各种亚麻制品洗得十分干净。我留下的一切都摆在原来的位置，就连留声机的喇叭也还对着床。

这是一个圣地。我钻进毛茸茸的床，格雷丝给我披了一件锦缎。她坐在床边，用一只手抚平了我的前额。

“说点什么吧，迈尔斯。什么都可以。你尽管恨我。我活该。”

我闭上眼睛。而我的声音，我自己沉着冷静的声音，向我内心那病态的，空洞的感觉低声说道：*我不认识这个女人*。我只认识那个女孩，那个忠贞不渝、才华横溢的女孩，她无法承受保守秘密的重负。这个女人可以做到吗？是她一手策划的，还是她在父亲面前根本毫无秘密可言？

“和我说说话。”

我一直闭着眼睛，“走吧，格雷丝。让我一个人静一静。”

“你有什么想要的吗？”

“我的自由。放了我。”

“没你想的那么糟，迈尔斯。”

这不值得回答。

她把手放在我肩上，“我希望你能继续行医，希望你能独立。让人们看看一个次巫如果能自由支配时间会有什么样的表现，这至关重要。”

“可以自由支配，但并不自由，格雷丝。”

“我需要你，迈尔斯。如果我要想得到发言权，我就需要你。我想说服你，但我不想像这样。”

“可你不肯放了我。”

一片沉默。

我转身松开她的手，背对着她，“走开。”

床摇晃着。门边的地板还在吱吱作响。门关上了，伴着钥匙转动的沙沙声，我那平静的、思绪遥远的心灵点了点头。

为了做自己想成为的人，我放弃了一切，抛弃了一切。我想成为一名医生，一个治疗师，而不是依附于一个真人做她的奴仆。十三年来，我一直是自由的。

不。十三年来，我一直在躲藏，把自己缩得很小，因为害怕这一刻——他们发现了我，把我扔回原来的地方。

我还是回到了这里。所有的东西都和我离开时一模一样，每本书和唱片都在原处。在这里的那些年并不重要，那段时光根本就不存在。

我的生命结束了。我的事业毁于一旦。我辛辛苦苦掌握的所有技能都将付诸东流。我被送回了家庭的牢笼里，只不过是格雷丝的副手，要我顺从她，服从她，我唯一的价值就是随时可以从我身上夺走的力量。

我已经走了这么远，即使我不得不在行医背后隐藏我的力量。我现在要治好格雷丝的感冒，减少父亲体内的癌细胞。照顾那些已经拥有最好的一切的人。

我想睡觉。我想遗忘。许多次巫每天都喝酒，在酒精的朦胧中尾随在他们的风暴歌者身后。有些人闻到了鸦片烟斗里的花香，就目光涣散，几乎走不动路。

他们中一些人吸食的鸦片，足以使他们做梦到永远也醒不过来。

很多东西都能杀了你。不用喘一口气我就知道了一百种。自从有“天堂营”以来，我第一次列出了触手可及的手段。我心里估量着系在银灰色丝绸窗帘上的绳子，另一个念头向我泼了一盆冷水——如果我死了，我的灵魂就去不了绚夏福地了。崔斯坦还是没有找到他们真正要去的地方。

崔斯坦的钥匙压在我的大腿上。我摇摇晃晃地从口袋里取了出来，在手指中转动着，触摸着那些划痕和凹痕。崔斯坦肯定想知道我出了什么事。他会来找我的。他也许知道如何解开羁绊。就算他不知道，他也会帮我反击。

我把钥匙塞回口袋里。

我坐了起来，把铺盖从腿上扔了下去。格雷丝已经把门锁上了。我穿过连接卧房、更衣室和浴室的狭窄走廊，来到客厅。这里和我离开的时候一模一样，就连书桌也还在窗前，窗外有一棵榆树，离窗台只有几英尺远。

我从小到大都没有爬出过这个窗户。我感觉有点难受。无论我跑到哪里，格雷丝最终都能找到我。

我打开窗户，爬过我的旧桌子，不顾自己的手腕，沿着皮叶粗糙的树枝匍匐前进。树枝在我的重压下倾斜了，灿烂的金色叶子在我的打扰下颤抖着飘落。我爬了下去，双手挂在最低的树枝上，落到草坪上。

这不是最好的着陆方式。我一瘸一拐地走到马车房，冲了进去，我已经扭伤了左脚踝。我目瞪口呆地看着旁边停着的车辆，长着一副鼻子，质地光滑，闪闪发亮。

这是一辆汽车。在这个城市里，萨迪·兰瑟的发明并不多，普通人十几年创造的价值也抵不上它。它们是令人叹为观止的奇物，奔跑的速度可以超过最快的马或最强壮的骑手。

要是开车，格雷丝马上就能抓到我。

我转过身去，找到了我想要的东西。我偷的那辆黑漆自行车可能是仆人的。我把内疚感塞在同一个角落，在那里我忽略了自己颤抖的四肢，踩着脚踏穿过风景如画、令人牙痒痒的车道，来到光滑的黑色街道。

还要过多久格雷丝才会意识到我已经不在了？她可能已经知道了。我的脊椎骨慢慢地蠕动着，但我还是继续踩着踏板。我把自行车拐进了哈尔斯顿公园，沿着公园的斜边骑到了对面，离开了这个仍在沉睡的地区。

韦尔斯顿三角区已经苏醒，开始营业了。我遇到了书店、软呢帽店、裁缝店和茶馆，骑着车逆风而行。一阵头晕目眩的感觉和越来越暗的视线说服我下车步行。我没有锁，但崔斯坦的家并不远。

如果我还有什么东西要排出的话，我一定会在街上呕吐的。汗水的淡淡光泽让我感到寒冷，但我还是走到了崔斯坦家的前门。

这把钥匙可以插进锁里。我转动钥匙，拖着自行车走了进去。我的倒影十分苍白，深陷在阴影中。楼梯若隐若现，又陡又窄。厨房似乎有一英里远。

但我已经骑了三次了。

我步履沉重地走着，全然不顾脚踝的疼痛和手腕的跳动。我跌跌撞撞地走过短短的走廊，来到厨房。

崔斯坦穿着一件黄色的丝绸睡衣坐在那里，喝着一杯咖啡。

“迈尔斯。”他站起来把我扶到座位上。

“他们给我缔结了羁绊，崔斯坦。”

“你的家人?”

“我逃出来的。”

“原来是这样。”

“我饿了。天好暗……”

天暗了好一会儿。

第十七章 更崇高的利益

橙子的酸味和果糖味浸湿了我的舌头，我咬了一口。果汁像阳光一样爆裂开来，糖粒在我嘴里融化。鹿皮衣在皮肤下伸展着，光滑而温暖。

我睁开眼睛。

崔斯坦坐在昏睡沙发边上，手里拿着一块糖粒状的橙子。他把橙子举到我嘴边，我又咬了一口。

他耐心地喂我吃橙子，一块接着一块，煮咖啡和煮燕麦的香味飘进了客厅。我想坐起来，但他推了推我的肩膀。

“放松点。你当时晕倒在我怀里了。你一时半会儿还不能起床。”

“我没有晕过去。”

“你昏倒了，精疲力竭。我很惊讶你能一个人来到这里。”

“我也是不得已。”

“我猜你家住在西角吧。”

“我们那儿可以看到艾尔斯湾，就在公园旁边。”

“我有一次曾试着去探索这个地方，结果被礼貌地送出了小区。你们家很有势力。”

“是的。你知道的，我们都是法师，个个都是皇家骑士。”

“你和谁……缔结了羁绊？”

“我妹妹。”

“啊。”崔斯坦用一只手在收拾果皮，“她会来找你的。我马上就回来。”

他离开了房间，我的头倒在垫子上。我感觉好些了，但已经饿坏了。我不能吃下堆积如山的食物，然后再准备战斗。我必须慢慢地补充能量。我会在原地不动，等格雷丝找上门来。她会在我恢复之前找到我。

空气变得越来越凝重，存在一股朦胧的力量。空气跳动着，经过我的皮肤，每一次跳动都会渗入墙壁。崔斯坦回来后，我已经听不到街上的噪声了。

“你做了什么？”

“我给房子蒙上了帷幕，这样她就察觉不到你了。”

我安全了。“完美。”我说。

“还得看情况。”崔斯坦端着一个托盘和两个碗回来了——他吃大份的燕麦，给了我小份的。他把燕麦递了过来，“不用我多说，但你要慢慢吃。”

“我会的。这取决于什么？”

“你妹妹有多聪明？”

“她很机灵，有耐心，肯定会找到我的。”我抬头看着他，“你不能……你有办法破除那个羁绊吗？”

"我不会，"崔斯坦说，"等你康复了，你自己说不定可以。你比你妹妹强大。"

我吞下温热的麦片，"你怎么知道？"

"你有两颗灵魂之星。除非她天赋异禀才能比得上你。"

"格雷丝很厉害的。"她还是学生的时候，因为想骑自行车，她就第一次靠自己的力量平息了一场风暴。但崔斯坦是对的，"我怎样才能解放自己？"

"如果她不让你走呢？把她榨干，直到她无法再保持这种关系。"

我放下勺子，"要是我贸然出手，万一力量不够，那怎么办？"

"你可能会死的，像你母亲那样。"崔斯坦直截了当地说，没有遮遮掩掩，也没有喃喃自语，"这不是我说了算，但我希望你不会。"

"但你认为，我比她更强大。"

"两个灵魂缔结在一起？是的。但你可以在她放弃羁绊，对你放手之前伤害她。"

"她会因此恨我的。"

"那你愿意继续做她的奴隶，好让她继续喜欢你吗？"

"我也会因此恨她的。"我吃着燕麦。里面有浓郁的香料，点缀着烤苹果块，"所以我就待在这里，直到我准备好面对她。"

崔斯坦喝着咖啡，"你想待多久就待多久。我会继续更新房子外面的帷幕。你去给谁治疗了？"

"我没有治好他，"我说，"我为他争取了一些时间，但他快死了。”

“谁?”

“我父亲。”

“他是谁?”

“隐巫者主音。”我说，“他是——我父亲是一张巨网中的蜘蛛，他快死了。我妹妹将会接任，但权力已经发生了转移。”

解释完的时候，我已经刮到了碗底，最后一口燕麦有点胶着和冰凉。崔斯坦听着，若有所思地点着头。

“你的归来有助于提高你妹妹接班的机会。要是她失败了……次巫的现状就不会得到改善。但你妹妹想要改革，对吗?”

“是的，”我说，“她想让我成为一个标杆，让我知道一个受到一定重视的次巫能做些什么。她希望他们更有利用价值。”

崔斯坦歪了歪脑袋，“为什么你最看重风暴歌者?”

我眨了眨眼睛，“隐巫者控制着艾兰的天气。所有的天气。嗯，不是每一阵风，而是天气模式。”

崔斯坦盯着我，“他们控制着全国的天气？怎么控制的?”

“通过联结，”我说，“数百人一起工作。”

崔斯坦惊讶地看着我，“他们什么?”

“半神国人不会互相联结吗?”

“没有这么大的规模。数百人?”

“他们每个季节都会聚集在这里唱歌，冬天留在金斯顿过冬，直到春天来临继续歌唱。乡村的巫师圈掌握着当地的天气模式。”

这些暗示在崔斯坦的脑海中产生了共鸣。我看着他仔细思考这件事。“聪明。但如果组织瓦解了……”他说。

“整个艾兰国都会遭殃。庄稼要歉收。人们得挨饿。”我看向别处，“我知道一走了之很自私。”

崔斯坦抓住我的手，“他们为了自己的繁荣，把你当奴隶。”

“是为了国家更崇高的利益。”

崔斯坦摆摆手，“不对。为他人服务是一回事。不管事业多么高尚，强迫自己去做是完全不同的。如果他们没有与你缔结羁绊，你会离开吗?”

“不，”我说，“我不介意自己的渺小。我无法驾驭狂风。我想治病救人。我想拯救生命，而不是做一个电池和繁殖者。”

崔斯坦扬起眉毛。我看向了一边。

“给次巫……配对。”

“我很高兴你跑掉了。”崔斯坦说，“我希望你能激励其他人也这样做。”

“我想一定是这样。”我说，“我不认为我的消失会让我的家人情绪低落。”

“待在这里，直到准备好面对你妹妹。”崔斯坦说，“希望你有足够的时间恢复体力。”

“我已经感觉好多了。”

“很好。我得去穿衣服了。我在等一个人。”

“谁?”我把碗放在崔斯坦的托盘上，坐了起来。

“爱丽丝。至少，我猜她今天会来。我想她是去参加寺庙里的活动。”

“她来的时候，我也许应该躲起来。我穿着不够得体。”

我的脸颊越来越热，但我笑了，“我想让自己看起来像个脱了制服的仆人。”

他的嘴唇颤抖着，“恭喜你成功了。”

“我觉得我可以说自己乔装打扮了。”

“你把衣服留在这里了。”崔斯坦说，“斯帕罗太太把你衬衫上的酒渍洗掉了，就是出事那天借的那件，还补好了你裤子上的破洞。”

我动了动脚踝。没什么问题。“愿上帝保佑斯帕罗太太。我的夹克呢？”我问。

“还在修补中。你只能只穿衬衫了。”

“总比这个好。”我跟着崔斯坦上楼了。

早餐吃得不够。我的头晕程度足以让崔斯坦担心，他把我塞进躺椅里，我在他的注视下打着盹。我梦见了一座房子，如果你关上一扇门，然后再开门去寻找我留在书房的那匹高大的黑马，房子里的屋子就会发生变化。一切仿佛还历历在目。我醒来的时候，带有一种恐惧感，因为梦见黑马是死亡的预兆。

敲门声响起，我坐了起来。崔斯坦把他的书放在一边，但我必须行动起来，把梦里的最后一丝痕迹从脑海中抹除。

“我去开门。”我把偷来的自行车推到大厅更远的地方，然后为法默小姐转开了门。

站在台阶上的身影虽然更高大，更优雅了，却不那么受欢迎。格雷丝长长的黑色汽车停在路边，格雷丝自己也松了口气。

“我不是来拉你回去的，”她说，“我想和你谈谈。”

我想把门关上，但格雷丝把门挡住了。“迈尔斯，求你了。”她说。

我又猛地把门拉开，“你会放了我吗？”

格雷丝双臂交叉抱在胸前。“所以我们要在街上争吵吗？”

“你走吧，格雷丝。”

她放低了声音，“迈尔斯，我可以让咱们做到双赢。”

“怎么说？”

“你能让我进去吗？”

“这不是我的房子。”

“没事的，迈尔斯。”崔斯坦站在我身后，他的手温暖地放在我的背上，“她不想出洋相，但如果你让她别无选择，她只好那样了。”

我叹了口气，把门开大了一些。

格雷丝脱下外套，走了进来。她盯着那张布满镜子、不配套的墙纸，发出阵阵叹息，“你不应该待在这儿，迈尔斯。他是个巫师。”

“我们也是。”我打开了客厅的门。

“我们可不是普通的——”

格雷丝对着色彩鲜艳、数量繁多的植物和墙上的镜子眨巴着眼睛。在平复好心情，舒舒服服地坐下之前，她检查了翼状靠背椅的座位，并对着躺椅旁边三英尺高的水烟筒瞪大了眼睛。

“迈尔斯，你不会是认真的吧？”

“我觉得很舒服。”

“这很粗俗。”

“可能这就是舒服的原因吧。”

“我们应该去别的地方谈谈。去个私密的地方。”

我把脚放在桌子上，“我不会走的。你是怎么找到我的？”

“我们已经联结在一起了。”

“我被屏蔽了。”

“你消失的时候，我就已经在跟踪你了。我隐隐约约知道你在哪儿，所以我就去找你的护盾了。”

崔斯坦端着一个茶盘回来了。“真是遗憾。我还以为你没那么聪明呢。”

他坐在我旁边，给我倒了一杯，把一块方糖搅拌进去。他把手放在我的大腿上，抿了一口自己的酒。格雷丝的鼻孔惊讶得张开了，她看着崔斯坦靠在我身上，好像我们是恋人一样。

是我让他这么干的。

崔斯坦在沉默中率先开口了，“你做的事太残忍了。”

“不关你的事。”

“我们为什么不谈谈天气呢？”崔斯坦喝了一口杯子里的酒，“你打算如何度过这个冬天？你有没有让暴风雪通过，或者干脆赶出你的国境？”

格雷丝向我投来了震惊的目光，“迈尔斯！你做了什么？”

“他什么也没做。你知道你都干了些什么吗？”

格雷丝没有理他，“迈尔斯。我知道你很孤独，他给了你想要的东西，但你不能让一个普通人知道我们的秘密。”

崔斯坦依旧走到我身边，“那么，你打算怎么办呢？指控我有巫术，让我接受那些滑稽的审判？把我关进精神疗养院？”

“你迟早会疯掉的，”格雷丝说，“他们都这样。”

“但你和你的亲人却不会。”崔斯坦歪着头说，“你不觉得奇怪吗？”

“他们不具备掌控魔法的能力。”

“格雷丝，”我打断了她的话，“巫师和法师之间可能并没有什么区别。”

崔斯坦轻蔑地哼了一声，“你和他们唯一的区别就是他们出身贫寒，而你不是。你不希望他们在身边。”

格雷丝眯起眼睛，“他们？不是我们吗？你觉得你和其他巫师有什么不同吗？”

“我不是巫师。”崔斯坦站了起来，显得更高大、更有气势了，他粉碎了掩盖自己真实面貌的面纱咒。格雷丝倒吸了一口气，扭动双手做出防护的手势，崔斯坦恼怒地一挥手，抹掉了这个动作，“迈尔斯是我朋友。如果他说出那句话，别怪我对你发火，格雷丝·汉斯莱小姐。我保证，你要是敢伤害他，我肯定会报复你。”

格雷丝紧闭双眼，“你离我哥哥远点。放他走。”

“我可没有抓着他不放。这是你干的事。”

格雷丝现在跪在地上，与使出全力的崔斯坦作斗争，“求你了，让他走吧。他对你毫无意义。他是我哥哥，我唯一的哥哥。请放他走吧。”

我妹妹在为我求情，以为我被崔斯坦施了咒语。这是因为她爱我，还是她需要我？

“崔斯坦，不要。”我碰了碰他的胳膊，他平静了下来，“格雷丝，我知道你不希望闹成这样。我们先把事情放在一边。放了我吧。”

“我做不到。”格雷丝从地板上站起来，“迈尔斯，你确实应该恨我，但我不能让你走。很多事情都得依赖你。你走了之后，又跑掉了十个次巫。”

我也曾怀疑过，“他们逃走了吗？”

“只有两个没找到，其他的都被严密控制了，有一个还自杀了。我们可以把事情做得更好，但如果我不接替父亲，珀西爵士就会接管。”

崔斯坦鄙夷地说：“这跟迈尔斯有什么关系呢？”

“你不会理解的，半神国人，但迈尔斯清楚。”

真让人恶心。我确实在乎。我也没办法。珀西爵士当家对次巫来说可糟透了。他将成为总理，拥有比担任国防部长时更多的权力。如果他能像父亲那样保住内阁的职位……

我必须让他为自己在这场战争中的所作所为负责，如果他对士兵们的病况也有责任的话——我希望我的良心能让我释放崔斯坦，但是一个半神国人的报复可能会产生超出代价的后果。

格雷丝看着我，“迈尔斯。我发誓，你知道我永远不会虐待你的。我需要你帮助他们。等我成为隐巫者主音，你就可以做自己喜欢的事了。”

“但你还是不放我走。”

“除了我们在各个季节和节日歌唱的时候以外，并没有什么影响。每年只需要八个晚上，迈尔斯。仅此而已。”

“这不是自由。”崔斯坦说。

“确实不是，”格雷丝说，“但这是我能给你的。”

“对不起，格雷丝。我不能接受。”

“我也很抱歉，迈尔斯。但你没有选择的余地。”

“我有。”

确切地说，我和妹妹之间的纽带并不是一条线，但我可以从崔斯坦的镜子里看到这种联系。通过这样的联系，她可以把我的力量当作她自己的来使用，就像——

仿佛我的灵魂与她缔结在一起，就像母亲和尼克与我紧紧相连一样。但有一点不同：灵魂只是力量。我还有意志力。

我抓住她的手腕。

她吓了一跳。“迈尔斯，你怎么了——迈尔斯！”

她的光环是金色的，很有威力。我必须更强大。我试着拉紧我们之间的羁绊，但它就像拉着艾尔斯桥的钢索一样坚固。

她想把她的手拽开。“迈尔斯，停下来。”

“你会放我走吗？”

“我不能！”

“你不会的。”我拉了拉，再次测试了一下羁绊。我可以做这个。我将自由。

“求你了。”

“他强迫我们两个，格雷丝。”

“这是唯一的办法！”

“再想一个吧。”

她光环的边缘消失了，离她的皮肤更近了些，变得更薄、更苍白了。如果你认为钢缆很柔软的话，那么这种羁绊也是柔软的。我得使劲拉，直到变成一股线，我已经头晕了。

格雷丝向后拖，我们在地上摔成一团。她攥起拳头打在我的眼睛上，但我没有放手——仍抓着她的手臂和她的力量。

“你弄疼我了。”

“你可以停下，放我走。”

她一脚踢了出去，又打在我身上，结结实实地打在三角地带。

“迈尔斯！”崔斯坦动了动，我抬起膝盖，喘着气。

这个纽带现在变成了一条麻绳。我赢了。

血从格雷丝的鼻子里渗出来。我没有打她，但一股红色液体从她下巴流下来，滴在她的牡蛎丝绸衬衫和暴风雪般的淡紫色领带上，在氧气的作用下，看起来鲜红而明亮。

“迈尔斯，”崔斯坦抓住我的肩膀，“她快不行了。”

格雷丝喘着气，咳嗽着。鲜红的血液从她嘴里飞溅出来。她体内在出血，心脏和肺部在攻击下有些衰竭。她快要死在我的手中了。这就是自由的代价：我妹妹的生命，被我亲手夺走。

我将力量化为一把刀，开始切割我们之间的羁绊。如果能弄断的话，也许我能及时抓住她。

格雷丝试图挣脱。这种努力是如此无力，甚至不如一个孩子。她瘫软了，嘴唇上冒着血丝。她想说话，但挣扎着保持呼吸。

我将获得自由，她将失去生命。

我松开手中的力量，拽住她血淋淋的领带，手指紧紧地抓着她的喉咙。

“格雷丝。对不起。回来吧。”

她又咳嗽了一声，但鼻子不流血了。我努力让她起死回生，挽回我所做的一切。崔斯坦的手一直放在我的肩膀上，带着悲伤和愧疚，源源不断地给我力量，与我的力量混合在一起。

“格雷丝!”

我不会让她死的。当我修复她肺部的小裂口，安抚她过度劳累的心脏，按摩肝脏和肾脏恢复功能时，她的呼吸开始变得平缓了。房间疯狂地倾斜着，但我不敢停下来。

“对不起，格雷丝，我不知道，我永远不会——”

她抬起一只手放在我的脸上，“迈尔斯。”

我握住她的手，看着崔斯坦，“我不能。”

“你不能这样，”他说，“她宁愿死，也不愿放了你。”

“他说的没错。”格雷丝的声音沙哑了，“我是个胆小鬼。”

“别说了，”我说，“不会有事的，格雷丝。我们会解决的。”

“现在你会恨我的。”

“永远不会，”我说，“我永远不会恨你。”

她的笑容滑过血淋淋的牙齿。“也许今天不会，但你迟早会的。我不能让你走，迈尔斯。我得领导隐巫者。我必须。”

“嘘，崔斯坦，帮帮我。”

他跪下来抱起我妹妹，把她带到我睡觉的房间。他给我端来一盆温水和一块海绵，把她的上衣泡在冰冷的水槽里，而我则把她皮肤上的血迹清洗干净。他把海绵和脸盆拿走，领我下楼去沙发上休息。

“你看起来像是我应该把你塞到她身边。”崔斯坦说。

“我很好。”

“你才不好呢。”他的手温暖地放在我的肩上，“不过还是算了吧，她醒来后会饿的。”

我的肚子在咕噜咕噜叫。“还有香肠吗？”

“斯帕罗太太可以把储藏室清空。”

我浑身发抖，我差点把我妹妹给杀了。“我现在该怎么办？”我问。

崔斯坦抓住我的手，捏了捏，“想办法活下去。”

第十八章 妥协

格雷丝睡着了，我正在吃晚饭，比平时早了一些，这时前门响起了敲门声，打断了我。

我正在等爱丽丝·法默，但阿维娅·杰瑟普踱进了客厅，她穿着一条阔腿裤，配着一件黑白相间的针织背心，衣领下系着一条紫红色的领带，与嘴唇上的颜料很搭。她在崔斯坦手工结成的羊毛地毯边上停了下来，一只脚向前，另一只脚向后，屁股摆出光滑的曲线。她把两根手指举到嘴边，把一支未点燃的香烟插在中间。我真希望自己也能抽一口烟。

“英雄，你看起来像个饿鬼。”她慢吞吞地以一种优雅的姿势坐在格雷丝坐过的椅子上，身子前倾以便给我点烟，“要吃的还是要抽的?”

“如果还有其他的，我就不客气了。”

她啪的一声打开手提包，一个银色的箱子放在手里，“我请客。亨特先生？要不要来根烟?”

他阴沉着脸，“不了，谢谢你。”

阿维娅向天花板吹着紫罗兰色的烟雾。我拿了爱丽丝的名片，她并不需要这个。从来没有忘记过一件事，可怜的姑娘。

“这是一份非凡的礼物。”我说。

她摇了摇头，“既是好事，也是坏事，英雄。你的苦日子已经过去了，她却永远也摆脱不了，”她没有理睬茶水服务，“你确定尼克是被谋杀的？”

“我们都确定。”

“他没来上班的时候，我以为——”她的小手指轻敲着嘴角，她想了想，决定说话了，“我还以为他自杀了呢。”

“理由是什么？”崔斯坦问道，“他不开心吗？”

“也不完全是不开心。听着，我知道现在离喝咖啡还有一个小时，但你有什么适合女孩子喝的吗？”

“威士忌？”崔斯坦问道。

“愿诸神保佑你。”阿维娅等着那只雕花水晶杯，然后一饮而尽，“他是什么时候死的？”

“初日。”

她又吞下一口酒，崔斯坦则给自己灌了一大口，“其实，他死的那天我也去了现场。他刚从一次旅行中回来。他不在的时候，我帮他的植物浇水。”

“这么说你当时在他韦尔斯顿街的家里？”

她点了点头，“他当时……盯着墙看，不肯说话。他总是对秘密守口如瓶，我已经习惯了，但他人已经不行了。我应该陪着他，但我不是那种你生病或伤心时会打电话倾诉的人。我不知道该为他做什么。”

"那你做了什么尝试?"

"那地方连根黄油都没有。我帮他给斯旺森食品杂货店打了电话，这样他就有东西吃了。"

崔斯坦靠得更近了，"你点了什么?"

"尼克不怎么会做饭。他喜欢吃口袋饼，我就点了半打。还有冷冻螃蟹杂烩，葡萄和饼干，苹果馅饼，他对烹饪一窍不通。"

"你和他一起吃吗?"

"我当时在市区，"阿维娅说，"我冲进去打了个招呼，但我应该'在期待回归日中捕捉金斯顿精神'。我一直待到给斯旺森的送货人员开门后才走的。"

"你以前也这样做过吗?"

"这就是为什么我和尼克从来没有认真相处过。他把自己关起来写作，忘记了吃饭，变得越来越安静，越来越陌生。我去那儿是为了——"她吸了一口烟，"我是个好人。"

"你是要去斩断你们之间的柔情蜜意。"崔斯坦说。

阿维娅点了点头。"我喜欢能照顾好自己的男人。而尼克的情况越来越糟。每次旅行他都会带着更多的秘密回来，在写他那本该死的书。"

"你知道那本书是关于什么的吗?"我问。

她摇了摇头，"他说在出版之前必须保密，所以不是关于园艺的。尼克本应该坚持做花坛的。他是因为那本书而被杀的，不是吗?"

"你怎么会这样想?"

"他没来上班的时候，我回去看过他，"阿维娅解释说，"我已经在担心出现最坏的情况。我想去找纸条，可他的办公室里一张纸都没有，甚至连我的购物清单都不在了。”

我的心怦怦直跳。崔斯坦和我对视了一眼，“你在找什么？”

她的肩膀垂了下来，“也许是一张纸条。但后来我又去找他的手稿，找他所有的文件，结果都不见了。”

“包括购物清单。你说你以前给他订过食品杂货，”我说，“这个订单有什么不同吗？有什么特别不一样的地方吗？”

“那次不是塞德里克。”

“塞德里克是送货员？”

阿维娅点了点头，“是个男的。最近落难了，我想。”

“为什么？”

“看他的衣服就知道了。哦，他以前穿的是粗花呢，但不是碎布织的衣服。这是很好的东西。他还戴着一顶海狸皮帽子。对这样卑微的工作来说穿得太好了。”

我想知道他是否骑着一辆崭新的自行车。

“谢谢你。”崔斯坦把手搁在膝盖上，尽量靠得近些，“你告诉我们的东西非常有用。如果再见到这个人，你能认出他吗？”

“除非他刮了胡子。”

“胡子很显眼吗？”

“那是他脸上的骄傲。两端卷曲起来，就像士兵的一样。”她注视着我，“你要是留起胡子应该挺潇洒的，英雄。”

我也笑了，“打理起来很麻烦的。”

“他有一双水汪汪的蓝眼睛。不像你那样，亨特先生，你的眼睛是苍白的。要是再见到他，凭那把胡子我就能认出他。”

"你能做个证人陈述吗?"

她坐了回来,"你认为他是凶手。"

"别去找他。"崔斯坦警告说,"否则你们报社的人都会因你的好奇心而死。要真是他,那就很危险了。请你保证你不会去找他。"

她举起一只手,仿佛在发誓,"以我的天地良心起誓,我会做一个好女孩。"

"谢谢你,杰瑟普小姐。如果没有你,我们就不会了解这些。"

"还有一件事。"我说。

阿维娅笑了。"英雄,尽管说。"

我希望脸上的热气没有让我脸红,"尼克对战争是什么看法?"

"他讨厌战争,"阿维娅说,"他读过《**和平报**》和《**人民之声**》,你懂的。他在工作时总是闭口不言,当然,在《星报》没人会听反战的论调……他绝不会因为你上过战场而不尊重你,辛格医生。他不生士兵的气。"

"那他在生谁的气?"

"当然是战争委员会,以珀西·斯坦利爵士为首的那些人。你知道吗,珀西爵士是六个公司的董事会成员,这些公司在兰尼尔的出口上有着特殊的商业利益。我不是什么喜欢喊口号的人,但这次胜利让他赚得盆满钵满,我说真的。"

"我不知道这件事。"

"哦,当然。皇冠木材,皇家矿业,女王纺织品和出口公司,艾兰以太和灯光集团,国家铁路和航运集团……最后一家我记不清了。这就像一座金山，不是吗？我明白尼克为什么会那么愤世嫉俗了。”

“我知道了，”我说，“这确实给斯坦利部长的个人动机蒙上了一层阴影，对吧？”我颤抖着，想再抽一支烟。要是我追查到底……

好吧，我再也不用担心被家人抓住了。也许老鼠最后能猎到狐狸呢。我还没有傻到去相信珀西会为尼克的死负责，但我们可以阻止他成为隐巫者的领导，也许我可以想出其他方法，让珀西爵士为尼克的生命付出代价。

杰瑟普小姐起身接受崔斯坦的鞠躬礼，临走前又递给我一支烟，我把烟藏在了胸前的口袋里。崔斯坦送她下楼，回来时打开了客厅的窗户。

“我更喜欢大麻燃烧的气味，”他说，“但杰瑟普小姐看到了杀害尼克的凶手，你敢打赌那不是我们在街上追的那个人吗？”

“我连一个纽扣都不会赌。”

“塞德里克·鲁克三天前来过这里，给我们送杂货。我亲眼看到的。”

“那我们可以问问他关于那个人的情况。”

“我们有一个任务，”崔斯坦说，“斯旺森食品杂货店离这儿不远。我们明天就得去，我想他们现在已经关门了。”

“我应该去看看格雷丝。”

她侧身躺着，毯子拉到了耳边，但并没有睡着。我在门口等着，“要不要给你带点吃的？”

她没有动，“你怎么还对我这么好？”

“你是我妹妹。”

“我让你最害怕的噩梦成真了。”她翻了个身，抬起头来。她看起来几乎毫无血色，是那么苍白。

内疚和羞愧从我们的羁绊中触动了我。她知道我小时候逃避了什么，而现在，这又给我带来了什么。

这是我能想象到的最糟糕的事情：在我十七岁的时候，在特权手中长大。但我遭受了更严重的痛苦，我有奖章可以证明。

我把手放在她的额头上，看她状况如何，“你最怕的噩梦是什么，格雷丝？”

“失去隐巫者主音的地位。”

她会好起来的。她需要好好休息一晚，吃饱饭，一天内不能使用魔法，但她最终肯定会好起来的。“失去力量对你来说很重要吗？”我问。

“一切都靠这个。这个风暴年，珀西爵士不知道他面对的是什么，次巫需要我取得成功。你也需要我成功。父亲……”

“还有几个月的时间。”

“只剩这些时日了吗？”痛苦使她的声音嘶哑了，“他能活到婚礼那天吗？”

“新年的时候？或许可以。”

“时间不够了。”

“没办法。你为什么这么关心次巫呢？”

“你是次巫。埃德蒙……”说到这里，因为想起了少女时代的爱情，她颤抖了一下，紧紧地闭上了嘴唇和眼皮，“他肯定是和雷吉娜·霍华德在一起了。她二十年来一直忍受着无子的婚姻，直到今年。”

“雷吉娜·霍华德不是圈子里的，对吧？她要次巫干什么？”

“自从你离开后，次巫就注定会被缔结在实力不够强大，不足以进入金斯顿巫师圈的隐巫者身上。”

“来自全国圈内的吗？”

“任何圈子里都没有，”格雷丝说，“他们缔结的是15岁的次巫。”

“这是为什么？”

她尖锐地看了我一眼，“我有没有提到雷吉娜·霍华德怀孕了？”

我想了好一会儿才明白过来，“这也太可怕了。”

“这种情况必须制止。作为隐巫者主音，我可以阻止。”

“珀西爵士也不会。”

格雷丝的笑容有些苦涩，“有孩子是一种幸福，迈尔斯。次巫的孩子是合法继承人。有些隐巫者实际上有两个妻子……只是有一个人没有配偶的合法权利。”

“你为什么不早点告诉我呢？”

“在你爬出窗户来到这里之前？”

我耸了耸肩，“当然可以。”

“我是认真的，迈尔斯。我不想控制你。但我需要你。我真的需要你。”

她确实需要，该死的。而且她需要我成为大家期望中的次巫，所以我的“归巢”将是一次胜利。

“我想独立，”我说，“我知道你不会解开我的羁绊，但我要过自己的生活。我将继续在博勒加德当医生，我将有自己的家。”

她握住我的手，“迈尔斯，我答应你，我会尽量给你自由。你是我们次巫的未来。我们会带领大家一起前进。”

“你要和次巫商议解除羁绊的条件。”我继续说，“这样一来，受到虐待或不公平对待的人，可以请愿获得自由。”

她坐了起来，脸色发白，“可以，还有天赋的训练。应该把那些叫做天赋，而不是恶作剧——哦，还有很多事情要做，迈尔斯，太多了。”

“也许我们应该在楼下吃晚饭时再商量。”

她眼中的热情消失了，“你知道他是什么人，对吗?”

“他叫崔斯坦。”

听到我口中这个熟悉的称呼，她眯起了眼睛，“迈尔斯，别跟他在一起。”

“他又没有伤害我，格雷丝。”

“你知道半神国人厌倦了自己的凡人玩具后会发生什么吗，迈尔斯？如果他没有蛊惑你，就离开吧。只要你愿意，你可以留在伊甸山庄，想待多久就待多久。”

“我不是他的玩具，崔斯坦是我的朋友。”

“他们的种族是没有朋友的。”

“他有一个。”

“我不能放任你就这样疯掉。”

“格雷丝，你和我一样知道这些故事。崔斯坦是个自负，不安分的家伙，还很傲慢。他这么善良也是他自己的选择。”这些批评从我嘴里毫无拘束地冒了出来，“我被蛊惑了吗?”

我坦率地念叨着出崔斯坦的缺点，她咬着嘴唇。“没有。但是他可以——”

“我相信他。”

“你不该这样。”

我抱起双臂，“我交的朋友都是精挑细选的。”

她的头重新垂到了枕头上，“他会想要更多的。”

“没时间了，格雷丝。他要在霜夜回去。”

“他怎么会在这儿?”

我转向衣柜里那一堆薄薄的衬衫。崔斯坦借给我一些，我从中挑了一件，亚麻布洗得很柔软，“这就是他的故事。”

“他不会告诉我的。”格雷丝坐起来，把手插在袖子里，晕眩使她脸色苍白，她向后靠在枕头上。她衬衫的花边上，有一点血斑正在变成褐色。

“也许你不应该在我的朋友面前胡闹。”我举起她的手，帮她把袖口的扣子扣好，系好她借来的衬衫的纽扣，“我去给你拿点东西来，待在原地别动。”

崔斯坦在厨房前的大厅里看到我了，“你妹妹怎么样了?”

“还不能下床，”我说，“不过，多吃点东西，休息一下，就会完全好的。”

“你呢?”

“我已经恢复得差不多了。”

崔斯坦交叉着双臂。

“但我不介意再来一个橙子。”

“照顾病人之前，得先把自己喂饱。”崔斯坦带头走进厨房，“然后告诉我，你打算怎么办。”

“情况比我离开时更严重了。”我从一个刷着蓝色漆的碗里挑出一个橙子。我在解释格雷丝告诉我的事情时，尽量不为隐巫者辩护。我还没说完，崔斯坦就沉下了脸。

“跟我走吧，别管这些了。”

“我必须帮助他们。”

“为什么?”

“因为他们很重要，”我说，“如果我能帮上忙，我就不能让他们受苦。”

崔斯坦噘起嘴角的一边，交叉着双臂，“你妹妹也很关心这件事，和你一样。”

“那倒不至于，但她的确在乎，确实明白这是不对的。”

“而帮助他们的最好方法，恰好是让她在你们族人中拥有最强大的地位。”崔斯坦把我的橙子皮捡了起来，扔到垃圾桶里，“这似乎有点可疑，但很好。她明天早上能恢复到可以起身离开这里吗？我们必须找到塞德里克·鲁克的车。”

第十九章 大屠杀

躺椅睡起来还不错，吃过比平时稍晚的早餐后，格雷丝乘坐汽车向西走了，而我和崔斯坦则往东走，迫不及待地要去办事。一个明亮的黄色遮阳篷是斯旺森食品杂货店的特色，遮住了半边人行道上摆放着的水果和蔬菜摊位，其中有一摊当地的苹果免费供人取用。崔斯坦拿起一个咬了一口。

“我从来不买食品杂货，”他说，“都是斯帕罗太太负责采购。”

我自己只买过几次，但我知道得够多了。工人们的衣服上都系着黄色围裙，我还发现一个男孩在摆放蜜饯罐头。

“先生，需要帮你找东西吗?”

“我在找一个叫塞德里克的送餐员。他在这吗?”

“要是在的话，应该在后面。”他放下手中摆放货架的活儿，指着一袋袋麦片和干蔬菜旁边的一扇门。

在后面的区域，堆叠的木质平台上存放着更多的食物。一个姜黄色头发的男人把一个装满农产品的木箱放在一个横置圆筒做成的架子上，然后一推，箱子就被送到队伍的尽头。男孩们看了下订货单，然后把箱子装在三轮自行车上运走。

那人瞥了我和崔斯坦一眼，“先生们，有什么需要帮忙吗？”

“我在找塞德里克·鲁克。”

他把拳头放在屁股上，眯起眼睛看着我，“他怎么了？”

“没什么，”我说，“我想问一下他上周送货的事。”

“有什么问题吗？你不能拿他出气，他只是送货的。”男人皱起了眉头。

“没什么问题。”我宽慰地说，“我只是想和塞德里克谈谈。”

“他可以算是你的服务的一个重要组成部分。”崔斯坦给了他一张钞票。他眨了眨眼睛。这是一笔慷慨的，甚至是离谱的小费，但消失在了那个男人的口袋里。

“塞德里克！”他大吼一声，一个男孩吓了一跳，像是已经预料到了似的，“这些人想和你谈谈。”

他小跑过来，斜着眉头，满是担忧，“我做错什么了吗？”

“完全没有。我们想问你一个关于送货路线的问题。有人和你的送货区域相同吗？”

“珍妮·库珀。我没上班的时候，她负责我的路线。”

“可你上个初日下午还在工作吗？”

他点了点头，“那天太忙了。我一次运了三个订单。”

“你还记得给韦尔斯顿街1455号301房的尼克·埃利奥特送过货吗？”

他点了点头，“当然，那次很轻松，因为那个人在楼下等我。”

"尼克在楼下等你？"

他摇了摇头，"不，先生，是他的朋友。他说他要去见埃利奥特先生，他会帮我提上去。他给了我三个硬币作为小费。"

三枚硬币可以买到足够多的糖果，一个星期内他都会是同龄人中最幸福那个。"你还记得那人长什么样吗？"我问。

"很富有，虽然比不上他——"他指着崔斯坦的羊绒大衣和小山羊皮手套，"但也差不多。他有军人一样的胡子，但他没有穿像你这样的大衣。"

"他个子高吗？"

"没你高。"塞德里克说，"怎么了？出什么事了？他到底有没有偷吃？"

崔斯坦和我对视了一眼，"你什么意思？"

"他到楼下的门厅里去了。"塞德里克说，"埃利奥特先生住三楼，楼里没有电梯。"

杂物间就在那儿。他可以藏在下面，对尼克的食物做个手脚，然后再送过去。我记得尼克说过："在茶里。"他的意思是让人吃饱饭，而不是喝饮料。

"谢谢你，塞德里克。如果再见到那个人，你能认出他吗？"

塞德里克皱起眉头，"他长得挺普通的，没什么特别的。"

"除了那把胡子。"

"对。"塞德里克摸了摸自己的上嘴唇，用手指顺着嘴唇往下摸，"你还想知道什么吗？我还要工作呢。"

"时间的回报。"崔斯坦说道，银币落入了塞德里克的掌心，"你真是个眼尖的小伙子。"

“谢谢你，先生。”硬币放进口袋后，塞德里克小跑着离开了。

我带路回到商店的公共区域，在一个冷藏箱前停了下来，里面装着几瓶苹果汽水。崔斯坦在过道里转来转去，等着我排队付钱。他摸了摸那些杂志的封面，上面印有电影明星的照片。我翻开《先驱报》，看到了《星报》，顿时怒火中烧。

“**大屠杀！**”标题是这样写的，一张照片占据了整个版面，一位穿制服的警察在砖砌的联排屋里拦路。

“报纸也要吗，先生？”收钱的女孩问我。

我付了钱，把报纸塞在腋下，标题藏在了褶子里。

“你拿了周末报？我不觉得你是休闲版的爱好者。”崔斯坦评论道。

“又发生了一起谋杀案。”我说。

“另一起？什么意思？”

我们现在肩并肩走在街上，风从背后吹来。“你还记得第一个晚上，因为在调查另一起谋杀案，警察迟迟不肯来吗？”我问。

崔斯坦一脸惆怅地看了我一眼，“有点印象。”

“退伍军人一直在杀害他们的家人。妻子，孩子，然后是他们自己，”我说，“又发生了。”

我们一起在崔斯坦家客厅读着报纸。我读到了特伦斯·比奇下士的故事，他是一名刚从兰尼尔回来的军人，他在家中割断了所有人的喉咙，然后去街上袭击平民，最后才被警察制服。崔斯坦靠着我，在我肩上读着。

“这也太恐怖了。上周的事吗?”

“是的。都是退伍军人，最近刚从战场上回来。”

崔斯坦抬起头，“你的工作是治疗士兵。”

我点了点头，“他们抓住了这人，另外两个自杀了。”

“你知道为什么吗?”

“和我一起工作的士兵……战争太残酷了。我甚至无法向你描述那里的情形，我们身上发生了什么，我们对他们做了什么。这深深地伤害了我们的心灵。”

“他们会因此而杀害自己的家人吗?”

这只是猜测，我没有任何证据。我不愿相信这个事实，也不愿相信在将士归来的游行上，我看到的许多男人和老杰拉尔德、比尔以及被我排除在出院名单之外的另外21个病人有同样的感染。但我还是告诉了崔斯坦真相。

“恐怕确实如此。”

崔斯坦揉了揉我的肩膀，而我则低头盯着《星报》封面上的警察，“继续看吧。”

外面有人在欢快地叫喊，想邀请大家一起喝一杯。阳光斜射在镜子上，这是午后的亮光。我靠在崔斯坦的手上，继续说：“有些人有着同样的错觉，他们认为自己体内有个杀手，想要对所有人进行发泄。我觉得有生理原因，但我还没找到。”

“这是用你的能力看到的?”

我叹了口气，“是的。我一直在保密，因为我想用普通的测试来发现问题。”

“因为这会泄露你的秘密。”崔斯坦说，“不过，你在兰尼尔的时候是个外科医生。我知道人们崇尚外科医生，认为精神科医生甚至不应该被称为医生。你为什么要转到精神科呢？”

我闭上眼睛，“兰尼尔人突袭了一所野战医院，要把我带走，”我说，“如果他们只是想要一个好医生来挽救他们的生命，那也不至于这么糟糕。”

崔斯坦的手滑过我的肩膀，抚摸我的脊椎时，我衬衫的一角溜到了他的手下面。我也曾这样抚摸着我的病人，让他们看到往事中最黑暗的部分。

“他们让我出手施救，”我说，“我自己的人。他们会被折磨，肢解。他们知道我是如何创造奇迹的，所以拿枪指着我的头，一直举到我因治疗而昏迷过去。然后他们会喂我吃东西，直到我恢复，再次施救。有一个人，我救了他四次，这样他们就可以再次审问他。他虽然不知道他们想要什么，但这并没有阻止他们。”

“你是被迫的。”

“我应该让他们杀了我。”

“没人想死，迈尔斯。”

“是的，”我说，“他们求我。我本来应该——”

崔斯坦用手捂住我的嘴唇，“你获救了，却认为自己不值得。你被绑架了，被监禁了。这不是你的错。”

我对我的病人说过多少次了？

他把我拉到身边，我靠在他身上，毫不羞于索要这种亲密行为。他把我的头放在自己的肩膀上，继续说下去，“他们救了你，就把你送回家。但你不可能成为那样的治疗师，所以你找到了另一种方法。”

“精神病治疗法。”

“因为你还想治愈他们。”崔斯坦说，“你从不放弃，迈尔斯。你和我认识的所有治疗师一样勇敢，甚至有过之而无不及。我的朋友科马克——我真想带你去见他。”

“半神国人也需要治疗师？”

“我们也会受伤，迈尔斯。也可能会被杀死。”

“我还以为你们都有不死之身呢。”

“除非我们过得很无聊。他会教你一些我不会的东西，你也可能会教他一两样东西。但他对你和你所做的一切，只会表示钦佩。”

“但愿吧。”

“嘘，你什么都不用说，”崔斯坦说，“在半神国，你应该有个伴儿。”

“像助理那种的？”

“从某种意义上说是的。你不用为了救别人而自杀。我无法想象你一个人是怎么做到的。”

“没办法。”

“如果我——如果你有个同伴，他就会告诉你，发生的这一切并不是你的错。你只是做了你该做的，这样才能活下来。他会很高兴看到你回去的。”

我从他肩膀上抬起头来，“你以前不认识我呀。”

“那么，我很高兴你来到了我能找到你的地方。”

他离我太近了。我之前一直很平静，因为他的靠近而感到些许安慰。现在我感觉更加激动了。

他把两根手指放在我的下巴下面，把我拉近，让我们的呼吸搅在一起。在他吻我之前的一瞬间，他的温热就扩散到了我的嘴唇上。

苹果汽水清脆香甜的味道在他的嘴里回荡着，我就像开瓶时冒起的气泡一样发出嘶嘶声。下意识的颤抖和强烈的兴奋感在我的皮肤上游走，而他的温暖并没有触及我的皮肤。我有点头晕目眩，张大了嘴巴，他把我紧紧地拉向他。

我们一直在奔向这一刻，无论我怎样回避，试图否认我那愚蠢的想法——不在乎他是否无情，不在乎半神国人从来没有爱过，也不会去爱的传说。现在，他的手游走在我的腰背上，我什么也不在乎了，我只想要更多。

我们把鲜艳的坐垫推到一边，我把头枕在一个软垫长椅上。一个枕头尴尬地躺在我的肋骨下，我并不在意。崔斯坦的辫子落在肩膀上，当他在我身上伸展时，辫子又缠在了我的脖子上。我用手指抓住他的领带，然后扯松，扭开他的领扣。他的心在胸膛里剧烈地跳动着，整个人不住地颤抖。一种温暖的感觉传遍了我的全身。他也许是个半神国人，但我却让他着迷了。

“迈尔斯，”他喘息着说，“我们需要一张床。”

“不，我们不需要。”我不想让他停下来，哪怕是飞上楼的半分钟也不行。我把他拉回来，解开另一个扣子，去感受他的皮肤与我贴合。

就像魔法一样神奇。这是魔法。我碰到他的时候，我让魔法从指尖渗出，而崔斯坦则紧紧地抓住了我，甚至是在颤抖的时候。如此循环往复。我从来没有用魔法碰过情人。我从来没有做过自己，即使是在那些最私密的时刻。总是躲躲藏藏，从不自由。

现在自由了，我又拽着他再吻一次。

然后他抬起头，听到了前门的敲门声。

“可能是爱丽丝。”崔斯坦的头发从辫子上散开了，衬衫领子和领带也歪了。

我看起来可能有点衣冠不整，但我还是坐了起来，“我去烧水。”

我们各自离开的时候，把躺椅垫子留在了地上。

法默小姐坐在一张椭圆形靠背椅的边缘，双手搭在膝盖上。即便是休息日，她也没有降低穿着的标准，脚边的手提包里露出一片蕾丝网纱。她是个常去寺庙的姑娘，一到没有女人的房子去，她就会瞪大眼睛，内心恐慌。

“喝茶吗，法默小姐?”我演示性地给自己倒了一杯。虽然我更喜欢不加牛奶的甜茶，但还是加了奶油和糖，“崔斯坦很快就会过来。他给女管家放了两天假。我们应该想到……”

她的目光从我那乱蓬蓬的头发和匆匆拉直的领带上移开，羞怯地笑了。“打扰了。”

这女孩真聪明。要是崔斯坦继续待在这，我建议他和法默小姐组成调查搭档。她会比我更在行。

“法默小姐，”崔斯坦说，她对着嘎嘎作响的杯子点了点头，棕色的鬈发颤抖着，“应该没有让你久等吧？”

他把笔记本和钢笔放在茶水旁，又坐到我身边。他把手搭在我的膝盖上，爱丽丝强忍着没有松口气。

“我来是因为不想让编辑部的其他人知道。他们会……问很多问题的。”

经历过记者们的好奇心全部集中在我身上之后，我并没有责怪害羞、不自在的爱丽丝想要逃避这样的审查，“我们也会有问题。是关于尼克的书吗？”

“是的。尼克·埃利奥特当时在写一本关于尽职的巫师的书。”

所有的假设都破灭了。他写的不是战争吗？他写的是关于巫师的书？那么，尼克说士兵们应该知道的时候，他指的是什么呢？

崔斯坦放下茶杯，“你知道为什么吗？”

“他很痴迷，”爱丽丝说，“他读了关于审验和审判的所有东西，可以追溯到五十年前。他还对此保密——只有卡利·米勒知道，她所在部门的记者中，有很多人都梦想着做财经新闻、时事或调查性报道，尽管写专栏挣的钱更稳定一些。”

“还不如破获一个重大新闻来得光荣，”崔斯坦沉思着，“你知道他为什么对巫师那么感兴趣吗？”

当然，因为他自己就是。但是爱丽丝不知道，我也不打算告诉她。她低头看着自己的双膝，正端庄地靠在一起，上面盖着淡灰色的华达呢衣裳，“我想这和他母亲有关。”

“为什么是他母亲呢？”

“她被检查出是个巫师。几年前，《星报》上有一则告示。在康斯坦丁娜女王统治的第十四年，苹果枝之月12号。”

那一年我离家出走，花了七年时间侍奉女王，以换取药物。我在心里盘算着。“尼克不可能超过——”

“十三岁，”爱丽丝说，“他来这里和一个监护人住在一起。在他母亲作为病人被送进医院之前，他曾住在拜韦尔。”

崔斯坦看了我一眼，“法默小姐，你知道尼克去过的其他城镇是否有巫师精神疗养院？”

“都有的。诺顿的佐登伍德精神疗养院，建于尼古拉斯国王统治的第三十年——”

她看我皱起眉头，对我表示同情，“41年前，拜韦尔的疗养院也差不多在同一时间完工。它们都是大约40年前建造的。我可以用下你的笔记本吗？”

她写的字迹圆润，看起来赏心悦目，上面列出了尼克去过的每个城镇，精神疗养院的名称和开业年份。

“你见过他的手稿吗？”

“对不起，亨特先生。”她擦了擦手指上的墨迹，“他从来没有让我看过。我只看过他的笔记，内容是关于六个精神疗养院的建设，以及获批巨额资金，修往这些城镇的铁路。尽管那些地方都很偏远，副线的扩建一拖再拖，而艾兰却在修建通往任何地方的火车。”

我闭上了嘴。每个小学生都知道，一个不懂交通规划的老国王会有什么歪点子。但同时在这些线路两端建造的精神疗养院呢？

他们在学校里从来没有教过我们关于精神疗养院的知识。

我的下个念头让我有点寒心：如果这个想法是正常的呢？

崔斯坦捏了捏我的膝盖。“法默小姐，我觉得你很机智，把这件事告诉了我们，并且还保密。”

她看起来满怀希望，“你知道这意味着什么吗？”

崔斯坦摇了摇头，“还不知道，但我会调查清楚的。”

他护送爱丽丝出去，然后走进客厅，脚底下发出了砰砰的声响。他从我身边冲了过去，走进一间本应是餐厅的房间，里面有一张大桌子和几个书架，在书中搜寻着。

“在哪儿，在哪儿？怎么会消失了呢？这该死的东西好大——啊！迈尔斯。来看看这个。”

这儿是一本地图集，打开那一页就能看到艾兰的地图。他在昂贵的插图上到处比画。“那些城镇在哪里？”

我摇了摇头，“地图上没有。只是些小地方而已，甚至连铁路都没有。”

“是谁要修铁路的？”

“国王，”我像小学生般条件反射地说道，“不，他有顾问——部长。”

我的嘴有点发干。

“迈尔斯？”

“交通和基础设施部长。”

“哪位是……哦。”

“我父亲。”

我以为是珀西爵士。我可以把战争的责任归咎于他，但尼克的死却在另一个嫌疑人的脚下。父亲肯定参与其中了。如果他不想让这些火车无处可去，就不会造了。我父亲会为了保密而杀人吗？

我其实没必要问。正确的问题是：格雷丝会吗？一星期前，父亲病得卧床不起。他一直让格雷丝逐步接替他的位置。那个留胡子的男人可能是父亲的人，但也可能是格雷丝的人。

崔斯坦把地图册递给我，“找到那些城镇，迈尔斯。求你了。”

我扫视了几页，但上面都是苍蝇般的小点。唯一还有点规模的是拜韦尔，一个靠近国家中心的地方。但是这本书有一个索引，很快地图上就出现了环绕着这片土地的红点——不完全在边界上，但很接近。父亲为什么要在那里设立精神疗养院？

看着这些点，崔斯坦皱起了眉头，“为什么？”

“与家乡环境的距离——”

“我记得，迈尔斯，你说过。可为什么这么偏远？难道他们都关押着巫师？外面还有什么？我需要知道，但我找不到。”

我说出了一直在回避的话，“你不能留下。”

“不行。女大公会表现得好像需要把我找回来一样。我预计会有搜捕者在石头的另一边找我，要是他们越过石头，发现我没有被囚禁或丧失了能力……那就完了。你想让你的王储生你的气吗？”

我不想让他走，“惹恼王子可不是个好主意。”

“需要花很多时间来安抚艾菲太太。她不喜欢自己的宠儿离开太久。”

“你是她的最爱?”

“自从我救了她的命后。”他摸了摸那一页，翻到一张至少已经过时十年的金斯顿地图，“如果我回来了……我能在这儿找到你吗?”

“在这里？金斯顿?”

“在这栋房子里，”他说，“你就住这吧。我已经租了两年了。箱子里有钱，我肯定不需要了。”

我犹豫了一下。我没有住在巴斯太太家，并不是因为我只能住在这里，而是出于习惯。在西区找一套公寓太费时间了，我还得去医院工作。要是我不搬家，格雷丝就会帮我搬走。我的银行账户里有一笔钱，可以暂时支付斯帕罗太太的费用，但迈克尔呢？我不需要司机。这是一个不切实际的想法。但我觉得在这里很受欢迎，就像在家里一样。

“你就住这儿吧，迈尔斯。我还想着回来找你呢。”

“我……”

“求你了。”

我其实也想住在这里。“好吧。”

崔斯坦的笑容温暖了我的脸庞，他握着我的手，我歪着身子与他的嘴唇交会，“迈尔斯。”

门环敲了四下，声音又尖又响。

我往后退了一步。

“谁呀，真该死。”崔斯坦说着，大步走过地板，朝客厅窗外望去，“来了一次又一次！你妹妹。”

“格雷丝？她究竟要……哦，不，”我叫道，“回归日快到了。

她要我去参加那个社交季的首映式。”

“真是凑巧。”崔斯坦嘟囔道，“你愿意的话，我可以把她打发走。”

我叹了口气。“让她进来吧。我应该知道她的计划。”

“我不想说太多，迈尔斯，但投票前在人群中亮个相太重要了。”

“他们要对领导仪式的人选进行投票？作为代理隐巫者主音，不应该是你吗？”

“珀西爵士已经说服了自己派系的人，领导之位不应该由继承人担任。”格雷丝抿着嘴唇，下巴绷得很紧，“对不起，迈尔斯。我需要所有能得到的优势，这意味着要把你展示出来。”

这会把我从崔斯坦身边拉开。回归日是一场彻夜的狂欢，完全不顾及劳动者的睡眠。百大家族是不会派自己去工作的。

崔斯坦明晚就得走，我却没法在这里和他告别。我会和格雷丝一起在冬天唱歌，作为父亲的代理人，作为隐巫者主音的继承者。随着她的浪子哥哥回归后，她会在次巫眼里步步高升，牢牢掌握她生来就该掌握的力量。

尼克·埃利奥特死后保留下的神秘力量。

“我没衣服穿了。”

格雷丝向马车点点头，“我们得去把你的制服拿来。”

当然。这可是这场小戏剧最完美的服装。我叹了口气，伸出了手。不管怎样，既然大家都会盯着看，那为什么不像乌鸦中的红衣凤头鸟一样脱颖而出呢？

“我不能待到天亮，我还要工作。你得早点离开，就说你要去感知空气。如果今年是暴风雨年，这样做是说得过去的。”

“我忘了你在空气中感觉不到什么。”

“至少可以猜到什么时候需要雨伞。”我转向崔斯坦，“对不起。”

“我们都各自肩负职责，”崔斯坦说，“你那儿还有钥匙。回来的时候叫醒我。”

第二十章 回归日

“我们得早点走。”我说了不下十遍。

我把手表落在床边的床头柜上了。尽管按照惯例，我应该戴着的。其余百大家族的皇家骑士对庆祝的时间毫不在意，但医院却期待着我和太阳的到来。

我们在车厢里欢跳、颤动着，我尽力保持一切正常。我闭上眼睛，回想着和她的每一段对话。我可以肯定，我从来没有告诉过格雷丝关于尼克·埃利奥特的事情。我比记忆中的格雷丝更善于保守秘密。如果不是这样的话，在我去给父亲治病之前，她可能就把我的事告诉他了。如果是的话，我可能会和一个杀人犯的同谋坐在一辆马车里。我的心怦怦直跳。妹妹是个杀人犯吗？

她可能精心策划了我们在慈善会上的见面，来医院是为了比安插在我身边的跟踪者更密切地监视我。是格雷丝，还是父亲呢？

不难想象我父亲派一名部下去跟踪尼克·埃利奥特，又让那个下属跟着我。提着木偶线让他们跳舞，这有点像父亲的行事风格。

但他死后格雷丝会继承财富，财产……还有她梦寐以求的权力。

我们下了马车，迎接我们的是晴朗的天空，归来的家属们漫步进入位于西角公园中心的大厅时，我们忽略了星辰。好奇的目光回望着我那醒目的猩红色外衣，人们张大了嘴，惊讶地看着我的脸。我来到这了，回来了，一位战争中的英雄归来了。我在妹妹身后两步的地方坐了下来，她才是真正的大人物，即将成为隐巫者主音。

她会怎样来确保自己的地位呢？

我抛下这个想法，跟着格雷丝走进大厅，走在她身后两步远的地方。

人们窃窃私语，惊愕地走进大厅中央的五面宴会厅，人群像剧院的幕布一样散开，让出一条通往西边台阶的路，台阶上放置着一个镀金的紫色宝座。

上面空空如也。女王陛下已经从宝座上下来了。我们迟到了。

格雷丝挺直了身子，把头向左右微微转动。寂静已经波及边缘，将乐手们卷入其中。

一片沉默，直到一个身穿红衣的女人走进了空旷的地面。“我就在这里，我的姑娘。”

我们低下头，跪在地上。康斯坦丁娜女王猩红色的长袍上缀满了即将入秋的树叶，褶边的刺绣很厚实，还饰有珠子。随着女王不断走近，我想听到了树叶的沙沙声和嘎吱声，她伸出手让格雷丝亲吻。

“你们都起来吧。格雷丝女爵，克里斯托弗爵士。”

站起来之前，我有点想寻找我的父亲。我朝着她手的位置鞠躬，然后看着她的眼睛。

康斯坦丁娜女王年轻时很漂亮，但成熟后更加的摄人心魄。她的年龄轻松地栖息在精致的躯体上，平滑的金黄色皮肤在脸上显得十分柔和，那是一张曾露出过微笑，蹙起过眉头，经历过一切的面孔。一大堆钻石、黄玉、红宝石和祖母绿，披在瘦削的肩膀和弯曲的锁骨上，宝石的切工宛如秋叶一般。金色的橡树叶覆盖着她卷曲的黑色鬈发，银丝闪闪发光，毫无年老的歉意。

她伸手抚摸我的勋章，每举起一块的时候，都在感受着自己脸庞的轮廓。铜奖章放在她的指垫上时，我想闭上眼睛；在她凝视铜奖章表面的断裂镣铐时，我想拉开她的手。

“这就是你的成就呀，克里斯托弗爵士。你跑去参军了。告诉我们为什么。”

“自豪感，陛下。我加入了外科医生的行列，可以发挥我的天赋。”

“陛下，迈尔斯爵士有治病的才能。他想让这一本领有用武之地。”我妹妹解释道。

“所有的次巫都有这样的能力，还是你独有的?”

“夫人，有些人可能有。”

“现在又回到你真正的职责上了吗?”

你会因为撒谎而说不出话的。“夫人，我是医生。”我说。

她那浓黑的眉毛垂了下来，“你的工作会妨碍你为我服务吗?”

“不会的，夫人。”我的舌头干了，“我不会允许这种情况发生。”

她点了点头，“我对其他次巫很好奇。你有一个有用的天赋，也许其他人也是这样。”

我心中泛起了暖意。一个有用的天赋。身后传来舞步移动的声音，无数张嘴巴在舞厅里喘息，呼吸着温暖的空气。

我忍不住笑了，于是低头计算了一下分数：次巫得一分。

月亮沿着舞厅屋顶的玻璃窗变换了位置，从东南角的低处移到了南面的边缘。现在是十点钟，还是十一点？如果我有话说，早该离开了。我已经看腻了，说够了谎话，受够了去猜测隐藏在礼貌的好奇心下的东西。我厌倦了蜂蜡和香水的味道，厌倦了变淡的香槟酒味，厌倦了我笑脸上的疼痛。

但格雷丝走了，据我观察，首席隐巫者也走了，他们是在议会和内阁中实力最强、地位最高的法师，他们希望所有见到的人都尊重自己。所有能量站站长、首席法师的召唤者和联结者，可能都要关起门来争论到底是谁会在冬天歌唱。

格雷丝希望那个人是她。

我透过玻璃屋顶眯起眼睛看着月亮，试着计算时间。一旦格雷丝解脱了，我一定要离开。她还要再谈判一个小时。如果我没法睡觉的话，我上班的时候肯定是昏昏沉沉、头脑混乱的。

“克里斯托弗爵士?”

我转过身来，“请叫我迈尔斯。克里斯托弗爵士是我父亲。”

面前是个女孩，至少比我小十岁，从头到脚穿着奶油色和乳白色的丝绸与蕾丝衣裳。她抬起头看着我的眼睛，戴着手套的手握在了一起。

“我也会治愈术。”她的语气低沉，我得看着她涂红的嘴唇才能明白。

她不是第一个告诉我自身天赋的次巫，但她是第一个治疗师。

而且她年纪太小，不适合和我私下交流。

“这是一个有用的天赋，”我说，“你是和你妈妈一起来的吗?”

“和我哥哥。他在次席。我们来自红鹰镇。”这个名字在我的记忆中跳了一下。红鹰，那个有火车站和精神疗养院的北方小镇。

“我想见见他。”

她瞥了一眼那群年轻人，他们笑得太大声，喝了太多。一个和她有着同样金发的人发现我们在看他，便举起酒杯，但并没有过来与我们会合。

这年头，究竟什么才是礼仪？他对她有责任，这样不合适。我一直盯着他看，他离开了他的朋友们，在来找我们的路上又抢了一杯玫瑰金色的香槟。

“克里斯托弗·汉斯莱爵士。”他伸出手来，“我是理查德·普尔。看来你已经认识我妹妹塞林达了。”

“他更喜欢别人叫他迈尔斯爵士。”塞林达说。

“很高兴见到你们。普尔小姐告诉我你在次席。你一定很有天赋。”

“北方的天气就像一匹野马，”他说，“从小时候起，我就开始平息风暴了。”

如果有门路的话，他一定会大有作为的。不过普尔这个名字我只是略知一二，所以我猜不出来。

“我妹妹很有力量。”他说，“而且她的小把戏玩得很得心应手。我好几年没生病了。你喜欢她吗？”

我眨了眨眼睛，“我们才刚认识，但我已经被她迷住了。”

“也许你俩应该一起跳个舞。”

塞林达看起来容光焕发，“我做过白日梦，想在回归日上跳舞。”

我只能恭敬不如从命，“那我们一起跳吧，普尔小姐？”

我很少抱着舞伴跳舞，但她似乎并不在意我业余的技巧。她穿着少女般的礼服和端庄的珍珠首饰，闪闪发光。她瞟了一眼我的奖章，专注地盯着那枚铜章。

“很可怕吗？”

“是的。”

“你真勇敢，竟然做到了。”她说，“我的猫死了。”

什么？“很抱歉。”

“她很老了，有很多痛楚，也不能动弹。她死在了我腿上。我哭了，然后我——”她左顾右盼，噘起嘴角，然后瞪圆了眼睛看着我，“我想知道她是怎么死的。”

哦。“你做了死亡检查。”

她点了点头，“我想成为一名医生。你觉得我可以吗？”

“想成为医生有很多门槛。”

“但你做到了。”

“我确实做到了。但想想我做了什么，我逃跑了。我参军是为了换取接受教育，结果却卷入了一场战争。你也可以参军，但要得到许可。”

她低下了头。对于一个温文尔雅的皇室骑士之女来说，我大胆的提议并不是那么容易接受。如果她足够叛逆的话是可以的，但不能鼓励她这样做。

她抬起头，脸色凝重，“你觉得我漂亮吗？”

“我——普尔小姐。”

“我觉得你很帅，”她说，“而且很勇敢，你对治愈术也很了解。我们可以生出强大的孩子。”

哦。哦。“我从没打算结婚。”我说。

“我不介意，”她说。“成为一名医生就够了。你可以……你能让你妹妹和我哥哥谈谈吗？”

我突然哑口无言。舞蹈结束了。我们为那些翻找着音乐寻找下一首歌的音乐家们鼓掌。我把塞林达·普尔带回了她哥哥那里。

“这是我的名片，”他说，“我会在周中回家。”

他领着他妹妹穿过了人群。

普尔小姐是第一个走上前来的姑娘，可是大门却向一个接一个的姑娘敞开，她和到了适婚年龄的姑娘跳了一次又一次。所有人都向我低声诉说着她们的天赋。他们都想找到一种方法来掌握这些天赋，凭我自己的训练史，我难道不能成为一个宽容的丈夫吗？

这让我心碎了，也让我的心中燃起了怒火。我不想要一个妻子。我试图通过离开舞厅来逃避她们，但她们在不断补充的自助餐周围追赶着我，希望我在格雷丝埋头于另一个会议或友好的谈话之前找到她。

年长的劳森小姐把电影院的最新情况都告诉了我，这时一个男人优雅地伸手打断了我。他扫视了我一眼，从我擦得锃亮的鞋尖，到我精心梳理的头发，他从容的微笑说明我显然通过了这次检查，“我是雷蒙德·布莱克，我等你妹妹已经等得不耐烦了，她还没结束。”

“布莱克先生。”我低下头打招呼，“伊甸山庄酒店设计得非常成功。我迫不及待地想看你下一步要做什么。”

“在婚礼结束之前，我不打算做任何计划。”他转过身来，示意我跟他走，“跟我来吧。”

我们把劳森小姐甩在后面。

“你很受欢迎嘛，”他说，“我想每个令人中意的次巫都想认识你。”

“这有点让人吃惊，”我说，“我从没打算过要结婚。”

他对我耸了耸眉毛，“这不重要。你觉得埃尔辛·佩尔弗雷怎么样？”

她踩到了我的脚，“挺有魅力的。”

雷蒙德嘲笑道："她的下巴简直有一英里长，而且她有鼻窦炎。但她父亲是东南部的能量站站长。她是你最好的选择。"

我肚子里的酒凝固了，"从政治上来说。"

"他还在犹豫不决。先确保佩尔弗雷和格雷丝能成为隐巫者主音，然后再去和她跳支舞吧。"雷蒙德走开了，留下一道背影给我。

看到珀西·斯坦利爵士进入房间的那一刻，我就知道格雷丝已经自由了。康斯坦丁娜女王早就回家了，月亮已经升到了玻璃屋顶的西南面。音乐家们正在第二次用餐休息中。我回到崔斯坦家之前，天空会被黎明染成紫色。

我真希望自己还能怀疑珀西爵士谋杀了尼克。

珀西·斯坦利爵士径直朝我的猩红色外衣走来，他的脸涨得通红，"所以，他们已经说服了你，对吗？你现在处在一个合适的位置。"

我眨了眨眼睛，"是的，我和格雷丝缔结了羁绊。"

他眯起的眼睛和他的讥笑很搭。"埃斯特尔跑了，"他说，"是你干的。我们再次找到她的时候，她已经喝了毒药。都是你的错。"

因为我胆大妄为地离开了自己的地盘，在他的孩子身上种下了叛逆的种子。"埃斯特尔……斯坦利？我想我们从来没有见过面。"

血色加深了。他的鼻孔张得像个喇叭口，愤怒的气息激起了怒火。“狂妄。没有一个安分的次巫敢这样做。我不相信你是被威胁的，迈尔斯大师。其他人都被你用勋章迷惑了，完全不明白你根本就不属于战争。”

“我很高兴见到女王陛下，”我说，“我度过了一个最受欢迎的回归日。我彻夜舞蹈，见到了这里每一位迷人的年轻女孩。你觉得佩尔弗雷小姐喜欢诗歌吗？我一直在回想她眼眸中的星辰。”

要是埃尔辛亲耳听到的话，那就太残忍了。但这让珀西爵士的双下巴开始颤抖，对我的暗示感到微微的满足，这种感觉很好。但如果我对他逼得太紧，他就会挥舞紧握的拳头，次巫可没有还手的权利。

但他必须向格雷丝道歉。

“啊，珀西爵士。”格雷丝与雷蒙德·布莱克一同出现了，她的笑容充满喜悦，“你人真好，还问候了我哥哥。雷蒙德早些时候花时间做了自我介绍，据他说，迈尔斯从未感到孤独过。”

“你的脚一定酸了吧，迈尔斯。跳了那么久。”

“布莱克先生，跳到天亮是我期待精进的技能。”

“你肯定还有时间再跳一次吧？”他意味深长地看了佩尔弗雷小姐一眼。她独自站在为跳舞而铺设的地板边缘，梦想着打开镶嵌在地板上的五瓣图案。她触及到我的目光便摆了摆手，脸涨得通红，我也报以微笑。

如果珀西爵士再生气，他的头发就会着火。我讨厌他的乐趣也随之消失了。我今天笑了，但我受到欢迎让格雷丝感到很高兴，这让我有些烦恼。她可以安排我的婚事，她有这个权利。如果结盟能巩固她的地位，她就会这么做。

这比谋杀容易多了。

“我想我应该把精力留给所有应邀的来访者。”我说，“格雷丝，你还想继续待着吗？我可以派马车回来接你。”

“我准备回家了，”格雷丝说，“祝你晚上愉快，珀西爵士。”

我一路上一言不发，直到马车轮沿着红路驶回了国王大道。“‘**我早上还要工作**’这句话，你认为哪一部分是微不足道的，格雷丝？人们在睡眠不足的情况下就会产生失误。我手中握有生命！”

“我们进行了一场辩论，”格雷丝说，“关于谁将在明天歌唱，恭迎冬天的降临。经过三轮投票，我以一票之差获胜。一票啊，迈尔斯。”

这并不是格雷丝希望得到的支持率，她甚至不应该只获得这点支持。她累了，身体随着马车一起颤抖着。

“你吃过饭了吗？”

“我还以为准时上班是最重要的事情呢？”

“你应该吃一点的。”

“我会想办法的，”格雷丝说，“你跟埃尔辛·佩尔弗雷跳过不止一次舞吗？”

这个问题把我吓得浑身发抖，“我没有和任何人跳过第二次。”

“很好。她父亲也在现场投票。我们不需要她。你觉得劳拉·伯利怎么样？”

劳拉·伯利？这是谁？“格雷丝，我从没有结婚的打算。”

“我们需要一场婚事，”格雷丝咬牙切齿地说，“我和布莱克家族的联盟还不够。伯利家会使我们和佩尔弗雷的结盟更加可靠，而且伯利小姐一点也不难看。”

一声冰冷的耳语震得我脖子发抖：*我不认识这个女人*。

“先不要喜欢任何人，”格雷丝说，“但要习惯这个想法。到了灯光盛宴上，你就会成为一个已婚男人。很抱歉。”

我正坐在座位上，这个声明带给我强烈的震撼。“我不会结婚的。”

“你必须结婚，迈尔斯。”

“格雷丝，别逼我这么做。不能在我已经答应帮你的情况下，不可以在……”

“什么？在你想要那个无情的半神国人的时候？他的族人和我们的感情不一样，迈尔斯。你只是在逗他开心，仅此而已。”

“我们不是……”

“他让你着迷了，所以你才会一直保持被他利用的关系。他想从你这里得到什么？他只是在跟你做交易，他们都这样。”

我咬住嘴唇，想了想，“他是我朋友。”

“你觉得他爱你吗？”

我退缩了，“我知道他不会。”

“迈尔斯，他不可能会爱上你的。你知道这些故事。我们爱上了他们，结果他们离开了，最终分手。”

“他从来没有做过你一直相信的事情。”

“告诉我，你看着他的时候，你是不是喘不上气？”格雷丝说。

我低头盯着地板，看着我们之间的空间。

“迈尔斯。”格雷丝温柔地说，“我不会再失去你了。不会的。我不会把你交给一个无情的人。只要我还能呼吸和战斗，我就不会允许这种情况发生。”

“他是我的朋友。”

“他是怎么成为你的朋友的？你是怎么认识他的？”

我看着窗外，“我们不会回城里的。”

“你要去哪里？你的公寓锁上了，我们快到家了。”

“格雷丝……”

“父亲还没醒来你就想消失。”

“我没有。”

“哈利整晚没睡，”格雷丝说，“他可以早点上床睡觉，而不是让他一路开车去伊甸山庄。”

“哈尔斯顿街……”

她用斩击的手势打断了我的抗议，“迈尔斯，我做不到。我不能相信他，请别让我这么做。”

她不能相信崔斯坦？我无法对这种讽刺进行评论。“我相信他。他从来没有给我不信任的理由。”我说。

“你在暗示什么？”

“你把我的事告诉父亲了。”

她畏缩了一下，好像我掴了她一个耳光似的。她看向别处。“他问过我。他其实已经知道了，迈尔斯。他一直都知道，但他从来没有告诉我，然后他问我你过得是否快乐。他一直都知道的。”

“你有没有陷害我？”

"不！我没有。我发誓，迈尔斯。"

"他已经恢复了一部分，你打算作何解释？你以为他不会察觉到吗？"

"我——"

我抓住她的手。她的心跳比平时更快，呼吸很浅，肾上腺素在她的血液中游走。由于争论的压力，一切都变得更加紧张了。"你要把我的事告诉他吗？"

"是的！"

坦白过后，她紧绷的肌肉放松了下来，"从那以后，我就知道我不能替你保密了。我要让他明白，我已经发誓不与你缔结羁绊。我需要你的同意和信任。我想告诉他，但他不听。我从没想过他会那样对你，迈尔斯。我发誓。"

告诉我这些后，我能感觉到她的释然，就像那种感觉在我自己体内流淌着一样，"好吧。"

她垂头丧气。

"还有一件事，"我说，"你认识尼克·埃利奥特吗？"

她眨了眨眼睛，"谁？"

她的心脏依旧缓慢地跳动着，她可以自由呼吸，不过脸上充满了疑惑的神情。她甚至不知道我说的是谁。

那就只剩下父亲了，还有发生在士兵身上的事。尼克说过，他们需要灵魂。灵魂是什么？

崔斯坦寻找的灵魂。

谁需要他们？

"迈尔斯，尼克·埃利奥特是谁？"

“别管了。”我说。

“他很重要吗?”

“他对我来说很重要,”我说,“我只是想知道。”

“你是不是在生我的气,因为我告诉了父亲?”

“是的。”

“他已经知道了,但我本可以试着撒谎的。”

“格雷丝,你我都知道如果你想对他撒谎会发生什么。如果他让你觉得自己像他靴子底下的虫子后,他迟早会知道真相的——”

“我还没告诉他你和半神国人的事。他也没有理由问。但他想知道你睡在哪里,如果不住在寡居屋的话。”

见鬼了。经过这么长时间,她很清楚如何操纵我。我叹了口气,把头靠在软垫靠背上,“很好。”

格雷丝微笑着,看起来松了一口气,“我已经让人清洗过了,但炉管裂开了。你该进屋吃早饭了。”

“我想你应该有我可以穿去上班的衣服吧?”

“当然,”格雷丝说,“我已经安排好一切了。”

寡居屋散发着马鞭草和油皂的气味。墙面上满是石膏和油漆,柔和的蓝色镶着白色和镀金边框。古色古香的家具上有我曾祖父那个年代的雕刻,床架布满了大量深色的木雕,式样奇特。床垫、床单和枕头都是新的,用薰衣草和玫瑰香水处理过,以助睡眠。

我倒头就睡。

一个我不认识的仆人用一杯巧克力饮料叫醒了我，给我送来了衣服。西装裁剪成了黑色、木炭和烟灰色，配以手工削肩，闪耀着羊毛丝织物的光泽。细小的针线缝制出最时髦的棉质衬衫圆领，织锦领带手感丝滑，用料厚实。一双闪闪发光的黑皮鞋搁在鞋架上。

我又回到了奢华的怀抱，周围都是华丽的服饰，还有富绅早上梳妆打扮用的生活用品。

这一切都是格雷丝早就计划好的。

“烟色的法兰绒，”我说，“天蓝色的领带。”

这是为了诱惑我。

“你是我父亲的贴身男仆吗?”我问。

“二号男仆，先生。”

“你叫什么名字?”

“我叫威廉，先生。”

我靠在一把皮革美容椅上，让他给我刮脸，我打了个盹。

随着诱惑的消逝，我不能指责格雷丝的选择。我已经很多年没有过这样舒适的生活了。另一个人从寡居屋出来，沿着小路走到早餐室的玻璃门前。

这是我的热咖啡，照例没有加牛奶。我最爱的撒着粉色食糖的橙子，双层奶油草莓，粉红色的腌猪肉和塞着炒鸡蛋的温热黄金面包卷。仿佛又回到了童年，只是我没有在盘子左边打开一本书，吃东西的同时津津有味地阅读。

早餐室外的走廊里有什么东西在吱吱作响。我放下勺子，注视着那扇门，告诉自己不要把通向地面的玻璃门闩上。可能是格雷丝。

吱吱声又响了起来，早餐室的门一打开，我就说出了那声音：一个没有上油的轮子。

雷恩先生还是管家。格雷丝可能比他矮一些，但只是矮了一英寸，和我一起长大的瘦高个儿现在驼背了。他把我父亲推到没有椅子的首座上。我在一张可容纳二十人的桌子中间坐了下来。然后又起身，把餐巾放在盘子上。我要去医院吃饭。

“儿子，你当医生是对的。”

我生硬地向他鞠了一躬，“谢谢您这么说，先生。”

“你要是觉得我不同意你当医生的话也没错。我是个傻瓜。”

什么？

“我相信你应该得到一个解释。坐下吧。”

我简直不敢相信自己的耳朵。我对了？父亲错了？外面下大雨了吗？

雷恩先生给我热了咖啡，在我手边留了一份《先驱报》。他还记得。我放下报纸，喝着咖啡，等待着。

“次巫被忽视了，”父亲说，“他们的天赋没有得到训练，因为他们的天赋不是最合适的，但不管怎么说也是魔法。”

我没有转身看向窗外，“你的态度变化挺大嘛。”

“你敢蔑视我。”他笑了，露出了整齐的人工假门牙。他的勺头落在一个煮鸡蛋顶端上，把鸡蛋打碎了，“我不敢相信你做到了。但有件事让我没有把你拖回来。我知道你在哪儿。”

我眨了眨眼睛，好像格雷丝还没有告诉我，“你一直都知道？你故意把我留在那儿？”

他点了点头，“我以为你会自己回来。没钱的时候，生活是很艰难的。住在一个单间，吃螃蟹，我以为你的新奇感会慢慢消失。”

“可我没有。”

“确实没有。虽然每个人都说你的天赋一文不值，你还充分利用了你的天赋。你有力量，我的孩子。力量和勇气，我花了很多年才发现。”

我想掐自己一把。我的指尖在桌布上划过，勾勒出一只扇尾鸟的轮廓，父亲则告诉我他是如何关注我的职业生涯的。他列举了我的成就，他读过我发表过的所有论文。

他表扬了我。但他强迫我同意缔结羁绊，尽管所有的隐巫者都会因为尼克・埃利奥特说出他们的秘密而感到尴尬，但不管尼克写了什么关于巫师和精神疗养院的东西，父亲都会责怪他。

我父亲会为了保密而杀人。

“你是什么时候改变了对次巫的看法?”我喝了一口咖啡，咬了一口凉了的蛋卷。

“在你来之前，我下不了床的时候。”

啊。“我没能治好你。”

“但我有更多的时间了。我们可以守住隐巫者主音的位置。我已经好几个星期没在电台露面了。格雷丝不会介意我旁听他们的决定，让他们看看你的归来给他们带来了什么。”

我查了一下《先驱报》晨报上的日期。**代表团将签署投降书**，标题是这样的。它应该说，**世界颠倒了**。“我的恢复是一大优势。”

“迈尔斯，你的治愈术是拯救这个家庭的关键。如果我当初没有看走眼，注意到你的潜力的话……”

“你同意格雷丝的意见吗？你认为次巫应该发挥自己的天赋吗？”

父亲把煮熟的蛋白和溏心蛋黄舀到吐司上，“太浪费了。他们认为次巫不过是为我们提供原始能量，实际上大有用处。”

确实有用。我所有迷惘的、轻率的希望都在这个词的刺激下爆发了。我有利用价值。

我明明更清楚这一点。为什么会忘记呢？

我站起来，把餐巾纸丢在花边桌布上，“我听到马车的声音了，我该去上班了。”

“当然，”父亲说，“今晚的仪式过后，你会筋疲力尽的。格雷丝打开了寡居屋的门。住得舒服吗？”

“睡在钱堆里能不舒服吗。”

“这里已经有一百年没有重新装修过了。”

“还保护得很好嘛。”

“它可以是你的。”

从来没有。“我有住处，爸爸。但还是谢谢你。早餐吃得很愉快。”有用的。我只是一个工具，不是一个儿子。

我不能再遗忘了。

第二十一章 延期

尽管博勒加德退伍军人医院就在街道对面，但其实可能远在八英里之外。我跳下马车，让马车夫先回去，然后汇入了稀稀拉拉的人群，大家都围着一个戴着白色手套的警员，他双手示意禁止我们通过。

“那个，我是博勒加德退伍军人医院的医生。医院就在那里。”我从警察的肩膀上方指了指。他的喉咙因感染而刺痛着，我向后退了一点。

“我明白，但你得先等队伍过去。”他对其他自以为值得破例的人也说过这句话，这些人要么紧咬着牙等待，要么昂首阔步地走另一条路。

如果我继续往前呢？那儿没有绳子。我可以冲过去，不会造成伤害——

“任何试图穿越的人，都会被控以妨碍外交官的罪名。”这名警察说。

我往后退了一步，“这是外交游行？”

“兰尼尔人来了，”警察说，“来签署投降书，宣誓效忠于女王。我们现在是一个帝国了。”

说最后这一句时，他扬起了下巴。

笛声和鼓声在街上回荡着。我和其他人一起转过头去，我嗅到了一丝夹在风中的月桂树燃烧味。蓝色的游行队伍星星点点地沿着国王大道移动着，在前面击鼓前进的节奏慢如葬礼的步伐。

我想是吧。我看着，当穿着蓝色衣服的人群走近时，我试着眨掉眼睛里的斑点。我看到的不是斑点，而是在音乐家头上盘旋的巫师之印。

前面的人穿着浅蓝色长袍，裙摆在脚踝处盘旋，他们缓缓前行。笛手们演奏了一支乐曲，抑制住泪水和强烈的哀恸，这使我后背发抖。从黎明到中午，从黄昏到夜晚，长袍变得越来越暗。他们是天空祭司，兰尼尔人的主要精神信仰，他们个个都是巫师。

他们看了我一眼，如果我和他们有目光接触，他们就会把注意力转回前方的道路上。他们也能看到。他们是否也能看到一些旁观者身上干涸的血云？我抑制住惊讶的叫喊，反复查看。

没有一个祭司有感染的情况。

也许他们都不曾在战斗现场附近。不应该有一些人在吗？代表们走在穿着镶红边的白袍祭司队伍中间。他们脸上都没有兰尼尔上流人士化的妆容，平时华丽的辫子散落在脚踝处随风飘扬，也没有一个人受到感染。

五十人虽然算不上什么统计样本，但却让我很烦恼。既然感染已经蔓延到这么多归国士兵身上，他们怎么会一个都没有感染呢？

免疫力。对当地疾病的适应性。可能有一百种原因。如果我能在兰尼尔人身上做测试——假设存在那种情况。我看着那些带有巫师之印的祭司，他们因失败而垂头丧气，头脑中没有感染的痕迹。

是什么在保护他们？

他们在哀鸣的笛声和丧钟的鼓声中行进，月桂树的烟雾从各个香炉中喷涌而出，空气都变得圣洁了。他们会一路走到宫殿，在王座前停下，跪下来。这是再一次的羞辱，好像他们经历的死亡还不够。经过仪式性的监禁后，他们会签署投降书，成为艾兰国的臣子，彻底宣告失败。

即使他们做了那样的事，我还是会为他们感到难过。这是一场可怕的战争，但他们的武器从一开始就处于劣势。那场战斗从来都不是公平的。绝望的人会做出疯狂的行为。

这是我最接近原谅他们的时候了。

一位祭司转过头来，打量着站在那里嘀咕的人群。与我对视时，她的嘴角掠过一丝不怀好意的微笑。

她又看了我一会儿，然后转过身去，不把我放在心上。这不是一个被彻底羞辱的人应有的姿态。

那眼神很狡猾，有点自鸣得意，了解一些我不知道的事情。其他祭司在吹笛子和挥动焚香的时候还时不时地东张西望。我尝试顺着他们的目光，想知道他们在看谁。

士兵。他们脱掉了军装，有的剃掉了胡子，所有人都被感染了，头脑里蒙上了一层感染的阴影。

复仇出现在我的脑海时，冰冷的恐惧感在我的内心深处颤抖着。

游行队伍一过，警察就给沿街的人放行了。我转过身去看旁边的警察。他招了招手，点头示意我们可以通行。那些等待的人们要么穿过街道，要么骑上自行车，忙着自己的事情。

我跑到了医院。我一步两个台阶地爬上通往办公室的楼梯。这不是感染，是疾病。

也是报复。

走到楼梯间，虽有人从我身边经过，但没有一个向我问好。一名护士看到我之后，先在楼梯口停了下来，然后又退回二楼，尽管我知道她是一名精神康复工作人员。

她是在躲着我吗?

这个想法很荒谬。

我绕过第三层楼梯，罗宾从楼梯的座位上站起来，眼睛瞪得大大的。

“迈尔斯。”她张开手，楼梯在我脚下摇晃着。

她递给我一支卷烟。

我有点喘不上气。

爬楼梯的脚步声传来，医院的一个侍者喘着气。“你是罗宾护士吗？他们在找你。我已经快把医院找遍了。”然后他看见了我，眼睛转了一圈。然后往后退，显然是害怕了。怕我。

她站起身来。“我马上就到。胆囊，”她说，“一个小手术。我希望能及时出来见你。”

那位侍者飞快地投来惊恐的目光。“对不起，请不要生气，但他们需要罗宾护士。”

我从她手里接过香烟，塞进了胸前的口袋，“发生了什么事？为什么每个人都吓得魂飞魄散的？”

话音刚落，我自己就知道了。

那位侍者惊恐地从楼梯狂奔下去。

罗宾看我的眼神中透露着担忧。“一切都会解决的。”她说完便转身离开，留下我盯着她的背影看。

这不可能发生。至少不是现在。我终于知道我的病人出了什么问题。我爬完剩下的楼梯。我办公室的钥匙放在从崔斯坦那借的衣服旁边的口袋里，我伸手去拿时，铁和青铜制的钥匙发出了叮当声。在我办公室钥匙孔周围的小划痕中，明亮的青铜沟壑闪闪发光。门上的杠杆咔哒一声，推得比以前更深了。

在我推开门之前，我就知道会看到什么。

有人洗劫了我的办公室。我数了数理查森的《腹部外科百科全书》的卷数。八卷书都在那儿。我的水晶威士忌套装也是如此，空空如也，布满灰尘，没有被人动过。我的文件柜被掏空了。散落的纸铺在地板上，文件和记录被皮底鞋践踏过。最让我崩溃的是我的桌子被破坏了，每个锁着的抽屉都被打开了。

我的东西被扔回了抽屉里，乱糟糟的。我的银质钢笔在里面。我想修补的手表表面有一条裂缝，但还在抽屉里。

我打开了上锁的抽屉。

那本日记本已经不见了，上面详细记录了我所知道的感染情况。

也许就在这儿，在文件下面。我拿起文件，摸索着寻找日记本，但运气不佳。薄薄的转印纸虽然已经被干涸的绿墨水粘在桌子上，但还是在我的手指下噼啪作响，我知道那是我的失物招领单，上面详细记录了我医疗包里的东西。

我把纸从记事本上清理开。

那把白柄刀不见了。

钟摆也不见了，是从我放在抽屉的角落里拿走的。白柄刀，钟摆，详细记录杰拉尔德·格兰姆斯和比尔·福克斯病情的杂志……

克罗斯比。肯定是他干的。

马西森医生站在敞开的门口。她用敏锐的目光打量着我精致的衣裳。

“辛格医生。”

还好是辛格医生，不是迈尔斯。“马西森医生。”

“去我办公室吧，我想和你谈谈。”

巫术的工具我可以解释，但那本日记呢？我能说些什么呢？我该怎么办？

我能做的只有抬起头来，接受她的提议。

“好主意。我还担心我的办公室太乱了。”

马西森医生没有笑。她转过身，让我跟着她。下楼的时候，她没有回头看我，也没有跟我说话，大步流星地走进她的办公室。

“把门关上，坐下吧。”

钟摆、白柄刀和书是马西森医生的记事本上唯一的物件。

“克罗斯比医生昨天从一个新来的病人那里知道一些传闻后，

闯进了你的办公室，”马西森医生说，“你认识一个叫詹姆斯·沃尔夫的人吗？”

我在流动医院的最后一天救了他的命，治了他的腿。我累得连脚都抬不起来。太累了，我都没听见他们来。

“我有个病人叫这个名字。”

“他说你用魔法治好了他，还偷走了他的灵魂作为报酬。”

马西森医生天花板的一角都被水渍弄脏了。她在墙上栽了一株四处蔓延的植物，而没有去修理墙角。

马西森医生点点头，“这很荒唐，我也同意。但这促使克罗斯比医生找到了这些东西。”

我等待着。

“克罗斯比已经被停职，在等待董事会的审查，”她说，“你也是。”

“马西森医生？”

“我也没办法，只能让你俩停职。但我想知道这些是什么。”

“一把开信刀。”我说。

“当然。可克罗斯比说这是一把用来收集魔法物品的银刃刀。”

“刀刃是银的，”我说，“但这是一把开信刀。链子上的那个硬物是钟摆。我用来作为催眠的视觉焦点，帮助病人控制疼痛和睡眠。”

“迈尔斯，我读过这本书。里面的措辞很有意思。”

“我用病人的语言来描述他们认为潜藏在自己内心的东西。”

这就是我的弱点。我把看到的东西写了出来，融合了我的魔法视觉和医学知识。但这样写毫无意义，没有临床价值，科学上也讲不通。

“故事有自身流传的方式，”马西森说，“对巫术的指控已经传遍了你的病房，没有人可以阻止。很多医生都看过沃尔夫先生手术后的伤疤。我也看过了。”

“我猜已经传遍了。”

“太令人惊讶了，”马西森医生说，“在你有机会完成一半之前，他就应该死了。但他还活着，还能走路。他告诉了所有想听的人，你是个巫师。”

“而且他们还信了。”

“我们可以解决这个问题，”马西森医生靠在桌子上。

“怎么解决?”

“接受检查，我们就可以摒除这个问题。”

哦。

她指的是巫术检查。他们会把那些疑似懂巫术的病人关在一个内衬有黄铜的房间，然后审问他们，并在交叉审讯中给他们使绊子。我知道该怎么回答。我可以答得出来。

但我受不了那么多黄铜。即使是携带着以太的黄铜线也足以令人大发雷霆，就像一只你无法从头上甩开的苍蝇一样。巫师们请求从检查室中得到释放。还在医学院读书的时候，从踏进检查室的那一刻起，我就开始讨厌它了。

黄铜才是真正的考验。有些人可能会声称自己整天在风中唱歌，整天跟死人说话，但如果没有被墙上的黄铜搞垮，他们就只是被忽悠了而已。

马西森医生打破了沉默，“你通过检查后，克罗斯比医生就会被解雇。就一天而已。你今天就可以去金斯顿精神疗养院，周中就可以回来巡视。”

我绝不会在检查室里待上一整天。

一切都结束了。我被毁了。如果不照马西森医生说的做，我就不能否认这些谣言。就在我的病人最需要我的时候，我的名誉一文不值。

除非我能用财富和权力把事情推到一边去。

我靠在椅背上，用手指敲击着椅子扶手，“我想你最好把我停职。我会在董事会听证会上请一名辩护律师。”

一丝绝望掠过她的脸庞，她脖子上青筋凸起，“要想平息克罗斯比医生的指控，这是最简单的办法。证明你不是巫师，迈尔斯，他就再也不能这么做了。”

“我做不到。太荒唐了。”我皱起眉头，撅起下巴，让马西森医生见到她已经预料到的愤怒，“我要雇个律师。”

“你为什么不参加测试，迈尔斯？”

“我今晚和我妹妹有个社交活动。”

“你不做检查，是因为你要和格——爵士出去。”

她捂住了自己的嘴。

现在轮到我向她靠近，“你已经知道了。”

“你们长得很像。眼睛一模一样。”

“这么说，你只是运气好猜对的？”我摇了摇头，“我的午餐会邀请函。我身份卑微，不可能受到邀请，但你还是坚持要我去。为什么？”

马西森医生紧盯着我的目光，“你在《神经》上发表的关于战斗神经症的论文，受到一位著名慈善家的极大赞赏。”

没有人会为了消遣而读医学杂志。我把这些点串联起来：马西森把我的成就告诉了父亲，然后父亲想出了一个计划，把我和格雷丝安排在一起。“告诉我，是谁想邀请我，把我介绍给格雷丝爵士。”

“克里斯托弗·汉斯莱爵士，”她说道，“你父亲，我现在明白了。”

她暗中监视我。作为父亲，他一直好奇我获得自由后会做些什么。“他给了你什么？升职？”我问。

马西森医生的眼睛瞬间瞪大了，“赞助。”

我不应在意自己的侮辱，“这就是他想要的吗？只是请我吃顿午餐？”

“他想知道你过得怎样。”

“你认为他听到我被指控使用了巫术会高兴吗？你不但不解雇我的指控者来支持我，反而要我接受检查？”

“这将消除一切疑虑——”

“你没有足够的权力把它抹去。”

一阵爆发性的叹息后，她的肩膀瘪了下来。她低下头，“我当然没有。我现在还不是医学主任，我要成为首席法师才有资格担任这个职位。”

“支持我一下吧，马蒂。建议开除克罗斯比医生，我找律师的时候请支持我，我会帮你的。如果——”

她抬起头，双唇微张，眉毛高高扬起，“如果？”

“上个星期去吃午餐前，你是不是下令把尸体都搬走了？”

她把目光移向别处。

“果然，”我说，“你怎么可以这样呢？他被谋杀了。”

“他说你不需要分心。”

“但是为了破坏尼克·埃利奥特接受警方调查的机会——”

“他要把桌上的钱拿走。”马西森医生握紧拳头，直到指关节发白，“我没办法——你知道我们有多需要钱吗？即使有补贴，以太要花多少钱？”

“这是谋杀，埃莉诺！你妨碍了正义！”

“这是为了我和你的未来！”她说，“还有医院的未来！你知道我们今年收到了多少捐款吗？”

“至少有五千块，”我说，“尼克·埃利奥特却为此付出了生命的代价！”

“真凶可能永远都找不到。我可以理解。但你连嫌疑犯都没找到，你只听到他是被毒害的口头保证而已。”

“因为你销毁了尸体。而且还为了一个赞助人，睁一只眼闭一只眼。”

“如果没有赞助人，成千上万退伍军人的医疗保障就会越来越少。”她把松散的卷发从紧蹙的额头上拨开，“我们一直尝试在手指上敷药来止住动脉出血。”

“就这么让凶手逍遥法外？就因为我出去抽了支烟？埃莉诺。要是下次我父亲想清除掉让我工作分心的人，会发生什么？”

我父亲想要什么，都可以。我不会放过这个机会的。尼克知道了关于精神疗养院和巫师的秘密，父亲不想告诉他。父亲知道我一直在这里工作，甚至不一定是尼克死在我怀里的事实促使他下令销毁了尸体。也许是他运气不好，尼克找到了我。

“你觉得呢，迈尔斯?”她看起来疲惫不堪。疲惫而消沉——肩负着与父亲交易的真正压力，“我只能那么做。”

“如果我离开医院，或者被解雇，你就会失去你的钱。”

“一切都取决于你能否留在医院。”

“我知道，我很抱歉克罗斯比医生把这一切都破坏了。”

“如果你的辩护人不能说服他们——”

我点了点头，“我不想离开。”

“但如果董事会不相信——”

“我知道。”我不能在这里坐一上午，也不能就这么溜走。我得去精神康复中心，“我想跟我的病人解释一下。”

“你不能这样做。”她摇了摇头，“你被停职了。”

“他们有权从我这里得到解释。”

“你还有可能是在操纵你的病人，把他们当作你复职斗争的棋子。对不起，迈尔斯。我不能让你这样做。”

“就几分钟。”

“如果有必要的话，我会让警卫护送你出去。安静地离开吧，迈尔斯。我是认真的。”

我的每个病人都是一个嘀答作响的时钟。退伍军人分散在全国各地，回家后他们的家人将成为攻击对象。我不能阻止他们回家，但我可以保证我的病人的安全，保护我的病房，和每一个在那里工作的人。

“好吧，”我撒了个谎，“让我先收集一些东西。”

我被停职了。我没有特权，不能诊治，也不能见我的病人。我必须走下这些楼梯，然后出门。

该死的。

我穿过大厅，沿着走廊走到精神康复中心，途经女更衣室。罗宾出现了，穿着一件水漂过的灰色棉衣。“迈尔斯。”

“罗宾。我得走了。”

她抓住我的胳膊，“别听他们说的那些蠢话。我希望我能做点什么——我很抱歉发生了这些。比尔的事我也很抱歉。你一定很担心他。”

比尔?“你什么意思?”

她沮丧地把头往后一仰，“马蒂从没告诉过你。她当然不会。如果她说了，你绝不会悄悄地离开。”

“比尔怎么了?”

“他的急性应激反应发作了。他在一个安全的房间里。很严重。”

我用手抓住她的肩膀，“有多严重?”

“他袭击了克罗斯比医生。这是整个混乱的开始。他还在用兰尼尔语大骂你是个巫师。而新来的病人告诉了大家，你是如何在他的腿上施魔法的——”

“哪个安全室?”

“他在B室。我去看过他。他们给他打了镇静剂——迈尔斯!等等!”

我没理她，跑开了。

病房有一部分灯光闪烁不定。我跑进空荡荡的走廊，在B号安全室前刹住脚步。一扇沉重的门打开了，门上有一个与眼睛平齐的窥孔。

比尔躺在里面，裹着厚厚的帆布保护装置。你从镇静剂中醒来后，要不是还疯狂地不讲理，准备对自己施暴，他们也不会用这些东西。但更糟糕的是，感染会一直蔓延到手指和脚趾。

我拉开了门。地板和墙壁上有羊毛衬垫和汗液的味道，还有——有人没有及时带他上厕所，或者他是故意这么做的。

我走了进去，地板在我的鞋子下沉了下去。“比尔。我一听到消息就来了。你没事吧？”我说。

“巫师。”

带着一丝极为丑陋的兰尼尔人的味道，他嘴里吐出了那个词。

我站在原地，向他展示空空的双手，“他们把你关在这个房间是为了保证你的安全，因为你有暴力倾向。你现在还想伤害别人吗？”

“我要杀了你。我们要把你们都宰了。”

“所以你还是很暴力，”我本想用兰尼尔语回答，但我还是换成了艾兰语，“我们来聊聊是什么让你这么生气。”

“不要说鸟语，你这个杀人凶手。”

我眨了眨眼，但还是继续说下去，“你为什么不想用艾兰语跟我说话？”

“闭嘴。”

“回答我。”

“肮脏的艾兰人。嗜杀的巫师，死灵法师。你就该死。”

那是什么？我应该在闯进来之前看一下图表的。“为什么？”

他没有回答。我又用兰尼尔语试了一次，“为什么？”

“因为你很邪恶。你这个杀人凶手，灵魂吞噬者。你的行为必须被阻止。”

“你要阻止我们。”

这是——我不知道这是谁。肯定不是比尔，比尔可不是这样的，仿佛有另一个人在操纵着比尔的身体，在跟他说话。我必须做点什么。

我能操纵这个咒语吗？我已经把杰拉尔德的照片揉成一团。我跪在比尔身边。他想咬我，但我把手放在他的前额上。他猛烈地扭动着身体，咬着下巴，但我的注意力集中在遍布他全身，一直传到他脚趾的咒语上。

走廊里回荡着奔跑的脚步声，但我没有理会。

我无法打破咒语。我在帮老杰拉尔德的时候曾把咒语折服。咒语的边缘反抗着我，比尔挣扎着，试图摆脱我的触控。

“迈尔斯，”马西森医生说，“你被停职了。”

“就一会儿。”

我抓住了其中一个边缘。它想要挣脱开来。我往后退，它从比尔的身体内升到了空中。我不停地拉，一点一点地，就像从病人的肠子里拉出一条绦虫一样。像个寄生虫，但它……

“迈尔斯。我命令你，离病人远点。”

我没有理会马蒂，陷入了沉思。这是一个灵魂，是一份财产。

我用力拉，把它从比尔的身体里拖出来。比尔在愤怒和痛苦中尖叫着。他抽搐着咬住自己的舌头，呼吸急促，血像雾一样喷出来。

它一下子就松开了，从我的手里扯了出来，然后——跑到了东边。在它消失前的那几分之一秒里，又向东移动了，我能看见它。

有人双手抓住我的腋下，把我拖走了。比尔不断咳嗽，挣扎着。他的头发被汗水打湿了，贴在前额上。

“医生?”他问道，又咳嗽了一声，“医生，发生了什么事?”

我定住双脚，挣脱了把我拖出来的勤务兵。

比尔害怕得声音沙哑了，“我为什么会在这里，发生了什么事?”

马西森医生的背僵硬得像块木板。她转过身来看着我，脸色白得像纸一样。

比尔气疯了。我触控了他，他恢复了理智。

她向后退了一步，让我够不着。

“埃莉诺。”

“什么也别说了，迈尔斯。去找你的辩护人吧，没找到就不要回来。护送他出去。”她说完就转身走了，匆匆走进安全室，跪在比尔身边。

勤务兵把我拖走了。我必须回去！我必须明白我做了什么。

我使劲拉扯，想挣脱他的手。

“走吧，辛格医生。”

“我必须回去。”

“马西森医生让我护送你出去。安静点，否则警察会介入的。”

如果警察听到关于我的一丁点传闻，就会立马把我送进金斯顿精神疗养院。谣言会传得更广。

我放弃挣扎，跟他走了。我释放了比尔。我帮不了别人，但我可以对老杰拉尔德再试一次。

第二十二章 东特劳特街3125号

坐了三十分钟的火车，我向北步行到特劳特街的一个地方。3125号是一栋刷着黄色漆的窄小房子，跷起两层楼高，四周都是花园。老杰拉尔德的房子可能需要粉刷，但那整洁漂亮的小院子要归功于他的手艺。

我站在前门，敲了三次门。门廊上还挂着屏风，这些家具适合陪伴在霜夜前最后几天的阳光下。他们明天就会装上百叶窗，如果买得起的话，也可以装上双层玻璃。

我透过花边窗帘窥探着里面的动静。没有人来。我不可能白跑这么远。应该有人在的。玛丽至少应该在家。

难道她去购物了？他们的小花园里不可能什么都种，而且杰拉尔德不在的时候，她也没有人帮忙打理。我在路上经过一家斯旺森食品杂货店——去找她有什么好处吗？

也许那里有一间外屋，一个棚子。一个用回收的窗户做成的小温室，可以在秋末春初为娇嫩的植物提供庇护。我绕过房子，小心翼翼地踩在狭窄的平滑石板路上，路就铺在房子和篱笆之间，这里甚至也建有花园。南瓜在地上游荡；啤酒花在房子的一侧生长。

沿着水果墙建有一个温室，但里面是空的。一只手套丢弃在草地上，一个篮子在后花园的小路上洒落一地，里面装着切好的草药和晚熟的蔬菜，仿佛有人匆匆离开了花园。新鲜的泥土上有左脚的印迹，但没有右脚的。

小杰拉尔德曾来过这里，然后又进了屋。我顺着后面的台阶走进了屏风房，在炎炎夏日，这里可以给家人提供一个舒适和隐秘的地方。我嗅到了血液的刺鼻气味。太多的血。小杰拉尔德受伤了吗？我不这么认为。没有血迹通往房子里，那是来自于——

不，不。

在里面。

我拉开屋里的纱门。厨房的门半开着，发出一股恶臭，哦，太难闻了。味道十分刺鼻，有腐烂的气息。出事了。

我把门推开。小杰拉尔德躺在地板上，眼睛睁得大大的。他的血液在身下聚集起来，闪烁着湿润浓稠的光芒，但边缘却很黑。我抬起他的手腕，摸了摸他蜡黄的脸。他的身体正在逐渐冷却。

很明显，一个女人的腿横在隔壁房间里，一只鞋不见了，袜子底部有一个裂口。是玛丽吗？

我避开小杰拉尔德的血迹。

玛丽。她的血浸透了餐厅下面的破旧地毯，双手上的伤口明显是因防御而划破的。

《星报》会管这叫什么？血洗？

恶心的感觉聚集在我的胃里，虽然我见过更严重的死亡，更惨烈的伤痛，知道血液干涸后的腐肉味。我蹲下身子，抓起她的手，压在她手腕上最安静的地方。

这是我的感染和金斯顿的国内谋杀之间的联系。这是我自找的，因为我不希望这种联系是真实的。现在我知道成千上万的人都有这种寄生的灵魂，他是真实存在的，而不是人为的捏造，用以否认令人发指的战争行为。我没有告诉任何人，一直保守着我珍贵的秘密，直到现在为时已晚。

这些死亡都是我的错。其他人的死也是，但这些人与我干系重大。我把玛丽·格兰姆斯的头发从脸上抹去，然后骂了一句。我在破坏犯罪现场，到处都留下了我的脚印和指纹，我还乱摸了格兰姆斯太太的头发——我很清楚。

我穿过餐厅走进前厅时，地板吱吱作响。

上面的吱吱声回应了我。然后又是一声。沉重的脚步声穿过二楼。一只靴子重重地踏在笔直而狭窄的楼梯上，发出空洞的响声。老杰拉尔德跳了下来，蹲在地上。

他拿着一把血淋淋的刀向我走来，他手里反持着刀刃。我拿起一把客厅里的椅子，一边摇晃一边瞄准他的脸。

他躲开了，向我的双腿扑来。我向后一跃，落在了玛丽的手臂上。为了站稳脚跟，我把椅子弄倒了——要是摔倒，我就死定了。

椅子砰的一声倒在老杰拉尔德的头上，可惜没有更重一点。他紧握着刀，费劲地想把椅子推开。

我慌忙向后退去，鞋子上沾满了小杰拉尔德的血。我无法在刀战中干掉一个兰尼尔人。我需要一把刀或一把剑之类的东西。

我发现了一个拖把，我一把抓住，把拖把顶部挥向老杰拉尔德的脸。沾满水的绳子让他失去了平衡。

我的心怦怦直跳。我只有一次机会。

我冲过去，把他推到餐桌上。我摸索着找到他那只空着的手，使出了浑身的力气紧紧抓住。

当我封住他的气管时，他感觉有点窒息，拿刀的手臂疯狂地摆动着。

我进入他的脑海，“沉睡吧。”

刀子滚落在地上。

我松开他的喉咙。老杰拉尔德的口鼻在颤抖着呼吸，而我则将他体内干涸的血魂剥离出来，拉走了。

我已经想好了剥离杰拉尔德入侵者的诀窍，但灵魂又像被吸走了一样，从我的手中抽走了。再一次向东飘去。

我调整了重心，停了下来，因为我的脚碰到了什么东西。我低头一看。

我踩到了玛丽·格兰姆斯的头发。

我踉踉跄跄地往后退，差点被拖把绊倒。杰拉尔德躺在桌子上，双腿悬空，双臂张开。他轻轻地打着鼾。

我还不能叫醒他。我轻轻地碰了碰他的手，让他睡得更深，我蹑手蹑脚地从他和他妻子的尸体旁走过，爬上楼梯，来到楼上的卧室。

一定要在学校。一定要在学校。

杰拉尔德和玛丽的卧室在前面，一张编织的床罩铺在床上，足够两个人睡，还有一些带有针线装饰的小枕头，写字台的顶部挤得很紧。床罩的一角被翻了起来，所有的抽屉都打开了。

他曾一直在这里寻找。我从房间里走了出来，转向第一扇关着的门。

我推下门杆，打开一个小房间，窗下有一张窄小的床，我的胃里一阵翻腾。

房间里空空如也，只有一个军用包，靠在梳妆台旁边的墙上。这是小杰拉尔德的房间。我继续往前走。

老杰拉尔德有两个儿子，杰米和山姆。他们一定住在后面的同一个房间，门关得紧紧的。门前的地板发出咯吱咯吱的响声，一块鲜艳的牌子上涂着他俩的名字。

我闭上眼，推开了门。

老天保佑。

对面的墙上有两张床。中间的编织地毯上散落着一个男孩的玩具。球和音乐曲柄盒，高尾马和士兵，都是木制的，颜色鲜亮而且一尘不染。

很干净。

我跪在了地上。

楼下传来一阵撞击声，惊讶的尖叫声变成了惊恐的哭喊声。

“玛丽?”

杰拉尔德醒了。

我冲下楼去。

杰拉尔德把玛丽抱在怀里。他摇晃着她的尸体，埋在她的头发里抽泣。他想把头发从她脸上抹去，不让她的头往后摇晃，不让她的喉咙裂开。

“杰拉尔德。”

“走开。”

“杰拉尔德，我是辛格医生。”

“你走吧。”

“你还记得什么吗?”

“别管我。”

我走近了些。“你还记得——”

“我把她杀了。我把她杀了。”

“是他杀了她。”

“是谁已经不重要了。”老杰拉尔德说，“她死了。”

“我得叫警察来。”

“叫他们来吧。我才不在乎。”

“杰拉尔德。杰米和山姆不在这里。你的孩子还活着。”

他好像没有听见我的话。

我想找一部电话。他们很富有，完全买得起。我拿起了听筒。

“报纸上提到了这里!”一个女人惊呼道，“这就是为什么所有的专栏都是重复的原因。他被谋杀了！哦，可怜的绿拇指先生。”

“不好意思,”我打断了她，“我需要用下电话。”

“谁在那儿?”另一个女人问道。

“迈尔斯·辛格。我是医生。我现在需要报警。”

“报警!”第一个女人叫道，“快。”

他们挂断了电话，为我腾出了线路。

我站在前厅。我拖着脚走在地毯上，鲜血染红了我的外套和裤子。杰拉尔德在我身后哽咽着。电话铃响了一下又一下，一个声音接了电话。

“这里是金斯顿警局，我是格雷·芒廷。”

咔嚓一声。有人接了他们的电话。他们会听到一大堆。

“可以派警员来特劳特街东3125号吗？”我咬紧牙关，抵御着警察离我耳朵这么近的刺痛，“这里恐怕发生了两起谋杀案。”

我刚挂电话，铃声又响了。我让铃声刺耳地响着，冲回厨房取回我的包，跪在老杰拉尔德身边，“警察来了。杰拉尔德。你不记得发生了什么。你懂我意思吗？你不记得了。”我打开那个水渍斑斑的包，往里面寻找一个瓶子和一个定量杯。

“这有什么关系？”

“做这件事的时候，你已经不是你自己了。”他是不是从一个可怕的梦中醒来？难道他一直都是一个无助的看客，无法阻止自己攻击妻子和朋友？这都不重要了。杰拉尔德·格兰姆斯已经崩溃了。他身体的一部分仍然抱着格兰姆斯太太的尸体，她的四肢歪歪扭扭地伸展着。他摇晃着她的尸体，抚摸着她凌乱的头发。

鸦片酊的苦味在我鼻子底下弥漫，他一直挣扎着，“我真该被绞死。”

“不，你不应该。你没有责任。你明白我的意思吗？你精神不正常了。我会告诉他们的。我会在法庭上作证，因为这是事实。喝点这个。”

他拿起杯子喝了一口。老杰拉尔德叹了口气，“鸦片酊？”

“是的。”

“把剩下的给我，”他说，“这样我就能永远睡下去了。”

“我不能那样做，杰拉尔德。”

嗡嗡的声音越来越大。我站起来，透过花边窗帘往外看。妇女们在街上闲逛，扣好羊毛大衣的扣子，在家居服上系着鲜艳的围巾以抵御寒冷。有些人在抽烟。他们都看着那所房子，担忧地皱起了眉头。

第一个警察来的时候，他们像鸽子一样散开了，都带着担心的眼神回答他的问题。

杰拉尔德点了点头，补药已经起作用了。我放轻了手脚，他一直坐着，不过摇晃了一下。“在这儿等着。”

我打开前门。

我走出来后，迎接我的是阵阵喘息声。几个女人尖叫起来，昏倒在其他人中间。

这名警察嘴唇发白，双手紧紧握着警棍的把柄。

我眨了眨眼睛，“怎么了?”

“待在原地别动!”

“当然，”我说，“我正想请你进来。发生了什么——”

我低头一看。我手上和袖口上的血迹都干了。

“哦。”

我把手举起来，“我给你打过电话了。我是来看望我的病人的。”

“你是谁?”

“迈尔斯·辛格医生。我是博勒加德退伍军人医院的医生。

杰拉尔德·格兰姆斯是我在那家医院的病人。”

“他是个军人?”

“是的。”

他的眉毛从中间翘了起来，“他打过仗?”

“是的。”

如果说有什么变化的话，那就是警官的脸色更加苍白了。“他死了吗?”他问。

“走得很安详。”我说，“我能活着算是走运了。”

呜呜的铃声响起，声音越来越近。

“那是运尸车。”警官说。

一个女人惊恐地倒吸了一口冷气。

后援的到来鼓舞了年轻人的士气，他爬上了楼梯，“你可以把手放下来了，但不要去任何地方，我们还有问题要问你。”

其他警察跟在他后面，其中一个身上的黄铜装饰比我平时看到的巡警还要多。他是一名警官，可能是那些警察的上司，他们聚集在这里记录凶杀案这种严峻的业务。

“之前是你打的电话?”

“我是迈尔斯·辛格，杰拉尔德的医生。”

他向一名警员招手，让他过来，“告诉我发生了什么事。”

“我是来看望老杰拉尔德的，这是我让他从医院的精神康复室出院的条件之一。”

“精神康复?他疯了吗?”

我皱起眉头，“我到的时候，格兰姆斯先生正经历着现实的全面崩溃。正是在这种不理智的状态下，他杀害了自己的妻子和朋友杰拉尔德·马丁。”

“那你是怎么活下来的？”

“把他制服后，我就把他劝住了。”

他又看了我一眼，露出钦佩的神情，“靠你自己。”

“挺不容易的。”

“不过，如果他和另一个人一样，那你可真厉害。”他点头表示赞同，幅度大得足以算是一个鞠躬，“他在现实中有了这种突破性的转变时，说的是兰尼尔语吗？”

“是的。”我说，“意识到自己的所作所为后，他有点心烦意乱。我给他打了镇静剂。他有自杀倾向。”

“是什么驱使他这么做的，医生？”为什么是他们——他们的妻子和家人。

“那里发生了什么事？”

“战争。”我说。

警官摇了摇头。

还有更多的问题，我从他们那里了解到，特伦斯·皮金除了兰尼尔语之外什么都不会说，而他现在身处金斯顿精神疗养院的一间安全室里。

他们想让我告诉他们发生了什么，如何解决这个问题。但我做不到。

一个警察让我搭便车到伯德兰，他十分肯定，如果我坐火车的话，血迹斑斑的衣服会引起骚乱。我在他车的侧斗里踩着脚踏板，感到很困惑。

“他们会帮忙吗？你逮捕的人。他们会帮你把自己踩回监狱吗？”

“很多人都会，医生。甚至那些和我作对的人。你会惊讶的。有时候，被抓住也是一种解脱。”

我决定专心蹬车。

他陪我走到门口，向惊恐万分的巴斯太太解释说，我一直在协助警方办案。我冲上楼去脱掉血淋淋的衣服。我不知道能不能把血迹从我的工作服里清洗出来。我有一件备用的，比这更破旧的衣服。也只能这样了。

在回崔斯坦家的出租车上，我带了一套换洗的衣服和鞋子。他门前停着一辆长长的黑色汽车，孩子们涌了过去，虽然在很近的地方观望，但却不敢碰那弯弯曲曲的轮毂和车头上跳跃的雄鹿装饰物。

崔斯坦和格雷丝在独自酝酿着麻烦。

我跑上台阶，穿过门，侧耳倾听是否有人提高了嗓门或是争吵的迹象。

格雷丝放下茶杯，在座位上扭了扭身子，瞪着我。“你上哪儿去了？”

“没时间审问了。”

“我们都去医院找你了。”崔斯坦说，“我们听说了那个医生指控你使用巫术。”

“我还担心你被逮捕了。”格雷丝的声音在颤抖，“我来这里找你，你却不在，亨特先生也不知道你去了哪里……”

“别说了，”我说，“格雷丝，你最近有没有关注《星报》?”

“我们不看《星报》，你知道的。”

“那些谋杀案。战争归来的士兵杀害了他们家庭里的所有人。你听说过他们的事吗?”

“你昨天还在说。”崔斯坦说，“还有其他的吗?”

“我的一个病人。”我说，“我一直在研究我一些病人的问题。我以为这是一种疾病，但我错了。错得离谱……”

“所以那是什么?”

“他们被附身了。”我说，“我也不知道是怎么被附身的。但我在他们体内看到的不是感染。他们一直都是对的——他们体内还有一个人，一心想要杀人。”

格雷丝显得很困惑。崔斯坦脸色苍白，“你确定吗?”

“我见过两个病人都是这种情况。我把乌云从他们身上抽走，他们才恢复了正常。”

“一朵云。”崔斯坦靠得更近了，“像一群昆虫?”

“是的。”

格雷丝的手掌在膝盖上拍了一下，重新吸引了我的注意力，“你们俩在说什么呢?”

“我的病人——”

“——一种魔法。”崔斯坦说，“亡灵巫术。”

这句话把我吓呆了，“亡灵巫术?”

“是的。”

“你们两个在说什么？迈尔斯，这是什么咒语?”

我用手捋了捋头发，“格雷丝，你能看到人身上的魔法吗?

你能认出巫师吗?”

“可以。”格雷丝说。

“来，看看窗外。”

我们聚集在客厅的小玻璃窗前。哈尔斯顿街来往车辆很多。在下午的交通高峰期到来之前，趁着自行车流量较少，送货车布满了公路。一群孩子围住了格雷丝的车，但不敢触碰。一个男人骑进了十字路口，我朝他指了指。“看到了吗?”

“看到什么?”他们异口同声。那个人骑着一辆装满新鲜蔬菜的自行车，从视线里消失了。

“见鬼了。那有一个。还有一个!”

“我没看见——”

他的半边身子都被红褐色的泥土包裹着，“戴着圆顶礼帽，穿着绿色呢子外套。”

“那件可怕的绿色呢子外套。”格雷丝说，“我没看见——”

我抓住她的手，进入她的力量，“看。”

“迈尔斯。你怎么……”

“我跟崔斯坦学的。”崔斯坦握住了我伸出的手。我从格雷丝的力量中抽回，崔斯坦让我进入他的力量，让我给他看我视线内的东西。

他感受到了格雷丝没有体会到的温暖，眉宇间透露出焦虑，胃也紧绷着。格雷丝只觉得好奇和沮丧，直到洞察力的极大提高牢牢吸引住了她。

“迈尔斯，我还是能看到的。”格雷丝说，“还有一个。”

崔斯坦指着东边，摸了摸窗户，“还有第三个人，从服装店走出来了。”

我退了出来，又只剩下我自己，站在姐姐和朋友之间，“你还能看到吗？”

“是的。”他的声音很严肃，“就像我看到科马克一样。那些人都是和死人的灵魂拴在一起的，亡灵巫师们靠这个保持年轻。”

我知道这个故事，“用手或刀剑诱骗一个人杀死你，在你死去的时候触控他们……”

“你的灵魂附在他们身上，这样你就可以把他们的身体据为己有。迈尔斯，这就是卢卡斯的复仇。”格雷丝脸色发白，用手捂着身体，不知道是要抚慰自己翻滚的胃，还是捂住自己的嘴。

崔斯坦低声咒骂，“有多少士兵是这样的？我已经看到五个了。”

“根据我在回归日上看到的情况？我放弃了，数了数那些没有被附身的人。”

“有多少？”

“成千上万。”我说，“他们都要回家了。在艾兰各地。要是他们突然攻击——”

想到这就难受。全国各地会有更多的家庭被毁灭，成千上万本应被信任的英雄突然变成了怪物。艾兰将被摧毁。

“什么时候？”

“我不知道。”但其实我知道。兰尼尔代表团在皇家监狱里又坐了三天的仪式性监禁。“投降的人。和外交官一起来的天空祭司，他们中的一些最高级成员头上都有十几颗星星。如果他们施了咒语……”

格雷丝脸色一变，“女王有危险。”

“除非她得到保护。”

“这是……”格雷丝用一只手捂住肚子，呼吸急促，“对不起。我要……”

她微微摇晃着，挺直了身子。我起身去扶她，但她稳住了身子，离开了房间。通向卫生间的门喀嚓一声关上了，水哗啦啦地流出来。

崔斯坦双唇紧闭，“为什么兰尼尔人要施这个咒语？”

“复仇，”我说，“发起最后一次反击，给我们一记过肩摔。他们不会因为被征服而感到庆幸。”

“都是很好的理由。”崔斯坦说道，但皱起眉头看着天花板。

“还能想到别的吗？”

“没有了。”崔斯坦承认，“我正试图让这件事符合我的任务要求，但我不确定这些碎片是怎样组合在一起的。也许亚历山大——那是我在兰尼尔的同行——也许他成功了，知道灵魂的去向。”

我想起了释放比尔和杰拉尔德时看到的情景，“东边。他们往东走了。我不知道为什么，但他们去了那儿。”

厨房和崔斯坦书房之间的门滑开了。在穿过房间的路上，格雷丝在一个用来展示上乘瓷器的小橱柜前停了一下，盯着储藏在里面的书籍和其他东西，“那是头骨吗？”

“我刚到这儿时，从一个到处行骗的巫师那儿得到的。”

她点点头，转过身去，“什么……”她弯下腰，崔斯坦的记事本放在图册上，已经打开了，“你为什么在这张地图上画了一个五角召唤星印？”

崔斯坦眉头紧锁，“一个什么？”

格雷丝拿着崔斯坦的图册来到客厅，“北面、东面、东南面、西南面、西面，中间是召唤者，要合五为一。我们在季节里唱歌的时候，就是这样站在仪式上的。”

“迈尔斯告诉我，你在仪式中动用了数百人。”

格雷丝点了点头，“是的，包括边境上的次巫。一百五十六名隐巫者，还有同等数量的次巫。但能量站站长和隐巫者主音是这么站的。方位很重要。”

“那么，你能去这些地方，为你们整个国家制作一个五角星印吗？”

“只要有足够的力量，但这需要……”格雷丝抬起头来，“几千人，数万人，我也不知道能不能做到。为什么？”

崔斯坦和我对视了一眼。

格雷丝站直了，“这是怎么回事？你为什么会在这里，亨特先生？”

崔斯坦站了起来。“说来话长，最好边喝边聊。来点葡萄酒还是威士忌？”

我们喝着威士忌，舌尖冰凉，心口温暖。格雷丝懒洋洋地躺在翼背椅上，而我则靠在崔斯坦的昏睡沙发斜背上。等我们坐定后，崔斯坦解释了寻找亡魂无果的事情。艾兰没有鬼魂，但巫师引导迷失者前往绚夏福地的传统早已消逝。他告诉了格雷丝关于尼克·埃利奥特的情况，还有遇见我的经历。

“所以尼克·埃利奥特在调查这些城镇的精神疗养院。”格雷丝说，“关押巫师的精神疗养院。为什么？”

崔斯坦紧紧咬住嘴唇，“我也不知道。但五角召唤星印可以聚集力量？”

“是的，你不用它们吗？”

“半神国人对群体魔法没有兴趣。”崔斯坦戳了戳地图，“我得去拜韦尔。尼克的母亲被送到那里了。也许他想方设法见了她一面。也许她能告诉我们那些精神疗养院里发生了什么，他们让她做了什么。”

格雷丝的杯子在送到嘴边的时候停了下来，“他们让她做了什么？”

“汉斯莱小姐。”崔斯坦说，“你们的法律和实施方法把所有能找到的巫师都挖了出来，以这种特殊的模式分配到你们国家边境的各个据点。你觉得他们是被抓去编筐的吗？”

她转过头来，嘴唇发白，“你说的有道理。这么说你是打算把回来的日期推迟了？”

“我就快找到答案了。”崔斯坦回答道，“拜韦尔附近有一些石头，我可以从那里通过。我可不想再闯进皇家公园，被卫兵追着跑。”

“*再次*？”格雷丝问道。

崔斯坦摆了摆手，“去年我到你们王国的时候，发生了一个小小的误会。任何人都有可能这样。我本想为这场混乱道歉，但他们直接向我开枪了。”

格雷丝故作冷静，“你说的石头是什么意思?”

“宫殿的地面上有一圈螺旋形的石头。那是一扇门。”

格雷丝的眼珠子都快瞪出来了，“国王之石是一道门？而你们半神国人可以随时从里面蹦出来?”

“即使在稳定的土地上也不容易。”崔斯坦倒上第二杯威士忌，“我在金斯顿石头上的所作所为简直就是英雄事迹。如果我前往拜韦尔，并穿过那里的石头……”

“你打算怎么去那儿?”

“我有一个马车夫。”

“但我们得进精神疗养院。”

“我也许能把我们隐藏起来。”崔斯坦说，“如果最后遇到麻烦，我就帮不上忙了。如果把我们隐身且同时行动的话，会用掉我所有的力量。”

格雷丝坐立不安，“要不……”

“要不怎样?”

“我带你去。”格雷丝说，“我的车虽然不舒服，但比马车快多了。”

“可这样还是进不了精神疗养院。”崔斯坦说，“不过还是谢谢你。”

“我可以让咱们进去。”格雷丝说，“慈善会资助了全国的每一个乡村疗养院。我们实际上已经拥有了那些机构。”

“我们可以找到安·埃利奥特。弄清楚他们受到了何种对待。”

“疗养院是下一个线索。”崔斯坦说，“我需要带着答案回来。”

“但是这个……附身呢？”格雷丝问道，“如果附身会让士兵们杀害家人……必须要阻止他们。”

“仅仅靠我们三个是不够的。”我舔了舔嘴唇，继续说道，“我们需要隐巫者。”

“我们还需要次巫。”格雷丝的表情变得激动起来，“如果他们可以帮忙拯救艾兰的话就可以让隐巫者意识到，他们对待法师同伴的态度到底是如何阻碍了我们的进步。”

“所以你是这么看待他们的。”崔斯坦说，“不是作为工具，而是人。”

“我们都是工具，亨特先生。隐巫者只是对王室的用处更大罢了。”

“你们是人，汉斯莱小姐。特别是为你的女王服务，但还是人。你将如何告诉其他人？”

“今晚，我们在冬日里唱歌的时候。每个人都会到场。我会召集各大能量站站长，先告诉他们。迈尔斯，你需要解释一下，但你认识所有人。”

“珀西爵士会是个麻烦。”

格雷丝的嘴噘到一边，点了点头，“珀西爵士一直都是个麻烦。但其他四个人会很理智。我们今晚就和他们谈谈，明天早上再去精神疗养院。”

“你能再等一天吗，崔斯坦？”

“我必须这样做。”崔斯坦耸耸肩，“最好晚一天才有答案。如果任务完成了，艾菲女大公会收敛脾气的。”

第二十三章 黑珠与白袍

坐在格雷丝的车上，我头晕目眩，浑身起鸡皮疙瘩。车辆是以太驱动的，要想让这辆沉重的黑车在大街上行驶，所需要的有功功率让我在三十秒内就得眯着眼睛抵挡疼痛。

“你怎么受得了？”

“准备一辆马车要花好几个小时，”格雷丝说，“这景象比以太光还要糟糕，对吧？可惜已经成了遗物。”

一个精致的遗物。前面板是用昂贵的金色木头雕刻而成，暗色的结点使其更加讨人喜欢。厚实的真皮座椅上，手工雕刻着类似棕榈叶的叶子，黄铜装饰着驾驶盘周围拱形的表盘和仪表。

只有最富有的人才能负担得起这样的奇物，而他们大多数人将不得不忍受接近如此多的以太和黄铜进行驱动的痛苦。我咬紧牙关，看着小路上的小树枝，紫色鹅卵石铺就的小路通向一座又一座令人瞠目结舌的房子。

当我们经过大门，走向庆祝回归日的大厅时，我已经做好再走出去的准备。一辆金色马车径直停在门前。我们急急忙忙地冲过被践踏的紫罗兰顶端，边走边追寻花儿的踪迹。

我跑到汉斯莱家的私人套间，格雷丝躲进了装有玻璃穹顶的房间，我曾在这里和十几名年轻女子跳舞。我换上一件次巫长袍，白色羊毛上装饰着白色的刺绣，袖子是方角的。我对环形纽扣的系法并不熟练，我的慌乱只会让情况更糟。

在我换衣服的那个小房间外面，有许多人在嗡嗡低语。格雷丝已经去召集各大能量站站长来聆听我们的警告。我必须把我看到的情况告诉各大能量站，并经受住他们的质疑。格雷丝不知道如何应对他们的审视。

这就像解释一个棘手的医疗案例细节，或者在同行面前争论自己的发现。我经常这么做，这次也不例外。但少数人不能发出这么多的喃喃自语声。

我从小更衣室出来，停了下来。二十几个人侧过肩，瞥了我一眼，又耸耸肩把我打发走了。格雷丝去找统领各自能量站内法师的那五个人，但他们带来了自己的下属联结者。

这可不是领导之间的简短对话。这是一次决定性的，足以通过投票决定结果的集会。格雷丝倚着壁炉，站在套间前面。面对众人，她没有理会木雕桌上的黑色玻璃瓶。她是唯一没有穿礼服的人。我是套间里唯一的次巫。

“去做你自己的事吧，孩子，”一位年长的妇女对我说，“在仪式之前我们还有事情要做。”

“他才是和你有关系的人。”格雷丝说，“迈尔斯，上来吧。”

当我在人群中穿梭时，听到了轻微的咔哒咔哒声，就好像他们在用一串珠子数数。格雷丝靠在壁炉上，给我一个鼓励的微笑。

在套间前面，所有首席巫师都无动于衷地盯着我。我认识其中一些人。他们没有一个人回过头来用温暖或鼓励的目光看我。

“把你跟我说过的事再告诉他们。”格雷丝说。

我双手交叠在次巫长袍的袖子里。这一直是个错误。我不该为此穿上这件衣服，提醒自己的卑微。

“我们的时间不多了，”我说，“所以我就直说吧——艾兰国有危险，康斯坦丁娜女王可能会在周末签署投降书时被我们自己人袭击。”

有些人一副不相信的样子，其他人则皱起了眉头。

“我是博勒加德退伍军人医院的精神病医生。我大部分病人都有战斗疲劳症，我们还在努力了解这种情况。”

说到战斗疲劳症，许多人的眼睛都翻到了天花板上。很多人不相信这个，也不相信忧郁症和慢性焦虑症。但我必须继续说下去。我得告诉他们一些能产生共鸣的东西。也许他们自己也看到了。

“你们当中有多少人能认出法师，或者看到一个人周围的光环?”

格雷丝用嘶嘶的声音警告我，但她却噘起嘴，交叉着胳膊责备我。隐巫者不会承认自己懂次巫的技能。

“我口误了，抱歉。你们中有多少人的家人或朋友也会这种把戏?”

有几个人举起了手。数量很少，所以我能数出来，其他人看到有人承认后又多了一些。

“他们对保护女王意义重大。我自己也会这一招。我将我能看到的情况描述一下，你们可以问问自己的家人，是否也见过像这样的人。”

我向他们描述了瘴气的情况，几个人睁大了眼睛。他们已经看到了。希望从我的胸口蔓延开来，温暖了我冰冷的手。他们中有些人见过。

“我不知道我看到了什么。我以为是一种疾病，因为我的技能是治愈术。但我错了。这不是病。”

我深吸了一口气，继续说下去，“这是一种咒语的效果，将兰尼尔人的灵魂与杀死他们的士兵的身体缔结在一起。渐渐地，他们会附身在士兵身上，然后攻击他们的家人，再攻击任何接近他们的人。报纸上已经报道了四起这样的谋杀案。我今天目睹了第五起。”

人们坐立不安，四处张望，查看其他人的反应。他们都看见了珀西·斯坦利爵士，他双臂交叉，嘴巴抿得紧紧的，一副不以为然的样子，眯起眼睛瞪着我。我寻找着那些能认出我所描述的征兆的人。他们坐得那么的，那么的安静。

“来到艾兰的兰尼尔人在投降书上签字时，会有一千名士兵站在那里休息。在这一千人中，有些人将会被附身，在女王面前拿着礼仪性武器。在那里发动袭击可能会导致灾难。”

这时响起了惊慌的声音。隐巫者一个接一个地大声发问。但是珀西爵士站了起来，举起手让大家肃静。

房间里安静了下来。

“好了。”珀西爵士说，“汉斯莱小姐，这出歌剧我们都看过了。你在浪费我们的时间吗？你给次巫的自由太过了。”

我无法让他否认这一点。我向首席法师们讲话，好像他要求我澄清似的。“参加投降的不只是那一千人。艾兰各地有数万名被附身的人都回家见他们的家人了。光是屠杀他们的家人，就会让这个国家遭到毁灭性的打击。”

议论声此起彼伏。能看到光环的法师们转向身旁的人，他们窃窃私语，语气十分迫切。但珀西爵士却发出了一声短笑。

“这太荒唐了。巫师之王卢卡斯的复仇只是一个故事，一个玩笑罢了，迈尔斯大师。格雷丝，我知道你还太年轻，不能承担隐巫者主音的责任，就算一个幼稚的小学生也不会相信这些。”

“我没有说半句假话。”我让自己的声音扩散到整个套间，但我没有喊叫。喊叫是为无力者准备的，“可就算你需要更多的证据，你能无视我的警告吗？至少告诉女王，加强对她的保护——”

他气得直剁手，脸色通红，“听我说，到此为止。”

所有认识我的隐巫者都把目光从我身上移开，摇了摇头。一个个咬着嘴唇，站了起来。

“我们应该调查一下。”她说，“珀西爵士，我也会他说的那招。我见过他描述的东西。”

“你们能量站的长官让你说话了吗，琼爵士？”

她扬了扬眉毛，“这算正式出席吗？我以为这只是一个紧急会议。”

“我也看到了。”另一个隐巫者站了起来，长着尖鼻子和长脸，“而且我读过报纸。那些杀手每一个都是军人，都是从战争中回来的。他可能搞错了，但我不相信他在撒谎。”

更多人开始窃窃私语。

珀西爵士翻了个白眼，“还有其他会次巫把戏的人相信这个次巫的故事吗？”

格雷丝走上前来，站在我身边，“我也能看到。我相信我哥哥。他在成千上万的士兵身上都见过他报告的状况。我们不能忽视他的警告。”

一个穿着厚重刺绣长袍的人站了起来，全场顿时鸦雀无声，“这个次巫逃避责任，用假名参军，被迫回来执行任务。”乔纳森·布莱克身材魁梧，众人将目光投向他，默默地表示敬意，“我们怎么知道他不是为了提高自己的地位而编造威胁？他显然不知道自己有几斤几两。”

我感觉浑身发冷。格雷丝未来的公公已经起身质问她。我们脚下的地面塌陷了。

我妹妹用坚定的声音回答了他，“我哥哥是一位出色的医师，也是一位战争英雄。他选择去充分发挥自己的天赋，是我们可以做到提前预警的唯一原因。如果没有他，这次袭击将变成一场彻底的突袭。”

乔纳森爵士表现出一副深思熟虑的样子，然后再次开口说话。

“够了！我们要赶不上仪式了。”珀西爵士举起拳头，拳头里的关节发出了咔嚓声。

另一只手回应了他，现在两撮拳头都发出了咔嚓声。不是珠子的声音。

投票球。

“我对格雷丝·汉斯莱爵士的能力没有信心，她无法担任代理隐巫者主音。”他说，“我提议进行投票。”

乔纳森·布莱克站了起来，“没时间投票了。仪式——”

“——仪式太重要了，不能交给我们不信任的人。我感谢星辰者，她从来没有机会知道内阁的真正秘密。投票吧，我们现在就投票。”

珀西爵士大步走到黑玻璃瓶前，把选票啪的一声投了下去。还没等他落座，他的追随者就已经把瓶子挤得满满的了，当他看到首席法师们排着队走向瓶子，投下他们的选票时，他十分得意。

不到两分钟就搞定了。在里面投球的时候，有些首席法师连看都不看她一眼。珀西爵士朝瓶子点了点头，脸上的得意之情溢于言表。

“统计一下。”

格雷丝抿着嘴拿起了瓶子，倒置过来。

黑球倾泻而出。只有一道白色的闪光。但这还不够，远远不够。

珀西爵士张开双臂，“格雷丝·汉斯莱爵士不再是代理隐巫者主音了。按照惯例，如果有位置的话，她会被降级为末席中的一个联结者。谁还有位置吗？”

没有人举手。

一切都结束了。

格雷丝一动不动地站着，她为之努力的一切都灰飞烟灭了。

首席法师们从我们的家庭套房里鱼贯而出——这里还属于我们吗？从这个套间装饰的经久不衰就可以看出，汉斯莱家族的权力已经延续了几个世纪。我的父亲、祖父和曾祖母的画像还挂在墙上，俯视着我们。

我本以为会发生争执，但没想到珀西爵士会如此小气，竟然无视我们的警告——

我的警告。格雷丝让我发言，自己站在一旁。隐巫者对自己手下的次巫可不是这样的。也许父亲已经意识到，隐巫者丢弃了多么丰富的工具，但其他人并不认同他的看法。

格雷丝已经被完全挤出了圈子。甚至圈内最低的职位也不属于她。我穿上外套，把睡袍揉成一团扔在地上。

格雷丝还是没有动。

我走近了，“格雷丝。我们得想想该怎么办。”

她眨了眨眼睛，视线还停留在菲奥娜·汉斯莱的画像上。

“格雷丝。”她现在不能对我破口大骂。我们有一场大屠杀要阻止，“女王还在这里。”

现在她看着我，“不。”

“格雷丝，她有危险。”

她下巴的肌肉跳了一下，“可现在，你不用再参加重大仪式了。你不必嫁给任何人。汉斯莱的遗产已经粉碎了。而这对你有利，迈尔斯。”

她的话让我浑身发冷。确实如此。她说的没错。“这是一场灾难，格雷丝。你听到我说的了吗？这不是我干的。我为什么要这么做？”我说。

“你的自由。”格雷丝说，“我们夺走了你的自由。这是你的报复。”

“格雷丝。事情并不是你想的那样，这是我最不愿意看到的局面。我应该坚持让你亲自和他们对话。他们当然不会听一个次巫的警告。”

格雷丝仰头看着我。

“我不会因为你缔结了我而让艾兰陷入水深火热之中。”

她又喘了口气，发出一声颤抖的叹息，“你确实不会。照顾好别人之后，你才会想到自己。我们该怎么办?”

我朝门口走去，“我们应该告诉女王。”

“他们不会让我们接近她的。”格雷丝说，但她跟着我走到门口，穿过宽阔的走廊，身穿白袍的次巫在那里狼吞虎咽地吃着自助餐。他们注视着我们，在我们经过时互相嘀咕着。

消息已经传开了。

我一直绕到大厅北面，打开了召唤大厅的门，昨天晚上我们还在那里跳舞。

我们在镶嵌着华丽装饰的地板上走了五步，隐巫者才来拦在路中间。

“你已经被罢免了，请离开这里。”

我急着要说些什么，但我已经犯了那个错误。我看向王座，康斯坦丁娜女王在那里和珀西爵士说话。我盯着她，真希望自己是名议长。她穿着一件鸽灰色的丝绸长袍，钻石垂在锁骨上，就像雪花永久地定格在灯光下。从房间的另一边看去，这一切很耀眼。

请看着我。我在心里重复了一遍。我用我的意志向她倾诉我的想法。**你有危险**。**请你看着我**。

“你在无视王室的致命威胁。”格雷丝把声音压得很低。我希望她能大喊大叫，但她永远不会打破控制的假象，“保护女王高于一切。珀西爵士可能已经忘记了，但我没有。”

珀西爵士说着话，把双手塞进长袍里，然后把手垂在身体两侧，似乎不知道该拿它们怎么办。康斯坦丁娜女王并没有发出叹息，但她的目光一转，视线掠过人群，落在了我身上。

一道眉毛扬起。她歪着头，专注地望着我和我妹妹，除了她之外，只有我们没有穿礼服。我做出了最可怜的哀求的表情，并为她的好奇心祈祷。珀西爵士顺着她的目光看向我，脸色暗了下来。

他做了个手势，派他的联结者来打发我们，然后继续和女王说话，女王不情愿地把注意力转回到新的代理隐巫者主音上。

乔纳森爵士又说话了。他的下巴和雷蒙德一样，又窄又尖，“请离开。”

“你这么肯定我的次巫错了？”格雷丝要求道，“你愿意拿生命作赌注？你确定？”

另一个人看了一眼她的伙伴，然后说：“你让你的次巫告诉了我们一些直接来自歌剧的内容了是吧。”

“所以你打算无视吗？”

珀西爵士的助手走上前来，挡住了我望向女王的视线。

她没有再看我一眼。

“是的，不要逼我们动粗，汉斯莱小姐。带着你的次巫离开吧。”

一个身穿长袍的隐巫者从一群穿着朴素长袍的联结者中间冲了出来。是雷蒙德。他握住格雷丝的手，把什么东西折叠在里面。

“对不起。”

他消失在了人群中。

格雷丝张开手。祖父的订婚戒指放在她的掌底，宝石绿得如此之深，几乎成了黑色。

她把手合拢成拳头，“迈尔斯，我们走吧。”

我跟在她身后步入了夜色中，我支撑着自己的身体，抵御着汽车的“鸡皮疙瘩效应”。“我们没有足够的时间去预约。”

“我们已经无能为力了，”格雷丝说，“我们现在也没有接到参加投降协议的邀请。只有圈子里的人才可以参加。”

“肯定有什么事。”

“可能是吧。如果他们不听我们的话，半神国人也许可以帮忙。我们和崔斯坦一起去精神疗养院，问问他的女王。”

“是女大公。”

听到我的纠正，格雷丝摆了摆手，“如果有必要的话，我愿意到石头里去。珀西 · 斯坦利爵士不会因为她讲那些荒诞的故事而投票反对她吧？我们可以得到她的帮助，迈尔斯，祈祷我们还来得及。”

我们驱车离开时，祖父的订婚戒指在汽车控制台中间的唇形架子上叮当作响。

“对不起，格雷丝。”

她瞥了一眼戒指，耸了耸肩，“我并不爱他。”

“即便如此。”

她摇了摇头，那顶圆帽也摇晃了一下，“忘了雷蒙德·布莱克吧。那是政治上的事。他有情人。”

“一个次巫？”

“理查德·伯利。”

格雷丝的汽车在穿过哈尔斯顿公园的中途，落下的冻雨从引擎盖上弹开了。

“什么鬼东西。”格雷丝打开开关，一个橡胶雨刷器刮净了挡风玻璃，“下冻雨了？在仪式期间？他们现在必须在冬天唱歌。”

“这是怎么回事？”

“仪式应该在星空下进行，迈尔斯。有人弄错了。”

“或者珀西爵士的技术还不能胜任这个职位。”

格雷丝的笑容不怀好意，“多尴尬啊。可怜的人。”

她慢慢地、平静地呼了一口气，然后又吸气，唱了起来。我从头皮到手臂上的寒毛都立了起来。格雷丝很强大。她自己能施展多少魔法？雨夹雪下得慢了，停了下来。

“没必要把你的外套弄湿。”格雷丝说，“你进去后我就收手。”

“你不进来吗？”

“不进来。”格雷丝抚摸着大衣的毛袖口，“经历过这么多事，我想一个人静一静。我会早点回来的，你好好睡一觉吧。”

“你怎么解释早上离开的事？”

格雷丝摆了摆手，“我会在他醒来前一个小时离开。他下次见到我的时候，会有半神国人陪着。”

“主动。父亲喜欢这样。”但也不是太喜欢，“格雷丝……我们不知道在疗养院会发现什么。而且我不知道他是否会鼓励我们去那里。”

她紧紧握住方向盘，“你说什么？”

如果我们完全保密的话，就会让女王失去最后一道防线。“把兰尼尔人的咒语和士兵的事告诉他。他可以和女王谈谈，至少可以安排人员保护女王。不要告诉他我们要去拜韦尔，或者任何关于疗养院和尼克·埃利奥特的事。”

他可以保护女王。他会保护她的。他可以让珀西看起来像个贪恋权势的蠢货。他可能从我妹妹那里夺走了代理权，但父亲仍然是隐巫者主音。

“为什么不可以呢？”

我不能把一切都告诉她。“我觉得这些精神疗养院会让我们无意中发现一个国家机密。他可能会阻止你。然后我们就不能向女大公求助了，因为那是一种外交行为，有些超出了你的权限。”

“我没有外交权力。我明白你的意思。我不会把疗养院的事告诉他的。”

我的嘴唇紧紧地贴在一起。我不应该让她一个人去处理这件事。“也许我和你一起去解释会更好。”

“迈尔斯。去那栋联排别墅，享受一个私密的夜晚吧，”格雷丝说，“我来处理父亲的事。”

我张大了嘴巴，“格雷丝……”

她耸了耸肩，“崔斯坦和我谈过了。我早上会来这里。做煎饼。”

我呼吸了一口新鲜空气，走进了崔斯坦家。

灯光很暗，但我对崔斯坦狭窄的门厅很熟悉，所以我脱掉鞋子，把自己的帽子收起来，这多亏了格雷丝为了方便我而施展的魔法。空气中飘着一股淡淡的热巧克力味，水龙头里的水不断冲刷着厨房里的锅。

“你们两个已经回来了？我没想到你们会去几个小时。”崔斯坦透过半开的厨房门叫道，“你出去的时候我想到了一件事，汉斯莱小姐。”

“崔斯坦，格雷丝没——”

他推开门，停了下来，盯着坐在前门垫子上的我，把我的外套挂起来。

“格雷丝不在这里。她早上会来的。”

他扬起眉毛，“有意思。”他的头发从平时扎好的辫子上散开，披在背上。他解下了领带，打开了最上面的纽扣，露出了光滑的金色皮肤，“发生什么事了？”

“我们被赶出来了。他们投票让格雷丝出局，让我们走人。”

“他们居然不听劝告。”

“格雷丝想向你们的女大公求助。”我在他面前停了下来，“她会帮忙吗？”

“如果这意味着你的人民欠她的人情……她可能会。但我不能保证。”他抬起手，然后又静止了，好像畏缩了，“迈尔斯。”

“怎么了?”

“你来了。”

“我应该走吗?”

“不，留下。”他的手颤抖着放在我的手上。

我把他的双手举到唇边，吻了吻他的指关节。“你没有蛊惑我。”

“像传说里那样。”崔斯坦说，“我从来没有。”

“你在发抖。”

“我是在发抖。是不是很傻?”

我翻过他的手，亲吻他的掌心，抚摸着他持剑之手的老茧。“你很紧张。我以为你没有感觉到……”

“别说了，迈尔斯。”

他搂着我的脖子，让我抱着他上楼。

崔斯坦壁炉里的桦木倒了下来，迸出一阵火花。我用一只手撑起身子，准备顶着让人起鸡皮疙瘩的空气去照看一下壁炉，因为主卧套间的暖气片站在两扇高高的透风窗户之间，窗户上挂着银色和紫色的花缎，暖气片十分冰冷且毫无用处。

当我从铺满绒毛的被子里滑出来时，崔斯坦抓住了我的胳膊。“不要。”

“火快灭了。”

他钻进毯子下面，我把另一根木头放在炭火上，拉上链帘，以防火花落在厚厚的地毯上。我的脸和胳膊被火烤得暖烘烘的，从窗帘周围渗进来的风把我的后背冻得冰凉。

我没有迷恋他，我应该感到着迷的。看着床上盖着的一个毯子成了驼峰状，我不禁笑了。我应该被施了两次魔法，但我没有。

他离开后，会很让人心痛。但也只是会痛而已。

“你笑什么?”

“当我把冰冷的手放在你身上时，你会号叫成什么样。”

“这是一段珍贵的回忆，我会铭记在心的。”崔斯坦把被子翻了回来，“过来，过来。别告诉我现在几点了。”

不管怎么说，天亮得太快了。

他蜷缩在我冰冷的后背上，下巴搁在我的肩膀上。“我会想尽一切办法回来的。”

“我知道。”

“迈尔斯。”他推了推我的背，这样他就能看到我的脸，“这可能需要一些时间。”

“没事的。你必须回家。你得去报到，毕竟是继承人的保镖。不必多做解释。”

他耸了耸肩膀。“是的，我必须这么做。因为我知道传说是怎么样的。有些是真的。”

“就像你不能……”

“我们怎么会不懂爱呢?”崔斯坦说，“我们怎么会把心锁起来，不受伤害呢?”

如果我把手举起来，就会碰到他的胸口。“确实如此。”我说。

“我们不会把心放在棺材里保管的，迈尔斯。但凡人的生命只存在七八十年，而强大的巫师能活一百岁到一百一十岁，然后他们才会死去。”

我舔了舔嘴唇，“崔斯坦，你多大了？”

“担心我老牛吃嫩草？我五十一岁了。”

“你看起来只有二十岁。”

一个枕头落在我脸上。“马屁精。”他说。

“好吧，二十五岁。但你不——你不会死吧？我可是会死的。”

“一个半神国人永远不会忘记他们所爱的人。他们会带着记忆，永远地走下去。直到他们被杀死，”他的手拂过我的脸，“迈尔斯，我永远不会忘记你。永远不会。”

第二十四章 霜之月

霜月的黎明，天空泛着银色光泽。乌云轻轻地飘在天上，暗示着有足够的雨水给街道铺上金橘色的叶子，清洗空气中的盐分和海藻。我望着客厅窗外空荡荡的街道，如同憋了一口气，一杯黑咖啡温暖着我的手指。

“她会来的。”崔斯坦在我身后说。

“我知道。”我说，但我又转头看向西方。

崔斯坦的手温柔地在我肩膀上画着圈。我转过身把他拉近，倾身亲吻他的下颌。我们一起站在客厅的窗前，但我不再注视着街道了。

发动机低沉的轰鸣声越来越近，崔斯坦把头缩了回去，“看。”

是格雷丝，她坐在她的黑色长车里。她把车停在公寓前面的空地上，向窗外挥了挥手，然后进来了。

“你说要来做煎饼？”崔斯坦迈开脚步，我的左手边突然变凉了。

“我来加热煎锅。”

格雷丝跟着崔斯坦进了厨房，“你觉得你的人在找你吗？”

“我相信他们在找我，但还没有任何寻找咒语触动过我。”崔斯坦说，“而且时间越长，我们可以期待的反应就越大。”

“他们真的会派战队来找你吗？”

“我……对女大公来说是不可或缺的。”崔斯坦说，“她等了一年零一天才等到我回来。最好提前做好准备，他们怕是来势汹汹。”

一支半神国人的军队直奔我们而来。数万名被死去的兰尼尔人附身的士兵，一心想要报仇。但如果要用魔法的话，吃顿早餐可以让我们恢复体力，所以我和格雷丝碍于情面想帮忙。他把我们赶到厨房的桌子上，我们猛喝咖啡，吃着崔斯坦给我们带来的食物。

我一边用叉子切煎饼，一边无视格雷丝对我这种工人阶级行为的嘲讽，“父亲对这个消息怎么看？”

她用的是小刀，每一个手势都很精准，“他醒来后要去见女王陛下。他深信不疑。”

“你说得好像很容易似的。”

“我把你告诉我的话和我自己看到的都转告他了，他相信你的才华。迈尔斯，他真的很在乎你。”

这可不是什么安慰。也许他真的在意我，但这并不重要。无论我们在精神疗养院里发现了什么，都很可能会让我们关系破裂。我耸耸肩，一口饮尽咖啡。我们还是可以成功的。格雷丝会赢回她的位置。次巫将赢得更多的权利，更多的尊严。雷蒙德·

布莱克会后悔抛弃她，但也许他们会和好。

说不定会有足够多的人站在她这边，这样我就不用再搞一场王朝式的婚姻了。

哦，迈尔斯。你还是很自私。“你知道你要问女大公什么吗？”

“不知道。如果崔斯坦的预测不正确，她不在那里呢？”

“我想我们会和他一起去找女大公的。”

“她肯定在的。”崔斯坦终于坐到了我身边，他的盘子里堆满了圆圆的金黄色薄饼、甜甜的糖浆和半磅香肠，“我快点吃。”他答应着，以一种不得体的速度开始吃早餐。

我们把脏盘子留在了身后，向缺席的斯帕罗太太表示歉意，准备骑马去拜韦尔。

格雷丝把车速开到了极限，速度的压迫感让我们紧靠座椅，摇晃得不行。旅途中的速度快得难以想象，比马儿奔跑的速度还要快，早就过了马儿会因为紧张而倒下死去的阶段，这是多么令人激动。速度表显示，时速四十英里，甚至比火车还快。

如果这辆车没有让我们感觉如此不适，我们几乎不说话，试图把我们的早餐咽下去。如果我们不是为了寻找尼克被害的真相而奔波的话就好了。我希望证据能指向别人，而不是父亲。

如果真是这样，我又能做什么呢？父亲是凌驾于正义之上的。他们永远不会以谋杀罪逮捕他，我知道这一点。但这不是放弃的理由。崔斯坦仍然无法回答被派遣去调查的问题——艾兰的死者去了哪里？我想起了我从比尔和老杰拉尔德那里拉出来的两个灵魂的路径，就那样从我的手中溜走，消失得无影无踪。究竟去了哪里呢？

东边。东边，往拜韦尔方向去了。

格雷丝开车在狭窄的道路上拐了个弯。“我想——是的。就是那里。”

她指了指窗外。疗养院的外墙刷着优雅的白色石膏，有高大的窗户和漫无边际的侧厅，四周环绕着鲜红叶子的灌木和欢快的黄菊花。在人们眼里，这座建筑是如此宁静、祥和而沉稳。一道高达十二英尺的黑色铁栅栏围着长长的、连绵起伏的草坪和成熟的橡树，栅栏顶端又长又尖。

“这地方让人感觉很友好嘛。”崔斯坦说。

“确实很舒适。”我同意道。

“你能感觉到吗？”格雷丝问道。

“我坐在这车里什么也感觉不到——”

但我的头发都竖起来了，空气中弥漫着闪电来临前一秒的重压气息。

充满了浑厚的力量。

“那是什么？”

崔斯坦捏住了我的手。他仰起脖子望着天空，声音因恐惧而变小了。

“灵魂。他们正涌入大楼。你能看到他们吗？”

“看不到。”我说，“给我看看。”

一分钟后，我希望我没有问这个问题。“哦，天哪。”

他们在空中飞驰，向精神疗养院飞去。他们进去了。

没有人出来。

格雷丝向门卫出示了证件，门卫亲自跑出来为我们打开大门，当我们沿着弯弯曲曲的小路驶向疗养院的大门时，他摸了摸制服帽的边缘。

“这么容易。”格雷丝说道，我的脊背一阵发凉。

“我要吐了。”我说，格雷丝刹住车。我跌跌撞撞地走到精神疗养院前那片散落着树叶的草坪上，试图呼吸没有尖叫气息的空气。

没有任何可以利用的东西。

“感觉有点不对劲。”格雷丝说，“我的皮肤在收缩。我们会在里面找到什么?”

“恐怖。”我边回答边擦着嘴。我不想进去。可我必须进去。我向疗养院的前门走去，格雷丝和崔斯坦分别站在我左右。

警卫在里面等着我们。格雷丝举起她的证件，他们就退了回去。

一个男人走进大厅，径直向我们走来。在白大褂下面，他还穿了一套精致的西装。“有什么需要帮忙吗?”

“有，”格雷丝说，“我是格雷丝·汉斯莱爵士、这两位是迈尔斯·辛格医生和崔斯坦·亨特爵士。我们是来参观设施的。我哥哥特别感兴趣。”

“我是个精神病医生。”我说。

“**精神**。你写了关于分离性记忆发作及其在患有战斗疲劳的退伍军人中的治疗。”

“你认识我？”

“我知道你的名字。我写过一篇文章，讲的是巫师之间错觉共性的文章，我也注意到了你对退伍军人的观察……你不是来谈这个的吧。”医生先是露出微笑，然后转向格雷丝，“我是詹姆斯·弗雷德曼医生，愿随时为你效劳。你是来带辛格医生参观精神疗养院的？”

“也是为了满足我的好奇心。”格雷丝说，“我想看看我们投资的成果。”

“当然。请进吧。”

他为我们打开了一扇门，把我们领进了一条用以太照明的走廊。他缓步走向金色橡木楼梯，“辛格医生，我想你对我们的病人护理有兴趣吧？”

“是的。”我说，“我想看看那些巫师。”

他在步子中间停了下来，“当然，他们在这里。我们是一家经过批准的机构，可以照顾有魔法天赋的病人。鉴于这种情况，我们会尽量让他们过得舒服些——”

格雷丝清了清嗓子，“不是这样的，如果你愿意的话。”

弗雷德曼医生又停了下来，一只脚踩在楼梯上，“你说什么？”

“带我们去地下室吧，”格雷丝说。

“你们关押巫师的地方。”我补充道。

他咽了咽口水，“病人都在楼上。”

他完全明白我的意思。

格雷丝摇了摇头，“肯定在下面，走吧。”她轻快地走过镶嵌在地板上的五角星，“我们没时间浪费了。”

格雷丝锁定了那股力量的源头，她穿过服务大厅、后楼梯和不合理的角落。弗雷德曼医生要求她停下来解释，但她没有理会。他的抗议渐渐变成了激动的语句“女士！”和“请你停下来”。

他最后还是溜走去叫警卫了，格雷丝带着我们往下走了三层楼梯，直接进入了地狱。

地狱是一间又深又宽的房间，有光秃秃的石墙和长时间没洗头发的气味。十五个人被锁链锁成一个圆圈坐在地上，用铜质的东西镶嵌在地上。图案和曲线在地板上蔓延成一条条连绵不绝的线条，就像隐巫者大厅地板上的镶嵌物一样复杂。

格雷丝吸了口气，“这是一个召唤圈。”

“就像隐巫者使用的那样？”

她点了点头，“他们用铁链锁起来的方式……是以能量站为单位排列的，每一能量站有两个联结者。他们正在把力量移到中央。”

我们进去的时候，没有一个巫师抬起头来。他们坐着，敞开心扉，让能量穿过他们的身体，汇集到圆圈的中心。

“你能感觉到吗？”崔斯坦问道。

确切地说，他不是指灵魂。他指的是能量运动的感觉。力量汇集到圆心，然后沿着直线被逼出来，延伸到我的感知范围之外。

他们怎么能受得了呢？这比检查用的带有黄铜装饰的房间还糟糕。我真想逃离这里，可惜我的腿不听使唤。这些人被强迫这么做多久了？

“是黄铜的问题。”我说，“大概有好几英里吧。就像铁路一样，把灵魂沿途运送到哪里去了？”

“发电站，”格雷丝说，“是以太。”

我们惊恐地面面相觑。

“我们必须打破它。”崔斯坦说，“阻止它。”

“怎么阻止？”格雷丝问道，“我们怎样才能打破它？”

“靠巫师们。他们必须参与进来。”

“他们是通道，就像被缔结的次巫一样。”我说，“这就是它们的作用。灵魂通过他们进入铜中。这是以太的作用。这个。”

“是的。”崔斯坦说。

格雷丝用手指梳理着她的头发，“一直都是来自灵魂。一直都是。”

“是的。”我在一个女人旁边停了下来，她用不解的眼神盯着我，她看着我测试她的羁绊。

“试试这个。”崔斯坦递给我一把手铐钥匙。

我看了看钥匙，又看了看他，“真的吗？”

他耸了耸肩，“我以为会有锁链。没有人愿意来这里。”

真是聪明啊，崔斯坦。我在镣铐里试了试，果然合适。我弹出了锁住她的锁。

“你能站起来吗？”我问道，并扶她站了起来。

当我走向下一个囚犯时，她跟着我。她看着我解开那个男人的手铐，扶他站起来。他挪到一个角落里，尽量离我们远一些。

“能量在波动。”崔斯坦喊道，“这取决于巫师。”

我继续往下一个囚犯走去。那个女人跟在我身后，眼睛里有了新的光芒。

“你会没事的。”我说，“我是迈尔斯。你叫什么名字？”

“安。”

“你是安·埃利奥特吗？”

她的眼睛瞪得很大，“是尼克派你来的吗？”

她充满希望的眼神刺痛了我的心，“是的。”

这是真的。

“大家都会没事的，安。”我说道，“没有人会再把你锁在这个圈子里。”

安一路跟着我，甚至当我重新与崔斯坦和格雷丝碰面时，她也不愿意离开我。崔斯坦用闪亮的眼睛看着我，格雷丝却惊恐地捂住了嘴。“感觉在圈子里不是这样的。这感觉就像——”她颤抖着，“迈尔斯，我错了。大错特错了——”

她的膝盖砰地一声跪在镶铜的地板上。她双手抱着头，“我们做了什么？”

“你不知道。”崔斯坦说。

“我早该知道的。”格雷丝把脸转向天花板，“我应该问一问的。迈尔斯。迈尔斯，对不起。”

“其实我知道。”我说，“但你还蒙在鼓里。现在我们可以——”

“不，”格雷丝说，“你不明白。”

门咔嚓一声开了。安抓着我的胳膊。

“迈尔斯，很抱歉。”格雷丝说道，父亲走进了房间。

“你也没告诉她。”我的心跳在耳边猛烈地跳动着。我想抓住父亲，给他戴上那些镣铐，让他尝尝安的感受，“你怎么能这样做？”

“想开一点，迈尔斯。你心里背负的东西虽然很可怕，但你能承受得住。”他把手杖的顶端安放好，靠在上面，他走近了一步，“想想金斯顿。想一想所有的人都得到了好天气和以太的恩惠。数数那些因为我们的伟大工程而兴旺发达的数百万人。”

我感到不寒而栗，“看看在这里面受苦的十五个人。父亲，你对他们说了什么？”

“多数人的需要是最重要的。”

“那你怎么不代替他们。”

他耐心地给了我一个微笑，“迈尔斯。将军会和步兵一起作战吗？”

“那就把隐巫者放到他们的位置上。”我把手臂甩向那台可怕的机器。灵魂堵塞了空气，我奋力呼吸着，“如果众人的需求如此重要。既然是为了国家的利益，那对兰尼尔发动的战争怎么说？”

“兰尼尔不需要他们生产的所有以太。”

“你发动了一场战争！你派成千上万的人去杀人，究竟为了什么？就为了那些小玩意？”

父亲用手杖咚咚地敲打着地板，嘴唇紧紧地贴在一起，“为了我们民族的进步。”

“这才是兰尼尔战争的真正原因。为了设下这个局，夺取他们的灵魂。这就是他们在外面的原因，不是吗？他们附身了我们的子民，准备在投降时进行大屠杀。我们要做点什么来阻止这种……令人发指的行径。”

父亲拄着拐杖，“我没料到他们会反抗，但这并不重要。隐巫者和王室都处于守护之中。后备部队已奉命集合。”

如果我会再次感到恶心的话，我一定会呕吐出来。“你真的不在乎。当你在皇家卫队和高墙后面的时候，他们见人就杀，而且都是无辜的人。”我说。

“我懂得计算成本，儿子。”他向前走了一步，又用手杖带路，“成千上万的人会被附身者杀死。如果你打破了召唤结界，数百万人将遭受痛苦。”

如果我打破它？我可以打破它。怎么打破？“格雷丝背叛我的时候有没有告诉你崔斯坦的事？”

格雷丝看起来很痛苦。“迈尔斯——”

“她不想告诉我你的巫师情人。”父亲摇了摇头，“在分享我们的秘密之前，你应该很清楚。当然，他必须得死。”

崔斯坦一副龇牙咧嘴的样子，“法师，你想让我死？那就来试试。”

我举起一只手，崔斯坦没有扑过来，但他的冲劲让他浑身颤抖着，“他之所以在这里，是因为半神国人注意到了这些，父亲。”

父亲眨了眨眼睛，更仔细地盯着崔斯坦，“半神国人？”

看来，妹妹并没有把一切都告诉他。“他们注意到兰尼尔的灵魂流动减少了。如果你不管不问的话，他们就会以为艾兰所有人都刚刚死去。半神国人会为此和你开战。”我说。

“让他们来吧。”父亲说，“你没有看到事情的全貌。十次死亡就可以使我们的力量增强一百倍。我们的辉煌将延续下去。”

我血管里的血液都凝固了。我稳住膝盖保持站立，“我们的辉煌，还是你们的？为了保持这种力量，你什么都做得出来，什么都愿意相信。但这样不对，父亲。这简直是丧心病狂。”

愤怒驱动着我——不是前进，而是后退。

我走进圈内，感受着周围的灵魂。由于没有巫师将力量沿着铜线输送到乙太能量站，灵魂汇集在了结界内，将其填满。

他们已经无处可去。

一切都水落石出了。我明白了。

他们需要一个归宿。

“现在结束了，父亲。已经完成了。”

艾兰死者的灵魂在我身边喧嚣着。当我在寻找释放他们的方法时，能量已经满了。空气中的原始力量把我烫伤，刺痛了我的皮肤，挤压着我的呼吸。这比待在汽车和检查室里还要难受。

崔斯坦往空气中抓了一把，父亲飞了出去，重重地撞在墙上，然后倒在了地上。他摸索着爬了起来，双手放在面前，眼睛瞪得大大的，却什么也看不见。

“我们得快点了。”崔斯坦跨过队伍，握住我的手，“他们会从你身边经过。”

“我知道。”我说。

我们的力量融合在了一起。“我来开路。”

我深吸了一口气。

“等等。”

格雷丝站在圆圈的边缘。我摇了摇头，试图给她最后一个微笑。**再见了，妹妹**。“我必须这么做，格雷丝。”

“我知道，”她说。她举起手来，我们之间绷紧的羁绊之链让我在压力下僵直了身子，有一瞬间，紧张的气氛一下子消失了，我踉跄了一下。

她让我自由了。

“介意我加入你吗?”她走到线外，“你需要一个召唤者。”

第二十五章 解救者

我伸出左手，她握住了我的手。

格雷丝对着魔法歌唱，召唤灵魂。崔斯坦解开了房间中央的空间，迎接明亮的光线，声音如一千只鼓胀的动物在敲击大地。我看到了崔斯坦弯曲的能量丝线，他用我的能量星光填满了中间脆弱的空间，将丝线编织在一起，就像治愈骨头一般。灵魂们听从了格雷丝的召唤，把我们周围的空气挤得透不过气来。

我惊呆了。像这样联结在一起，我同时感受到了崔斯坦和格雷丝的力量。在我们上方看不见的天空中，冷空气膨胀了起来，压强很大。云朵形成了。

我已经拥有了格雷丝的感官知觉。我沿着地面上的黄铜延伸着我的感知范围。它沿着我的神经发出尖叫，从中央复杂的印记向各方伸展成一条条直线，在半英里外的集线器那里连接了起来，以平行于铁轨的轨迹延伸到有精神疗养院的边界城镇。

这张网极其之大。这是多年建设的成果。我们必须阻止灵魂无助地被吸附到网络之上，并且释放他们。水分顺着我的嘴唇流下，舔到之后，我尝到了血的味道。

父亲把一只手伸到了召唤圈的边缘，然后又抽了回来，像是被烧伤了一样。

格雷丝把我扶了起来。我咳嗽的时候听到了她的抽泣声，一股红色的“火焰之花”从我的嘴唇里喷涌而出。但她仍旧呼唤着那些穿过我的灵魂。从未停歇过。

一个女人在尖叫，但我找不到声音的来源。艾兰的生命体涌入我的体内，他们的记忆也随之注入我的脑海。出生，学会走路，上学，工作，恋爱，生小孩，还有狩猎和园艺，记忆在我身上流转，让我心神不定。

十六岁那年，听到交响乐演奏《阿比安塔》时，我哭了，我知道自己永远不会坐在舞台上演奏。当我见过最漂亮的女孩说要做我的妻子时，我感觉内心雀跃不已。

我不知道自己还能站立多久。

安在边界上徘徊，随着我的晃动，她的手开始扭动。我不能不向她点头，向她微笑，向她保证会平安无事。但她勇敢地迈进圈子，在能量面前畏缩了一下，紧紧抓住我的肩膀。她敞开了心扉，通过我引导她的力量。我可以站直了。我的鼻子不再流血了。我胸口的灼热感消退了。

她灵魂的淡绿色光芒离开了她的躯体，与我缔结在一起。她的灵魂得到释放后，通过我注入了更多的能量，足以连接到崔斯坦的门户，从这里进入他的王国。

安的尸体躺在我脚边。其中一个被我释放的巫师向我靠近，把安的尸体拖走，然后把手放在我的头上，把他的力量给了我。

他死后，第三个巫师走上前来。接着是第四个。

父亲对我大喊大叫，但我听不见他说话。现在雷声更大了，微弱的叫喊声与隆隆的雷声相比，简直是小巫见大巫。他挣扎着向我们靠近，与失明作斗争，格雷丝编织了一阵大风把他吹了回去。理发师把我赤褐色的头发剪短时，我哭了，因为我已经十岁了，不再是一个小男孩了。格雷丝的声音沙哑了，但她仍一直在召唤。崔斯坦虽保持着通道畅通，但他的力量减弱了。

我给了他们一些巫师赐予我的力量，那些巫师把前人移到一边，在我之前牺牲了自己的生命，每个星星般的灵魂在我的脑海中飘浮着。在这十七个灵魂中，有些只是微弱地闪动着，把一切都给了最后一个人。

千百个声音在咆哮。号角声响起，格雷丝一遍又一遍地呼唤着。祖母把手放在我的掌心上，教我编织。我仍在努力加固崔斯坦打开的大门，追寻着那些线，使其硬化。

我的视线游走着，黑暗在我知觉的边缘蔓延。我的时间不多了。地板上的花边状印记由简单的直线连接起来，穿过地面，分枝越来越小，覆盖着地面……就像一个循环系统。

“迈尔斯。”崔斯坦说，“你看到它们了吗?”

我不知道他是什么意思，但他闭着眼。我也闭上了眼睛，让一幅幅以太网络的画面在脑海中绽放，太大了，我无法把所有的画面都真正记在脑子里，但通过他的感官，我看到了他所做的事情。

灵魂宛如星辰一般。在金斯顿的一个星系，还有更小的斑点标记着其他城市与城镇。崔斯坦向我展示了一个孪生的灵魂，第二个灵魂干涸了，血色变红，正伸展着要取代第一个。

我伸出手，将寄生的灵魂剥离出来。灵魂被吸进了以太网络，向我们疾驰而来。在网络的能量下，我连做一个深呼吸的功夫都没有。

我又找到了一个。还有一个。

“不能一个一个的来！”格雷丝喊道，“没时间了！”

她说的没错。但该怎么办呢？我现在能看到那些愤怒的灵魂，天空中的红星，已经不计其数。就像沙滩上的沙粒。

就像一种病毒。

我知道是什么让这些入侵的灵魂与活生生的灵魂变得不一样了。

我的一个星魂熄灭了。安正亲吻着她幼子的无色细发。另一个人眨了眨眼睛，和他的新婚妻子在广场上跳舞。尼克正在玻璃屋里催熟橘子。还有另一个正逐渐消失，它停止了呼吸。

“不，母亲，不要。”

我奋力想解开她与我之间的联结，但她把仅剩的力量倾注在我身上，她与我最后的接触是在我头顶上的一吻。我的胸口被撕开了一个洞，疼痛难忍。我痛惜她的力量流失，想把整个魔法之网扔在地上好好哭一场。

在我的治愈魔法的驱动下，成千上万只绳索伸向入侵的灵魂。我放出了能量丝线，他们找到了自己的目标并将其拉进了网络，让网络更加强大。

我学会了吹灵笛。我帮我哥哥做好去神庙的准备，用木梳梳理他闪亮的金发。我和怀有身孕的表妹坐在一起，她接到丈夫战死的噩耗后就哭个不停，我抱着她给她安慰。我低下头，一个天空祭师给我和村里所有的男人都施了咒语。我们拿起刀，带着他们对我们牺牲的祝福，奔赴战场。

兰尼尔人的灵魂们也从我身边经过。我看到了他们的遭遇，他们是如何战斗和死亡的，他们的天空祭司是如何知道艾兰的军队在征服的领土上建造了什么，他们是如何绑架祭司和见习修士，并把他们关在死亡引擎里。我明白了他们为什么如此要残酷地阻止我们，不惜大打出手。

但他们的复仇只会让灵魂机器变得更强大。

父亲说的没错。每一次死亡都会让以太网变得更加明亮。我们正在消耗它，但我们不能永远站在这里。在这扇门建成之前，灵魂已经找到了通往绚夏福地的路。我们必须打破以太网络。

但有什么办法呢？

疗养院通过铜线与发电站相连。巫师们召唤灵魂；精神疗养院里的铜线圈会把他们吸下来。我们必须关闭主线，然后灵魂要么来到我们建造的大门，要么找到自己的路。

“格雷丝。”

她也看到了，“帮帮我。”

我放下我的力量，格雷丝抓了过去，她同时在五个地方召唤着，离我们站的地方有一英里远。格雷丝把所有的能量丝线都变成了她想要的东西。天空乌云密布，显得巨大而黑暗，充满了湿气。暖空气在下面翻滚。

她用自己的意志化生出一个指头，然后指了一下，雷声在头顶上裂开，像半球形定音鼓一样滚动起来。接下来的一击让灯光瞬间熄灭，闪了两下才有一半的灯泡重新亮起。

随着格雷丝召唤的闪电不断落下，我们周围的能量开始逐渐减弱。一道接一道，每个人都说铜线断了，不是断成两半，而是成了碎片。

但她必须施展她的风咒才行，父亲走进圆圈内可怕的光芒中，一只手拿着他的银刃刀。他把刀举过头顶，又把刀落下，深深地插进崔斯坦的胸膛。

所有人都震惊了。疼痛使我们之间的联结开始动摇，父亲伸手去抓握能量，想把能量从我们身上夺走。

崔斯坦握住刀柄，将其抽了出来。鲜血从伤口处涌出，从他的嘴里溢出。

“不！”

崔斯坦没有放开我的手。他抬起头来，抓住他亲手做的大门。他会一直守到死为止，这是他做的最后一件事。

我不能眼睁睁看着他死。我把他肺上的划痕缝合起来，把那根粗大的动脉关上，然后封住。

“放开大门！”

他摇了摇头，“不行。”

“你会死的！”我的心跳得太快，太痛了。但我们还是做到了。崔斯坦动脉上的封印还在。血液流动着，但没有渗漏。动脉虽然在抽搐，但他至少活了下来。

然后我就不能呼吸了。坐在我身旁的格雷丝哽咽着，她用那只空着的手掐着自己的喉咙。

是父亲。他和我们站在一起，手里还握着那把血淋淋的刀。

“停下。”

我答不上话来。他无法从格雷丝那里夺取召唤的控制权——从我们三个人建立的联结中，从融合了我们自身与能量的纽带中。我可以阻止父亲窒息我们的企图，但如果我放开格雷丝或崔斯坦联结就会断裂。大门就会倒塌。

但如果我们昏迷了，门还是会塌。

格雷丝伸出手抓住父亲的手腕。从裸露的手腕可以看出，他的脉搏在格雷丝的手指下疯狂地跳动。血液在父亲的皮肤血管中流动着。他的肺里充满了拒绝我们的空气。愤怒和恐惧从他的内心喷涌而出，这是一种绝望的号叫，对我们摧毁一切的所作所为表示否认。

我伸出手穿过格雷丝的身体，触摸到父亲的心脏。我把它紧紧地箍住。我捏着它，确定它有疼痛感。他踉跄了一下，跪了下来。我更加用力地捏着。他拉住格雷丝的手，想挣脱出来。

我的喉咙畅通了，呼吸着潮湿的地下空气，空气中弥漫着人的努力和溅出的鲜血的味道。

我又捏了一下，父亲紧紧抱住胸口。

但格雷丝松开了他的手，拉着我们离开了大门，一路摇摇晃晃，鼻血直流。她惊险地避开了一匹天鹅绒般的黑马的乌黑蹄子——不，是白马——不，是花斑马——骑马穿过大门的是一个女人，她左手拿着一张角弓，随时准备拉开和松开右手指尖上蓄势待发的箭。另一匹如烟似银的马跟在后面，骑马的是另一个女人，她的金发束在身后，角弓蓄势待发。

十几个骑手从我们造的门里涌了出来。弓箭手从没有鞍的马背上滑下来，冲向崔斯坦。一个身穿白衣的男人跪在我身边，毫不在意我从最后那绝望的呼吸中喷出的血。

“帮帮他们吧。”我喘着气，然后眼前一黑。

我终究没死。

我呼吸着，泪水在喉咙里起伏，我舔着干燥的嘴唇。我在一个用火盆取暖的帐篷里。沉重的毯子把我压在下面，我在层层叠叠的被褥中挪动时，我意识到自己是赤裸的。“有人吗?”我的声音嘶哑了。我咳嗽了一声，又试了一次。

“有人吗?”

没有人回答我。我试着坐起来，光是推开毯子就耗费了我许多力气，我必须休息一下才能继续。我摇摇晃晃地穿过帐篷，跪在一个手工雕刻的木箱前面。木箱没有上锁，但我没有。

这是什么衣服?我拿出一件银色外衣。衣服的长度足以遮住我的膝盖，上面布满了常春藤刺绣。难道这里就没有我可以穿的衣服吗?

我翻遍了丝绸，绒面革，羊毛和天鹅绒的衣物。从内衬着雪松木材的箱子里取出像是童话故事里的衣服后，我不得不休息一下。我有点喘不上气，感觉浑身酸痛，颤抖无力，箱子已经空了，我却始终没有找到裤子。我看着那堆被丢弃的华丽服饰，寻找适合我穿的，装饰最少的衣服。

一股冷风吹进了帐篷。“你不该下床的。”一个白衣男子直奔我而来。

“我很好。崔斯坦在哪儿？格雷丝还活着吗？”

“你是个治疗师，”那人反驳道，“所以你是表现最差的那种病人。你并非无恙。我勉强救了你的命。你也不会死，因为你没有留在床上让自己的身体愈合的意识。”

“我可以走路。”我抗议道，他把我引回床上，“那崔斯——呢？”

“你可以躺下休息了。少给我添麻烦，也别想着自愈了。”

“你怎么知道——”

“因为治疗师都是白痴。”那人说，“我很清楚。如果你操控魔法来治疗自己，你就会解开我在你身上布下的网，然后你就会崩溃而死。你现在的实力就和风中摇曳的蜡烛差不多，你不会因为自己的愚蠢而死吧。”

“你的口气简直和罗宾一模一样。”我抱怨道。

他把厚厚的毯子盖在我身上，“你很尊重罗宾吗？”

“罗宾是我见过最好的护士。”

那位治疗师摸了摸毯子，暖意从毯子里散发出来，“很好。有人要见你。如果我让他进来，你会乖乖躺在床上吗？”

“是不是——”

“崔斯坦？是的。”

“我——你真好。”我说，“我是迈尔斯。”

“我是科马克。”

“很高兴认识你，科马克。”我又舔了舔嘴唇，科马克扶我坐起来喝水，水很干净，冰冰的。

“你坐着就好。”他又在我身后堆了一些枕头，我感激地靠了下去，“在你休息之前，你只有几分钟的时间。”

他打开帐篷，让崔斯坦进来。他从科马克身边冲过来，跪在我窄小的床边，抓住我的手。他把我的指关节按在嘴唇上，闭上了眼睛。

“崔斯坦，”我说，“没事的。我没死。”

“你不知道你离死有多近。”崔斯坦说，“我们在你身边坐了好几天，才让你活下来。”

“多久？”我问道，“我们现在在哪？”

“我们在拜韦尔的石头上，”崔斯坦说，“我们没法让你再往前走了。”

“今天几号了？”

“霜之月8号。”

已经过去了一个星期。“我们开战了吗？”我问。

“还没有。”崔斯坦抚摸着我的头发，“别担心。格雷丝还在努力中。”

“格雷丝？她没事吧？”

“我们都很好，迈尔斯。你需要恢复一段时间。”他俯身吻了吻我的眉毛，“按科马克说的做。不要试图加快愈合的速度。你下床后能把衣服扔得满地都是，这就是他高超治愈术的证明。”

那是我的衣服？哦。“崔斯坦。”我又舔了舔嘴唇，“你说我们还没有开战是什么意思？”

“绚夏福地和艾兰都在等着看你能不能活下来，”崔斯坦说，“皇家骑士们都说你是叛徒。艾菲女大公已经宣布你为解救者。试图进入营地的入侵者已经被射杀。”

他的意思是，有刺客。“我要活下去。告诉他们。”说这话的时候我意识到，如果我死了，可能更容易阻止战争，“士兵们叛变了吗？”

崔斯坦摇了摇头，“只是零星的事件。完全不像原来可能发生的那样。你做到了，星辰者。”

我闭上了眼睛，“那些人呢？”

“到处都停电了。全国各地都有迷失的灵魂，但半神国人和被释放的巫师们正在一起努力引导他们。举国上下震惊不已，现在都还没缓过来。”

我一直闭着眼睛。他们需要我，而我却不在他们身边。“父亲呢？”我问。

“在艾兰国的外交团队里。他要求见你。”崔斯坦说，“但没有人会让他接近你。格雷丝已经抛弃了隐巫者，现在在我们的营地里。你想见她吗？”

“是的。”

“等你休息好之后吧。”崔斯坦说道，然后俯身吻了吻我干涩的嘴唇，“她会和我们一起去绚夏福地。”

我挣扎着坐起来。“什么，我不能去绚夏福地，崔斯坦。我必须留在这里。”

他的手一直放在我的胸前，把我推回皮草和软垫中。“至少在接下来的一个月里，你不能接触魔法。如果我让你看看维持你生命的网……”

“但你可以。”我说，“你可以看到那张网，对吗？”

“是的。”

“那就给我看看是什么样子的。”

“不行。”

“我需要了解一下。给我看看。”

崔斯坦点了点头，我的手上冒出了绿光网格。这些线细如发丝，在网络中相互交叉，模拟着我的血管、神经、肌肉纤维的复杂分支，一直延伸到骨骼中的骨髓里。

“这是怎么……”

“科马克是个天才。”

我把手翻过来转过去，可以看到整个网的不同维度。真是不可思议。这需要消耗能量——非常多的能量。“这张网是怎么维持的？是什么在提供动力？”我问。

崔斯坦握着我的手，“我。”

我摇了摇头，帐篷开始旋转，“不是你吧。”

“确实是我。我把自己缔结于你了。这是唯一的办法。”崔斯坦抬起我的手吻了一下，现在已经摆脱了幻觉的束缚，“格雷丝也是。为了维持这张网的运转，我们都吃得像猪一样多。”

“我欠你一条命。”

崔斯坦耸了耸肩，“我的命就是你的。”

“只要我能做到，我就会放了你们两个。”

“我知道。”崔斯坦说，“但我想请你再来一次。”

“什么意思？”

他用双手捂住我，“半神国人有时确实会缔结羁绊。”

“真的吗？用来做什么？”

“结婚。”

我说不出话来。我忍受的所有痛苦都融化在皮肤的温暖中。

“我们结婚吧，迈尔斯。和我共度余生。不管之后做什么，我们都要在一起。”

“我们可以在一起吗？”

“可以的。半神国的子民都可以。”崔斯坦又吻了我的手，“快答应我。”

我不知道在我昏迷的一个星期里发生了什么事。以太的能量消失了，隐巫者已经掌控在一个视我为敌的男人手中。

但崔斯坦会在身边陪我度过这一切。我用一只手撑起身子，腾出手来触摸崔斯坦的脸。他显露出了真面目，如此空灵飘逸，具有超凡脱俗之美，但这并没有把我拖入迷恋的境地。这就是他，他的真面目，我笑的时候几乎感觉不到疼。

“我愿意。”我紧紧握住他的手，他的幸福感从胸口中心一直蔓延到手指上，缠住了我的手，“我很明白你的感受。”

“这是羁绊的一部分。你介意吗？”

我并不介意。与他结合，我就自由了。